SUZANA FLAG

MEU DESTINO É PECAR

AGIR

NELSON RODRIGUES

MEU DESTINO É PECAR

AGIR

Capa e projeto gráfico
Luiz Stein Design (LSD)

Designers
Claudio Rodrigues
João Marcelo

Revisão
Fernanda Jardim

Produção editorial
Juliana Romeiro

CIP-Brasil. Catalogação-na-fonte. Sindicato Nacional dos Editores de Livros, RJ.

R614m Rodrigues, Nelson, 1912-1980
Meu destino é pecar / Suzana Flag. — Rio de Janeiro: Agir, 2007.

ISBN 978-85-22-00752-3

1. Romance brasileiro. I. Título.

CDD: 869.93
07-0782 CDU: 821.134.3(81)-3

07 08 09 10 11 8 7 6 5 4 3 2 1

Este livro foi composto em Times 10,5/14
e impresso pela Ediouro Gráfica sobre
papel offset 63g para a Agir em maio de 2007.

AGIR

AGIR EDITORA LTDA. – Uma empresa Ediouro Publicações S.A.
Rua Nova Jerusalém, 345 – CEP 21042-235 – Bonsucesso – Rio de Janeiro – RJ
Tel.: (21) 3882-8200 fax: (21) 3882-8212/8313

"Eu seria capaz de matá-lo? Seria capaz de matar meu marido?" 1

LENINHA olhou pelo vidro do automóvel. A paisagem ia passando, as casas, as pessoas, pequenos morros, bois, um menino. Anoitecia; daqui a pouco, tudo estaria escuro, talvez chovesse, nuvens pesadas e negras acumulavam-se no horizonte. "Estou casada, estou casada", era o que ela pensava, chegando-se mais para o canto. Não queria ter nenhum contato com o marido; se pudesse mandava parar o automóvel, sairia correndo. A planície era grande, imensa: ela poderia correr muito, correr sempre, cair talvez, rasgar o vestido nas pedras, em algum espinho; o que havia em todo o seu ser, naquele momento ou desde que se casara, era a vontade da fuga. Fugir do marido, do casamento, daquela desconhecida e ameaçadora fazenda Santa Maria, para onde ele a levava. Era lá que ia viver sua lua-de-mel com esse homem, esse estranho, tão estranho quanto o chofer. "E não há divórcio, aqui não há divórcio, no Brasil não há divórcio", era outra coisa em que ela pensava. "Vou ter que aturar a vida inteira um desconhecido; vai viver comigo; vai mandar em mim." Mas ele sempre seria um desconhecido, sempre. Nunca poderia suportá-lo, ela teria sempre horror — nem ao menos indiferença pura e simples, mas horror. "Um dia talvez eu ame alguém; e como será, meu Deus?" Era mulher e frágil; frágil a sua vontade e talvez não resistisse a um amor que surgisse na sua vida, que fatalmente surgiria, era inevitável. Paulo de Oliveira. Paulo. Era o nome do seu esposo, daquele homem que ia a seu lado, mudo, olhando a paisagem que não acabava de passar, vendo a noite descer. Até agora, ele não pedira nada; não tentara uma carícia, um galanteio. Parecia, inclusive, não considerá-la uma mulher. "Ah, meu Deus, se esse homem me der um beijo, eu nem sei o que faço!" Mas ao mesmo tempo, pensava: uma esposa poderia recusar um beijo ao marido? Ela não queria saber se podia ou não, se ficava feio, ridículo, irrisório, inverossímil: "Não dou, não dou, não adianta." Na sombra, seu rosto endurecia, sentia uma determinação implacável. Mas ele podia querer usar a força; ela mesma, agora, no interior do carro em penumbra, concebia uma cena de violência; ele tomando-a nos braços, de repente, triturando-a, procurando sua boca e ela gritando, gritando, chamando-o "miserável", dizendo "não fico mais aqui"! Então teve vontade de chorar, uma necessidade de dissolver aquele ódio concentrado em lágrimas livres e fartas. Afinal de contas — e só agora percebia com nitidez a sua verdadeira situação — estava perdida, perdida. Não tinha ninguém para quem apelar; não podia esperar socorro de espécie nenhuma; o destino era mais forte — tão mais forte — do que a sua vontade de mulher. De que vale a resistência de uma mulher diante do homem que é seu marido?

— Posso beijá-la?

Mas o via. Teve um gesto ingênuo de defesa, o coração batia como um pássaro desesperado:

— Não! — foi quase um grito; e instantaneamente emendou: — Agora, não!

Houve um silêncio. Os pneus chiaram na curva asfaltada. Ela teve a impressão de que o sangue subira todo para a cabeça. Paulo não disse mais nada. Leninha começou a pensar uma porção de coisas desesperadas: "Meu Deus! Eu sempre quis amar e ser amada, sempre, mas não assim. Sempre quis ter um namorado, um noivo, um marido que eu amasse, que eu pudesse beijar na boca..." E casara-se com um bêbado, quase um débil mental. Quando ele virara-se para pedir — "Posso beijá-la?" — ela sentira o hálito de álcool, de aguardente, de bebida barata. "Recusei, mas disse estupidamente 'agora não'." O marido com certeza tinha entendido que "agora, não; mas depois, sim". Era uma estúpida, uma idiota, tão covarde; aquilo inclusive fora uma falta de dignidade. Deveria ter dito logo, de uma vez para sempre: — "Eu odeio você, o senhor, nem tenho coragem de tratá-lo por você; tenho horror de si, mas horror, ouviu? Sou capaz de seguir com outro, se aparecer alguém." Porque o que defende uma esposa é o amor. Em vez disso, aquele pusilânime "agora, não", que significava, na melhor das hipóteses, um pequeno retardamento. Um estímulo.

Então, de repente, ele começou a falar do seu canto, dizendo coisas simples e banais que, entretanto, horrorizavam a esposa, faziam-na encolher-se mais, num desconforto intolerável. Ela pensava, ouvindo-o, que até o som de sua voz a irritava, que lhe fazia mal aos nervos, que era quase que uma tortura física.

— Você vai gostar da fazenda — dizia o pobre-diabo. — O pessoal é muito bom, camarada, você vai ver. De Nana, então, você vai gostar muito. Preta, quer dizer, mulata, tem uns dentes formidáveis, até hoje. Me viu nascer, está velha, mas forte ainda, gorda, e como trabalha! Os outros... parou e perguntou: — Incomodo-a?

— O quê?

Tinha ouvido muito bem. Achara aquele "incomodo-a" muito mais imbecil do que ingênuo. Perguntara "o quê?" com irritação ostensiva, maus modos, hostilidade.

— Pergunto se... Não quer conversar agora? Talvez esteja cansada.

— Não sei. Não me pergunte nada. Tenho uma dor de cabeça horrível.

— É o calor.

Por que não tinha ficado calado, meu Deus! Que é que tinha o calor? E que coisa estúpida responsabilizar o calor por uma dor de cabeça. De novo o silêncio, graças a Deus. Ah, se ele ficasse sempre calado e imóvel, sempre, durante os dias, meses e anos, sem dizer nada e sem nada fazer. Mas para isso seria preciso que ele morresse. Essa passividade absoluta só quem dá é a morte. Ela, então, perguntou a si mesma, com certo medo de obter uma resposta demasiado honesta: "Desejo eu que ele morra? Vou, de agora por diante, desejar a sua morte?" Este raciocínio desenvolveu-se até uma outra pergunta mais perturbadora: "Eu seria capaz de matá-lo?" Meu Deus que coisa horrível! Teve vontade de rezar, mas não completou a oração, ficou no começo. Mentalmente, ela dizia: "Santa Teresinha, minha Santa Teresinha..." Depois, para confortar-se a si mesma, para livrar-se de sua angústia, pensou: "Eu não quero que ele morra. Eu não seria capaz de matá-lo. Eu nunca mataria uma pessoa."

— Você acha?

Era, outra vez, a voz abominável. Seria uma ilusão sua ou havia mesmo uma certa ironia na sua maneira de perguntar aquilo? Ela teve um choque, um susto. "Ele não pode adivinhar o pensamento" — foi o que disse a si mesma. Mas então que queria dizer aquele "você acha?", que só se podia referir ao pensamento dela. "Vou ficar calada, fingir que adormeci." Fechou os olhos. Houve uma pausa, uma longa pausa. "Com certeza, ele pensa que eu estou dormindo, vai me deixar em paz; tomara que me deixe em paz." E começou a dormir mesmo, a sonhar. O marido, ao lado, assoviava qualquer coisa. O chofer — era um táxi — pensava: "Que dois!" Teve vontade também de assoviar, mas depois lembrou-se que o outro já estava assoviando, e desistiu.

Odiava aquele homem, como nunca pensara que pudesse odiar alguém. Mas então por que se casara, por quê? Por que dissera "sim" ao padre e por que dissera "sim" ao juiz? Teve um impulso, perante o padre, de levantar-se e dizer: "Não quero! Não quero! Eu estava louca, completamente louca, tirem esse homem daqui, depressa!" Em vez de uma atitude assim, que fizera, meu Deus? O "sim" saiu num sopro, quase ninguém ouviu, mas o fato consumou-se. Quando ela caiu em si, quando teve consciência dos seus próprios atos, uma porção de gente vinha, risonha, abraçá-la. Parecia uma sonâmbula ou uma louca. Os olhos muito abertos, achando tudo estranho, aquelas pessoas convencionais e estúpidas... Seu pai, sua madrasta, as irmãs de criação, amigas. Subitamente, deixava de reconhecê-los; não tinha nada de comum aquela gente. Se pudesse teria dito: "Com licença, adeus! adeus, eu vou-me embora, fiquem à vontade!" Mas ficou ali, ouvindo tudo, deixando-se abraçar, beijar. Alguém — uma voz que parecia vir muito distante — dizia: "Como você está pálida!" Estou pálida e desejaria estar morta. Nunca teve tanta vontade de morrer — uma vontade infantil, desesperada. A madrasta chamou-a para um canto:

— Mas o que é que você tem?

Podia ter ficado calada ou, então, ter dado uma desculpa. Mas aquela passividade desapareceu de repente. Falou baixo, as palavras atropelavam-se umas às outras:

— O que eu tenho? — estava agressiva, embora não fizesse gesto para que não notassem. — O que é que eu tenho? A senhora ainda pergunta, a senhora?

— Eu, sim, o que é que tem?

— Então ignora que eu fui vendida? Não sabe talvez?

— Está louca!

— Louca coisa nenhuma! — tinha vontade de bater na outra, de insultar, de esgotar a sua raiva. — Fui vendida, sim! — e repetiu, destacando as sílabas: — Vendida!

— Você é que se vendeu!

— Mentirosa! Sabe que está mentindo! Vocês é que me convenceram, deram em cima de mim, vieram com aquele negócio da perna de Netinha, do dinheiro que papai...

— Cale a boca!

— Então não diga que eu me vendi, não diga! Eu me casei...

— Fale baixo, já disse!

— ...pois bem: eu me casei, a senhora mesma me disse: "seu pai vai ser preso, Leninha, se não restituir o dinheiro." Também vivia em cima de mim: "Netinha precisa da perna mecânica. Netinha precisa da perna mecânica." Eu acabei cedendo, idiota, cem vezes idiota que eu fui!

— Eu falei, sim, mas não obriguei, nem ninguém podia obrigar. Por que você não deu o contra, não disse que "não"?

— Por quê? — ficou um momento parada, sem ter o que dizer; falou mais baixo ainda, sem olhar para a madrasta, como falando consigo mesma: — Dia e noite, todo o mundo me cercando, me pedindo, implorando; eu estava ficando maluca. Agora é que eu vi, engraçado, só agora, que não devia ter feito isso, foi a maior loucura. Agora como vai ser?

— Talvez você seja feliz. Ele bebe, mas você pode corrigir...

— Ah, vou ser muito feliz, muito — o ódio contra a madrasta crescia. — A senhora acha, acha mesmo? Que posso ser feliz, com um bêbado, um débil mental, um tarado? Então a senhora não sabe que ele me fez aquela humilhação?

— Ele vem aí, olhe!

E vinha. Com aquele defeito numa das pernas, mancando: balançando o tronco; o riso cruel; e um olhar que era, era — Leninha dizia "indecente" — como uma carícia material. Sabia que a mulher não o amava: que tinha medo dele, horror, vergonha, tudo, menos amor; e, apesar disso, fazia-se de desentendido, tratava-a com uma cortesia exagerada e irônica ("Irônica, não", pensava Leninha, "debochada").

— Vamos, meu amor?

A madrasta esboçou um sorriso. Leninha trepidou — quando ele falava ela sentia essa trepidação de nervos: experimentava um choque, um abalo de todo o seu ser, uma revolta que, na falta de uma atitude melhor, se traduzia em lágrimas.

— Por que você me trata assim? — perguntou, contendo-se, mas já com lágrimas nos olhos.

— Assim como, ora essa?

— Você sabe, bem que sabe.

— Eu sei, eu? Juro...

Ia dar uma resposta daquelas, quando Netinha apareceu — com aquela terrível perna mecânica; e vieram, também, na mesma onda de gente, os outros: Helena, Graziela, um rapaz que aplicava injeção na família toda (Carlinhos), D. Ruth, Odete; por último, a madrasta e o pai. Este com o ar vago, tão vago, tão neutro, como o da noiva. Netinha começou a chorar, escondeu o rosto no ombro de Leninha:

— Oh, Lena!

Paulo estava impaciente. Começaram as despedidas — Leninha passava de braço em braço, era beijada na testa, nas faces. O cúmulo foi D. Ruth beijando-a na boca (que calma!). "Adeus", "Seja feliz", "Felicidades, ouviu?", "Escreva, sim?", "Não se esqueça de mim". Ela ia respondendo, saturada, transpirando, enjoada com tanto cheiro de flores e tantos hálitos diferentes: "Está bem", "Claro", "Não me esqueço, não". Por fim o pai: teve uma crise de choro, súbita (parecia tão calmo!) e foi se embora, tapando o rosto com uma das mãos. A madrasta sorria, quer dizer: era um esboço de sorriso, perverso, cruel. Aproximou-se para beijá-la. Em torno riam, conversavam, falavam de um túnel que havia desabado. Então, D. Clara deu um beijo em cada face da enteada, colou a boca no ouvido da moça, sussurrou:

— Sabe qual é a minha vontade, neste minuto, sabe? Era dar muita pancada em você, muita pancada!

Afastou-se, risonha — tinha bonitos dentes, mostrava toda a dentadura quando ria, deixando Leninha louca de raiva. Que ódio, meu Deus, que ódio dessa mulher!

Ela não estava bem dormindo — tinha um pé no sonho, outro pé na realidade. O que, porém, se conservava presente, vigilante, era o instinto do perigo e da defesa. O automóvel continuava devorando as distâncias sem rumor — fazia apenas um chiado dos pneus nas curvas. Estaria longe da fazenda Santa Maria? Ou perto? Era bom que não chegasse nunca, que tudo continuasse assim, numa viagem sem termo. De súbito, a buzina. Despertou de todo. Assim os olhos. Viu luzes: vultos mal recortados na sombra; latidos de cães; meninos correndo ao longo da estrada, num esforço para acompanhar o automóvel. O carro diminuía a marcha, silenciosamente — aquilo é que era automóvel macio — e ela sentiu, com um aperto no coração, que não havia mais dúvida. Estavam chegando. Por um momento, pensou em se abandonar ao destino, em desinteressar-se daqueles acontecimentos e de tudo o mais que ainda pudesse acontecer. Fizessem com ela o que bem entendessem, matassem, espancassem. "O que eu quero é descanso, meu Deus!" Mas esse instante de renúncia passou. "Afinal, não sou nenhuma criança; não quero nada com esse homem. Caseime, porque não pensei direito, devia estar louca, louca, mas é preciso que ele não me toque, não me toque." Deus a perdoaria.

Tudo aconteceu de repente. Ela mesma não soube como foi aquilo, como o impulso se realizou. Queria reagir, livrar-se, mas não daquela maneira. Abriu a porta do carro — a marcha agora era bem lenta — e projetou-se na estrada. Ouvia a voz do marido:

— Lena! Leninha! Leninha!

Tinha caído, de joelhos, no asfalto. Nem sentiu dor. Pensou: "Rasguei minha meia." Mais do que certo: devia ter rasgado nos dois joelhos. E quantos fios, meu Deus, teriam corrido? Levantou-se instantaneamente. A idéia do perigo, a ameaça que sentia em tudo e em todos, o impulso de liberdade — tudo isso mobilizava, excitava os seus nervos, as suas reações, dava-lhe uma tremenda e quase mortal energia nervosa. Pulou uma cerca de arame farpado, nem ela soube como: rasgou o vestido, deixou um pedaço do vestido; dilacerou as mãos; sofria na carne e na alma. Era como se fosse uma louca correndo dentro da noite, tropeçando, caindo e continuando aquela fuga inútil, insensata. Ouviu um grito. Não sabia que esse grito era seu, que era ela mesma quem estava gritando. Apesar de tudo, seu pensamento trabalhava sempre, e com uma lucidez quase sobrenatural. "Eu só serei de um homem que eu amar, e não desse... desse..." Ouvia latidos que cresciam, cresciam, eram cada vez mais próximos. "Mandaram cães atrás de mim. Eles vão me estraçalhar." Também ouvia como um grito perdido na noite a voz do marido:

— Leninha!

O terror voltou: "Ele não me pega. Duvido que ele me pegue." Depois não se lembrou de mais nada. Tudo ficou escuro. Quando despertou, a primeira coisa que viu foi a cara do marido sobre ela. Quis falar, dizer alguma coisa, mas ele então perguntou, olhando-a bem nos olhos:

— E se eu a estrangulasse agora?

"Ele me mata, meu Deus! Ele me mata!" Não tinha propriamente medo da morte, naquele momento: tinha medo de Paulo, dos seus olhos, de sua força monstruosa e da maldade que brilhava nos seus olhos. Se gritasse ao menos! Se pudesse fugir! Desejaria dizer "Perdão", desejaria jurar como uma criança desesperada: "Eu não faço mais isso. Dessa vez perdoe!" Mas nem voz tinha para isso. O que sentia, em todo o seu ser, era um medo animal, um medo que positivamente não era de gente. Tudo ela faria naquele momento, tudo, para que ele fosse embora, para bem longe de sua vida. Então, de repente, ouviu uma voz de mulher, dizendo:

— Deixe a moça, Paulo. Ela está ferida.

Olhou. Essa pessoa que falava devia ser outra ameaça, outro perigo, devia ser alguém que talvez um dia a ferisse profundamente. Mas não era só uma pessoa. Viu, mal desenhados — a iluminação era escassa — três ou quatro vultos. Uma porção de olhos que a fixavam sem nenhum sentimento de pena ou de ternura, e sim com uma curiosidade malévola e humilhante. Cães, grandes e ferozes como lobos, corriam circularmente, latindo. Pensou que devia estar toda rasgada, cheia de sangue e de lama; e estava, de fato. O ombro nu; a saia em trapos. Teve, aí, uma sensação aguda de nudez: deitada, como estava, fechou os braços sobre o peito, procurando cobrir-se um pouco. Alguém mantinha uma lanterna suspensa, um homem armado de rifle. Sentiu frio, muito frio, batia o queixo agora; e teve uma revolta contra aqueles homens e mulheres que a espiavam:

— Tirem essa luz de mim! Apaguem isso!

A luz continuou. Paulo afastara-se alguns passos. Estava de costas; seu contorno se diluía na sombra. A mulher que falara aproximou-se, quis ajudá-la a levantar-se, porém ela se esquivou com medo e náusea, fugindo àquele contato.

— Não precisa. Eu me levanto sozinha, obrigada!

Quase gritou. Doía-lhe a perna, doíam-lhe os quadris, alguma coisa quente — devia ser sangue — corria do ombro. Cambaleou, ia cair, braços a ampararam. A mulher falou-lhe com mais decisão — era bonita, imponente e pálida — disse:

— Você nem pode andar! Encoste-se em mim! Assim!

Ia deixar-se levar — estava tão cansada! — quando o marido veio ao seu encontro, suspendeu-a nos braços, carregou o pobre corpo torturado. Os outros vieram atrás, inclusive a mulher bonita, imponente, que falava numa voz quente, macia. (Sua beleza tinha algo de viril e de sinistro.) Nunca soube quanto tempo ele a carregou, assim, nos braços; estava tão cansada, saturada — e com uma náusea tão profunda — que não queria pensar mais nele, no casamento, em nada, nada, senão no sofrimento do seu corpo, dos seus músculos. A única pessoa, que aparecia e desaparecia no seu pensamento, era aquela mulher de beleza quase máscula. Ele avançava, mancando, e o defeito na perna tornava seu esforço mais penoso.

Quando ela abriu os olhos — e o sentimento de pudor voltou mais agudo — estava numa sala, muito grande e velha; teve uma noção vaga de móveis antigos, de luzes, pessoas, mas fechou os olhos de novo, fez-se menor, encolheu-se mais nos braços do marido. Tinha a consciência de que estava quase nua. "Estão vendo, estão vendo", era o que repetia a si mesma, cerrando os dentes. O ódio contra Paulo: "Ele pensa que eu desisto; eu fujo, me mato, mas ele vai ver."

— Mamãe, olhe aqui minha mulher!

Colocou o corpo num divã grande; e passou a mão pela testa — estava suando, sentia a camisa ensopada, teve uma expressão de nojo (era asco de si mesmo e da mulher que carregava, daquela mistura de sangue e de lama). Leninha estava de olhos abertos, muito abertos; viu a sogra, uma velha magra, alta, vestida de preto, com um traço de amargura na boca e um brilho frio nos olhos. Leninha calculou — deve ser muito enérgica, muito. Viu, ainda, a mulher bonita; homens com rifles (por que esses rifles?). Se pudesse, teria gritado: "Me levem daqui! Esses homens estão me vendo quase nua!"

— O automóvel estava quase na porteira — era a voz do marido, sem cólera, sem paixão, apenas informativa — e ela de repente abriu a porta, atirou-se na estrada, pulou a cerca e correu. Fui achá-la perto da represa, não é, Lídia? Estava lá desmaiada.

— Mas o que foi que houve? — era a mãe que perguntava, sem desviar os olhos da nora. — Discutiram? Brigaram?

— Nada. Não houve nada. Sei lá, minha mulher é doida.

— Por que se casou com o meu filho?

Fechou os olhos; quis ignorar a pergunta. A outra insistiu, valendo quase nada a sua hostilidade. Fez um esforço — reprimiu um grito — sentou-se no divã:

— Estou machucada, queria mudar de roupa... — olhava para a velha senhora, era um tom de apelo. — Tomar um banho, mudar de roupa!

— Lídia — foi uma ordem (meu Deus, como ela era fria, seca!). — Lídia, leve-a para o quarto e veja se está machucada. Se precisar, tem iodo e água oxigenada no armário.

O marido não se mexeu; sentou-se numa cadeira, ficou vendo a mulher levantar-se, penosamente, dizer "obrigada", quando Lídia ajudou-a e deu-lhe o braço. Todos os olhos acompanharam as duas. A escada surgiu — os degraus eram gastos e velhos — tudo ali era velho, devia ter escorpião, lacraia. A sogra sorria, enigmática, prevendo — tinha a certeza — que aquela moça doida trazia para a fazenda alguma coisa de misteriosa e terrível. Os homens de rifles com suas caras morenas, tostadas de sol, vincadas de sofrimento, também sentiam obscuramente uma série de coisas. Subindo a escada — cada degrau era um esforço, uma dor — Leninha tinha um sentimento de solidão, de desamparo, de perigo. A idéia da fuga ou do suicídio martelava sua cabeça. A outra começou a falar de repente, a voz rápida, surda (não queria que os outros, na sala, percebessem que ela estava falando):

— Você foi louca, completamente louca, de ter se casado com esse homem! Não queira saber o que isso aqui é...

Parou de falar; subiam mais um degrau; Leninha gemeu baixinho. Lídia continuou: — *...isso aqui é uma casa de loucos!* — e abaixou mais a voz. Leninha quase não ouviu o que ela disse: — de loucos e de assassinos!

Depois da escada, vinha um vasto corredor, uma única lâmpada quase não iluminava, espalhava uma luz triste, que fazia mal, parecia desfigurar as coisas, tornando o ambiente cheio de presságios.

— Lídia, seu nome é Lídia, não é?... — quis parar, descansar um pouco, mas a outra puxou-a, arrastou:

— Não podemos parar! Ela não quer!

Disse "ela" de um modo especial, com um arrepio de medo, abaixando a voz; parecia estar se referindo a uma pessoa poderosa e sombria, que presidisse ao destino de todos naquela casa.

— Ela quem? — perguntou Leninha, contagiada daquela angústia. — A mãe dele, D. Consuelo, minha tia. O quarto é aqui.

— É aqui que eu vou ficar?

Um quarto imenso, a mesma iluminação deficiente e sinistra. Uma lampadazinha de oratório ardendo no fundo, uma cama de casal, larga e de grades, uma cadeira diante do espelho, guarda-roupa; e esse mobiliário desaparecia, sumia-se no espaço do quarto. Lídia fechou a porta, logo que entraram; virou a chave; de ouvido colado à porta, escutando, procurando ver se captava algum rumor de passos, se percebia a aproximação de alguém. Leninha sentou-se, deitou-se devagarinho na cama — tão bom o leito quente, macio — pensou, vagamente: "Estou tão suja! Vou deixar manchas na cama, lama nos lençóis..." Mas, ao mesmo tempo, era tal o cansaço, que não teve coragem de se levantar. "Casa de loucos e de assassinos" — a frase da outra, o tom medroso com que dissera isso, tudo rodava na memória de Leninha. "Paulo é um assassino..." Lídia aproximava-se, rápida, nervosa.

— Tem que mudar a roupa, depressa!

— As malas?...

— Estão aqui. D. Consuelo já tinha mandado.

A própria Lídia abriu uma delas, por acaso, perguntando: "É essa?" Por sorte era. — "Tem que tirar isso, se lavar, tomar banho. Olhe o roupão!"

— O banheiro, onde é?

— Eu mostro. Você tem que pôr iodo ou, então, água oxigenada aí.

— Não, não precisa. Basta lavar.

A outra fez tudo; arrancou a roupa de Leninha, em silêncio, rápida, grosseira, rasgando, sob a alegação de que nada daquilo podia prestar mais; e tinha uma curiosidade de conhecer a esposa do primo, de julgá-la; era uma mulher, vendo outra mulher, julgando outra mulher através de um severo e minucioso critério feminino. Ia falando, fazendo seus comentários em voz alta, sem se incomodar com a vaidade da outra, enquanto Leninha se abandonava com uma docilidade, uma passividade de menina:

— Pensei que você fosse mais bonita. Quando soube que ele estava noivo, calculei que fosse, quer dizer, que você, enfim, tivesse uma beleza fora do comum. Ele é muito exigente, ou foi. Preferia corpo à cara. Ah, você não pinta unhas. Olha essa mancha aqui! Está esfolada, isso foi no arame farpado! Estou achando esquisito, porque conheço ele! Paulo precisava de uma mulher bonita, mas bonita mesmo! Vamos, eu lhe mostro o banheiro, fico lá com você!

Quis ver se Lídia não entrava; mas a outra fazia evidentemente questão. O banheiro era desses antigos; o teto bem alto. Lídia abriu o chuveiro, experimentou a água com os dedos — parecia que ela era quem ia tomar banho — e comentou:

— Está boa! Entre! Deixe que eu faço!

Apanhou a saboneteira, a esponja de borracha, advertiu:

— O sabonete vai arder. Também a pele está toda esfolada!

Esfregava; passava a esponja com força e falava sempre, numa excitação progressiva:

— Com uma mulher bonita, eu acredito que esse casamento tivesse resultado! Aliás, você vestida dá outra impressão, você ganha. Há mulheres assim. Outras, não!

Essas palavras iam ferindo Leninha, humilhando-a, deixando-a num desconforto. Sentia vergonha de não ser perfeita e teve uma vontade ingênua de explicar: "Eu agora estou muito magra; é por isso..." Calou-se, porém. Agora Lídia enxugava. Reparou até nas mãos da outra:

— Você não pinta as unhas?

Não pintava. Estava cada vez mais humilhada.

— Mas oh, nem para o casamento?

Havia na voz de Lídia um desprezo exultante. Leninha deu graças a Deus quando vestiu o roupão, fechou-o até o pescoço. Estava mal enxuta, sentia frio, talvez fosse nervoso. "Eu estou me vestindo, tomando banho, mas não fico aqui."

No quarto, Lídia apanhou na mala uma combinação, apressando:

— Vamos andar ligeiro — e continuou falando. — Mas ah, minha filha, eu acho que não adiantou esse casamento, nada. Ele não conseguirá esquecer, aposto!

Leninha tinha acabado de vestir a combinação. Virou-se, com certa agressividade:

— Mas "esquecer" o quê? Que história é essa de "esquecer"?

— Ah, você não sabe?

— Mas não sei o quê?

— O que houve. Foi uma coisa horrível; e é por isso que todo o mundo aqui anda armado, você não viu? Aqueles homens de rifles?

— Vi. E então?

— Pois é. É por causa do que houve. Mas não posso contar. Deus me livre, se eu contasse, e se ela soubesse...

— Quem? D. Consuelo?

— Titia, sim.

Toda a beleza imponente de Lídia parecia, de repente, abatida, humilhada. Toda ela exprimia um terror de criança.

— Não, não posso contar. Mesmo que você não contasse, ela poderia adivinhar, ela às vezes adivinha o pensamento da gente, sabe o que a gente está pensando... Mas vista-se, antes que ela apareça e venha ver a razão da demora. Você tem que descer logo!

— E se eu quiser ficar aqui, ora essa?

— Não pode. Ela me disse: "Ela vai tomar banho, mudar a roupa e depois vem jantar com a gente." Nem você, nem ninguém, só Paulo, às vezes, pode desobedecê-la, mesmo que seja coisa à-toa.

Leninha procurou ser heróica. Estava tentando abotoar o vestido, na altura dos quadris, disse, com raiva:

— Que é que ela pode fazer em mim? (pensou: "Estão muito enganados comigo: Muito!")

— O quê? Você ainda pergunta, o quê? Coitada.

— Diga, então, o que é que ela vai fazer? Vai bater em mim, talvez?

Desafiava. O ódio daquele casamento dava-lhe uma fibra inesperada, uma vontade de luta. "Graças a Deus estou com raiva. Me deixaram na sala quase nua, com homens lá me espiando. Essa velha me fez perguntas na frente de todo o mundo..."

— O que ela vai fazer em você? Ah, meu bem, se você soubesse o que ela fez com a outra... Aliás, ela e Paulo! Os dois!

— Que "outra"?

— Quer saber?

— Quero.

— Então jure, jure que nunca dirá a ninguém. Haja o que houver, mesmo que você brigue comigo, jure!

— Juro!

Sentaram-se na cama. Naquele momento, sentiam-se unidas pelo mesmo sentimento de perigo mortal. Um obscuro instinto dizia-lhes que havia no ar, nas coisas, nas pessoas, em tudo naquela casa — uma desgraça iminente. Olharam-se um momento, as mãos de

Leninha juntaram-se às de Lídia, como procurando uma proteção contra uma ameaça sobrenatural. Ela falou num sussurro:

— Você sabia que seu marido era viúvo?

— Claro, sabia. Que é que tem?

— Era viúvo... Meu Deus! Ali, você está vendo, ali!

— Onde?

Alguma coisa se movia no fundo do quarto, perto do oratório. As duas se levantaram, dominadas pelo mesmo terror. Um vulto, alguma coisa que não seria, que não podia ser humana.

Lídia parecia louca, apontava:

— A "outra". Voltou. Ali!

2 "Aquele amor nascera sob o signo da maldição e da morte."

PERTO do oratório alguma coisa se mexia, com os movimentos lerdos e pacientes de um monstro submarino. Lídia levou a mão ao pescoço, como se dedos invisíveis a estrangulassem. Leninha teve vontade de gritar, gritar, chamar por alguém, mas ficou muda e imóvel, vendo "aquilo" crescer, expandir-se. Sentia-se próxima, cada vez mais próxima da loucura: Sim, acabaria enlouquecendo se... — Então, bateram na porta, uma, duas, três vezes. Oh, graças a Deus, alguém que chegava, era um socorro que vinha para arrancá-la daquela atmosfera de delírio. Ela e Lídia despertaram do encanto mortal que as prendia; correram, desesperadas, para a porta, abriram. Era D. Consuelo, severa e hostil na meia-luz do corredor.

— Ali! Ali! — pôde dizer Leninha.

— Ali o quê?

— Uma coisa, na sombra! — e repetia. — Uma coisa!

— Se mexendo — continuou Lídia — uma coisa se mexendo! Lá dentro, titia, perto do oratório!

Seus olhos guardavam o terror daquele momento; levou a mão ao rosto, parecia chorar. D. Consuelo olhou para uma e outra; uma cólera surda começava a crescer no seu peito. Puxou Lídia pela mão; e como a outra quisesse resistir, tomada de um medo maior, balbuciando "não! não!" — a velha arrastou-a, com a sua força inesperada de mulher nervosa!

— Você não se faça de tola, Lídia! Não se faça de tola!

Leninha, aterrada, via as duas; aquela briga de mulheres dava-lhe uma angústia intolerável, uma espécie de repugnância que a crispava toda. E seguiu uma e outra, entrou no quarto, também como se alguma coisa mais forte do que sua vontade a atraísse, uma fascinação maléfica e irresistível:

— Então onde é que está a coisa? Quedê? Sua mentirosa!

— Perdão, titia! Eu não faço mais!

Não havia nada; "aquilo", aquele ser indefinível que parecia um monstro marinho, desaparecera. "Foram os meus nervos", pensou Leninha, ali não tinha nada. D. Consuelo repetia:

— Mentirosa! Não viu nada! Quis meter medo à outra! Mentirosa!

A palavra, vil, insultante, caía como pancadas.

— Agora, saia! E olhe o que eu lhe disse!

A outra saiu, enxugando os olhos com a costa das mãos. Leninha ouviu o barulho que Lídia fazia descendo as escadas, quase correndo. D. Consuelo virava-se agora para ela, examinava-a; e, como Lídia, parecia estar fazendo um julgamento físico da nora:

— Eu pensei que você fosse mais feia. Também quando você chegou estava tão suja, rasgada, parecia uma "porquinha"! Mas ainda assim não é bonita, está muito longe disso.

Leninha responde de olhos baixos, com um sentimento de vergonha e de culpa:

— Eu sei que não sou bonita.

— Mas talvez pudesse melhorar; o penteado, por exemplo. Por que você abandona assim seus cabelos? Também pode se pintar, você é pálida demais. O corpo... Assim, assim.

— Nunca me pintei, não uso, não gosto de pintura. Me pintei uma vez; mas num instante a pintura saiu. Eu passo muito a língua nos lábios; minha madrasta diz que eu como batom...

Por que dizia isso, essas coisas, dava explicações, num tom de humildade, quase se degradando? Que é que ela tinha com isso? Só por que era sua sogra? Isso não queria dizer nada, não lhe dava autoridade para julgá-la daquela maneira como uma curiosidade ostensiva, despindo-a com um olhar. Pensou: "Aqui todo o mundo me olha da mesma maneira, olha sem pudor, querendo me envergonhar. É por que eu sou noiva ou por que essa gente é maldosa?" Enfrentou o olhar vil da sogra — sim, era um olhar "vil", a expressão era esta; e esperou, agora com mais dignidade e desassombro. Era como se dissesse, num repto infantil: "A senhora me olha? Eu também olho a senhora, sustento o seu olhar — pronto!"

— Eu não devia ter deixado Lídia vir com você — continuou D. Consuelo. — Ela lhe falou alguma coisa, contou?

— Nada, nada.

— Depois que a "outra" morreu, a "outra" morreu aqui, dormiu nesse quarto mesmo, na sua cama, por sinal. — E acrescentou, sublinhando, com um sorriso enigmático: — Naquela cama!

— Qual era o nome dela? — perguntou, numa súbita curiosidade.

D. Consuelo abaixou a voz:

— Da "outra"? Ah, o nome? Era... Guida. Quer dizer, Margarida.

— Guida... Bonito nome. Guida.

— Pois é: quando ela morreu, foi uma coisa horrível. — Lídia ficou assim, variando, não está normal, você deve ter reparado. Ela pensa que Guida vai voltar; está, certinha, de que ela voltará um dia, que vai fugir da sepultura. Lídia também pensa que ela pode estar aqui, sobretudo nesse corredor, andando o dia todo por ele.

Então Leninha quis saber tudo, tudo, quis saber por que tinha sido "uma coisa horrível". Era uma curiosidade doente que a tomava de assalto, uma fascinação por um mistério que devia ser — segundo a sua intuição — bem trágico.

— Como é que ela morreu?

D. Consuelo excitou-se. Ela mesmo não soube por que começou a falar em surdina, como se pudesse ter alguém lá ouvindo.

— Você quer mesmo saber, quer? Não vai ficar impressionada demais? Sobretudo, sabendo que está dormindo na mesma cama...

As duas olharam, então, para a cama que parecia guardar, ainda, as formas da morta.

— Era tão bonita, tão bonita! Você não faz idéia, não pode fazer idéia!

"Mais bonita do que eu. Como Lídia, 'ela' também era mais bonita do que eu", foi o que pensou, com um sentimento novo de revolta.

— Aconteceu "aquilo". — D. Consuelo abaixava mais a voz. — Foi tão estranho e, sobretudo, tão horrível! Lídia pensa que foi ele quem a matou, que ele fez de propósito...

D. Consuelo contou toda a história, tudo, até as coisas mínimas. Quanto tempo Paulo e Guida tinham vivido junto? Nem três meses — digamos, 90 dias, mas de uma felicidade quase sobre-humana, uma felicidade que até parecia pecado. Uma lua-de-mel de novela, de certos romances. Guida era assim como Lídia; quer dizer, mais bonita ainda do que Lídia, mas as duas se pareciam naquele tipo de amazona. Paulo tinha tido ciúmes até do pensamento da mulher, do sonho. Quando ela calava, mergulhava nas suas meditações, ele perguntava, procurando adivinhar seu pensamento, chegar ao fundo do seu sonho:

— Em que pensas? Por que não falas sempre?

Tinha medo dos silêncios da esposa. Achava que a mulher é sempre perigosa quando cala; que é no silêncio que ela tem a idéia do pecado. Fazia imposições pueris:

— Quero que fales! Sempre, sempre!

Ela repetia, uma, duas, cinco, dez, vinte vezes:

— És meu amor, meu único amor. Queres que jures, eu juro.

— E antes de mim?

— Ah, não perguntes isso. Por que "antes de ti"?

— Não conheço nada do teu passado.

— O meu passado está morto, morto.

Ela podia mentir, negar que tivesse um passado. Podia dizer: "Minha vida começou contigo e acabará em ti." Mas talvez por uma secreta honestidade, pelo pudor de mentir, deixava em suspenso o problema do seu passado, permitia que se criasse em torno do seu passado uma sugestão perversa. Ou quem sabe se isso era crueldade de mulher, uma perfídia feminina para fazê-lo sofrer, exasperá-lo. Às vezes, perguntava, com uma maldade instintiva:

— E se antes de ti tivesse havido alguém? Se tivesse havido outro homem?

Ele não respondia. Saía de perto da mulher, fugia, numa necessidade de esgotar sua raiva com alguma coisa violenta, desesperada. Ela gritava:

— Paulo! Paulo! Volta, Paulo. Foi brincadeira, Paulo!

Ele montava num cavalo e começava a correr, como se algum demônio o possuísse. Essas carreiras loucas duravam horas. Não tinham destino; podiam levá-lo até à morte, ao aniquilamento, ao fundo de algum abismo. Tinha rebentado, assim, dois ou três cavalos. Um dia, Lídia ouvira-o dizer à mulher:

— Nem é preciso que peques. A simples possibilidade do pecado, de um pecado teu, bastaria para que eu te matasse.

Mas a situação ficou pior — um verdadeiro inferno — quando chegou, de uma universidade inglesa, o irmão de Paulo: Maurício. Vinha justamente assistir ao casamento. Ele podia ter feito o irmão se afastar com um pedido claro, direto, ou um pretexto qualquer. Mas não; preferiu sofrer, sofrer em silêncio. Maurício não fez nada, nada; fora de uma correção absoluta. Mas quem é que pode com um marido ciumento? Quem?

E veio então a história dos cães, seis lobos, ferozes, que Paulo comprou ninguém sabia direito onde. Só ele podia ter contato com os animais; dava-lhes comida; enfrentava-os, arriscava-se; queria ser reconhecido e obedecido por eles.

— Eu preciso desses cachorros. Eles vão guardar a fazenda, quero pegar uns ladrões de frutas.

Foi essa a explicação: "os ladrões de frutas", que, de fato, arrasavam os figos. E, finalmente, aconteceu aquilo! Na véspera, uma turma havia invadido as figueiras, roubando os figos melhores madurinhos, prontos para serem colhidos. Paulo se irritou; tinha avisado:

— Eu pego! Vocês vão ver, eu pego!

Não disse nada a ninguém. De noite, todos estavam dormindo; de repente, ouviu-se um grito, um grito que nada tinha de humano, uma coisa desgarradora, apavorante, que ninguém pôde mais esquecer.

Sim, um grito dentro da noite. E os latidos dos lobos durante muito tempo. Latidos que se multiplicavam, pareciam encher a noite e que acordaram todo o mundo. Correram, com roupa de noite, tropeçando, caindo e novamente correndo. Ninguém dizia nada, ninguém fazia comentário. Um instinto seguro guiou a todos. E viram: um corpo — devia ser de mulher, pelo menos parecia de mulher — sem vestido, apenas com farrapos ensangüentados. Um corpo sem forma humana, sem forma de espécie alguma. Os cães ainda estavam em cima, ativos, devoradores; e, entre eles, atracando-se com os animais, sujo de sangue, gritando como um louco, Paulo. Ninguém sabia nada. Mas porque, antes mesmo que qualquer tentativa de reconhecimento e sem qualquer possibilidade de identificação, um nome correu a todos:

— Guida!

"Aquilo", aquela coisa era Guida! Paulo berrava com os cães, batia neles:

— Parem! Parem! — como se os animais, com as mandíbulas vermelhas, gotejantes, tivessem uma compreensão humana.

Então começou-se a identificar, não a pessoa — absolutamente irreconhecível — mas os trapos. "É daquele vestido de Guida, aquele, um estampado, que ela usou outro dia."

— Guida? Não pode ser Guida, é mentira, não pode ser!

Paulo não queria se convencer. Quando chegara, a mulher já estava naquele estado, transformada naquela coisa abjeta, inumana. Gritava (e todavia não conseguia chorar): "'Isso' não é ela! não é, estão me enganando!" E sua dor, severa, enxuta, sem uma lágrima, tocada de loucura — era horrível de se ver. Paulo voltava correndo para a fazenda — não havia meio de acreditar. Foi de quarto em quarto, batendo as portas, nas salas, gritando: "Guida! Guida!" No quarto dela, abriu o guarda-roupa e, de repente, tomado de loucura, abraçou-se com os vestidos vazios, para sempre vazios do corpo adorado. Durante a luta com os cães, Paulo machucara a perna e, desde então, passara a mancar.

Quando os cães foram dominados, alguém se lembrou de apanhar e guardar o anel da morta, a aliança, um cordão de ouro; Lídia teve a idéia de recolher a combinação de Guida — a estraçalhada combinação. (Essas lembranças fúnebres, inclusive a combinação, foram guardadas num pequeno cofre, como uma coisa sagrada e intocável.)

Depois — o pior de tudo — a vigília em Santa Maria, na sala de jantar. Todo o mundo se movendo como numa atmosfera de sonho. A iluminação dos círios suspensa sobre aquela beleza destruída. Lídia, com um ar de louca, enrolando e desenrolando um lencinho; D. Consuelo; Maurício sem uma lágrima; o padre Clemente; Nana; visitantes que entravam de mansinho, como simples sombras diziam entre si: "Que coisa, hein?" Empregados, "cabras", colonos, entrando de chapéu na mão, pés descalços desiludidos porque ninguém podia ver como "ela" ficara. Em meio da vigília, Paulo saíra e fora, com um ódio frio e lúcido, matar a tiros, um por um, os cães. E foi outra coisa que impressionou, aquela matança de cães — feita com uma pontaria quase científica. Um só sobreviveu, porque se esgotara a munição. Este ainda vivia, preso, enjaulado — chamava-se Nero — e guardava, intacta, a ferocidade dos companheiros, aquela ferocidade que estraçalhara Guida. A família de Guida não comparecera. Não acreditava na versão da "fatalidade", do "acidente"; via em tudo um crime hediondo de Paulo, inspirado por um ciúme de monstro. "Guida será vingada", era a legenda da família, pais, irmãos, outros parentes, todos unidos em torno da obsessão do ódio. E se dizia, afirmava-se mesmo, que o pai da morta comprara um certo número de cães, também ferozes, cães imensos, que eram exasperados dia a dia, de uma maneira metódica e fanática. Esses cães deveriam fazer com Paulo o mesmo que os outros haviam feito com a bela Guida. Era por isso, por causa do ódio da família de Guida, que certos empregados de Santa Maria — os "cabras" mais valentes — andavam de rifles, dia e noite vigilantes, à espera que os outros viessem. E eles viriam. A matança ia ser grande, o sangue ia correr.

Quando chegou a hora de se levar o ataúde para o cemitério local, Lídia abandonou de súbito a passividade. Teve uma crise pavorosa, rasgou o lencinho, gritou, como uma possessa, sob a iluminação dos círios:

— É ele! O assassino é ele! — e gritou ainda, debatendo-se nos braços que procuravam subjugá-la. — Assassino! Paulo, você é um assassino!

Leninha teve a impressão de que a luz vacilante do quarto tornava-se mais triste. Enterrou as unhas nas palmas das mãos.

— Mas não foi ele! — continuava D. Consuelo. — Paulo era ciumento, mas assim também não. Não faria isso, juro! Lídia ficou meio perturbada, meio louca, pensa ainda que foi ele, mas não foi! Até hoje — interessante — ninguém sabe o que Guida estava fazendo nas figueiras. Não sabia que Paulo ia soltar os cães. Com certeza sentiu-se mal, foi passear, é o que eu presumo...

— Por que a senhora me contou isso? Por que me contou?

— Antes que Lídia contasse... à sua maneira. Não acredite em nada do que ela diz. Mas vamos descer? Enxugue os olhos e ponha ruge, ao menos ruge, sim?

Apanhou o ruge e pôs rapidamente, sob a vigilância da sogra. Já iam sair, quando D. Consuelo parou:

— Você vai conhecer Maurício. Quero lhe avisar que ele é um perigo, para qualquer mulher, seja ela séria ou não. Vamos descer?

Leninha deixou o quarto, olhando espantada para tudo, como se Guida continuasse ali, numa presença imaterial, obsessionante e terrível.

De braço dado, com uma involuntária solenidade, sogra e nora encaminharam-se para a escada. Leninha pensava em Guida — era quase uma obsessão. Sentia-se unida à morte e experimentou um arrepio, como se recebesse em pleno rosto, nos cabelos, em todo o ser, um sopro do além. "Eu acabo louca, acabo como Lídia; eu já não vi 'aquilo' no quarto? E, no entanto, não era nada, lá não tinha nada."

No meio do corredor — era tão escuro o corredor, tão abafado! — D. Consuelo ainda parou:

— Você ouviu direito o que eu lhe disse?

— Como? — teve um choque. — Ah, aquilo? Ouvi, sim!

— Pois é; você nunca se esqueça do seguinte: raras mulheres, só mesmo uma muito heróica, pode ver Maurício sem perder a cabeça. Estou avisando, porque...

— Por que me diz isso? Que espécie de mulher pensa que eu sou?

— Ah, é? Está bem, minha filha. Não está mais aqui quem falou — e acrescentou com uma secreta cólera. — Veremos isso.

Do alto da escada, Leninha viu toda a gente reunida. Logo que ela e D. Consuelo foram notadas, todos se levantaram, ficaram de pé, esperando; e logo Leninha teve a sensação de que, de novo, passava por um exame crítico. Estavam na sala,muitas pessoas desconhecidas, Lídia, Paulo (este o único que não se levantou); desconhecidos: um padre risonho, de óculos; uma preta gorda, quer dizer, mulata (devia ser Nana que, até que enfim, aparecia), um velho, de barbicha bem em ponta, como satanás ou um fidalgo flamengo; e, de costas, bem no centro da porta, olhando para fora, um homem, presumivelmente moço. Era só. "Essa velha pensa, então, que qualquer homem bonito, é só chegar e fica por isso mesmo?" Ela, então, que não fazia questão de beleza em homem, até não gostava de homem bonito! Embora não estivesse olhando diretamente para a porta, tinha, entretanto, noção dos movimentos da pessoa que estava lá, vendo a noite. "Deve ser o tal Maurício", calculou. "Ele vai se virar agora." Teve a intuição de que ele se virara e estava olhando para ela. "É a recomendação que ela fez, eu ando tão nervosa, que me põe assim". Mas o fato é que o seu coração batia com pancadas mais rápidas. Que bobagem, meu Deus! Ficar assim, só porque D. Consuelo advertira. "Ele continua me olhando, continua me olhando." Interessante é que sabia disso, sabia que ele não tirava a vista, e, no entanto, ela continuava não vendo; de propósito, virava o rosto. "Que imaginação, a minha! Isso já é depravação!"

Quando deu acordo de si, a sogra fazia a apresentação:

— Aqui é o padre Clemente, Leninha... A minha nora, padre Clemente.

Ela ouvia a voz do padre, mas como se viesse de longe, muito longe!

— Muito prazer! Muito prazer! — e ajuntou, fitando-a bem nos olhos, com um sorriso bom. — Seja feliz! Desejo-lhe muitas felicidades!

Depois, o homem de barbicha flamenga ou diabólica — coronel Alcebíades; apertou-lhe a mão dizendo só e sumariamente: “Prazer”. Chegou a vez de Nana (estava chorando, meu Deus! Chorando e rindo, só porque chegara a jovem senhora). Nana não se cansava de olhar; e teve uma atitude inesperada: curvou-se, rápida, beijou a mão de Leninha. Houve em redor, um certo espanto; a moça corou, quis debalde retirar a mão, evitar aquilo.

— Nana vai ficar à sua disposição, Leninha. Tudo o que você quiser, peça a ela, ouviu, Nana?

E quando se dirigiu à preta, a voz de D. Consuelo mudou, tornou-se dura, parecia carregar uma ameaça. Graças a Deus, Nana era simpática. Pelo menos, chorava, comovia-se, beijava a mão da nova senhora, devia ter alguma coisa parecida com a alma. E o padre, que tal seria? Assim, assim, ela ainda não podia formar um juízo. Maurício permanecia na porta, olhando-a ainda. Sem vê-lo, Leninha sabia, podia jurar, que ele continuava a fixá-la. Paulo, sentado, mergulhava agora a cabeça entre as mãos. Parecia estar a mil léguas dali, desprendido daquele ambiente, absorvido em não sei que evocações sinistras. De repente, levantou-se:

— Mamãe!

Seu tom foi tão especial, tão cortante, que houve uma certa perturbação entre os presentes. Todos os olhos o fixaram. D. Consuelo virou-se para ele também, com espanto. Ele continuou e percebia-se perfeitamente na sua voz uma surda cólera:

— Que é isso?

— Isso o quê, meu filho?

Ela adoçava a própria atitude, procurava tomar a voz menos ríspida.

— A senhora ainda não apresentou Maurício a Leninha!

— Mas ainda ia apresentar, meu filho!

— Não ia, não senhora, não ia apresentar! A senhora apresentou todo o mundo, menos ele! Parece que tem medo de alguma coisa!

— Que bobagem, meu filho!

Leninha baixou os olhos, crucificada de vergonha; e sentindo contra o marido uma raiva que ia crescendo. Todo mundo desviou a vista da cena, menos o padre Clemente, que parecia particularmente interessado e procurava não perder nenhum detalhe. Paulo sentou-se outra vez e mergulhou, de novo, a cabeça entre as mãos.

— Maurício!

Toda a doçura de D. Consuelo, evidentemente falsa, desaparecera. Ela estava agora muito pálida; percebia que lutava contra o próprio gênio. Maurício veio, com passadas largas, sem trair nenhuma perturbação. Devia ser um homem bastante controlado, senhor de si. Até o último momento, Leninha procurou não olhar para ele. Sua intuição de mulher, seu instinto profundo, parecia avisá-la de um perigo qualquer, de uma ameaça que ela não podia prever qual fosse. Quando, enfim, ele estava diante dela, não pôde mais evitar. Fez um esforço sobre si mesma, sobre seus nervos, quis que seu rosto revelasse a máxima serenidade e naturalidade. Mas assim que o viu — a figura, o rosto, a boca — baixou a cabeça, com o coração saltando, em pânico, no peito.

— Este é Maurício, Leninha.

— Está gostando daqui?

Podia ter dito "muito prazer" ou "como vai" ou outra coisa qualquer. E perguntava simplesmente: "está gostando daqui?" Isso a surpreendeu como se fosse uma extravagância e não uma coisa tão simples como outra qualquer. E a voz dele, meu Deus! Quente, máscula e, entretanto, quase musical. Leninha ergueu de novo os olhos, num esforço. "Como eu sou boba!" Devia estar sendo observada; e, realmente, estava, por duas pessoas, pelo menos, a sogra e o padre Clemente. D. Consuelo olhava a nora com avidez, numa curiosidade aguda de mulher, procurando notar as reações, ver bem a impressão da moça, nos mínimos reflexos fisionômicos. O padre também prestava a máxima atenção; era como se ele considerasse aquela banal apresentação um acontecimento, um marco na história daquela família. Já Paulo parecia indiferente. Depois da explosão anterior, recaíra na sua atitude de alheamento. O coronel de barbicha fora observar um quadro. Nana, junto à mesa, mexia nos talheres.

— Vamos para a mesa?

Enquanto todos se sentavam, segundo as indicações de D. Consuelo, o pensamento de Leninha trabalhava. Era uma atividade mental esgotante. Paulo veio, por último, com um ar de sofrimento bem marcado; colocou-se ao lado de Leninha, numa das cabeceiras. Na outra cabeceira, sentou-se D. Consuelo. Nana ia servir. "Eu não olho mais para ele." "Ele" era Maurício. E nem precisava, porque o rápido olhar, com que o envolvera, fora bastante. Maurício era — tinha que reconhecer — uma dessas figuras de homem que uma mulher não esquece. Não que não queira, mas porque não pode esquecer. Parecia o quê, Nossa Senhora? Parecia um moço deus, com a sua pele branca, a palidez, os traços finos, o cabelo que parecia tocado de sol, os olhos de um azul profundo, o queixo, o nariz, a boca, tudo nele era belo, perfeito e viril. "Foi por isso que ela me avisou, por isso." Teve ódio da sogra, que previra aquela impressão; do marido, que nunca seria tão bonito. Comparou os dois e teve um desprezo absoluto pelo homem com quem casara, um desprezo pelo seu defeito físico, pelo seu andar, pelos seus modos, pelo seu desleixo, por tudo.

De repente, Paulo curvou-se para ela, sussurrou, com um vinco de amargura na boca:

— Eu sou tão mais feio, não sou?

A ironia inesperada dessas palavras deu-lhe um sofrimento quase físico. Virou-se, rápida, para ele, teve vontade de gritar um desaforo, mas apenas sussurrou, cobrindo-o com o seu ódio:

— É, sim. Ele é muito mais bonito do que você. Nem tem comparação.

Não tinham falado em nome, nem era preciso. Os dois pensavam em Maurício, a figura de Maurício enchia o coração de ambos. E ela se revoltava mais, porque, pela segunda vez, Paulo descobria o seu pensamento. Felizmente tinham falado tão baixo que ninguém notara nada. Então D. Consuelo falou da outra cabeceira, ao mesmo tempo que passava os pratos:

— Depois que Guida morreu...

Parou para passar mais um prato. O nome de Guida ecoou mal ali; o coronel da barbicha baixou os olhos; Lídia teve uma expressão de sofrimento; o padre enxugou os lábios com o guardanapo. D. Consuelo prosseguiu, como se não notasse o desconforto geral.

— Quando Guida morreu, eu achei que Paulo devia se casar, de novo. Porque ele precisava, e todo homem precisa, de uma coisa que Guida não lhe deu: um filho!

Leninha sussurrou, entre dentes, arrumando maquinalmente o guardanapo:

— Eu vou-me embora!

— Não! — ordenou Paulo, baixo também; e, como ela estava com as mãos no colo, segurou-a pelos pulsos. — Houve uma luta de mãos debaixo da toalha. — Fique aí!

Todos os olhos fixaram-se em D. Consuelo. O padre deixara de comer. Nana trazia uma travessa. D. Consuelo pegara o tema da maternidade, não o abandonaria assim, obstinava-se nele:

— Casamento sem filho, não pode ser feliz, de maneira nenhuma. E houve aquilo com Guida, porque ela não podia ter filhos — baixou a voz. — Deus amaldiçoou o casamento dela!

— Não! — protestou Lídia. — Não!

Estava desesperada. Levantou-se, suplicou:

— Não fale de Guida! Pelo amor de Deus, não fale! — e balbuciou, espantada: — Guida morreu!

Repetiu, baixando os olhos para se convencer:

— Guida morreu!

Não pôde mais: os soluços explodiram; e, em meio do espanto de todo o mundo saiu correndo e correndo subiu a escada. Ouviram, quando bateu a porta do quarto, trancando-se.

— Ela está louca — disse D. Consuelo. — Não se pode mais falar em Guida que ela fica assim.

Fez-se um silêncio intolerável, ninguém disse mais nada. Maurício continuava imperturbável. Dir-se-ia que nada podia abalá-lo. Leninha sentiu que cada vez estava mais unida à morte; e experimentou um estremecimento doloroso quando ouviu, de novo, D. Consuelo dizer:

— Faço votos para que você não seja como Guida. Que possa ter... filhos.

Aquilo era demais, demais.

— Filhos, eu? Filho?

Conseguira desprender-se de Paulo. Ergueu-se, desafiadora; naquele momento, estava disposta a tudo.

— A senhora está se iludindo, porque quer. Sabe, já adivinhou que eu não gosto do seu filho, não suporto seu filho. Acho ele tudo, feio, horrível, monstruoso, nunca poderia suportá-lo.

— Leninha! — gritou D. Consuelo. — Leninha!

— Não grite. Quem é a senhora para gritar comigo? Hoje mesmo, vou-me embora! Não fico mais aqui!

Recuava em direção da escada. Nana estava, porém, no meio da sala, com outra travessa na mão. O padre Clemente levantou-se, pousando o guardanapo na mesa. O coronel Alcebíades coçava a barbicha.

— Deixe ela falar, mamãe! — ordenou Paulo, e D. Consuelo sentou-se maquinalmente.

Leninha virou-se para o padre:

— O senhor que é padre... Eu quero sair daqui com o senhor, me leve daqui, pelo amor de Deus...

O padre aproximou-se, de braços abertos:

— Calma, minha filha, calma! Ele é seu marido...

— Mas que é que adianta isso? — chegava ao limite de suas forças. — Se eu não gosto dele, odeio-o!... Meu marido, oh, meu Deus!

— Casou-se com ele, minha filha. Jurou perante Deus. Isso não é assim, minha filha, não é assim!

Porém ela não se convencia. Estava louca, louca, todo o desespero acumulado se expandia agora.

Ergueu o punho. Parecia que ia bater no religioso!

— O senhor é igual a eles! É cúmplice deles! Mas eu não fico aqui! Não fico aqui, ouviu? Não fico aqui!

Foi aí que o belo Maurício se levantou. E veio andando, andando. Ela olhou para ele, muito espantada, recuando sem querer, como se ele fosse outra e inesperada ameaça. Paulo seguia a cena com profundo interesse. Maurício chegou junto dela, olhou-a bem e pediu apenas, deixando os presentes aturdidos:

— Fique, sim? — e acentuou, sem desfitá-la. — Eu quero que você fique.

Então, a angústia de Leninha, o seu desespero próximo da loucura, o seu ódio, tudo se fundiu num grande sentimento de paz. Murmurou apenas, baixando a cabeça, em submissão:

— Eu fico...

3 "Jamais estive tão próxima do pecado."

AQUELA transformação em Leninha deixou todos os presentes atônitos. Era, de fato, muito esquisito ("Inconveniente", foi como classificou o coronel Alcebíades). Sim, Leninha estava agora calma, absolutamente calma — toda a sua excitação anterior desaparecera. Parecia presa de um encanto qualquer, um feitiço, de uma influência que não fosse normal. Todos os olhos, então, como de comum acordo, se voltaram para o marido. Na cabeceira da mesa, ainda sentado, ora olhando para a mulher, ora para o irmão, Paulo não dizia nada. Apenas seu lábio superior tremia, indicando um estado de excitação perigosa. D. Consuelo e o padre aguardavam um gesto ou uma palavra de alguém que acabasse com aquele silêncio carregado de presságio. Alguma coisa de terrível ia acontecer, tinha que acontecer.

Mas ninguém disse, ninguém fez nada. Apenas Leninha, de cabeça baixa, olhos fechados, repetiu:

— Eu fico... eu fico...

Seu corpo balançou, ela sentiu que a vida lhe fugia, a consciência, e teria caído, se Maurício, atento, não a segurasse, carregando-a nos braços. Houve um pequeno tumulto na sala; alguém derrubou uma cadeira. Acabara-se aquela imobilidade tensa de expectativa. "Vertigem", "tantas emoções", "não foi nada", "água de colônia nas faces é bom" — estes eram os comentários que apareciam em todos os lábios. (Dois fatos foram muito notados: um que Paulo permaneceu sentado, apenas assistindo; outro que Maurício, em vez de levar Leninha para algum lugar, de deitá-la no divã, por exemplo, não arredou pé e insistiu em tê-la nos braços.) Nana foi correndo na cozinha buscar vinagre. Só aí é que se ouviu a voz de Paulo — uma voz que o ódio transformava:

— Deixe minha mulher!

Tinha-se levantado, aproximava-se, sem todavia apressar o passo, e mancando. D. Consuelo pressentiu o choque, barrou-lhe a passagem com o próprio corpo. Foi primeiro enérgica; depois, suplicante. Mas ele berrou:

— Saia da frente, mamãe!

— Paulo! Que é isso, Paulo! — e se unia a ele, abraçava-se, era arrastada.

— Olhe que eu estou dizendo, mamãe! Saia, já disse!

O padre e o coronel intervieram. O padre condenou aquilo, alteou a voz:

— Ora, meu Deus! Irmãos brigando!

Sem se mexer, com a cunhada nos braços, Maurício desafiou, enquanto se tentava conter Paulo:

— Vem! Deixa ele vir! — e repetia. — Vem!

Seus lábios finos estavam quase brancos. Leninha não se mexia, parecia uma morta. Maurício sentia o calor daquele corpo nos braços, no peito, sobretudo no peito; achou que Leninha era leve, leve, seu corpo mais parecia de menina. (Aliás, era essa a idéia que fazia dela, desde o primeiro momento: uma menina. Um corpo que nem parecia definitivamente formado.) Ele percebia tudo isso, mas de uma forma obscura e perturbadora, ao mesmo tempo que olhava para o irmão e seguia as tentativas que faziam para dominá-lo. Gritou outra vez:

— Vem!

Paulo, então, fez um esforço definitivo; desprendeu-se de todo o mundo, empurrou brutalmente D. Consuelo, que ia caindo; e, livre, veio, reto, para Maurício. Segundo o coronel disse, depois, Paulo parecia um assassino. Estavam agora face a face; só uma coisa ainda os separava da luta: o corpo de Leninha.

— Larga ou não larga a minha mulher?

— Bêbado!

Foi uma coisa tão inesperada que o próprio Paulo tonteou. O tom ou a palavra em si mesma foi como um golpe físico, uma chicotada em plena face.

— Bêbado! — tornou Maurício.

O extraordinário — todo o mundo notou isso — é que o insulto teve o poder mágico de acalmar Paulo. Ele se virou para D. Consuelo, o padre, o coronel, disse com um ar de extremo cansaço:

— Podem ficar sossegados. Eu não faço mais nada.

Incrivelmente sereno e passivo, foi, mancando, para outra sala. Nunca seu aspecto pareceu tão miserável; nunca seu defeito físico fora tão sensível. Sentou-se e queixou-se ao coronel, que se aproximou:

— Ele não tinha nada que pedir para ela ficar. Ele é o cunhado, e eu sou o marido.

Parecia realmente bêbado. "É um covarde", pensava o coronel. Só D. Consuelo e o padre (os dois geralmente tinham a mesma sagacidade) sentiram medo, uma secreta angústia, um inconfessado pressentimento de que a crise viria mais tarde. E com uma violência mais apaixonada e sombria. "Esses dois podem, inclusive, se matar", não deixou de pensar o padre Clemente, lembrando-se de Caim e Abel. "Deus os proteja", concluiu, resolvendo fazer mais tarde uma prece pela reconciliação daquelas almas.

Não se sabe quanto tempo Maurício ficaria assim, no mesmo lugar, carregando Leninha, se D. Consuelo não tivesse sugerido:

— Ponha, ali, Maurício, no sofá!

Maurício atravessou a sala — com suas passadas largas —, colocou Leninha com extremo cuidado no mesmo sofá onde ela repousara horas antes. Julgou ter ouvido a voz da moça, sussurrando:

— Obrigada...

"Teria ouvido mesmo?", duvidou. Ela parecia estar desmaiada. Sua palidez era tão grande e apresentava um sinal de fraqueza, de esgotamento, que era transpiração na testa. Ou, pelo menos, ele julgava que isso fosse um sinal típico. D. Consuelo, Nana — ainda perturbada com a cena anterior — davam vinagre para Leninha cheirar. Faziam isso maquinalmente. No fundo, o que as preocupava ainda era o que tinha havido entre os dois irmãos; e, sobretudo, o que ia haver no futuro. Ambas pensavam por palavras diferentes a mesma coisa: "Isso não fica assim." Nana notou:

— Abriu os olhos, D. Consuelo.

Leninha abrira, de fato, os olhos, para fechar de novo; em toda a sua vida de mulher, nunca experimentara o sentimento que enchia agora a sua alma. Abriu os olhos, outra vez. Disse, baixo, como se lhe faltasse mais voz:

— Eu queria subir...

— Paulo vai com você, Leninha. Paulo!

— Paulo, não! — despertou daquele adormecimento. — Ele, não! Eu vou sozinha!

Nana ofereceu-se:

— Eu levo, D. Consuelo, deixe que eu levo.

D. Consuelo afastou-se, tendo que se conter. Sua vontade ao ouvir: "Paulo, não", foi explodir, gritar com aquela nora, até bater; mas controlou-se. Já tinha acontecido tanta coisa naquela noite que ela achou melhor não usar sua energia. "Ela me paga, ela me paga", foi o que prometeu a si mesma, numa ameaça em que pôs toda a força do seu rancor. Deu uma volta na sala para se acalmar e quando voltou para junto de Leninha não mais viu Maurício. Nana ajudava Leninha a levantar-se. D. Consuelo sentiu-se aliviada, como se a ausência de Maurício implicasse o desaparecimento do perigo. Paulo, lá na outra sala, não olhava para nada, mas parecia sofrer de uma maneira aguda. Leninha e Nana dirigiam-se para a escada e o coronel apanhava seu guarda-chuva e se despedia: "Eu passo aqui outro dia" foi o que disse, ao sair. D. Consuelo, então, pôde conversar com o padre Clemente: trouxe-o para a varanda, com medo que Paulo pudesse ouvi-los.

— Padre, Maurício tem que sair daqui, já, já, amanhã mesmo.

— A senhora acha?

— Acho — repetiu. Acho. O sr. viu? Um dia, eles se matam, padre Clemente, não se iluda. Já não se gostavam; essa mulher...

— Por que diz "essa mulher"? — respondeu o padre com doçura. — O termo não é bonito.

D. Consuelo dominou-se, emendou:

— "Minha nora" veio complicar mais a situação. Agora eles têm o pretexto para brigas. Hoje, Paulo não se atracou com Maurício, não sei por quê. Ele não é covarde; quando fica com raiva, não enxerga nada na frente. Mas hoje, interessante... Só sei que Maurício tem que sair, deixar a fazenda. Já com a "outra", a "primeira", foi a mesma coisa...

— Eu sei, eu sei.

— Paulo cismava que Maurício e Guida... Sem razão, o sr. sabe.

O rosto do padre tornou-se grave, quase duro. D. Consuelo esperou que ele dissesse qualquer coisa, que "sabia", enfim que testemunhasse a fidelidade de Guida. Mas o padre era de uma honestidade cerrada, incapaz de afirmar ou confirmar nada que tivesse suscitado no seu espírito a mínima dúvida. E no caso de Maurício e Guida, ele tivera uma série de impressões ou de intuições que procurava em vão esquecer ou destruir. D. Consuelo, com uma tensão nervosa progressiva, via a situação bem má:

— Agora com essa vai ser a mesma coisa. Ou talvez pior. Talvez, não. O certo é que Maurício é bonito demais. Eu bem avisei à Leninha...

— Avisou o quê? — quis saber o padre.

— Que não olhasse para Maurício. Um homem assim, padre, não há mulher que resista. Duvido!

— Também não é assim. Que é isto? Se fosse, estava tudo acabado.

— Pois então, está acabado, padre — afirmou D. Consuelo com uma convicção terrível. Eu sou mulher, sei como são essas coisas, a mim ninguém engana. Nenhuma mulher resiste a Maurício!

"Nenhuma, nenhuma, nenhuma", foi a palavra que ficou no pensamento do padre, como se uma voz interior a repetisse, uma, duas, três, dez, vinte, cinqüenta vezes. Ele acreditava que muitas mulheres — milhares e milhares — resistiriam a Maurício, sim. Mas o que o enchia de angústia, de certo modo, era a ênfase com que D. Consuelo dissera aquilo, a convicção desesperada, a certeza de suas palavras. "Talvez ela esteja enlouquecendo", pensou em desespero de causa.

Leninha não desmaiara. A única coisa que teve foi uma tonteira; daí ter perdido o equilíbrio, obrigando Maurício a carregá-la e a ficar com ela nos braços tanto tempo. A tonteira tinha passado logo; mas ainda assim, ela continuara de olhos fechados, sem dar sinal de vida. Uma comédia involuntária, que ela fez sem sentir, sem querer, à revelia da própria vontade, sem premeditação. Pôde acompanhar toda a cena pelo ouvido, através das palavras e dos ruídos; mas a atitude de Paulo, o tumulto na sala, as cadeiras derrubadas — tudo isso quase nada alterou seus nervos. Carregada por Maurício ela se concentrava num sentimento intraduzível de felicidade. Nunca, em todo o seu destino de mulher, experimentara um êxtase tão completo, pois era um verdadeiro êxtase. Pensava confusamente: "Sou louca, completamente louca, doida varrida", mas ainda assim se abandonava à beleza daquele momento. E tudo porque um homem a carregara nos braços, um homem que ela conhecia há duas horas! Aquela emoção que sentia, só a emoção, era, já, um pecado. "Eu sou casada, não amo meu marido, mas sou casada." Não teria direito de se emocionar tanto com um homem que não era seu marido. Ao mesmo tempo, se defendia: que mulher, até hoje, conseguiu dominar o próprio pensamento e as próprias emoções? O que a mulher consegue é controlar seus atos, é não fazer, não realizar o pecado, mas o pensamento é livre, o sonho é incontrolável e a emoção nasce sem a gente querer, nasce por si mesma, domina nossa alma. E continuava de olhos fechados, prosseguia na comédia, já agora voluntária. Que aquele instante se prolongasse, que não acabasse nunca, nem hoje, nem amanhã, nunca, meu Deus!

Quando Maurício, por fim, a colocou no divã, pôde dizer num sopro, como uma sombra de voz: "Obrigada..." Mas logo que se desfez o seu contato com Maurício, que ele se afastou, sentiu um abandono, um desamparo, uma solidão horrível. Foi como se um sonho muito bonito se despedaçasse, de súbito. E, ao mesmo tempo, passou a raciocinar melhor. Sentiu-se como um louco que recobra a razão. Pensava com uma lucidez implacável: "Que sou eu, afinal de contas?" Teve medo de não ser "uma mulher séria", de ser frágil demais. "Como é possível que eu conheça um homem e uma hora depois esteja assim?" Fez ainda outra pergunta a si mesma mais perturbadora: "Estarei apaixonada por Maurício ou foi questão de momento?" D. Consuelo e Nana faziam-na cheirar vinagre. Que coisa horrível é o vinagre. Abriu os olhos para não cheirar mais aquilo. E aí se lembrou de uma coisa que, antes, não a preocupava quase: é que não era bonita. Procurou recordar as próprias feições: o nariz, o desenho da boca, o corpo, os olhos. Recordou-se dos comentários de Lídia e de D. Consuelo; e isso deu-lhe uma irritação profunda. "Posso não ser bonita; muitas não são. Mas será que, assim como sou, nenhum homem se apaixonaria por mim? Há mulheres bonitas que são tão infelizes! Quem sabe se eu, apesar de não ser, também vou ser feliz?"

Depois, Nana levou-a. A preta foi perguntando se ela estava melhor, se ainda estava sentindo alguma coisa, mandando Leninha se encostar nela. Tudo isso com um carinho que, pouco a pouco, ia comovendo a moça. Quando chegaram lá no quarto, Leninha perguntou, logo que entraram:

— Nana, eu sou muito feia, sou?

A preta sorriu, olhou como se tivesse julgando, abriu mais o riso, e disse:

— Feia? Que esperança! A senhora é linda!

— Está querendo me agradar!

— Sério! Quer que eu jure!

— Nana...

Queria fazer outra pergunta, mas tinha medo. Medo do que Nana dissesse. Mas acabou fazendo, embora sentindo uma angústia no coração horrível:

— Quero que você me diga — pode me dizer, eu não me incomodo — quem era mais bonita, eu ou... Guida?

Fechou os olhos para não ver a cara que Nana fazia. De olhos fechados, ficou esperando uma resposta que custou a vir, uma resposta que não veio.

Ele ouviu bater 23 horas. Ouviu bater meia-noite. Só então abriu os olhos: viu D. Consuelo, numa cadeira próxima, bem de frente para ele, olhando-o. Pensou: "Está me velando; parece até que eu morri, e ela está me fazendo quarto." Levantou-se e veio mancando para junto de D. Consuelo. A velha senhora não se mexeu, mas foi ela quem começou a falar, sem nenhuma emoção na voz, fria, seca, severa, como habitualmente:

— Paulo, eu queria lhe dizer uma coisa: de meus filhos, você é quem me pode dar um neto. Maurício não acredito que se case. Não é homem de uma mulher, mas de muitas mulheres.

— Inclusive da minha — zombou ele com um humor apavorante.

— Não brinque. Estou falando sério. A nossa família não deve desaparecer...

— Crescei-vos e multiplicai-vos... — murmurou ele, olhando para o teto; e mudou subitamente de tom, curvou-se para dizer: — A senhora tem razão, mamãe. Mesmo porque qualquer dia desses eu meto uma bala na cabeça — a vida acabou para mim...

— Paulo — balbuciou, aterrada.

— ...e é bom que fique o meu filho, para que eu não morra de todo.

D. Consuelo viu a transformação que se foi operando no rosto do filho. Teve medo dos olhos dele. E mais ainda, quando Paulo começou a rir: primeiro, um riso silencioso, que o sacudia todo, como uma tosse; e foi crescendo, se expandindo, até se fundir numa gargalhada. Mas o riso foi cortado subitamente, tão subitamente como viera. Tornou-se sério; seus olhos refletiram uma determinação cruel. Puxando a perna, encaminhou-se para a escada, foi subindo os degraus, um por um.

Leninha sentiu os passos do marido no corredor. Sentiu que ele ia se aproximando, se aproximando...

Passou-se o tempo e Nana não respondeu, não teve coragem de dizer nada. O sentimento de vergonha que tomou conta de Leninha foi uma coisa intolerável. "Oh, meu Deus", pensou, "por que perguntei isso? Que é que eu tinha que saber se sou mais feia ou mais bonita do que Guida?" Devia ter visto logo que qualquer comparação era bobagem: "D. Consuelo não diz que Guida foi uma coisa louca, uma beleza? E eu não tenho beleza nenhuma, com certeza nem chego aos pés dela." Sentiu um certo ressentimento contra Nana. A preta podia ter mentido — que custava? — para ser amável, delicada. Podia ter dito: "A mais bonita é a senhora. A senhora é mais bonita do que Guida." Em vez disso, até agora estava calada. Então, Leninha quis sofrer mais, revolver a ferida que se abria na sua alma; e insistiu, provocou Nana:

— Quer dizer que eu não sou nada junto de Guida?

Queria saber tudo: como era a "outra", o que é que tinha de especial, se era tão bonita assim. Nana sofria, procurava defender-se, escapar daquele interrogatório, percebia que a nova patroa estava desesperada. "Odeio Guida", pensou Leninha, "odeio essa mulher; e aposto que estão exagerando, não foi tão bonita assim." O nome da morta martelava seu pensamento. "Preciso rezar, preciso rezar." Nana pediu:

— Não pense nisso, D. Leninha. Seu Paulo não se casou com a senhora? Então? É porque achou que a senhora é bonita também!

Parou no meio do quarto, atônita. Ah, meu Deus, percebia agora! A preta pensava que era por causa de Paulo. Teve vontade de rir e de chorar, ao mesmo tempo. Imagine se ela se importava com Paulo! Ele podia pensar em Guida quantas vezes quisesse, podia ser fiel à memória dela, ir todos os dias ao cemitério, levar flores. "Eu não me incomodaria com isso; até gostaria." E se ele amasse uma viva, então melhor, mil vezes melhor, contanto que a deixasse em paz. O que a fazia sofrer era o sentimento de que Maurício conhecera Guida; de que, com certeza, admirara muito a cunhada. Quem sabe se não a tinha amado? Ela era mulher do seu irmão, mas que é que tinha isso? A gente admira ou gosta não é porque quer, não é porque delibera: "Vou gostar de Fulano!", ou "vou admirar Sicrano!" Gosta e admira porque sim. Além disso, o ódio que separava os dois irmãos devia ter um motivo sério. Que motivo mais sério do que uma mulher? A causa era, então, Guida, a memória de Guida, viva naqueles dois corações. Leninha ouvia Nana falando — estava falando alguma coisa — mas não prestava atenção, devorada por uma febre interior; odiava a "ausente" como talvez jamais uma mulher tivesse odiado outra mulher; e odiava o ar que ela havia respirado, aquela casa em que tinha vivido, o quarto, tudo.

— D. Leninha, por que a senhora não põe a camisola do "dia"?

Virou-se, agressiva, para a preta, como se tivesse recebido um golpe inesperado.

— Camisola do dia?

Ainda fez a pergunta, como se não tivesse percebido direito; como se estudasse o sentido daquelas palavras. "Camisola do dia, camisola do dia..." Teve vontade de rir, outra vez, mas não o fez porque sabia que o riso iria transformar-se em soluço. Sentou-se na cama; Nana aproximou-se. "Parece ter medo de mim", raciocinou Leninha. "Prometi a Maurício que ia ficar. E como vai ser agora, meu Deus?" Que loucura aquela promessa que ela, entretanto, estava resolvida a cumprir, acontecesse o que acontecesse. "Mas o que é que ele tem para me dominar assim? Agora, no mínimo, vou sonhar sempre com ele." E Nana, minha Nossa Senhora? Doce, humilde, persuasiva, tenaz, dizendo coisas que Leninha não ouviu, querendo convencê-la a se preparar! "Daqui a pouco ele vem", "daqui a pouco ele chega." Nana não estava entendendo nada; ou se esforçava por não entender. Aquela história de Maurício na sala, a atitude estranha de Leninha lá e mesmo agora, as coisas que ela tinha dito contra Paulo — tudo isso enchia a cabeça da velha criada. Mas ela procurava não pensar, não ver, não querendo saber de nada. De repente, a preta teve um estremecimento: é que sentira os passos de Paulo, passos que o defeito da perna tornavam inconfundíveis (conhecia a léguas o seu andar).

— Ele vem! — balbuciou. — Seu Paulo!

— Vem? — assustou-se Leninha.

Ouviu os passos dele. Subia agora a escada. Levantou-se.

— Nana! Não deixe esse homem entrar!

— Mas o que é que eu posso fazer, filhinha? Diga o quê!

— Não sei! Esse homem aqui não entra!

— Mas é seu marido! Tem direito!

— Direito o quê! Direito coisa nenhuma!

Ficaram as duas paradas — a preta e a jovem senhora — sentindo que Paulo se aproximava mais, cada vez mais. Agora vinha no corredor. Mancando, mancando, mancando. "Aleijado!" — murmurou Leninha, saturada de ódio, um ódio sem limites. O mais estranho é que quando ele chegou na porta, podia ter batido logo. Mas não o fez. Ficou imóvel durante — digamos — trinta segundos, que Leninha e Nana, na sua angústia, acharam um tempo infinito. Por fim, ele bateu. Uma vez, duas vezes. Nana, então, dirigiu-se para a porta; dirigiu-se ou, melhor, quase correu. Leninha quis segurá-la, porém ela, rápida, se desprendeu. A preta parecia aterrorizada. Abriu a porta e passou; Leninha sentiu que Nana chegava ao fim do corredor, descia as escadas. "Estou sozinha", pensou, "sozinha com esse homem." Por que Paulo não entrava? Continuava na porta, olhando para a mulher. Ela jamais soube quanto tempo ficaram assim, olhando-se, apenas, sem um gesto. Depois, ele entrou; fechou a porta, deu volta à chave. E veio na direção da esposa, que não recuou um passo.

— Acho melhor fechar a luz — disse ele, com a voz mudada, tão mudada; dir-se-ia que tinha feito um grande esforço físico e estava cansado, muito cansado; e insistiu: — Não é? Para que a luz acesa?

Seu tom era infantil. Voz máscula, mas o tom de criança. Mais tarde, Leninha pensava: "Que idéia foi a dele fechar a luz naquele momento?" Apertou o botão: a luz apagou-se. Todavia a escuridão não era completa; havia a pequena lâmpada do oratório, sempre acesa, iluminando uma imagem de Santa. Ela não o via mais: "Nem ele a mim", foi o que pensou. Estava calma, tremendamente calma, sem nenhum vestígio de emoção, nenhum. Paulo veio silenciosamente, tão silenciosamente, que ela só percebeu a sua aproximação pelo hálito do marido — aquele hálito de álcool que nenhuma mulher poderia suportar. "Quem tem um hálito assim devia virar o rosto ao se dirigir a outra pessoa, ou, então, falar a distância!" Leninha não pôde, sequer, tentar um gesto de defesa ou de fuga. Paulo tomou-a de assalto no seu abraço: um abraço que a imobilizou, que quase parecia triturá-la. Só não gritou por um orgulho desesperado. Pôde apenas balbuciar:

— Aleijado!

Aquilo foi tão inesperado, que ele não entendeu, achou que tinha ouvido mal:

— O quê?

— Aleijado! — repetiu Leninha com mais violência, na sua maldade de mulher, que aquilo devia causar-lhe um sofrimento especial, que devia ofendê-lo tanto como ser chamado de "bêbado".

Ele percebeu, apertou-a mais, estreitou o abraço, desafiou:

— Me chame agora de aleijado?

Reuniu todas as forças para dizer:

— Aleijado!

Ele estreitou mais um pouco o abraço, ela sentiu como se os seus ossos estalassem. Era demais aquilo, não podia suportar por mais tempo, morreria ali, na certa. A força de Paulo era monstruosa; e, entretanto, ele acovardara-se, quando o irmão o chamou de bêbado. Foi colando os lábios no ouvido dela, que Paulo sussurrou:

— E agora? Vai me chamar de aleijado outra vez? Vai?

— Não... não...

Ele afrouxou um pouco. Leninha, então, teve ânimo para insultá-lo:

— Bruto! Estúpido!

Mas não alteou a voz para dizer isso. Paulo também falou baixo:

— Que adianta Maurício ser mais bonito do que eu? Se você está à minha disposição? Se eu posso fazer com você o que quiser?

Saindo da sala, Maurício ficou alguns momentos na varanda; de lá, poderia ouvir o que se dissesse. Tinha medo que Paulo quisesse fazer alguma violência na mulher. Ele, então, interferiria e... Pensou, acendendo um cigarro: "Preciso falar com o padre Clemente; dizer que, um dia, mato Paulo. Nós dois somos demais no mundo. Um tem que morrer." Respirou aliviado, quando viu que Leninha e Nana se encaminhavam para a escada. Ficou observando um pouco mais, receoso de que Paulo as seguisse. Depois enfim, desceu a escada da varanda e mergulhou na noite. Ia fazer o que sempre fazia: a sua excursão noturna que era um mistério na fazenda de Santa Maria. Qual seria o seu destino todas as noites? Era o que ninguém sabia. Desconfiava-se que fosse caso amoroso. Tinha que ser uma mulher, só podia ser isso. Mas ele fazia tanto segredo — fechava-se tanto — que D. Consuelo calculava: "É mulher casada, sou capaz de jurar." Um dia, interpelara mesmo o filho: "Maurício, eu não tenho nada com que você faça fora de casa. Você é maior, sabe o que faz. Mas uma coisa só eu quero que você diga: essa mulher..." "Que mulher?" "Esse caso que você tem: ela é casada, é, meu filho?" "Ora, mamãe, ora!" Fora até um pouco grosseiro. E ficou nisso, nesse "ora, mamãe, ora". D. Consuelo deixou de ter dúvidas, pareceu-lhe que era mulher casada, sim. E teve medo pelo filho, pela vida do filho. Ele voltava dessas excursões de manhã. O que a irritava era que aquilo fosse todos os dias, todos os dias. Ele não falhava nunca. Uma vez, estava devorado de febre, nas fronteiras do delírio; pois quando chegou a hora de sempre, levantou-se, cambaleando, apanhou o revólver — ia sempre armado, sempre — e foi. D. Consuelo, aterrada, ainda quis prendê-lo: "Mas você ir assim, meu filho, com febre, com essa febre?" Maurício, geralmente, escutava o que a mãe dizia; respeitava-a muito. Só nesse caso é que era intransigente, hostil, tornava-se em certas ocasiões estúpido. E quando a mãe quis detê-lo, reagiu logo, afastou-a de seu caminho: "Não se meta, mamãe, não se meta."

Naquela noite — da chegada de Leninha em Santa Maria — ele seguiu o mesmo caminho das outras vezes. De vez em quando, olhava para trás, observava se não estava sendo seguido; e se ouvia alguma coisa, um rumor que às vezes era de um bicho, escondia-se detrás de uma árvore, puxava o revólver e ficava à escuta, de tocaia. Só prosseguia sua marcha, quando verificava que não havia nada, que tinha sido uma ilusão sua, nada mais. Seu itinerário, através das florestas, era, propositadamente, o mais confuso possível. Ele sempre levava em conta a hipótese de que estava sendo seguido; e agia como se quisesse confundir, despistar, qualquer pessoa que porventura o acompanhasse. De comum, não parava. Mas esta noite se detinha de quando em quando; uma vez sentou numa pequena rocha — estava dentro da floresta — e ficou pensativo, vários minutos. A imagem de Leninha perseguia-o. "Eu podia ter ficado hoje na fazenda." Tinha a impressão de que, naquela noite, podia suceder uma tragédia em Santa Maria entre Paulo e Leninha. E essa possibilidade, que lhe ocorria agora no meio do mato, fê-lo parar. Hesitou alguns momentos, quase — esteve por pouco — voltou atrás. Mas, ao mesmo tempo, lembrou-se da mulher que o esperava — era realmente uma mulher — e continuou. O interessante é que não estava certo ainda, não chegara a uma conclusão, se Leninha era bonita ou não. Sabia só que parecia uma menina, era muito frágil de corpo, delicada de feições. Lembrou-se do instante — e foram muitos instantes — em que a teve nos braços. "Estou acostumado a essas coisas, mas não sei — engraçado — fiquei impressionado." Era isso que o surpreendia. Homem bonito — D. Consuelo não exagerava a seu respeito — encontrava facilidade demais. Sua vida amorosa não oferecia problemas; e de tal maneira que a sua convicção era de que nenhuma mulher o resistiria. "Maurício está muito mal acostumado", era o que se comentava. E estava realmente. Aliás, criara-se ouvindo sua mãe repetir: "Não há ninguém mais bonito do que você, meu filho. Duvido que uma mulher..." Andando, na noite, ele pensava que a conquista de Leninha era uma coisa que estava nele, na sua vontade. "Basta eu querer", foi o que pensou no meio da noite. Não levava em conta a vontade de Leninha, o seu caráter, o seu direito de dispor de si mesma e o seu dever de fidelidade ao marido. Contava apenas com a sua figura de homem, a sua capacidade de se fazer amado. De súbito, parou. Um nome veio-lhe aos lábios:

— Regina!

Seu rosto endureceu na sombra. Recomeçou a andar, ouviu um barulho distante, um relâmpago encheu o céu e a floresta. Estava quase chegando ao seu destino. Mais um pouco, veria a cabana em que Regina morava, passava seus dias de mulher solitária. "Regina, Regina." Tudo sacrificara, tudo abandonara por amor dele, Maurício. Vivia, só, no meio da floresta, com um único criado, Tião. Maurício é quem lhe levava os vestidos, as meias, os lápis de batom e trazia as novidades da moda: "Olha, isso aqui estão usando agora." Eram luvas, chapéus, sapatos, abertos no calcanhar, fechados. Ela vestia, usava tudo, só para ele, para recebê-lo à noite. Era até impressionante, esquisito, fantástico — sei lá — ver uma moça linda, vestida em grande gala, pintada — naquela cabana e naquele ermo. Regina era assim. Tinha medo de perdê-lo — de perder o seu jovem deus — e sempre que ele chegava na cabana, lá estava ela, perfeita, irrepreensível e, sobretudo, linda, linda. Agora que a imagem de Regina se fixava no seu pensamento, ele ia esquecendo, pouco a pouco, de Leninha. Apressou o passo e viu, por fim, entre árvores grandes, a casinha, escondida, uma casinha feita de troncos, como no Alaska. Pela pequena janela saía uma luz escassa (nem eletricidade havia: era candeeiro). Ia gritar — "Regina!" — quando viu o vulto de Tião correr para ele, de braços abertos. Teve um choque, um mau pressentimento, quase correu também.

— Seu Maurício! Depressa. Seu Maurício!

Entrou correndo; e viu: Regina, deitada, e o sangue correndo, em quantidade incrível. Regina tinha cortado os pulsos; estava pálida, de olhos fechados. Só as mortas eram pálidas assim.

— Ela se matou, Seu Maurício! Ela se matou!

E o velho abandonou o pequeno quarto, foi chorar lá fora, debaixo da noite.

“Eu não quis viver sem amor. Eu tinha direito ao amor.” 4

ESTREITOU ainda mais o abraço (queria que a mulher gritasse) e repetiu:

— Que é que adianta você gostar mais do outro, se eu sou o marido e faço com você o que quiser? Adianta alguma coisa?

— Não faça isso — pediu Leninha, quase gritando, fazendo um esforço doido para não gritar — não faça isso que me machuca!

Paulo riu, na escuridão; teve aquele riso silencioso que o sacudia como uma tosse surda. Ela não podia mais se debater, espernear; estava tolhida, presa, sem poder fazer um movimento. Nunca pensara que um homem pudesse ser tão forte e que uma mulher pudesse ser tão frágil. O marido falava agora, dizia-lhe coisas ao ouvido, parecia estar achando uma graça infinita em tudo aquilo, querendo exasperá-la até à loucura:

— Mas se eu quero machucar mesmo! Se é para machucar!

— Vai ver — foi uma ameaça desesperada e infantil — vai ver quando eu sair daqui.

E chorou, vencida, humilhada, molhando o paletó do marido, na altura da gola, com as suas lágrimas. Ele, então, desafiou a mulher; sua voz deixara de ter humor, ironia, passou a revelar a irritação que, pouco a pouco, o invadia:

— Por que é que não chama por ele? Chame agora!

— Chamo assim... Ai!

— Assim baixinho, não. Quero ver alto. Diga alto: Maurício! Mas grite mesmo!

— Maurício...

O nome saiu quase imperceptível: ela não tinha voz, aquilo era quase um murmúrio.

— Que é isso? Berre! Ande, berre!

De novo, aquele riso surdo. Que ódio, meu Deus, que ódio! Sentiu que ia se humilhar, que não agüentava mais — por que é que as mulheres são tão mais fracas que o homem? Suplicou, chorando, com tudo doído por dentro, amassada. Dignidade, altivez, tudo tinha desaparecido:

— Me largue, pelo amor de Deus, me largue!

— Só se você pedir perdão.

— Não peço... Estúpido!

— Então melhor. Vamos ficar assim a noite inteira.

Ele afrouxou um pouco. Leninha pôde respirar melhor, mas como lhe doíam as costelas. ("Ah, bruto, ele vai ver, ele me paga".)

— Que é que você quer de mim? — perguntou.

— Peça perdão.

— E depois você me solta? — parecia uma criança.

— Solto.

— Perdão. Pronto. Agora solte!

— Assim não quero. Tem que ser uma coisa vinda do fundo do coração.

— Perdão. Peço-lhe que me perdoe. Agora me largue, me largue e acenda a luz.

— Você viu como está à minha mercê? Eu podia fazer agora o diabo. Mas não faço.

— Eu sei — balbuciou, na sua humildade de mulher maltratada, pedindo a Deus que ele não a apertasse de novo, com aquela força quase sobre-humana, trituradora.

— Mas eu não farei nada. Porque você não me interessa...

Repetiu, tendo-a ainda nos braços, sublinhando as palavras:

— Você não me interessa fisicamente nada, nada. Não acho graça em você. Acho você desinteressante. Magra, ossuda. Quando estou perto de você, é mesmo que não estar diante de mulher nenhuma. Agora, vou-me embora, calmamente, percebeu? Passe muito bem.

Saiu, puxando da perna. Leninha ficou sozinha, muito tempo, imóvel no meio do quarto. Podia ter acendido a luz, sentado na cama, feito, enfim, alguma coisa. Mas sentia-se num estado tão especial, de confusão, de perturbação, vergonha, que não sabia o que fazer. Se chorava, ria, se dava graças a Deus pela ausência do marido. Tinha, sim, uma sensação de despedaçamento interior. Alguma coisa fora destruída na sua alma; e aquela revolta contra a vida, contra o próprio destino, contra os homens, contra tudo, renascia. Até o dia do seu casamento ou, antes, até poucos momentos antes, era uma moça, ingênua, acreditando que ainda era possível esperar alguma coisa da vida; e vinha aquele bruto, aquele bárbaro e...

De repente, sentiu que tinha entrado alguém no quarto. Paulo, com certeza, não fechara a porta; deixara-a encostada apenas, e uma pessoa estava ali. Embora Leninha não pudesse ver nada, aquela sensação de presença não podia enganar. Perguntou, então:

— Quem está aí?

Não precisou repetir a pergunta. A pessoa falou:

— Sou eu, Lídia.

Leninha não se mexeu. Que lhe importava que fosse Lídia e não outra pessoa qualquer? O que Paulo dissera ainda estava nos seus ouvidos, enchendo sua cabeça; e nunca — nem que vivesse não sei quantos anos — se esqueceria daquelas palavras: "Quando estou junto de você, é mesmo que não estivesse diante de mulher nenhuma. Você não me interessa fisicamente, nada, nada..." Estava tão mergulhada nos seus pensamentos, que quando deu conta de si o quarto aparecia iluminado; Lídia acendera e Leninha custou a sentir a presença da luz. Notou a excitação de Lídia, uma excitação que ela não conseguia disfarçar.

— Eu vi quando Paulo passou — explicou a moça.

— Estava espiando? — ironizou Leninha.

— Eu, minha filha? Ora essa! Então eu precisava espiar para ouvir os passos dele? Que idéia!

— Pensei.

— Aliás, eu já esperava isso. Eu tinha lhe dito, não foi? Paulo está obcecado pela primeira mulher.

— Você me disse.

— E você...

— É claro, eu nem chego aos pés da outra. Não é isso que você quer dizer? Não é? Pode dizer...

— Bem... a outra era bonita, Leninha, era linda, eu nunca vi ninguém tão bonito, na minha vida. Não foi surpresa para mim, quando ele saiu e deixou você. Eu sabia, tinha certeza, que o casamento de vocês não podia ser feliz, jurava.

— Você acha? "Jurava" que eu não ia ser feliz, não é?

— O resultado está aí, minha filha. Ele não deixou você, não abandonou você, na primeira noite do casamento? Quer coisa mais clara, quer?

Leninha chegou até à janela, olhou para fora. De vez em quando, havia relâmpago; era uma tempestade próxima. Foi num desses relâmpagos que ela viu Paulo, lá fora, fumando, de costas para a sua janela. Ele olhava não se sabia para onde; e, de qualquer maneira, havia alguma coisa de fantasmagórico na sua figura solitária. Vendo o marido, Leninha sentiu a cólera nascer no seu coração, sentiu que o seu sentimento de mulher reagia. Virou-se para Lídia, que estava evidentemente triunfante com a sua humilhação, aproximou-se e disse:

— Lídia, imagine você... Sabe o que é que ele teve coragem de me dizer? Faça uma idéia? Pois disse que não sentia por mim nenhum interesse físico. Que era como se eu não fosse mulher.

— Foi? Ele disse isso? — a alegria de Lídia era cada vez mais evidente e mais cruel.

— Disse, continuou Leninha, reavivando a própria humilhação, experimentando um secreto prazer em se martirizar aos olhos da outra. — E, depois, saiu por aí, está lá fora. Calcule agora isso na minha primeira noite de amor! Lídia... — aproximou-se mais da outra. Lídia empalidecera de excitação; queria, com avidez, novos detalhes; e se Leninha não contasse tudo, ela acabaria fazendo perguntas diretas.

— Lídia, eu sou tão assim? — parecia ter febre.

— Tão assim como? Que pergunta!

— Tão desinteressante que um homem possa me abandonar com essa calma, ainda dizendo por cima: "Passe bem"?

— Não sei, minha filha...

— Eu odiava e odeio meu marido — disse Leninha, sem prestar atenção à Lídia; parecia estar falando para si mesma ou para uma invisível pessoa. — Mas é duro para uma mulher; é duro, sim, Lídia, ver o marido sair, sem mais nem menos... Mas eu quero dizer uma coisa, Lídia, quero jurar, você é testemunha...

E o tom de Leninha foi outro, um tom de ódio, de certeza patética, quando acrescentou, chegando seu rosto bem para junto do rosto de Lídia:

— ...juro, Lídia, que esse homem há de amar como jamais uma mulher foi amada. Há de implorar de joelhos meu amor. E eu, então, o expulsarei, você vai ver, juro!

Tião correu — parecia louco — e foi chorar lá fora, dentro da noite. Maurício se aproximou do leito como que fascinado. Ela estava com essa palidez que só as mortas têm. Não foi dor que ele sentiu, mas, justamente a impossibilidade de sofrer. Caiu de joelhos, pensando: "morta, morta... Regina morreu..." Mas não era possível. "O que é que eu tenho, por que não choro, meu Deus?" Procurou o peito, o coração de Regina. Sua mão pousou de manso, com medo. Ela não podia ter morrido, era mentira, não podia... E, então, percebeu que alguma coisa batia, uma palpitação muito fraca, mas, enfim, vida. Então seu espírito de luta despertou. Rápido, rasgou uma tira de pano, amarrou-a no pulso cortado; e ficou, ainda, calcando o lugar, como se a vedagem feita não bastasse. Graças a Deus, não tinha atingido nenhuma artéria, senão àquela hora Regina estaria morta.

— Regina, que foi isso, meu Deus? Que foi isso?

Levantou-se, gritou:

— Tião! — Tião!

Ajoelhou-se, de novo, olhando-a, tão linda assim, pálida, como se estivesse morta. De vez em quando, pousava a mão no peito da moça, sentia aquela palpitação que era uma certeza de vida. E ele que, ainda há pouco, em Santa Maria, estava todo voltado para outra mulher, enquanto Regina, ali, procurava a morte! Por que ela fizera isso? A falta de uma explicação tornava a sua angústia maior. Ela parecia tão feliz, não se queixara nunca, pelo menos a ele. Por que então, de repente...

— Regina... — elevou um pouco a voz — Regina...

Queria que ela respondesse, que despertasse, que desse um sinal de consciência.

Abriu os olhos. Maurício perguntou:

— Por que você fez isso? Você não sabe que eu não viveria sem você? Não sabe?

Ele precisou se curvar sobre ela; quase encostar o ouvido nos lábios de Regina, para, então, perceber as suas palavras:

— Loucura... Loucura minha... Perdoa... Não faço mais...

Abria os grandes olhos; e o pensamento que a fazia sofrer era que ele tivesse visto o seu sangue — tanto, tanto — e o sangue é uma coisa que muita gente não pode ver sem asco, sem angústia e sem náusea. "Depois disso, talvez ele se enjoe de mim, tenha nojo..." De olhos abertos — mas ainda muito fraca — acompanhava os movimentos de Maurício e de Tião, que entrara; Tião limpava o sangue do chão. Ouviu a voz do criado dizendo:

— Vamos mudar o lençol, não é, Seu Maurício?

Foi carregada com extremo cuidado. Ficou nos braços de Maurício. O sangue tinha parado. Ela sentia que a vida renascia, que se libertava pouco a pouco da morte, e experimentou um desejo muito grande de viver, de amar, de estar presente à vida de Maurício, para que outras mulheres não se apossassem dele. Sobretudo, sabia que uma morta é fatalmente esquecida, e pior, substituída. "Meu Deus, quero viver, quero viver." Era uma vontade de toda a sua alma, do seu corpo, viver para novas carícias. Maurício dava-lhe beijos rápidos e leves que nada se pareciam com os beijos quase mortais dos grandes momentos. Disse:

— Se tivesse sido uma artéria... Mas foi uma veia, não houve um corte profundo, o sangue com o pano que eu amarrei, estancou. Está vendo? Agora não sai mais...

Ela encostou o coração no peito de Maurício. Sentiu as batidas surdas. Ergueu a cabeça, com uma expressão trágica e linda, fez o apelo:

— Jura que não serás de outra... Jura que nunca, nunca, beijarás outra mulher, jura...

Paulo estava sozinho, diante da noite, ouvindo o vento, olhando os relâmpagos. Deixara a esposa não fazia dez, quinze minutos. Não pensava nela, na moça magra que não beijara, sequer. A mulher que enchia seu pensamento era outra. Balbuciou um nome:

— Guida... Guida...

Teve vontade de gritar:

— Guida! Guida!

Um grito que atravessasse todas as distâncias. Depois, desistiu. Nenhum grito, por mais alto que fosse, poderia arrancar da morte a única mulher que ele amara, a única. Ela estava morta, bem morta. Só muito tempo depois, quando começou a chover, é que ele veio andando para casa, sentindo que não podia esperar mais nada da vida. Entrou no seu quarto de solteiro, que ficava longe dos outros quartos, um lugar solitário onde ele se refugiava quando queria pensar em Guida e no seu perdido amor. Acendeu a luz; e, então, viu Nana, sentada na única cadeira do quarto. A preta levantou-se:

— Desculpe, Seu Paulo. Eu vi o senhor lá fora, calculei que viesse para cá.

— Que é que há?

— Seu Paulo, eu só queria dizer ao senhor uma coisa! Esta casa precisa de uma criança, Seu Paulo! Um bebê seria tão bom, o senhor ia ver...

Mancando, ele voltou até à porta, abriu:

— Saia, Nana — parecia cansado, muito cansado.

Ela quis falar, desistiu e passou por ele de cabeça baixa, com um sentimento de vergonha enorme. Paulo foi até à mesa, abriu a gaveta e tirou um revólver. Ficou com a arma na mão uma porção de tempo. Por fim, encostou o cano na fronte, disse baixo:

— Guida...

Com o cano do revólver encostado à fronte, ele passou talvez cinco, seis segundos. Mas seu pensamento trabalhou, sua memória, de mistura com a imaginação. Coisas de sua vida, fatos, sensações, pessoas, paisagens, rodavam na sua lembrança, se fundiam; e, sobretudo, a imagem de Guida, linda, perturbadora. "Guida, Guida", era o único nome que existia no seu pensamento. Não se lembrou, uma única vez, de Leninha; era como se a sua segunda esposa não existisse, nunca tivesse existido. Puxou, então, o gatilho.

O que ouviu não foi o que esperava, o clamor na cabeça, o despedaçamento, a dor instantânea, o esquecimento, o nada, o eterno silêncio. "O revólver falhou, o revólver falhou", foi o que pensou, confusamente. "Mas por que, meu Deus, por quê?" Fez um esforço mental para compreender aquilo. Ou seria a intervenção de Deus, o dedo da fatalidade, um desígnio qualquer, secreto, da providência? Seu braço desceu, ficou um momento com o revólver na mão, a cabeça doendo, o coração batendo em pancadas mais rápidas e surdas; e não quis examinar a arma, sentiu como que uma presença, uma atuação do Senhor, naquele suicídio frustrado. Reagiu sobre si mesmo: "Não é possível; eu não acredito em nada..." Mas então por que é que o revólver não tinha disparado? Por que só ouvira o barulho do gatilho? Por que a bala picotada não disparara?

Examinou o revólver, deslocou o tambor: vazio! Nenhuma bala. Compreendeu tudo: alguém havia tirado, uma por uma, todas as balas. Ele poderia ter ficado ali, puxando o gatilho, a noite inteira; e o resultado seria o mesmo. Sentou-se na cama, refletindo: "Eu preciso morrer, eu preciso morrer. A vida acabou para mim..."

Bateram na porta.

— Seu Paulo! Seu Paulo!

Reconheceu a voz de Nana. Uma cólera fria nasceu no seu coração; num instante descobriu tudo. Tinha sido Nana. Nana previra, com um instinto qualquer, que ele ia fazer aquilo. A preta conhecia-o desde menino; aprendera a ver no seu rosto os sentimentos que ele procurava esconder. E um ódio contra a preta dominou Paulo. "Ela me paga, essa negra..." Abriu a porta!

— Sua preta ordinária!

Bateu-lhe. Esbofeteou a criada velha que o vira nascer. (Ela sempre dizia, com orgulho: “Eu vi nascer esse menino!”) Nana não reagiu; cobria a cabeça com as mãos, e confirmava:

— Fui eu, sim, Seu Paulo! Tirei todas as balas, tirei!

Havia nas suas palavras um orgulho desesperado, uma alegria quase feroz de ter salvo o rapaz. E deixava-se bater. Ele parou, quando viu que a boca da velha sangrava. Disse ainda, surdamente:

— Sua ordinária!

Fechou os olhos, esgotado com aquele ódio inútil. Sentiu que Nana escorregava ao longo do seu corpo, abraçava-se às suas pernas, encostava a cabeça na altura dos seus joelhos:

— Eu não queria que o senhor morresse, Seu Paulo, não queria. D. Consuelo ia ficar!... E D. Leninha, e eu, Seu Paulo!

Ele experimentou um sentimento agudo, intolerável de remorso, de vergonha, por ter batido na velha. Ergueu-a, com esforço (ela era pesada e quis, insistiu em ficar de joelhos, abraçada às pernas do rapaz; mas Paulo puxou-a quase com violência):

— Por que você fez isso? Eu não posso viver, Nana, não sinto gosto nenhum pela vida, que é que adianta viver assim?

— Isso passa, Seu Paulo, o senhor vai ver — era a argumentação da velha. — E logo no dia do seu casamento!

— Nana... — olhou a preta, venceu uma última hesitação, uma última vergonha. — Nana, você quer saber o que eu vi na véspera de Guida morrer?

Precisava dizer, confiar a alguém o que vira, aquele segredo que o atormentava, acabaria por enlouquecê-lo. A preta baixou a voz, pressentindo que o moço ia contar uma coisa importante:

— Que foi, Seu Paulo? — olhou para o moço, vendo que ele sofria demais.

— Nana, na véspera de Guida morrer, eu vi uma coisa que ninguém sabe, só eu, nunca disse a ninguém. Sabe o que foi? Perto da represa, junto daquela árvore, aquela grande — e baixou mais ainda a voz, seus olhos tinham qualquer coisa de loucura — Guida e Maurício estavam lá. Os dois se beijavam, Nana!...

Então, Nana teve uma suspeita, e disse, aterrada:

— Foi o senhor que matou, Seu Paulo. Foi o senhor que matou D. Guida!

D. Consuelo viu Paulo subir as escadas, mancando. Pensou: "Tão feio esse defeito." Não se habituava ao andar do filho. Deixou que passasse algum tempo; e quando achou que o moço entrara no quarto, subiu também, com um certo cuidado, para não fazer barulho. Lá em cima, ela não se deitou: deixou a porta apenas fechada com o trinco. Sentou-se na cama e ficou esperando. Ela mesma não sabia o quê. Esperava alguma coisa, que algo acontecesse; e permanecia numa expectativa cheia de angústia. O que ela queria, com uma vontade quase desesperada, em que punha todas as suas forças, era que o novo casamento de Paulo não fosse como o primeiro. "Senão a família acaba. O que eu posso esperar de Maurício, ele que não quer, não há meio de casar?" Ela nunca perdoara Guida por não ter sido mãe. E mesmo agora experimentava um certo rancor, lembrando-se do que o médico dissera:

— Ela não pode ter.

"Agora, vamos ver com essa." Acreditava que Leninha pudesse. "Tomara que essa não seja a mesma coisa." E o fato é que, desde que recebera a notícia de que o filho estava noivo — fora uma coisa tão rápida — a idéia do neto enchera sua cabeça. Ela, Nana, Lídia e pessoas que freqüentavam a fazenda conversavam normalmente sobre o hipotético filho de Paulo. Aquilo era uma coisa certa. Tinha que acontecer. Ninguém alimentava a menor dúvida. Até os criados, colonos, diziam: "O homem vai se casar outra vez. Santa Maria precisa de uma criança. Isso ia melhorar que era uma beleza." A casa era triste; D. Consuelo, com aquele gênio; Lídia, meio virada da cabeça; Nana, suportando coisas incríveis, o nervoso da senhora. Seria outra coisa um menino — talvez fosse uma menina — ali, naquele casarão triste, onde muita gente tinha morrido e que parecia conservar no seu interior uma tristeza de desgraças passadas. Até discutia-se a questão do nome. "O nome do pai", sugeria um. "E se for menina?", lembrava outro. D. Consuelo vivia nervosa na esperança, quer dizer, na expectativa de uma criança que — meu Deus! — ainda estava muito longe, não existia.

Pensando nessas coisas ela acabou cochilando, não soube direito quanto tempo ficou assim. Acordou porque Lídia a sacudia:

— Titia! Titia!

Teve o choque; a sua primeira idéia foi de que tinha havido alguma coisa, uma desgraça.

— Que foi?

— Paulo saiu. Não está mais lá.

Lídia estava nervosa; precisava fazer força para controlar sua excitação.

— Que história é essa?

— Paulo saiu. Não passou nem meia hora no quarto. Eu ainda nem tinha mudado a roupa, quando ele passou pelo corredor.

— Mas saiu? Assim?

— Pois é.

— Mas o que é que houve?

— Não sei, não sei. Só sei que foi embora.

— E você está toda satisfeita, não é? Está, sim!

— Não! Não! — recuou Lídia, vendo na tia uma ameaça crescendo, crescendo.

— Está, pensa que eu não sei, não vejo? Mas primeiro eu quero falar com essa... essa...

Só uma coisa estava presente ao seu pensamento: o neto. Ficou um momento parada, refletindo, acabou se revoltando, enquanto Lídia, a poucos passos, silenciosa, sentia um medo horrível.

— Vamos lá. Eu quero falar com ela.

Leninha estava na janela, sofrendo ainda com a humilhação, quando a sogra, acompanhada de Lídia, entrou no quarto. D. Consuelo lutava consigo mesma. Tinha vontade nem sabia de quê. Responsabilizava Leninha por aquele fracasso. Ia ser como o outro casamento, agora por motivos diferentes. Porque Leninha não fora bastante mulher, bastante atraente. E a sua irritação aumentou, vendo a atitude de Leninha, a calma da moça. Estava séria, com uma severidade de fisionomia muito grande; mas o que D. Consuelo achava era que uma noiva, naquelas condições, devia estar chorando, desesperada. Desconfiava, tinha raiva das mulheres que não choram (embora ela mesma não chorasse). Dirigiu-se para Leninha, que não foi ao seu encontro (já isso, D. Consuelo achou um desaforo). As duas ou, antes, as três (Lídia também), pressentiram que ia haver um choque, talvez irreparável. No primeiro momento, D. Consuelo ainda procurou se controlar, não ser violenta demais; e limitou-se a perguntar, se bem que com voz alterada:

— Que foi que aconteceu?

Sim, sua voz tremia, ela viu logo que acabaria estourando.

— Nada.

— Nada? — perguntou D. Consuelo, sentindo que não agüentaria mesmo. — Nada como? Então não aconteceu nada e Paulo larga você, assim, vai embora?

— A senhora bem sabia ou quer me dizer que não sabia?

— O que é que a senhora fazia?

— Eu não disse na sala, a senhora não ouviu? Que eu não gostava dele, que odiava?

— Você, afinal, é ou não é mulher?

Sogra e nora estavam face a face. Não havia mais cerimônias, hipocrisias, respeito mútuo, mas um sentimento de hostilidade que iria aumentando.

Lídia olhava a cena com secreta alegria. Briga de mulheres era uma coisa baixa, quase sempre abjeta; mas, ainda assim, a atraía, irresistivelmente.

— O que é que a senhora quer dizer com isso?

— Se você fosse mulher, teria vergonha — está ouvindo? — vergonha de ser abandonada assim pelo marido, na primeira noite do casamento!

— Vergonha, eu?

— Vergonha, sim.

— Eu não gosto do seu filho. Por mim, ele pode desaparecer, quantas vezes quiser. Tanto faz. Se eu gostasse, aí era diferente!

— Pois olhe, minha filha: quando eu era moça, se me acontecesse uma coisa dessas...

— O que é que a senhora fazia?

— Se meu marido me abandonasse na primeira noite, eu nem sei, meu Deus! Ia ter vergonha de mim mesma. Ia achar que meu corpo era horrível. Ia achar que não era mulher; não era coisa nenhuma.

— Pois eu sou!

— Você ainda diz "eu sou"! Se você fosse, pensa que ele ia sair assim? Largar você? Se ele fez isso, é porque não sentiu nada por você, mas nada, absolutamente nada! Sentiu menos do que sentiria por uma desconhecida, uma qualquer!

Leninha, então, quis zombar, irritar bem a outra:

— Ele não me quer, não faz mal. Outros querem!

— Nenhum! Nenhum, ouviu? Você precisa se olhar no espelho!

— Eu me olho.

— Pois então devia saber que é de uma falta de graça, mas de uma falta de graça que dói!

— E a senhora? Algum dia foi bonita, foi?

— Pelo menos, me casei.

— Por isso, não. Também me casei, ora essa!

— Eu sei, mas o meu marido não me largou nunca. Gostava até muito de mim. Tinha ciúmes, minha filha! Não podia ver homem nenhum olhar para mim. E eu tenho cartas, no meu gavetão. Umas até nem posso mostrar.

— Há gosto para tudo!

— E outra coisa, Leninha: você está muito enganada comigo. Olhe que eu não sou de sua idade. Não estou aqui para aturar suas insolências.

— Insolente é a senhora.

A sogra aproximou-se mais, ofegante. Estava transfigurada pelo ódio, rouca:

— Não me desrespeite, Leninha! Porque eu faço com você o que fiz com Lídia, quer ver?

— Não tenho medo! — reagiu Leninha.

D. Consuelo puxou Lídia, que abriu muito os olhos, assustada. Descobriu o ombro da sobrinha; afastou a alça da combinação; e Leninha, então, pôde ver uma marca horrível na carne da moça.

— Está vendo isso aqui? Está vendo? É ferro em brasa. Lídia também pensou que podia brincar comigo, me fazer de boba. Olhe o resultado. Eu faço isso com você, Leninha, marco você também, se você não melhorar, ouviu? Estou avisando!

Antes que Leninha pudesse prever, defender-se, pegou-lhe o pulso, torceu:

— Quebro-lhe o braço! Assim!

Leninha sentiu que aquela mulher, louca de raiva, era capaz mesmo de lhe quebrar o braço, fazer uma loucura. Ia gritar, quando a outra largou. Leninha correu para a porta.

— Pare!

Mas as três se imobilizaram. Alguém gritara lá fora; e, imediatamente, ouviu-se um tiro, e novos gritos. D. Consuelo e Lídia correram para a janela. Leninha ficou imóvel, sentindo que uma nova tragédia estava para acontecer ou já acontecera.

5

"Não há um único beijo no meu passado."

D. Consuelo e Lídia viram, então, Paulo, Nana e dois ou três "cabras". Paulo vinha quase arrastando um desconhecido. Como o homem quisesse resistir, ele batia-lhe no rosto, nas costas. Um dos "cabras" perguntou:

— Quer que eu liquide ele, Seu Paulo? É só dizer, a gente liquida.

— Não. Primeiro, quero saber quem foi que mandou.

E o homem ia agora aos empurrões. Lá da janela, D. Consuelo olhava, D. Consuelo e Lídia. Leninha aproximou-se também. Viu tudo por cima do ombro da sogra. O pulso ainda lhe doía. ("Ela quase me quebrou o braço".)

— Meu Deus, que será? — perguntou D. Consuelo sem se dirigir a ninguém.

As três desceram. Leninha foi também, porque D. Consuelo fez questão e ela estava cansada demais, com a vontade quebrada, sem ânimo para resistência de espécie alguma. A velha exigia a nora perto de si, com medo que ela fugisse, fizesse qualquer loucura. Quando chegaram em baixo, o homem estava sendo interrogado por Paulo:

— Quem foi que mandou você aqui? Diga, se não quiser apanhar mais. Quem foi?

— Ninguém.

Uma bofetada quase derrubou o desconhecido. Tinha os lábios partidos e sangrando, mas ainda assim obstinava-se em negar. Ninguém tinha mandado, não senhor. Repetia! Não! Não, não! D. Consuelo interveio:

— Deoclécio — dirigia-se a um dos "cabras" armados — me arranje fósforo.

O "cabra" deu-lhe a caixa. Paulo virou-se para a mãe; estava suado e arquejante; passou as costas da mão na testa:

— Imagine, mamãe, esse tipo aqui. Estava de tocaia para me matar, em cima de uma árvore. Me deu um tiro, passou por aqui, quase me acerta, quase! E não quer dizer quem foi que mandou fazer isso!

— Eu faço ele falar, deixa ele comigo! — disse D. Consuelo aproximando-se mais e mais do homem, com um sorriso enigmático. — Mas segurem, assim, cuidado com as pernas. Agora, o rosto.

Três homens dominaram o desconhecido, tão firmemente que ele não pôde fazer nem mais um gesto. O rosto também foi imobilizado por mãos brutais. Apenas seus olhos se moviam, com uma expressão de medo animal. Paulo olhava a atitude de D. Consuelo com uma atenção sombria. Leninha não perdia um movimento da sogra. Lídia abria muito os olhos. Então, D. Consuelo acendeu um fósforo e aproximou a chama, lentamente, dos olhos do homem:

— Pela última vez, diz ou não diz?

— Não! Não! — balbuciou o desgraçado.

Leninha fechou os olhos. Meu Deus, seria possível aquilo? Mas aquela mulher era monstruosa. Quando olhou de novo, D. Consuelo encostava a chama nos olhos do preso. Ele quis gritar. Sacudir as pernas, libertar-se daquelas mãos de ferro. Tudo inútil. Seu desesperado recurso foi fechar os olhos. O fogo comeu-lhe os cílios num instante, queimou as pálpebras descidas.

— Eu conto! Eu conto, sim! — soluçou.

Chorava agora como uma criança. Sua resistência dissolvia-se em pranto. Leninha sentiu uma náusea. Nunca perdoaria ao marido a sua impassibilidade. Como é que se podia consentir naquilo? Como era possível, meu Deus? D. Consuelo jogou fora o fósforo, quando a chama já lhe queimava os dedos.

— Quem foi? Quem foi? Diga, quem mandou você fazer isso?

— Seu Jorge — confessou o homem.

Lídia sussurrou ao ouvido de Leninha: "O pai de Guida." — D. Consuelo comentou, apenas:

— Eu logo vi! Eu calculava!

Quebrada a sua resistência, o homem abriu-se, contou tudo. A família de Guida soubera do casamento de Paulo e achava que chegara, enfim, o momento de vingar a morta. Os irmãos, o pai (Seu Jorge), se reuniram para a vingança. O pai mandara aquele homem fazer um serviço de espia, só isso; mas o pobre, afeiçoado muito à família de Guida, atirara por conta própria, ao ver Paulo sair do quarto. Seu Jorge nunca que aprovaria aquele tiro. Um tiro para ele era muito pouco. Queria uma vingança pior, qualquer coisa de diabólica, de desumana. A história dos cães era certa. Os animais estavam sendo preparados, açulados dia a dia, metodicamente. Paulo ia ser estraçalhado por eles, ia ter o mesmo fim de Guida, o mesmo; e com a família da morta assistindo.

— Viu, mamãe? — disse Paulo, com a sua expressão taciturna. — Eles continuam pensando que fui eu... que fui eu quem matou Guida! — abaixou a voz. — Que eu atirei minha mulher aos cães...

Leninha não quis continuar ali. Tudo aquilo a deixava num nervoso horrível, a ponto de enlouquecer. Não era possível tanta maldade, tanta frieza de sentimento. Uma coisa estava na sua cabeça, como uma obsessão: a família de Guida achava que Paulo era o assassino, que o que sucedera fora um crime. E D. Consuelo querendo cegar o homem, com uma determinação implacável? Se o outro não tivesse falado, era agora um cego.

No quarto, Leninha sentou-se na beira da cama. Apesar do medo que sentia da sogra, ou que começava a sentir; apesar do horror ao marido, bêbado e mau; apesar de Lídia e da obsessão de Guida; apesar de tudo, estava resolvida a continuar ali. "Ele há de gostar de mim", pensava, com uma convicção desesperada. E quando o marido sucumbisse, quisesse o seu amor, aí então, ela poderia sair, deixar aquele lugar amaldiçoado. Iria — não sabia bem onde, para algum lugar, contanto que fosse longe dali, bem longe. Um lugar que não tivesse Lídia, D. Consuelo, cães ferozes e aquela presença imaterial e obsessionante de uma morta. Uma morta que parecia mandar nos corações, nos sonhos, nos pensamentos de todo o mundo ali. "Maurício, Maurício." Enquanto abria a blusa murmurava: "Maurício, Maurício..." Como é que um homem podia ser tão bonito e másculo? De combinação, colocou-se diante do espelho. Ficou se observando, fazendo um julgamento do seu próprio corpo, dos quadris, dos seios, dos olhos, do nariz, os cabelos. Sua boca seria dessas que sugerem logo a idéia do beijo? Ou não? "Eu nunca fui beijada. Não sei o que é um beijo, não conheço a sensação, nenhum homem me beijou." Diante do espelho, fez um movimento de ombros e uma das alças da combinação correu para o braço. "Eu preciso ser amada. Quero ser bonita. Quero que um homem, me vendo, sinta alguma atração." Pensava isso, com uma expressão séria do rosto, uma expressão severa, como se a beleza, o poder de atrair os homens, de sugerir-lhes sonhos, fosse uma questão de vontade.

— D. Leninha! D. Leninha!

Instintivamente, recolocou a alça da combinação. E foi abrir a porta. Nana entrou.

— Eu sabia que a senhora não estava dormindo. Vim ver se precisava de alguma coisa.

Leninha quis cobrir os ombros com uma toalha, um pano, uma coisa qualquer; e Nana então ralhou com doçura:

— Com vergonha de mim, D. Leninha!

Olhava-a com uma curiosidade cheia de simpatia. Depois disse:

— Elas podem falar o que quiser, D. Leninha, mas a senhora é muito bonitinha.

Leninha experimentou um sentimento bom, doce, de gratidão. Teve vontade de provocar a preta, de saber até que ponto a outra a considerava interessante. Depois do que ouvira, das humilhações impostas ao seu sentimento de mulher, à sua vaidade, ao seu amor-próprio — experimentava um prazer agudo ao ouvir uma palavra de elogio. "Bonitinha". Como é bom, meu Deus, a gente ser chamada de "bonitinha"! Mas não perguntou nada à Nana, sorriu apenas, pensou: "Talvez um dia seja amada, talvez um dia eu seja beijada..." Nana ajudava a moça a se preparar para dormir; Leninha deixava que a preta fizesse tudo, numa docilidade de menina. Ouvia Nana falar:

— A senhora não vá atrás de aparências, D. Leninha, não vá atrás. Seu Paulo é muito bom, mas houve aquilo, a senhora sabe. Ele que não bebia, deu para beber, ficou nervoso, parecendo mau. Mas a senhora ainda há de ser muito feliz com ele, se Deus quiser!

"Se fosse com Maurício", pensou Leninha, com uma amargura que quase a fez chorar. Tinha sido um dia, aquele, tão agitado, de tanta excitação, angústia, sofrimento, que ela pediu a Deus um pouco de descanso, um sono que, pelo menos, lhe desse umas horas de esquecimento.

— Se eu tivesse alguma coisa para dormir! — queixou-se Leninha.

— Ah, tem sim, minha filha! Lá embaixo tem um remédio muito bom que D. Consuelo toma de vez em quando. Quer, eu vou buscar, num instantinho eu volto?

Leninha já estava meio tonta de sono, quando Nana voltou com um copo.

— Bebe, minha filha, bebe!

Bebeu. Que gosto horroroso! Virou-se na cama, ficou de costas para Nana:

— É ruim, Nana!

Dormiu logo, profundamente. Nana ainda ajeitou o lençol, viu uma coisa e outra, depois saiu, fechando a porta com cuidado, para não fazer barulho. Passaram-se dois minutos, três, seis, dez. Então, sem rumor, sem barulho absolutamente nenhum, um vulto de homem apareceu na janela e...

Lá na cabana de troncos — como as casas do Alaska — outra mulher dormia. Era Regina. Estava muito enfraquecida. Depois da tentativa de suicídio e do sangue que perdera com o corte dos pulsos, seu estado de fraqueza era enorme. Dormir não custou nada. Sono parecido com a morte, tão pálida estava, tão serena. De pé, de braços cruzados, perto da cama, Maurício velava. Não se cansava de olhar para Regina. Tião saíra, a mandado de Maurício, para buscar o médico (o velho Dr. Borborema) e o padre Clemente. E, enquanto eles não chegavam, o rapaz pensava em Regina e no amor que os unia. A princípio, ele julgara inexplicável aquela tentativa de suicídio. Depois, soubera de tudo, Tião contara-lhe. Regina só era feliz enquanto ele estava presente. Aí, sim, a presença do bem-amado era doce como um canto, doce como uma música. Ela esquecia, então, de tudo, do seu passado e dos fantasmas de sua memória. Mas assim que Maurício virava as costas, a moça começava a sofrer com a solidão. E ele só podia passar poucas horas a seu lado! Chorava dias inteiros, num crescendo de desespero que poderia levá-la à loucura. Esse sofrimento só tinha uma testemunha: Tião. Porém ela pedira ao criado, quase de joelhos, que não dissesse, não contasse nada a Maurício. Tião, que a adorava, prometia sempre: "Sossegue, D. Regina; eu não conto." E, de fato, jamais dissera nada a Maurício que pudesse fazê-lo desconfiar de tudo o que sofria a amorosa solitária, na cabana de troncos. Só mesmo depois da tentativa é que Tião não pôde mais; disse tudo, as lágrimas que ela chorava e que escondia de Maurício; tudo, enfim, Maurício sofria pensando nisso; e fazia a si mesmo, à própria consciência, uma pergunta: "Será que eu a amo como antes? Ou o meu sentimento já está cansado?"

Ouviu vozes, lá fora; e correu. Era Tião que chegava, com o padre Clemente e o Dr. Borborema. Um e outro vinham com um pressentimento de que acontecera alguma coisa de muito séria; e isso os perturbava. Maurício esperava, na porta:

— Venham. É aqui.

Conduziu-os para o quarto, depois de apertar a mão de um e de outro. O padre Clemente e o Dr. Borborema ficaram imóveis, vendo o sono de Regina. Houve um momento grande, de silêncio, de espanto e quase de pânico.

— Mas não é possível — balbuciou o padre.

O médico também estava estarrecido. Ambos sentiam que tudo aquilo devia ser irreal. Coisas assim não acontecem, não podem acontecer. Aproximaram-se lentamente da cama. O médico adiantou-se para examinar o pulso de Regina.

— Ela cortou o pulso — disse Maurício, com a fisionomia severa, sem que tremesse um músculo do rosto. — Eu, então, apertei com um pano, o sangue parou...

— O principal foi feito — foi a conclusão do Dr. Borborema, depois do exame. — A vedagem resolveu o problema. Agora um, dois ou três pontos — e é o bastante.

O velho médico trabalhou em silêncio; de olhos fechados, o padre Clemente rezava; Maurício assistia a tudo com perfeita impassibilidade. De vez em quando, Regina gemia; mas era tal o seu estado de fraqueza, de alheamento de tudo, que não conseguia fixar aquelas presenças no seu quarto. Tudo aquilo, inclusive a dor, era como se pertencesse a um sonho atormentado. Tião entrou, veio espiar. Quando o médico acabou, Maurício chamou-o:

— Quero que o senhor seja testemunha, padre Clemente, de uma coisa.

— Maurício, mas como foi isso? — perguntou o padre, pousando as mãos nos seus ombros.

— Depois eu conto, padre. Agora, não — e, então, dirigiu-se ao médico. — Eu quero do senhor, Dr. Borborema, uma promessa, quer dizer, um juramento. O padre Clemente testemunhará.

Houve uma pausa. O médico estava extremamente grave. Ficou silencioso, ouvindo:

— Eu quero que o senhor me jure, perante o padre Clemente; me dê sua palavra de honra que não dirá a ninguém, absolutamente a ninguém, que viu esta senhora aqui. Jure, Dr. Borborema! Jure, Dr. Borborema!

O Dr. Borborema olhou para Regina adormecida. Baixou a cabeça, disse, simplesmente:

— Juro — e acrescentou: — Mesmo porque, se o marido souber, nem sei!

— Obrigado. Agora eu vou sair, tenho que ir à fazenda. Peço-lhe, padre, que fique aqui, até ao amanhecer, pelo menos. Tião também ficará. O Dr. Borborema pode vir comigo.

Maurício e o médico mergulharam na noite. Andaram muito tempo em silêncio. Depois, o Dr. Borborema começou a falar. De vez em quando, fazia um comentário de que Maurício, absorvido nas suas reflexões, não tomava conhecimento. "Imagine se o marido souber." "Quem é que podia prever uma coisa dessas". "Parece mentira..." Maurício pensava, não mais em Regina. Sua cabeça estava cheia de Leninha, a mulher que tinha um corpo quase de menina. Perto da fazenda, o médico despediu-se, assegurando:

— Por mim, ninguém saberá, Maurício!

Maurício continuou, sozinho, vendo o vulto da casa, crescer, crescer. Apressou o passo; acabara de tomar uma resolução desesperada.

O vulto do homem que apareceu na janela do quarto de Leninha ficou, um momento, indeciso. Depois, resolveu-se e, com grande agilidade, saltou. Foi uma queda tão feliz que seus pés não produziram o menor barulho. Foi se aproximando do leito de Leninha. Contemplou durante alguns segundos a moça adormecida...

Leninha dormiu um sono só. Sono profundo, bem parecido com a morte. Também estava tão cansada, tão esgotada! Abriu os olhos; e a primeira coisa que viu, da cama, foi o oratório, com a sua pequena luz e a estatueta da Santa, estendendo a mão numa carícia. O sol entrara no quarto, iluminava tudo; devia ser muito tarde. Leninha levantou-se, calçou os chinelinhos com pom-pom; e se aproximou do espelho. Nunca na sua vida tinha se preocupado consigo mesma; mas agora, depois do que lhe haviam dito, das humilhações sofridas, a idéia do espelho ocorria-lhe muito. Sentia uma necessidade de se rever, de contemplar a própria imagem, de julgar até que ponto podia interessar um homem. A imagem que o espelho lhe transmitiu não apresentava, naquele momento, nenhum encanto especial. Que esperança! "Que cara de sono, meu Deus!" Mais interessante do que a sua pessoa era a "camisola do dia" (presente de sua madrasta), decotada, transparente, até demais. "Eu sonhei", pensou Leninha, de repente; mas não se lembrava do sonho. "Ah, agora começo a me lembrar..." Concentrou-se, fez um esforço de memória. "Era alguém que ia entrando aqui, um vulto se aproximava de mim, rindo..." E não conseguia recordar mais nada. "Que graça!"

Lavou o rosto, escovou os dentes no lavatório; e sentia um prazer, uma felicidade física, molhando-se, no rosto, no pescoço, sentindo a pele fresca e limpa. "Preciso me pintar, usar rouge, pó-de-arroz, enfim, coisas que eu nunca usei." Rouge e batom havia na mala. Diante do pequeno espelho do lavatório, fazia uma pintura cuidadosa; e teve, então, uma certa surpresa; estava mais bonita, pelo menos com outro ar, os dentes mais brancos, com certeza pela cor mais viva dos lábios. Procurou outra vez julgar a própria boca, ver se ela podia ou não sugerir a idéia do beijo. "Eu saberia beijar? Se um homem me beijasse, perceberia a minha inexperiência?" "Meus braços ainda estão muito finos", disse baixinho, já completamente pronta. Escolhera o seu melhor vestido, um estampado, que a modelava bastante. E ficou no meio do quarto, sem saber se saía, com medo de enfrentar a sogra, Lídia, o marido, Maurício (ao pensar em Maurício sentiu um estremecimento), de enfrentar, enfim, o ambiente de Santa Maria, tão hostil, tão cheio de ameaças. "Onde é que eu vou tomar café?" Lentamente abriu a porta e saiu; mas quase entrou de novo. É que vira no corredor a figura de Maurício. Meu Deus, mas que coisa! Por que tinha que ser ele a primeira pessoa, logo ele? Ele já ia em direção da escada, mas ouvira o barulho quando ela abriu a porta; virara-se para ver e aproximar-se agora, sem sorrir, muito sério, envolvendo-a num olhar que lhe deu uma sensação de contato físico:

— Bom dia! — cumprimentou.

Ela respondeu com esforço, sentindo que o coração saltava numa emoção doida. O seu "bom-dia" foi quase imperceptível, quase um movimento dos lábios sem som. "Ele vai descer comigo", era o que pensava, com um certo terror. E como era bonito, meu Deus! A sombra azulada da barba tornava-o ainda mais pálido. Teria um rosto de santo, se não fossem os olhos acariciantes, duma luz muito intensa. Leninha pensou em D. Consuelo, na advertência que fizera a sogra. Sim, uma mulher precisava ser muito séria, muito firme, para resistir a um homem daqueles.

Quando eles chegaram na sala, D. Consuelo nem olhou. Mas suas feições endureceram; tornou-se extremamente pálida. "Não gostou", percebeu Leninha imediatamente. Sentaram-se na mesa;

Leninha, sem jeito; Maurício, tão natural, quanto possível; e D. Consuelo, evidentemente hostil. A moça olhou para o velho relógio: dez e meia. Todo o mundo tinha acordado tarde. Teve um choque, quando Maurício quebrou o silêncio:

— Eu vou mostrar a você a fazenda. Você vai ver, é muito grande. Tem bonitos passeios.

Leninha não respondeu; baixou a cabeça, respirou fundo. E o coração batia como um louco. Todo o sangue subira-lhe às faces. Sentiu o olhar de D. Consuelo e pensou até em se levantar. Experimentou um certo alívio quando Lídia chegou e sentou-se a seu lado. Houve um momento de silêncio muito grande e pesado. Lídia virou-se para ela e disse, rapidamente, aproveitando um momento em que a tia se levantou para dar uma ordem:

— Eu preciso falar com você. Não saia com Maurício.

Maurício levantou-se.

— Eu estou na varanda, Leninha. Quando você acabar, vamos passear por aí.

— Está bem — respondeu, mas tão baixo que quase não se ouviu.

As duas — Lídia e Leninha — ficaram vendo as costas do rapaz. Lídia estava ofegante, parecia desesperada:

— Não vá! Sua voz era imperativa; mas tornou-se a seguir suplicante: — Não vá, pelo amor de Deus! Pode suceder uma tragédia!

E como Leninha olhasse com espanto, repetiu:

— Uma tragédia, está ouvindo? Depois eu lhe conto. Vamos subir para o meu quarto? Não quero que D. Consuelo desconfie de nada.

— Vou então dizer a ele que não vou.

— Não! Isso não! Ele lhe convence num instante! Quando ele quer, nenhuma de nós consegue resistir!

Quando entraram no quarto, e Lídia fechou a porta, puderam conversar livremente. Mas ainda assim falavam em segredo, como se alguém, uma pessoa invisível, pudesse estar ali, ouvindo. Lídia tinha uma certa agressividade:

— Você não pode sair com ele!

Leninha também achava que não devia sair; que era perigoso. Mas o tom da outra, a quase intimação, irritou-a profundamente. E tanto que não pôde se conter:

— Não posso por que, ora essa?

— Eu não quero! Ouviu? Não quero!

— E quem é você para me dar ordens?

Lídia ficou desconcertada. Olharam em silêncio; lágrimas começaram a aparecer nos olhos de Lídia. Tornou-se subitamente humilde; Leninha sentiu que a qualquer momento ela chorava:

— Desculpe, mas é que... Você não sabe. Esse homem é o próprio demônio.

— Quem?

— Maurício. Acha que nenhuma mulher pode resisti-lo. Não se meta com ele, Leninha, fuja! Fuja de Maurício! Quando ele quer — e Lídia baixou a voz — ninguém resiste, nem você, nem ninguém!

— Isso é o que você pensa! — Leninha começava a se irritar de novo. — Acha que eu sou o quê? Que qualquer um que apareça...

Lídia interrompeu, com amargura:

— Mas ele não é qualquer um... Não seja louca, Leninha! Ele está evidentemente dando em cima de você.

"Que expressão ordinária", pensou Leninha, "dando em cima de você!" Lídia continuava:

— ...mas está dando em cima de você não por você mesma, porque você seja bonita ou feia. Mas porque você é a esposa de Paulo e ele quer ferir o irmão, humilhá-lo! Você sabe como eles se odeiam!

— Mas se ele pensa isso de mim, se pensa que é só chegar, comigo está muito enganado! Eu não sou o que ele pensa!

— É, sim, Leninha, ou será — a voz de Lídia era quase doce, persuasiva. — Diante de um homem assim, nós não somos nada. Leninha...

Baixou mais a voz; Leninha teve que fazer um esforço para ouvir:

— ...ele não pede licença para nada. Quando quiser beijar, ah, minha filha, quem é que pode impedir? Pega à força, beija mesmo. E o beijo dele, Leninha...

Apesar de tudo, Leninha ouvia fascinada, com uma emoção que a fazia sofrer. Novamente, a tristeza (ou talvez um sentimento de nostalgia) dominava Lídia:

— ...o beijo dele é uma coisa que uma mulher não esquece nunca, nem que viva cem anos. A carícia dele é uma marca que fica na alma da gente.

— Lídia... — disse Leninha, muito baixinho.

As duas se olharam como cúmplices de um segredo muito grande. Leninha continuou:

— Lídia, você já foi beijada por ele, não foi?

A outra abriu muito os olhos. Ia negar violentamente, mas parou. Virou o rosto, fechou os olhos. Leninha foi cruel, fez-se má, sardônica, teve uma súbita vontade de fazê-la sofrer, de envergonhá-la:

— Foi, sim! Eu logo vi! Você falou como se já tivesse "experimentado"!

Lídia ergueu-se. Toda a doçura, que a evocação do beijo parecia ter despertado no seu ser, desapareceu. Foi violenta, confessou apaixonadamente:

— Experimentei, sim, e ninguém tem nada com isso! Não me arrependo. O beijo que ele me deu é uma das poucas coisas boas que levo da vida. Agora uma coisa...

— Que é? — desafiou Leninha.

— Se ele quisesse beijar você, se pegasse você nos braços, você quer me dizer, quer dizer a mim, que resistiria, quer?

— Quero!

— Coitada!

— Coitada, por quê? Olhe, Lídia, você fique sabendo: mesmo que eu estivesse numa ilha deserta, não houvesse nenhum outro homem lá, ele fosse o único — mesmo assim ele não me tocaria! Você se esquece que eu sou casada; e só pensar que eu poderia ceder é um insulto!

— Insulto o quê! Insulto coisa nenhuma!

— Ele nunca me tocará, Lídia! Quero que Deus me cegue, se ele tocar em mim algum dia!

Leninha quis sair, mas a outra assustou-se, teve uma atitude inesperada: caiu de joelhos, abraçou-se às pernas de Leninha. (Era tão esquisito ver aquela mulher de uma beleza imponente, quase máscula, rebaixando-se assim, chorando.)

— Leninha, não saia com ele, pelo amor de Deus, Leninha, ele é meu! Ele me beijou muitas vezes, muitas vezes! Disse que se casava comigo! Deixe ele para mim, Leninha, é a única coisa que eu tenho na vida!

Leninha, atônita, não sabia o que fazer. Experimentava um certo asco daquela humildade de Lídia, daquele pranto. Lídia ergueu-se, sua voz tornou-se mais grossa e máscula:

— Leninha, no dia em que eu perder as esperanças, ah, nesse dia eu me mato, Leninha! Você vai ver!

Quando Leninha e Lídia subiram, D. Consuelo foi, depressa, falar com Maurício. Ele virou-se pensando que fosse Leninha; e teve uma sensação desagradável quando viu D. Consuelo. "Lá vem coisa", pensou, com impaciência, batendo com o pé.

— Maurício, quero muito falar com você.

— Eu estou esperando Leninha, mamãe. Ela vem já.

— Leninha subiu com Lídia, Maurício. Não vem. E precisamos conversar. Isso não está direito.

— Não está direito o quê, mamãe? O que é que não está direito?

— Isso que você está fazendo, meu filho. Maurício, você tem que deixar Leninha em paz.

— Ora, mamãe! Será possível?

Mas D. Consuelo não parou mais; as coisas acumuladas, as queixas do filho, os seus receios, tudo saiu nas palavras:

— Se fosse ainda uma mulher bonita, eu compreendia. Mas essa magricela? Ah, não, Maurício, tenha paciência! Você não pode causar uma desgraça por causa de uma mulher dessas!

— Mamãe, quem deve achar se ela é magricela ou não, se vale ou não vale a pena, sou eu. Ou é a senhora?

— Quer dizer, então, que você está resolvido?...

— Mas resolvido a quê?

— A conquistar Leninha, tirar ela de Paulo?...

— Eu disse isso, meu Deus?

— Não seja ingênuo! — D. Consuelo estava se irritando cada vez mais. — Você pensa que eu sou cega, que não enxergo?

— Além disso, mamãe, não sou eu só, ora essa! Eu posso querer, e ela não!

— Ela não o quê? Você sabe muito bem que se você quiser, ela quererá também. Infelizmente — D. Consuelo baixou a voz — você nasceu com essa beleza.

— Afinal, mamãe. O que é que a senhora quer que eu faça? Diga.

— Você sabe.

— Não sei, não senhora.

— Meu filho: só há um jeito para esse caso, ou então você e Paulo acabarão se atracando, se matando. É...

Parou, como se lhe faltasse coragem para prosseguir. Maurício teve um sorriso sardônico:

— Está com medo, mamãe? Continue.

— O jeito é você sair daqui, meu filho. É deixar Santa Maria. Só voltar se Leninha algum dia for morar noutro lugar. Faça isso, meu filho! Sim?

Aquela mulher seca, orgulhosa, com uma vontade quase de ferro, fazia-se humilde; suplicava. Ele disse, somente:

— Não, não e não!

Leninha deixou Lídia e desceu. Precisava de ar livre, de se libertar um pouco daquela atmosfera, de repousar o pensamento daqueles problemas, sempre os mesmos e sempre torturantes. Quando passou pela varanda, viu D. Consuelo e Maurício (quase voltou atrás). Justamente, Maurício dizia: "Não, não e não!" Leninha desceu a escada e teve a primeira impressão da fazenda, da casa velha. Sim, era uma casa velhíssima, bem de estilo antigo, e sinistra, apesar do dia de sol que estava fazendo. Muito grande, branca, de janelas azuis (a tinta já estava descascando), varandas compridas, telhas escuras de limo. Viu meninos de pés descalços e sujos de lama; carros de bois; cães correndo; porcos, caminhos de barro por onde os carros de bois deixavam sulcos. Diziam "bom-dia", tirando o chapéu, à sua passagem.

Via também árvores, um morro distante; notou um cabo de punhal caindo do cinto de um velho.

Sentou-se no chão, debaixo de uma árvore. Sombra agradável, fresca. Lembrava-se bem das palavras de Lídia. Pensava no que ela dissera sobre o beijo de Maurício, o beijo inesquecível "Se ele quisesse me beijar, se me pedisse um beijo..."

6 "Eu nunca beijarei minha mulher, nunca."

OUVIU então aquela pergunta que o marido fizera no automóvel:

— Posso beijá-la?

A mesma pergunta. Mas quem a fazia agora era outro homem. Era Maurício. Levantou-se, rápida, agressiva.

— Está louco!

Rápido, ele quis tomá-la nos braços, mas ela fugiu com o corpo, desprendeu-se com uma agilidade inesperada que o desconcertou:

— Não me toque! Está pensando de mim o quê! Que sou o quê!

Mas ele não se submeteu ao fracasso. Estava acostumado a vencer sempre, a dominar todas as resistências. Sabia que a intransigência de uma mulher pode se fundir instantaneamente num abandono total, e tentou, de novo, segurá-la. Ela, então, esbofeteou-o. Foi uma coisa tão rápida e imprevista, que o rapaz tonteou, não pôde sequer defender-se. E não foi uma vez. A mão da moça estalou duas vezes, com uma violência inesperada — uma vez em plena face, outra vez na fronte, perto dos olhos.

— Você não presta, Maurício! Você é indigno!

Ele estava imóvel, com o mesmo sentimento de espanto. Maquinalmente levou a mão à face. A moça continuou, recuando um pouco; repetiu o juramento que fizera a Lídia, e com uma tanta e tão patética certeza, que ele sofreu:

— Em mim, você nunca tocará, ouviu? Quero que Deus me cegue se um dia...

Os olhos de Maurício não tinham mais aquela doçura intensa e perturbadora; estavam frios, lúcidos e frios, exprimiam uma maldade, uma determinação tal que Leninha recuou mais ainda. "Um homem que olha assim é capaz de tudo", pensou. Maurício conservava a mesma expressão quase inumana de olhos quando Leninha começou a correr. Sim, era uma fuga; precisava de um movimento qualquer, de um exercício físico, que esgotasse a sua tensão de nervos. "Eu resisti", pensava Leninha, com um orgulho selvagem, "eu resisti". Era a sua vitória de mulher. Maurício permaneceu muito tempo naquele lugar, acompanhando aquele pequeno vulto em fuga, cada vez mais pequeno.

"Talvez eu seja a única", continuava pensando Leninha, na corrida, "a única mulher que até hoje resistiu a Maurício." E uma lembrança, sobretudo, estava presente no seu pensamento: as duas bofetadas que dera, uma que o alcançara do lado, na altura dos olhos; a outra em plena face. Ambas tinham sido bem humilhantes para um homem que se presume irresistível (e que, de fato, o era ou quase); que se habituara a vencer mulheres, esmagar as resistências que elas opunham e que se transformavam, rapidamente, em derrotas integrais.

Quando chegou em casa, a sogra estava na varanda; examinou-a com uma expressão especial nos olhos e num semi-sorriso irritante fez uma pergunta brusca:

— Você viu Maurício?

Leninha teve uma dúvida, desconcertou-se um pouco. Ia negando, mas o sorriso sardônico da outra irritou-a:

— Vi, sim! Vi... — e esperou o resto.

Parecia desafiar a sogra. O sorriso ambíguo de D. Consuelo expandiu-se mais. Houve um silêncio — as duas se olhando como inimigas — um silêncio que a sogra cortou, bruscamente, fechando o sorriso e com agressividade:

— Você não tem vergonha?

— Vergonha de quê? O que é que eu fiz?

— Ainda pergunta? Na sua primeira manhã, aqui em Santa Maria, seu primeiro cuidado foi o de se encontrar com Maurício. Depois do que houve ontem!...

Quando Maurício viu Leninha desaparecer, hesitou um momento, e resolveu, então, ir à cabana de troncos. Suas faces queimavam. Aquelas bofetadas... Não era a necessidade de ver Regina, de saber como ela ia passando. "Preciso ver padre Clemente", era o que ele pensava, internando-se na floresta. Desde criança que seu hábito era dizer tudo ao padre Clemente; esvaziava a alma, revelava os desejos, os sentimentos mais secretos, os atos mais graves. E o fazia sem vontade nenhuma de se absolver ou redimir, mas porque gostava de ter alguém a quem abrir o coração. Mesmo depois de homem, esse hábito de confidência total continuava. "Vou contar tudo ao padre Clemente", refletia, "tudo". Mas não foi necessário chegar à casa de Regina. No meio do caminho viu, a distância, a batina do padre. "Ainda bem."

Vieram os dois conversando; o padre falava pouco, prestando uma atenção concentrada às palavras de Maurício:

— ...e ela me deu duas bofetadas, padre Clemente.

— Maurício, será que você não se emenda?

— Nunca, padre. Serei sempre assim. Sempre.

— Um dia — não sei se está longe ou perto — você se voltará para Deus. E aí...

— Perca as esperanças, padre. O senhor sabe muito bem que nem eu, nem Paulo acreditamos em nada.

— Mas então como vai ser, meu Deus?

— Muito simples. Se ela tivesse cedido, eu ficaria num beijo, dois e me esqueceria, deixaria de mão... Mas agora! Padre, é a primeira mulher que resiste e eu não me conformo. O senhor vai ver, não sossego enquanto ela não se apaixonar por mim; estou disposto a tudo, tudo — percebeu?

— Não fale assim, Maurício. Não tem medo do castigo divino?

O rapaz pensou um momento. Respondeu, com certa altivez:

— Não, não tenho! Eu poderia dizer que sim. Mas para que mentir?

— Maurício, Leninha é uma mulher casada! Leninha é sua cunhada! Maurício, reflita, olhe o que você vai fazer, Maurício!

— Já refleti, padre! Já refleti!

— E a outra? A que ficou lá em cima? Você não se lembra dela? Nem me perguntou como ela vai!

— Como vai Regina?

— Agora, Maurício! Só agora!

— Esqueci, padre. Mas esquecimento em mim não quer dizer nada. Amo Regina, o senhor sabe disso.

— Ama Regina e persegue outra!

— Ora, padre! Então não sabe como eu sou? Não sabe que eu posso e preciso ter vários amores ao mesmo tempo? Que sou um homem para vários amores? Padre, quantas vezes já lhe disse que nasci para amar, só para amar e nada mais.

— Me disse isso muitas vezes, Maurício. E eu tenho rezado tanto por você, pela sua salvação! Maurício, você se está destruindo a si mesmo, está destruindo a própria alma! Cuide de sua eternidade, Maurício!

Pararam numa clareira. Maurício endureceu o rosto; seu olhar tornou-se mau, quando ele disse, de uma maneira quase selvagem:

— O que me interessa é o presente! É a minha vida "aqui"! — e apontava para o chão — "aqui", na terra!

O padre Clemente baixou a cabeça, fechou os olhos. Parecia rezar. E quando falou de novo, teve um tom, uma certeza profética no que dizia:

— Maurício, você, que tanto mal tem feito às mulheres, que tem zombado tanto do amor, você, Maurício, será salvo — um dia — não sei quando, por uma mulher. Porque só uma mulher poderá salvar você!

Na varanda, as duas mulheres — D. Consuelo e Leninha — feriam-se mutuamente, dominadas por um sentimento de cólera que precisava se expandir através de palavras más e violentas.

— E o que é que houve ontem?

— Não sabe, coitada! A ingênua! Aquele escândalo que você deu! Bonito, muito bonito!

— A senhora queria, com certeza — ah, queria! — que eu me pendurasse nos braços de Paulo?

— Seria alguma coisa demais? Ele é seu marido!

— Meu marido! E porque é meu marido! — Leninha tornava-se cada vez mais veemente — eu sou obrigada a gostar dele, talvez?

— E não é?

— Sou coisa nenhuma! Ah, se todas as mulheres gostassem dos maridos, que maravilha seria este mundo! Uma beleza!

— E você descobriu que não gostava dele depois do casamento? Ou já sabia, pode me dizer?

— Já sabia. Sempre soube. Sempre detestei seu filho.

— Apesar disso se casou, por quê?

— Por quê? — e emudeceu, desorientada pela pergunta.

— Sim, por quê? Casando-se, você podia não gostar, mas pelo menos, ter uma certa dignidade, uma certa compostura, e não fazer o que fez. Na presença do padre Clemente, do coronel Alcebíades, de todo o mundo!

— Pois é!

— Mas eu sei, sei perfeitamente, por que você se casou. Quer que eu diga?

— Não me interessa!

— Mas assim mesmo eu digo: você se casou para salvar seu pai da cadeia!

— Mentira!

— Seu pai é um ladrão! — D. Consuelo ofendia agora sem nenhum escrúpulo, excitava-se com a própria cólera. — Mas isso não é o pior: o pior é que depois de fazer o que fez, ontem, seu primeiro cuidado hoje foi sair com Maurício. Não teve vergonha!

— Meu Deus, meu Deus! — fez Leninha, cerrando os punhos.

— Eu imagino o que não houve! Você e Maurício lá! Faço uma idéia!

— Imagina — Leninha teve vontade de bater na outra; e, súbito, quis provocar D. Consuelo, exasperá-la; mudou de tom — ah, a senhora nem queira saber! Foi tão bom, tão bom!

— Ainda confessa?

— Claro!

D. Consuelo então quis saber; foi uma necessidade conhecer a verdade, toda a verdade. Dentro de si havia uma dúvida, uma suspeita, sim, quase uma certeza. Perguntou, com uma voz diferente, com medo das palavras, da revelação que Leninha poderia fazer:

— Mas que foi que houve? O que foi?

— Não seja indiscreta — zombou Leninha frívola, displicente. — A senhora é! Há coisas, a senhora deve saber, que uma mulher não confessa, não diz nunca. Pelo menos, claramente. Insinua, apenas. Não é?

Divertia-se, exultava, sentia um prazer agudo, quase físico, com o sofrimento da sogra. Continuou:

— Aliás, a senhora tinha me avisado, me dito que não adiantava a mulher ser séria, Maurício era irresistível, não foi? Pois é. Ah, meu Deus! — suspirou com delícia. — A senhora tinha razão.

— Sua... sua... — gaguejou D. Consuelo.

Apesar das ameaças à sua vida, Paulo montou num dos melhores cavalos de Santa Maria e partiu numa daquelas disparadas loucas que era o seu velho remédio para as grandes angústias. O homem dos Figueredo (a família de Guida era Figueredo), o tal que quase o matara, havia tido um sumiço mais que suspeito. Paulo dissera:

— Mamãe, resolva isso. Eu acho que esse camarada devia receber uma lição.

D. Consuelo não disse nada. Fez um sinal para um dos homens armados de Santa Maria, e este, mais uns outros, levaram o homem que esperneava, gritava, pedia perdão, num desespero abjeto. Que fim teve o pobre-diabo, ninguém jamais o soube.

Correndo na planície, Paulo não escolheu, a princípio, nenhum destino; ia ficar assim, nessa tremenda cavalgada, até que o cavalo arrebentasse de cansaço. Mas acabou mudando de idéia: dirigiu-se a uma espécie de bar — Flor de Maio — a melhor coisa, no gênero, que existia em Nevada, a cidadezinha mais próxima da fazenda. Talvez encontrasse gente dos Figueredo, lá. A perspectiva de um tiro, de uma luta, da morte — tudo isso constituía um estímulo violento para ele. "Eu quero morrer, eu quero morrer", pensava; teve vontade de gritar: "Eu quero morrer!" E se não fosse Nana — a raiva contra a preta voltou — ele àquela hora estaria morto, descansando, sem aquela saudade de Guida que o enlouquecia. Chegou no Flor de Maio — o cavalo espumando, sacudindo a cabeça — e quis logo beber. Viu muita gente no bar, conhecida e desconhecida, gente que o viu chegar com certo espanto. Mandou vir bebida, sentou-se num canto, e, solitário, começou a beber. Bebia sem medida, ignorando deliberadamente a curiosidade geral, resolvido a se embriagar, de qualquer maneira. Entrou no bar o coronel Alcebíades, o da barbicha, viu Paulo e se aproximou:

— Que é isso, rapaz? Aqui, no dia seguinte ao seu casamento?

Paulo levantou-se. Todos viram que ele já estava bêbado e que precisava apoiar-se na mesa para não cair.

— Não tenho que lhe dar satisfações, seu barbicha — disse, espetando o dedo no peito do coronel, que permaneceu imóvel e espantado.

A curiosidade aumentou no bar. Houve um murmúrio. O coronel sentiu que muita gente ria. Quis que Paulo sentasse, mas o rapaz se abraçou com ele, quase o derrubou; e houve um riso franco, quando Paulo, numa súbita ternura de bêbado, beijou a barbicha do velho e chorou no seu ombro. "Eu te amo, coronel", e teria caído, se o outro não o amparasse, com um sentimento de asco invencível. Mas Paulo desprendeu-se, avançou cambaleando até o meio da sala e começou a dizer coisas, numa fala confusa, desarticulada; fizeram um círculo em torno dele, crivaram-no de perguntas, procuravam excitar a sua loquacidade de bêbado:

— Onde está sua mulher? — perguntou um.

— Não me fale em minha mulher... Me expulsou do quarto; não fiquei lá nem dez minutos... — seu tom era quase de choro; tornava-se sentimental, estupidamente sentimental; quis se abraçar com o garçom, que se desviou, com um comentário gaiato:

— Estás enganado. Não sou tua mulher.

A distância, o coronel assistia tudo, com pena, com raiva e com desprezo. Tinha vontade de ir lá e cortar o rosto de Paulo com o relho. Sentia uma contração no estômago, nojo, ante as confidências que o moço fazia na embriaguez. O que Paulo disse foi uma série de coisas abomináveis:

— Aquela magricela me disse, imaginem — e invocava o testemunho do auditório — que eu ia amá-la... Ora, se eu... Quem é que pode amar "aquilo"? Só tem ossos...

— Não será tanto assim — duvidou o gerente do bar, com o cotovelo fincado no balcão. — Deve ter algo mais que osso, que diabo!

— Talvez você esteja mal informado — sugeriu um terceiro.

E riam, tripudiavam sobre a irresponsabilidade do borracho. Ninguém na cidadezinha — ou muito pouca gente — gostava da família de Paulo, tinham inveja da fazenda Santa Maria, das terras; e aquela oportunidade era única: podiam abusar, degradar o filho da família rica, com a mais perfeita impunidade.

Pálido de cólera, o coronel quis intervir:

— Tenham vergonha! Se ele estivesse sóbrio, vocês não teriam coragem. Uns bajuladores! Agora só porque o rapaz está assim...

Paulo berrou, seguro agora pelo coronel que tentava, em vão, dominá-lo:

— Meu sogro é ladrão!... Me casei com uma magricela...

— Vamos, Paulo! Vamos! — suplicava o coronel, querendo arrastá-lo.

— Eu não trocava Guida — debatia-se ele — nem por trezentas Leninhas... Guida, Guida! — começou a chorar, na sua ternura e na sua saudade de bêbado. — Eu matei Guida, eu, esse que está aqui!... — e batia no peito com grandes murros.

O coronel perdeu a paciência. Soltou-se de Paulo, ergueu o relho num movimento rápido e cortou-lhe o rosto:

— Toma, seu bêbado! Toma!

Paulo caiu de joelhos, tapando o rosto com as mãos, recebendo os golpes nos cotovelos, no antebraço.

E o coronel continuaria, como um louco, a bater, se, de repente, fazendo todo mundo voltar-se, não se ouvisse um grito terrível de mulher — um grito que gelou os presentes. O coronel não teve tempo nem de virar-se, de saber quem gritara. Sentiu na mão que segurava o relho uma dor violenta que o fez gritar. Alguma coisa penetrava sua carne, parecia atravessar a mão e...

O coronel viu, então, uma mocinha, quase uma menina, gritando:

— Malvado! Covarde!

Era ela que o havia mordido na mão: cravara os dentes numa raiva que parecia excessiva, violenta demais, para seu pequeno corpo franzino. No primeiro momento da dor, o coronel teve um impulso de dar naquela garota ou de atirá-la longe com empurrão, de pisar, de fazer qualquer coisa, enfim, de brutal. Mas a menina, com os punhos cerrados, na sua cólera de nervosa, batia no velho que, mecanicamente, se limitava a aparar os golpes com os braços, os cotovelos, no fundo impressionado com aquela agressividade. Segurou-a pelos pulsos; dominou-a solidamente.

— Quem é você? — perguntou, arquejante.

— Bruto! Estúpido!

Paulo estava no chão, cobrindo a própria cabeça com os braços, no ignóbil pranto de bêbado. A menina soltou-se do coronel, caiu ao lado do rapaz, curvou-se sobre ele, segurou-lhe o queixo com as duas mãos, quis levantar o seu rosto:

— Ele não bate mais em você, Paulo! Sou eu, Paulo!

E o que mais impressionava naquilo tudo era um fato que, a princípio, não foi notado por ninguém (também tudo aconteceu tão rápido) e que só agora o coronel descobria: a pequena e frágil agressora, aquele pedaço de gente que surgira ninguém sabia de onde, tinha uma perna mecânica. Que ela não morava no lugar, era evidente; ninguém a conhecia. O coronel quis erguê-la com um profundo sentimento de pena, arrependido da violência feita contra o ébrio. Mas a menina reagiu, berrou, por entre as lágrimas, dando pontapés:

— Não! Não! Me largue!

E soluçava perdidamente, encostava seu rosto no de Paulo, dava a impressão de que ia esgotar, uma a uma, todas as suas lágrimas. Paulo não a reconhecia: estava inteiramente irresponsável, sob a obsessão da morta querida:

— Guida!... Guida!... — e teve uma explosão maior, gritou: — Eu quero Guida!

O pior de tudo foi quando os dois se levantaram, a menina apoiando Paulo com o seu corpo: e começaram a andar em direção da porta de vai-e-vem do bar; ele, mancando; ela, com a perna mecânica. Várias pessoas, inclusive o próprio coronel, ajudaram, porque senão a qualquer momento Paulo desabaria: a pequena estava mais tranqüila; mas os soluços persistiam, enxutos, sem lágrimas.

Depois da discussão com D. Consuelo, Leninha subiu as escadas correndo. A sogra ficou dizendo coisas entre dentes, considerando que a tragédia agora estava mais próxima do que nunca e mais inevitável. Leninha trancou-se no quarto, atirou-se na cama e, com a cabeça mergulhada no travesseiro, ficou pensando nos últimos acontecimentos. Agora, mais calma, com os pensamentos em ordem, é que viu o seu erro. Que bobagem a sua! Tinha mentido e a pequena comédia representada para D. Consuelo podia ter conseqüências tristes, até trágicas. A sogra estava absolutamente certa de que ela caíra nos braços de Maurício: "Também quem manda ela me provocar, me irritar. Bem-feito!" Lembrou-se do que acontecera junto da grande árvore, entre ela e o rapaz. O que a impressionava, agora, era a violência da própria reação. Nem sabia como tinha feito aquilo, como esbofeteara Maurício assim, com aquela decisão desesperada.

Bateram na porta. "Eu, que precisava tanto ficar sozinha para pensar!" Abriu: era Lídia, de olhos muito abertos, pálida.

— Titia me disse... — começou.

Leninha não teve nem tempo de perguntar "o quê?". Lídia abandonou-se logo à violência do próprio temperamento:

— Que você e Maurício... Isso é o cúmulo! Casou-se ontem e logo hoje!

— Que é que tem? Você está doida?

— Doida coisa nenhuma, doida o quê! Você confessou, ainda teve a coragem de confessar à titia! Eu fui a primeira. Maurício me conheceu antes de você!

— Lídia, não seja boba! Eu explico!

— Não quero, ouviu?, não quero suas explicações! — chorava, as lágrimas corriam, estava desfigurada pelo desespero. — Você vai ver, Leninha!

— Lídia!...

A outra abriu a porta com violência.

— Você pensa que ele gosta de você, está pensando mesmo? Boba! Ele só se interessou por você porque você é de outro, ele só gosta da mulher alheia!

— Lídia!

Quis ainda segurá-la. Mas a outra desprendeu-se, saiu correndo, deixando-a inteiramente desconcertada. "Meu Deus, para que eu fui mentir? E agora?"

D. Consuelo viu aparecer o grupo, carregando um corpo. Identificou ao longe o coronel Alcebíades; os outros eram desconhecidos, inclusive uma menina. "Paulo, é Paulo!" foi a primeira coisa que lhe ocorreu. Com certeza os Figueredo tinham, afinal, se vingado, e aquele corpo que traziam era de Paulo morto. Poderia ter ido em direção do grupo: mas a sua angústia foi tal, que nem soube o que fazer. Subiu correndo as escadas da varanda, entrou e gritou para cima:

— Nana! Leninha! Lídia!

Leninha foi a primeira a descer; depois, Lídia e Nana. D. Consuelo, desorientada, apontava:

— Vêm trazendo Paulo!

E disse isso com uma atitude tão patética, que as três tiveram o mesmo sentimento de morte. O grupo chegava. Leninha fechou os olhos. Afinal de contas, por mais que não gostasse do marido, ele agora era um cadáver; e ela sofreu. Imóveis, olhando fascinadas, as quatro mulheres viram os homens entrarem e, no meio da turma, a menina que mordera a mão do coronel. Leninha gritou, quase não acreditando:

— Netinha!

As duas se abraçaram, chorando, e olhavam a cena. Colocavam Paulo no divã. D. Consuelo estava lívida. Repetia — era uma obsessão — "Está bêbado, bêbado, bêbado." A palavra martelava sua cabeça. "Bêbado..." Tinha estado certa, certíssima, de que ele vinha morto e, quando acaba, estava simplesmente embriagado. O sentimento de desprezo que nasceu na sua alma era uma coisa indescritível. Não fez um gesto; estava muda, hirta. Ouvia muito vagamente o coronel dizer:

— Estava lá no bar, assim. Dizendo o que não devia. Eu me excedi...

Uma coisa a preocupava no seu desespero: quem seria aquela menina que se abraçava com Leninha, que chorava com Leninha e que tinha uma perna mecânica?

— Ele bateu em Paulo! — acusava Netinha, apontando para o coronel Alcebíades. — Ele!

O rosto de Paulo apresentava a marca do relho: uma marca de um roxo vivo. Paulo revirava-se no divã, gemia, continuava naquele pranto horrível de bêbado:

— Guida... Guida... — era só o que sabia dizer: e repetia — Eu quero Guida!...

Leninha olhava; e ouvindo aquele "Guida, Guida", aquele apelo que nascia na embriaguez, crispava-se toda, tinha vontade nem sabia de quê. Carregaram Paulo, quatro homens da fazenda. Um perguntou:

— Para onde?

— Para cima!

Netinha quis acompanhar, também, na sua ternura persistente e vigilante, mas Leninha a reteve. Estava com a cabeça tão cheia de perguntas! Achava a presença de Netinha ali quase um sonho, uma coisa irreal, absurda. Mas, a aleijadinha explicou, escondendo o rosto no peito da outra:

— Ah, Leninha! Eu não posso viver longe de você, não posso! Fugi de casa!...

— Mas que loucura! Que idéia! Como você foi fazer isso, meu Deus!

D. Consuelo prestava atenção à conversa das duas, e sobretudo não tirava os olhos da perna mecânica que parecia fasciná-la. Netinha contou tudo, então. Ela, na véspera do casamento, havia pedido a Leninha para levá-la: "Deixe eu ir com você, Leninha, deixe!" Mas Leninha fora contra. Depois, mais tarde, quando tivesse mais conhecimento com a família do marido. Logo assim, não podia. Netinha não quis insistir, sabendo que era inútil. Mas a decisão da fuga foi tomada, embora ela não o dissesse a ninguém. Porque não sabia viver sem Leninha, não podia, precisava da irmã. No dia do casamento, ela pensara: "Fujo assim que puder; na primeira ocasião." Tinha procurado se informar com Paulo, assim como quem não quer nada, na localização da fazenda, como se ia lá, o trem que se tomava etc. O cunhado dera todas as informações, sem desconfiar, está claro. Netinha pôde arranjar, calmamente, um horário de trem, juntar o dinheiro da passagem. Não pensou em mala, em roupa, em nada. Queria fugir simplesmente para Santa Maria; depois se arranjaria. No dia do casamento, logo que Leninha e Paulo saíram, ela desatou num pranto convulsivo (chorava com muita facilidade e com um sentimento incrível; suas emoções traduziam-se assim, com muitas lágrimas). A mãe irritava-se com isso: "Você acaba ou não acaba com esse choro?" Não deu nenhuma resposta, senão chorando mais ainda. A outra bateu-lhe: "E se continuar, apanha mais!" Fez um esforço, engoliu as lágrimas; só de vez em quando um soluço sacudia seus ombros. Mas, brutalizada como foi, tomou a resolução de antecipar a fuga: "Vou amanhã mesmo." Saíra de casa com a roupa do corpo. Tinha tomado o trem e descera horas depois em Nevada. Perto da estação havia um café, um bar, com tabuleta na porta: Flor de Maio. Ouviu, de fora, risos, gritos. "Vou entrar aí para saber onde fica a fazenda." Vira, no interior do bar, um homem de barbicha batendo em Paulo com um relho. Não se conteve: como uma fera, atirou-se ao homem, mordeu-lhe a mão, com uma vontade que, se pudesse, estraçalhava. Depois, veio com o grupo até a fazenda.

— Como vai ser agora? — foi o que perguntou Leninha; e só aí pareceu notar que D. Consuelo estava presente. — Ah, D. Consuelo! Aqui, minha irmã de criação, Netinha, filha de minha madrasta...

"Irmã de criação", pensou D. Consuelo, "irmã de criação." Netinha sorriu com doçura; pensou que a outra ia sorrir também, mas se imobilizou vendo a fisionomia parada de D. Consuelo. A velha senhora olhava ostensivamente para a perna mecânica; e havia nos seus lábios um sorriso sardônico.

— Netinha fugiu de casa, veja a senhora!

D. Consuelo não disse nada. Virou as costas e deixou as duas irmãs inteiramente sem jeito no meio da sala. Netinha — muito sensível, sensível até demais — sofreu com aquilo como se a tivessem maltratado fisicamente. Leninha abraçou-a, fê-la encostar a cabeça no seu peito, disse, com lágrimas nos olhos:

— Não faz mal, Netinha. Você fica comigo, sim. Ninguém tira você daqui, duvido!

E havia, na sua atitude, como que um desafio a uma pessoa invisível.

Maurício ia voltar para Santa Maria — com o pensamento cheio de Leninha — quando ouviu o seu nome. Era Tião que vinha correndo. Pensou em uma nova desgraça.

— Que foi?

— D. Regina, Seu Maurício. Venha depressa.

— Piorou?

— Não é isso — explicou o criado, ofegante. — Ela está chorando muito, diz que, se o senhor não aparecer logo, ela larga a casa, vem para Santa Maria.

— Disse isso? Mas está louca!

Então ele voltou para a floresta, internou-se, acompanhado de Tião. No caminho, o criado foi contando: D. Regina tinha confessado com o padre e, depois, ficara assim, chorando, dizendo que não ficava mais lá, até quis sair. Ele, Tião, é que não tinha deixado. Maurício caminhou calado, com um começo de cansaço daquele romance. Quando chegou, Regina o esperava na porta. No seu rosto havia vestígios de lágrimas; ainda estava fraca e procurava apoiar-se na porta.

— Mas o que é que houve? — foi perguntando Maurício com certa rispidez. — Por que você está de pé?

Ela, que ia sorrir, tomou-se subitamente séria. Pensou: "Ele nunca me tratou assim. É a primeira vez." E sentiu, também pela primeira vez, um sentimento de revolta.

— Você me escondeu uma coisa — disse, procurando dissimular sua irritação.

— Eu? — ele não se lembrava. — Não escondi nada, ora essa!

— E o casamento de Paulo?

O rapaz desconcertou-se um pouco.

— Ah, o casamento de Paulo. Não houve oportunidade.

— Não houve oportunidade como? Você não está todos os dias comigo? Então?

— Me esqueci!

Tornou-se violenta, passional!

— Esqueceu nada! Escondeu de propósito; pensa que eu não sei? E eu imagino por quê. Está cansado de mim, eu não interesso mais!

— Você não tem direito de dizer isso!

— Ah, não? Acha que não? Abandonei tudo, lar, marido. Estou metida aqui, nesse buraco. Não vejo ninguém, não tenho distração e quando acaba é isso!...

— Isso o quê? Não houve nada! Reflita, Regina, pelo amor de Deus, reflita!

— E essa mulher?

— A mulher de Paulo? Mas fui apresentado ontem, só ontem! Não me interessa!

— Que não interessa o quê! Basta ser de outro, para você ficar alucinado! E você então, que não gosta de Paulo, que detesta seu irmão! Como é o nome dela ou vai dizer que não sabe?

— Sei, sei, sim. Leninha.

— Leninha? — pareceu não compreender; repetiu — Leninha. Por que é que você diz "Leninha"? Olha aí, emprega o diminutivo. "Leninha" e por que não Helena? Não quero, ouviu?, que você diga Leninha, não quero!

— Chega, Regina, chega!

Ela se abandonou ao próprio desespero. Pressentia vagamente, com sua intuição de amorosa, que se interpunha entre ele e ela uma outra mulher. Teve um medo selvagem de perdê-lo e se atirou nos braços de Maurício, procurou a boca do bem-amado. E por um momento houve um esquecimento de tudo, um aniquilamento, uma morte deliciosa. Mas ele desfez o beijo, deixando-a, ainda, de lábios entreabertos. Regina empurrou-o, então e gritou:

— Eu não disse? Você não beija mais como antigamente. Isso é beijo?

— Mas o que é que você queria?

— Você ainda pergunta! Eu queria um beijo, mas um beijo mesmo e não isso! Um beijo...

Não pôde dizer mais. Ele a carregava no colo...

Paulo estava, afinal, mergulhado num sono profundo. Leninha e Netinha, sentadas na beira da cama contemplavam o pobre-diabo. Netinha disse:

— Eu tenho tanta pena dele, Lena, mas tanta!

Leninha levantou-se. Nunca dissera nada à irmã de criação. Netinha era completamente ingênua no assunto. Pensava uma coisa e era outra, tão diferente! Mas agora Lena sentia que precisava revelar, contar coisas secretas e monstruosas, tudo o que tinha havido e ninguém sabia. Sentou-se outra vez, procurou as mãos de Netinha e então contou aquilo que procurava esquecer, sepultar, enterrar, nem sei.

— Netinha, você quer saber de uma coisa? De uma coisa que eu nunca lhe disse, mas é preciso? Sabe o que esse homem fez comigo, quer saber?

7 "É esta a história do meu casamento."

"O QUE será que ela vai contar?", pensou Netinha, abrindo muito os olhos, achando que deviam ser coisas gravíssimas, monstruosidades. Está claro que não podiam ser bobagens, senão Leninha não estaria assim, com aquele ar de quem foi muito ofendida.

— Mas ele é tão bom! — disse Netinha, numa defesa prévia do cunhado.

— Bom o quê! Bom, minha filha? — Leninha se excitava contra a própria vontade. — Para você, ainda pode ser...

— Oh, Lena, também não é assim! — repreendeu, doce, a aleijadinha.

— Por que é que não é assim? Você defende Paulo porque ele lhe deu... a perna...

Referia-se à perna mecânica da irmã que, realmente, fora presente de Paulo. A alusão escapou, foi uma coisa sem refletir (mas também Leninha estava sofrendo tanto por causa do marido, que se excedia, já não podia mais se controlar). Logo se arrependeu, vendo a tristeza de Netinha, a sua mágoa, o espanto de quem não esperava ser tratada assim. Impulsiva na cólera, como no arrependimento, Leninha puxou a outra para si, abraçou-a, justificou-se com o seu nervoso.

— Eu tenho sofrido tanto, Netinha, mas tanto! Você, quando souber, vai me dar razão. Olhe, você quer saber de uma coisa? Pois bem...

Paulo revirou-se na cama, gemeu, gaguejou um nome, fazendo cara de choro (coisa horrível a pessoa beber): "Guida..." Leninha ouviu, estremeceu, pensando que aquela Guida estava sempre presente, interferindo na sua vida como uma pessoa viva. Contou tudo a Netinha, mesmo porque a sua necessidade de desabafar era grande; contou o que tinha havido antes, durante e depois do casamento. Netinha parecia prestar uma atenção apaixonada, refletindo que a gente se engana muitas vezes, acha que é uma coisa e, no fim, é outra muito diferente. Leninha começou perguntando:

— Por exemplo: você pensa que ele gosta de mim, não é?

— Então não gosta?

Que esperança! Gosta o quê, minha filha! Então se gostasse ele...

E foi contando, numa espécie de febre.

O pai de ambas tinha sido infeliz no segundo casamento. "Também minha madrasta é uma peste", era o que sempre pensava Lena, sem dizer nada, entretanto, a Netinha. Homem fraco, encontrara na bebida solução para os aborrecimentos de casa, sempre grandes e diários. Chegara a um ponto extremo de decadência pessoal; não se cuidava mais, abandonara os cuidados mais simples de higiene como cortar o cabelo e fazer a barba. Adquirira um aspecto selvagem; e era por um secreto pudor que evitava, na rua, conhecidos, amigos, fingia não ver parentes e só se sentia bem nos lugares mais escusos, nos botequins inqualificáveis, tendinhas da pior freqüência do mundo. Passava dois, três dias sem vir em casa; e quando reaparecia, trazia sempre uma novidade, ou lábio partido ou um olho roxo ou a cabeça quebrada. A mulher o recebia com insultos e, ultimamente, esbofeteava-o, puxava-o pelos cabelos, sem que o desgraçado oferecesse qualquer resistência. Foi numa das tendinhas, talvez a pior delas, que Castro (era assim que todo o mundo chamava o pai de Leninha) conheceu Paulo. Pior coisa não podia acontecer. Paulo estava sendo devorado pela saudade de Guida; e também precisava beber muito, beber de cair pelo chão, de ser carregado. Só se sentia bem com a excitação do álcool; precisava dela; e tinha a impressão de que, se deixasse de beber, meteria uma bala na cabeça no dia seguinte.

Esses dois homens se juntaram e levavam horas e horas, todos os dias, fazendo confidências recíprocas: Paulo, sobre Guida, e Castro, sobre as filhas e, ocasionalmente, sobre a mulher que ele, batendo no peito, dizia ser "uma santa". Castro batia muito numa tecla que lhe era particularmente grata: a perna de Netinha. Contava o desastre, a queda do bonde, a notícia que o jornal dera:

— Naquele dia, podiam ser duas horas da tarde, eu vim para casa mais cedo. Tinha um ajuntamento e olhe que eu não gosto de ver essas coisas. Mas fui espiar: era a minha filha...

E chorava como uma criança, na sua ternura de bêbado sentimental. A história da perna de Netinha produziu, a princípio, sincera comoção entre os freqüentadores da tendinha. Mas Castro insistiu; contava todo o dia a mesma coisa; e, no fim de certo tempo, já faziam graça, riam. Um dia, em que Castro bebera demais, Paulo levou-o para casa. Viu as filhas, a mulher e divertiu-se com a aflição das filhas e a agressividade da mulher. Mas quando notou Netinha, de muletas, fazendo um esforço penoso para andar, e o seu pranto de menina sensível demais, extremamente nervosa, a atitude do rapaz modificou-se como da noite para o dia. Estava, na ocasião, muito mais lúcido que de costume; bebera pouco nesse dia. Tratou a aleijadinha com uma ternura, um respeito, uma atenção, como se ela fosse não uma adolescente franzina, quase infantil, mas uma grande dama. Tanto que podia ter saído logo, mas foi ficando. Quis saber de uma porção de coisas; e, já por fim, ouvia as queixas da dona da casa sem irritação, atentamente.

— Então o senhor acha isso direito? — perguntava a velha senhora, falando pelos cotovelos. — Esse homem aparecer aqui a essa hora? Aqui ninguém come, o senhor está vendo Netinha? Isso é possível? Me diga? É?

Fazia essas revelações brutalmente, à queima-roupa, sem nenhum escrúpulo, nenhum pudor, carregando nas minúcias mais chocantes. Paulo saiu, duas horas mais tarde, prometendo à aleijadinha:

— Qualquer dia você vai ter uma surpresa.

A família toda ficou ardendo em curiosidade. Que seria, meu Deus? A expectativa aumentou, mas muito, quando Castro apareceu com a novidade. Paulo era rico, dono de fazenda, e bebia por desgosto. Netinha se comoveu mais do que todas. Devia ser um desgosto muito grande — eis o que ela pensava, todas as noites, antes de dormir. Como tinha o hábito e a necessidade de rezar, pediu a Deus por ele. Em Lena o que predominou, desde o primeiro instante, foi o sentimento de medo, mais forte do que ela (Paulo parecia louco, tinha atitudes esquisitas); e, também, o asco físico, a angústia, o nervoso em que ficava diante de um homem tão desleixado. "Ele nem corta as unhas!" — dizia às irmãs. Netinha não; Netinha encontrava uma desculpa: o desgosto. O desgosto justificava as unhas, o cabelo crescido trepando nas orelhas; a roupa única, manchada de gordura, puída em vários lugares; sapato sem meia. Lena achava horroroso homem andar sem meia! A madrasta não se incomodava com coisa nenhuma, nem com a barba, nem com o cabelo, nem o sapato. Assim que ouviu falar em dinheiro, em fazenda, em viuvez, animou-se, passou a ter abstrações, a sonhar acordada; e Paulo foi, a partir de então, o seu assunto predileto. Era Paulo para cá, Paulo para lá. Chamava a atenção de todo o mundo: "Vocês estão vendo como ele trata Netinha, estão vendo?" Achava que isso era prova de sentimentos nobres e de educação. Dava informações: "É um rapaz muito educado!" E sublinhava, tinha uma ênfase especial para repetir: "Muito!" Passara mesmo a tratar melhor o marido, já não gritava com ele na presença de Paulo, e, ainda por cima, dera para insinuar que ela e Castro eram muito felizes, sem se lembrar que Paulo testemunhara cenas horríveis. Bem. Um dia, sem preparação nenhuma, fizera a Leninha uma pergunta à queima-roupa:

— Por que você não se casa com ele?

— Eu? — Leninha até assustou-se.

— Você, sim. O que é que tem? Tem alguma coisa demais, talvez?

— Mas um bêbado? Ora, mamãe!

Chamava a madrasta de "mamãe", a pedido do pai, embora com remorso, achando que isso talvez fosse uma infidelidade à memória da verdadeira mãe. A madrasta não insistiu. Tinha a mania de se julgar muito hábil, pretendia ser maquiavélica, e achou conveniente abandonar momentaneamente a questão. Mas não largou mais a enteada. As suas duas filhas — Graziela e Netinha — ajudaram-na no trabalho de persuasão, sendo que Netinha com a melhor das intenções deste mundo. Era tão inocente, tão pura, acreditava que semelhante matrimônio pudesse ser feliz. Enteada e madrasta passaram a ter discussões terríveis. Leninha protestava:

— A senhora tem filhas. Então, por que é que cismou comigo? Por que é que quer me empurrar e não às suas filhas, se ele é tão bom?

— Você sabe perfeitamente, Leninha; sabe e está com coisa!

— Não sei nada, não, senhora.

— Então não sabe — coitada! Não sabe que Graziela tem 13 anos e que Netinha, apesar de ter 17, não adianta, por causa da perna?

Depois, a argumentação da madrasta foi mais cerrada; ela apelava para os bons sentimentos da enteada. Mostrava a situação da família, o pai bêbado e sem emprego certo; Netinha assim, Graziela criança, a miséria, as privações, às vezes até fome.

— Você não se iluda, Leninha, não se iluda! Nós vamos acabar todas tuberculosas. Vivemos num chiqueiro, não se come direito — assim é possível, é?

Leninha, numa resistência tenaz: "Não, não, não!" Cada vez sentia mais repugnância de Paulo. "Imagine esse homem me beijando, imagine", pensava, sentindo o estômago se revoltar. Até o pai — a princípio, relutante, meio esquerdo, sentindo vagamente que o casamento naquelas condições não estava direito — acabou animado, influenciado, vendo a salvação ali. Então, quando Paulo pediu licença à família para dar a Netinha uma perna mecânica, foi uma sensação em casa. Netinha chorou, num desses reconhecimentos que mais parecem fanatismo. Até vizinhos se meteram, aconselharam.

— Não, Leninha, não. Tenha santíssima paciência. Depois do que ele prometeu! Dar uma perna mecânica à sua irmã? Quanto é que custa uma perna mecânica? Pois é.

Ninguém sabia, ao certo, quanto custava uma perna mecânica. Falou-se em seis, até dez contos. Leninha já estava ficando tonta.

— Vocês falam tanto! E o homem nem olha para mim! Nem olha!

A madrasta saltava como uma fera:

— Também você é culpada. Parece até nem sei, que não tem amor-próprio. Não se cuida, não se pinta, rói unhas nessa idade!

De fato, ela jamais se cuidava. Ou porque não tinha mesmo vaidade, ou por causa das preocupações da casa. Varria, lavava, estava sempre vendo uma coisa ou outra, cosendo, bordando. Meu Deus, não tinha tempo de se preocupar com essas coisas.

Paulo não sabia de nada; nem tomava conhecimento de Leninha. Só a aleijadinha é que ele tratava como se fosse uma princesa, com atenções que só vendo. Uma vez, em que Castro bebeu mais do que o costume, deixou escapar tudo, revelou a conspiração, da qual participavam até vizinhos, para prender o rapaz. Paulo riu, provocou o velho, que dava grandes murros na mesa.

— Você está pensando o quê? Que Lena é feia? Você está muito enganado. Aposto com você. Ela, pintada, arranjada, vai ver como fica!

— Magra demais — comentou Paulo, de indústria, para excitar o amigo, para que ele se abrisse cada vez mais.

— Quem foi que disse? — os olhos de Castro estavam embaciados. — Magra, pode ser, mas ossuda, não! Eu garanto a você, quer saber mais do que eu?

Como Paulo ainda duvidasse, prontificou-se a trazer, no dia seguinte, um retrato da filha em maiô, tirado na ilha de Paquetá. Estava mais bêbado do que nunca; e tornava-se agressivo, perguntava se Paulo o achava com cara de mentiroso. Essas revelações de Castro fizeram com que o rapaz, dias após, segurasse Leninha por um braço; a moça até assustou-se. Estavam sozinhos no portão, pois D. Clara acabara de entrar. Leninha achou naquele gesto confiança, intimidade demais. O rapaz disse-lhe, com um sorriso ambíguo, um sorriso de uma antipatia única:

— Como é?

(Que expressão ordinária — "como é".) Ela ficou parada, sem compreender. E ele:

— Eu vou dar a perna mecânica à sua irmã.

Ela teve vontade de dizer "ora essa!", mas, enfim, calou-se, querendo ver o resto.

— Eu não mereço nada? — o sorriso tornou-se mais ambíguo, um sorriso de revoltar o estômago.

Como Leninha continuasse sem dizer nada, interrogativa, ele se definiu:

— Não mereço... um beijo? Pela perna mecânica?

Ela quase perdeu a cabeça. Teve vontade de dizer tanto desaforo! Só uma coisa a impediu de esbofetear aquele homem. A perna mecânica. "Esse bêbado", foi o que pensou, cerrando os dentes. Ainda assim, apesar da perna mecânica que podia não vir, disse:

— Miserável!

Quis sair dali, abandoná-lo, deixá-lo falando sozinho. Mas ele a segurou quase na altura do cotovelo, com a mão que parecia de ferro, imprimindo na sua carne a marca dos dedos. Quis soltar-se, mas estava presa, presa de verdade. O sorriso ambíguo desapareceu dos lábios; seus olhos exprimiam uma maldade sem limites.

— Você não deve fazer isso com o seu... noivo.

— Meu noivo, você? Está maluco!

— Você vai ver. Ainda não sou...

Ela interrompeu-o:

— E não será nunca! Largue meu braço; está me machucando!

— ...ainda não sou, mas serei amanhã. Só se eu não quiser.

— Larga o meu braço ou não larga?

— Depois do beijo.

— Quer que eu faça um escândalo?

Ele hesitou um momento e soltou a moça. Livre da dor, ela disse baixo para não chamar atenção:

— Eu já sabia que você não prestava. Mas nunca pensei que fosse tão canalha!

— Pois então você será noiva amanhã desse canalha. Vá se preparando.

— Nunca! Ouviu! Nunca!

— Veremos.

Deixou Paulo, entrou em casa correndo. A madrasta percebeu qualquer coisa. Foi logo perguntando:

— Que é que você tem? Houve alguma coisa?

— É esse miserável...

— Quem? — a madrasta já sabia, já calculava.

— Quem há de ser? Esse Paulo... Esse ordinário. Sabe o que ele me pediu? Em troca da perna mecânica de Netinha? Um beijo!

A madrasta olhou-a de alto a baixo:

— E é por isso que você está assim?

— Por isso, sim senhora. Acha pouco? Um bêbado...

— Mas que é que tem isso de mais? Ora, Leninha; ora, só dizendo assim! Um beijo é alguma coisa do outro mundo? Pensei até bobagem. Um beijo — francamente!

— Ah, é? A senhora acha que não tem nada de mais? Não falo mais com esse sujeito, fique sabendo!

— Já sei, o que você não quer é que Netinha tenha a perna mecânica, é isso!

Ela não quis responder. Correu, meteu-se no quarto, trancou-se, não comeu, não fez coisa nenhuma, devorada pela raiva, louca de humilhação, achando que ele era um monstro, um homem abominável. No dia seguinte, pouco depois do almoço, Paulo apareceu, visivelmente bêbado (outra vez!). Mal equilibrando-se nas pernas, pediu:

— A senhora dá licença, D. Clara, eu quero falar um instantinho com Lena.

— Ora! Pois não! — disse D. Clara, saindo, com uma amabilidade falsíssima.

Ele, então, balançando o corpo, perguntou, sumariamente:

— Quer ou não quer casar comigo?

— Está doido! Completamente doido!

— Então, minha filha, sua irmã não vai ter perna mecânica, coisa nenhuma e, além disso...

Ela esperou. E Paulo:

— ...vou meter seu pai na cadeia, porque ele é um ladrão! Ouviu bem: um ladrão!

"Ladrão, ladrão, ladrão", a palavra enchia a cabeça de Leninha. No primeiro momento, nem soube o que dizer, como se não tivesse entendido direito. “Ele disse que papai era ladrão, chamou papai de ladrão”, repetia a si mesma.

— Mentira! — balbuciou. — Seu mentiroso!...

E teve a crise de desespero. Avançou de punhos fechados, bateu no peito dele, até o momento em que foi solidamente dominada, segura pelos pulsos. Ele ria, sem rumor, aquele seu sorriso silencioso, quase sinistro.

— Mentira? — tinha agora na boca uma expressão feroz. — Ah, é?! Ponho seu pai na cadeia! Quer ver?

E como Leninha continuasse dizendo, entre dentes, “mentiroso, seu mentiroso”, ele começou a gritar:

— Castro! Castro!

O velho veio correndo. Viu a filha dominada pelos pulsos, perguntou:

— Mas que é isso, que é isso?

Leninha gritou:

— Ele chamou o senhor de ladrão, papai! Esse miserável!

D. Clara tinha entrado também e assistia, com os olhos muito abertos, sem um gesto.

Então, houve a coisa pior, mais dolorosa, a coisa que até agora fazia Lena sofrer, crispar-se toda. Paulo largou-a no meio da sala, pegou com as duas mãos o velho pela gola do paletó, sacudiu-o violentamente, sem que o pobre-diabo fizesse uma tentativa de reação.

— Você roubou ou não roubou?! Diga! Ela não acredita, diga!

Ele olhava para todos os lados, como um animal acossado; parecia procurar um socorro, uma possibilidade de fuga. Mas a própria mulher, fria, neutra, aconselhou:

— Diga, é melhor dizer: não adianta negar!

— Pode me largar, eu digo... — estava quase chorando; e olhava para a filha com um ar intolerável de quem pede perdão.

“Se ele ao menos reagisse”, pensava Lena, “se reagisse, mesmo que apanhasse; mas não fez nada, agüentou tudo.” Isso é que a deixava numa vergonha doida, numa humilhação; a covardia do pai. Chorava sem dizer nada; e chorou mais alto ouvindo o que o pai confessou, de olhos baixos:

— Roubei, sim, Lena; roubei — e começou a chorar (oh, que coisa horrível um homem chorando, chorando; e sobretudo quando esse homem é pai da gente).

Paulo fez questão de tudo, do mínimo detalhe, para que a moça não tivesse mais dúvida de espécie nenhuma.

— Como foi, conte a ela como foi, anda! — sacudiu o velho.

— Ele me mandou receber o aluguel de umas casas. — Castro não havia meio de levantar os olhos. — Eu gastei...

— Quanto? — insistiu Paulo. — Quanto?

— Dez contos — falou tão baixo que ninguém ouviu.

— Mais alto!

— Dez contos.

— Viu? — Paulo virou-se triunfante para Leninha. — Dez contos. O aluguel de umas casas que minha família tem aqui. Roubou, não teve vergonha... Canalha!

— Meu Deus! — gemeu Lena.

— E agora? Você já sabe. Sou ou não seu noivo? — falava quase na cara de Lena.

— Não! — gritou. — Preferia morrer cem vezes, preferia...

— Então, está certo. Seu pai vai, já, já, comigo, para a polícia!

— Lena, Lena! — choramingou Castro. — Minha filha!... Minha filhinha!...

Fria, fria, sem emoção de espécie nenhuma, D. Clara advertiu somente:

— Veja o que você vai fazer, Lena!

— Já disse que não, pronto!

— Bem, D. Clara, eu espero até amanhã. Amanhã apareço aí.

E saiu sem se despedir de ninguém. Castro quis se dirigir à filha, pedir talvez perdão. Mas naquele momento ela não podia nem ver o pai. Repetia, chorando perdidamente:

— O senhor não reagiu, não fez nada, oh, papai! Não chore pelo amor de Deus, não chore! Não posso ver homem chorando!

Era isso que a cobria de vergonha, que a mergulhava naquele desespero: a falta de brio do pai, de dignidade máscula, de nem sei o quê, meu Deus! (o quarto era o refúgio único nos seus desesperos). Subiu correndo para o quarto, atirou-se na cama. Netinha e Graziela queriam saber o que era: mas ela não disse por nada deste mundo, não queria que elas soubessem, sobretudo o detalhe da covardia, do rebaixamento. "Não foi nada, não foi nada", dizia chorando alto, sem poder parar aquele pranto. Durante todo o dia seguinte o pai não lhe falou; vivia pelos cantos, humilhado, suspirando. Uma vez pareceu reagir contra essa humildade abjeta: teve um assomo de dignidade:

— Não se case, minha filha. A única coisa que justifica o casamento é o amor.

— Amor coisa nenhuma — interrompeu D. Clara. — Isso não existe mais. Amor não alimenta ninguém. Ninguém vive de brisas — e concluiu, definitiva. — Bobagem!

Mas ele insistiu, queria se redimir:

— Não quero que digam depois que minha filha sacrificou-se por mim — e acrescentou. — Sou um pai indigno; não mereço sacrifício!

Levantou-se, com os olhos cheios de lágrimas. Mas dona Clara, não largou mais Leninha: chamou-a de filha sem sentimento. Se ela tivesse sentimento, não permitiria nunca que o pai fosse preso como ladrão. Nunca!

— Mas eu não gosto desse homem! Tenho horror desse homem! Sabe o que é horror, sabe?

D. Clara ridicularizou-a:

— Você é romântica demais! Você pensa que alguém mais se casa por amor, pensa mesmo? Ah, minha filha, você está muito enganada! Eu posso falar porque me casei duas vezes. Eu também era assim, mas hoje! Então não vejo o meu caso e o de tantas que eu conheço! No fim de uma semana, minha filha, marido e mulher apenas se toleram, só! Ora, amor!...

E defendia uma tese de mulher interesseira: o maior inimigo do amor é a falta de dinheiro. Sem dinheiro, a mulher perde a beleza, o gosto de viver, a elegância, trabalha. Quando o marido ganha pouco, o lar é uma estiva e a esposa que se dane, cheia de filhos e de trabalho. Ao passo que com o dinheiro a gente compra até o amor verdadeiro, amor sincero. Dinheiro dá tudo. "Eu tenho experiência, minha filha: me casei duas vezes, sei muito bem o que é isso; a mim é que ninguém engana, tenham santa paciência. Paulo lhe dará luxo, luxo, ouviu? Vestidos, sapatos. Você hoje tem duas combinações e em que estado! Pois terá vinte, trinta, quantas quiser; é só pedir. E sua família? A miséria do seu pai, nossa, a perna de Netinha, o colégio de Graziela. Olhe, é a salvação de todo mundo, não se esqueça disso, e seu pai, ainda por cima, não será preso, desmoralizado."

— Então a senhora acha que eu posso casar com um homem que eu não beijaria em hipótese nenhuma, nem morta?

— Bobagem!

— Bobagem, a senhora acha bobagem?

— Ora!

— Juro que ele nunca me beijará.

— Você diz isso agora.

— Direi sempre. Vamos que eu me case com ele, para salvar papai. Mas só se ele jurasse não me pedir nunca um beijo. Assim, ainda podia ser. Talvez, não sei.

— Que infantilidade, Leninha! Você acha, então, que um marido vai aceitar isso?

— Sei lá! Não me interessa!

— Pois devia interessar! Você devia ter vergonha de dizer que não lhe interessa, sabendo que se ele quiser, seu pai será preso no mesmo instante. Agora, se você acha bonito ser filha de ladrão, isso é lá com você.

— E a senhora se esquece de que é a minha felicidade, a minha vida, se esquece? Acha que isso não vale nada, não importa?

A madrasta repetiu:

— Olha, minha filha; você é romântica demais. Ainda acredita nessas coisas!

— Acredito, sim. Acredito, pronto!

— Faça o que você quiser, então. Mas seu pai amaldiçoará você, você terá remorsos!

— Pois não me caso com esse homem; não me caso, não adianta!

Foi naquele momento que ela viu quanta falta faz uma mãe. E o pior é que pensava, pensava e não via ninguém a quem pedir conselhos, ninguém que a orientasse, que lhe dissesse faça isso ou faça aquilo. Pela primeira vez sentia bem o seu desamparo, a sua solidão. Não podia nem falar a respeito com Netinha, pois estava cada vez mais resolvida a não deixar a irmã de criação saber de nada. Uma coisa, sobretudo, a impressionava e agoniava: era o que D. Clara dizia sobre o amor, em nome de uma experiência infalível. Será que não havia mesmo amor, a não ser nos filmes de Norma Shearer? "Eu até agora não tive nenhum namorado", dizia mentalmente. Mas precisava acreditar, era uma necessidade de sua alma, que existia amor, e amor imortal, sem fim. "No dia que eu amar, será para sempre, sempre..." Procurava pensar nos casais vizinhos e era obrigada a concluir que, na sua rua, não havia nenhum exemplo de paixão eterna. Maridos e esposas andavam num desmazelo, de chinelos, pijama, numa falta de poesia louca. As mulheres não se cuidavam, a não ser para sair; umas tinham varizes. "Graças a Deus, não tenho varizes", pensava. E já lhe parecia uma grande coisa, uma vantagem. A afirmação da madrasta, de que a lua-de-mel durava só oito dias, dava-lhe uma angústia, uma revolta. Não podia ser, era impossível. E se indignava contra a realidade da vida, que era tão feia, tão sem graça. "Comigo não será assim, tenho a certeza." A não ser que ela se casasse com Paulo. Aí, o caso era outro. Não teria nem a lua-de-mel de oito dias. "Mas com ele não me caso, não me caso... E papai? Como vai ser?"

Sem ninguém para quem apelar, foi desabafar com uma amiga, Dorinha. Era uma moça que freqüentava auditório de estações de rádio, tinha uma cabecinha oca, mas, enfim, era, no momento, a única confidente possível. Foi num domingo, à tarde, que as duas se falaram. Leninha, com lágrimas nos olhos, contou as suas preocupações, não dizendo, é claro, que o pai estava metido no meio. ("Deus me livre se Dorinha ou alguém soubesse que papai roubou!")

— Você acha, Dorinha, que um casamento sem amor pode ser feliz?

— Ah, não sei, minha filha, não sei...

— Mas eu estou perguntando!

— Eu não gosto de me meter na vida dos outros, porque depois não quero que digam...

— Faz de conta, então, que não sou eu, que é outra pessoa. Que é que você acha?

— Eu? Espere aí, olha: às vezes a gente se casa por amor e não dá certo, o gênio não combina. Casamento é um caso sério. Depende, depende. Agora, uma coisa eu digo...

— O quê? Pode dizer.

— Posso? Olha: eu acho Paulo tão esquisito, pouco amoroso. Vocês dois às vezes estão na sala, ele num canto, você no outro. Ele quase não fala... Enfim, não sei!

A conversa entre Lena e Dorinha não adiantou nada, senão para deprimi-la ainda mais. Lena só pensava naquilo o tempo todo. Fazia os serviços da casa com o pensamento tão longe, tão distante. A única vantagem de Paulo era o dinheiro. Uma frase da madrasta ficara-lhe no ouvido: "Sem dinheiro não existe amor." Ela se impressionava com isso. "Eu que só tenho duas combinações e uma meia." Será que uma mulher, para ser amada, precisa ter vestidos, não trabalhar, não lavar louça, não estragar as mãos na cozinha?

Pior de tudo foi Netinha, com a sua ingenuidade terrível, perguntando:

— Lena, ele já te beijou?

— Nunca! — disse "nunca" quase ferozmente.

— Mentirosa!

— Sério!

— Então ele é muito bobo!

— Eu é que não deixo!

— Mas ele já quis, não quis?

Apesar da raiva que tinha de Paulo, da abominação, do asco, respondeu:

— Quis, sim!

— Oh, Lena! Será que você vai se casar sem ter recebido um beijo? Assim também é demais.

— Pois é. Comigo não tem disso.

Netinha riu, mergulhou o rosto no travesseiro. Não tinha acreditado em nada do que dissera Lena. Pois sim.

De qualquer forma, aquele casamento era impossível. Cada vez se convencia mais disso. Uma meia hora antes de Paulo aparecer para buscar a resposta, D. Clara veio, de novo, falar com Lena. Era tenaz, a velha, de uma tenacidade fanática. Chamou-a para um canto (Netinha e Graziela continuavam ignorando tudo, não sabendo de nada, absolutamente de nada) e disse:

— Seu pai está dizendo que mete uma bala na cabeça.

Não respondeu, sentindo-se prestes a romper em outra crise de pranto. D. Clara continuou:

— O que é que você resolveu?

— Resolvi o quê?

— Casa ou não casa?

— Então a senhora quer que eu me venda?

— Eu?

— A senhora sim. A senhora. Quer que eu me venda pelos dez contos que papai gastou; pela perna mecânica de Netinha.

— Olha, Lena, eu não queria dizer uma coisa a você, mas vou: você fique sabendo que se seu pai for preso, você sabe o que é que eu faço com você?

Lena esperou. E a outra disse, então, com uma cólera que mal podia controlar.

— Ponho você para fora da casa no mesmo instante! Você não me entra mais aqui! Experimente!

A moça perdeu a cabeça de todo. Reagiu, enfrentou a madrasta:

— Pois eu vou! Saio de casa! Mas juro, quero morrer agora mesmo, se eu me casar com esse homem! Nunca, ouviu, nunca!

— Quer saber de uma coisa? Quer? Vai sair, mas é agora mesmo, já, com a roupa do corpo! Não espero mais, saia, não me ponha mais os pés aqui! Saia!

“Aquela foi a minha grande humilhação de mulher.”

8

— ...E não me ponha mais os pés aqui! — gritou D. Clara, inteiramente descontrolada.

— E não ponho mesmo — respondeu. — Vou sair já, já.

E teria saído mesmo, imediatamente — estava louca de raiva, querendo ir para bem longe, para um lugar em que não tivesse uma madrasta atrás, atormentando-a. Mas aí bateram (ela já estava andando em direção da porta, disposta a abandonar a casa com a roupa do corpo). Parou, desconcertada, sem saber se corria para os fundos da casa, se continuava ali, se ia ver quem era. A madrasta mandou.

— Vá abrir.

— Abra a senhora. Tenho nada com isso?

— Está bem.

Era o pai e Paulo. “Bonito”, foi o que pensou Leninha. “Bonito!” A madrasta estava inteiramente outra. Num instantinho, como da noite para o dia, ficou alegre, amável, cheia de atenções com Paulo: o mesmo com ela, Leninha — que hipocrisia, minha Nossa Senhora! Que mulher hipócrita! — parecia outra pessoa. Chegou ao cúmulo de chamá-la de “minha filha”. Paulo estava pior do que nunca, com aquele seu aspecto selvagem, o olhar vago de bêbado, o terno incrível, o cabelo trepando na orelha. Ela refletia: “Seria muito melhor eu me casar com um animal!” Sua decisão estava formada definitivamente. Não se casaria nunca, podiam fazer o que muito bem entendessem, podiam dizer que ela era isso e aquilo, má filha, que não tinha coração. "Mas eu é que não posso estragar minha vida, minha felicidade. Não, não posso, não posso." O pai e Paulo se mantinham em silêncio. Quem falava pelos cotovelos, na sua loquacidade nervosa, era D. Clara, oferecendo café, aludindo às suas dificuldades domésticas. "Estamos sem criada, imagine!" A verdade é que há três anos não tinham criada. Paulo parecia longe dali. De olhos baixos, era como se ignorasse a presença e as palavras de D. Clara. De súbito, se dirigiu, mancando, para Leninha.

— Então? — perguntou.

Leninha não respondeu. Virou o rosto, ficou acintosamente de perfil para o rapaz.

D. Clara interveio:

— Paulo quer que você decida, Leninha.

— Não tenho nada que decidir.

— Lena, Lena! — gemeu o pai.

Ela então disse aquilo:

— Eu me caso, sim, eu me caso, pronto!

O que é que tinha dado nela, que força misteriosa, que impulso inexplicável foi aquele? Teve uma impressão esquisita: a impressão de que sonhava; sua voz pareceu-lhe estranha, como se fosse a voz de outra pessoa. O interessante é que, ao mesmo tempo que se submetia, pensava: "Mas eu estou maluca? Estou dizendo que sim, que me caso, e não quero, não quero, não quis nunca." Estava num tal estado de abandono, de insensibilidade, que poderiam ter feito com ela tudo, inclusive dado pancada, que continuaria feito uma idiota, parada, no meio da sala. A primeira coisa que a madrasta lhe fez, foi beijá-la na testa, numa espécie de bênção. E ainda parecia comovida, a hipócrita. O pai lançou-se sobre a filha, num impulso de gratidão selvagem: estreitou-a nos braços com desespero, enquanto ela, passiva, se deixava apenas abraçar sem retribuir, como se estivesse morta por dentro, sem alma, sem coração, oca. Mas seu pensamento continuava a trabalhar implacavelmente: "Eu não me caso, não me caso. Disse que me casava, mas não adianta. Na última hora, nem que seja na igreja, desmancho isso." Sua passividade, porém, acabou-se quando Paulo, desajeitado como um bruto, quis pegar na sua mão (seria para beijar? ou para segurar?), mas ela se retraiu violentamente.

— Não! — e disse esse "não" de uma forma cortante, definitiva, que desorientou o rapaz.

— Lena! — repreendeu a madrasta.

— Leninha... — suplicou o pai.

— Deixem, não faz mal — balbuciou confuso o pobre-diabo.

— Faz mal, sim, faz mal! — gritou Leninha, num estado de exaltação que poderia levá-la ao fim do mundo. — Você é homem ou o quê?

— Desculpe, Paulo. Ela está nervosa! — explicou, atarantada, D. Clara; e para Lena, com uma ameaça na voz e no olhar: — Lena!

Mas ela se abandonou ao próprio sentimento, não queria saber de nada, queria somente desabafar.

— Homem, "isso"? Quer pegar minha mão, eu não deixo e ele se conforma! Ainda diz: "não faz mal!" O que ele devia era me pegar à força, se impor, eu quero um marido que me domine e não um bobo!

— Está certo, está certo — concordou Paulo, com os olhos tornados pequenos pelo sono e pelo álcool; e acrescentou, numa inocência obtusa de bêbado: — Perfeitamente, ora.

Parecia que era ironia, que ele queria irritá-la. Mas, não. E essa atitude, essa humildade, teve o efeito de aumentar a exasperação de Leninha. Ela pensou: "Bem, agora vou até o fim, não tem mais jeito..."

D. Clara e Castro assistiam, apenas, um e outro atônitos.

— Tem outra coisa — continuou Leninha. — Uma coisa muito importante: eu disse à mamãe, quer dizer, à minha madrasta, que só me casaria com o senhor numa condição: que o senhor nunca me pediria um beijo, nunca me beijaria. Serve assim, serve?

Ele tinha se sentado, e levantou-se como se aquela condição do beijo tivesse afinal sacudido, destruído a sua passividade. Pareceu não ter ouvido bem; ela repetiu, numa atitude de acinte, de provocação, querendo humilhá-lo ostensivamente. O rapaz pareceu indeciso.

— Quer dizer, então, que, depois do casamento, eu não poderei beijá-la? É isso?

Então ele começou a rir. Primeiro, aquele riso interior, silencioso, que foi crescendo, crescendo, até se fundir numa gargalhada imensa, incontrolável, de louco. Parecia realmente ter enlouquecido. Se Leninha tivesse ainda alguma dúvida, aquela gargalhada em crescendo bastaria.

— Mas tem certeza que nunca, nunca eu poderei beijá-la? Tem?

— Tenho! — confirmou, ferozmente.

— Que é isso, que é isso? — era a única coisa que o pai sabia dizer, andando de um lado para outro.

A própria D. Clara estava perturbada. Paulo tinha parado de rir, tornara-se subitamente sério. Parecia agora completamente sóbrio e lúcido, como se o estado anterior de embriaguez não tivesse passado de uma simulação (com que intuito?). Olhava para a moça, um sorriso se desenhava na sua boca.

— E se eu quiser beijá-la? Vamos supor que, um dia, eu queira beijá-la? Não posso?

Virou-lhe as costas. D. Clara quis equilibrar a situação:

— Leninha é assim, Paulo, meio avoada, às vezes fala sem refletir...

O rapaz falava com Leninha (a moça percebeu que ele se divertia à custa dela).

— Não me amole, me deixe em paz! — exclamou, voltando-se para ele, agressiva.

— Interessante, muito interessante. Um marido não poder beijar a mulher...

E apanhou o chapéu; saiu sem se despedir de ninguém. Até D. Clara pensou: "Qual, ele não regula mesmo!" Castro foi para o quarto; estava com a cabeça perturbada e o pensamento que o fazia sofrer era o seguinte: "Sou um pai infame, sou um pai infame. Vou sacrificar minha filha." E o que o impressionava mais era saber que não faria nada para evitar esse sacrifício e que até o desejava. "A bebida me desfibrou", concluiu, procurando afastar o pensamento de um assunto tão desagradável.

Estavam sós, madrasta e enteada. Leninha perguntou, patética:

— Viu?

— Viu o quê?

— Nada.

— Você ainda reclama, depois de fazer um papel ridículo daqueles? Então é coisa que se proponha a um marido aquilo? Bem-feito!

Num instante, aquilo correu toda vizinhança, não houve na rua quem não soubesse. E os comentários, então! O que nunca se soube é quem tinha espalhado. “Seria minha madrasta?”, foi o que Lena perguntou a si mesma, furiosa, quando lhe vieram falar. Furiosa e humilhada. O assunto daquele casamento já era tão desagradável. Imaginem agora, com aquele falatório, aquele disse-me-disse, os risinhos, as pilhérias, as insinuações. O que mais indignava Leninha era que todo o mundo da boca para fora achava aquele casamento uma coisa natural, até recomendável. E quando acaba, pelas costas, fazia graça, só porque ela impusera, como condição irrevogável, que o marido jamais a beijasse. Ora, essa é muito boa! Alguém tinha alguma coisa que ela não quisesse beijar o marido, tinha? “Quem manda em mim sou eu mesma.”

E Lena sofreu, mas sofreu de verdade, quando lhe vieram dizer que o pessoal do 17 (era a casa que ficava justamente na esquina) estava comentando o caso, fazendo graça, metendo Paulo e Lena a ridículo. Já a família de Lena vivia de ponta com a turma do 17. E isso veio agravar tudo. Lena ficou furiosa, ameaçou:

— Eu, quando me encontrar com algum deles, quero ver se têm coragem de me dizer alguma coisa. Duvido!

Várias pessoas, sempre em nome de uma experiência compacta, vinham aconselhá-la. Sobretudo, uma vizinha, uma velha muito antipática (metia-se com a vida de todo o mundo e chamava-se Hortênsia).

Uma vez em que se conversava sobre se estava direito ou não a condição imposta por Lena, ela deu sua opinião, mostrou o absurdo.

— Mas, minha filha, você não vê logo!

— Sou eu que mando na minha boca, não sou?

— E você acha que algum marido se sujeita a isso?

— Não me interessa. O que eu sei é que não deixo.

— Reflita, Lena. Pense um pouco. Você acaba desgostando o rapaz. E ele é um bom partido, minha filha, um bom partido!

D. Clara interveio, encaixou seu comentário:

— Pois é, D. Hortênsia. É o que eu digo sempre. Mas não adianta.

Lena não agüentou. Explodiu:

— Por que é que ele é um bom partido?

— Então não é?

— E o que é que a senhora chama um bom partido?

— Ora, minha filha! Um rapaz rico...

— Dinheiro! — o desprezo de Lena era absoluto. — Logo vi!

— Por acaso dinheiro não tem importância, não vale nada?

— Para mim, não.

— Você precisa aprender muito, mas muito!

— Eu quero amor, amor, a senhora sabe o que é isso?

D. Hortênsia fez ironia:

— Não. Preciso que você me ensine.

"Essa menina já está ficando insolente", pensou D. Hortênsia. "Pensa que eu sou da idade dela, mas comigo está muito enganada."

Lena continuou: "Eu sou malcriada mesmo!"

— Parece que a senhora não sabe. Dá tão pouca importância ao amor. Com certeza acha que amor não interessa.

E era aí que Lena discordava de todo mundo: na questão de "partido". Ela não sabia nada da vida, não tinha experiência, nem idade para saber umas tantas coisas. Mas possuía seu instinto de mulher. Dizia, quando a atormentavam muito com o dinheiro de Paulo, a fazenda, os vestidos que ele lhe daria:

— "Bom partido" é o homem que a gente ama. Pode não ter vintém. Se a gente gosta, está acabado!

Essas opiniões, que ela dizia nos momentos de desespero, quando perdia a cabeça, inspirava sorrisinhos. D. Hortênsia foi uma que disse:

— Aquilo já passa de ingenuidade; é miolo mole. Onde já se viu uma moça exigir que o marido não a beije nunca? Está doida!

Lena procurava não se iludir. Pensava que aquela gente que lhe dava conselhos agora, que a mandava casar, seria dos primeiros a dizer, futuramente: “Ela se casou por dinheiro.” Uns até já haviam insinuado que aquilo era romântico. “Casada por dinheiro.” Parecia até título de livro. Só que tem que a vida é uma coisa e o livro é outra, muito diferente. “E se eu morresse”, perguntou ela a si mesma, depois de uma discussão com a madrasta. Não teria coragem de se matar, isso não. Mas podia ficar doente, piorar. A hipótese da morte que, geralmente, a assustava, foi de uma grande doçura. Podia apanhar chuva, resfriar-se, o resfriado virar uma pneumonia. Achava mesmo uma certa poesia nas mocinhas que morrem. Achava bonito. Às vezes, uma gripe... Só que se aproximava cada vez mais o dia do casamento. “Está tão pertinho”, era o seu lamento contra a vida e contra o tempo. Fez, então, uma promessa. Se aquele casamento se desmanchasse e o pai não fosse preso, ela dormiria um ano inteiro de camisola (aliás, de combinação, porque não usava camisola, não tinha) no cimento do quintal.

Ah, nos dias seguintes! Foi uma correria em casa, um alvoroço, inclusive vizinhos ajudando os preparativos. Todos trabalhavam com gosto. Casamento era novidade — na rua, era distração. Paulo aparecia de vez em quando, quase não falava em Leninha. Geralmente estava num estado de semi-embriaguez, mergulhado nas suas reflexões. Um dia, Odete, uma vizinha — muito saliente — perguntou:

— Está pensando em quê, Paulo?

Ele pareceu surpreendido com a pergunta; respondeu, taciturno:

— Numa pessoa que morreu.

Netinha e Graziela achavam que Lena se casava por amor. Que ingenuidade, minha Nossa Senhora, como a gente se engana às vezes! Elas consideravam que só há uma hipótese de matrimônio: amor. Não podiam imaginar, não lhes entrava na cabeça, que há tantos casos de casamento sem amor — mas tantos! Leninha não tirou a ilusão das duas. Para quê? Sobretudo, ocultava de Netinha, que ela não queria que soubesse.

Ah, no dia em que Netinha foi experimentar a perna mecânica! A menina chorou de reconhecimento, de alegria, tomou as mãos de Paulo, beijou-as, deixando o rapaz sem jeito, com um riso absolutamente estúpido. Leninha pensando: "Ah, se ela soubesse, se ela pudesse imaginar que ele quis trocar a perna metálica por um beijo!"

E o casamento se aproximando cada vez mais. Os preparativos aumentando, começou a se pensar na mesa de doces, em papel para balas, paninhos de mesa, bolos de noiva. D. Clara andava numa permanente excitação, os olhos brilhantes, uma alegria nervosa e já havia dito a Leninha: "Agora você pode dar uma mesada à gente!" Contava como coisa certa essa mesada, já havia mesmo feito um orçamento correspondente. O noivo pagava tudo, sem fazer cara feia, sorrindo. E essa atitude franca do rapaz fazia com que D. Clara dissesse abertamente: "Sovina ele não é!". Espalhava isso com orgulho.

O pior não chegara. O pior foi a "surpresa" que D. Clara preparou para Leninha. Um trabalho que ela fazia às escondidas, não deixando ninguém ver, que esperança! E na antevéspera do casamento, chamou todo o mundo, fez exibicionismo. Vizinhos, visitas, uma porção de gente. Sussurrava-se: "É a 'surpresa'!" D. Clara, com uma expressão indefinível — seria de burla aquele sorriso? — abriu um embrulhinho de papel de seda, amarrado com fios dourados, e exibiu, triunfante. Leninha não disse nada. Viu aquilo, começou a sentir uma fraqueza, ver as coisas rodarem na sua frente, e caiu, com um gemido.

O que D. Clara mostrou, exibiu como um troféu, era a "camisola do dia". Leninha ainda teve tempo de ouvir comentários: "Que beleza!", "Ah, D. Clara", "Nossa Senhora", "Maravilha!" Também foi só. Houve uma correria, um tumulto no quarto, ninguém supondo, naturalmente, que houvesse qualquer relação entre a "surpresa" de D. Clara e aquele desmaio. Quando acordou, D. Clara estava banhando sua testa com água-de-colônia (aliás, uma água-de-colônia barata, de barbeiro, ativa, dessas que fazem a pessoa enjoar ou ficar com dor de cabeça). Em torno, quase impedindo Leninha de respirar, estava o pessoal, e assim que ela abriu os olhos, as explicações surgiram, se multiplicaram. Tinha sido isso, aquilo; emoção, calor, preocupação, trabalho, uma noiva em véspera de casamento, sempre anda numa roda-viva, não pára, vendo uma coisa e outra. D. Ruth concluiu: "É natural." Em volta, concordaram.

D. Clara sugeriu aí que todos se retirassem para Leninha descansar.

— Você agora descanse um pouco, minha filha. Não foi nada — dirigia-se a Leninha, ajeitando o travesseiro, puxando o lençol. Leninha teve um arrepio, sentia como se uma febre nascesse no seu corpo.

Todo o mundo foi saindo. D. Clara ia também. Então Leninha chamou da cama:

— D. Clara!

A madrasta voltou, com um ar de surpresa. Na imaginação de Leninha, o que estava presente, nítida como uma obsessão, era a "camisola do dia" (muito bem trabalhada, com efeito: fina, transparente, com um decote ousado, uma verdadeira gaze ideal. Via-se que D. Clara tinha se aplicado com todas as forças, dado tudo, num desses caprichos que fazem a pessoa prever as minúcias mais delicadas).

— Que é isso, minha filha? — perguntou D. Clara, assim com um ar de quem estava sentida, admirada. — Você não me chama mais de mamãe?

— Não!

— Por quê?

— Que é que eu lhe fiz? — e D. Clara estava cada vez mais ingênua, mais chocada, achando aquilo uma coisa por demais.

— Ainda pergunta o que me fez? ("Que mulher miserável", pensava Leninha). Eu mandei a senhora fazer a "camisola do dia", andar mostrando? Lhe pedi alguma coisa?

— Ah, então é isso? — ironizou a madrasta; a máscara de solicitude, todo aquele fingimento havia desaparecido. — Que é que tem, ora!

— Tem muita coisa. A senhora fez de propósito, pensa que eu não sei, que sou alguma boba? Sabia que eu não ia gostar, não podia gostar, que ia me lembrar de uma porção de coisas! E assim mesmo fez, para me humilhar; eu conheço a senhora, conheço até demais! Uma coisa transparente, isso é decente, olhe aqui?

Pegou na camisola, abriu-a com violência, parecia até uma camisola de artista de cinema, aberta na frente e atrás; e, sobretudo, aquela transparência que não poderia velar as formas, disfarçar nada. Pior do que a nudez.

E o rancor voltou ao coração de Lena.

— Nunca mais chamarei a senhora de "mamãe", de mãe. A mãe que eu tinha já morreu...

— Está louca! Não me agradece e ainda por cima...

— Ainda por cima o quê? — tornava-se violenta. — Não quero "camisola" nenhuma, ponha isso no lixo ou dê à criada de D. Ruth!

— Lena! — gritou a madrasta, querendo cortar aquela explosão e impor-se.

— Desista, eu não visto isso, visto o quê? — estava rouca: as veias do pescoço inchadas. — Outra coisa que eu nunca lhe disse, mas agora digo...

— O quê? — D. Clara estava quase, quase esbofeteando Leninha; mas queria ver até onde ela chegava.

— Uma coisa que eu vi, eu, esta que está aqui, nem pode fazer idéia... Duvido!

— Que foi? Diga, ande! — D. Clara pensava, ao mesmo tempo, "hoje ela apanha na boca".

— Digo, sim; foi no dia em que mamãe morreu, poucas horas antes. E eu vi, pensa que não vi? A senhora e papai, no corredor... Mamãe ainda não tinha morrido, não tinha, eu me lembro perfeitamente!

E, ao mesmo tempo que Leninha ia falando, fazendo a evocação, a cena crescia na imaginação das duas, com uma nitidez tremenda. A mãe de Lena — prima em segundo grau de D. Clara — ainda agonizava (Lena tinha, então, 12 anos, usava meias curtas).

Um criado viera buscar a menina, levara-a pela mão até o quarto. Lá estava todo mundo, inclusive Castro e D. Clara. Chorava-se alto, se bem que houvesse uma recomendação: "Não chorem que ela pode perceber e..." Mas a mãe de Leninha estava inconsciente, de olhos fechados, olheiras (as olheiras típicas das agonias), as unhas roxas, com aquela respiração ("Dispnéia", conforme termo do médico). Leninha se lembrava do pai, não agüentando mais, saindo, aos soluços, para chorar lá fora: "Não posso ver isso, não posso", dissera, saindo. D. Clara também saíra, com certeza com o mesmo objetivo de chorar no corredor. Quando Lena deixou o quarto, viu, sem querer, os dois: num desses beijos que fazem a pessoa esquecer tudo, a vida, a morte, o mundo, os semelhantes, as coisas todas. Nem notaram a testemunha infantil. Leninha saíra logo, com um grande sentimento de espanto na alma.

E agora, moça, na antevéspera do seu casamento, atirava isso na cara da madrasta, insistia num detalhe, sobretudo, "de que nem tinham deixado a mãe morrer". D. Clara, lívida, mal pôde dizer:

— Mentira!

— Mentira coisa nenhuma! A senhora sabe que é verdade!

— Não quero discutir, não adianta...

— E tire a camisola daí. Está pensando mesmo que eu vou vestir isso?

— Veremos.

— Imagine, um casamento onde não entra amor, onde há tudo, menos amor. E vem a senhora com a "camisola do dia", sabendo de tudo, conhecendo toda a situação!

D. Clara não disse mais nada. Apanhou a "camisola", dobrou-a, com um instintivo cuidado, e saiu, muito pálida, os lábios quase brancos, Leninha ficou pensando nas noivas mais felizes que podem usar, podem vestir "camisola do dia". Ela, não. Nunca usaria: e isso, o sentimento dessa verdade, transformou sua raiva, seu ódio em tristeza. Será que só eu, entre todas as mulheres, não terei direito ao amor?" Chorou muito, descobrindo nas próprias lágrimas uma secreta doçura.

No dia seguinte, a primeira coisa que pensou ao acordar, a primeira, antes mesmo de lavar o rosto, de escovar os dentes, foi a seguinte: "Não me caso. Podem prender papai, quantas vezes quiserem, eu não me incomodo: quer dizer, me incomodo, mas não é por isso que vou me sacrificar assim." Mas não disse nada a ninguém, assistia só aos preparativos que continuavam, sem um gesto, sem trabalhar, sem participar de nada. Estranhavam o seu silêncio; e, então, D. Clara dizia logo:

— Leninha sonha muito! — e ria para a enteada. — Não é Leninha?

Era ironia, mas uma ironia muito íntima que só Lena percebia, ninguém mais. Quer dizer, aquelas abstrações eram puro romantismo. Leninha não respondia nada, é claro. Mas a revolta contra a madrasta se fazia intolerável dentro dela. Tinha que fazer força para não trair os próprios sentimentos.

E os fatos foram acontecendo. "Por que é que o tempo não pára?", perguntava a si mesma, com aquele ar de sonâmbula ou de louca que os casamentos contra a vontade dão às mulheres. Seu terror aumentava à medida que iam passando as horas, que se aproximava o instante do casamento. Não tinha vestido de noiva. Ia casar vestida normalmente. De manhã, no dia, uma vizinha, muito inconveniente, perguntou:

— Leninha, me diz uma coisa: por que é que você não vai se casar de branco?

Leninha nem respondeu. Virou as costas à outra, grosseiramente. D. Clara — sempre atenta — explicou, rápida:

— Foi promessa. Uma promessa que ela fez — e sorriu, mostrou todos os dentes, muito natural, como se aquela promessa fosse um fato, uma verdade indiscutível.

Até dez minutos antes do casamento, a resolução de Lena era uma só e definitiva: "Eu não me caso, vão ver. Dou um escândalo." Quando o juiz fez a pergunta, ela pensou: "Agora digo não." E o que saiu foi aquele "sim". Na hora do padre, também: "Quando ele perguntar, digo não. Já me casei no civil, mas não faz mal, no religioso não caso." E, no entanto, repetiu o mesmo "sim", baixinho, é verdade, mas bastante para consumar o fato. Que é que adianta um "sim" sussurrado ou gritado? Sim, que é que adianta? A verdade é que ela estava casada; e disse mentalmente, com uma expressão obsessionante de sonho: "perante Deus e perante os homens." Na igreja, no juiz, depois do ato civil e do ato religioso, perguntava a si mesma: "Por que me casei, por quê? Se bastava uma palavra, um 'não', para evitar isso? Casamento assim é pecado, meu Deus, é pecado..." Parecia estar presa de um encanto maléfico, sim, de um encanto mortal. Ou seria que o destino da mulher é ser derrotada sempre, é ser vencida, nos seus sonhos, nos seus desejos, na sua vontade, um destino de submissão à vida e aos homens?

Quando Lena acabou a história do casamento, Netinha chorava: e teve um rompante, acusou a irmã:

— Você é mentirosa. Leninha! Está mentindo!

— Netinha! — Lena assustou-se com o desespero da outra. — Netinha, venha cá, Netinha!

Quis segurar a irmã, abraçá-la, consolá-la. Mas Netinha era sensível demais, sensível até o martírio. Não aceitava consolo, repelia Lena e quis correr em direção à porta, com um desejo de fuga, uma vontade de desaparecer dali.

— Mentira! — a menina recuava, parecia evitar qualquer contato com Leninha, como se esta fosse uma inimiga. — Pensa que eu acredito naquilo que você contou?

— Mas o quê? Que foi, Netinha, mas o que foi?

— Aquilo. — Netinha estava de olhos abertos. — Você disse que viu padrasto e mamãe no corredor...

Parecia uma pequena louca, frágil e tocante com aquela perna assim; baixou a voz para continuar:

— ...sua mãe ainda não tinha morrido, estava morrendo, e padrasto e mamãe se beijando no corredor...

Era isso que se gravara profundamente no pensamento de Netinha; aquela falta de respeito à morte, aquele beijo dado quase ao pé de uma esposa agonizante. Mas não, não poderia ser. Sua mãe não poderia ter feito isso; era mentira de Lena, tinha que ser. "Mamãe é nervosa, pode ter seus defeitos, mas não faria isso."

— Você é ruim, não presta — acusava Netinha.

— Mas eu juro, eu juro — afirmou Leninha, começando a se exasperar com aquela obstinação quase trágica.

— Ela é minha mãe — explicou Netinha, não achando, por fim, senão esse argumento desesperado. — Vou-me embora, vou voltar para casa, não quero mais nada com você!

Alguém bateu na porta. Bateu muitas vezes. Netinha e Lena, ambas com o rosto cheio de lágrimas, se entreolharam, assustadas. Lena enxugou rapidamente os olhos com as costas da mão.

— Já vou — disse.

E, nervosa, passou um lenço nos olhos e nas faces de Netinha, quis tirar todo o vestígio de lágrimas. Qual, iam perceber que tanto ela, como a aleijadinha, tinham chorado! Por sua vez, compôs-se um pouco, passou a mão ao longo do corpo, alisando o vestido, e se dirigiu para a porta. Quando abriu, perturbou-se profundamente. Era Lídia, mas tão pálida e com uma expressão de sofrimento físico, de sofrimento atroz...

Aquela moça veio andando, andando. Tinha uma certa graça frágil de convalescente. Era de uma beleza estranha e, quem a visse, poderia achar no seu tipo e nas suas atitudes qualquer coisa de irreal. Vestia-se de branco, a sua cintura era muito fina e, de vez em quando, parava, como se estivesse cansada demais. Assim pálida e com aquele vestido branco, poderia parecer uma noiva ou, antes, o fantasma de uma noiva, perdido na floresta. Parecia temer que a vissem. Olhava muito para trás. E de vez em quando se ocultava, como se alguém a seguisse ou houvesse essa possibilidade. "Meu Deus", suspirou uma vez, "meu Deus". E levou a mão ao peito, com a respiração muito forte. Sofria; e não era só um sofrimento da alma, mas do corpo também. Queria ver alguém, precisava ver essa pessoa, mas não podia ser vista, não podia. Ela mesma refletia: "Estou pálida demais, muito pálida." Se estivesse deitada, de olhos fechados, iam tomá-la por uma morta. "Sou linda", foi o que disse a si mesma, com um orgulho doloroso. Esse sentimento profundo e doce da própria beleza deu-lhe uma certa alegria. Talvez não existisse uma mulher tão linda.

Continuou andando. Subiu penosamente uma pequena elevação. De lá, teria uma vista maravilhosa; e talvez, quem sabe, talvez... Um nome lhe veio aos lábios, mas tão baixinho, que ninguém poderia ouvir. Nome de homem ou de mulher?... Aquele nome estava ligado a um mistério tão profundo e triste que teria medo até de sussurrá-lo. Agora estava no alto do pequeno morro, vendo a paisagem, o horizonte, pessoas, casas e animais que a distância tornava pequeninhos. Cruzou os braços, seus olhos se fixaram num ponto único e distante. Sofreu como nunca, mas não teve nenhuma lágrima, porque seus olhos estavam cansados de chorar.

Lídia não disse nada. Com espanto de Lena e de Netinha, entrou e se encaminhou para a janela ("Que mulher bonita", pensou Netinha, espantada como diante de uma imagem de sonho), Lídia chegou diante da janela, ficou parada, olhando para um ponto qualquer, longínquo. E se prolongou tanto essa contemplação, que Lena e Netinha estavam já sem jeito.

— Lídia — murmurou, com medo de quebrar a abstração da outra, o encanto misterioso de que ela parecia possuída.

Lídia virou-se. Chamou Leninha, com uma voz estranha e tão baixa que a outra quase não ouviu. Com Leninha ao seu lado, Lídia perguntou:

— Está vendo?

Lena viu, então, lá longe, no alto de um pequeno morro, uma figura minúscula de mulher, mas tão miudinha, tão miudinha! Parecia estar olhando para a fazenda de Santa Maria.

— Estou vendo — disse Lena. — Uma mulher.

Lídia voltou-se para ela com uma expressão mudada, segurou-a pelos braços, enterrou as unhas na carne da outra e gritou:

— É Guida! Guida fugiu da sepultura! Não acreditaram em mim, mas ela voltou!

9 "A esposa morta acabava de entrar ali."

NETINHA sentiu uma espécie de fascinação; foi ver também. Olhou aquela figura de mulher tão miudinha na distância. Lídia continuava apertando os braços de Leninha, cravando-lhes as unhas na carne, e repetindo:

— Você viu? Está vendo? É Guida, Guida, que fugiu da sepultura... Oh, meu Deus!

Largou Leninha e foi olhar de novo a mulher minúscula e distante. Leninha puxou a irmã, como se estivesse diante de um perigo; Lídia parecia ter enlouquecido.

— Guida morreu, Lídia — pôde dizer Leninha. — Está morta.

— Morreu, mas voltou, eu tenho certeza de que é ela — chorou Lídia, abandonando a janela e mergulhando a cabeça entre as mãos.

— Netinha contemplava Lena e Lídia com sentimento de terror; a aleijadinha também se arrepiava como se sentisse na pele, pelos cabelos, um sopro da morte. Olhou instintivamente em torno, como que procurando nos móveis, no leito, no ambiente, o sinal da morta. "Estou com medo", pensava Lena, "mas é bobagem minha, porque um morto não volta, não pode voltar, é alucinação de Lídia." Suas mãos e as de Lídia estavam unidas; e sem querer, mesmo achando tudo aquilo uma loucura, os olhos de Lena se enchiam de lágrimas, e ela perguntava a si mesma: "Quem sabe se os mortos não voltam mesmo?"

— Netinha, venha cá, fique aqui.

Paulo revirou-se na cama. Ninguém reparava nele. Era como se não estivesse ali. A aleijadinha se aproximou, sussurrou ao ouvido da irmã, como uma angústia que apressava o ritmo do seu coração: "Que foi, Lena? Que é?" Lena murmurou: "Nada, nada." Depois contaria, agora, não. As três moças, bem juntas, ficaram em silêncio. Pareciam estar na expectativa de que algo de sobrenatural acontecesse. Quem sabe se Guida não estava ali, dentro do quarto, ao lado delas, numa presença imaterial?

— A gente não vê os que morreram — soluçava Lídia — mas eles nos seguem, andam atrás da gente sem que a gente saiba.

Levantou-se, de repente, e olhava para Leninha com um ar de espanto, como se não a reconhecesse mais. Lena assustou-se: "Lídia está completamente desequilibrada", refletiu, aproximando-se mais de Netinha.

— Lena — disse Lídia, com o mesmo olhar espantado — é você quem está atraindo Guida. Você, sim, Lena.

Dizia isso com um tom estranho, quase de acusação ou de ódio; era como se acusasse Leninha de estar chamando os mortos.

— Eu? Mas eu por quê? — admirou-se Lena. — O que é que eu fiz?

— Ainda pergunta?

— Então?

— Casou-se com Paulo. E agora a alma de Guida não terá mais sossego. Lena, fuja, Lena; fuja daqui! Depois será tarde, muito tarde...

A voz de Lídia quebrou-se num soluço. Lena, aterrada, não sabia o que dizer; Netinha foi outra vez à janela para ver se a mulher tinha desaparecido. Não a viu mais. Isso aliviou a aleijadinha e ela disse, para as outras, como se fosse uma grande coisa:

— Foi embora.

Lídia procurou enxugar os olhos; estava com vergonha das próprias lágrimas. Virou-se para Lena:

— Sabe por que, Lena, eu digo que é você quem está chamando Guida? Porque eu, por exemplo, se fosse casada e morresse, e, depois, meu marido casasse outra vez, eu voltaria para atormentar a nova esposa. Não a deixaria em paz, até ela morrer também, ou, então, até ficar louca.

— E se não houvesse vida depois da morte? — lembrou Leninha, falando baixo.

— Mas há! — afirmou Lídia, erguendo o busto, com uma convicção tão desesperada, que Netinha e Lena sentiram um aperto no coração. — Tem que haver, não é possível que a gente morra de todo, que acabe de uma vez. Seria horrível, Leninha!

— Mas Lídia, aquela mulher não pode ser Guida. Você não vê logo?! Não pode ser.

— Você duvida, Lena? Quer uma prova? — e havia na fisionomia de Lídia uma certa ferocidade. — Eu provo a você, hoje, de noite, quer?

— Quero! — disse Lena, reagindo contra o próprio medo. — Quero, sim.

"Eu acabo enlouquecendo também", pensou Leninha, "eu acabo louca". Netinha não perdia uma palavra, não perdia um gesto das duas. Dizia de si para si: "De que é que elas estão falando? Quem é essa mulher que morreu e que tem raiva de Leninha? Uma morta pode ter raiva de alguém?"

O rosto de Lídia não apresentava mais nenhum vestígio de medo. Ela estava agora serena, fria, era como se fosse outra pessoa.

— Pois bem, Lena. De noite virei falar com você e aí então...

— O quê? — balbuciou Leninha.

— Não se incomode — Lídia estava enigmática; — eu vou levar você a um lugar. Você então vai me dizer uma coisa.

Saiu, antes que Leninha pudesse detê-la. Ficaram sós as duas irmãs. Leninha sentou-se na cama.

— Quem é essa moça? — perguntou Netinha.

— É Lídia, uma prima de Paulo.

— E Guida?

— Guida? — e Lena teve uma revolta íntima e profunda, uma espécie de ódio contra aquela morta que não a deixava em paz, que parecia acompanhá-la a toda parte. — É a mulher de meu marido, quer dizer, a primeira mulher. Morreu, foi estraçalhada por uns cães, nem sei direito.

— E Lídia? — perguntou Netinha. — Ela é... — e apontou para a cabeça, rodando o dedo. — É?

— Doida? Não sei, acho que é e quem sabe se eu também? Ela me põe tonta, passa para mim a sua loucura, me convence de coisas em que eu nunca acreditei...

Na pequena cidadezinha de Nevada espalharam-se, com uma facilidade incrível, os acontecimentos do bar Flor de Maio. Todo o mundo comentava o escândalo que Paulo fizera, na irresponsabilidade absoluta da embriaguez. Eram moças, velhos, rapazes e senhoras desfrutando o episódio em todas as minúcias. As mulheres, sobretudo, estavam interessadíssimas com as revelações feitas pelo rapaz nas suas confidências de bêbado. A maledicência e a ironia do pessoal feminino se exerciam sem qualquer cerimônia, sem o mínimo escrúpulo, com tranqüilo impudor. Impressionava a degradação daquele moço rico, dono de grandes extensões de terras e milhares de cabeças de gado, que vinha para um botequim falar da esposa, de sua falta de graça física. O termo "espeto", com toda a sua vulgaridade, era usado em larga escala, era repetido pelos homens e pelas mulheres; e não tardaria que circulassem as anedotas. Nem sempre a cidadezinha tinha um assunto assim, de primeiríssima ordem. Aquela esposa desgraçada e desconhecida era crucificada nas perfídias mais ousadas.

Outra coisa que causara a maior impressão: o fato de continuar Paulo inconsolável com a morte de Guida. Mas então, por que casara? Não havendo interesse, nem amor, que outra razão misteriosa teria lançado o rapaz em nova aventura matrimonial? Eis um mistério que os locais não se cansavam de investigar inutilmente. No escândalo do bar, a única coisa que escapava, que apresentava mesmo um certo aspecto romântico, era a saudade da esposa morta que parecia subsistir, ainda, no coração de Paulo. As simpatias voltavam-se para Guida. Tomava-se o partido da primeira esposa, como se isso pudesse servir-lhe de alguma coisa; e se arrastava no ridículo a esposa viva.

— Mas ela será mesmo esse fenômeno de magreza e de falta de graça? — indagava uma velha senhora, meio surda.

— Pior, muito pior, minha filha — afirmou outra senhora. — Eu vi.

Era mentira, ninguém tinha visto Leninha, mas a fulana falara com tanta convicção e tanta dignidade, que não houve dúvida possível.

— D. Consuelo deve estar! — calculava uma terceira. — Ela que tinha tanto orgulho da beleza de Guida!

— Agora tem que se conformar.

— Quem não deve estar nada satisfeito é Maurício.

Um terceiro lembrou:

— Mas Paulo não pode achar ruim o físico da esposa. Um aleijado como ele!

Esse tom, em que a maledicência chegava a ter um toque de infância, era geral na cidade. Ninguém aparecia para defender ninguém. Houve quem falasse numa visita a Santa Maria, a pretexto de cordialidade, só para ver Lena. Em Nevada existiam muitas meninas que, em tempo, haviam se candidatado a Paulo. Estas não perdoavam, menos ainda que as outras. Sobretudo as que não haviam encontrado ainda solução matrimonial, as que permaneciam solteiras.

— Foi buscar uma esposa fora e, quando acaba, trouxe essa!

— Com tanta mocinha bonita aqui — concordou um fazendeiro, batendo com o chicote na bota.

— Bem-feito! — concluiu um terceiro.

Lena e Netinha ouviam passos, rápidos, no corredor. Bateram, de leve, na porta. As duas estavam de tal forma excitadas, as palavras e modos de Lídia tinham sido tão inquietantes, que pensaram logo numa possibilidade apavorante: que fosse a morta, a própria morta quem estivesse, junto à porta, batendo.

— Meu Deus! — gemeu Netinha.

Ela e Lena olhavam para a porta, mudas, imóveis, sem coragem para um gesto; e prontas para o grito. A porta começou a se abrir, mas tão lentamente, tão de manso, como se, de fato, fosse impelida por mãos imateriais. “Agora eu grito”, pensou Leninha, segurando a mão da irmã.

Era Lídia. Lídia outra vez. Lena e Netinha suspiraram profundamente. Lídia vinha com uma pequena caixa, quer dizer, um pequeno cofre que carregava com extremo cuidado. Antes de se aproximar das duas, ficou escutando junto à porta, ouvindo. Não percebeu barulho nenhum, e, então, com mais coragem, veio ao encontro de Lena. Tinha os olhos brilhantes; via-se que estava possuída de uma grande tensão nervosa.

— Que é, Lídia? — perguntou Leninha.

Ela não respondeu. Colocou o pequeno cofre na extremidade da cama com muito cuidado, como se aquilo fosse uma coisa frágil, pudesse se quebrar à toa. Virou-se para Lena e disse com uma atitude intencionalmente misteriosa:

— Está vendo isso? Isso aí?

Havia na sua voz uma secreta satisfação. Leninha não disse nada, mas olhou o cofre como se ele pudesse conter algum segredo terrível, um mistério ou um malefício. Lídia preparou-se para abrir o cofre. Tirou do seio uma pequena chave, dourada, colocou-a na minúscula fechadura. De cabeça baixa, fazendo um certo esforço para torcer a chave, disse, ainda:

— Você nem faz idéia do que está aqui, nem calcula? Adivinhe, Lena!

— Não! — negou Leninha quase gritando.

— O que é que tem aí? — perguntou Netinha, também com os nervos trepidando.

Lídia levantou a tampa. Sua fisionomia mudou instantaneamente. Sua boca teve um ríctus de sofrimento. Sem saber de nada, mas sob uma sugestão torturante, Leninha fechou os olhos; Netinha não perdia um movimento de Lídia. Quando Lena abriu os olhos, Lídia tirava, lentamente, um cordão de ouro, uma medalhinha de santo e, por último, o pior.

— É a combinação de Guida! — anunciou.

Uma combinação estraçalhada, quase que em tiras, com manchas acinzentadas. Estendeu aquela coisa na cama de Leninha e levantou-se para olhar.

— A combinação que ela vestia quando aconteceu "aquilo" — a voz de Lídia estava irreconhecível, quando ela morreu. O cordão que ela usava quase sempre, a medalhinha de Santa Teresinha...

"Eu também sou devota de Santa Teresinha", pensou Lena, achando que essa coincidência tinha qualquer coisa de terrível, talvez indicasse uma semelhança fatal de destinos. E a angústia que se acumulava no seu ser transbordou.

— Tire isso daqui! — gritou, com um aspecto selvagem; e emendou, especificou, para excluir a medalhinha de santo. — A combinação! Tire a combinação, tire!...

Lídia não fez um gesto. Olhava para a cama como se aquelas lembranças de uma mulher que morrera a apaixonassem. Parecia não ter ouvido o grito de Lena; não reparava nas lágrimas que iam enchendo os olhos de Netinha (a menina sempre fora assim, muito nervosa). Disse:

— Se você visse, Leninha, o que Paulo faz, quando apertam as saudades de Guida? Se abraça com o cofre, chora, você pode fazer idéia. Uma coisa horrível, de impressionar!

— Eu não durmo mais nessa cama — era Lena que falava, puxando Netinha, agarrando-se instintivamente a Netinha. — Não durmo, depois que você botou a combinação de Guida aí eu não durmo.

Paulo virou-se na cama, resmungou, enterrando o rosto no travesseiro, numa persistente nostalgia de bêbado: "Guida..."

— Pelo amor de Deus, tire aquilo, tire — Leninha parecia uma criança.

Em silêncio, Lídia apanhou o cordão, a medalha; recolheu a combinação (esta, quase com ternura), guardou tudo no cofre. Teve um olhar para Paulo que continuava a dormir e se dirigiu a Leninha:

— De noite, me espere. Na varanda, ouviu? Depois do jantar. Eu passo lá e nós sairemos como se fôssemos dar um passeio, está bem?

— Nós vamos aonde?

— Você verá.

— Mas quero saber...

Lídia saiu, levando o cofre, sem dar nenhuma resposta. Leninha sentou-se numa cadeira, distante da cama.

— Não vá, Leninha, não vá. Ela é louca.

— Vou, sim, vou! — Leninha ergueu-se, subitamente fortalecida; aquele sentimento de revolta contra essa morta que não a deixava em paz, que a perseguia como uma obsessão, que estava nos lábios do marido bêbado, aquele sentimento voltava com uma maior intensidade.

Aproximou-se da janela, olhou para o ponto em que, pouco antes, aparecera a mulher minúscula. Fixou esse ponto longínquo da paisagem, teve um desafio desesperado e inverossímil.

— Eu não tenho medo de uma defunta — disse de lábios cerrados, como que falando para uma pessoa invisível.

Netinha admirou-se, sofreu contra aquele absurdo desafio a uma morta.

— Não diga isso, Lena — suplicava; estendia as mãos, num apelo. — É pecado! Você pode ser castigada!

E então as duas ouviram, distintamente, alguma coisa passar, um sopro, um hálito, como se a morta tivesse acabado de entrar ali, para aceitar o desafio da esposa viva.

Foi uma coisa tão física que não podia haver dúvida. "É ela, é ela", pensaram, ao mesmo tempo. Estavam tão perturbadas que aceitavam agora todas as possibilidades, tudo, as coisas mais absurdas.

— Netinha — suspirou Lena.

— Você disse aquilo! — balbuciou a aleijadinha, transindo-se, o queixo batendo, não de frio, mas de medo; e esperava, a qualquer momento, a aparição da morta.

— Você foi desafiar Guida!

Mas Guida não veio. Paulo, na cama, revirou-se, abriu os olhos, ficou vendo as duas, com certo espanto, como se elas não tivessem existência real. Netinha... Mas era impossível que Netinha estivesse ali, por que havia de estar, ora essa?! Sentou-se na cama e disse, em tom de pergunta:

— Netinha?

As duas moças agora respiravam melhor, libertavam-se lentamente da obsessão. O fato de Paulo estar acordado (afinal, ele era um homem) significava uma proteção contra a ameaça sobrenatural. Paulo ergueu-se, esboçou um sorriso, convencendo-se, afinal, de que era ela. Netinha mesma, quem estava ali; ele não sabia por quê, de momento não encontrava explicação, mas o fato é que estava. Não se cansava de admirar.

— Você aqui, Netinha? Mas o que é que houve, que foi?

A aleijadinha recuou; agora, que não tinha mais medo de Guida, os sentimentos normais de sua vida voltavam, inclusive o ressentimento contra Paulo, contra a atitude dele no casamento de Lena. Foi com um vinco de amargura na sua pequena boca de moça mal desenvolvida que ela o acusou, deixou que saísse nas palavras tudo aquilo, as queixas, os sofrimentos, que maltratavam sua alma sensível.

— Você só me deu a perna mecânica porque queria um beijo de Lena. Só por isso, agora eu sei, antes não sabia!

— Quem foi que disse? Quem foi? — ele olhava ora Lena, ora Netinha; e fixou o olhar finalmente em Lena, dominado por um sentimento profundo de rancor. — Foi você que disse, logo vi. Eu sabia...

— Fui eu, sim — e Leninha procurou dizer isso com altivez.

— Se eu soubesse — a aleijadinha chorava — se eu pudesse imaginar, não teria aceito, nunca, ouviu? Tinha ficado com as muletas... Era melhor!

— Lena — Paulo voltou-se para a mulher; parecia muito cansado e seu rosto exprimia um grande sofrimento. — Eu podia perdoar tudo a você, tudo, menos isso: contar a essa menina coisas que ela não precisava saber, que só interessavam a nós dois. Mas não faz mal, depois eu falo com você...

E como se o assunto lhe fosse muito doloroso e o fizesse sofrer além de suas forças, falou de outra coisa, quis saber como Netinha havia chegado lá e por quê. Lena contou, procurando ser fria, bem fria e impessoal, apenas informativa nas suas palavras. Ele ouvia tudo com a fisionomia carregada, prestando muita atenção. Quando ela acabou, ele disse apenas:

— Eu falo com mamãe. Netinha vai ficar aqui com a gente, você escreve para D. Clara, explicando.

E saiu, puxando da perna. Seu aspecto era tão miserável que Netinha sentiu um princípio de arrependimento de tudo o que dissera. O que enchia agora o seu coração era uma pena grande, sem limites, uma pena que quase a fez chorar.

— Eu tenho tanta dó de Paulo, Lena, mas tanta! Então, quando reparo na perna dele, nem sei! Você não tem pena do defeito que ele tem?

Mas Lena reagiu contra qualquer sugestão de piedade. Fechou o coração, fez-se má para responder:

— Ah, minha filha, se uma mulher fosse ter pena ou gostar de todos os homens que puxassem da perna, estava tudo acabado!

E, interiormente, achava uma certa graça da irmã, tão ingênua, pensando, coitada, que defeito físico é qualidade matrimonial, que só porque o marido é aleijado, a mulher tem obrigação de gostar dele. Se fosse assim, meu Deus!

Esperar que chegasse a noite foi um suplício para Leninha. "De noite, ela vem me buscar" — eis o que estava a todo instante no seu pensamento, deixando-a numa angústia sem fim. Andava, conversava, via uma coisa e outra; escreveu à madrasta, contando que Netinha estava ali; mas não conseguia se libertar da obsessão. Não adiantava pensar que aquilo eram os seus nervos, maltratados, sacudidos por tantos acontecimentos, por emoções que a vinham desgastando. "Um morto não pode fugir da sepultura, não pode, isso é infantil, absurdo, incrível, ridículo." Mas seu raciocínio nada podia contra o medo, um medo de todos os instantes, que a fazia olhar para os cantos escuros, como se lá pudesse estar Guida ou a alma de Guida, espreitando-a. Queria que anoitecesse depressa, para que Lídia a levasse não sabia onde e provasse que Guida estava de novo na fazenda, para se vingar do segundo casamento de Paulo.

E era tal a sua sugestão, que andava como que em sonho. Não viu ou não reparou em coisas que deviam preocupá-la. Por exemplo: não tomou conhecimento da hostilidade (uma coisa evidente) de D. Consuelo para com a aleijadinha. Paulo havia falado com a mãe; queria que Netinha ficasse lá, até que se resolvesse a situação. D. Consuelo fez logo cara feia.

— Mas onde? Onde é que vou botar essa menina?

D. Consuelo não quis dizer. Mas duas coisas principais a irritavam em Netinha: primeiro, o fato de seu parentesco com a nora (defeito que ela considerava imperdoável e definitivo); e, depois aquela perna mecânica, que deixava a velha senhora num estado de permanente irritação. O que exasperava D. Consuelo eram aquelas duas pessoas na fazenda com um defeito parecido. Uma, o filho, vá lá: era filho, está certo. Mas aquela pequena intrusa, que ninguém conhecia e aparecia lá, de repente, fugida de casa. "Isso aqui virou o quê?" — perguntava ela a si mesma, contendo-se para não tratar Netinha com uma grosseria que desse na vista. Se pudesse, mandava-a embora, logo, logo.

— A senhora põe aí num quarto. Aqui tem tantos! Um deles, sei lá!

D. Consuelo teve uma vontade de protestar, de negar asilo, mas Paulo foi enérgico, positivo, mostrou que não estava direito, que era preciso acolher a menina. "Aleijada, aleijada", era o que pensava D. Consuelo, com uma brutalidade que não exteriorizava por uma espécie de pudor: dizia mentalmente "aleijada", como se essa crueldade interior, essa íntima violência, a contentasse de alguma forma, fosse uma compensação.

— Eu não posso expulsar a minha cunhada — concluiu Paulo.

D. Consuelo mandou Nana preparar, às pressas, um quarto, em cima. Lá ficaria Netinha, até segunda ordem, e se irritou, mais ainda, lembrando-se que a menina não tinha roupa, não tinha nada. Ela mesma a conduziu até o quarto, com uma falta de amabilidade absoluta, sem procurar disfarçar sequer os seus sentimentos. Netinha viu isso; percebia logo quando não gostavam dela. Sofreu, teve vontade — uma vontade ingênua e tocante — de perguntar: "Mas o que foi que eu lhe fiz? Eu lhe fiz alguma coisa?" Guardou, porém, silêncio, atormentada até o martírio por aquela sensação de intrusa. Mas teve a mesma surpresa que Lena ao chegar em Santa Maria: o encontro com Nana. Viu logo que a preta era boa, tinha um grande coração, podia se converter numa amiga, numa pessoa com quem ela podia conversar, contar, talvez, as suas tristezas. E isso, se fosse possível; se viesse a acontecer, seria uma grande coisa.

Pela fazenda começou a se espalhar a notícia da chegada de Netinha. Se fosse uma pessoa normal, ninguém teria reparado. Mas a perna mecânica chamava muita atenção, em toda parte. E, em Santa Maria, desde o primeiro momento, chamaram a menina de "Aleijadinha", nome que ia pegar definitivamente. Dizia-se: "Lá em cima tem agora uma moça: 'Aleijadinha', irmã da patroa. Vem morar aí."

Enfim, ficou resolvido o assunto da acomodação de Netinha. E a menina pôde andar pela fazenda, uma vez com Leninha, outra vez com Nana. Estava com Nana (Leninha se recolhera com dor de cabeça), quando viu Maurício. O rapaz vinha da cabana de troncos. De longe, observara aquela menina, ao lado da preta. Nunca a tinha visto ali. Quem seria?

Mas ele ainda não foi nada; o sentimento que lhe inspirou a Aleijadinha, como não podia deixar de ser, foi de uma curiosidade rápida, sem maior importância. E se ela não tivesse o defeito físico aí então é que Maurício teria passado adiante, nem ligando. Mas já Aleijadinha, não. Sentiu a mesma coisa que Lena ou, então, mais ainda, porque sua sensibilidade era quase doença. Teve um espanto e perguntou a Nana:

— Quem é ele?

— Seu Maurício. Irmão do Seu Paulo.

O rapaz se aproximava. E teve para Netinha aquele olhar de luz intensa, olhar que dedicava a todas as mulheres, mesmo às que não lhe despertassem nenhum interesse especial. Netinha baixou a vista, como se aquele olhar tão profundo a tivesse tocado, abalado como uma carícia material.

— É a irmã de D. Leninha, Seu Maurício.

Ela teve que levantar o rosto, enfrentar aquela beleza doce e viril, ver bem próxima a boca de um desenho fino e nítido, a sombra azulada da barba. Maurício sorria, apertava-lhe a mão, fazia perguntas amáveis. Deixou-a, por fim; e Aleijadinha ficou observando aquela figura de homem que se afastava, em direção da fazenda.

— Bonito, não é? — perguntou Nana, com uma malícia de preta perspicaz.

— Assim, assim — mentiu Netinha, baixando a cabeça com as faces ardendo.

— É um perigo esse homem, um perigo! — comentou Nana, brincando.

Netinha voltou para a fazenda. Lena estava sentada na varanda. Viu Aleijadinha e percebeu instantaneamente que ela estava nervosa. Mas Lena andava tão preocupada com o próprio drama, que não ligou muito. Deixou a irmã sentar-se ao seu lado, fechou os olhos para pensar melhor e mais profundamente em Guida. "Para onde me levará Lídia", perguntava a si mesma, sentindo que voltava, de novo, ao seu coração, a raiva contra a morta vingativa.

Tinham acabado de jantar naquele momento. Lídia levantou-se, primeiro, a pretexto de que estava com dor de cabeça.

— Vou passear um pouco lá fora — disse.

Passados uns dois minutos, Lena pediu licença e saiu da mesa, acompanhada de Netinha. Paulo subiu; com certeza ia deitar-se. Dizia a si mesmo: "Preciso falar com Netinha, explicar." Sofria sabendo que a menina estava ao par de tudo; tinha medo do juízo que ela estava fazendo. Maurício continuou na mesa, conversando com D. Consuelo sobre umas coisas da fazenda. Uma cerca que era preciso levantar. Na varanda, Lena disse à irmã:

— Já vou. Lídia deve estar esperando.

— E eu?

— Você fica, Netinha. Você não pode ir.

— Posso, sim. Que é que tem? Me leve, Lena. Não quero ficar, aqui, sozinha. D. Consuelo não gosta de mim. — Segurava Lena pelo braço, numa súplica apaixonada.

— Então, venha. Antes que D. Consuelo apareça, me prenda.

Desceram as escadas, quase correndo. A noite estava feia; os ventos passavam. Começava a relampejar. "A tempestade que ameaçou ontem e não veio, é capaz de cair hoje", calculou Leninha. Procurava Lídia, mas não havia meio de ver, o escuro era tão grande. Felizmente, houve um relâmpago que iluminou tudo, e Lena viu Lídia, perto de uma árvore. O vento dava-lhe no vestido e nos cabelos; ela adquiriu, na luz rápida e intensa, qualquer coisa de fantasmagórico. Correu ao encontro de Lena e Netinha, tomou as mãos de Lena, apertou-as:

— Que noite horrível! — balbuciou. — Por que trouxe essa menina?

— É minha irmã — desculpou-se Lena. — Eu ainda não tinha apresentado; também, ando tão nervosa!...

— Vamos — interrompeu Lídia, sem olhar, sequer, para Aleijadinha. — Antes que a tempestade caia!...

E Lídia foi na frente. O vento era cada vez mais forte, fustigava-lhe as pernas, o corpo todo, mexia-lhe nos cabelos. Um pequeno arbusto quebrou-se. Lídia adiantou-se demais. Lena gritou:

— Lídia, Lídia!

A outra parou. Lena perguntou:

— Para onde você me leva?

As duas irmãs sentiam um medo horrível. Não sabiam direito se ele provinha da noite feia ou se do medo da morte. Novo relâmpago, um rumor surdo, longe, lá no horizonte.

Lídia apontou, suas palavras quase se perderam na ventania:

— Ali, está vendo? Ali?

Lena viu, quando houve um relâmpago, uma coisa que lhe pareceu uma pequena casa, com uma lâmpada vermelha no alto. Não compreendeu direito. Por que Lídia a levava para ali?

As três avançavam, de novo, lutando contra o vento, lutando contra aquela força que parecia impeli-las para trás. Só quando chegaram perto é que Lena teve a revelação, descobriu o que era aquilo: um mausoléu grande, imponente e solitário.

— O túmulo de Guida — anunciou Lídia, com um aspecto selvagem, uma alegria feroz.

O mausoléu que Paulo tinha mandado fazer, com aquela lâmpada, no alto do portão de bronze, perpetuamente acesa. Construção de luxo e grande. Lena teve uma crise de nervos.

— Não! Não!

Lídia atracou-se com ela. A tempestade caíra, com toda a violência. Netinha quis intervir. Lídia empurrou-a, Aleijadinha caiu longe. Lídia gritou, porque o rumor do vento e o trovão pareciam abafar tudo.

— Venha, sim! Venha! Agora você vem, tem que vir! Ela não está aí, ela fugiu!

Empurrou o portão, puxando Lena. Netinha veio atrás, desesperada. Entraram. Rápida e diabólica, Lídia bateu a porta, fechou por dentro. Estavam sozinhas dentro do mausoléu.

— Agora você pode gritar, que ninguém ouve, ninguém escuta no meio desse barulho todo!

Lena e Netinha estavam abraçadas, mais irmãs do que nunca, mais unidas. Olhavam para o lugar em que a outra estava enterrada e houve, então, um duplo grito, porque acabavam de ver que...

“Ele procurava na tempestade o seu perdido amor.” 10

NA MESA, mexendo no paliteiro, num jeito muito seu, Maurício sentiu que Lena e Netinha se levantavam, iam em direção da varanda. Não levantou os olhos, mas era como se estivesse vendo. “Foram para a varanda”, pensou ele, quebrando um palito entre os dedos. O tempo estava feio lá fora; ventanias e relâmpagos. D. Consuelo falava, falava, ele não prestava atenção, respondia com palavras curtas “Sim”, “Não”. Ela queria levantar uma cerca e fazer um novo curral na fazenda; as cabeças de gado aumentavam.

— Sabe onde é um bom lugar?...

E disse o lugar. Ele sofria, porque a mãe não o deixava concentrar-se no único assunto que o estava obcecando: Lena. “Ela não é bonita, é magra demais, mas não sei, assim mesmo me interessa...” E enquanto D. Consuelo fazia umas contas (somava todo o gado da fazenda), ele tomou uma resolução: “Levanto-me agora, vou até à varanda, olho a noite e me sento lá.” Ergueu-se, concordou com a mãe:

— Precisamos mais de um curral, sim, mamãe.

E pôs termo à conversa, de uma maneira que deixou D. Consuelo sem jeito. “E essa magricela”, raciocinou: “enquanto não a conquistar, ele não sossega.”

Maurício chegou à varanda e não viu ninguém lá. Isso fê-lo experimentar uma espécie de sofrimento. “Ora essa!”, murmurou. Se ainda estivesse fazendo uma noite bonita, vá lá, podia-se dizer "estão passeando". Mas com aquele tempo, não era possível. Desceu as escadas, procurando um sinal das duas, e não viu nada, não encontrava ninguém. "Onde é que se meteram?", perguntava a si mesmo, já com uma intuição aguda e pungente de um perigo que pudesse ameaçá-las, quer dizer, ameaçar Lena. (Porque a outra, tanto fazia; ele era um homem que só se interessava pelas mulheres de quem gostava no momento.) Viu um empregado, armado de rifles, que corria para um abrigo; perguntou, teve que gritar; e o homem respondeu, gritando também, apontando numa direção:

— Por ali, três moças!

Ele seguiu, cada vez mais impressionado com aquilo, achando estranho que Lena tivesse saído assim. Que destino seria o dela dentro da tempestade, para onde iria perseguida pelos ventos, encharcada de chuva? Gritou uma vez, duas, três:

— Lena! Lena! Lena!

E sentia que o seu interesse por ela aumentava. "Será amor?", perguntava a si mesmo, naquela procura desesperada. Tinha sido a única mulher, até agora, que resistira a ele; e sem querer levou a mão ao rosto, como que acariciando os lugares em que ela o esbofeteara. Lembrava-se da boca de Leninha e sentia, de uma maneira mais aguda, que ela era necessária à sua vida.

O que Lena viu ao lado da lápide era um pedaço de vestido, uma fazenda branca e brilhante, cetim — quem sabe se era cetim? Ou uma gaze? Tudo se confundia na sua cabeça. Leninha não sabia distinguir mais as coisas, reconhecê-las, era como se tudo adquirisse uma luz de delírio.

Estava no mausoléu de Guida e sentia que um passo apenas, uma fronteira mínima, a separava da loucura.

— Não podemos sair — gritou para Netinha, abraçando-se mais à irmã. — Ela prendeu a gente!

Na sua superexcitação, começava a pensar uma porção de coisas monstruosas: que Lídia, mais forte do que as duas, ia matá-las ou enterrá-las vivas.

Netinha gritava; desprendera-se de Lena, batia com os punhos cerrados nas grades de bronze, tinha os dedos ensangüentados; e seus gritos nem pareciam humanos. Lídia foi apanhar o pedaço de fazenda e trazia, de volta, para mostrar a Lena. Era um resto de véu, de um véu despedaçado:

— É do vestido de Guida! Foi com esse vestido que Guida foi enterrada!

— Me tire daqui! Me tire, pelo amor de Deus!

Lena parecia uma criança na sua pusilanimidade!

Lídia exaltou-se:

— Eu não disse? Não disse? Guida fugiu da sepultura, está por aí...

Lena olhou, pensando que ia ver a lápide despedaçada e o túmulo vazio. Mas, não. Tudo parecia intacto; não havia sinal nenhum de que a sepultura tivesse sido violada. E Netinha, abraçada agora ao portão de bronze, de joelhos, gemia apenas, sem forças, olhando a tempestade, ouvindo o vento, sentindo a terra ensopar-se debaixo da chuva.

— Lena! Lena!

Ela ouviu o grito, ainda distante. Seu nome. Alguém gritava seu nome. Aquilo era tão estranho, tão estranho que alguém gritasse seu nome, assim, dentro da noite! Largou Lídia, correu para o portão, respondeu àquela voz de homem que a chamava:

— Socorro! Socorro! Estou aqui!...

Sentiu-se segura por trás, puxada por uma força muito maior que a sua. Quis resistir, agarrar-se ao portão, mas foi arrastada.

— É inútil, agora é inútil — disse Lídia. — Guida fugiu...

Queria dizer que Guida não voltaria mais ao túmulo, que estava liberta, que iria agora atormentar a esposa viva, exasperá-la. Um relâmpago mais vivo iluminou aquelas duas figuras de mulher atracadas no interior de um mausoléu e aquela menina que jazia, ao pé do portão de bronze, sem sentidos, talvez morta. Lena sentiu no rosto o hálito de Lídia, um hálito quente. Sentiu que seus nervos não resistiriam mais, que...

Foi assim que Maurício as viu. A voz de Lena, aquele pedido de socorro guiara-o até ali. Estava no portão de bronze; e cada relâmpago que fazia mostrava-lhe aquelas silhuetas, as duas mulheres unidas — abraçadas ou lutando? — e o vulto de Netinha, prostrado. Quis forçar a entrada, mas o portão, sólido, pesado, resistiu:

— Lena! Lena!

"Chamou Lena e não a mim", foi o pensamento de Lídia quando o viu. Lena correu. As mãos do rapaz e da moça se procuraram e se confundiram:

— Maurício! Maurício!

Era a única coisa que ela sabia dizer, repetir: o nome dele.

— A chave, onde é que está a chave?

Porém ela não raciocinava, não sabia o que dizer, estava desesperada. Pedia, com uma voz que o terror mudava:

— Me tire daqui! Me tire daqui! — enterrava as unhas nas mãos dele.

— Meu amor, meu amor — dizia ele, acariciando suas mãos, perdido de ternura.

Então, Lídia aproximou-se. Estava muito serena e séria; toda aquela excitação desaparecera para dar lugar a uma calma quase sinistra. Ele acusou-a brutalmente, enquanto ela, sem uma palavra, procurava torcer a chave:

— Foi você, não teve vergonha de fazer uma coisa dessas! Está louca, completamente louca!

Quando abriu, entrou e carregou Lena no colo, tal como na noite em que ela chegara à Santa Maria. Lena fechara os olhos, dizia palavras sem nexo, parecia estar devorada pela febre. Ele sentia como se ela fosse uma criança, pequenina e sensível, uma criança atormentada que se agarrasse a ele. E, de fato, na inquietação da febre, Lena passava o braço em torno do seu pescoço, tremia de frio, carregava ainda uns restos de medo. Maurício se esquecia de tudo; como da outra vez em que a carregara, experimentara o desejo de que aquilo não acabasse nunca. Ele pensava confusamente: "Nunca senti uma coisa assim, um sentimento parecido com este, engraçado." Lídia e Netinha estavam ali também, mas isso não tinha importância. Regina estava na cabana de troncos. E, pelo mundo, existiam muitas outras mulheres, lindas, feias, simpáticas, interessantes ou não. Ele se esquecia de todas. Era como se Lena, despenteada, suja da lama do caminho, molhada, fosse a única, a única mulher em todo o mundo. Lídia olhava só, com uma atenção dolorosa. "Ele nem nota que eu estou aqui", dizia mentalmente, sentindo o coração pulsar com mais violência. "Eu sou mais bonita do que Lena, muito mais bonita e não adianta..." Houve um clarão. Maurício olhou Lena. Estava de boca entreaberta, entreabertos os lábios, como se esperasse ou desejasse um beijo. "Se eu a beijar", pensou ele, "ela não vai retribuir, talvez não sinta o meu beijo, está tão fora de si..." Mas aquela boca estava tão perto, tão próxima (ele podia sentir-lhe o hálito) que não resistiu, a tentação foi mais forte. Pensou ainda: "Vou beijar uma mulher com febre", e curvou-se para o beijo, quis unir sua boca à de Lena...

D. Consuelo chegou na varanda e o vento deu no seu vestido, trouxe um pouco de chuva. Ela recuou. Que noite horrível! Entrou e chamou Nana. A preta veio, correndo, pensando que era para fechar as portas, recolher as cadeiras. Mas D. Consuelo estava preocupada com outra coisa:

— Você viu Lena e Lídia?

Não falou nem em Netinha. Era como se a menina não existisse. Nana não tinha visto. A última vez, elas estavam na varanda.

— Que coisa esquisita! — admirou-se D. Consuelo. — Saíram então! Mas com esse tempo?

Aquilo parecia-lhe muito estranho, era uma coisa de preocupar. Subiu as escadas, chamou Paulo. Paulo abriu a porta, estava com a fisionomia carregada e uns olhos de sofrimento.

— Não sei onde está sua mulher, não acho. Nem ela, nem Lídia.

— Anda por aí — disse ele, sardônico.

E ia fechar a porta, quando se lembrou de uma coisa, perguntou:

— E Netinha?

— A irmã dela? Não sei. Deve ter saído com Lena e Lídia.

Então, ele se perturbou. Foi na frente, a mãe e Nana atrás. Procurar, não sabia onde. Em algum lugar, pela noite. Nana quis acompanhá-lo. Mas ele cortou a tentativa da preta para segui-lo:

— Não!

E seu tom foi tão categórico, que Nana desistiu, ficou olhando o moço sumir-se nas trevas, mancando, com a chuva dando-lhe nas pernas, no peito e no rosto, com mil açoites. Uma só imagem havia no seu pensamento: Netinha. A idéia de que ela estava em perigo, sofrendo talvez, sob alguma ameaça — fazia-o andar mais depressa, sob o aguaceiro. Enterrava os pés na lama, tinha que se desvencilhar de pequenos galhos com folhas que se enroscavam nas suas pernas. Uma vez caiu. Mas levantou-se e continuou. Assim como Maurício, pouco antes, gritara por Lena, ele agora gritava por Netinha. E depois do grito se concentrava sempre na esperança de ouvir uma resposta. Mas nada, nada.

— Netinha! Netinha!

De repente, sentiu que alguém o acompanhava. Virou-se espantado, quase cego pela água da chuva. Viu Nana quase próxima, caindo e se levantando, atolando-se aqui e ali, mas continuando, numa persistência desesperada. Paulo teve vontade de tudo naquele momento. Até de bater. Berrou:

— Volte! Nana, volte!

Porém ela não quis voltar. Com a roupa colada ao corpo, ensopada dos pés à cabeça, cansada daquele esforço, pediu ao moço, pelo amor de Deus, que a deixasse ir. Ele não fez comentário; recomeçou a andar e ela o seguiu, reunindo todas as suas forças para poder acompanhar a sua marcha. De vez em quando ele gritava:

— Netinha! Netinha!

Nana pensava, com agonia, que Paulo não dizia uma única vez o nome da esposa. Não estava direito. Podiam não se gostar, mas assim também era demais.

Foi uma coisa tão inesperada aquilo, quase inverossímil. Maurício aproximou seus lábios dos lábios de Lena (ela estava semiconsciente) e tudo parecia tornar inevitável aquele beijo. A mulher com febre não pode sentir nenhum prazer, mas ainda assim... Lídia levou a mão ao pescoço numa sensação de estrangulamento.

E foi nessa fração de segundo que aconteceu aquilo. Tinha havido um clarão intensíssimo. E quando as trevas baixaram de novo (justamente no momento em que Maurício ia beijar) ouviu-se um grito de mulher, vindo de fora, grito de desespero, de dor, uma coisa que a gente ouve e não se esquece nunca. E aquela carícia, aquela fusão de bocas não se realizou. Maurício virou-se, rápido, aterrado. Lídia gritou, numa alegria selvagem:

— É ela! Ela, sim! Eu vi!

E na claridade breve de um novo relâmpago, Maurício viu um vulto de mulher. Fugia debaixo da tempestade. A luz foi naturalmente muito rápida, mas tanto bastou para que Maurício identificasse a fugitiva ou, pelo menos, desconfiasse, tivesse uma suspeita terrível. Depôs Lena no chão, estendeu-a. E saiu, enfrentou outra vez a tempestade. Ia no encalço daquela mulher, cujo grito o impedira de beijar Lena.

Lídia, Lena e Netinha ficaram outra vez sós no mausoléu. Lena estava apenas com uma noção muito vaga da realidade. Tinha estado nos braços de Maurício? Não estava bem certa; as coisas se confundiam na sua memória; lembrava-se de coisas que não haviam acontecido, que eram falsas recordações.

Lídia sentou-se a seu lado, com a obsessão daquela mulher que vira fugindo na noite. Só podia ser Guida, tinha que ser. E Lídia começou a falar com Lena, num tom de crueldade que feriu a moça.

— Vocês pensavam que eu estivesse louca. Mas eu vi, eu e Maurício. Ele ia beijando você, a boca estava quase junto de você — e concluiu com uma alegria selvagem. — Mas Guida apareceu e ele não beijou!...

Lídia dizia isso, exultava, como se fosse uma vitória sua. Lena fez um esforço para compreender (mas estava com a cabeça tão confusa, tudo tão embaralhado). Uma coisa percebeu, um fato: Maurício tinha querido beijá-la. As palavras de Lídia, descritivas, rolavam no seu pensamento: "a boca estava quase junto da sua." E Guida apareceu, Guida, Guida...

— Guida morreu, Lídia — balbuciou Lena, sem saber o que dizia, perdida de febre.

— Morreu, sim, morreu — concordou a outra, segurando o véu despedaçado que devia ser da morta e que fora apanhado sobre a lápide — mas voltou, fugiu, Guida fugiu do túmulo...

Maurício corria sempre. Não tinha noção do esforço que estava fazendo. Era tal sua tensão de nervos que suas forças se duplicavam. Ignorava que direção ela tomara. Deixava-se levar por um instinto que ele sentia poderoso. E avançava sob a chuva que não diminuía, parecia até aumentar. Contava com um relâmpago para descobri-la. Um pensamento ia e vinha no seu cérebro: "É impossível que fosse ela, impossível." Com certeza, fora uma ilusão sua, uma alucinação. "Também estou com os nervos tão abalados, tão abalados!"

Ia passar, pisar talvez. Mas houve um clarão e ele viu aquele corpo. Estava, de bruços, na lama do caminho, indiferente à chuva. "Então não foi alucinação, é ela mesma, ela..." — pensou.

Pôs-se de joelhos, revirou-a com cuidado. Fechou os olhos por uns momentos, como para retardar o instante do reconhecimento. Sua mão passou pelo rosto da mulher que perdera os sentidos, respirava forte. E abriu os olhos. Aquele rosto, aquele queixo, aqueles cabelos, aquela boca, aquela brancura de pescoço, ele beijara tantas vezes.

Paulo e Nana iam passando pelo mausoléu de Guida. Mas o rapaz ouviu vozes; e voltou-se, sem querer acreditar, pensando numa ilusão. A tempestade continuava; os ventos passavam, as rajadas eram cada vez mais violentas; os intervalos entre um relâmpago e outro faziam-se menores. Houve um clarão imenso que iluminou tudo como se fosse dia. Paulo viu, então, aquelas silhuetas no portão de bronze. A chuva, aquele aguaceiro interminável, transformara o chão num pântano único. Ele enterrava o pé na lama, desequilibrando-se; e o seu defeito físico tornava a marcha mais penosa.

— Netinha! — gritou; e repetiu: Netinha!

Lena não respondeu. Aquele grito chegara-lhe aos ouvidos como um som longínquo. "Estou sonhando, estou sonhando", era a sua impressão persistente. Lídia respondeu:

— Paulo! Aqui, Paulo!

Seguido de Nana, ele veio em direção ao mausoléu. Não compreendia direito, como podia ser aquilo? Estavam ali. Mas fazendo o quê, meu Deus? Abriu o pesado portão. Viu o vulto alto de Lídia, imóvel no fundo; Lena e Netinha prostradas; o túmulo de Guida. Perguntava a si mesmo, sem achar resposta: "Que faz Lena aqui? Por que veio? Quem a trouxe?" Nana entrara, fazia o sinal da cruz. Ensopada, enlameada, não dizia palavra, e também não compreendia por que Lena estava ali, no túmulo da primeira mulher de Paulo. Seria um desafio à esposa morta? Seria uma maldição que ela viera lançar à memória de Guida ou aos seus despojos? Paulo curvou-se, debruçou-se sobre Netinha e, com esforço, carregou-a. Ela estava queimando. "Febre", pensou Paulo, encaminhando-se para o portão. Lídia o acompanhou; e Nana puxou-o pela manga do paletó, espantada:

— E D. Lena, Seu Paulo?

Ele nem se virou. Continuou andando, estava agora do lado de fora, sob a chuva. Nana entendia cada vez menos. Gritou:

— E D. Lena, Seu Paulo? D. Lena?

Ele parou no meio da chuva, os pés enterrados na lama. A seu lado estava Lídia, o vestido colado ao corpo, os quadris bem desenhados, ofegante. Ele riu alto (parecia um demônio):

— Ela fica.

— Sozinha, Seu Paulo?

— Na companhia de Guida.

E riu de novo, continuando aquela marcha, com Netinha no colo, e Lídia, pouco atrás.

Nana quis segurá-lo, desesperada, mas ele se desprendeu. No mausoléu, Lena tivera consciência de tudo: vira e ouvira. Mas estava tão fraca, e tão dominada pela febre, meio delirante, que não teve forças, iniciativa de falar. Sentiu que Paulo saía levando Netinha no colo; e que saíam também Lídia e Nana. Só ela ficava no mausoléu. Era tal seu esgotamento que ia se deixar ficar; tão bom ali, sossegado! Melhor que lá fora. Mas, pouco a pouco, começou a pensar em Guida. Ficar só com uma morta, e uma morta tão recente, é uma coisa horrível. Sobretudo, naquela situação; quando se é a segunda mulher e a morta a primeira. A esposa viva e a esposa morta... Com esforço, Lena levantou-se. Sentia um frio de bater queixo; um frio que parecia atravessar sua carne. Cambaleando, aproximou-se do portão que Lídia, por maldade, fechara. "E se ela fechou com a chave?", perguntou a si mesma, num medo de criança. Oh, graças a Deus estava só com o trinco. "Guida, Guida", aquele nome não lhe saía do pensamento. Idéias absurdas vinham-lhe à cabeça. "E se ela aparecer agora? Se me perseguir? Se me agarrar?" A chuva batia-lhe no rosto, impedia-a quase de ver, entrava-lhe na boca, fustigava-lhe as pernas, o busto. O chão cedia aos seus pés; água e lama de pântano. Gritou com medo de que Guida viesse atrás:

— Paulo! Paulo!

Ele não ia muito distante. Ouviu o grito. Não voltou, não quis voltar. Odiava-a mais do que nunca, porque ela viera ao mausoléu de Guida, porque entrara lá. Netinha delirava em seus braços, dizia nomes, às vezes tinha um choro doce e sentido de criança. Ele, então, apertava mais a menina, tinha vontade de beijá-la no rosto. Lena que ficasse lá, que morresse, que enlouquecesse de terror.

— Seu Paulo, não faça isso! É sua esposa, Seu Paulo! É sua mulher!

A preta era tenaz. Desde que tinham saído do mausoléu ela vinha com aquilo, pedindo, implorando, com perseverança que o exasperava. Paulo já não respondia. Lídia, silenciosa, caminhava, esquecendo-se deliberadamente de Lena, com um secreto e cruel desejo de que ela, ao acordar (supunha que Lena estivesse desmaiada), enlouquecesse de medo. Nana se agarrou com o rapaz. Ele insultou-a, em vão; disse-lhe coisas. Nana apontava:

— Ela vem lá, Seu Paulo!

E vinha mesmo. Dava um passo, caía; levantava-se de novo para cair mais adiante; e só o medo, a vontade de ir para bem longe daquele mausoléu, é que a sustentava ainda, que lhe dava forças para continuar. Nana perdeu a cabeça. Apesar do medo (tinha horror de sepultura), voltou e se reuniu à esposa abandonada. As duas pareciam se amparar mutuamente. Agora, Paulo esperava, pouco adiante, enquanto o temporal se fazia cada vez maior. Lena e Nana se aproximaram, penosamente. Ele não teve pena (seu coração estava vazio, vazio), nem ajudou Lena a levantar-se quando ela caiu, a dois passos de distância, afundando as mãos na lama. Foi Nana quem teve de reerguê-la sozinha. Lídia não esboçou gesto nenhum. Lena chegou junto de Paulo, perguntou com uma voz de quem vai chorar:

— Teve coragem de me deixar!

— Então?

— Sou sua esposa. Apesar de tudo, sou sua esposa.

— Não faz mal. Que é que tem?

— Por que então se casou comigo?

Ele continuou a andar, rindo silenciosamente. Respondeu:

— Eu estava bêbado, completamente irresponsável. Por isso que me casei.

— Mentira!

— Então foi. Não adianta discutir...

E como ela, ferida no seu amor-próprio, maltratada na sua alma de mulher, quisesse continuar, naquele tom de acusação e de lamento, ele interrompeu brutalmente:

— Chega!

Fizeram o resto do caminho em silêncio. Paulo, cada vez mais cansado, respirando forte. Aquela caminhada já passava, quase, o limite de suas forças. Chegaram, graças a Deus! D. Consuelo abriu a porta. Eles entraram, de roldão, molhando a sala, deixando marcas de lama no assoalho. Paulo colocou Netinha no divã, procurou aquecer as mãos da menina nas suas. Nana entrou para buscar uma coisa quente, um cobertor. D. Consuelo virou-se, para Lena:

— Que idéia foi essa? Sair com esse tempo?

— Sabe onde eu as encontrei? — perguntou Paulo, erguendo-se, arquejante ainda do esforço feito; e acrescentou, olhando a mulher com um desprezo que a revoltou: — No mausoléu de Guida.

D. Consuelo aproximou-se mais de Lena; havia na sua atitude uma ameaça que fez Lena pensar na cicatriz de Lídia: "Será que ela vai me queimar com ferro em brasa?" E, sem querer, batendo o queixo de frio e de febre, recuou um passo, dois.

— No mausoléu de Guida? Fazendo lá o quê? — e parecia que D. Consuelo ia realmente bater em Lena.

— Não sei! Não sei! — gritou a moça, sentindo que seus nervos não resistiam mais, que estavam tensos e que se iam despedaçar.

— Eu sei — disse Lídia — eu sei.

D. Consuelo virou-se para Lídia. Paulo carregava no colo, outra vez, a Aleijadinha. Mancando, se dirigiu para a escada. Nana, que chegava, acompanhou-o, com os cobertores.

— Nós trataremos dela, Nana, nós dois — e falando assim, Paulo excluía D. Consuelo, Lídia, Lena, todo o mundo ali.

As três mulheres acompanharam com o olhar Paulo e Nana. Depois, D. Consuelo voltou-se, de novo, para Lena. Esta sentou-se numa poltrona (estava tão cansada, a febre dava-lhe a sensação de que flutuava) e o frio era um suplício, um sofrimento físico bárbaro.

— O que é que você sabe, Lídia? O que é? — perguntou D. Consuelo.

Cheia de lama e de água, com o cabelo escorrendo, Lídia acusou Lena; havia nos seus modos e na sua voz, uma alegria selvagem:

— Ela me chamou, nunca que eu podia imaginar que era para ir lá. Quando vi, quis voltar, mas o temporal caiu, e tive que entrar...

— Vocês entraram? — D. Consuelo queria saber tudo, ouvia as palavras de Lídia com uma atenção quase dolorosa.

— Entramos, sim. A senhora não faz idéia...

Na sua febre, Lena ouvia como se aquilo fosse uma coisa irreal, impossível de acontecer. Mas era dela que estavam falando? Prestou mais atenção, procurou reagir contra o entorpecimento do seu raciocínio. Lídia continuava, trazia novos detalhes. Contou que Lena desrespeitara o túmulo de Guida, só porque esta fora a primeira mulher de Paulo; amaldiçoara a memória de Guida...

— Mentira! — gritou Lena; e repetiu, com voz enrouquecida: — Mentira...

— Amaldiçoou, sim — confirmou Lídia. — Você amaldiçoou a memória de Guida e agora diz que não, tem medo de titia. Foi lá fazer pouco da morta...

— Não acredite nela, D. Consuelo — suplicou Lena, com ar de choro; e pediu outra vez: — Não acredite...

— Cale a boca — cortou D. Consuelo. — E levante-se que está molhando toda a poltrona!

— Ela que me levou... — Lena levantou-se — foi ela. Disse que Guida tinha fugido do túmulo, eu fui, meu Deus!

E emudeceu, subitamente, porque D. Consuelo levantava a mão e...

Nana fizera tudo, rápida, diligente, prática. Mudara a roupa de Aleijadinha, depois de fazer uma fricção violenta, sobretudo no peito e um pouco nas costas. Como estava quente a menina! Aquilo era uma febre daquelas. Enquanto ela vestia ou fazia massagens com a toalha felpuda, Paulo ficou de costas. Nana perguntou:

— Que idade tem essa menina, Seu Paulo?

— 18 anos.

— 18 anos! — admirou-se a preta — 18? Tão pequena, tão franzina, parece uma criança.

— Que é que você quer? É a vida.

Netinha estava agora debaixo dos cobertores; seu delírio continuava, um delírio manso que só se agitava de vez em quando quando ela julgava estar vendo Guida.

— Paulo, ela vai me enterrar viva, Paulo... Vai me enterrar...

Abria muito os olhos, segurava as mãos dele, o rapaz dizia palavras de carinho que ela não podia compreender. Nana afagava-a na testa, nos cabelos (já enxutos) e rezava profundamente para que a menina não morresse. Aleijadinha estava agora sorrindo e balbuciava um nome que Paulo, a princípio, não entendeu bem e que ela repetiu:

— Maurício...

Esse nome, naqueles lábios, fê-lo sofrer. Saiu de junto da doente, como se a menina o tivesse magoado.

— Nana — disse, voltando — é preciso chamar um médico. Tenho que ir buscar o Dr. Borborema. Netinha está mal, muito doente...

— Talvez morra — chorou Nana, curvando-se para beijar a mão de Aleijadinha.

Bateram na porta e, antes que Nana fosse abrir, entrou Leninha. Vinha com a fisionomia tão mudada que a preta teve um susto, um espanto:

— Paulo — balbuciou Lena — sua mãe me deu uma bofetada!

Quando Maurício reconheceu a mulher que estava deitada, de bruços, em plena tempestade, repetiu muitas vezes, como não acreditando:

— É você?... Você?...

Louca, louca, completamente louca. Quase teve ódio daquela mulher. Mas gostava muito dela. Gostava, sim.

Estava gelada, completamente gelada, os lábios roxos e seu único sinal de vida era ainda o coração que batia, batia. "É louca, meu Deus", repetiu ele, erguendo-a nos braços, sob a chuva incessante, os pés enterrados na lama. "Mas todas as mulheres que amam também não são loucas?" Para onde levá-la numa noite assim? Por um momento, esteve a ponto de se abandonar ao desespero; mas reagiu sobre si mesmo. Ela abriu os olhos. Sua primeira palavra, foi, ao mesmo tempo, uma acusação e um lamento:

— Você estava beijando outra mulher...

Ele protestou, mentiu, sabendo que ela sofria até onde uma mulher pode sofrer. Disse, falando bem junto de sua boca, para que ela sentisse os lábios próximos e desejasse um beijo:

— Você viu mal, você não viu direito!

— Vi, sim — repetiu — vi. Você só não beijou porque eu gritei, porque eu apareci, você me viu, senão você tinha beijado!...

Estava fraca, sem forças, quase sem voz; mas o seu desespero de amorosa não tinha limites. Desejaria ferir aquele homem que amava, tanto, tanto, que era seu sonho, sua vida, seu pensamento, luz dos seus olhos.

— Enquanto você viver eu não terei descanso, nunca, minha vida será isso, um martírio...

— Você deseja que eu morra, então?

Molhada, com um frio mortal, sofrendo na carne e na alma, ela fechou os olhos por um momento, enquanto a chuva caía. Desejaria a morte do seu amado? Murmurou:

— Queria, sim, queria que você morresse. Ao menos, você não pensaria em nenhuma outra mulher.

— E também não pensaria em você.

— Preferia que você não pensasse em mim, contanto que também não pensasse nas outras. Há tantas mulheres no mundo e um só amor cansa, acaba cansando — não minta, Maurício! Eu sei. Você então, que não será nunca homem de uma só mulher, mas de muitas mulheres. Você que nasceu só para amar...

— Quer mesmo que eu morra?

Ela se contradisse, no desespero de perdê-lo, de ficar sem aquele amor que era a sua felicidade e o seu martírio:

— Não, não!

Agarrava-se a ele, num medo pueril de perdê-lo; era como se o sentimento da morte tornasse maior, mais profundo e mais total o sentimento de amor. Estava tão bela, com os cabelos molhados, e molhados o vestido, o corpo, que ele não resistiu, e nunca resistiria jamais a uma boca que se entreabrisse assim. Sentiam-se maravilhosamente sós no meio da noite e da tempestade. Foi entre um beijo e outro, que ela perguntou:

— E aquela mulher? Quem é?

Respondeu:

— Lena, mulher de Paulo.

Ela falou numa voz de ódio, antes de um novo beijo:

— Juro — juro que hei de matar essa mulher. Deus é testemunha!

11 “Aquele amor era maior que a morte.”

ELA falara com uma certeza tão fanática e um ódio tão selvagem, que Maurício estremeceu. Pensou então que a única coisa que não tem limites é um ódio de mulher. Beijaram-se de novo. Mas não foi a mesma coisa. Havia uma outra mulher no pensamento de ambos. Ele pensara no juramento que ela fizera, invocando o testemunho de Deus. Sofreu como se Lena estivesse já condenada, perdida, e nenhuma força humana ou divina pudesse salvá-la.

— Para onde vamos? — perguntou ele, quando suas bocas se desuniram; parecia desorientado dentro da noite.

— Para Santa Maria — ironizou a moça, numa sugestão cruel, certa de que aquilo o perturbaria e faria sofrer.

Sua maldade de mulher despertava. Ela queria agora atormentá-lo. Sabia que diante de uma mulher todo o homem é, no fundo, ingênuo, ao alcance de qualquer malícia ou mistificação. A alusão à Santa Maria foi, de fato, um choque para Maurício. Assustou-se, perguntou:

— Está louca?

— Ora, que importância tinha?

— Não brinque assim — pediu; e quis ser cruel também, quis feri-la, fazer com que ela experimentasse o sentimento do medo e da morte — já sei! Vamos para o túmulo de Guida!

Porém ela quis ir, animou-se, interessada em ficar com ele no interior de um mausoléu, sentindo por antecipação a alegria perversa de perturbar a paz e o silêncio de um lugar triste e sagrado. Encaminharam-se para lá, vencendo o lodaçal. Ele foi porque não podia levá-la a nenhuma casa próxima ou distante; a moça não devia ser vista por ninguém e muito menos com ele. O mausoléu de Guida, construído num ermo, era o único abrigo que lhes restava. Mas o rapaz ia com o coração apertado, achando confusamente que aquilo era desrespeitar, afrontar a memória da morta. Gostando da vida, amando a vida, sofria profundamente com a idéia e a proximidade da morte. Quando entraram no mausoléu, ela foi possuída de uma tensão nervosa que se traduzia em riso, pranto sem motivo e numa alegria frenética. Quis que ele a beijasse ali, num capricho ousado e perverso; fez questão, era uma espécie de desafio que lançava para a eternidade. Ele teve medo, fugiu com a boca; porém ela forçou o beijo, só descansou e só fechou os olhos, num êxtase total, quando Maurício cedeu. Tudo estava escuro. Sua boca desceu pelo pescoço, quis ir até o seio. O interior do mausoléu só se iluminava, a espaços, quando havia um relâmpago e eles se viam, transfigurados pela luz breve e intensa. Ela perguntou:

— Você tem medo de Guida? Será possível?

— Medo, eu? — envergonhou-se, negou. — Não tenho medo de nada. Que pergunta!

— Tem, sim. Confesse.

— Não. Mas acho o lugar um pouco impróprio. Isso aqui, afinal, é um túmulo e...

— Quer lugar mais discreto? — desafiou a moça.

Essa irreverência desconcertou-o, fê-lo sofrer, deu-lhe uma idéia de sacrilégio, profanação. "Louca, louca", pensou.

— Imagine se fosse a outra... disse ela, num tom propositadamente leve e frívolo.

— Quem? — espantou-se ele, sem compreender direito.

— Lena, ora essa! Se fosse Lena, em vez de Guida, a morta. Se ela estivesse ali...

E apontava na direção do túmulo em que Guida repousava. Como o rapaz nada dissesse, ela continuou, já agora com raiva que ia aumentando:

— Há mulheres que mortas ficam bem. Umas até melhoram. Mas outras?... Talvez, Lena fique bem ou fique horrorosa. Mas, afinal, não tem a mínima importância. E quando ela morrer, quando eu matá-la — porque eu vou matar "sua amada..." Não se esqueça que eu jurei.

— Não fale assim — suplicou. — Minha amada é você.

— Mentira. Eu não sou mais nada. Sou a... "substituída". Mas quando ela morrer, vão construir um mausoléu bonito. E nós poderemos — eu e você...

Sublinhou "eu e você". Seu tom era de maldade, de rancor. Ele quis fechar-lhe a boca com um beijo, o único recurso possível. Porém ela fugiu-lhe, continuou, numa excitação progressiva:

— E quando ela tiver o mausoléu, vou fazer questão de ser beijada diante do túmulo. As mortas são tão passivas, tão discretas, não se escandalizam com coisa nenhuma.

E como ele, desorientado, não soubesse o que dizer, com vontade de fazê-la calar à força, brutalmente, ela disse ainda:

— Não é?

Quando Lena, numa atitude patética, disse — "Sua mãe me deu uma bofetada" — esperou por tudo, menos que ele virasse as costas sem comentário. Logo se arrependeu de ter procurado o marido. Ele ia saindo, porém ela segurou-o pelo braço, revoltada. Repetiu o que já dissera, que ele era seu marido. Gostasse ou não gostasse dela, era seu marido. Paulo pareceu achar graça.

— Que é que você quer que eu faça? Que bata também na minha mãe?

— Quero que, pelo menos, diga alguma coisa. Pelo menos isso.

— Desista, minha filha!

— Então, me explique uma coisa...

Estava desesperada. Não queria chorar, queria manter uma atitude de dignidade, mas as lágrimas apareciam-lhe nos olhos, sua voz estava insegura. ("A qualquer momento, choro", pensou, contendo-se.)

— ...quero que me responda aquilo que eu perguntei, ainda agora: "Por que se casou comigo?" Por quê?

— Ora, essa! Já não lhe disse?

— Aquilo não é verdade.

— Então, minha filha, paciência! Se não é verdade, paciência.

— Mas eu digo: você se casou comigo porque gostava de mim. Pelo menos, gostou. Foi por isso.

— Mas, minha filha, eu não podia gostar de ninguém, não estava em condições, percebe? Andava bêbado, dia e noite, minha irresponsabilidade era absoluta. Além disso...

— Continue.

— Além disso, você precisa se convencer do seguinte: você não interessa. Não é bonita, não é interessante, não é coisa nenhuma. Está satisfeita ou quer mais?

Ela ficou um momento sem saber o que dizer, tonta, desorientada, com uma porção de desaforos atravessados na garganta para dizer. Ah, se achasse um insulto, mas bem pesado, uma coisa qualquer que o fizesse sofrer tudo quanto ela estava sofrendo! Ele percebeu o sofrimento da moça e insistiu, por maldade:

— Algum homem alguma vez se interessou por você?

— Muitos! — Mentiu. — Muitos!

— Mentira.

— Quantos! Até já perdi a conta!

— Então, eram todos bêbados como eu. Minha filha, se convença; eu me interessei por você porque vivia bêbado.

— Não sei. Bêbado ou não, você se casou. Eu não lhe pedi nada, pedi? Então?

— Até logo, sim.

— Espere!

Aquele "espere" foi um grito. Ele voltou-se, de novo; tinha na boca um riso sardônico.

— Tem mais?

— Tem, sim; tem. Eu quero dizer isto: nós fomos feitos um para o outro...

— Acha?

— Acho. Eu não tive ninguém que se interessasse por mim. Está certo. Mas quem é que se interessou por você, quem?

Houve um silêncio. Ele pensava, num esforço para perceber até onde iria a mulher. Começava a sentir uma certa angústia. Mas era ainda um sofrimento obscuro. Ficou ouvindo, com a fisionomia carregada. Ela não parou mais, disse tudo, feriu o marido até onde um marido pode sofrer.

— E essa Guida?...

— Não fale em Guida! — cortou.

— Falo, sim. Falo quantas vezes quiser. Ela gostou de você, talvez? Responda, está com medo?

— D. Lena — pediu Nana. — Que é isso, D. Lena, que é isso?

Mas ninguém poderia detê-la mais. Estava possuída de uma cólera que era um estado bem próximo da loucura. Vingava-se naquele momento de tudo o que sofrera, daquele casamento sem amor, dos seus terrores, inclusive a bofetada que recebera de D. Consuelo. Foi um transbordamento de coisas acumuladas no fundo de sua alma de mulher.

— Você pensa — perguntava, com o rosto bem próximo do marido. — Você pensa que Guida gostou alguma vez de você? Pensa mesmo? Pensa que há alguma mulher que pudesse gostar de você? Está louco, completamente louco!

— Pare! Pare! — ele segurava-lhe os pulsos, queria dominá-la pelo sofrimento físico.

— Então com Maurício perto, vendo Maurício todo o dia! Você acha que alguma mulher, Guida ou eu, pode duvidar entre você e Maurício?

Paulo largou-lhe os pulsos. Tinha um ar de espanto. Tudo aquilo parecia causar-lhe uma certa fascinação.

— E outra coisa. Você tem certeza, mas certeza mesmo, de que não houve nada entre os dois?

Ele não disse nada, não respondeu. Virou as costas à mulher, encaminhou-se, mancando, para a porta. De lá, falou:

— Vou chamar o médico. Netinha está muito mal...

E saiu, puxando da perna.

Leninha entrou no quarto. Passada aquela excitação, que a esgotara, sentiu-se mais desgraçada do que nunca. Percebia que nada,

nada, seria mais possível entre ela e Paulo. Mesmo que ela quisesse. (Está claro que não quereria nunca.) Um homem não perdoaria nunca o que ela dissera ao marido.

— Não faz mal — murmurou. — Melhor!

Foi se despindo, lentamente. Mudou de roupa, sentindo os lábios secos, e todo o corpo quente. "Estou mal, muito mal." "É a febre." Queria pensar em Netinha que devia estar muito doente, talvez com pneumonia. Mas não conseguia se concentrar na irmã. Dizia mentalmente para se comover "talvez ela morra, talvez ela morra..." Mas seu pensamento estava disperso; pensava em Maurício, na sua beleza de homem; e pensava na bofetada que lhe dera D. Consuelo. "Quem é ela para me bater? Meu pai e minha mãe nunca me bateram e quando acaba vem essa..." Lembrava-se agora da mentira de Lídia ("que cínica", não pôde deixar de qualificá-la assim). E como inventara coisas com um desplante, um tom categórico, o ar mais definitivo do mundo. D. Consuelo acreditava em tudo. Acreditara que ela, Lena, tinha ido ao mausoléu desafiar a morta. Era o cúmulo! E, por fim, erguera a mão. "Porém ela me paga", prometia a si mesma, sentindo contra a sogra uma raiva como só as noras, em determinadas circunstâncias, sabem sentir. "Vou ver Netinha", decidiu. Estava pronta: penteada, com um vestidinho simples, mas bonito, um frio de febre no corpo, dores nos músculos (principalmente na articulação dos joelhos). Já ia sair do quarto, quando a porta abriu e D. Consuelo entrou. Ela se retraiu, virou as costas para a sogra, para mostrar, ficar bem claro que não queria conversa, que estava ofendida e outras coisas.

A sogra parou a poucos passos de distância, guardou um instante de silêncio, parecia indecisa, sem saber como começar. Lena continuou de costas, batendo com o pé no chão, quer dizer, com a ponta do sapato.

— Lena... — começou D. Consuelo; e sua voz estava completamente doce, quase humilde; a sogra falava agora num tom que pouco faltava para ser de súplica.

Leninha, intransigente, não fez nenhum gesto, não se mexeu de onde estava. D. Consuelo continuou (parecia outra voz, a dela, tão diferente do comum!):

— Eu vim pedir desculpas, Lena — e repetiu, querendo frisar que se humilhava, chamando a atenção da nora sobre esse ponto: — Desculpe-me, Lena.

— Agora? — respondeu a moça, virando-se, enfrentando a velha.

— Agora, sim, agora, Lena.

— Depois do que a senhora me fez? — estava agressiva. ("Se ela me batesse agora, ia ver", refletia Lena).

— Você não sabe, não faz idéia do que eu pensei naquele momento. E ando tão nervosa, uma coisa e outra, se você pudesse calcular!

— E eu? Não tenho nervos, por acaso? Ainda por cima acreditou no que Lídia disse! Não viu logo que era mentira!

— Você tem razão, Lena, Lídia não regula, mas compreenda. No mínimo, você pensa que eu sou muito má, muito má, não é?

— Penso — afirmou, resolvida a não transigir ou, pelo menos, retardando a transigência.

— Se eu lhe contasse, Lena — a velha sentou-se, tinha um ar de extremo cansaço e sofrimento —, se eu lhe contasse minha vida, umas coisas que me aconteceram, aí então, Lena, você ia dar desconto a tudo o que eu faço. Não queira saber a minha vida!

— E a minha?

— Mas você é moça, é outra coisa!

— Por isso mesmo, ora essa! Sou moça e não devia estar passando o que eu estou!

— Ah, Lena! Toda a minha vida está nas suas mãos, a minha felicidade, quer dizer, o resto da minha felicidade. Posso lhe pedir uma coisa, Lena? Diga, posso?

— Não sei. Assim no ar, que é que eu vou dizer?

— Mas é uma coisa que está ao seu alcance, que pode fazer, perfeitamente, que não lhe custará nada. E me fará muito bem, será a minha salvação, a salvação de minha alma. Hein?

"Essa velha quer me comover", disse mentalmente Lena, cerrando os lábios. "Mas não adianta, não dou o braço a torcer — bem-feito!" E procurou se lembrar da bofetada, esperando que isso a ajudasse a conservar o seu rancor. "Ela me deu uma bofetada." E disse em voz alta:

— A senhora nem disse o que era.

D. Consuelo mergulhou o rosto entre as mãos. Ficou assim algum tempo. Lena, espantada, cada vez mais espantada com os modos da velha, aquela súbita sensibilidade. D. Consuelo tirou as mãos do rosto. Não se viam propriamente lágrimas; mas os olhos estavam brilhantes, como se ela a qualquer momento fosse chorar. Levantou-se, fixou Lena bem nos olhos, a ponto de incomodar a moça, e perguntou:

— Lena, você quer saber mesmo que é? O que é que pode me salvar? E está nas suas mãos?

Lena respondeu, recuando, como se fosse ouvir um segredo terrível:

— Quero, sim.

— Lena, se você não quer que eu enlouqueça um dia, que faça uma asneira; Lena...

Duas horas depois de ter saído, Paulo voltou com o Dr. Borborema. O temporal ainda não passara. E o pântano continuava, os caminhos alagados. Árvores caídas, derrubadas pelo vento, arrancadas de suas raízes. Cipós pelo chão, galhos, troncos. Dr. Borborema vinha aparelhado para arrostar a intempérie: capa, cachecol, galochas, guarda-chuva. Paulo estava como fora, os sapatos pesados de água e de lama, e sorria quando o médico fez a advertência:

— Você vai ficar doente, meu filho! Não brinque com a sua saúde!

Agora chegavam. Subiam as escadas da varanda e abriam a porta que dava para a sala de jantar. O médico quis limpar os sapatos no capacho, mas o rapaz, impaciente, puxou-o. Mas pararam, porque Nana descia as escadas correndo.

— Que é que há? — perguntou Paulo.

A preta disse, então:

— Netinha morreu. Morreu...

D. Consuelo pousou as mãos no seu ombro, olhou-a um momento e disse:

— Eu sei, Leninha, que a idéia que você faz de mim é a pior possível. Mas não é só você, todo o mundo. Agora se eu lhe contasse um segredo de minha vida, aí talvez você mudasse de opinião. Eu conto o segredo; porém primeiro quero que você me perdoe. Perdoa?

— Não! — respondeu Leninha, obstinada. — Não!

— Seja generosa, Lena. Eu sou uma velha, estou me humilhando, não seja assim.

— A senhora fala assim agora. Recebeu-me com quatro pedras. Não teve a mínima consideração, a mínima. E me deu uma bofetada!

— Já lhe disse por quê. Já expliquei. Perdoe, Lena.

E como a moça não quisesse por nada, de maneira nenhuma, transigir no seu rancor (a lembrança da bofetada ainda estava muito viva), D. Consuelo perdeu todos os escrúpulos, todas as reservas; e contou tudo, sentindo um amargo prazer em expor fatos e sentimentos que pertenciam à intimidade de sua vida e do seu coração. Nem sempre fora assim tão dura, seca, rígida. "Eu sei que fui má, fria. Não devia ter feito aquilo em Lídia, ter queimado o ombro dela com ferro em brasa..." Mas essa crueldade, e outras mais, tinham uma razão íntima, profunda. Se Leninha soubesse, se pudesse imaginar!

— Eu sofri um golpe na minha vida, Lena, mas um golpe!...

Sim, um golpe, uma desilusão que haviam marcado, para sempre, sua alma de mulher, e que transformaram a sua personalidade, suas maneiras, tudo. Era uma coisa antes do que acontecera; uma mulher como as outras, com um certo número de virtudes, defeitos apenas normais; mas depois, não. Depois, foi como se sofresse um despedaçamento interior, uma destruição de sonhos, de sentimentos, de esperanças. Segurando as mãos de Lena (a moça quis retirar, mas não pôde), contou toda a história: um dia — há cinco anos — Maurício chegara com uma coisa embrulhada em cobertores. Era de noite e o rapaz vinha muito pálido e com um vinco de sofrimento na boca. "Mamãe, eu trouxe para a senhora." Era um recém-nascido, fruto de uma aventura de Maurício, uma dessas aventuras que enchiam a sua vida de rapaz bonito, demasiado bonito, e que geralmente davam em nada. Tudo começou num beijo e não devia passar daí. Mas o beijo de Maurício tinha um dom especial e mágico: a mulher que o recebesse não poderia mais esquecê-lo. O romance que devia acabar de início ou, no máximo, morrer no meio, continuara. O final era aquele: a criança estava ali e a mãe morrera.

— É seu neto, mamãe, seu primeiro neto!

D. Consuelo vivia solitária. Seus filhos eram homens que andavam fora de casa, sempre em viagens, passavam por lá em trânsito, não se demoravam. Tinha por companhia única Lídia, com aquele gênio reservado e esquisito; ou Nana, que falava pouco, que a respeitava demais. O que ela precisava era de um afeto grande, um sentimento novo e profundo, qualquer coisa enfim, que lhe restituísse o amor da vida e enchesse a sua existência vazia. Aquela criança, aquela pequena e frágil vida, trouxe à Santa Maria tudo o que faltava. Nana adorou o menino, desde o primeiro momento; e até Lídia se comoveu, foi como se despertasse no seu ser o instinto da vida, o sentimento poderoso da maternidade. D. Consuelo passou a não pensar em outra coisa, em nada, a não ser no neto. Tinha ciúmes da criança; brigava com Lídia e Nana; e, no seu egoísmo selvagem, esquecia-se da nora desconhecida que repousava agora num túmulo obscuro. O garoto fez seis meses, já reconhecia as pessoas, ria, fazia gestos, sacudia as pernas, pedalava o ar (lindo, lindo, herdara a beleza do pai). Fez um, dois anos. Um dia, Lídia cismara de passear com ele, a cavalo. Ela sempre tivera a mania de amazona. Corria como um *cow-boy*, era um verdadeiro homem quando estava em cima de um animal; vencia obstáculos com uma audácia tranqüila e uma absoluta segurança; as patas do animal tornavam-se aladas; cada salto era como um vôo. Com o menino no colo, e apenas com uma só mão para segurar a rédea, saíra numa daquelas cavalgadas doidas. D. Consuelo, temerosa pelo neto, gritara:

— Lídia! Lídia!

Mas o sangue e o ímpeto de amazona eram incontroláveis em Lídia. Ela como que se transfigurava, na volúpia da disparada. E chegou um momento de saltar uma cerca que Lídia estava acostumada a superar facilmente. Mas naquele dia, ninguém sabe o que aconteceu e só uma palavra apareceu depois em todos os lábios:

fatalidade! O cavalo bateu com as patas na cerca. Lídia e o garoto foram projetados longe, cada um para um lado. Lídia não sofreu nada. Saiu maravilhosamente incólume. Quanto ao garoto... partiu na queda a espinha dorsal. O grito que deu D. Consuelo foi uma coisa indescritível. Um berro que não parecia de gente e que gelou todo o mundo. Correram: Lídia levantava-se por si mesma, e o garoto estava... morto. Quer dizer, agonizante: morreu logo.

— Eu fiquei como louca — contava agora D. Consuelo. — Inteiramente fora de mim. Uma hora pensava que ele estava vivo, outra hora admitia sua morte e blasfemava. Sonhava com seus bracinhos, suas perninhas. Às vezes, parecia-me vê-lo ainda, na caminha, pedalando o ar e rindo, mostrando as gengivas, os dentes — um aqui, outro ali... Foi o único neto que eu tive e morreu...

— E Lídia? — perguntou Lena.

Todo o ódio de D. Consuelo se voltava contra Lídia; um ódio irracional, que não tinha limites e que ela cultivava, dia após dia, hora após hora. A única coisa em que ela pensava era a seguinte: fora Lídia a culpada. Por que levara o guri e por que saltara obstáculo com ele? Um dia, agarrara Lídia no corredor, arrastara-a para o quarto e fizera aquilo no ombro da moça. Até agora odiava a sobrinha, não podia vê-la e, um dia, acabaria expulsando-a de casa. Mas a idéia de conseguir um neto começou a atormentá-la, fixou-se no seu pensamento. Dia e noite pensava naquilo. Seria melhor que fosse de Maurício, como o primeiro. Mas o filho desiludiu-a brutalmente. A morte do pequeno enchera-o de terror, não podia ver uma criança que não experimentasse um sofrimento doentio e não se lembrasse profunda e apaixonadamente do filhinho. Tinha a impressão de que outro que pudesse vir, teria o mesmo destino. Morreria também com a espinha partida. D. Consuelo voltara-se, então, para Paulo. Quando Guida apareceu, ela foi feliz, viveu algum tempo numa doce expectativa, fazendo projetos. Mas o médico destruíra suas esperanças, revelando aquilo, revelando que Guida jamais poderia ser mãe. Por isso, quando a nora morreu, estraçalhada pelos cães, a sogra, embora chorasse, desse todas as demonstrações exteriores e convencionais de mágoa, não pôde sufocar um sentimento de alegria íntima e cruel.

A primeira coisa que lhe ocorreu foi: "Paulo agora pode se casar de novo, me dar um neto!"

— E veio você, Lena. Eu pensei: "Bom. Vamos ver essa..." Você pode imaginar o que eu senti, que desgosto tive, quando vi que entre vocês dois não havia nenhum amor. Ah, aquilo que você disse na sala! Eu fiquei!...

Lena não dizia uma palavra. Mas aquela saudade fanática de D. Consuelo pelo neto e, sobretudo, a humilhação que ela se impunha a si mesma, seu tom de súplica e suas mãos postas — tudo isso a fazia sofrer. Quem diria, quem poderia imaginar que a sogra ia chegar àquele ponto; ia se curvar diante da nora, ia descer àquelas confidências? "Mas o que é que ela pretende de mim", pensava Lena. Assustava-se, previa nem sabia direito o quê. Por isso não queria falar, não queria dizer nada, esperando, esperando. D. Consuelo calou-se, olhando muito para Lena, querendo ver, através dos reflexos fisionômicos da moça, o efeito de suas palavras. E, como Lena mantivesse um silêncio hostil, ela disse ainda, com os olhos cheios de lágrimas:

— Você é mulher, Lena. Há de compreender meu sentimento, tem que compreender! Qualquer mulher compreenderá!

— O que é que a senhora quer que eu faça?

— Não compreendeu ainda?

Ela respondeu, com a fisionomia dura:

— Não!

— Diz que não, mas compreendeu, sim, Lena. Olhe que eu vim aqui, que me humilhei...

— Ainda não sei o que é.

— Lena...

— Diga!

— O que é que eu posso querer de você, Lena, senão aquilo que eu quis de Guida e ela não me deu: um neto!

— Um neto!

— Sim, Lena um neto — e D. Consuelo tomava entre as suas, novamente, as mãos da nora. — Um neto! Não custa, Lena, e eu me salvaria, me transformaria em outra mulher. Isso aqui ia mudar muito. Num casamento sem amor, o que é que pode salvar o lar senão um filho?

— Solte minha mão!

— Lena!! — suplicou D. Consuelo.

Mas a nora puxou as mãos, deixou D. Consuelo parada, atônita. E disse:

— Nunca, ouviu? Nunca a senhora terá um neto de mim!

Nana chorava e repetia:

— A menina morreu, Seu Paulo! Morreu!

Paulo e o Dr. Borborema correram, Paulo na frente, como um doido. Ele tropeçou num degrau, ia caindo, mas readquiriu o equilíbrio e continuou. O Dr. Borborema apressara o passo, sem, entretanto correr. "Cheguei tarde", pensou, "tenho que fazer o atestado de óbito." Nana subiu também, soluçando, para avisar D. Consuelo, Lena, Lídia, todo o mundo.

Em cima, Paulo abria a porta e parava, olhando a cama em que Netinha morrera. Nunca sofrera tanto, nem quando morrera o pai. A bebida não o desfibrara de todo, não o destruíra por dentro: ainda tinha alma e sofria. "Netinha morreu, morreu", era o que dizia a si mesmo, para se convencer. E se aproximou lentamente da cama, sentindo que não agüentava mais, que ia explodir em soluços, ia chorar como uma criança. Parou a dois passos da cama e contemplou a menina tão serena e tão linda. Mais linda morta do que em vida, de feições mais doces e mais puras. "Não sofrerá mais", pensou, antes de se abandonar à sua dor violenta, passional, sem consolo possível.

O Dr. Borborema que, pouco atrás, parecia esperar justamente a crise, ficou impressionado com essa violência. Puxou-o, quis abraçá-lo, sem compreender, como se podia sofrer tanto por uma cunhada. "Se fosse a própria mulher, mas a cunhada!"

— Que é isso, Paulo? Que é isso? Você precisa se conformar! Seja forte!

Mas qualquer palavra era vã e inútil diante da morte. O rapaz se revoltava contra a vida, não compreendia que se morresse assim, sem ter vivido ainda. E quando viu a perna mecânica, que ele mesmo dera, que ele mesmo comprara, sentiu uma pena intolerável, perdeu a cabeça, quis blasfemar.

O médico usou energia, foi obrigado a gritar, a se impor, porque Paulo acabava cometendo um desatino. Sacudido pelo Dr. Borborema, o rapaz teve o raciocínio que ocorre a todo o mundo em face dos mortos.

— Parece dormir, doutor.

Caiu de joelhos, perdido no seu desespero, dizendo frases de carinho, chamando a pequena morta de "minha filhinha, minha filhinha", como se só esta expressão pudesse definir e conter a sua ternura. Ouviu um choro de mulher atrás de si e virou-se, sem pudor nenhum de suas lágrimas de homem. (Gostava tanto de Netinha, tanto, como se ela fosse uma filha muito amada, uma filha amada duplamente por causa da perna.) Era Lena, que se aproximava e chorava assim. Nana fora-lhe dizer que Netinha morrera; e o fizera sem qualquer preparação, dando-lhe brutalmente a notícia. Lena viera, como uma sonâmbula, meio enlouquecida, mas sem uma lágrima. Só no quarto, vendo o pequeno corpo sereno (parecia uma santa) e vendo também o pranto de Paulo, é que, enfim, as lágrimas cativas se soltaram: e os soluços recalcados explodiram. Ela também caiu de joelhos, onde estava, sem coragem de olhar e de se aproximar mais. "Não posso, não terei coragem de ver Netinha morta."

O Dr. Borborema desistira de confortar Paulo. "É bom deixar", refletia, "chorar alivia."

D. Consuelo chegara na porta, sem entrar. Assistia à cena sem um comentário, com a fisionomia perfeitamente neutra. Sentia uma alegria feroz que não deixava aparecer. Desde que lhe morrera o neto, com a espinha dorsal partida (o detalhe da espinha é que se fixara na sua memória como uma obsessão), ela gostava de ver a desgraça dos outros. Sofrera tanto, que a dor alheia era uma espécie de compensação, de triste consolo, que a vida lhe oferecia. E sua alegria se fazia mais profunda e mais desesperada quando era uma criança que morria. Lembrava-se do neto, pensava que ele havia morrido mas a toda hora e em toda parte, outros meninos e meninas também morriam.

Agora, naquele quarto, ouvindo Paulo, Lena e Nana chorando, e olhando o rosto branco de Netinha, ela se recordava do seu sofrimento. “Eu também sofri assim...” Agora chegara a vez dos outros. Que chorassem, pois, como ela havia chorado e como chorava ainda.

No caso de Netinha, D. Consuelo encontrava um motivo maior de satisfação. Lena não acabara de recusar aquilo que era a única coisa que podia encantar um pouco a sua velhice solitária, quer dizer, um neto? Não se negara, embora ela quase se ajoelhasse aos seus pés? D. Consuelo prestava atenção ao pranto de Lena, as lágrimas que corriam sem cessar, que pareciam não ter fim, àqueles soluços. “Histerismo, histerismo”, dizia mentalmente, sentindo que seu coração estava vazio de qualquer sentimento, de qualquer compaixão. “Ter pena dela, eu? Se ela não teve de mim!”

Lídia apareceu na porta, passou por D. Consuelo. A morte a fascinava. Entrou silenciosamente, pisava tão sem rumor como se os seus pés fossem imateriais. Viu o pranto de Paulo, que achou excessivo. Dava-lhe um certo asco um homem chorando assim. Aquela dor sem nenhum controle inspirou-lhe uma suspeita: “Quem sabe se Paulo amava Aleijadinha?” Porque uma ternura apenas fraternal não justificava aquela explosão. Só mesmo um amor, um amor de verdade. “Amar uma cunhada deve ser uma coisa terrível”, refletiu, aproximando-se mais da cama. Ouviu Paulo dizer:

— Lídia, ela morreu — coitadinha!

O médico segurou Paulo pelos ombros. Sugeriu:

— Vamos descer, Paulo?

Mas ele não queria. Recusava-se abandonar a pequena. Queria ficar até o fim. No dia seguinte, ela seria enterrada e ele não a veria mais, nunca mais. O médico desistiu, disse entre os dentes um “está bem”. D. Consuelo, então, aproximou-se de Lena, com uma fisionomia fechada que não dizia nada, impenetrável. Suspendeu a nora que estava ajoelhada e que se levantou espantada. A dor parecia tornar a moça mais dócil. Pensou que a sogra queria confortá-la e escondeu o rosto no seu peito. D. Consuelo sussurrou, então, sem mexer os lábios de maneira que só Lena pudesse ouvi-la:

— Você não me recusou um neto?

Lena ergueu a cabeça, como se não tivesse ouvido bem. D. Consuelo continuou, baixo e implacável:

— Isso foi castigo! Ouviu? Castigo do céu!

12

“Foi a maior humilhação que uma mulher podia sofrer.”

LENINHA olhou D. Consuelo, como se não tivesse entendido bem. “Castigo do céu”, repetia, “Castigo do céu”. Então aquilo era castigo e a velha ainda tinha coragem de dizer? A raiva que tomou conta de Leninha, o ódio daquela mulher, foi uma coisa que a cegou. Ia esbofetear a sogra, bater, fazer um escândalo, contar o que ela havia sussurrado entre dentes... Mas o impulso não chegou a se realizar, porque o Dr. Borborema estava gritando:

— Mas essa menina não está morta! Essa menina não morreu!

O médico se aproximara da cama e, sem querer, por força de um hábito profissional, tomara o pulso da menina, entre dois dedos. E então, sentira aquele latejar, aquele sinal de vida. (Que choque teve, que susto, aquilo pareceu-lhe, de momento, um milagre.) Sua mão procurou o peito de Netinha e percebeu as batidas, leves, quase imperceptíveis. Era o coração que teimava em pulsar, que não se abandonava, que lutava contra a morte. Vida, enfim, vida. E aquilo que parecera o fim de tudo, que iludira todo mundo, fora uma síncope, um desmaio. Houve um tumulto no quarto. Leninha se esqueceu da sogra, da maldade da sogra. Ajoelhou-se de novo, agradeceu à Santa Teresinha, de olhos fechados, com uma gratidão tão grande: Paulo procurou a mão de Netinha, guardou-a entre as suas, como querendo aquecê-la, transmitir-lhe calor. Rápido, experiente, com uma calma dinâmica, o Dr. Borborema preparava uma injeção, óleo canforado ou coisa parecida, e aplicava, sem ferver a agulha, numa pancada só. A agulha estava rombuda, mas não fazia mal. D. Consuelo permaneceu imóvel. Onde estava ficou, com uma alma pétrea, trancada. Tinha um ar de sofrimento. A vingança falhara. Lena lhe recusara o neto (era esta a sua obsessão) e não seria castigada, não sofreria. D. Consuelo teve uma vontade profunda, quase incontrolável, de blasfemar. Era como se Deus a tivesse traído. Lágrimas apareceram nos seus olhos. Lágrimas de ódio, de amargura contra uma Justiça Divina que salvara Netinha e lhe roubara o neto. "Como é possível que uma criança morra com a espinha partida?", era o que ela perguntava a si mesma, trancando os lábios, apertando os lábios para não chorar, para não explodir em soluços. Se a criança morresse por doença, mas não assim, meu Deus, não daquele jeito, com a espinha quebrada! Na sua imaginação, as perninhas e os bracinhos se multiplicavam, enchiam o seu pensamento. E ela saiu, para chorar lá fora, no quarto, onde ninguém assistia ao seu pranto. "Lá eu choro, posso chorar..." Agora havia no quarto uma alegria nervosa, uma alegria quase histérica: chorava-se; ouvia-se exclamações sem nexo. Beijando a mão frágil, transparente, de Netinha, Paulo exclamou:

— Deus existe!

Era uma afirmação desesperada, uma certeza dramática. Aquela volta de Netinha à vida, quando todos a supunham morta, produzira na sua alma o rompimento de alguma coisa, o despertar de sentimentos adormecidos, de crenças perdidas. Era uma crise mística, que se produzia ali, na frente de todo o mundo. Lídia não dizia nada: era como se algum encanto a petrificasse. Pensava: "Se Netinha ressuscitou, Guida pode ressuscitar também!" E isso lhe dava uma grande, uma dolorosa alegria. "Pensam que eu estou louca, pensam..." Chegou-se mais para a cama.

Netinha abria os olhos, para fechar de novo. Dr. Borborema continuava trabalhando em silêncio: lutava ainda, sentia que a vida da menina lhe podia fugir. Paulo balbuciou:

— Netinha!

Chamava, docemente, talvez com medo de magoá-la, se falasse mais alto. Ela abriu os olhos de novo: e um nome lhe veio à boca atormentada de febre:

— Maurício...

Parecia olhar sem ver; era como se estivesse desligada daquele ambiente e daquelas pessoas que estavam em redor da cama, em vigília. Paulo levantou-se, espantado. Teve um choque. Nunca esperara aquilo, que ela dissesse, na sua volta à vida, o nome de Maurício e o repetisse agora, num apelo, numa queixa doce:

— Maurício... Maurício...

"Não disse o meu nome", sofreu Paulo, "não me chamou, nem percebe que eu estou aqui, tanto faz que eu esteja..."

Lena falava com Netinha, fazia o que Paulo fizera antes: tomava-lhe as mãos, pesquisando no rosto da menina um sinal de lucidez. Netinha olhou-a!

— Lena... — e acrescentou, num lamento. — Estou com tanto frio!...

Lena puxou o cobertor até à altura do pescoço da irmã: ria e chorava — perguntou:

— E agora? Está bom assim?

Paulo curvou-se. Quis que ela o visse também. Ia dizer uma coisa, uma palavra, sorrir: Netinha, porém, virou-lhe o rosto, olhou para o lado. Aquilo doeu no rapaz, deu-lhe um sofrimento agudo. "Tem raiva de mim, tem rancor", foi o que ele pensou; e abandonou o quarto, lembrando-se que ela despertara com aquele nome na boca, o nome do irmão. Maurício sempre se atravessava no seu caminho. Era como se houvesse uma fatalidade a persegui-los e criando, em toda a parte, aquelas crises. Sempre o outro fora mais feliz em amor. "É bonito demais. Será que existe alguma mulher que resista a Maurício?" Descendo a escada, Paulo refletia que ele e Maurício eram demais. Um tinha que morrer. "Eu já quis me matar, mas fracassei..."

Durante o resto da noite houve a vigília no quarto de Netinha. O Dr. Borborema ficou. "Nasceu de novo", era o que dizia apontando para Netinha, ao mesmo tempo que enrolava um cigarro de palha. (Mas só fumava no corredor, dando duas ou três tragadas no máximo, e voltando em seguida para a cabeceira da aleijadinha.) Lena e Lídia velavam, esta última com uma fisionomia impenetrável, sem dizer nada, ao passo que Lena, de vez em quando se levantava, ia à janela enxugar restos de lágrimas. Pensava no desespero do marido. Não acreditaria nunca que ele fosse capaz de chorar, de se comover assim. "E como gosta de Netinha, parece mentira!" O rosto de Lena conservava vestígios bem vivos do que passara; havia nele uma expressão de martírio. O Dr. Borborema, com um senso comum terrível, um realismo bonacheirão e implacável, não acreditava em milagre:

— Qual o quê, minha filha — dirigia-se à Lena. — Você acredita nisso? Acha, então, que ela ressuscitou? Foi uma síncope, uma coisa à-toa... Ah, se fosse morte!

— Ela podia ser enterrada viva, doutor — disse Nana.

— Só se eu fosse doido! Então eu ia dar o atestado de óbito assim, sem ver o negócio direito? Que esperança!

Mas Lena deixava o médico falar, não queria saber de demonstrações lógicas, seu pensamento se dirigia à Santa Teresinha, na sua fé dramática e obstinada. Pegou o próprio pulso, não percebeu febre nenhuma. O interessante é que com aquele abalo, seu organismo reagira; sentia-se fisicamente bem disposta. Lídia também acreditava fanaticamente na ressurreição. "Guida pode voltar", pensava, com um sentimento de triunfo. Alta madrugada, quase amanhecendo, o Dr. Borborema vestiu o paletó e saiu. Esgotada, Lena adormecera na cadeira. Lídia estava na janela esperando a manhã. Mas por fim saiu também, depois de olhar uma última vez o sono tranqüilo e profundo de Netinha. A respiração da menina era agora perfeitamente normal. Triunfara a vida.

O sol já entrava no quarto, quando Lena acordou. Era Netinha que a chamava.

— Lena... Lena...

— Que foi, minha filha?

Sentou-se na cama da aleijadinha, notando que a irmã tinha vencido a crise, estava agora com uma boa disposição evidente, sem aquele olhar de febre e aquelas rosetas nas faces, assustadoras. Nunca Lena sentira um carinho tão profundo por aquela menina que, afinal de contas, não era nem sua irmã.

— Lena — perguntou Netinha — que é que você acha de uma mulher como eu?

— Mas acho como? — admirou-se Lena, acariciando-lhe os cabelos.

— Assim. Sem uma perna.

— Não quer dizer nada. O que é que tem, ora?

— Sério?

— Claro. Foi um acidente, uma fatalidade.

— Mas é muito feio, não é Lena? Uma mulher... Ainda se fosse homem!

— Bobagem. É a mesma coisa.

— Não — houve uma amargura na voz da pequena. — Não é a mesma coisa. Homem passa. Mulher, não.

Houve um silêncio. Lena perguntava a si mesma com angústia. "Aonde ela quer chegar?" Netinha fechou os olhos, como se estivesse cansada, e quando reabriu voltou ao assunto, embora aquilo lhe fizesse um grande mal:

— Lena, quero que você me diga uma coisa. Mas não tenha medo, seja franca.

— Está bem.

— Jura que diz a verdade?

— Juro, sim.

— Lena, você acha que uma moça assim como eu, sem uma perna ou com essa perna mecânica, você acha que, algum dia, pode ser amada?

O coração de Lena se descompassou. Ah, devia ter adivinhado logo! A conversa só podia dar naquilo. Quis ser natural, o mais natural possível. Admirou-se:

— Então não pode? Boba!

E se ruborizou toda, sentindo que aquele "boba" não fora natural, soara como uma exclamação falsa ou, pelo menos, suspeita. "Ela vai perceber que eu estou sendo insincera", assustou-se. Mas a aleijadinha não largou mais a irmã. Precisava ter certeza, adquirir uma confiança que lhe faltava.

— Mas acha mesmo, Lena? E...

— Você é tão criança!

— Não sei, Lena — a aleijadinha estava com vontade de chorar. — É muito difícil. O homem pode ter pena, amizade, mas amor, paixão?... Deve ser horrível para um homem ter uma esposa assim, aleijada. Outra coisa: você sabe o que é que me dá uma certa tristeza? Eu sei que é bobagem minha, mas não faz mal.

— O que é?

— É me lembrar que nunca, nunca, eu poderei usar *maiô*, Lena.

Lena ia fazer um comentário, protestar, dizer alguma coisa, quando sentiu que alguém entrava no quarto. Virou-se, rápida, como que assustada. Era Paulo. Via-se que não tinha dormido. Sóbrio como estava, na plena posse de sua verdadeira personalidade, era outro homem. Lena se levantou, foi até à janela, ficou lá, observando a paisagem. Paulo se dirigiu à Netinha. Sentou-se na cama, perguntou, muito sério, se ela estava bem, pousou a mão na sua testa, para ver se tinha febre. A aleijadinha mostrava-se passiva, não o repelia, mas de fisionomia estava fechada, hostil. Nenhuma febre. Ele ficou um momento indeciso, sem saber se ia embora imediatamente, se ficava mais um pouco, se dizia alguma coisa.

— Netinha — precisou vencer uma resistência interior para falar. — Está ainda muito zangada comigo?

Usava um tom humilde para falar com a menina, um tom que chegava a ser estranho, chocante, num homem assim forte, viril. Ele era uma figura quase de bruto em contraste com o corpo frágil, leve e miúdo da doente. Paulo percebeu isso, alteou mais a voz, teve uma certa dignidade ao prosseguir:

— Eu não sei que idéia você faz de mim, depois do que lhe contaram. Mas uma coisa eu quero que você saiba.

— Não me interessa! — respondeu ela, lembrando-se que ele havia segurado o padrasto pela gola e sacudido; e que tinha dado a perna mecânica pensando no beijo de Leninha.

Ele insistiu com doçura:

— Não seja assim, Netinha. Eu estou querendo explicar.

— Mas eu não quero, ora essa!

A menina fazia força para ser dura, cruel, malcriada. Não podia dar o braço a torcer. Ele fora mau. Aquele casamento de Leninha era uma vergonha. E repetia mentalmente: "Uma vergonha!" Virou o rosto para o outro lado.

— Primeiro, ouça. Depois, então... — continuou ele. — O casamento de Lena, por exemplo. Você pensa que eu me casei por quê?

— Não se incomode que eu sei. Lena me contou.

— Lena lhe contou os fatos. Mas não disse o motivo. O motivo nem ela nem ninguém sabe.

— Você quer dizer que foi por amor? Eu, boba, pensando que era. Que você amava Lena, que era doido por ela!

Lena saiu da janela e aproximou-se. Estava começando a se revoltar com aquilo, com aquela conversa. A humildade dele, a doçura, tudo devia ser fingimento. Queria intervir e, ao mesmo tempo, se continha.

— Eu não amava Lena — confessou ele. — Não amei nunca.

— Então? — a aleijadinha começava a se exaltar de verdade. — E se casou assim mesmo?

— Houve um motivo, Netinha. Se eu lhe disser, você é capaz de nem acreditar.

Lena não pôde se conter (era bom mesmo acabar com aquilo de uma vez):

— Você sabe o que é que ele me disse, Netinha? E me disse não faz nem horas?

Paulo abaixou a cabeça, respirou fundo. Leninha contou, então:

— Que só tinha casado comigo porque estava bêbado. E que só um bêbado podia se interessar por mim! Pronto!

— Viu, Paulo? — acusou Netinha. — E agora?

Ele estava muito sereno. Era como se não tivesse ouvido nenhuma palavra de Lena ou como se a esposa jamais pudesse atingi-lo. Curvou-se ainda para a cama e se dirigiu à Netinha, só à Netinha:

— Eu podia dizer a você por que me casei e aí você faria outra idéia de mim. Mas não posso, não quero e não adianta. Um dia, talvez, você venha a saber e, então, mudará de opinião a meu respeito. Só uma coisa eu quero de você: eu vou partir...

— Para onde? — assustou-se Netinha, achando quase sinistro o tom de Paulo.

— Para um lugar, não sei. Você saberá depois. Mas se me acontecer alguma coisa, eu lhe peço que, afinal de contas, não tenha raiva de mim.

Saiu, puxando da perna. Seu ar era assim de quem não voltaria mais, nunca mais. Netinha virou-se para Lena:

— Ah, Lena! Quando eu vejo Paulo andando, puxando aquela perna, eu tenho uma pena, mas uma pena!...

Lena não teve tempo de fazer nenhum comentário. D. Consuelo vinha chegando. Também não havia dormido. Seus olhos eram bem de vigília; e brilhantes, como se uma febre a devorasse por dentro. Logo depois (foi até engraçado), antes mesmo que D. Consuelo cumprimentasse, chegava Maurício. Entrou, deu um bom-dia. Olhou para Lena (mas normalmente, sem se fixar) e chegou-se para a cama:

— Então? Foi essa menina que quase morreu?

Um sorriso — um misterioso sorriso — aparecia nos lábios de D. Consuelo. Ela acabava de perceber uma coisa. Uma coisa muito séria, trágica mesma, que poderia dar um novo sentido à vida de todos os que moravam em Santa Maria. Disse, num tom mais afável, quase simpático:

— Ah, você não imagina, Maurício, o susto que tivemos! Ele pegou a mão da menina, como para ver a febre. A aleijadinha tremeu, arrepiou-se como possuída de um frio mortal. Aquela mão grande, em que a sua se perdia como um pássaro vivo: aquele contato, que era o primeiro... Meu Deus! Meu Deus! O que ela sentiu foi uma coisa aguda como um sofrimento.

Mas ele se virava para Lena (estava com a barba de um dia, cerrada, e com aquele tom azulado que as mulheres notavam instantaneamente). Fez um comentário:

— Bonitinha, sua irmã.

D. Consuelo puxou Lena pelo braço, levou-a para a janela. Maurício continuava segurando a mão da aleijadinha, impressionado e divertido porque a menina sustentava o seu olhar.

D. Consuelo fez, então, em voz baixa, através dos dentes cerrados, aquela profecia que fez Lena empalidecer, como se tivesse recebido um golpe físico; e dobrar os joelhos e...

Nem Maurício, nem Netinha perceberam nada. O rapaz estava de costas, com a mão de Netinha entre as suas, achando graça na perturbação da menina e na audácia inocente com que ela sustentava seu olhar. Ele viu logo, não sem uma certa alegria, que a aleijadinha estava comovida, até onde uma mulher pode se comover. "Só porque eu segurei sua mão", foi o que pensou. Se um contato de mãos tinha esse efeito, imaginem agora uma verdadeira carícia? Sorriu para a menina, feliz de sentir aquele poder, aquele magnetismo que era bem seu, bem de sua figura, dos seus olhos, que se irradiava de toda a sua personalidade de homem.

E estavam os dois tão absorvidos — ela na sua emoção confusa, quase dolorosa, ele na sua vaidade triunfante — que não notaram nada. D. Consuelo tinha dito uma coisa muito séria, uma coisa que abalou e apavorou Leninha como uma maldição. Ela teria caído se a sogra, com medo de que Maurício percebesse, não a amparasse. Ninguém soube, nem naquele momento, nem nunca, o que tinha havido. Era um segredo (devia ser isso) que ficaria para sempre entre as duas e do qual ninguém poderia compartilhar. "Essa velha é má, é ruim, nunca teve sentimento", raciocinava Leninha, "por isso Deus a castigou levando o neto." E lembrou-se, com uma satisfação cruel, da criança que havia morrido. "Bem-feito", era o que dizia a si mesma, como se o neto morto pudesse responder pelas maldades atuais de D. Consuelo. A sogra contemplava a nora, com uma curiosidade má nos olhos, contente por sentir que Lena sofria, se desesperava, sem consolo.

— Você vai ver — continuou D. Consuelo, falando entre dentes, quase sem mexer os lábios. — Vai acontecer tudo o que estou dizendo, tudinho... Será a minha vingança!

E punha nas suas palavras uma certeza profética que gelava Leninha. "Será que ela tem razão?", era o que se perguntava a moça. "Será que 'isso' vai acontecer mesmo?" Disse, então, o que trazia no pensamento e que era a única coisa, a única que podia ferir a velha no momento:

— A senhora é tão má que Deus a castigou matando seu neto.

— Não! — protestou D. Consuelo, que não se prevenira para aquele golpe e o recebera em cheio; e repetiu, com um pranto doloroso na fisionomia — Não!

A nora insistiu, feliz porque a inimiga sofria, feliz porque descobrira o ponto sensível de D. Consuelo:

— Seu neto morreu para pagar o que a senhora fez! Bem-feito!

Maurício aproximara-se. A aleijadinha o acompanhou com o olhar, como se ele fosse um santo, uma imagem de gravura. "Ele tem uma barba cerrada", observava, "deve arranhar." E a idéia daquela barba arranhando a epiderme fina, ultra-sensível de uma mulher, deu-lhe um frio, um estremecimento. Maurício perguntara (aparentemente não percebera a hostilidade entre sogra e nora):

— Vamos passear hoje? — dirigia-se a Leninha; e tornou-se subitamente sério, a luz dos seus olhos tornou-se mais viva, mais passional.

"Será que ela vai aceitar?", pensou D. Consuelo. "Vai ter esse cinismo?"

— Não quero passear — respondeu Leninha, virando-lhe as costas.

Era um acinte. "É preciso que essa velha veja que não me interesso pelo filho dela, que não sou o que ela pensa." Netinha, da cama, achou que Lena estava sendo dura demais, quase estúpida, podia ter respondido de outra forma. "Que bobagem de Lena! Que é que tinha?"

— Com licença — D. Consuelo passou entre os dois, muito rígida, de peito erguido, a fisionomia carregada.

Ela queria que os dois ficassem sós. Agora o seu interesse, a sua obsessão, era que Lena sucumbisse; e deliberou de si para si: "E logo que houver qualquer coisa, ponho-a para fora de casa no mesmo instante, sem discussão!" Lena sofreu, vendo a sogra deixar o quarto; percebera a intenção de D. Consuelo: "Fez de propósito; quer que seu filho fique à vontade e que eu fraqueje... Mas não adianta, não adianta!"

— Mas não quer por quê? — tornou Maurício.

A resistência de Lena, mesmo para coisas mínimas, banais (coisas bobas, enfim), como um simples passeio — começava a exasperá-lo, a se converter numa idéia fixa. Ela virou-se. Falou de frente para ele, com uma decisão, uma intransigência que o fez sofrer mais ainda:

— Por que não, ora essa!

— Está bem. Mas por que usa esse tom? Por que se encrespa?...

— Não amole. Quem é que está se encrespando?

— Você. Ou quer dizer que não?

— Lena — suplicou Netinha.

Mas os dois não reparavam mais na presença da aleijadinha. As palavras iam saindo sem controle possível. Ainda assim, ele fez um esforço sobre si mesmo, quis se conter:

— Eu lhe pedi alguma coisa demais? Fui apenas gentil. Só.

— Ah, é? Você pensa que eu sou boba. Ainda não me esqueci.

— De quê?

— Ainda pergunta! Ah, meu Deus do céu, se Netinha não estivesse ouvindo!

— O que você tem é medo?

— Medo, eu? De você? Coitado!

— Medo, sim. Sabe que não resiste, não tem confiança em si mesma, sente-se fraca...

— Você se julga irresistível, não se julga?

— Não.

— Não, coisa nenhuma. Julga-se, sim. Está mais do que certo. Por que é que não me conquista? Me conquiste, pronto!

Ele aceitou o desafio. Perguntou:

— Mas aqui?

— Aqui, então? Ou você vai dizer que precisa de ambiente?

— De ambiente, não. Qualquer um serve.

— Comece.

Ele continuou:

— Mas não gosto de público.

Lena não entendeu logo. Público? Depois, percebeu. "Público" era Netinha. A menina não perdia uma palavra. Ouvia tudo com avidez, surpresa, chocada. Cada frase era uma revelação dolorosa, um choque para o seu coração sensível até o martírio. Tinha vontade de intervir, de gritar: "Parem com isso, pelo amor de Deus!" Mas ao mesmo tempo aquela discussão a apaixonava. Queria saber até onde iriam os dois, a que extremos chegariam, naquela violência progressiva.

— Pensa que eu sou Lídia! — gritou Lena.

— Lídia? — ele não compreendeu imediatamente, custou.

— Lídia, claro.

Maurício riu, julgou compreender tudo. Exultou:

— Ah, agora percebo! Você está com ciúmes!

Riu muito alto. Lena reagiu, como se um bicho a tivesse picado:

— Ciúmes de você? Eu? Está doido! Por mim, meu filho, você pode gostar de quem quiser, eu não tenho nada com isso! Mas nada!

— Sabe o que é que dizem as moças que eu namorei?

— Não me interessa!

— Mas eu digo assim mesmo. Você, por dentro, deve estar numa curiosidade maluca. Pois olhe...

Ela fechou os ouvidos, com as mãos. Cantarolou. Ficou de costas. Bateu com o pé no chão. Ele continuou:

— Todas — não há uma só que não diga — que o meu beijo é uma dessas coisas definitivas...

— Vou embora — ameaçou.

— Lídia mesma — pergunte a ela se não é verdade — pode dizer...

— Cínico!

Encaminhou-se para a porta e disse ao passar pela cama:

— Volto depois, Netinha.

Mas ele não desistiu. Foi atrás, numa persistência que já era pirraça. No fundo, estava desesperado. Tinha medo da mulher que resolve ser inconquistável e põe nisso toda a tenacidade e o orgulho do sexo. Ah, quando a virtude se torna uma vaidade! "Há virtudes que se petrificam", era o que raciocinava, com sofrimento, "que são indissolúveis". Era preciso não deixar que a moça chegasse a esse estado definitivo de petrificação. Netinha viu os dois saírem. Ia chamar Lena, gritar pela irmã, mas não disse nada. Naqueles minutos experimentara o maior sofrimento de sua adolescência. A sua vontade era de amaldiçoar a vida, de amaldiçoar tudo; sua revolta não tinha objetivo, não se dirigia a nenhuma pessoa, era a angústia da mulher que os homens tomam por menina. Sentia-se ignorada, como se fosse, de fato, uma simples criança, de coração infantil e não tivesse um sentimento poderoso e exasperado de mulher solitária. "Discutem na minha frente, dizem coisas horrorosas, como se eu não estivesse aqui, como se não existisse." "Eu sou mulher, eu sou mulher", era o seu pensamento contínuo, torturante.

No corredor, Maurício segurou Leninha pelo braço. Ela quis soltar-se, mas ele não largou. Seu tom irônico, petulante, que, no fundo, era uma ostentação, desaparecia. Havia no seu rosto agora um ar de martírio (ele estava acostumado a derrotar mulheres, a vencer sistematicamente, a colher beijos com a irresponsabilidade de quem colhe frutos sem dono). Os dois estavam no fundo do corredor: e uma cólera surda começou a nascer no rapaz:

— E agora? Ainda me desafia? Agora não há público.

Ela venceu o seu medo. Foi buscar na sua fraqueza de mulher, que desconfia da própria vontade, ou da própria virtude, uma energia inesperada (Lena surpreendeu-se com o próprio tom e a própria disposição):

— Desafio, sim.

— Mas agora é tarde.

— Como tarde?

— Tarde para você. Eu não preciso conquistá-la mais.

— O quê?

Não compreendeu direito. Ele esclareceu, com um jeito sardônico na boca:

— Você já está conquistada. Eu já a conquistei.

Disse isso com uma convicção feroz. Ele, realmente, precisava — pois era uma necessidade — acreditar que já a havia conquistado, que ela já era sua em sentimento, restando apenas a etapa da ação. Lena disse, então, uma coisa trivial, vulgar (aliás, se arrependeu imediatamente depois de ter dito):

— Pretensão e água benta...

"Porque é que eu fui dizer uma coisa tão idiota", foi o seu sentimento imediato. Ele continuou num outro tom, falando apaixonadamente, numa brusca necessidade de convencê-la, de sugestioná-la pela palavra:

— Por mais que faça, nunca — ouviu? — nunca conseguirá deixar de pensar em mim.

— Está louco! — gritou Leninha.

— Sim. Já sonhou comigo, sonhará outras vezes. Pensa na minha boca, já me beijou em pensamento...

Ela negou, com uma veemência que parecia auto-sugestão. À medida que ele falava, ela sentia como se Maurício a visse por dentro. Era uma sensação estranha e angustiante de nudez que experimentava, de quem era vista nos seus sentimentos mais íntimos. Maurício percebeu o sofrimento de Leninha. Teve uma intuição de vitória próxima. Quis aproveitar a vantagem obtida. Tomou-lhe as mãos. Mas esse contato destruiu o encanto que quase a envolvia toda.

— Você já foi esbofeteado por mim! — exclamou. — Quer que eu o esbofeteie, de novo?

Ela recuou. A distância física dava-lhe maior ânimo de resistência. Maurício sentiu que a perdia de novo, que ela fugia outra vez. "Quando penso que a tenho na mão, ela escapa..." Adotou um tom de acinte, de provocação, de ironia:

— Diga, confesse! Você nunca me beijou em pensamento?

— Nunca!

— Mas que é que tem? — fazia-se cínico. — Beijar em pensamento não tem nada de mais. Ninguém sabe, ninguém vê. Não é nem pecado. Ah, se as mulheres pagassem pelos pecados mentais! Se fossem pagar pelos seus sonhos! Quer dizer a mim que tais sonhos são bem comportados, que neles nunca acontece nada de mais?

— Você é tão miserável, tão ruim...

D. Consuelo, antes de entrar no quarto de Netinha, viu os dois no fundo, discutindo. Teve um sorriso enigmático. As coisas iam acontecendo como ela queria. Sentou-se na cama de Netinha. A menina estava chorando, assustou-se ao vê-la entrar, enxugou com as costas das mãos as lágrimas. "Lá vem essa velha", foi o pensamento de Netinha. Não gostava de D. Consuelo e, ainda por cima, tinha-lhe temor, como se ela lhe pudesse fazer um grande mal. Mas viu logo que D. Consuelo estava outra. Vinha com uma atitude mais afetuosa, humana.

— Chorando, minha filha?

Havia solicitude na sua voz, nos seus modos.

— Não é nada. Nervoso — justificou-se a menina, pensando na barba de Maurício, com aquele tom azulado.

— Sua mãe deve chegar hoje. Telegrafamos.

Netinha se mexeu na cama, com angústia. Meu Deus! Andava com a cabeça tão cheia, que se esquecera de tudo, de todo o mundo, da mãe, do padrasto. Até se esquecera que D. Clara ou alguém tinha de vir buscá-la. "Vão querer me levar", pensou, com desespero. Fechou os olhos, prometendo ou afirmando para si mesma; "Eu não vou, não vou, não adianta."

— Você quer ficar aqui, passar uns tempos? — insinuou D. Consuelo. — Uma temporada?

Netinha abriu os olhos, com o coração batendo mais depressa; respondeu logo:

— Quero, sim!

— Você gosta daqui?

D. Consuelo parecia perguntar por perguntar, inocentemente. Nunca que a menina poderia desconfiar de nada, imaginar que a outra tivesse outra intenção, um sentimento que não de pura e desinteressada solicitude. Podia estranhar aquela mudança, achar esquisito aquilo. Mas, não. Aceitou, sem a menor dúvida, já comovida e agradecida. "Às vezes, a gente se engana", pensava, "julga que a pessoa é uma coisa e no fim..."

D. Consuelo olhou-a em silêncio; depois riu (um riso falso, evidentemente forçado), bateu com a mão nos joelhos:

— Imagine, minha filha, imagine o que é que eu acabei de me lembrar agora?

— Não sei — sorriu a menina, ainda com uns restinhos de lágrimas nos olhos.

— Uma coisa, Netinha. Você não faz idéia...

Suspendeu-se; olhou para cima, maliciosa, como se estivesse matutando. Levantou-se. Netinha perguntou:

— Mas o que foi, D. Consuelo? Segredo?

D. Consuelo prometeu:

— Eu digo. Mas você tem que me jurar, tem que fazer um juramento. Faz?

Netinha perturbou-se. Que seria? Disse, baixo:

— Juro.

Com a fisionomia mudada (foi uma transformação súbita), D. Consuelo chegou até à porta, fechou com o trinco e, em seguida, com a chave. ("Por que fechou também com a chave?", admirou-se Netinha, começando a se impressionar, a sentir um certo medo, um aperto no coração.)

Só, inteiramente só com Aleijadinha, D. Consuelo pensou que, agora, enfim, podia realizar um plano hediondo, um plano que só uma imaginação de demônio poderia conceber. Veio andando em direção da cama da menina, lentamente. Espantada e assustada, Netinha sentiu que a figura da velha ia crescendo, crescendo.

"Era menina e tinha coração de mulher..."

13

PENSOU tantas coisas quando a viu aproximar-se de sua cama! Pensou até (foi uma coisa rápida) que a velha quisesse fazer-lhe algum mal, usar violência, talvez estrangulá-la. O ar de D. Consuelo estava tão estranho! Mas quando chegou junto à cama, ela mudou. Foi uma transformação instantânea, quase mágica. Sorriu, sua fisionomia tornou-se outra, agradável, simpática. Foi um alívio para Netinha, ela não pôde deixar de criticar-se a si própria. "Meu Deus, que bobagem a minha! É minha imaginação". Teve também um sorriso para D. Consuelo. "O que é que ela pode querer de mim?", admirava-se Netinha.

D. Consuelo hesitou um pouco, fez então com naturalidade, a primeira pergunta:

— Que idade você tem?

— Eu? 18. Ainda vou fazer.

— 18?

D. Consuelo animou-se. ("Pensei que fosse muito menos", disse mentalmente.) Aquilo era muito bom, vinha ao encontro dos seus secretos desejos, era uma maravilha para o seu plano diabólico, pois a trama que ela ia desenrolar só merecia mesmo esse qualificativo.

— É uma idade muito bonita.

— Pensou que fosse menos, que eu tivesse menos?

— Não — mentiu. — Calculei isso, mais ou menos, 18, 17.

Houve uma pausa. E, então, ela fez a pergunta, à queima-roupa:

— Que é que você acha de Maurício?

Netinha estremeceu. Nunca que podia esperar por uma pergunta assim. Seu coração começou a bater doidamente.

— O que é que eu acho?... Mas como? — parecia não ter entendido.

— Bonito, não é?

— Muito — confessou, baixando a voz, vermelha de vergonha, num constrangimento!

Netinha sofreu. Não gostava de revelar seus sentimentos, sobretudo um assim, tão íntimo, que mal começava a existir. Jamais admirara homens, a não ser artistas de cinema. Mas artista não vale. Agora vinha D. Consuelo e forçava a entrada de sua alma, queria abrir de par em par as portas do seu coração e, pelo jeito, iria até o fim, numa curiosidade minuciosa de mulher que invade os segredos de outra mulher. E pior era a diferença de idades, tão grande! D. Consuelo uma senhora e ela, Netinha, quase uma criança. O seu pudor por isso mesmo era maior, mais agudo, um pudor quase físico. Mas D. Consuelo não a deixou pensar muito. Quase imediatamente — a pausa que houve foi muito pequena — curvou-se mais sobre Aleijadinha, falou rosto com rosto:

— Sabe uma idéia que eu tive?

O rosto da velha estava tão próximo que Netinha assustou-se outra vez. O medo voltou ao coração da menina, um medo sem causa, sem raciocínio, um sentimento vivo de perigo. D. Consuelo não disse qual tinha sido a idéia. Com uma certa nervosidade, que aparentemente nada justificava, enveredou por outro caminho:

— Ah, Netinha! Às vezes eu fico pensando: a mulher que se casar com Maurício será muito feliz. Dizem que beleza não adianta em amor, mas adianta, sim. Um homem bonito é outra coisa. Olhe Maurício. Nem artista de cinema é tão bonito. Não conheço nenhum que seja, nenhum! As mulheres andam assim em cima dele, assim!

E reforçava as suas palavras, juntando os dedos da mão, querendo exprimir quantidade. Continuou, fazendo a exaltação do filho, insistindo em coisas que qualquer mulher perceberia instantaneamente, ao primeiro olhar:

— E a boca, os lábios finos — você viu? Lábios grossos, em homem, não gosto. Os de Maurício são finos. Você sabe o que quer dizer isso? Energia, vontade, decisão... Não é?

— É — admitiu com uma expressão de sofrimento.

Esse "é" foi um esforço que ela fez, uma violência contra o seu próprio pudor. Por que é que D. Consuelo lhe dizia tudo aquilo, lhe atirava aquelas coisas ao rosto, quase sem pensar, coisas que todo o mundo sabia? Por quê?

— Agora Maurício tem uma coisa — disse D. Consuelo. — Uma vida muito complicada. Também, rapaz solteiro! Dorme tarde, chega de madrugada, muito desorganizado. Eu penso muitas vezes que talvez uma coisa endireitasse ele, não sei, mas talvez. Sabe o que é?

Tinha abaixado a voz. Parecia estar dizendo um segredo, que ninguém mais pudesse ouvir, a não ser ela e Netinha. A menina também baixou a voz:

— Não. Que é?

D. Consuelo disse, então:

— O casamento.

Paulo fez um esforço, puxando a correia da mala. Nana entrou. A chegada da preta bastou para irritá-lo mais do que estava. Ergueu-se:

— Que é que há, Nana?

— D. Aurélia está aí, Seu Paulo.

Ele sentou-se na mala que acabava de fechar; ficou um momento calado. "Aurélia... Aurélia..." A imagem da moça surgiu no seu pensamento: um tipo pequeno (ela mesma costumava dizer, com uma certa faceirice: "Meu tipo é mignon"), bem cheinha, uns dentes miúdos e uma voz meio rouca. Paulo lembrou, com amargura:

— Foi a única que Maurício não me tirou!

— Ah! Essa é firme, Seu Paulo!

Num momento uma porção de lembranças nasceu no espírito de Paulo. Maurício sempre se metia com suas pequenas ou as pequenas de Paulo se metiam com Maurício. Mas Aurélia, não. Desde o primeiro momento gostou de Paulo, só de Paulo, não o trocou nunca, dizia em toda parte, com um certo orgulho: "Beleza não me interessa!” Uma vez, Maurício, num piquenique, quis segurá-la pela cintura. Outra podia tomar aquilo como familiaridade inocente, mas Aurélia era positiva, encrespou-se logo, foi categórica: “Isso já tem dono!” Maurício ficou desapontado, ainda quis rir, brincar, levar o caso na brincadeira, mas ela não transigiu: “Brinca, mas de longe. Não gosto de agarramento comigo!” Chegou um momento em que quase, quase, Paulo gostou de Aurélia. Houve um beijo entre os dois, ele pensou, até, em falar em casamento, tocar nesse assunto. Reprimiu-se, porém. Foi bom, porque, logo depois (coisa de uma semana, talvez), Guida apareceu. E o que ele sentiu por Guida, imediatamente, foi uma coisa que não se parecia com a ternura discreta e muito doce que lhe inspirava Aurélia. Foi um sentimento desconhecido na sua vida, uma coisa total. Não pensou, não viu mais nada na sua frente, se absorveu com todos os sentidos. Andava tão cheio da imagem de Guida, e só tinha olhos para ela, que não reparou em muitas coisas importantes. Por exemplo: que no dia do casamento, quando a moça entrou na igreja, de braço com o padrinho, e mesmo durante toda a cerimônia, Maurício não tirava a vista de Guida. E mais importante ainda: de vez em quando, furtivamente, a noiva (estava num maravilhoso vestido branco e um véu que era um sonho) retribuía. Aurélia tinha observado tudo isso: e não pôde deixar de pensar que aquele casamento não ia ser feliz, não podia ser. Essa intuição de mulher deu-lhe, no momento, uma alegria muito íntima e, sobretudo, cruel. Com a morte de Guida ela teve um momento de fé, de esperança apaixonada. “Chegou a minha vez”, foi o que disse a si mesma; e já se via, em pensamento, na igreja, com um vestido lindo (já arranjara modelo, recortado de uma revista norte-americana). Mas Paulo abandonara Santa Maria dias depois. Passou-se o tempo e quando menos se esperava, a notícia chegou: ele estava outra vez casado. O que Aurélia sofreu! Como amaldiçoou aquela esposa desconhecida! Agora, vinha vê-lo. Não o via há tanto tempo, há tanto tempo não conversava com ele!

— Mando entrar? — perguntou Nana a Paulo.

A preta gostava de Aurélia. Gostava, sobretudo, de sua fidelidade a um sentimento único. Apreciava (era Nana mesma que usava o termo “aprecio”) o fato de a moça só ter namorado Paulo, só ter gostado de Paulo, ignorando a existência dos outros homens.

— Você disse que eu estava?

— Disse, sim, Seu Paulo.

O medo de Nana era que ele se recusasse a ver Aurélia.

— Mande esperar um pouco. Vou lá em cima me despedir e volto já.

Antes de partir queria falar com Lena. Deixou Nana e subiu. Calculava que a mulher estivesse no quarto, mas quando chegou lá em cima viu-a no corredor com Maurício. Apesar de tudo, de não gostar dela, de estar disposto definitivamente a deixá-la, sentiu um choque. Não pela esposa, mas por Maurício. “Mas ele a persegue sem o menor escrúpulo, com todo o desplante”, foi o que disse a si mesmo. Ficou parado no princípio do corredor, olhando somente, com os braços cruzados, como esperando que Maurício saísse, deixasse a mulher, para ele, então, se aproximar. “Que espécie de mulher é essa?”, pensava. “Será que não vê, não tem o mínimo senso, o mínimo pudor, a mínima dignidade?” E compreendeu que mais do que nunca a crise que estava para explodir entre ele e Maurício, aquela raiva que parecia transpor um limite humano, transformar-se numa coisa quase animal — compreendeu que a crise era iminente. Podia acontecer dali a dois segundos.

Foi Leninha quem primeiro o viu, disse:

— Paulo está ali olhando!

Maurício desorientou-se a princípio, mas recobrou logo o domínio de si mesmo. Fez questão de mostrar que não tinha medo:

— Que é que tem?, perguntou. — Que é que ele vai fazer?

Ela compreendeu que agora mesmo é que Maurício não a largaria. Quis sair, deixá-lo, mas ele barrou-lhe o caminho.

— Por aqui não passa. Fique aí.

— Quer brigar com Paulo — acusou Leninha — e eu sou o pretexto.

— E, confirmou ele, irônico.

— Pelo amor de Deus, deixe-me passar.

— Só se você prometer que passeia comigo.

— Não!

— Então não sairei daqui. E você será culpada do que acontecer.

Ficou desesperada. "Esses dois se matam", pensou. Seria horrível dois irmãos se matando, na sua frente. Imaginou Maurício morto. Devia ser um morto lindo, mais pálido ainda do que era, os dedos cruzados (dedos finos e longos)... Teve vontade de gritar: "Não quero que ele morra, não quero", disse a si mesma; e teve uma mímica de choro que ele tomou como um sinal de fraqueza. "No fim, elas cedem", foi o que concluiu, experimentando um grande sentimento de orgulho.

— Passeia comigo? — insistiu adoçando a voz, tornando a voz mais íntima, mais acariciante.

Ela perdeu a cabeça:

— Passeio. Mas só se for embora imediatamente. Agora.

Ele insistiu, querendo todas as garantias, num último receio de que ela voltasse atrás.

— Jura?

Desesperou-se.

— Juro. Juro, pronto. Mas, pelo amor de Deus, vá-se embora!

Maurício teve para Leninha um olhar de agradecimento, um olhar que a envolveu toda, que lhe deu um prazer agudo, um prazer que era quase um sofrimento. E ia deixá-la, quando...

Netinha estremeceu e ficou muito pálida quando D. Consuelo disse, aquele ar de mistério, que o remédio para Maurício era o casamento. Para não ficar calada, dizer enfim alguma coisa, perguntou:

— Então a senhora acha?...

— Acho sim, minha filha. Conheço muitos casos, muitos, de homens que eram isso e aquilo, viviam farreando. Depois, se casaram e num instante, como da noite para o dia, tomaram rumo. Olhe o meu marido. Quando solteiro, fez tudo que não estava direito, não tomava nada a sério. Namorador, nem queira saber! Pois quando se casou, mudou, você nem faz idéia. Vivia para o lar e tinha ciúmes de mim!...

Os ciúmes que teria inspirado ao falecido esposo eram o orgulho de D. Consuelo, a sua vaidade persistente de viúva. De vez em quando tocava na tecla, contava incidentes. E agora, com Netinha, comparava o marido ao filho. Previa, como se já fosse um fato consumado ou a consumar-se infalivelmente, a regeneração de Maurício pelo matrimônio.

— Você vai ver, depois me diga.

"Para me dizer isso ela fechou a porta", admirava-se Netinha.

— Maurício tem namorada? — perguntou, sentindo o coração bater mais depressa: e desdobrou a pergunta. — Mas namorada firme?

— Não — negou D. Consuelo, categórica. — Nenhuma. Para casar, nenhuma. E aí é que está. Precisa se casar, mas falta...

— O quê? — foi quase um suspiro de Netinha.

— Falta a noiva! — exclamou D. Consuelo. Justamente o principal, a noiva!...

— Mas com tantas pequenas em cima dele? Um rapaz como ele, simpático... Não deve faltar quem queira...

— E não falta mesmo não. Garotas assim. Mas agora não é como antigamente. As meninas de hoje começam a namorar muito cedo. De forma que quando chega a hora de casar, já tiveram namoros em quantidade. E antes, no meu tempo, a mulher só namorava o futuro marido. Agora!

— É difícil...

— Eu conheço uma pessoa...

E D. Consuelo fez uma pausa hábil. Até então, se limitara a falar, falar, de uma maneira apenas indireta, passando ao largo do assunto, fazendo uma preparação psicológica. Mas agora achou que era chegado o momento de se definir, de desfechar o golpe, de começar a realizar o seu plano. Dissera: "Eu conheço uma pessoa..."

— Quem? — perguntou Netinha.

— Ainda não sei...

Netinha estava vermelha e era em vão que procurava disfarçar. "Ela vai perceber", eis o seu receio, a sua angústia maior.

— Eu conheço? — insinuou, a medo.

— Conhece — afirmou, misteriosamente, D. Consuelo. — Conhece.

— Quem é?

E a velha, rápida:

— Você!

— Mas eu? Eu?

Maurício ia virar-se, deixar Leninha. Mas percebeu que Paulo vinha na sua direção. Ele, então, hesitou. "Se eu for me embora, ele é capaz de pensar que eu tive medo; se eu ficar, ela terá um pretexto para não se encontrar comigo." Mas desejava tanto aquele encontro e aquele passeio, que venceu uma tentação muito forte; e disse, bem alto:

— Até logo.

Ela respondeu, tão natural quanto possível:

— Até logo.

Quando Maurício passou por Paulo, cantarolava. Era quase um acinte, uma provocação. Paulo teve que fazer um esforço sobre-humano para não se atracar com o irmão. E só não se atracou porque, no momento, odiava mais a mulher do que Maurício. Queria se vingar de Leninha, fazê-la arrepender-se de tudo e...

Leninha não se mexeu do lugar, deixando que o marido se aproximasse. Ele veio andando, com uma lentidão deliberada, sem tirar os olhos da esposa. Havia qualquer coisa de sinistro naquela figura que caminhava, puxando da perna. Quando o cunhado passou pelo marido, ela teve uma grande angústia. "Eles agora vão se atracar", pensou "vão se matar." Mas não houve nada. Ela teve um suspiro profundo, sentiu que seus nervos se relaxavam, agradeceu à Santa Teresinha. Agora seu medo era outro: era ter de ouvir o marido, suportá-lo, responder ao que ele dissesse. "Minha vontade é desaparecer", foi sua queixa íntima, o seu desespero. Fechou os olhos e quando os abriu de novo, ele estava junto dela, com um rosto que parecia de pedra, duro, os lábios cerrados, uns olhos que não pestanejavam. "Parecem olhos de morto", foi a comparação que lhe ocorreu. E perguntou a si mesma: "Quanto tempo vai me olhar assim, sem dizer nada?" Desejou que ele falasse, que dissesse alguma coisa, que acabasse com aquele silêncio.

— Vim aqui me despedir — foi a primeira coisa que ele disse, sem desfitá-la.

— Vai partir? — estranhou.

Mas no fundo, experimentava um sentimento de libertação. "Vou ficar livre, vou ficar livre", repetia mentalmente. "Ele vai partir." A notícia dava-lhe uma alegria dolorosa. A figura de Maurício, o rosto e a palidez de Maurício ressurgiam agora no seu pensamento.

— E vou partir para sempre, nunca mais voltarei. É como se você ficasse viúva.

E teve aquele jeito sardônico na boca que ela abominava. Perguntou, disposto a fazê-la sofrer:

— Não é uma boa notícia?

— Não sei, não sei — defendeu-se ela.

— Posso então partir?

— Tanto faz. Para mim, tanto faz. Não tenho nada com sua vida.

— Pensei que gostasse da notícia.

— Não gostei, nem desgostei.

Ele tornou-se subitamente sério, seu rosto adquiriu uma expressão de sofrimento.

— Já tomei as providências — prosseguiu — para que não lhe falte nada. Você é rica, tem a metade dos meus bens, mas deverá permanecer aqui.

— Está certo.

— Não haverá correspondência entre nós dois. Não precisa.

— Claro.

— Agora há o seguinte: antes de partir, desejo fazer-lhe uma observação. Quando eu me casei com você, sabia que você não gostava de mim, assim como eu não gostava de você. Mas pensei que pelo menos, você teria uma certa... compostura.

Ela foi apanhada de surpresa, custou a compreender:

— O quê?

— O que eu disse e posso repetir é que esperava de você, não digo afeto, amor, mas compostura, percebeu?

— Veio aqui para me insultar? — estava prestes a explodir.

— Insultar o quê, deixe de fingimentos. Se você tivesse compostura, não andava fazendo esse papel com meu irmão, conversando com ele pelos cantos, uma vergonha! Agora mesmo, aqui no corredor!...

— Não admito! Ouviu? Não admito!

— Ah, não? Ainda se faz de ofendida?

— Está pensando o quê de mim?...

— Estou pensando o que você é, só. E outra coisa: eu vim até aqui para dizer que ia partir, nada mais. Mas vi você com Maurício e vou fazer isso...

Antes que ela desconfiasse, pudesse se defender, ele a segurou com os dois braços, imobilizou-a, suspendeu o seu corpo no ar, e a beijou como um doido. Leninha esperneou, quis gritar, mas o seu grito foi sufocado, morreu. Ela sentiu que a boca do rapaz se unia à sua, esmagava a sua. Não houve amor, ternura, nada, senão uma violência animal. Foi um beijo tão bárbaro que, quase perdendo os sentidos, ela pensava desesperadamente, sacudindo as pernas no ar: "Está me ferindo, está me ferindo..."

D. Consuelo e Netinha se olharam, um momento, sem dizer nada. A velha procurava descobrir o efeito de suas palavras no rosto da menina. Netinha estava atônita; e era, pouco a pouco, que ia compreendendo, se apossando da verdade. Aquela hipótese começou a nascer na sua imaginação: o amor de Maurício...

— Quer? — perguntou D. Consuelo.

Ela custou a responder. Seu entusiasmo — um entusiasmo louco — caiu logo, caiu verticalmente. Estava pensando na perna mecânica. "Sou uma aleijada", foi o que pensou. "Quem é que me quer assim?" Lágrimas apareciam nos seus olhos. Não respondeu. Tapou os olhos com a mão.

— Que é isso? — admirou-se D. Consuelo.

— Nada, nada — mentiu. — Bobagem minha.

— Não minta — repreendeu a outra, com doçura, tomando-lhe as mãos; e acrescentou: — Eu sei o que é que você tem.

— Não é nada, D. Consuelo. É nervoso...

— Nervoso! Me diga uma coisa; se, por acaso, Maurício gostasse de você...

— O que é que tem?

— Você ia retribuir ou não? Pode dizer, minha filha, olhe que eu podia ser sua mãe. Você queria namorar com ele?

Falou de olhos baixos, uma vergonha doida:

— Queria.

— Então?

— Mas isso é se ele quisesse.

— Pode querer, ora essa!

— Mas não vai querer, D. Consuelo. Não vai. Que esperança!

— Por quê? Já sei. Você tem medo, pensa que eu não adivinho? — e acrescentou, baixo, medindo e escolhendo as palavras — tem medo de sua perna, não é?

Netinha confessou entre lágrimas:

— É. É.

— Mas, oh! Que é que tem?

— A senhora acha pouco?

— Mas isso é uma coisa que acontece. Quantas têm assim, mas quantas, minha filha? E você pensa o quê? Que as moças que sofreram uma infelicidade não podem namorar, não namoram, não gostam de ninguém? Que o quê, Netinha! Ah, se fosse assim!

— Não, D. Consuelo — os soluços de Netinha eram secos, sem lágrimas — eu não me iludo. Para quê? Não adianta mesmo!

— Mas minha filha, raciocine comigo. Você, por exemplo. Aconteceu isso com você. Muito bem. Por causa disso você deixou de ter coração? Não é uma mulher como as outras?

— Sou. Quer dizer...

D. Consuelo desenvolveu o argumento, cuja base era, em resumo, esta: uma mulher que perde uma perna nem por isso deixa de ser mulher. O raciocínio era bom, lógico, duma simplicidade tremenda, sem complicação nenhuma. Netinha ouvia, num sentimento especial, misto de desespero e esperança. As palavras da outra faziam-lhe bem, um grande bem. A menina precisava se convencer de que a vida não estava fechada para ela, de que poderia ser feliz ainda, ter quem a amasse. Lembrava-se do desastre de bonde, em que perdera a perna, a dor, a cor branca da Assistência, os médicos e as enfermeiras do Pronto-Socorro. Tudo aparecia na sua imaginação. D. Consuelo prosseguia, tenaz, sistemática, naquele esforço de persuasão em que aplicava toda a sua astúcia de mulher:

— Outra coisa: muitas vezes até uma infelicidade assim ajuda. É mais romântico. Mais bonito. Me diga já uma coisa: você seria capaz ou não seria capaz de amar um rapaz aleijado?

— Seria.

— Então? E por que é que um rapaz são não poderia amar você?

— A senhora acha?

— Claro!

— Mas Maurício tão bonito! Tantas mulheres bonitas dando em cima?

— Ora, minha filha! Não quer dizer nada! Além disso, eu ajudo. Está aí, eu ajudo.

— A senhora?

— Eu, sim. E eu sou a mãe de Maurício. Mãe influi. Você vai ver.

— Nem gosto de pensar — disse Aleijadinha, fechando os olhos.

— Olhe, Netinha. Eu só vejo uma coisa contra. Que pode impedir.

A menina abriu muito os olhos, experimentando já um susto em face desse obstáculo que surgia inesperadamente, obstáculo que ela não conhecia, não podia imaginar o que fosse. D. Consuelo se concentrou. Ia chegar o momento mais delicado do seu trabalho insidioso e cruel. Aplicou toda a sua habilidade de mulher.

— Sabe o que é?

— Não.

D. Consuelo fez uma pausa e, então, disse:

— Sua irmã.

— Leninha?

— Pois é, Leninha.

— Mas o que é que tem Leninha? O que é?

— Não posso dizer, minha filha. Você é irmã, não fica bem!

— Mas diga, pode dizer!

Aleijadinha agora queria, precisava saber. Sua atitude, seu tom era de quem impunha, de quem exigia uma explicação de D. Consuelo. A velha fingiu ter escrúpulos, mas Netinha insistiu.

O trem deu aquele apito longo. D. Clara suspirou. Sentia o corpo todo moído. Também três horas e meia, talvez quatro, sentada naquele banco. Graziela, do lado, comia um caramelo, esticava uma das pernas e considerava a meia curta. "Bobagem de mamãe não deixar eu usar meia comprida", pensou, lembrando-se que uma vizinha, da mesma idade, usava. D. Clara esperava o chefe de trem. Assim que o viu, mexeu-se no banco. Chamou-o. O homem custou a chegar, picotando as passagens.

— Ainda falta muito para Nevada?

— É agora. A próxima.

— O trem está atrasado?

— 45 minutos.

Ela pensou no casamento da enteada e na fuga da filha. A princípio, quando foi notada em casa a ausência de Aleijadinha, houve sustos. Logo depois, encontraram um bilhete da menina dizendo que fugira. Que raiva tomou conta de D. Clara! Ainda agora, no trem, ela sentia uma irritação, uma vontade de fazer nem sabia direito o quê.

— Netinha pensa que porque é aleijada não apanha — disse para Graziela. — Está muito mal acostumada. Mas eu ensino, deixa estar.

— Estou com uma dor aqui, mamãe!

Mas D. Clara não prestou atenção ao lamento da filha. Seu pensamento se concentrava agora em Lena.

— Só quero ver a atitude de Lena, agora que é rica! Como vai me tratar, se vai deixar a família passar fome. Ah, se ela começar com coisas! Pensa que porque casou... Acho engraçado isso. Então uma moça se casa e acha que pode menosprezar a família? Eu conheço muitos casos assim. Mas ela que não me falte com o respeito! Depois não se queixe...

E o trem avançava, avançava. Deu outro apito. Subia agora.

O padre Clemente estava na cabana de troncos. Sentado, ouvia Regina, as coisas que ela contava, aquele transbordamento de mágoas. A tristeza do religioso era uma coisa que não se podia calcular. Ele sentia que no caso de Maurício e Regina estava tudo errado; e previa para um futuro próximo uma desgraça inevitável, sem remédio de espécie alguma. Apesar de saber de tudo, ele, padre, não podia fazer nada, esboçar um gesto. Sua atuação deveria ser de simples espectador, passivo, inoperante. “Meu Deus, meu Deus”, era o que ele dizia mentalmente. “Vou rezar hoje muito por esses dois”, decidiu, olhando-a. Regina andava de um lado para outro. Estava num estado de nervos horrível e já dissera ao padre: “Eu acabo enlouquecendo, o senhor vai ver!” Agora o seu tom era, a um só tempo, de lamento e de acusação:

— Ele não presta, padre, não presta! E foi por um homem desses... Meu Deus!

— Tenha fé em Deus — suplicou o padre.

— Deus não quer nada comigo, nada — desesperou-se a moça.

— Não diga isso!

— Digo, padre, digo. Eu pequei demais, minha alma não tem salvação.

— Tem sim. Arrependa-se. Basta isso; que você se arrependa. E estará salva!

— E o senhor pensa que é só vontade, só a gente querer e pronto, o arrependimento vem?

— Vem. Reze.

— Tenho rezado tanto!

— Então?

— Então?... — ela parou; sofria demais; sofria para além de suas forças. — Eu sinto que estou errada, senti sempre que estava errada...

— Isso já é uma grande coisa!

Ela protestou, com súbita violência:

— Isso não é nada! Que é que adianta, que é que me adiantou? Se eu sabia que estava errada e mesmo assim...

Abaixou a voz; parecia segredar:

— ...e mesmo assim, pequei.

— Não se deixe vencer!

— Mas eu estou vencida, o senhor não compreende? Que adianta lutar, se é inútil? Agora mesmo, estou falando. Sinto um arrependimento que é sincero, não pense que estou fingindo. Mas é só ele chegar, aparecer aqui. Eu me esqueço de tudo e abençôo meu pecado, abençôo todos os erros que me trouxeram para os braços de Maurício!

A duas ou três léguas da fazenda de Santa Maria, quatro homens se reuniram. Um deles, o que parecia o chefe, era velho, mas ainda duro, rijo, olhos bem lúcidos, com um certo brilho cruel. Rosto de traços firmes e nítidos, sulcados de rugas profundas. Os três companheiros eram bem mais jovens, tostados de sol, fortes, de uma vitalidade que se revelava nos seus menores movimentos e atitudes, na arrogância dos gestos, no andar. O velho falou com um dos moços.

— Então, Marcelo?

— Tudo pronto, pai.

— É hoje?

— Hoje.

— E se falhar? — indagou sombrio, o velho.

— Não, não pode falhar — afirmou Marcelo, no seu otimismo selvagem.

— E se falhar?

Marcelo fez, então, o juramento, de rosto voltado na direção da fazenda de Santa Maria:

— Juro que, antes de meia-noite de hoje, Paulo de Oliveira será um homem morto!

14 "Eram duas mulheres e tinham o mesmo sonho de amor"

"**O QUE** é que tinha Lena com Maurício?", perguntou Netinha a si mesma. Achava aquilo tão absurdo, mas tão! D. Consuelo estava enganada, tinha que estar, era impossível. Disse, convicta, obstinada:

— A senhora quer dizer que Lena e Maurício... Não pode ser!

— Acha?

O tom de ironia da velha era evidente, um ar de mofa. Mas Netinha não podia acreditar nem que quisesse! Balançava a cabeça: — Não, não! E teve o argumento que lhe parecia definitivo, indiscutível, arrasador:

— Leninha é casada, D. Consuelo! — e repetiu, com ênfase, sublinhando bem: — Casada!

— Como você é ingênua, minha filha!

Netinha empalideceu. Aquilo, aquela conversa sobre Lena, fazia-lhe tanto mal. Seria que?... D. Consuelo continuou, numa excitação, irritada com a resistência teimosa da menina:

— Que é que tem que ela seja casada? Você é muito nova, não conhece nada da vida. Por isso acredita em todo o mundo... Ah, se todas as mulheres casadas andassem na linha, que beleza seria o mundo, que maravilha! Você nunca viu em jornal notícia de crimes, de marido que matou, que fez e aconteceu e então?

— Mas Leninha eu conheço!...

O tom de Netinha era de espanto. “Eu devia defender Lena melhor”, pensou, “mas não tenho jeito”. Devia defender dizendo: “não admito...” Mas a outra era muito mais velha e lhe falava com tanta amizade! Com uma atenção, um espanto doloroso, ia ouvindo D. Consuelo (e cada vez sofria mais, sentindo que uma coisa se desgarrava na sua alma):

— Você é que pensa que conhece sua irmã — afirmou D. Consuelo com uma convicção feroz. — Mas quem é que conhece a própria irmã? A gente não conhece nem o filho! Você crê que Leninha é tudo isso, só porque é sua irmã. Se fosse outra, você enxergaria melhor, veria logo, num instantinho. Acredite no que estou lhe dizendo: sua irmã está dando em cima de Maurício, mas está mesmo, não adianta você se iludir. Depois, é pior.

— Oh, D. Consuelo!...

— Você então acha que eu ia mentir a você, que tenho interesse? Você não me conhece, minha filha, tenha a santíssima paciência... Até lhe digo mais: os dois já se beijaram!

— Mentira! — exclamou Netinha. — Não acredito!

— É por isso que eu digo que você é ingênua. Por isso, exatamente. E se eu lhe disser outra coisa?

— O quê? — perguntou agoniada a menina, com medo do que a outra fosse dizer.

— Se eu lhe disser que foi sua irmã mesma quem me confessou? Você acredita? Agora acredita?

— Não sei, não sei!... Mas ela disse? Leninha disse isso?

— Disse a mim. A esta que está aqui. Se quiser, eu juro!

— Meu Deus, meu Deus!

— Não teve vergonha de dizer. E não foi só o beijo. Ela fez outras insinuações em que não quero pensar, é melhor mesmo!

“Se fosse mentira”, foi o sentimento de Netinha, “D. Consuelo não diria assim, não falaria com essa certeza. Se fala é porque há alguma coisa, alguma coisa há...” Era tão triste ver uma mulher casada e, sobretudo, quando essa mulher é nossa irmã...

— E quando ela desconfiar que entre você e Maurício possa haver alguma coisa, aí você vai ver. Depois, então, quero que você me diga. Mas não se importe, minha filha, não ligue ao que ela disser. Se você quer um conselho — olhe que eu podia ser sua mãe — se afaste de sua irmã. Eu sei que é muito duro o que lhe vou dizer, eu sei, mas você é tão ingênua, tão inexperiente, que eu me sinto ria obrigação — disse "obrigação" com ênfase — na obrigação de dizer o seguinte...

Olhou muito para Netinha antes de concluir:

— ...que sua irmã não presta, não vale nada.

— Não diga isso! — suplicou Aleijadinha — e rematou num tom de apelo e de queixa. — Ela é minha irmã, D. Consuelo!... É minha irmã!

Estava com o rosto entre as mãos, soluçando. D. Consuelo sorriu (ah, se Netinha visse esse sorriso de maldade!) e não quis insistir. O resto ficaria para depois. Por ora estava bastante satisfeita, não poderia desejar melhor. Saiu, deixando Aleijadinha num desgosto tão grande da vida.

Quando Paulo a largou (ela estava tonta, machucada, louca), Leninha quase caiu. Seu primeiro gesto, instintivo, foi levar a mão à boca. Os lábios sangravam. Ele fora tão bárbaro, tão brutal, que a ferira no lábio superior. Recuou, com um rolo de cabelo caindo sobre a testa, vários grampos soltos, exclamando:

— Olhe o que você me fez, olhe! Me feriu!

Dois dedos, que levara aos lábios, estavam sujos de sangue; e ela sentia um gosto incrível na boca. Ele não se mexia, parecia espantado da própria atitude, espantado daquele ímpeto selvagem que não premeditara.

— Nunca mais na sua vida — disse, surdamente — nunca mais se lembre de fazer isso. Quebro-a em dois, assim!

E fez o gesto, a mímica respectiva. Por um momento, Leninha sentiu que ele era capaz mesmo de fazer aquilo, de "quebrá-la em dois". Acabava de descobrir no marido uma violência que a enchia de espanto. "É louco, é completamente louco", foi o seu sentimento. Um homem normal não seria capaz de um impulso assim e de um olhar tão carregado de ódio, de raiva desumana. "Vou ficar com o lábio inchado", pensou, sem desfitá-lo.

— Não quero que você goste de mim — continuou Paulo com a voz mudada. — Não me interessa seu amor. Pode me odiar quantas vezes quiser. Mas não se lembre, nunca, nunca, de me fazer de bobo. Você é minha esposa, ouviu?

— Mas só de nome! — exclamou, patética.

— Só de nome ou não, mas é minha esposa. Terá que me ser fiel, até o fim da vida.

— Se puder!

— Se puder, não! Tem que poder. Casou-se comigo e eu quero isso de você!

Ela começava a se recompor interiormente: seus sentimentos normais, que tinham sido deslocados, sacudidos, voltavam ao seu lugar. E a raiva do marido renascia, começava a crescer no seu coração, não tardaria a transbordar.

— Uma esposa precisa de amor.

Queria argumentar, queria reagir logicamente contra a imposição do marido. Perguntou:

— Acha que eu vou envelhecer, chegar ao fim da vida, morrer, assim, nessa situação?

Ele fez uma perfídia:

— Quer o meu amor?

— Não! — foi o seu grito irreprimível, a revolta de todo o seu ser. — Está louco!

— Nem eu lhe daria, é claro. Em todo o caso, você diz que não me quer, disse; e tem que viver sem o meu amor, sem o amor de ninguém.

— Vá esperando!

O gosto de sangue continuava na sua boca, na sua língua. Ele falou, desta vez sério, segurando-a pelo braço, apertando-lhe o braço com dedos de ferro, olhando-a bem nos olhos:

— Eu vou partir. Não digo para onde, nem interessa. Mas se eu souber algum dia que você... esteja eu onde estiver, virei aqui matá-la. Percebeu?

— Não tenho medo!

— Então experimente!

Ela ficou parada, com um ar de louca, e aquele lábio sangrando, vendo-o afastar, mancando. Teve um impulso, que não pôde dominar; correu atrás dele, disse-lhe, baixo, mas com uma raiva que tornou a sua voz irreconhecível:

— Monstro!

E voltou, correndo, entrou na primeira porta, sem saber bem o que estava fazendo. Era o quarto de Netinha. Logo que torceu o trinco, ouviu soluços. Netinha chorava, chorava e com tanto desespero, que Lena se assustou, ia perguntar, esquecida de si mesma: "Que foi, Netinha?" A menina não lhe deu tempo de nada. Gritou:

— Vá se embora! Vá! Ande!

Paulo viu Aurélia. Era mesmo um tipo bem miúdo. Se os dois tivessem casado, o contraste seria de chamar atenção, ele tão grande, ela assim. Ele aproximou-se, sombrio, com muito pouca disposição para conversas. Vinha com a fisionomia tão carregada, que a moça ficou sem jeito.

— Que é que há? — foi perguntando o rapaz, e ajuntou, numa rispidez que fez Aurélia perturbar-se: — Estou com pressa!

"Como ele me trata!", queixou-se a moça a si mesma. "Nem delicadeza tem!" Ela que, com todo o mundo, era desembaraçada (diziam até que demais), desaparecia na frente de Paulo, tornava-se humilde, de uma timidez de menina de colégio de freira, corava, quase não sabia conversar. Agora mesmo, desorientava-se toda, tinha um riso parado na boca, um riso que Paulo, mentalmente, classificou de idiota.

Disse, então, docemente, como num lamento:

— Me disseram que você vai partir.

— Já sei quem foi que "disseram", Nana.

Aurélia não quis comprometer a criada. Mentiu mais do que depressa:

— Não, não foi Nana. Foi outra pessoa.

— Você nem sabe mentir — disse o rapaz, com evidente cansaço.

— Paulo... — abaixou a voz para dizer-lhe o nome. — Você vai mesmo? E eu, Paulo, e eu?

— Você? — parecia não encontrar nenhuma relação entre a sua viagem e Aurélia. — Que é que tem você?

— Ainda pergunta... Se você soubesse, se pudesse fazer uma idéia do que eu sofro, quando você está fora, longe...

Ele admirou-se:

— Mas minha filha, nós não temos nada em comum, nada! Que importância tem que eu esteja aqui ou na China, ora essa?

— Tem, sim — afirmou Aurélia, com súbita veemência.

— Mesmo que você não seja nada meu, nada, mesmo assim eu me sinto feliz quando você está perto. É um consolo, Paulo. Você talvez não compreenda, mas é.

— Que bobagem, Aurélia, que bobagem! E como você é criança, meu Deus!

Ele sentia vagamente que aquele sentimento era já doença, fanatismo, já passava os limites de um simples amor. Olhou-a em silêncio, impressionado diante daquela pequena e frágil mulher que, entretanto, parecia tocada de um fogo selvagem. "E não houve nada entre nós dois", foi o que pensou, "imaginem se tivesse havido!" Ele quis, então, desiludi-la e calculou que só um golpe muito violento, brutal e definitivo poderia convencê-la. Disse:

— É inútil, Aurélia, inteiramente inútil. Você precisa se convencer que eu sou marido de outra mulher, pertenço a outra mulher!

— Não! — exclamou a moça, com uma expressão de triunfo que o desconcertou.

— Não o quê?

— Não, não! Você sabe que não! Marido assim como você é dessa mulher, não faz mal. Você poderia ter quantas esposas quisesse, cem, duzentas, pouco me incomodaria!

Ele gritou com ela, teve vontade de a segurar pelos braços, sacudir aquele corpo *mignon*:

— Quem foi que lhe disse isso, quem foi?

Mas Aurélia se despojara de sua humildade. Exaltava-se, enfrentava, pela primeira vez!

— Ninguém me disse nada. Quer dizer, todo o mundo por si sabe, todo o mundo.

— O que é que sabem? — estava mortalmente pálido.

— O quê? Ora, meu filho! Sabem que você nunca beijou sua mulher, que nunca tocou nela. É marido, enfim, porque se casou, mas só. E a mim, pelo menos, você já beijou!

E foi uma mudança súbita, inesperada, a dela. Da máxima exaltação passou para a extrema humildade. Toda a sua raiva momentânea se fundiu num sentimento de ternura absoluta.

A partir do momento em que disse, em que tocou a lembrança do beijo que ele dera, foi outra, aproximou seu rosto bem do rosto dele, disse, baixinho, pediu:

— Paulo, Paulo, um beijo, só um, antes de partir!...

Era um apelo, mas feito com que voz, com que acento! Ele disse, baixo também, como se falasse em segredo:

— Você beija um homem casado?

Ela confirmou, entreabrindo os lábios (sim, a sua boca estava ligeiramente aberta), numa tentação que, apesar de tudo, o perturbou, deu-lhe uma espécie de angústia, de vertigem. Hesitou, mas ia negar, quando sentiu que alguém descia as escadas (eles estavam embaixo da varanda, meio ocultos). O rapaz reconheceu os passos de Lena. "Ela vai passar por perto, vai ver, na certa, vai ver", foi o que calculou, imediatamente. E isso o decidiu. Tomou Aurélia nos braços (e logo sentiu que ela se fazia mais leve, frágil e miúda ao seu abraço; e jogava a cabeça para trás, numa espécie de voluntário desmaio; e abria ainda mais os lábios). Antes do beijo, ele ainda olhou, de lado, dissimuladamente, e viu Lena, parada, numa atitude de espanto, a uns dez metros. Foi aquele um momento em que a felicidade de Aurélia mais se parecia com o sofrimento, um agudo sofrimento físico. E quando pararam, Aurélia teve uma sensação estranha, torturante: a sensação de que estava vazia por dentro, de que aquele beijo lhe sugara tudo, a alma, o pensamento, tudo.

Quanto tempo ficou Leninha parada, assistindo, com os lábios cerrados, sem tirar os olhos de cima dos dois? Podia ter passado adiante, podia ter fingido que não vira. Mas não. Fez questão de parar, de ficar ali. Queria que ela soubesse, sobretudo Paulo, que ela "vira", sim. Mal sabia, como é que podia imaginar?, que Paulo fizera de propósito, que aquilo fora um capricho mau, monstruoso mesmo, do rapaz. Leninha aproximou-se. Fez um esforço sobre si mesma. Queria parecer tão fria, tão serena quanto possível. Paulo e Aurélia viram que ela vinha em sua direção. Nenhum dos dois se mexeu. Paulo pensava: "Que fará ela?" E seu sentimento era de mórbida curiosidade. Aurélia experimentava, acima de tudo, uma alegria de triunfo: "Ele me beijou, ele me beijou", era a sua felicidade quase trágica.

— Você fez isso na minha frente — disse Leninha a Paulo, como que ignorando a presença de Aurélia.

— Eu mandei você olhar? — ironizou o rapaz.

— Você, ao menos, devia ter tido a dignidade de escolher outro lugar e não a casa de sua esposa.

Ele se lembrou que, pouco antes, a tinha visto no corredor com Maurício. Isso lhe deu uma cólera fria, a vontade de fazê-la sofrer. Respondeu:

— Qualquer lugar serve.

Aurélia continuava ali, sem se meter, mas sem se afastar. "Ele a preferiu a mim", era o seu lamento interior, olhando Leninha. Não se sentia culpada de nada, não tinha noção nenhuma de pecado. Parecia-lhe que beijar o homem amado era um direito seu. Leninha continuou:

— Eu nunca pretendi que você me fosse fiel.

— Ah, não?

— Mas sou mulher, tenho meu amor-próprio e não admito que você faça isso aqui, percebeu?

— Não seja tola!

Ela perdeu a cabeça. O tom do marido, seu sorriso, aquele cinismo abjeto, a indignidade de toda a sua atitude, era demais, demais. Achou que seria difícil atingi-lo diretamente. Então, se voltou para a mulher. Ia se vingar de Paulo, através de Aurélia. Sentiu-se possuída de um ódio que não se parecia com nenhum sentimento humano.

Paulo não se moveu. Achava briga de mulheres uma coisa baixa e, ainda assim, fascinadora. Não tirava os olhos da cena, numa dupla sensação de curiosidade e de náusea. Leninha não disse uma palavra. Avançou para Aurélia, que se conservou absolutamente imóvel; e sua mão bateu, uma vez só, mas com tanta violência, que quase derrubou a moça. Aurélia ia perdendo o equilíbrio, caindo, mas se manteve em pé, apesar de tudo. Não fez um gesto, não proferiu uma palavra, deixou que Leninha, perdida de cólera, a cobrisse de insultos.

— Cínica! Cínica! — gritava Leninha.

Tinha vontade de fazer não sei o quê; de bater mais, de pisar na outra, de esgotar com alguma violência ainda maior a sua cólera de mulher.

— Por que não reage? Reaja! Apanhou na cara! Não tem vergonha?

A passividade de Aurélia, a sua imobilidade inumana, alucinava Leninha. Teria preferido mil vezes que a outra reagisse, respondesse ofensa com ofensa, se atracasse com ela. Mas Aurélia olhava só, conservando, apesar de esbofeteada, uma certa dignidade exasperante.

— Pode me bater, pode, continue! — foi a única coisa que disse, expondo a face, apresentando o rosto, incrivelmente branco.

— Não tem vergonha! — exclamou Leninha, chorando de raiva.

Aurélia continuava desafiante:

— Tem medo? Eu não me incomodo! — e abaixou a voz, mudou de tom, para dizer: — Eu já consegui o que queria, um beijo...

Parecia segredar. Havia no seu rosto, nos seus olhos, em todo o seu ser, uma felicidade desesperada, uma dolorosa alegria. "Não faz mal que ela me espanque", pensava.

— Beijo de homem casado! — foi o grito de Leninha, sendo porém, que nenhuma palavra poderia perturbar o êxtase em que Aurélia mergulhava de corpo e alma.

Apesar de tudo, do seu ódio, admirou por um momento a alegria heróica da outra. Virou-se para o marido:

— Mande essa mulher embora!

Ele encolheu os ombros. Olhou para o lado; e respondeu, com fadiga:

— Não tenho nada com isso!

Então, houve uma troca de palavras más, perversas, entre as duas mulheres. A passividade de Aurélia se dissolveu, foi substituída por uma veemência de mulher ferida no seu amor. Queria dizer, fazia questão de mostrar que não se arrependera de coisa nenhuma. Que o seu amor estava acima de tudo, muito acima da lama, era um desses sentimentos que enchem, por si só, o destino, a alma e o sonho de uma mulher. Leninha sofria, sobretudo porque não podia vingar-se de Aurélia, porque todos os golpes pareciam resvalar, sem feri-la em cheio. Paulo teve aquele riso surdo:

— Você disse que não gostava de mim. Como é?

— Disse. E não gosto mesmo!

— Então?

— Então o quê? Por isso, essa mulher pode entrar aqui e fazer o que fez?

— O que é que eu fiz de mais? — admirou-se Aurélia, com uma doçura inesperada e apavorante.

— Ainda pergunta?

E não encontrou outra palavra mais dura, que uma ofensa vã, desesperada e infantil:

— Sua tampinha!

A outra aceitou imediatamente aquele tom mesquinho. Fez ironia, acinte:

— Sou tampinha, sim, minha filha. Mas a mim ele já beijou e a você não!

— Não? Quem foi que disse?

Na sua cólera perdeu a coerência, esqueceu que abominava o marido, quis salvar apenas a sua vaidade:

— Está vendo isso aqui?

Mostrava o lábio ligeiramente inchado:

— Foi ele que fez, percebeu?

Mas calou-se, desconcertada, teve a consciência imediata e cruciante do seu ridículo, da sua loucura; o desespero que a possuiu foi tanto, a sua confusão mental foi tão grande, que correu, fugiu dali. Parecia ter endoidecido. Não sabia onde esconder a sua vergonha e a raiva que sentia de si mesma. Afastou-se da fazenda, correndo, e correndo entrou no bosque. Sentia-se degradada, tinha a sensação de que estava coberta de lama. "Como eu desci, como me desmoralizei, como fui idiota! Eu estou louca, estou louca!" A impressão de loucura crescia nela, era persistente, obsessionante.

Quando Leninha os deixou, Paulo virou-se para Aurélia. Estava outro e arrependia-se do beijo. Fizera aquilo por uma maldade instintiva e sentia, agora, que Aurélia estava perdida, nunca mais teria coragem ou possibilidade de esquecê-lo, viveria presa à memória daquela carícia. Teve um choque, quando Aurélia, como se tivesse adivinhado o seu pensamento, disse:

— Paulo: nem que eu viva cem anos, me esquecerei do que houve ainda agora... do beijo...

E, sem que ele pudesse prever, pegou-lhe as mãos, curvou-se, rápida, e beijou-as, uma e outra, num impulso de gratidão. Ele ainda quis recuar, não teve tempo. Ela fugia agora; corria, como Lena correra há pouco.

O padre Clemente tinha acabado de chegar, quando bateram. Foi abrir e ficou surpreso. Era Maurício. O padre perturbou-se. A presença de Maurício, ali, naquele momento, parecia coisa do destino. Fez o rapaz sentar-se e, então, disse, sentando-se também:

— Eu estava pensando em você... e em Regina...

Fez uma pausa; e acrescentou, desviando os olhos:

— Por que pensa tanto em Regina, padre? O perigo agora é outro: o perigo é... Leninha.

— Maurício!

— Não posso enganar a mim mesmo — disse Maurício, levantando-se e indo até à janela; voltou com uma fisionomia mudada pela angústia.

— E Regina? Você se esquece dela?

— Regina é quase o passado.

— Deixei-a agora mesmo e se você visse como ela chorava!

— O senhor acha que eu devo me sacrificar, porque uma mulher chora?

— Regina não é "uma mulher", Maurício. Sacrificou-se por você, sacrificou o nome, a família, o lar, tudo, Maurício.

— Mas eu não a amo mais. Amo outra mulher.

— Você é que pensa. Mas Leninha será uma ilusão a mais na sua vida, uma ilusão como foi... Regina. Maurício, Maurício! Reflita enquanto é tempo! Respeite o sofrimento e a humilhação de Regina.

— Não! Não!

Ele se obstinava. A idéia do sacrifício era muito dura para ele. O que sentia por Leninha parecia ultrapassar todos os seus sentimentos anteriores. Violento, passional, preferia morrer a desistir de uma mulher. De resto, sentia-se outro; e disse isso ao padre:

— Padre, uma vez o senhor me disse, lembra-se?

— O quê?

— Que uma mulher ia surgir no meu caminho.

— Disse.

— Uma mulher que me viria salvar. Pois essa mulher apareceu.

— Maurício! — exclamou o padre, adivinhando o que ele ia dizer.

— Essa mulher é... Leninha.

O padre só faltou cair de joelhos:

— Maurício, olhe o que você vai fazer! Leninha não pode ser essa mulher, Maurício!

— Por quê? Não foi o senhor quem disse? Não foi o senhor mesmo?

— Ah, meu filho! Não me referi, nem podia, a nenhuma mulher particularmente. E muito menos a mulher... casada. Não, Maurício! É preciso que você caia em si, antes que seja tarde demais. Não lhe basta a tragédia de Regina? Você agora quer fazer a tragédia de Leninha!

— Tragédia de Leninha? Não, padre, não, tenha paciência! Tragédia é a dela vivendo com um marido que odeia! Isso, sim, é que é tragédia!

— Mas foi o marido que ela escolheu, meu filho!

— Que importa, se a verdade, o senhor sabe tão bem como eu, é que ela não o ama?

O padre se desesperava. Percebia que uma paixão devorava o rapaz, consumia-o como uma loucura. "Ele caminha para o abismo, e não sabe ou finge não saber", era o sentimento do padre, sentimento de temor, de angústia.

Maurício continuou:

— Eu sei que ela jurou diante do altar. Mas padre, sejamos humanos, realistas, um juramento não é nada diante de uma paixão.

— Ela não está apaixonada! Nenhuma mulher se apaixona em 48 horas!

Ele sorriu, com melancolia:

— A mulher se apaixona em muito menos tempo, padre. Já não digo em 48 horas ou 24 horas. Mas num minuto, num segundo. Eu sei, por experiência própria, porque muitas... Bem, padre. Eu tenho certeza que Leninha me ama, embora me tivesse resistido até agora.

Ele afirmava isso com uma convicção desesperada, tal a sua necessidade de crer no amor da moça. O padre ia dizer alguma coisa mas calou-se. Maurício mudou de tom; disse baixo, com uma expressão de tormento interior que impressionou o religioso:

— Só ela, ouça bem, padre; só Leninha poderá salvar-me. Ela é o meu primeiro, meu único, meu grande amor!

Leninha estava diante do mausoléu de Guida. Viera andando tão distraída, tão concentrada nos seus pensamentos e na sua raiva, que não escolhera caminho nenhum. E quando acaba vinha parar ali, justamente ali, meu Deus. Achou isso muito estranho, como se alguma força misteriosa a tivesse atraído. "Essa Guida me persegue", foi o seu sentimento, "a sua lembrança, o seu túmulo..." Ia voltar depressa quando viu aquilo. Ficou imóvel, petrificada no lugar.

Uma mulher acabava de aparecer; subia a meia dúzia de degraus que levava ao portão de bronze. Segurava-se nas grades e olhava para o interior do mausoléu. O coração de Leninha bateu doidamente. "Mas não é possível, meu Deus, não é possível!" Podia ter considerado aquela mulher uma visitante normal, curiosa diante de um túmulo erguido na floresta. Mas ela surgia como uma aparição, tinha qualquer coisa de aparição. Não podia ser — foi o que pensou

Leninha — uma mulher como as outras. Era, realmente, uma figura sobrenatural. Ficou olhando-a, sem ânimo de fugir. Um sentimento misterioso a prendia, um sentimento misto de medo e de fascinação. A mulher desconhecida permaneceu algum tempo naquela atitude. Depois ajoelhou-se, pareceu orar, levantou-se, fez o sinal-da-cruz e fugiu. Leninha sentiu as pernas fracas:

— Meu Deus, meu Deus! — foi o que balbuciou.

Quase deu um grito, porque alguém tocava no ombro. Virou-se rápida... Era Nana.

— Que susto, Nana!

— Desculpe, minha filha. A senhora estava tão entretida!

Lena, então, não pôde mais: rompeu em pranto. Seus nervos bem que precisavam daquelas lágrimas que corriam, sem parar. E, entre lágrimas, contou, disse que vira uma mulher que só podia ser uma visão:

— Eu acabo endoidecendo, Nana!

— Vamos sair daqui, D. Leninha! A senhora está impressionada!

— Nana, se fosse...

Abriu muito os olhos; concluiu, baixo:

— ...se fosse Guida? Hein? Se fosse ela!

— Nem pense nisso, minha filha! Que o quê!

Mas a preta mesma se deixava invadir de uma sensação de medo. Não gostava da proximidade dos túmulos. Ela e Leninha se afastaram dali, de perto do mausoléu, como de um lugar maldito. E, à medida que se distanciavam, Leninha ia caindo em si, sentindo um princípio de vergonha do seu próprio terror. "Nana vai me achar criança", refletiu. Mas a preta não pensava mais nisso; teve uma exclamação:

— Que cabeça a minha, D. Leninha! Eu vim procurar a senhora para dizer uma coisa e quando acaba...

— Que é?

— A senhora sua mãe chegou.

— Quer dizer, a minha madrasta.

— D. Consuelo mandou avisar à senhora.

— Vou já, Nana. Daqui a pouco. Agora, não. Estou tão aborrecida! Diz que eu vou já.

— Eu digo, D. Leninha.

Mas antes que a preta pudesse partir, para dar o recado, ouviu-se um grito:

— Leninha! Leninha!

A moça teve um choque, voltou-se na direção da voz. Desde o primeiro momento, reconhecera. Disse mentalmente: "Maurício, Maurício!" E sentiu que o sangue lhe subia para o rosto; estava vermelha, as faces queimando. A própria Nana ficou parada, como se o fato tivesse algum sentido secreto terrível. Maurício aparecia, ainda distante. E se aproximava, sem pressa, lentamente... Leninha pensou: "Preciso ir embora, preciso ir embora, antes que seja tarde!"

Quando Maurício deixara, dez minutos antes, o padre Clemente, parecia ter febre. Sentia que chegava o grande momento de sua vida. Ao dizer que Leninha era seu primeiro, único e grande amor, estava sendo absolutamente sincero. E agora, caminhando na mata, solitário, perguntava a si mesmo: "Mas o que é que ela tem, meu Deus? O que é para eu estar assim?" Não era bonita; ou, pelo menos, não tinha essa beleza ostensiva que aparece ao primeiro olhar. Era preciso, primeiro, uma espécie de aclimatação ao seu tipo. Depois, então, é que se começava a perceber certo encanto, uma graça que a envolvia como uma irradiação. Mesmo o fato de ser magra, que a princípio impressionava contra, não tardava a se transformar num motivo de maior interesse. "Tantos homens passam por Leninha e não sabem o que ela vale." Pensou na boca de Leninha que talvez nunca tivesse sido beijada. "Ou quem sabe se já foi?" Essa possibilidade deu-lhe um sofrimento agudo. Apressou o passo, refletindo: "Preciso decidir hoje o meu caso com Leninha. De qualquer maneira. Não espero mais, não posso esperar."

Sua paciência de homem bonito, acostumado às conquistas fáceis e cômodas, chegara ao fim. E foi aí que subiu uma pequena elevação, que lhe dava a vista de uma grande extensão de terra. Viu logo Nana e Leninha. Gritou:

— Leninha! Leninha!

Teve medo de que ela fugisse, corresse. Mas, não. Havia parado; esperava-o. Ele se irritou porque Nana parara também. "Por que é que essa preta não vai embora?", perguntou a si mesmo, com sofrimento. Respirou, aliviado, quando Nana, afinal, partiu. E se aproximou, devagar, contendo-se para não correr ao seu encontro. "Será agora ou nunca", decidiu.

Leninha não tirava os olhos dele. Sentia que não era mais dona de si mesma, que o destino se cumpria à revelia de sua vontade. Era como se uma fatalidade a possuísse e arrastasse, não sabia para onde, talvez para algum abismo. "Se ele fizer alguma coisa, se tentar alguma coisa, eu... eu...", balbuciou, fechando os olhos:

— Estou perdida... Completamente perdida... Não resistirei...

Ele estava agora muito perto de Leninha e ela, esperando, esperando...

15 "Seria aquele o meu grande instante de amor?"

ABRIU os olhos: ele estava ao seu lado. Vendo-o, Leninha teve uma impressão profunda. Era como se Maurício lhe aparecesse pela primeira vez. "Como é bonito!", pensou, e repetiu para si mesma, sem tirar os olhos dele, "Como é bonito!" Ela esperou; estava absolutamente certa de que ele a ia tomar nos braços. "Não vou resistir, não posso resistir", reconheceu intimamente. Nunca se sentira tão frágil, tão sem vontade. "Poderão fazer comigo nem sei o quê." Era como se percebesse realmente um abismo aos seus pés: tinha a sensação física da queda iminente. Então, ele começou a falar. Leninha se surpreendeu com o som de sua voz. "Por que é que ele fala?", pensou, meio espantada. Estava preparada para uma violência e quando acaba... "Ele não me tomou nos braços", foi o seu sentimento. E a melancolia que isso lhe deu pareceu-lhe, por si só, um pecado. "Eu não devia estar triste", seu pensamento continuava trabalhando, "e estou, para que negar?"

Estavam os dois tão próximos um do outro! E essa proximidade física era em si mesma uma tortura. Nunca o rosto de Maurício estivera tão perto do seu, quase junto. Ela pôde reparar em certos detalhes de sua fisionomia. Num sinal que tinha pouco acima do lábio; nos dentes, até nas gengivas, no nariz e naqueles olhos, "meu Deus", de um azul intenso, perturbador, passional. "Ele não sabe, talvez não calcule, que hoje, agora, neste momento, era só um gesto, e eu não faria nada, mas nada."

— Lena, Lena!

Ele estava falando quase ao seu ouvido; ela sentia o hálito do rapaz numa das orelhas, um hálito quente, como se o amor fosse nele uma febre física, uma febre que se transmitisse da alma ao corpo. O seu "Lena, Lena!" fora quase um apelo e não era isso que ela esperava. Leninha não disse nada: olhou-o, apenas, não se cansando de ver seus lábios finos, que a emoção tornava quase brancos, e seu rosto belo demais, incrivelmente belo, rosto de gravura, de estampa, de quadro.

— Tenho tanto que falar com você, Lena, mas tanto!

Ela não se mexia do lugar. Parecia petrificada ali, enquanto um vento, que chegava da floresta, que descia do morro, lhe dava nas pernas, nas saias e nos cabelos. Maurício continuou enquanto Leninha fazia para si mesma esta queixa: "Não me segura nem mesmo nas mãos!"

— Lena, você pensa que eu tenho por você um interesse passageiro. Pensa, não é?

Ela respondeu, para dizer alguma coisa:

— Penso.

— Se você soubesse, se pudesse imaginar!...

— Sabe o que é que todo o mundo diz?

— Não.

— Que você só me persegue porque eu sou mulher de Paulo. Que você só gosta da mulher... alheia.

Esperava que ele negasse com violência, que gritasse contra a calúnia. Mas o rapaz parecia surpreendido. Aquilo desorientara-o. Teve, então, um impulso de sinceridade. "É preciso que ela saiba tudo", decidiu.

— É verdade, Lena. Eu podia negar, mentir... Mas não adianta.

— Confessa?

Baixou a cabeça; aquele rapaz que tinha uma longa experiência de mulher, que era por natureza ousado e dominador, fazia-se humilde, penitenciava-se:

— Confesso, Lena. Parece incrível, mas confesso. Quando você chegou em Santa Maria, eu pensei em me servir de você para fazer mal a Paulo.

— E eu pensando outra coisa tão diferente!

Ele prosseguia, disposto a revelar tudo, achando que certas confissões brutais, quase cínicas, impressionam e fascinam as mulheres.

— A princípio não achei você bonita. Conheci tantas mulheres mais bonitas que você, tantas!

Quis ser irônica:

— Muito obrigada!

— Mas, espere.

— Esperar o quê? Você já disse tudo.

Negou com veemência:

— Não, não! Ainda tenho muito que dizer! Deixe eu acabar. Eu não achei você bonita naquele momento. Você engana à primeira vista.

— E agora? Vai me dizer que me acha linda. Claro, linda!

— Não brinque, Lena. Eu acho você...

Fez uma pausa. Tinha um ar de angústia. Ela quase gritou:

— Diga. Continue. Está fazendo cerimônia?

Maurício falou baixo:

— Agora eu acho que você é... a mulher que eu amo.

— Mentira, mentira! Pensa que eu acredito?

— Amo-a, ouviu? Amo-a!

— O que você quer é fazer mal a Paulo. Só isso. Pensa que eu me engano?

— Antes, sim. Agora, não. Agora, eu quero... você. Preciso de você. Acredite, Lena; eu estou mudado, sou outro homem. Não confessei que pensei primeiro em ferir Paulo através de você? Depois, não; eu comecei a gostar, mas a gostar de verdade.

— Sou tão magra, meu filho! Antigamente, eu era mais cheia mas agora!...

— Lena, Lena, acredite!

— Só se eu fosse boba!

— Você é a única mulher que poderá me salvar, a única! Quer que eu jure?

— Juramento de mulher não adianta, quanto mais de homem!

— Veja, Lena, veja como eu estou. Da outra vez, o que é que eu fiz? Repare na diferença de atitudes. Eu quis beijá-la à força, naquele dia. E agora?

— Você viu que não adiantou!

— Não diga isso, Lena! Se eu quisesse mesmo, sou muito mais forte do que você...

— Que é que tem? Você quis da outra vez e o que é que arranjou?

— Tive uma surpresa. Mas agora estaria preparado para essa surpresa. Usaria minha força. Quando um homem quer o que é que adianta a resistência feminina? Mas eu não quero, Lena, não quero, ouviu? Quero...

E mudou de tom para dizer:

— ...o que eu quero é ser amado. Percebeu: amado! Quero que você me ame!

"Por que é que ele fala tanto?", pensou Leninha. "Por que diz isso tudo, e não faz nada, absolutamente nada?" Ah, se os homens pudessem adivinhar o pensamento das mulheres, saber qual é o instante crucial, o instante de fraqueza absoluta, de fragilidade e derrota! Mas eles não sabem nunca, não percebem quando chega esse momento.

— Bobo! — não se conteve Leninha. — Bobo!

Ele foi apanhado de surpresa. Ela recuou.

— Bobo, sim!

Maurício demorara tanto, tanto, que o encanto que a tolhia, que lhe dava uma fragilidade quase trágica, se rompia, desaparecia. O que Leninha experimentava agora era um sentimento de desilusão, de amargura, despeito, desprezo.

— Bobo, por quê? — admirou-se ele, sem entender nada.

— Bobo! — repetia, insultando.

Estava distante uns dez passos do rapaz. Ele não se mexia, desconcertado. Segura de si mesma, agora, que não havia mais aquela perigosa e perturbadora proximidade física, a moça podia abrir sua alma de par em par. Podia contar tudo e deliberava de si para si: "Se ele quiser me segurar, eu saio correndo!" E realmente estava preparada para fugir à primeira ameaça.

— Quando você chegou, Maurício, quando gritou meu nome, eu pensei que fosse acontecer como daquela vez.

— Que vez?

Leninha recuou ainda mais, avisando que, se ele avançasse, ela iria embora. Então, o rapaz parou.

— Que vez? Daquela em que você quis me beijar.

— E então?

— Então? Nada, meu filho, nada. Acho você ingênuo, tão ingênuo!...

— Não diga isso!

— Por que, ora essa?

— Está assim porque eu cheguei com bons modos, quis conversar com você, você achou que eu era bobo. Pois bem.

Seu tom era outro, outra sua fisionomia e ainda outra a sua íntima disposição. Aquela ternura misturada de melancolia, com que ele aparecera, fora substituída por uma determinação implacável.

— Agora, eu vou pegar você, vou beijá-la, vou...

Paulo estava na estação, vendo o pessoal descer do trem. E ouviu uma exclamação atrás de si.

— Paulo!

Voltou-se:

— Ah, D. Clara.

— Como vai?

— Assim, assim.

— E a lua-de-mel?

Fazia-se desentendida. Queria insinuar que ignorava tudo, que não sabia das condições quase ignóbeis em que se fizera o casamento. “Que mulher horrorosa”, pensava Paulo, ao mesmo tempo que acariciava a cabeça de Graziela.

— Que lua-de-mel? — perguntou, sardônico.

— A sua e de Lena, ora essa!

Foi lacônico e cínico:

— Não houve.

— Está brincando!

— Sério!

— Mas o que é que está me dizendo, homem de Deus?

— Nada de mais; eu não gosto de Lena e ela não gosta de mim.

— Mas isso não quer dizer nada.

— A senhora acha, então, que pode haver lua-de-mel nessas condições?

— Acho.

— É uma opinião.

Mas ela insistiu (o rapaz já estava com medo de perder o trem). Quis convencê-lo, argumentar. Usou um fato concreto:

— Digo por mim, meu filho. Você é muito moço. Mas eu, por exemplo: no meu primeiro casamento, não houve amor. Meu marido era muito mais velho do que eu. Podia ser meu pai. Pai propriamente, não. Mas era mais velho.

— Já sei: a senhora teve uma grande lua-de-mel. Uma lua-de-mel formidável.

— E tive, como não! Fui até gostar do meu marido depois do casamento. Mais do que antes.

— A senhora diz "até..."

Ela não descobriu a ironia, nem desconfiou. Prosseguiu:

— Pois é. Fui muito mais feliz do que muitas mulheres que se casam por amor.

— E a senhora acha que eu e Lena podemos ser felizes?

— Claro!

— Pois está muito enganada — desiludiu ele, positivo, sem a menor cerimônia. — Ou por outra: eu e ela podemos ser muito felizes, mas cada um para o seu lado.

— Vocês brigaram?

— Não. Para quê?

— Ah, logo vi. Não acredito em nada do que você diz. Olha, Paulo. Não se esqueça que eu quero... um netinho. Homem, ouviu?

— Vá esperando.

O trem já apitava. Ele deu um "até logo", bateu na face de Graziela e encaminhou-se para o trem, mancando. A sogra ficou pensando: "Puxar da perna é um defeito pequeno, mas tão feio!" Ela voltou, então, seu pensamento para Santa Maria. "Para onde irá Paulo?", perguntou a si mesma. "Idéia esquisita ir viajar agora, deixando a mulher. É uma coisa tão assim!" "E eu que até me esqueci de perguntar por Netinha?" "Que cabeça! No mínimo Leninha devia ter feito uma daquelas. Essa menina..."

Uma distância de cinco metros os separava. Mas a solidão do lugar era tão grande que podiam falar alto, sem escrúpulo nenhum. Nada mais discreto que um ermo assim.

— Fique aí — disse ela. — Eu grito!

— Não adianta!

Ele deu um passo, dois. Ela recuou mais:

— Não venha, Maurício! Não venha! Estou avisando!

— Você não desafiou?

— Não quero brincadeira!

— Não é brincadeira, é sério! Você vai aprender a não me desafiar nunca mais.

— Eu não desafiei ninguém!

— Desafiou, sim! Me desafiou!

Ela experimentou um sentimento de medo. Agora que caíra em si, Leninha não queria, não queria... No seu íntimo, levantava uma espécie de acusação contra Maurício. Ele não soubera ver, sentir. Deixara passar o momento. Como fora cego, cego!

Avançava para Leninha. Vinha sombrio, os lábios cerrados, um ar de determinação feroz. Ela, então, correu. Da outra vez fugira sem que ele a acompanhasse. Pensava que agora o rapaz fizesse o mesmo; não teria coragem de a perseguir. Ele ainda disse:

— Pode correr. Eu corro mais que você. Não adianta!

Leninha desafiou:

— Duvido!

— Você vai ver!

Começou a perseguição. Ela era nova, ágil, leve; e, além disso, uma excitação enorme parecia duplicar as suas forças. Queria, ainda uma vez, levar a melhor sobre Maurício. Exasperá-lo, escapar das mãos dele. O salto do sapato atrapalhava-a; por duas ou três vezes ia caindo. Então se decidiu. Descalçou-se, rápida. Estava agora mais livre.

Mais atrás, ele percebeu o movimento da moça. E vendo-a de pés nus, teve uma emoção aguda e incompreensível, como se um fato tão sem importância lhe transmitisse uma sugestão perturbadora. Conhecendo bem o terreno, os caminhos, fez uma manobra que Leninha não percebeu imediatamente. Cortou toda a possibilidade de fuga em direção da fazenda. O caminho único que restava à moça era a floresta. A floresta a esperava sombria e cheia de solidão. Tarde demais, já cansada, com um zumbido alucinante na cabeça, ela percebeu que caíra numa verdadeira armadilha. Teve um sentimento de derrota inapelável. Ele se aproximava cada vez mais; daqui a pouco estaria a seu lado.

Uma grande nuvem cobriu o sol. A floresta tornou-se mais sombria, mais densa, foi como se a noite se antecipasse, caísse de repente. Maurício estava chegando junto de Leninha. Ela fez um esforço supremo, mas sentiu que as forças a abandonavam. "Por mais que eu corra, é inútil, inútil. Estou tão cansada!" Os pés sangravam. "Pisei em tantas pedras, pedras pontudas, me feri." Não pôde mais, parecia que o coração ia estourar dentro do peito, rebentar, e o zumbido na cabeça era maior, quase um clamor. E a respiração dele cada vez mais próxima. "Maurício vai me pegar", foi o que ela pensou, antes de tropeçar e cair. Não perdeu de todo a consciência; ficou assim entre o sonho e a realidade, num meio-delírio. A coisa que mais ouvia eram as batidas do coração, do próprio coração. E tudo lhe doía, os músculos, os quadris, as costas.

Maurício caiu a seu lado, respirando forte.

— Lena, Leninha!

Sentiu que ele a suspendia, mas de uma maneira muito vaga; não estava mais em condições de compreender direito as coisas que aconteciam. Perdera o medo; era um vazio por dentro, um vácuo. Desejou a morte, pediu a morte, o esquecimento, um pouso bem longo. Ele falava e ela ouvia, embora a voz de Maurício parecesse voz de muito longe, quase irreconhecível.

— Você foi desafiar, disse que eu era bobo, não disse? E agora? Fale, ande! E agora?

"Isso é comigo", pensou Leninha, naquela impressão de sonho que não a abandonava. "O que é que Maurício fará comigo?" Mas sentia agora uma tranqüilidade absoluta. Aquele medo selvagem que a levara para o interior da floresta; aquela angústia, aquele sentimento vivo do pecado, tudo desaparecia, tudo se fundia milagrosamente num abandono total. Era como se a possuísse um doce fatalismo, uma certeza profunda de que o destino da mulher se cumpre, apesar da sua vontade.

Ele a contemplava com ar sombrio. Sentia bem, percebia que era como se ela estivesse morta por dentro, que perdera momentaneamente a vontade, a alma, que estava entregue à sorte. Primeiro, segurou entre as mãos aqueles pés nus; e isso, esse contato, deu-lhe uma emoção que foi quase uma dor. Pele macia, tão macia, apesar de tudo! Curvou-se um pouco, aproximou seu rosto do rosto de Leninha. Pareceu aspirar o seu hálito. Não se precipitou, compreendendo que ela renascia, que pouco a pouco ia tendo as suas reações normais, ia recuperando a sua verdadeira personalidade. Era por isso que ele esperava. E tinha um desejo, o absurdo desejo de que ela continuasse, assim, descalça, os pés livres e nus.

— O que é que você vai fazer? — perguntou ela, sem se levantar.

O medo voltava ao seu coração. Compreendia que Maurício estava disposto a tudo. Lia nos seus olhos, no seu sorriso, uma determinação cruel. "Ele vai se vingar", é o que pensava, sem coragem de se mexer. Tinha a impressão de que se fizesse um gesto, um movimento, acordaria, nele, todos os sentimentos maus, violentos, do homem.

— O que é que você vai fazer comigo? — repetia.

— Ainda pergunta!

— Pergunto, sim — disse, arrepiada, tiritando de frio nervoso.

— Não adivinha?

— Não.

Quis se afastar dele, chegar-se para o lado, mas o rapaz a segurou.

— Pensa que vai fugir outra vez, que eu deixo? — tinha na boca um riso abominável.

— Quero ir-me embora.

Disse isso a medo, temendo exasperá-lo.

— Primeiro...

Fez uma pausa. Ela estremeceu. Maurício prolongou a pausa.

— Primeiro o quê?

Os dois falavam baixo. Pareciam ter medo das próprias palavras. Ele aproximou mais o rosto da moça. A solidão em redor era cada vez mais absoluta. Só a floresta, a presença da floresta, o rumor das árvores. Ela sentiu que era inútil qualquer grito. Inútil, inútil, inútil.

— Primeiro — continuou ele, olhando-a muito e com uma lentidão deliberada — você sabe o que é? Sabe perfeitamente!...

— Não sei, não sei — era quase uma criança.

— Quer que eu diga?

— Não, não!

— Tem medo?

Confessou, baixo, com lágrimas nos olhos:

— Tenho. Tenho, sim.

Ele, então, se levantou. Parecia outro; transformara-se subitamente; sua fisionomia estava severa, triste. Fez um gesto:

— Pode ir.

Ergueu-se, também, com um sentimento de espanto na alma. "Ele vai me deixar partir." Quis andar e mancou. As plantas dos pés estavam muito feridas. Deu um gemido. Maurício compreendeu que ela sofria. Sem fazer nada, num gesto que a moça não pôde prever, carregou-a no colo e veio andando, penosamente. Não diziam nada, não falavam. Só uma vez ele se lembrou:

— Temos que descobrir os seus sapatos. Onde é que você deixou?

— Naquele lugar. Aquele, quando a gente entra na floresta.

Quando ela chegou na fazenda, todo o mundo estava na varanda. D. Consuelo, D. Clara (Graziela ficara no quarto de Netinha). Lena chegou com um ar esquisito, vestígios de sonho nos olhos, um vago espanto no rosto. D. Consuelo e D. Clara estavam há meia hora conversando ali. D. Clara beijou-a na testa:

— Você está mais magra, minha filha.

Leninha sofreu com essa observação que a outra fazia por fazer, para ter o que falar. Preocupava-se agora com o seu corpo, desejava ter um corpo mais cheio e de vez em quando pensava: "Sou magra demais" e isso lhe dava uma secreta irritação contra si mesma. D. Clara falava, desembaraçada, como se estivesse na própria casa. Já havia advertido: "Eu não sou de cerimônias, D. Consuelo." Desde que chegara, o seu empenho máximo era conquistar a velha. Fazia-se amável, comunicativa, largando confidências, inconveniente como ela só. Quis saber de Leninha:

— Que tal o casamento?

Olhava para a enteada de alto a baixo, uma curiosidade minuciosa que têm todas as mulheres em face das casadinhas de fresco. Parecia meio desiludida de encontrar a enteada tal como antes, sem nada de mais. (E o que é que ela podia ter de mais?) Lena teve um sentimento de vergonha, baixou a cabeça. D. Clara insistia:

— Então?

A resposta que lhe ocorreu foi a mais boba do mundo:

— Assim, assim.

D. Consuelo olhava sem dizer nada. Seus lábios se entreabriram num sorriso de mofa. D. Clara continuou:

— Para onde é que foi Paulo? Me encontrei com ele na estação.

— Não sei.

— Não sabe como? Você não é a mulher dele, ora essa?

— Sou.

— Com certeza, não vai demorar — disse D. Clara, meio sem graça porque D. Consuelo estava vendo a atitude da enteada.

— Isso é com ele.

D. Consuelo levantou-se. Pediu licença, ia ver umas coisas lá dentro. Madrasta e enteada ficaram sós. D. Clara tirou a máscara de amabilidade. Seu rosto endureceu.

— O que é que houve? — perguntou.

— Nada.

— Alguma coisa houve. Senão Paulo não teria saído assim. Ia de mala e tudo.

— O que houve a senhora sabe.

— Eu pensei que com o casamento, o negócio melhorasse.

— Piorou. Piorou muito.

Ela queria fazer uma pergunta, mas se continha. Lena, já cansada da discussão, disse para acabar logo com aquilo:

— Na primeira noite de casamento expulsei-o. Não gosto dele, jamais gostei, não quero vê-lo na minha frente. Só.

A madrasta empalideceu.

— Mas você é a mulher dele!

— Não me interessa!

— Quer saber de uma coisa, Lena. Sabe de que é que você precisa? Sabe?

— Não quero me aborrecer, D. Clara! Me deixe em paz, sim!

— Não seja insolente, Lena! Veja com quem está falando. Você, no mínimo, pensa que só porque se casou...

— Que é que tem?

— ...pode me tratar assim. Mas comigo você está muito enganada, Lena. Muito enganada.

— Não faz mal.

— O que você estava precisando era de um homem, mas de um homem mesmo, que desse pancada em você. Você ia endireitar num instantinho! Mas eu dou uma solução em você! Ora, se dou!

Perto da fazenda, Maurício deixara Leninha. Ficou vendo a moça se afastar e havia na sua fisionomia uma estranha doçura. Quando a moça desapareceu, ele pensou no padre, no padre Clemente, e resolveu procurá-lo. Precisava de alguém a quem desabafar.

O padre lia, quando Maurício entrou. Fê-lo sentar-se, impressionado com a tristeza do rapaz.

— Padre — disse Maurício — eu cometi hoje, ainda agora, o maior erro de minha vida.

— Qual foi?

O padre assustou-se. Seu pensamento voltou-se para Leninha. E sofreu, pensando no que Maurício ia dizer, prevendo que não seria boa coisa.

O rapaz ia falar, mas desistiu, fechando os olhos. Isso perturbou ainda mais o padre: "O que ele fez foi tão grave que até tem medo de dizer", foi o seu pensamento.

— Então, Maurício?

— Padre — falava devagar, sem olhar para o outro. — Imagine o que eu fiz, imagine o que eu fui fazer!

— Eu não adivinho, meu filho!

— Pois bem: padre, pela primeira vez na minha vida, fui nobre com uma mulher. Nobre, cavalheiresco, irrepreensível!

— Ora, Maurício, que susto você me deu! Ora!

— O senhor acha isso pouco?

— Não seja assim!

— Estou falando sério, padre. O senhor viveu a vida, é bom demais, um santo, não sabe que as mulheres não gostam de homens nobres.

Essas opiniões de Maurício, desabusadas, quase cínicas, faziam um mal horrível ao padre Clemente. Parecia ao religioso que isso revelava uma corrupção de alma apavorante. E Maurício era tão moço, tão jovem ainda, não devia, não podia pensar assim.

— Você não deve falar assim, Maurício! Não fica bem para você!

— Por que não, padre? Se é assim que eu penso? Eu tenho experiência, uma grande experiência, o senhor nem pode fazer idéia das mulheres que eu conheci. Pois bem: sempre que tentei ser nobre, o fracasso foi fatal. Sem discussão. As mulheres gostam dos homens que as fazem sofrer. Precisam sofrer, chorar, ter ciúmes. Sem isso, sem esses estímulos violentos, não sabem amar, não acham graça no amor!

— Você nem ao menos reconhece as exceções — observou o padre, com melancolia.

— Pode ser que existam. Mas eu ainda não conheci nenhuma. Juro que nenhuma!

— E essa mulher, com quem você foi nobre... Quem é?

— O senhor já adivinhou há muito tempo.

O padre disse, então:

— Leninha. Foi Leninha?

Ele confirmou.

— O que é que houve? — perguntou o padre, desejando conhecer toda a verdade.

— O que houve? Muito simples. Ela esteve nas minhas mãos. Estávamos sozinhos na floresta e eu era mais forte... Nada, ninguém poderia salvá-la, a não ser eu mesmo.

Abaixou mais a voz, para concluir:

— E eu a salvei, padre.

— Foi tudo!

— Foi. Depois ainda a carreguei durante muito tempo no colo. O senhor me conhece, sabe como eu sou. Eu acho que nenhum homem jamais sofreu uma tentação tão forte. E ainda assim resisti, não sei como! Com que esforço, eu que nunca suportei a idéia da renúncia.

— E essa renúncia... — quis saber o padre — ...essa renúncia é definitiva?

— Se é definitiva?

Ficou um momento calado, como quem procura conhecer e medir os próprios sentimentos.

— Não me pergunte, padre. Que sei eu de mim mesmo e das circunstâncias? Padre: eu preciso de Leninha. O senhor sabe o que é isso? O que é um homem precisar de uma mulher para viver? Eu preciso dela para viver. Ouviu?

— É uma ilusão, Maurício. Você poderá ser feliz sem Leninha, encontrar outra mulher; há tantas, tantas que merecem você e qualquer homem! Tantas que poderão fazê-lo feliz! Tenha juízo, Maurício!

Mas ele se obstinava:

— Não, não, não!

O padre se desesperou diante dessa resistência, desse amor exclusivo e mortal. Pousou as mãos no ombro do rapaz, disse-lhe:

— Maurício, você salvou Leninha, mas isso não é tudo. O mais importante é que você se tenha salvo a si mesmo. Você se salvou, Maurício. Não se perca de novo!

— A troco de que me salvei? Leninha não me perdoará nunca mais, nunca mais. Terá por mim o desprezo que todas as mulheres têm pelos homens nobres. Adeus, padre!

— Deus o abençoe, meu filho, pelo bem que você fez hoje. Acompanhou o rapaz até à porta e notou, então, que ele puxava da perna. Estranhou e Maurício explicou:

— Não foi nada. Eu me machuquei na minha brincadeira com Leninha.

Maurício veio andando dentro da noite. "Se o padre Clemente soubesse, desconfiasse dos meus sentimentos atuais, se pudesse fazer uma idéia!..." Ao se despedir, tinha nascido no seu coração um sentimento que horrorizaria o santo homem. Um sentimento quase trágico na sua violência. Riu silenciosamente, pensando: "Se alguém me visse agora, rindo, ia pensar que estou maluco." Julgou ouvir barulho atrás de si. Voltou-se, não era nada. "Lena, Leninha... Lena... Leninha..." Experimentava uma alegria muito íntima, uma verdadeira felicidade, em dizer esse nome, repetir. Teve vontade de gritá-lo.

Passou por uma árvore e não viu um homem, de tocaia. Esse homem veio por trás e ergueu o braço para feri-lo, à traição. Sentiu uma dor horrível, uma fulguração nos olhos.

"Ainda seria crucificada por uma mulher..." 16

E TERIA gritado como um louco, se não perdesse quase que instantaneamente o conhecimento e caísse, de bruços, com o rosto enterrado na lama, Imediatamente, apareceram mais dois homens. Um deles disse para o que dera o golpe:

— Você foi violento demais! Vê lá se matou o homem.

— Não deu para matar.

De qualquer forma, abrira uma brecha na cabeça de Maurício, o sangue saía numa quantidade apavorante, escorria pelas orelhas, pelo pescoço, ensopava a camisa do rapaz, fazendo uma poça no chão.

— Vamos levá-lo.

Então, dois deles reviraram Maurício e houve uma tríplice exclamação:

— Maurício!

Houve um momento de silêncio, de espanto; os três se entreolharam, aterrados.

— Como é que você foi se enganar assim, Marcelo? — perguntou um dos homens.

— Mas não é possível! — exclamou Marcelo. — Ele vinha mancando, eu vi. Entrou mancando na casa do padre e Maurício anda direito.

Mas não havia dúvida possível. Era Maurício mesmo, de rosto voltado para o céu, com uma palidez mortal pelo muito sangue que perdera. Talvez morresse, se aquilo não estancasse. Mas agora que tinha sido descoberto o engano, os três homens permaneciam imóveis. Não experimentavam nenhum sentimento de pena, de remorso, nada. Que lhes importava aquele sangue que se coagulava na terra? Pouco se incomodavam que Maurício morresse ou deixasse de morrer. Estavam desesperados, prevendo as conseqüências daquele equívoco.

— Por que você não olhou o rosto?

— Estava escuro, Rubens. E, além disso, o andar!... Que azar incrível, meu Deus!

— E que fazer agora? — perguntou o terceiro, que se chamava Carlos.

— Agora, é deixá-lo aí. Não adianta levar, para quê? Pai vai ficar louco, Marcelo.

Novo momento de silêncio. Não sabiam que medida tomar. Então, Carlos lembrou, com um brilho de crueldade nos olhos verdes (tinha os olhos verdes):

— E se a gente liquidasse logo Maurício?

Marcelo estremeceu, olhou para o rapaz sem sentidos.

— Matá-lo?

O outro confirmou, baixo:

— Sim.

Marcelo teve um segundo de hesitação:

— Valerá a pena? Talvez ele morra por si mesmo, sem precisar que a gente...

— Pode morrer ou não. O melhor é liquidar de uma vez — insistiu Carlos.

— É mais seguro — reforçou Rubens.

— Vocês têm razão — concordou Marcelo, tirando, lentamente, o revólver.

Os três homens se juntaram, instintivamente. Naquele momento se solidarizavam. Era Marcelo quem ia dar o tiro, mas os outros dois tomavam sobre os ombros a sua parte de culpa, mais unidos do que nunca, diante do crime. Marcelo apontou para o rosto de Maurício, aquele rosto excessivamente belo que era a loucura das mulheres e a humilhação dos homens. O que Marcelo queria era que a bala acertasse entre os olhos. Um tiro só, mas que bastasse para matar e destruísse aquela beleza máscula e perfeita. O dedo no gatilho e Marcelo não tremia.

Leninha deixou D. Clara na varanda e subiu para falar com Netinha. A menina estava com Graziela.

Emagrecera durante a febre, tinha olheiras bem fundas. Virou o rosto quando Leninha entrou. "Ainda está zangada comigo", pensou Lena.

— Graziela, meu bem, quer dar licença um instantinho?

A menina estava lendo uma revista; não gostou.

— Oh, Lena! Deixa eu ficar!

— Eu quero falar uma coisa com Netinha. Depois você vem, sim?

E logo que Graziela saiu, veio e sentou-se na cama de Netinha.

— Por que você está assim comigo? O que é que houve? — perguntou Lena.

— Não houve nada.

— Houve, sim. Não queira me esconder, Netinha. Me conte.

— Você quer mesmo saber?

— Quero.

Netinha virou-se, então, para a outra.

— Você, Lena, você fazer isso!

Lena não entendeu. Abriu muito os olhos.

— Mas o que é que eu fiz?

— Uma mulher casada!

Lena começou, só então, a desconfiar. Com certeza, tinha sido alguma intriga. Sua curiosidade aumentou; sua curiosidade e sua irritação. Agora mesmo é que Netinha ia dizer tudo, tudinho, tinha que dizer. Aquilo não podia ficar assim, no vago, no abstrato, no duvidoso. Ah, não!

— Que negócio é esse de mulher casada? Eu não estou entendendo nada!

— Está, sim, Lena, está. Não venha dizer que não. Eu sei que você e... Maurício...

— Eu e Maurício? O que é que tem eu e Maurício?

Os lábios de Lena estavam brancos. Nascia dentro dela um sentimento de cólera que custou a reprimir. "Cada uma que aparece!", pensou, cerrando os lábios.

— Você e Maurício, sim!

— Você está doida, minha filha! Completamente doida!

Fizeram uma pausa. Olhavam-se agora como duas inimigas. A imagem de Maurício aparecia no pensamento de uma e de outra, estranha, linda, obcecante. Era ele quem as separava, ele, o belo demônio!

— Doida coisa nenhuma! — Aleijadinha estava quase chorando. — Você sabe que não!

— Me admira muito que você... Não adianta!

— E você que, antigamente, era contra as mulheres casadas que faziam isso!

— Netinha, pelo amor de Deus, diga: o que foi que eu fiz? Diga!

— Você sabe mais do que eu!

— Já sei! Andaram enchendo sua cabeça! Agora, eu acho o cúmulo que você...

— Você no mínimo quer me censurar.

— Quero!... Foi D. Consuelo, não foi?

— Não! — protestou Aleijadinha, resolvida a ser leal a D. Consuelo.

— Foi, sim. Só podia ser ela. Foi?

— Não! Pode perguntar, que eu não digo!

— Então, foi Lídia!

— Também não!

— Netinha, ouça o que eu lhe estou dizendo... Quer que eu jure?

— Para quê? Pensa que eu acredito?

— Está bem. Eu vou lhe contar tudo o que houve, tudinho.

— Não adianta!

— Mas o que é que deu em você? Reflita, raciocine! Maurício é quem está dando em cima de mim...

— Viu? Confessou!

— Está maluca, minha filha! O que é que eu confessei, confessei alguma coisa? Você é, Netinha!

— Você não está dizendo?

— Estou dizendo que ele está dando em cima de mim. Mas isso não quer dizer nada.

— Quer! — teimou Aleijadinha.

— Você é criança, Netinha, criança! Então eu posso impedir que algum homem cisme com minha cara? Acha que posso?

— Se você fosse solteira, vá lá! Mas quando um homem se lembra de andar atrás de uma mulher casada, é porque ela deu trela! Senão, ele não se lembrava!

— Isso é você quem pensa. Mas está muito enganada, muito!

— É só ele quem quer? — perguntou, a medo, a menina — Você não quer?

— Não!

Aleijadinha olhou bem o rosto da irmã, procurando medir a sinceridade de suas palavras, ver se ela dizia aquilo de coração. Lena, sem querer, desviou os olhos. A menina, então, perguntou, sem tirar a vista de cima de Lena:

— Você não gosta dele?

Lena devia ter respondido logo. Mas teve um segundo, uma fração de segundo, de hesitação. Foi isso que a perdeu. Tanto bastou para que Aleijadinha tirasse logo uma conclusão terrível:

— Viu? Você não respondeu logo!

— Ora, Netinha! Não gosto!

— Mas antes de responder, você hesitou. Hesitou, sim, que eu vi!

— Está doida!

— Ficou vermelha!

— Não! — protestou Lena.

Mas estava realmente vermelha, um rubor vivo em todo o rosto, as faces pegando fogo. Levantou-se da cama, desesperada. Sentia, agora, um arrependimento incrível de ter provocado aquela conversa... Ah, se arrependimento matasse!

— Você devia ter vergonha, Lena! — exclamou Netinha, certa, agora, certíssima.

— Não me atormente! — gritou, cobrindo o rosto com as mãos, e caindo de joelhos no assoalho.

— Agora não adianta chorar! — foi o comentário cruel. — Depois do que você fez!...

— Eu não fiz nada!... — soluçou Lena. — Nada...

— Tinha graça que você confessasse.

Lena tirou as mãos do rosto. Chorava tanto, que até na boca tinha gosto de lágrimas. Disse:

— Ele quis me beijar e eu não deixei. Quer dizer que não adiantou, porque você me acusa do mesmo jeito!...

Netinha abaixou a voz para perguntar:

— Ele nunca beijou você, nunca?

Lena não respondeu logo. Aproximou-se mais da cama. Então, perguntou:

— Netinha, você gosta de Maurício? Gosta?

Aleijadinha empalideceu, como se tivesse recebido um golpe. Hesitou, mas teve uma sinceridade heróica:

— Gosto! Gosto, pronto!

Lena já não chorava mais. Estava de pé. Compreendia tudo. Tinha um sorriso mau nos lábios.

— Então é isso?

Netinha confirmou com a cabeça, acrescentando:

— Aposto que agora você vai ter ciúmes de mim! No mínimo!

— Ciúmes de você? Eu? Só rindo!

Esse pouco caso doeu em Netinha. Foi com fisionomia mudada, a voz diferente, que ela disse:

— Eu sei por que você diz que não tem ciúmes de mim.

— Por quê?

— Porque eu sou aleijada!

E sua voz despedaçou-se num soluço, numa porção de soluços. Leninha contemplou em silêncio aquele pranto, sem um gesto, sem uma palavra, atônita. Teve vontade de protestar, dizer que não era por aquilo, não era pela perna mecânica, não. Mas estava tão saturada de tudo e de todos, com raiva sobretudo de si mesma, que saiu do quarto sem dizer nada. “Que vontade de morrer, meu Deus!”, era o que dizia a si mesma, achando que a vida é uma coisa horrível, que os homens não merecem a mínima consideração, não prestam. E outras coisas.

Seu pensamento voltou-se para Maurício. Era ele, afinal de contas, o único culpado. Por causa dele, uma menina tão boa, tão doce como Netinha, estava assim. Lembrava-se agora do que lhe dissera D. Consuelo, com uma certeza profética: "Você e sua irmã — ouviu? — vão se estraçalhar por causa de Maurício; e uma das duas vai matar a outra, tome nota!" Parecia-lhe estar ouvindo a voz alterada da sogra ao dizer-lhe isso, o ódio com que fizera a predição. "Eu sou uma vítima das mulheres. Primeiro D. Clara; agora D. Consuelo e quem sabe se Netinha?!... Ainda hei de ser crucificada por uma mulher!" Entretanto no seu quarto e dando volta ao trinco, Lena perguntava: "Teria Netinha coragem de me matar?" Surgiu, em seguida, outra interrogação no seu pensamento: "E eu seria capaz de matar Netinha?"

A intimidade entre D. Clara e D. Consuelo foi uma coisa rápida. A princípio, D. Consuelo ficou com o pé atrás com aquela velha que lhe invadia assim a casa, numa falta de cerimônia absoluta, fazendo exclamações, falando alto. Tudo em D. Clara era de inspirar antipatia: os modos, a voz esganiçada, a nervosidade, os comentários, as inconveniências. Ao saber que Netinha tinha sido dada como morta (o telegrama apenas dizia que a menina estava doente), chorou, estreitou a filha nos braços, beijou-a. E acusou Lena:

— Lena podia ter dito a verdade toda e quando acaba!... Ah, D. Consuelo, enteada não é como filha, que esperança! Imagine que eu podia ter chegado aqui e encontrar minha filha no caixão, ou então, já enterrada!

D. Consuelo percebeu aí que as duas eram inimigas, madrasta e enteada; animou-se, passou a tratar melhor D. Clara. E não tardou a fazer um convite formal:

— Fique uns dias com a gente. Uma temporada!

— Não gosto de incomodar!

— Incômodo nenhum. Sou eu que estou convidando! É bom para Netinha e para a outra filha.

— Está bem, está bem. Eu escrevo para meu marido.

E ficou resolvido. Nunca que Lena podia imaginar, prever uma coisa daquelas! D. Clara já pensava no que diria a enteada quando recebesse a notícia. Ia ficar com uma cara!... Teve um momento em que D. Consuelo disse:

— Tenho umas coisas para conversar com a senhora.

Está mais do que visto que D. Clara ficou acesa em curiosidade. A outra lhe falara em tom enigmático, dando a entender que era um negócio muito interessante. "Que será?", era o que perguntava a si mesma D. Clara. Mas D. Consuelo não quis dizer logo:

— Depois eu falo com a senhora! Depois, tem tempo...

E D. Clara em brasas! Ela mesma dizia, não perdia oportunidade de dizer: "Ah, eu sou muito curiosa. Aliás, como toda mulher." Mas não quis insistir, achando que não era conveniente, que não devia. E D. Consuelo não perdia oportunidade de puxar por D. Clara, de ouvir-lhe as confidências que ela, diga-se de passagem, fazia com o mais tranqüilo impudor e a maior insensibilidade moral. D. Consuelo ouvia e estava cada vez mais resolvida a executar o seu plano de vingança.

Porque era, realmente, um plano de vingança o que engendrara a sogra de Lena. Não perdoara à nora a recusa de um neto "E nem eu me humilhando, me ajoelhando aos seus pés, fazendo um papel horrível!" Ainda agora, se lembrava, em todos os detalhes, da cena de sua humilhação. Aquilo para uma mulher orgulhosa era horrível, horrível. E o seu rancor contra Lena, cultivado hora a hora, era um desses sentimentos que levam ao fanatismo, à idéia fixa. D. Consuelo, às vezes, temia pela própria razão: "Meu Deus, não estarei ficando louca? Só penso nisso, dia e noite!" E era mesmo. Até sonhava, via em sonhos Lena e Netinha atracadas por causa de Maurício, matando-se. Atirar uma irmã contra a outra, fazer com que nascesse entre as duas o mesmo ódio que separava Paulo de Maurício — eis a sua esperança. Parecia-lhe que um rancor, como o que Lena lhe inspirava, era até pecado. Mas não fazia mal "Eu perco minha alma, mas me vingo", era a sua idéia de todos os minutos. Por isso convidara D. Clara para passar lá uma temporada. "Essa velha há de me servir e muito. Vai me ajudar, ora se vai!"

Depois de dar lanche à D. Clara e à Graziela (Lena estava desaparecida, subira), D. Consuelo convidou-a para conversar na varanda. Sentaram-se lá e D. Consuelo virou-se para a outra:

— A senhora não sabe como foi boa a sua vinda, como eu gostei!

— Ah, muito obrigada!

— Depois a senhora verá como até parece coisa do destino. Imagine a senhora que eu, assim que vi sua filha, gostei muito dela, muito!

— Mas qual delas? Lena?

— Não, sua filha verdadeira, Netinha. Ela é uma simpatia, não é?

E foi assim, como quem não quer nada, que D. Consuelo começou a realizar a parte do plano que cabia a D. Clara.

Marcelo estava com o dedo no gatilho, pronto para atirar entre os olhos de Maurício. Antes de puxar, teve uma idéia de bárbaro:

— Só quero ver se depois do tiro, quando a bala estourar essa cara, ele vai continuar bonito!

Ouviu-se, então, um canto na floresta. Voz de homem, voz de barítono, extremamente melodiosa. Alguém cantava um hino religioso e bem próximo dali. Aquela voz, erguendo-se em plena solidão, tinha qualquer coisa de sobrenatural. Os três irmãos se entreolharam, indecisos. Marcelo ainda quis liquidar o assunto, puxar o gatilho assim mesmo, mas Rubens tapou com a mão o cano do revólver.

— O que é que tem?

— Tiro faz barulho.

Falavam baixo e rápido. Os três haviam reconhecido aquela voz grave e solitária. Era o padre Clemente. De vez em quando ele tinha aquela necessidade de cantar, para si mesmo ou para as árvores e os pássaros. A floresta ficava ressoante de hinos sacros, ele se sentia mais próximo do coração de Deus. Os três irmãos não tiveram tempo de nada, senão de escapar por entre as árvores; Rubens ainda discutia a meia voz, com Marcelo. Carlos concordava com Rubens. O que desesperava Marcelo era a oportunidade perdida.

— Eu podia ter estourado a cara de Maurício.

E era essa a sua dor: não ter destruído aquelas feições, aqueles traços perfeitos, que faziam o sonho de todas as mulheres. "Ah, um tiro na boca!", era o seu lamento de bárbaro.

— Você parece criança! — criticava Rubens. — Se o padre Clemente visse a gente!

Mas ele não se conformava. Que azar o aparecimento do padre, ali, naquele momento, e ainda por cima cantando aquelas coisas tristes e místicas, aquelas músicas que pareciam do céu, da eternidade.

O padre Clemente viu aquele vulto. Estava em plena nota aguda e cortou o canto. Notou o sangue ao primeiro olhar, e correu na direção do corpo, com um sentimento de morte na alma. "Quem será?", perguntou a si mesmo, sentindo que se alterava o ritmo do seu coração. Pensou logo no pior, quer dizer, que aquele homem já devia ser um cadáver. E ter por companhia no ermo um cadáver era, não coisa apavorante (o padre Clemente não tinha medo de nada), mas de uma tristeza pungentíssima. Não correu, nem apressou o passo; veio devagar, retardando, de propósito, o momento em que reconheceria a pessoa morta. Seu medo foi de que se tratasse de um conhecido, de um amigo, talvez. Mas, ao mesmo tempo, censurou-se a si mesmo: "Conhecido ou desconhecido, todos são filhos do mesmo Deus; não devo ter preferências; preciso de amar todas as criaturas e sofrer por elas e com elas." Teve um choque quando viu o rosto de Maurício, as feições de Maurício, os lábios ligeiramente entreabertos, pálido como morto. Caiu de joelhos.

— Maurício! Maurício!

Quis ser forte naquele momento, resistir, mas não agüentou: as lágrimas saíam, teimavam em sair. Era uma dor, um despedaçamento de alma o que sentia. Horrorizava-o aquele sangue misturado com terra. Ergueu meio corpo do rapaz. A cabeça de Maurício tombou, mas não morrera ainda, respirava, suas mãos não estavam frias como as de um cadáver. O golpe fora na cabeça. Percebeu que ele tinha sido agredido e não se suicidara, como a princípio julgou. "Mas eu preciso levá-lo, talvez não tenha forças." E o medo do religioso era de uma fratura na base do crânio, de um afundamento de osso, de qualquer coisa, enfim, que não tivesse remédio. Carregou o rapaz, penosamente. "Como pesa!", foi sua reflexão, e lamentou, de si para si, que estivesse tão longe da fazenda. "Será que eu agüento? Tomara que

Maurício não morra no meio do caminho!" Aquela marcha, com um peso tão grande, foi um sacrifício, um martírio. O padre arquejava, seu coração reagia demais, tinha falta de ar. Mas a sua obsessão era que durante o caminho, Maurício se transformasse num cadáver. O padre calculava que aquilo só podia ser vingança de namorado, noivo ou marido. Era algum passional que se desforrava assim do rapaz, ferindo-o pelas costas. Maurício tinha pecado tanto, perturbado o coração de tantas mulheres, e, encontrara, afinal, quem o prostrasse, talvez de maneira definitiva, para sempre.

Houve um momento em que o padre Clemente teve que parar, para descansar um pouco. Não podia mais, não agüentava. "Quem acaba morrendo, sou eu", desesperou-se. Quis pousar o corpo de Maurício no chão e foi aí que teve uma sensação trágica. "Morreu, Maurício morreu", disse alto, como se alguém pudesse ouvi-lo. As mãos do rapaz estavam frias, seus lábios haviam perdido toda a cor, pareciam os lábios de um morto. O padre ergueu-se. Desejaria chorar, soluçar, abandonar-se à dor. Conhecia Maurício, Paulo, desde meninos; acompanhara-os, sempre, com uma ternura vigilante, desejando que fossem felizes e encontrassem o caminho do bem. Quando Maurício lhe tinha dito que respeitara Leninha, pensou que, afinal, ele se redimia. E eis que acontecia aquilo.

Ajoelhando-se ao lado do corpo inanimado, o padre Clemente rezou, pondo na prece todo o fervor de sua fé. Erguia um apelo à misericórdia divina para aquele rapaz tão bonito e tão frágil de vontade e de alma.

Conversavam as duas, D. Consuelo e D. Clara, na varanda. D. Clara não tirava a vista da outra. O interesse que D. Consuelo demonstrava, a amabilidade, as atenções, tudo lhe parecia mais do que estranho, suspeito, mesmo. "O que é que ela viu em mim? Por que me trata dessa maneira?" Eis o que perguntava a si mesma, D. Clara. A madrasta de Leninha via em tudo, em todos os atos, um fundo de interesse. Para ela, as pessoas só eram boas ou más por motivos utilitários. Não acreditava em serviço desinteressado, que não era boba. Costumava mesmo dizer: "Não nasci ontem." De maneira que agora aplicava toda a sua atenção, toda a sua sagacidade de mulher nervosa, extremamente sensível, em descobrir a causa secreta de tudo aquilo. D. Consuelo tinha começado falando numa idéia que tivera; mas antes de revelar que idéia era essa, entrou subitamente em outro assunto:

— Que é que a senhora acha do casamento de Paulo com Leninha?

D. Clara mexeu-se na cadeira. Hesitou, sem saber que resposta dar. Foi prudente.

— Acho como?

— Acha que os dois podem ser felizes?

— Depende. Leninha é tão esquisita!

— Não é? — animou-se D. Consuelo.

— É. Aliás, sempre eu estou em cima dela. Mas não adianta.

— A senhora sabe o que aconteceu?

— Não.

— Na primeira noite? Não sabe? Ah, minha filha, uma coisa horrível! Brigaram, o que eu sei é que ele saiu uma meia hora depois.

— Mas não está direito!

— Leninha, enfim, podia... Devia se lembrar que Paulo é marido e que um marido... São essas coisas que eu não compreendo. Depois, não tem vaidade, nunca vi uma moça tão sem vaidade. Outra até se sentiria humilhada, não é?

— Lena é incrível! Não sei o que está pensando!

— Falei com ela, fiz ver umas tantas coisas. Imagine que até me respondeu mal. Em casos assim eu acho que a mulher é culpada. Os homens são tão conquistáveis!

— Eu falo com ela!

— Não acho aconselhável, D. Clara. Desconfio que agora não tem mais remédio. E sua outra filha?

— Netinha? Aliás, a senhora sabe que Lena não é minha filha. Graças a Deus... Ah, Netinha é outra coisa! Tão diferente como água do vinho. Teve aquela infelicidade, perder a perna!

A conversa estava chegando aonde D. Consuelo queria. Ela observou logo:

— Mas isso são coisas que acontecem. Não será por um acidente...

— A senhora pensa como eu, D. Consuelo! Exatamente como eu! Ninguém está livre de um acidente... Qualquer mulher!

— Eu até pensei numa coisa. Eu conto à senhora, mas depois...

— O que é, D. Consuelo? A senhora está me pondo curiosa!

— Não sei se devo dizer. É um projeto. Mas com Lena aqui não sei, não!

— O que é que tem Lena?

— Lena pode estragar tudo!

A curiosidade de D. Clara já se tornava uma coisa torturante.

Estava certa de que aquilo lhe interessava, e muito, mas não podia atinar como. Fazia mil conjeturas, quebrava a cabeça. Que seria, meu Deus, que seria? Uma coisa que Lena podia atrapalhar? Embora não sabendo quais seriam exatamente as intenções da velha, D. Clara experimentava no escuro e por antecipação, uma raiva surda contra Lena. O velho rancor entre madrasta e enteada revivia no seu coração. "Lena que se faça de tola", dizia mentalmente. "Eu ensino a ela. Está pensando o quê?

D. Consuelo recomendou:

— A senhora não diz nada a Lena, sim, D. Clara!

— Já que a senhora pede!

— Não convém dizer absolutamente nada. Depois a senhora compreenderá.

Lena estava de rosto mergulhado no travesseiro. Deixara de chorar. Pensava na sua vida, na vida de Netinha, em Maurício e em Paulo. Sentia um desprezo enorme por si mesma. "Eu não presto, eu não valho nada", era o que pensava, cerrando os lábios. Alguém abriu a porta e entrou no quarto. Ela não se mexeu, não se virou. Estava tão aborrecida que não quis ver quem era. Naquele momento desejava estar sozinha consigo mesma. Não queria conversa de espécie alguma, com ninguém. "Se eu ficar imóvel, não me mexer, a pessoa que for pensará que estou dormindo e irá embora." Mas ouviu a voz:

— D. Lena! D. Lena!

Era Nana. Virou-se logo na cama, sentou-se. Nana era outra coisa. Recolheu um cabelo, que caíra sobre a testa.

— Está sentindo alguma coisa? — perguntou a preta.

Então, Lena teve uma vontade absoluta de abrir seu coração, dizer tudo, desabafar as mágoas acumuladas. Nisso era bem mulher. Aquela necessidade de confissão tinha um toque bem feminino. Fez a preta sentar-se na cama, ao seu lado. Perguntou:

— Nana, que é que você acha de mim?

A preta atrapalhou-se.

— O que é que eu acho?

— Sim. O que é que você acha. Acha que eu presto, que eu não presto?

— Que pergunta, D. Lena!

— Não venha com coisas. Responda direito. Presto ou não presto?

— Presta, sim, senhora.

— Sou séria?

— Oh, D. Leninha! Então não é?

— Não sou. Deixei de ser, Nana.

— A senhora está brincando!

— É o que você pensa, mas como você se engana! Eu sei o que estou dizendo, Nana; sei muito bem. Sou tão fraca, Nana, mas tão fraca! Você sabe o que é que houve? Quer saber?

Fez uma pausa. Continuou, lentamente:

— Entre mim e Maurício?

— D. Lena! — balbuciou a preta, aterrada.

— Nana, eu sei o que você está pensando.

— Não! — gritou a preta, com ar de choro.

— Não minta, Nana! Você pensou, sim!

— Perdão, D. Lena!

Mas Lena queria se humilhar, precisava se humilhar, sofrer, suplicar a si mesma. Parecia segredar com Nana:

— Foi quase, quase, quase. Eu e Maurício ficamos na floresta. Sozinhos, Nana, completamente sós. Você tinha ido embora. E Maurício...

— Então?

— Ah, se ele fizesse um gesto, se me tivesse tomado nos braços... Eu, Nana...

Abaixou mais a voz, para responder:

— ...eu não teria feito nada, nada. Ele é que não quis. Mas se quisesse, se ele quisesse, Nana!...

Cobriu o rosto com a mão. Mas não chorava, não conseguia chorar. Estava vazia, absolutamente vazia de lágrimas. O alívio de Nana foi enorme. Respirou fundo. Que susto, meu Deus! E quando acaba, não tinha havido nada.

— Não fique assim, D. Lena!

Ela tirou a mão do rosto.

— E o pior de tudo, Nana, é que, antes, eu pensava, estava certa de que Maurício era ruim, não prestava, não valia nada. Mas agora...

— Agora, não. Agora eu sei que ele é bom. Podia ter feito nem sei o quê comigo. O lugar era deserto. Nem que eu gritasse quantas vezes quisesse. Era inútil, inútil. Ninguém me ouviria. E quando acaba, não fez nada, me respeitou. Foi tão nobre comigo, nenhum homem podia ser mais nobre!

— Não pense nisso, D. Lena!

Mas Lena insistiu. Estava desesperada, com medo do destino, com medo de si mesma, do seu pensamento, dos sonhos que ia ter quando dormisse.

— E agora ele é mais perigoso do que nunca, agora que sei que ele é bom.

Perguntou, de olhos muito abertos:

— Nana, será que meu destino é pecar?

A preta não disse nada, ficou parada, olhando. Mas aquilo ficou no seu pensamento, ressoando, como se uma voz interior repetisse cem vezes: "Meu destino é pecar!"

Lena chegou na janela. Estava com a fisionomia mudada. Sentia as mãos geladas. Olhou para um ponto da paisagem, distante, e, então, viu o padre Clemente. Avançava penosamente, numa marcha incerta, quase em ziguezagues. E carregava um corpo de homem.

Lena chamou:

— Nana, venha cá, Nana!

Nana percebeu logo, pela voz da outra, pelo tom quase trágico, que tinha acontecido alguma coisa. Veio e, diante da janela, seu coração bateu mais apressado. A preta identificou apenas o padre Clemente, mais pela batina do que por outra coisa. Mas não fez idéia de quem seria aquele corpo. Lena, não. Desde o primeiro momento, ela soube, teve uma certeza que ninguém poderia destruir. Foi uma intuição, um pressentimento, uma coisa que seu coração adivinhou, logo, logo. Disse, num sopro de voz, apontando:

— Nana, aquele é Maurício... Maurício que o padre Clemente vem trazendo...

E antes que a outra pudesse dizer qualquer coisa, fez a revelação:

— Maurício morreu... Maurício está morto... Tenho certeza...

"Amor, divino amor!" 17

NENHUMA das duas (Nana e Lena) souberam quanto tempo ficaram assim, sem se mexer, absolutamente paradas, só olhando. Pareciam ter deixado de respirar e era como se a vida lhes tivesse fugido. Viam o padre Clemente, carregando o corpo; viam, em seguida, uma porção de pessoas se aproximando do religioso, homens, mulheres, empregados da fazenda. A distância ainda era grande, não dava para se distinguir as feições. Aquele corpo tanto podia ser de Maurício, como de outra pessoa qualquer. E, entretanto, Lena foi possuída de uma certeza tal, de uma força de convicção trágica. Era como se alguma coisa lhe tivesse dito, soprado ao ouvido ou transmitido ao coração. Ou quem sabe se todas as mulheres que amam adivinham? Ela estava certa de que padre Clemente trazia Maurício e um Maurício... morto. O que Leninha sentiu naquele momento nunca mais esqueceu. Foi uma dor na carne e na alma, um dilaceramento, nem sei. "Ele morreu e eu não choro." E repetiu, para si mesma, baixinho, como para se apossar bem da verdade, para se impregnar dela: "Maurício morreu." Cerrou os lábios e pensou: "Ah, se eu enlouquecesse, se pudesse enlouquecer!" Nana virou-se para a moça e se assustou com o seu aspecto. (Lena parecia não ter uma gota de sangue no rosto, nos lábios; sua expressão era de cansaço, de sofrimento, de loucura, como se já tivesse experimentado todas as dores e chorado todas as lágrimas.)

— D. Lena! — balbuciou a preta, aterrada.

Ela repetia só:

— Ele morreu, Nana. Ele morreu.

— Mas talvez não seja Seu Maurício — disse Nana, que só conseguira reconhecer o padre.

— É ele, sim, é ele. O coração me diz.

— Quem sabe, D. Lena, quem sabe?

Mas a própria Nana estava já contagiada pela angústia da moça; agarrou o braço de Lena, apertou-o. "E eu não choro, não choro, não consigo chorar!", foi o sentimento de Lena. Queixou-se para Nana, com uma voz tão mudada e rouca, que assustou a preta.

— E eu não deixei que ele me beijasse! Ah, se pudesse adivinhar! Eu queria e corri, apesar de querer! Por que eu não disse logo, por que não pedi?!...

— Sossegue, D. Lena! Não fique assim!

— E agora, como vai ser agora?

O seu arrependimento, a sua tristeza sem consolo era ter perdido a última oportunidade. Maurício ia ser enterrado. Mesmo que ela o beijasse agora, no esquife, não seria a mesma coisa. Em primeiro lugar, um beijo num morto só pode ser na testa, na face. Não pode ser nos lábios, que diriam os outros, os que estivessem velando o cadáver? E, além disso, seria um beijo sem retribuição. O morto não saberia que tinha sido beijado, oh, meu Deus! "Vou ficar a noite toda velando, fazendo quarto. Vou arrumar as flores no caixão. Vou tirar uma flor para ficar comigo, guardada." Ao lado, Nana estava vendo o movimento lá fora. Vários homens haviam tomado o corpo do padre Clemente. O religioso deixara-o cair, com certeza exausto. Três figuras transportavam agora Maurício (Nana também já achava que era mesmo Maurício); e vinham mulheres e crianças atrás. Lena teve uma explosão:

— Podem reparar à vontade, não me importo! Vou beijar Maurício na testa, vou chorar abraçada ao corpo dele! Quem quiser, pode falar, não me incomodo!

E teimava nessa resolução de amorosa, fechava os lábios, como se alguém, uma pessoa invisível, quisesse se opôr a que ela fizesse isso, beijasse o bem-amado morto.

Quando o padre Clemente apareceu, carregando o corpo, num passo incerto de quem não suportava mais o peso, havia gente perto. Três homens — empregados da fazenda — vieram ao encontro do padre. O religioso só teve tempo de dizer:

— Tomem!

E quando o corpo passou para os outros, ele caiu, pesadamente, sem forças, quase sem sentidos, arquejando, como se o coração fosse estourar. Pensou num colapso, lembrou-se da sua condição de cardíaco. Aquele esforço ia lhe fazer um grande mal, talvez o matasse. Ficou olhando, sem possibilidade nenhuma de fazer um gesto, de ajudar ou, sequer, de acompanhar os outros. Os homens se afastavam. Uma mulher, com uma criança no colo, meninos, se incorporavam ao grupo. "Maurício morreu. Tão moço e morreu", eis o que pensava o padre.

E logo a notícia correu por toda parte. Que Maurício morrera, não se sabia direito como. Queda de cavalo — era a versão mais comum. Até se falou em suicídio. O fato espantou. Mulheres de colonos choraram, com pena do moço, tão bonito! Comparava-se: "Parecia um santo!" E mesmo os homens se impressionavam diante do fato. Aquilo era uma catástrofe. Se fosse Paulo, não se sentiria tanto. Paulo era mais retraído, taciturno. Já com Maurício, não. Sua vida parecia ter uma importância primordial à beleza quase inverossímil. Outros previam: "Muitas mulheres vão pôr luto!" E era uma verdade. Não se conhecia nem na fazenda, nem nas cidadezinhas próximas, um rapaz que tivesse sido tão amado, às vezes sem saber, amado por moças que ele não conhecia, que o viam a distância, de passagem. O simples e puro fato de vê-lo, de poder olhar para o seu rosto, era já uma alegria, uma festa para o coração das mulheres.

Até D. Consuelo teve outra atitude, quando alguém veio correndo dizer:

— Seu Maurício, D. Consuelo! Seu Maurício!...

Não disseram mais, não acrescentaram um detalhe. Naquele momento, ela teria desejado que fosse Paulo e não Maurício. Sabia, teve o sentimento de que isso, esse desejo, era até pecado; e apesar disso, reconhecia: "Eu gosto mais de Maurício, muito mais!" D. Clara, que estava com ela, espantou-se. Ainda ia perguntar: "O que é que houve?" Mas leu na fisionomia transformada da outra que tinha acontecido uma desgraça. D. Consuelo foi ao encontro de Maurício com a mesma certeza de Lena: achando que ele estava morto, que morrera. "Vou ver um cadáver." E repetia, andando: "O cadáver de Maurício." Não enxergava direito; as lágrimas atrapalhavam sua visão. Via mal as coisas na sua frente, as imagens tremiam. "São lágrimas." E quando chegou na sala e olhou... Muitas pessoas, todas com o mesmo ar, falando em voz baixa, os olhos espantados. D. Consuelo chegou, quando Lena e Nana vinham chegando também. A presença da morte, ali, era bem sensível. Quem entrasse de repente, e mesmo sem conhecimento de nada, perceberia imediatamente, logo, que havia morrido alguém. D. Consuelo aproximou-se e todo o mundo se afastava à sua passagem, abriam alas. Seu ar, sua fisionomia, o vinco da boca, o olhar, tudo nela era tão apavorante, que Deoclécio, um empregado da fazenda, segurou-a:

— Ele não morreu, D. Consuelo.

Vozes de homens confirmaram:

— Ainda respira!

— Foi sangue que perdeu.

— Chamaram o médico.

Ela não quis acreditar. Só faltou berrar para aquela gente toda:

— Morreu, sim, morreu!

Era ainda a mesma certeza instintiva que persistia. Sentiu que a sacudiam. Lena, que a segurava pelos braços. Lena, histérica, gritando:

— Está vivo! Maurício está vivo!

Ela caiu de joelhos ao lado de Maurício, não querendo acreditar e, teimando em achar que ele era cadáver; mas ouviu, então, um débil gemido, um gemido quase imperceptível do rapaz. Estava vivo, sim, vivo apesar de tudo. Teve vontade de chorar, mas reprimiu as lágrimas.

— Andem! Onde está o médico? Mas esse médico não vem?

D. Clara, espantada, via pela primeira vez Maurício. Foi um choque, pensou: "Nunca vi um homem tão bonito!" Nana correu para a porta e quase esbarrou com o Dr. Borborema, que chegava. O velhinho entrou com a maleta, sabia mais ou menos do que se tratava, havia dito mesmo à pessoa que o fora chamar: "Só quero que não tenha havido fratura. O resto fica por minha conta!" O médico estava impressionadíssimo. Afinal, aquilo era muito esquisito. Em três dias acontecera na família uma série de coisas dramáticas. O casamento de Paulo era, por si só, uma tragédia. O caso de Netinha, o de Regina, agora o de Maurício. Tirou o paletó, arregaçou as mangas (era um velhinho dinâmico, trabalhava desde menino).

— Afastem-se! — chamou. — Vamos, quero ar! Que é que vocês estão fazendo aqui?

Escutou a voz de D. Consuelo, atrás de si, perguntando, baixo, com medo:

— Ele escapa, doutor?

Ela perguntava com pavor da resposta. O Dr. Borborema virava a cabeça de Maurício, ajudado por Nana.

— Escapa, sim! Como não? Fizeram uma brecha! Bateram com vontade! Não há de ser nada, já tratei de gente em piores condições. A tesoura! Segure o rolo de gazes!

Dava ordens em voz rápida e agia com a rapidez e a eficiência que lhe dava a prática. D. Consuelo também ajudava; só Lena permanecia imóvel, assistindo, com uma fisionomia inteiramente fechada, uma fisionomia que não exprimia nenhum sentimento. "Ele não morreu", era a grande e doce verdade que a penetrava, envolvia, dava-lhe uma alegria patética que era um sofrimento. "Ah, se ele tivesse morrido, se tivesse..." E lágrimas vinham aos seus olhos, mas lágrimas boas. Nunca fora tão feliz, de uma felicidade assim plena, total. E sentia nascer em si uma vontade que já a atormentava, um desejo que precisava se realizar: beijar Maurício na testa, enquanto ele estivesse assim, sem consciência das coisas, das criaturas e do mundo. Ouviu passos na escada e virou-se, rápida. (Estava tão nervosa, que o mínimo rumor bastava para agitá-la dolorosamente.) Era Netinha que descia, degrau a degrau, com a mão na altura do peito, como se procurasse conter as batidas do próprio coração. Correu ao encontro da irmã, esquecida, naquele momento, do atrito que haviam tido.

— Netinha, que é isso? Você se levantou?

Ela perguntou, parando no primeiro degrau.

— Que foi?

— Maurício... — e acrescentou logo, com medo da fisionomia da menina. — Mas não foi nada, coisa sem importância...

Quis deter a irmã, mas Netinha empurrou-lhe o braço, desprendeu-se; e veio andando com a perna mecânica andando. Lena ficou, junto da escada, vendo Netinha afastar-se em direção do sofá. O Dr. Borborema enrolava em gaze a cabeça de Maurício. O rapaz gemia agora de maneira mais contínua e mais forte. Netinha sentou-se no chão e sem que alguém dissesse nada (nem havia o que dizer), ficou segurando o braço de Maurício. E fez tudo com tanta naturalidade, e um ar tão doce, que aquilo não surpreendeu, quase não foi notado.

— Foi Maurício que quebrou a cabeça — disse D. Consuelo para a menina.

Netinha não perguntou onde, nem quando. Bastava-lhe o fato em si mesmo; e agarrava-se ao braço de Maurício, afagava-o, sabendo que ele não morreria. Era um doce otimismo que a invadia, que lhe dava aquela confiança e aquela certeza. Tinha pena de Maurício; parecia amá-lo mais, ainda mais, vendo-o assim, ferido, ensangüentado, sofrendo.

Como toda mulher, o sentimento amoroso crescia nela, expandia-se, sob o estímulo da piedade. Como era bom ter pena do homem a quem se ama — eis o que ela pensava de uma maneira obscura e dolorosa. O Dr. Borborema acabava. Empregados da fazenda, que estavam na porta, olhando de longe, vieram, a um sinal do médico.

— Vamos carregar para cima. Mas com cuidado, muito cuidado... Não machuquem o rapaz!

Quatro homens. Maurício foi levado com extremo cuidado. D. Consuelo estava num medo horrível, recomendando:

— Calma! Olhe a cabeça!

O Dr. Borborema ajudava também. E Netinha, embora não sendo preciso, fazia questão, teimava em cooperar. Não tirava os olhos da cabeça de Maurício, com medo que ela batesse em algum lugar. Nana subiu, na frente, para abrir o quarto. D. Clara foi atrás, ainda impressionada com a beleza de Maurício, o perfil, tudo. Lídia acabava de aparecer no alto da escada e esperava, com um ar de espanto e de sofrimento.

Lena afastou-se para que os homens passassem. Sentia-se excluída; era como se a tivessem mandado embora ou a impedissem de se aproximar. "E eu não posso chegar junto, eu que..." E não completou o pensamento. Sentia agora um ódio profundo da vida, do destino e dos homens. Ódio da fatalidade que a aproximava de Paulo e a forçara àquele casamento. Mas uma reflexão fê-la estremecer: "Mas se não fosse Paulo, eu não teria conhecido Maurício." E, por uma incoerência feminina, se desdisse interiormente, abençoou o destino que a trouxera a Santa Maria. Fechou os olhos, pensando: "Mas eu estou doida, meu Deus do céu!..."

Quando abriu os olhos, Lídia estava ao seu lado. Descera tão sem rumor, com passos tão macios, que Lena não notara a sua aproximação. "Minha outra inimiga", foi raciocínio de Lena, lembrando-se o que já sofrera e teria ainda de sofrer na mão de mulheres.

— Por que você não sobe? — perguntou Lídia, com um sorriso de maldade.

— Para quê?

— Hipócrita!

— Está louca!

Mas a outra não se deteve mais. Fez-se agressiva. Precisava ofender Lena, desabafar-se:

— Hipócrita, sim! — repetiu; e continuou, chegando o rosto bem para junto de Lena. — Você está sofrendo o diabo por dentro e não tem coragem nem de chorar! Chore, ande! Ou vai querer insinuar que Maurício lhe é indiferente?

— Não tenho que lhe dar satisfação! Quem é você?

— É louca por Maurício! E fica aí, em vez de estar lá em cima!

Lena desceu maquinalmente dois degraus. Cada palavra de Lídia era como se desvendasse um sentimento seu, despisse a sua alma. Teve, realmente, essa absurda e obcecante sensação de nudez, ao ouvir Lídia descrever o que ela sentia com minúcias tão exatas e completas.

— Aposto que você está louca para beijar Maurício! E por que não vai? — a própria Lídia respondeu. — Porque é hipócrita!

— E você?

— Eu o quê?

— Você também não gosta de Maurício?

— Gosto. Não escondo.

— Pois suba também, ora essa! Vá beijá-lo!

Lídia exultou. Segurou Lena pelo braço:

— Ah, você ainda manda! Não tem vergonha de mandar que outra mulher beije o homem que você ama?

Mentiu, numa súbita necessidade de esconder, de negar, de enterrar em si mesma aquele sentimento maldito:

— Eu não amo Maurício! Não amo ninguém!

— Mentirosa! Mentirosa!

— Pois sou!

— Mas eu amo! Confesso!... Não sou você!

— Melhor.

Mas Lídia quis experimentar, ainda mais, o sentimento de Leninha. Exasperá-la. Aplicou toda a sua crueldade de mulher numa pergunta ousada:

— Quer dizer que, se eu me casar com Maurício...

Sem querer, Lena sofreu com essa hipótese, que a outra apresentava por uma perversidade evidente; e o protesto veio-lhe à boca, sem que ela refletisse a tempo:

— Ele nunca se casará com você! Duvido!

— Não? — foi o espanto sardônico da outra. — Mas vamos que eu me case. Pois bem. Eu me casando e tendo um filho, você se incomodaria de ser madrinha?

Maurício estava na cama. Os homens que o haviam transportado saíram. Ficaram o Dr. Borborema, D. Consuelo, dona Clara e Netinha. O Dr. Borborema dava ordens:

— Agora vamos tirar essa camisa, limpar o sangue com álcool...

Num instante, D. Consuelo providenciou outra camisa, o vidro de álcool, algodão. Netinha interpelou o médico:

— Não há nada, doutor?

Ele pilheriou:

— Acha pouco? Uma cabeça quebrada?

— Quero dizer, perigo. Se há perigo...

— Não, não há — respondeu, sério, o médico. — A questão é de repouso.

A camisa de Maurício foi tirada e apareceu, então, um peito de atleta, de estátua. A própria Netinha (ela mesma foi quem se impôs, que se adiantou a todo o mundo), passou o algodão embebido em álcool, limpou as manchas de sangue no peito, no pescoço, com suavidade, como se tivesse medo de magoá-lo. E quando o médico ordenou:

— Agora vamos deixar o homem descansar. Só fica uma pessoa.

Ela se impôs outra vez:

— Eu.

Todos saíram, menos ela. O quarto estava em penumbra. Ela se aproximou e o ferido, abrindo os olhos, disse, estendendo os braços:

— Meu amor... meu amor...

Leninha sentia-se indefesa diante de Lídia. Não podia discutir num pé de igualdade com uma semilouca. Isso a exasperava, essa luta desigual em que ela não podia replicar golpe por golpe. Perdeu a paciência, quis tocar, ferir o único ponto vulnerável de Lídia:

— Você não regula! Todo o mundo sabe, todo o mundo.

Mas Lídia não se perturbou. Reagiu logo:

— Posso ser louca. Posso não regular! Mas veja, minha filha, olhe: sou bonita. Louca, mas bonita!

E insistiu, triunfante:

— Muito mais bonita do que você. Quantas vezes mais bonita, quantas! Que adianta seu juízo? Diga, que adianta? Adianta alguma coisa?

Lena, imóvel, atormentada, arrependia-se, tarde demais, do que dissera. Por que chamara a outra de louca, por quê? Fora uma crueldade inútil, uma crueldade que servia de arma para Lídia. "Louca sou eu", era o seu lamento interior, "eu, sim, eu!" Lídia exultava.

Jamais perdera a consciência da própria beleza, a vaidade do seu rosto, de suas feições, do seu perfil e do seu corpo. Podia até enlouquecer de todo, tornar-se furiosa, mas, nunca, nunca deixaria de ser uma enamorada de si mesma. Proclamava isso, humilhava Leninha, fazia um confronto de mulher para mulher:

— Quem é mais bonita de nós duas? Quem é? Ah, não diz?

— Não me interessa!

— Não interessa o quê? Interessa, sim!

— Vou-me embora!

— Não! Vai-se embora coisa nenhuma! Primeiro tem que me ouvir! Ainda não acabei!

E barrou a passagem de Lena, segurou-a pelos dois braços. Lena deixou de resistir, fisicamente vencida. Lídia era tão mais forte, de uma força quase de homem.

— Você pensa então — disse Lídia — pensa que juízo interessa aos homens? Que adianta uma mulher equilibrada assim como você?

Lena ouvia, atônita. (Como aquilo lhe fazia mal, como a deprimia!) A outra prosseguia, feliz de poder magoar outra mulher:

— Pergunte a qualquer um, vá perguntar. Qual é preferível: se eu, doida ou não, ou você, com todo o seu juízo. Por que não responde?

Teve que calar-se, disfarçar, porque iam passando os homens que haviam transportado Maurício. Os homens desceram (levavam o chapéu na mão) e Lídia abaixou a voz, falava entre dentes:

— Em amor, quanto mais louca a mulher, melhor! Nem tem comparação!

— Você acha?

— São os homens que acham! Louca e bonita. A mulher precisa ser louca e bonita para amar e ser amada...

— Às vezes — ironizou Leninha —, às vezes!

— Sempre!

— Me admira, minha filha! Me admira muito! Você é louca e bonita, e quando acaba...

Deixou a frase interrompida, numa maldade muito feminina, certa de que ia desorientar Lídia, perturbá-la. Lídia balbuciou:

— O quê?

Leninha concluiu, pérfida:

— Quando acaba, Maurício me prefere. Coitado, nem notou que eu sou magra, tão magra! O que é que eu vou fazer?

— O que você devia ter era vergonha! Uma mulher casada!

— Você não diz que em amor a mulher deve ser louca? Pois eu sou. Sigo os seus conselhos, pronto!

— O que você é, é falsa, sonsa... nem sei o quê!

— Eu, minha filha?...

— Você, sim senhora! Se fosse louca, em vez de estar aqui falando comigo, perdendo tempo, estaria lá em cima, ao lado dele, ouviu? Mas não tem coragem, é covarde, olha as conveniências. Não sabe amar, não nasceu para o amor...

— Não faz mal!

Lídia exaltava-se mais, apaixonava-se. Na excitação, sua voz tornava-se mais viril.

— Vê lá se eu alguma vez, algum dia, ia deixar que o homem que eu amasse morresse sem eu estar junto! Nunca, ouviu?

Disse um "nunca" com toda a sua paixão. Continuou, enquanto Leninha a escutava, com espanto, impressionada com tanta veemência.

— Podiam dizer o que quisessem, me chamar disso ou daquilo. Mas eu estaria, firme, ao lado dele! Não arredaria o pé, tomaria conta, dia e noite ali!

— Você não gosta dele? — perguntou Lena, sardônica.

— Gosto! O que é que tem?

— Então, por que está aqui e não lá? Por que, diga, por quê?

Essa pergunta, tão simples, apanhou Lídia de surpresa, deixou-a sem ter o que dizer no primeiro momento. Foi um triunfo para Leninha que, então, quis tirar partido da vantagem.

— Ah, calou-se, não é?

Lídia recuperou-se logo, porém:

— Calei-me coisa nenhuma. Estou aqui para lhe dizer essas coisas? Mas não se incomode, não se incomode. Eu vou...

Leninha se desesperou:

— Eu também vou.

— Vai porque eu disse, porque eu falei? Infeliz da mulher que numa hora dessas, precisa que alguém lembre, diga: "Vá"!, para ela ir.

— Eu ia.

— Ia o quê! Eu sei como você ia...

Lena gritou, perdida, perdida:

— Não me atormente!...

— Você podia ir, mas era para ficar lá, feito uma boba, olhando, como se fosse uma visita. O que eu queria ver era você ir como uma mulher que ama, para tomar conta.

Mudou de tom, subitamente; passou a falar em surdina, como que em sonho (foi uma coisa tão inesperada, uma mudança tão súbita, que espantou Leninha):

— É tão bom velar o homem que a gente ama quando ele está doente. Então, quando ele está com febre, delira! A gente pode fazer uma série de coisas que ninguém sabe, nem mesmo ele. Pode beijá-lo que, depois, quando fica bom, o nosso amor não se lembra mais, nem desconfia. E beijar um homem com febre, Lena!...

Segredava. Lena ouvia com esforço, sentindo um encanto inesperado naquela conversa, um interesse apaixonado naquele assunto. Emocionou-se de uma forma tão intensa, tão aguda, que era um martírio, um doce martírio estar ouvindo aquilo. Lídia se emocionava também, tinha um ar de sonho bom; era como se as próprias palavras a envolvessem e embriagassem. Tornava-se descritiva, fazia questão de minúcia:

— O homem com febre, Lena, tem os lábios quentes, o beijo queima, resseca os nossos lábios, a nossa boca.

E sorria meigamente ao falar assim. Lena perguntou, contagiada, impregnada também do encanto que a outra transmitia:

— Lídia, você já beijou alguém assim?

A outra estremeceu, como se a interrupção de Lena a arrancasse subitamente de um sonho.

— Assim como?

— Assim, com febre?

Lídia olhou para cima ("Na direção do quarto de Maurício", foi o que calculou Lena), baixou a cabeça, respirou fundo antes de dizer:

— Beijei... Maurício.

Lena ia falar, mas...

Depois de deixar D. Clara, Paulo tomara o trem. Pensava na sogra e comentava para si mesmo: "Que mulher impossível, meu Deus!" Era um esforço penoso ter de suportá-la, falar com ela, por maior que fosse a sua ironia interior. E, sentando-se para a viagem, ocorreu-lhe uma idéia: "Mas todas as mulheres não são mais ou menos assim? O mundo não está cheio de donas Claras?" Estava tão pessimista, tão desgostoso com os seus semelhantes, que não descobriu o absurdo desse pensamento. Acomodou-se no assento, fechou os olhos. Seu desejo era dormir, pelo menos, descansaria no período do sono; e sua alma, assim como o seu corpo, precisava de repouso como de vida. Mal tinha fechado os olhos, bateram no seu ombro:

— Paulo.

Abriu os olhos, com uma sensação desagradável. "Não me deixam em paz." Era o coronel Alcebíades, que foi logo sentando-se ao seu lado. O coronel estava meio sem jeito, com medo de que o episódio do bar tivesse sido contado ao rapaz. Mas Paulo não se lembrava absolutamente de nada, e como ninguém lhe falasse coisa nenhuma, era como se o incidente não existisse. O coronel Alcebíades estava muito grave; coçava muito a sua barba em ponta, gesto que nele indicava séria preocupação. Perguntou ao rapaz, chegando-se mais para ele, e não sem um certo mistério:

— Vai viajar?

— Parece.

Breve silêncio do coronel e nova pergunta:

— E demora-se muito?

— Muito.

O coronel continuou a acariciar a barba. Aquela curiosidade, aparentemente trivial, já estava incomodando Paulo, começando a exasperá-lo. Resolveu dizer logo tudo para acabar de vez com aquele interrogatório inútil e maçante:

— O caso é o seguinte, coronel: não volto mais.

— Vai, então, de vez?

— De vez, sim.

— Que me diz?!

— Sério.

O coronel parecia assombrado ou consternado.

— Mas você não pode fazer isso, Paulo! Vai abandonar sua mulher? Assim?

— Ora, coronel! O senhor não acha que está se incomodando muito, demais, com a minha mulher?

— Você fala assim porque não sabe o que eu sei, Paulo. Ah, se você soubesse!...

Paulo virou-se para o outro (sua paciência estava no fim):

— Mas o que é que o senhor sabe? Então, diga!

— Vou dizer, Paulo. E quando eu disser, faço uma aposta com você. Aposto que você descerá na primeira estação.

— Duvido.

— Então ouça...

Que disse o coronel ao ouvido de Paulo? Eis o que ninguém soube. O coronel falou tão baixo, que era impossível ouvir. Mas, à medida que ele ia falando, a fisionomia de Paulo se transformava. O sorriso incrédulo e zombeteiro desapareceu: rugas de preocupação sulcaram o seu rosto. E quando o coronel acabou, o rapaz estava espantosamente pálido, olhando o outro sem dizer nada. O coronel, sem alterar o tom de voz, perguntou:

— E agora, Paulo?

Paulo disse, apenas:

— O senhor ganhou a aposta, coronel. Vou descer na primeira estação. E obrigado.

— De nada, meu filho. Não se esqueça, Paulo — e olhe que eu tenho idade para ser seu pai —, Leninha é sua mulher. Queira você ou não, ela é sua mulher.

Paulo passou a mão no bolso de trás, acariciando a coronha do revólver. A expressão do seu rosto era do homem que estava resolvido a tudo, até ao crime.

Lena ia falar, mas não pôde, porque abriam a porta lá em cima. Eram o Dr. Borborema, D. Consuelo, D. Clara e Nana. A escada encheu-se do barulho de tantos passos. Lídia e Lena procuraram comportar-se, adotar uma atitude natural. O Dr. Borborema estava falando:

— Preciso mandar buscar na farmácia uma injeção antitetânica. Preciso, convém. Ele andou com a cabeça na terra!

— Nana vai — disse D. Consuelo.

Passaram por Lídia e Lena. Lídia aproveitou e subiu. Lena ficou, segurando o corrimão, hesitante. D. Clara parou, os outros continuaram. Lena não queria conversar com ninguém naquele momento, e muito menos com a madrasta. Mas D. Clara estava com um comentário atravessado na garganta, precisava desabafar. Falou, baixo:

— Mas como é bonito esse Maurício, meu Deus! Como é bonito!

Lena não disse nada, baixou os olhos. A madrasta pareceu, de repente, notar qualquer coisa na fisionomia da enteada. Interrogou, com um tom de suspeita:

— Que é que você tem?

— Eu? Nada.

Mas não levantava os olhos. Sem nenhuma razão suas faces ficavam vermelhas, era tomada de uma perturbação, de uma angústia que, aparentemente, nada justificava. D. Clara julgou compreender tudo, de repente. Chegou seu rosto mais para junto do rosto de Lena. Disse, com uma convicção inesperada e uma maldade evidente:

— Aposto que você está caidinha por Maurício! Aposto, ninguém me tira isso da idéia!

Ela teve um choque, cruzou os braços sobre o peito, num gesto instintivo e vão de defesa. Mas imediatamente reagiu sobre si mesma. As palavras da madrasta despertaram a sua combatividade, a sua dignidade. "Será que todo o mundo cismou de me ofender, hoje?" Aceitou a luta, quis irritar D. Clara, mostrar que não tinha medo, adotou o ar mais insolente do mundo:

— A senhora acertou. Estou louca por ele!

Essa sinceridade crua teve o efeito de surpreender D. Clara. Ela ia replicar, quando Lena cortou:

— Quer saber de uma coisa? Não estou aqui para aturar seus desaforos!

E virava as costas à madrasta para subir, quando sucedeu o inesperado: D. Consuelo que, de longe, não tirava a vista das duas (sem que elas percebessem), veio de lá, reta. D. Clara, mais do que depressa, desceu. Pressentia um atrito da enteada com D. Consuelo; não queria, por nada deste mundo, se envolver. "Elas são brancas, que se entendam", foi o positivo comentário que fez para si mesma. E encaminhou-se para o Dr. Borborema, que esperava a injeção antitetânica (Nana fora buscá-la).

Lena percebeu que D. Consuelo vinha ao seu encontro. Ainda assim chegou a subir dois ou três degraus. Mas teve que parar, porque D. Consuelo chamava, num tom de mando:

— Lena!

Era uma ordem. Teve que parar, certa de que ia sofrer, de que seu martírio ia recomeçar. "Será possível?" — perguntou a si mesma — "que não me deixem em paz?" Ficou de frente para a sogra, numa atitude claramente hostil. D. Consuelo falou-lhe, rosto com rosto, como se fosse surgir dali uma briga corporal:

— Você já reparou na coincidência, Lena?

— Que coincidência?

— Desde que você chegou, tudo acontece aqui, as coisas mais incríveis. Maurício e Paulo quase se mataram; Paulo veio carregado e bêbado; Lídia ficou mais desequilibrada; sua irmã quase morreu, até sua irmã! Maurício está lá em cima com a cabeça rachada. Foi um milagre que não tivesse morrido. Paulo sofre um atentado da família de Guida.

— E que culpa eu tenho? Que culpa?

— Quer dizer que você não acha estranha a coincidência?

— Eu, não! Tenho nada com isso!

— Tem, sim. Você é quem está atraindo desgraças para a minha casa. Você é uma mulher maldita! Por que não vai se embora de uma vez?

— Não me aborreça!

Largou a sogra no meio da escada, subiu, correndo, as faces em fogo. “Me chamou de mulher maldita”, repetia para si mesma. Ia fora de si, com vontade de fazer uma loucura.

Chegou no quarto de Maurício (parecia doida), abriu a porta violentamente. E estacou, ficou parada, sofrendo como nunca sofrera em toda a sua vida.

18 "Era a morte do seu grande sonho de amor."

MAURÍCIO estava dizendo para Netinha, balbuciando, perdido de ternura:

— Meu amor... meu amor...

E estendia os braços para Netinha. O que houve em seguida Lena não pôde se esquecer nunca mais, tudo ficou gravado com espantosa nitidez na sua memória. Muitos meses depois ainda parecia estar vendo (era como se tivesse o quadro diante dos olhos): Netinha de costas para ela, aproximando-se, e ele tomando a menina nos braços, apertando-a, num arrebatamento, como se um dos dois fosse morrer e aquilo representasse a despedida, o adeus último. E Lena continuava na porta, petrificada, querendo ver, precisando ver, com vontade de gritar, de agarrar Netinha, bater. (Mas continuou absolutamente imóvel; e nem Maurício, nem Aleijadinha notaram a sua presença, a presença daquela testemunha calada.) Maurício encostava a cabeça no coração de Netinha, a sua ternura não tinha fim, era uma coisa que já se transformava em sofrimento. Ele pedia, agora, chegando a boca aos ouvidos da menina:

— Posso beijá-la?

Netinha não teve uma hesitação, uma dúvida. Os dois rostos se juntaram, as bocas se fundiram, aquelas duas vidas pareciam unidas para a eternidade. Tudo acontecia rapidamente, em segundos, mas a impressão pungente de Leninha é de que aquilo não acabava nunca e de que ela estava ali há muito tempo. Teve vontade de revelar a sua presença. "Eles não acabam", era o que ela pensava, numa sombria exasperação. E Maurício, uma vez desunidas as bocas, dizia, outra vez:

— Meu amor, meu amor!...

E estavam tão absorvidos, tão mergulhados no seu êxtase, que não havia meio de ver Leninha. Criava-se entre eles um sentimento de solidão absoluta, como se apenas ele e ela existissem no mundo e tudo o mais fosse um triste deserto. Maurício estava quente, o seu hálito abrasava, Aleijadinha sentia os seus lábios ressecados daquele beijo de fogo.

Leninha não queria, não precisava ver mais. Maquinalmente, como se estivesse morta por dentro, sem alma, sem nada, bateu a porta. E não o fez com violência, teve até um cuidado involuntário, como temendo que um rumor mais forte perturbasse o abandono dos dois, ou quisesse, então, sair sem que a notassem. Mas a verdade é que não pensou em nada (estava com a cabeça oca): tanto fazia que eles a vissem ou não. "Preciso ir para o quarto", foi o que disse a si mesma, como se isso representasse uma solução para o seu drama.

Aleijadinha ouviu o rumor da porta fechando. Mas não virou, não quis ver quem era. Como toda moça que recebe a revelação do amor, sentia-se arrebatada; era um estado de graça em que a mulher parece perder sua condição humana. A impressão de estar sozinha com Maurício continuava. Era a mais doce solidão do mundo. Ele agora olhava para ela; e a menina notou que seu rosto estava vermelho de febre, que suas mãos escaldavam. Assustou-se, pensando: "Deve estar com quarenta graus." Teve um medo súbito de perdê-lo, agora que o sentia seu, que julgava ter se apossado dele para sempre. Balbuciou:

— E a minha perna? Você gosta de mim assim mesmo? Apesar... disso? Não se incomoda, Maurício?

E apontava para a perna mecânica. Mas ele não seguia a direção indicada. Repetia só:

— Meu amor... Meu amor...

Ela quis lhe afagar a mão. Ele, então, disse aquilo, disse aquelas palavras que despedaçaram o seu sonho, que...

Leninha encaminhou-se para o quarto. Queria deitar, ficar na cama, sozinha, refletindo, sem ver Netinha, Maurício, ninguém. Queria afastar seu pensamento ou, então, não pensar em nada. Mas a cena continuava diante dos seus olhos contra a vontade: o beijo de Maurício e Netinha. Tudo estava tão nítido na sua memória, com um relevo, uma vida! Ia tão fora de si, que não reparou em D. Consuelo, não viu que a sogra vinha atrás. Foi preciso que a segurasse pelo braço, no momento em que ela ia entrando no quarto. Parou, com o rosto absolutamente inexpressivo. Olhava D. Consuelo como se não a reconhecesse, como se ela fosse uma estranha, uma desconhecida.

— Você esteve com Maurício?

Não percebeu que D. Consuelo estava agressiva; e tampouco se lembrou da discussão que haviam tido, pouco antes. Respondeu, desviando os olhos:

— Estive.

Falava baixo. D. Consuelo já não lhe inspirava ódio, não inspirava sentimento nenhum. Refletia: "Por que eu fui entrar lá naquele momento, que idéia foi a minha? Por que não fiquei no meu canto, por que fui me meter?" Tinha ódio de si mesma, porque abrira a porta justamente no momento em que... Agora parecia esquecida de D. Consuelo e de sua presença.

D. Consuelo dizia-lhe (e era como se a voz da sogra viesse de longe, de muito longe, do fim do mundo):

— Eu não admito, ouviu? Não admito!

Leninha não escutara o princípio, perguntava a si mesma, com a cabeça em confusão: "O que é que ela não admite, o quê?" Fez força para prestar atenção, ouvir e entender o que a outra dizia:

— Mas o que é que eu fiz?

— Você nem ao menos sente pudor. Depois do que tem havido, ainda foi lá. É o cúmulo, o cúmulo!

"Eu não fico revoltada. Devia me ofender, e não me ofendo", pensava Leninha. Mas estava tão cansada, querendo que a deixassem em paz, só! E quando acaba... Perguntou:

— A senhora quer que eu faça o quê?

— Quero que você não me entre mais lá.

— E se ele morrer? — disse baixinho.

— Quem falou em morrer?

— Eu não teria direito de vê-lo morto?

— Que direito você pode ter sobre Maurício? Qual?

Olharam-se em silêncio. Eram duas mulheres que se odiavam. Leninha teve um rompante, uma explosão:

— Eu odeio Maurício, odeio, fique sabendo. E tomara que ele morra!

Logo que deixaram Maurício, os três irmãos internaram-se na floresta. Eram rudes, quase bárbaros, sem lei, nem Deus, rapazes que não temiam, não respeitavam nada. E, contudo, abriam uma exceção para o padre Clemente. Viam no religioso uma espécie de santo. Tinham medo de sua doçura, de sua bondade; a presença do padre os incomodava, dava-lhes uma vergonha inexplicável. E, além disso, não lhes convinha nenhuma testemunha e muito menos com uma tremenda autoridade moral, como era o caso do eclesiástico. Caminhando na floresta, eles continuavam com a obsessão do pai. O velho Figueredo (pois os três pertenciam à família de Guida) não admitia explicação, desculpa de espécie alguma. Quando queria uma coisa, chegava a ser feroz. Só sossegava quando o atendiam. E os filhos tinham por ele um respeito sem limites, um amor que parecia inadmissível em corações tão duros como os daqueles rapazes; e era o velho dizer: "Façam isso" ou "Façam aquilo." Os filhos obedeciam suas ordens sem discutir, fosse o que fosse. Com relação a Paulo, o caso era mais grave ainda. Toda a família exigia vingança: era um dever sagrado que até as mulheres da casa desejavam e cumpriam com a maior e a mais desumana alegria.

— Que dirá pai? — perguntava Marcelo. — Eu jurei que mataria Paulo hoje. Marquei data.

— Mas ainda tem tempo — lembrou Rubens.

— Mas esse negócio de Maurício foi o diabo. Paulo pode desconfiar que fomos nós, tomar cautela, se esconder.

— Isso não. Paulo não é covarde.

Marcelo protestou:

— Não é o quê! Covardíssimo!

Dominado pelo ódio, Marcelo não queria admitir nenhuma atitude no inimigo. Paulo para ele tinha todos os defeitos. Era um medroso, pusilânime, de uma vileza incrível. Continuaram andando, sem dizer mais nada, cada um dominado pelas suas preocupações. Quando saíram da floresta, um homem os esperava.

— Então? — perguntou Marcelo, assim que o viu.

— O homem foi embora.

— Eu o vi tomando o trem. Ia de mala, quer dizer que não é viagem curta.

Marcelo virou-se para os outros:

— Vocês estão vendo? — parecia chamar os irmãos para testemunha. — Estão vendo o meu azar? É possível isso?

— Já vi que hoje não adianta — foi o comentário positivo de Rubens.

Era inútil gritar contra a má sorte daquele dia negro. O caso não tinha remédio. E os três, com um grande sentimento de derrota na alma, partiram para casa. Pouco mais adiante estavam três cavalos; montaram e seguiram. A fazenda dos Figueredo (onde Guida fora criada) ficava a três léguas, mais ou menos, de Santa Maria. A casa era também antiga e triste, sobretudo por dentro, com longos corredores, quartos grandes demais, escadas de degraus desgastados pelo tempo. O velho Figueredo esperava os filhos na grande sala. Em todos os lugares da casa apareciam retratos de Guida, alguns com flores que se renovavam sempre. Mais do que em Santa Maria, a morta parecia estar ali, invisível, mas presente em todos os pensamentos. Desde que Guida morrera, ninguém ria dentro da casa; andava-se nas pontas dos pés; não se fazia barulho de espécie alguma, porque uma fala mais alta, um riso ou um grito poderia parecer uma profanação. A mãe de Guida — velha senhora, ainda imponente, de cabelos brancos e sedosos — não abandonara mais o luto. Dissera mesmo: "Quando morrer quero ser enterrada de preto; e não ponham flores." Sua impressão era de que flores poderiam significar um desrespeito à memória de Guida. Flores, só mesmo em intenção da filha. E nunca mais seus lábios se haviam descerrado num sorriso. Naquela família era assim: punham nos amores e ódios o mesmo fanatismo. Até as irmãs de Guida, apesar de moças e lindas, vestiam-se também de preto, não se pintavam, não namoravam, viviam num recolhirnento absoluto. Era como se fossem freiras na sua solidão voluntária. E se devotavam ao ódio de Paulo e à saudade da irmã estraçalhada. Chamavam-se Lourdes Lúcia e Ana Maria. A quarta irmã — Evangelina — era um caso obscuro na família. Desaparecera e se ignorava em que circunstâncias. A família não tocava em seu nome, era como se ela não existisse, jamais tivesse existido.

Quando os irmãos chegaram, pisando forte nos tacões, estava a família reunida. Todas as fisionomias fechadas, severas. Esperavam há cerca de uma hora e, durante esse tempo, não tinha havido uma palavra, um comentário, um sorriso... Havia qualquer coisa de funeral nessa reunião de família. E mesmo quando Marcelo, Rubens e Carlos entraram, ninguém se mexeu. Só o velho abriu a boca para perguntar, taciturno:

— E então?

Todo o mundo esperou a resposta com avidez. Embora temendo a reação do velho, a cólera que havia de possuí-lo, Marcelo não vacilou. Havia desassombro na sua atitude, uma dignidade bem firme, quando respondeu:

— Nada, pai.

Fez-se um silêncio. Os olhos do velho tornaram-se menores e mais cruéis.

— Nada por quê?

— Houve um engano incrível. Eu vi um homem entrar mancando na casa do padre Clemente. Esperei-o na saída e dei-lhe com a coronha na cabeça.

— E que mais?

Marcelo disse, lentamente, sustentando o olhar do pai:

— Não era Paulo.

— Está louco?

— O corpo era o mesmo e o andar pareceu-me igual. Não tive dúvidas e quando acaba...

— Quando acaba o quê? Você tem é medo, medo de vingar sua irmã!

Todos que estavam na sala estremeceram. Para um Figueredo o pior insulto do mundo era a acusação de covardia. O rapaz ficou lívido:

— Pai!

— Como é que se comete um engano desses? Isso é engano? Diga: é? Agora vão desconfiar que fomos nós, vão tomar providências! Ana Maria?

A moça levantou-se. Tinha a beleza física da família. Os olhos de um azul sombrio que ficavam muito bem no seu rosto de adolescente. Aproximou-se. O velho ordenou, lacônico:

— O chicote!

E a moça já ia cumprir a ordem, quando ele especificou:

— Aquele de nós.

Fez-se um novo e grande silêncio. Marcelo ergueu mais a cabeça. Ana Maria reapareceu, trazia o chicote. Só então o velho levantou-se. Ergueu o braço e o chicote desceu nas costas do rapaz. Marcelo cerrou os lábios, mas não deu um gemido. Era seu orgulho desesperado não ter medo de dor física. Quando o velho parou, arquejante, e devolveu o chicote a Ana Maria, ele teve ânimo para falar, como se aquelas chicotadas tivessem cortado em vão a sua carne:

— Pai, eu tive uma idéia. Nem tudo está perdido!

O velho esperou.

— Paulo foi embora. Não sabemos onde ele está. Quer dizer que, de qualquer maneira, a vingança tem que ser adiada.

— E então?

— Mas eu estive pensando uma coisa. Não é só ele quem deve sofrer. A nossa vingança pode atingir outra pessoa.

— Quem?

Marcelo abaixou a voz para revelar:

— A mulher dele.

— Sim — exclamou Lourdes, levantando-se. — A mulher dele!

Todos os olhares se voltaram para a moça que estava excitadíssima.

— Ela está no lugar de Guida — prosseguiu Lourdes, com uma expressão atormentada. — Deve ser castigada também; tem que ser castigada!

O velho não disse nada; involuntariamente, seus olhos fixaram o quadro de Guida, que estava bem na sua frente, com um grande jarro de flores em baixo. E falou, então...

Em pleno beijo, Netinha pensara e sentira uma porção de coisas. Mas no tumulto que havia na sua alma, um desejo crescia: o desejo de morte. Num momento assim, em que havia esgotado de uma vez toda a felicidade terrena, seria tão bom que a vida acabasse! Morrer, levando da existência uma recordação tão boa, tão linda!

E, de repente, quando ela estava naquela embriaguez, possuída de sonho, ele disse aquilo, disse, tomando entre as suas as mãos da menina:

— Lena! Lena!

E, em delírio, repetia, beijando as mãos de Netinha:

— Lena, meu amor, Lena!...

Netinha compreendeu tudo. Compreendeu que ele estava em febre, devorado pela febre, e, nas ânsias do delírio, não a reconhecia, pensava que ela fosse Lena. Ficou imóvel, dura, sofrendo até onde uma mulher pode sofrer e sentindo que alguma coisa morrera dentro dela, que seu sonho fora despedaçado. Entre dentes, dizia, protestava, enquanto ele se abraçava a ela, com esse desespero que só os náufragos conhecem:

— Eu não sou Lena... Não sou Lena...

Maurício não entendia, não ouvia. Aos seus olhos vermelhos de febre, a imagem que estava diante dele, superposta à de Netinha, era a de Lena. Continuava beijando as mãos de Aleijadinha, na sua trágica e linda ilusão. E ela sofria cada vez mais, tinha raiva da vida e de si mesma: raiva, sobretudo, da perna amputada, um desespero inútil contra o acidente, a fatalidade que lhe dera aquele defeito. Dizia a si mesma: “Que homem vai me amar assim?” E ela própria respondia: “Nenhum!” Podia ter se desprendido dos braços desesperados que a procuravam e prendiam, podia ter sumido dali, mas não. Embora aquilo não fosse para ela, aqueles beijos, aquelas palavras, ainda assim ficava, fraca demais para fugir, experimentando, apesar do seu sofrimento, uma triste alegria. Porque, se não fosse o delírio, ela não estaria assim entre os braços de Maurício, ouvindo coisas (tão lindas, tão doces) que ele não diria se estivesse lúcido. Quis prolongar aquela situação, embora reconhecendo que fazia mal, que não estava direito, que era pecado fazer aquilo. Entre lágrimas, rindo e chorando, balbuciava:

— Sou Lena, sim. Sou Lena...

E com medo que viesse alguém, que o Dr. Borborema chegasse ali com a injeção, acabando com tudo, quis esgotar o resto de felicidade. Pediu, aproximando seu rosto:

— Beija-me...

Ele uniu sua boca de fogo (a febre era tanta, os lábios dele queimavam), uniu sua boca à de Netinha e houve, de novo, aquele esquecimento de tudo, aquele deslumbramento.

Lena disse aquilo, disse que odiava Maurício, e quis sair, mas D. Consuelo colocou-se na sua frente.

— Pensa que eu acredito que você odeia Maurício?

— Odeio, sim! Odeio!

— Pois sim!

— E outra coisa que eu estava para dizer à senhora. Aquilo que eu lhe disse...

— O quê?

— ... Que Maurício tinha me beijado e outras coisas mais. A senhora no mínimo pensou que era verdade.

— E não foi, talvez? — perguntou D. Consuelo, olhando-a de alto a baixo.

— Não! — afirmou Leninha; e repetiu, fora de si: — Não! Eu disse que ele tinha me beijado para fazer raiva à senhora, para irritá-la. Só.

— Pensa que eu acredito?

— Melhor! Se não acredita, melhor! Isso é com a senhora!

— Ah, se Paulo soubesse!...

— Que é que tinha?

— Podia botar você daqui para fora. Isso no mínimo. Se não fizesse coisa pior. E eu só não digo a ele...

— Diga! Quem está lhe impedindo? Eu, por acaso?

— Você sabe muito bem que eu não diria, que não posso dizer. Mas se Maurício não estivesse no meio, ah!...

— Paulo alguma vez se incomodou comigo? Para ele, tanto faz que eu seja fiel ou deixe de ser...

Então, as duas estremeceram. Uma voz de homem vinha do princípio do corredor, uma voz que dizia:

— Está muito enganada!

As duas olharam, pálidas. Quem vinha andando, quem se aproximava, era...

Agora a idéia de todo o mundo, na casa de Guida, era atingir, também, a mulher de Paulo. O marido estava ausente, desaparecera, ninguém sabia para onde fora. A esposa continuava em Santa Maria, e ela teria sua parte, precisava amargar. Não havia nenhum raciocínio lógico nesse desforço sobre uma inocente que não conhecera Guida, não tivera nenhuma influência no seu destino e na sua morte. Mas os Figueredo viam no novo casamento de Paulo um acinte, uma provocação à família, e, pior do que tudo, um pouco caso à memória da esposa morta. Leninha (eles não sabiam como ela se chamava) viera ocupar um lugar que deveria ficar para sempre vazio.

Ferir a nova esposa de Paulo interessava sobretudo às mulheres da família; elas odiariam melhor outra mulher do que mesmo um homem. E se interessavam, apaixonavam-se, seu ódio se dividia entre Paulo e Lena; talvez tivessem mais raiva de Lena do que propriamente de Paulo. E se solidarizavam nesse sentimento mortal; a própria mãe (D. Senhorinha) e as três filhas. Todas tinham o mesmo temperamento apaixonado: o que sentiam transformava-se logo em paixão; eram incapazes, por natureza, dos pequenos e discretos sentimentos médios. No meio da sala, naquela reunião de família, em que se discutia, nas suas minúcias e possibilidades, um verdadeiro crime, era Lourdes quem falava, procurando transmitir a todos o seu rancor. Fazia-se persuasiva, demonstrava, e os outros a ouviam com uma atenção concentrada, inclusive o duro e impassível chefe da família. Ela perguntava:

— Por que é que nós só devemos ter ódio de Paulo e da mulher não? Por quê?

E como ninguém respondesse, ela continuava cada vez mais excitada:

— Ela deve sofrer também, deve pagar!

Seu argumento era o menos lógico possível e ainda assim impressionou.

— Alguém mandou ela se casar com esse indivíduo? Então?

O fato de uma mulher ter se casado com o viúvo da irmã parecia-lhe um crime.

D. Senhorinha fez-se ouvir, pela primeira vez:

— Também acho.

Costumava ser assim lacônica e seca; e as palavras saiam sem que sua fisionomia se alterasse.

Era, de fato, uma bela senhora, mas de uma beleza parada e quase sinistra. Orgulhava-se de não ter sorrido mais, desde a morte da filha: fazia questão (era já uma vaidade) de apresentar um rosto assim, de traços frios e mortos, como uma máscara. Dizia "também acho", como se esse laconismo ajudasse a tirar qualquer espécie de vida de sua fisionomia. O velho Figueredo olhou a mulher e admitiu:

— Pode se fazer isso.

E não precisava dizer mais. Os Figueredo se entendiam dessa maneira, com poucas palavras e muitas compreensões. Às vezes um olhar, uma expressão de lábios, bastavam. Apenas as moças falavam mais e ainda assim quando estavam sozinhas. Lourdes sentou-se, e sem que acrescentasse mais nada, havia um acordo definitivo, uma vontade unânime e implacável de desdobrar aquela vingança. Lena iria sofrer primeiro que Paulo. Resolvido tudo, o mais se reduzia a detalhes de execução. Como se daria o golpe, onde e em que circunstâncias? Era o que os rapazes iam combinar. O velho saiu e D. Senhorinha acompanhou. Os rapazes deixaram também a sala, sempre naquele passo firme e pesado. As três moças estavam sozinhas e juntaram mais as cadeiras para conversar melhor, sem necessidade de altear a voz.

— Marcelo deve trazê-la para aqui.

— Seria o ideal.

Ana Maria levantou-se.

— Ah, se nós a apanhássemos!... — era a sua esperança. — Seria a maior felicidade da minha vida!

Abaixavam a voz, quase ciciavam. Lourdes disse:

— Aposto que ela dorme no quarto de Guida. E no mínimo nem está se incomodando! Na mesma cama, porque, com certeza, não mudaram nada, deixaram tudo como estava.

Era isso que as atormentava, que lhes dava aquele rancor, no fundo bem feminino. Pegavam-se a pequenos detalhes. Aquele fato, por exemplo, de ocupar Lena a mesma cama de Guida, dormir no mesmo quarto, parecia-lhes uma profanação. O caso da cama era nelas uma obsessão. Achavam que o quarto da morta deveria ficar fechado, inviolável e sagrado. A cama deveria permanecer intacta, tal como Guida havia deixado. E deitar-se no leito em que ela repousara e tivera os seus sonos e seus sonhos era uma coisa sacrílega, um desafio lançado à eternidade.

Ana Maria sussurrou:

— Vingança quando se trata de mulher não devia ser nunca mortal — e perguntava para as outras: — Para que matar?

As duas não responderam nada. Ana Maria, com um jeito feroz na boca e um fogo selvagem no olhar, continuou, tão baixo que foi preciso um esforço para ouvi-la:

— Morte não interessa. Melhor é ferir a mulher naquilo que ela mais gosta, mais preza.

— O quê? — perguntaram quase simultaneamente.

— A beleza.

— Como?

— Ora! Toquem na beleza de uma mulher e ela sofrerá tudo que se pode sofrer. Viverá num inferno o resto da vida.

— E sem consolo possível.

— Pois é. Que consolo poderá ter uma mulher cuja beleza foi destruída, hein? Que consolo?

— Nenhum.

Olharam-se demoradamente, unidas pelo sentimento comum do ódio e solidárias em torno daquela idéia de vingança. Ana Maria parecia sonhar; a própria crueldade a enchia de ventura.

— Imaginem: a gente raptar a esposa de Paulo e devolvê-la, depois, desfigurada, com uma cara monstruosa, uma cara de bruxa!...

Abriam muito os olhos; e era como se já antevissem, por um prodígio de imaginação, o estado em que ficaria Lena, as deformações, a pele encarquilhada, o lábio repuxado grotescamente, verdadeira imagem de pesadelo. As três já não se lembravam de Paulo. Era como se a sua capacidade de ódio se tornasse maior agora que entrava em cena uma mulher. E a perspectiva de fazer mal à esposa viva dava-lhes um prazer agudo, uma verdadeira volúpia.

— Não sei, não consigo compreender como é que um homem — observou Ana Maria — pode se casar outra vez, depois de ter conhecido Guida!

— E como será a segunda mulher?

— Não pode chegar nem aos pés de Guida? Mas nem aos pés!

— Claro!

Ana Maria recordava-se da beleza da irmã, do porte, da elegância natural, dos olhos e dos lábios.

— Eu não acredito — e punha nisso uma certeza absoluta —, não acredito que haja uma mulher tão bonita como Guida! Duvido!

Sogra e nora escutaram aquela voz de homem. Viraram-se, rápidas. E viram a figura de Paulo no princípio do corredor, parada. O pânico de D. Consuelo foi que ele estivesse ali há muito tempo, ouvindo desde o começo. Lena é que não teve medo nenhum. Depois do que vira (a cena de Maurício chamando Netinha de "meu amor" e beijando a aleijadinha), não acreditava mais em nada, tudo o que acontecesse estava certo. Podiam bater nela, espancar, matar. O seu gosto de viver não existia mais. Não se mexeu do lugar, vendo D. Consuelo dirigir-se ao encontro do filho. "Eu podia ir agora para o meu quarto, mas se for, ela e mais o filho vão pensar que eu tenho medo", pensava Lena. D. Consuelo exclamava para Paulo:

— Mas, meu filho, você voltou tão de repente! Que foi isso?

Ele não respondeu nada. Passou, sem tomar conhecimento de D. Consuelo, e avançou para Lena. A moça não saiu de onde estava, nem desviou a vista. "Se ele pensa que eu tenho medo, está muito enganado, muito."

— Quem foi que lhe disse que eu não me interessava pela sua fidelidade?

— Julguei.

D. Consuelo tinha vindo atrás do filho, aterrada, prevendo nem sabia direito o quê. Estava a poucos passos, com a mão no peito e pálida. Não perdia uma palavra, com medo que Paulo (se é que tinha ouvido o princípio da conversa) se voltasse contra Maurício, quisesse tirar um desforço de Maurício.

— O que eu lhe disse — continuou Paulo — é que não me interessava pelo seu amor. Não me interessava, nem queria.

— Pois é.

— Pois é o quê, ora essa!

— Se você não se interessa pelo meu amor, também não deve se interessar pela minha fidelidade. Claro, não é? Tão simples!

Ele a segurou por ambos os braços. Novamente ela sentiu a sua inferioridade física. Como era forte, tão mais forte do que ela! E se quisesse, podia, talvez, parti-la em dois, como se faz assim com um palito.

— Não brinque — disse ele, cerrando os lábios, falando entre dentes. — Você não sabe o que é um homem.

— E nem você o que é uma mulher!

Adotava subitamente um tom de desafio. Afinal, não estava ali para isso, para ser humilhada, derrotada, sobretudo na presença de D. Consuelo. Não era criança. Ele apertou os braços da moça, com os seus dedos de ferro, sacudiu-a.

— E não me fale assim, está ouvindo? Não me fale!

— Então também não use esse tom comigo!

— Uso sim! Uso porque quero, percebeu?

— Pensa que me mete medo?

— Ah, não? Acho que você já se esqueceu do que eu lhe fiz. Quer que eu repita a dose?

Só para irritá-lo, desafiou (embora se crispasse toda com a lembrança do beijo brutal).

— Duvido!

— Ou, então, eu posso fazer uma coisa pior.

Virou-se para a mãe:

— Mamãe, quer ir embora? Preciso conversar com minha mulher.

D. Consuelo olhou-os ainda uma vez e afastou-se sem dizer nada. Paulo e Lena estavam sozinhos no corredor longo e escuro.

— E agora? Ainda desafia?

Vacilou um segundo, mas a sua vaidade foi mais forte. Repetiu, desesperada:

— Desafio, sim!

Sem uma palavra, ele abaixou-se rápido e no mesmo instante ela se sentiu suspensa, carregada por aqueles braços fortes e implacáveis.

Lena balbuciou, perdida de pânico:

— O que é que você vai fazer? O que é?

— Não se incomode.

Carregou-a no colo.

“Eu sou uma esposa sem lua-de-mel.” 19

ESTAVA outra vez nos braços dele, irremediavelmente presa; e não adiantou espernear como uma possessa, sacudir as pernas, querer enfiar as unhas no rosto dele, arranhá-lo. Era prisioneira do marido, sentia-se dominada, vencida, e as suas tentativas de resistência, seu esforço dramático e irrisório para se libertar pareciam diverti-lo. Recorreu a ofensas dolorosamente infantis:

— Demônio! Bruto!

Ele advertia, rindo:

— Pode me insultar que eu não me zango. Continue!

— Você me paga!

Com um braço, ele a envolvia e a imobilizava; e com o braço livre abria o trinco, metia a porta para dentro com o pé. Entravam agora no quarto. Ela espantou-se, sentiu um começo de terror ou, antes, um terror total; e por cima dos ombros do marido, virou-se para olhar a porta, que se fechava. Deu para tremer de medo, bater o queixo como se em vez de pânico fosse frio. Perguntou, com medo na voz e nos olhos:

— Que é isso?

— Não está vendo?

Começava a compreender, ou melhor, tinha medo de compreender. Mas não podia ser, ele não seria capaz. “Nunca, nunca!”, era o que pensava, “Mil vezes a morte!” Ele estava parado no meio do quarto. Ah, que jeito cínico de sorrir! Disse, encostando a boca na orelha da mulher:

— Ainda falta uma coisa.

Balbuciou, com aquela tremedeira humilhante do medo:

— O que é?

— Fechar a porta à chave.

E antes que ela pudesse dizer qualquer coisa, estranhar ou protestar, ele se aproximou inesperadamente da cama, tomou impulso e atirou a mulher. "Atirou" era o termo, porque ela foi projetada, rodou no ar, perdeu o controle do próprio movimento, como se uma catapulta a tivesse arremessado no espaço; e caiu sem poder preparar a queda, tonta da violência, consciente do próprio ridículo. Ah, se fosse um chão duro, e não um colchão fofo! Caiu de costas, pedalando o ar. Levantou-se rápida, coberta de vergonha, humilhada, sentindo a maior raiva do mundo; e, mais do que depressa saiu pelo outro lado do leito. Era como se a cama larga, de casal, pudesse constituir uma defesa, uma barreira. Ele estava agora na porta, virando a chave. Voltou, enquanto ela procurava recolocar um rolinho de cabelo que correra para a testa e prender o respectivo grampo. Todo o seu instinto de defesa reagia. Sentia-se encurralada, apenas protegida pela cama que ainda os separava. Seu medo era que ele pulasse a cama, fosse sair do outro lado e a segurasse outra vez. Mas Paulo não se apressava. De uma maneira ostentativa (fez de propósito para que ela visse bem), tirava a chave da fechadura e guardara no bolso. E agora vinha, mancando, e rindo. Sentou-se na cama (mais do que depressa, Leninha se colocou atrás da cabeceira). O marido achou graça; tirou um cigarro do bolso, acendeu, e tudo com deliberada e exasperante lentidão, tanto mais que via a mulher sofrer com o prolongamento da situação.

— Na noite do casamento... — começou ele, expelindo a fumaça — ...eu fiz quase o mesmo. Entrei aqui, fechei a porta. Você estava à minha mercê e quando acaba fui-me embora. Não foi?

Ela respondeu, com o queixo batendo de excitação nervosa:

— Foi.

— Mas fiz mal.

Ela teimou:

— Fez bem.

— Claro que fiz mal. Você bem que merecia uma lua-de-mel.

— Não com você.

— Comigo, por que não? Não sou seu marido? E que é que tinha de mais?

— Tinha muito.

— Bobagem! O casamento precisa de lua-de-mel.

— Às vezes. Depende do marido.

Ele continuava, frívolo, irritante, sem fitar a mulher, olhando a fumaça:

— Porque depois de certo tempo, a mulher vive de recordações; e coitadas das que não têm uma lua-de-mel no seu passado matrimonial, não podem evocar uma carícia, nada! Triste, muito triste!

Atirou fora o cigarro, sua fisionomia mudou instantaneamente, cerrou os lábios e levantou-se. Disse, sem tirar os olhos da mulher:

— E se eu, reconhecendo os meus deveres de marido e os seus direitos de esposa, resolvesse dar a você, agora, uma lua-de-mel?

— Está louco, não se aproxime!

Fugia, contornando a cama; e Paulo no seu encalço, sem se apressar, absolutamente certo de que ela acabaria cativa dos seus braços:

— Louco por quê?

O que mais a desesperava era sentir o ridículo daquela fuga em torno de uma cama.

— Uma lua-de-mel retardatária é melhor do que nada. Muito melhor, minha filha!

— Não quero, não quero!

Teimava como uma criança aterrorizada. Aquilo já a punha tonta, aquelas voltas. Dentro de um quarto, quem é que tem espaço para a fuga? Era inútil lutar, correr. Nascia dentro dela uma vontade de renúncia, de capitulação. Seu espírito de luta se fundia em abandono. Parou, com as pernas fracas, a vista turva. Caiu de joelhos, ofegando. Mergulhou o rosto entre as mãos. Seria talvez o fim, seria pior do que a morte, mas...

Netinha não sentia agora remorso nenhum de estar se aproveitando do delírio de Maurício. Primeiro, tivera aquela ilusão (tão linda!) de que ele a amava. No seu encantamento, não pensara que Maurício mal a conhecia, que só a vira de passagem, que com certeza nem tinha reparado nela. Depois, sucedera aquela coisa horrível: a desilusão tremenda. Seu desgosto quando viu que tudo era delírio e que ele a tomava por Lena!... Mas a mulher que ama se recupera logo; tem o dom de refazer os sonhos despedaçados ou de criar novos sonhos. Netinha sofreu muito, sofreu demais até o momento em que se decidiu a continuar recebendo aquelas palavras e aquelas carícias que se dirigiam a outra. "Não faz mal, não faz mal", dizia a si mesma, encostando seu rosto ao de Maurício, deixando que ele prendesse as suas mãos e que a beijasse. Aquilo não ia durar sempre, acabaria logo. Aliás, sempre ela ouvia dizer que a felicidade acaba muito depressa, deixando apenas o consolo da recordação. E Aleijadinha estava como Lídia, podia dizer como Lídia: "nem que eu viva cem anos..." Sim, ela poderia viver os cem anos, e mais, que a recordação não morreria, nunca, nunca; e quando morresse, a memória daquele beijo seria a sua saudade da vida. E era ainda feliz dentro de sua tristeza: porque ninguém entrava no quarto, nem D. Consuelo, nem Dr. Borborema. Parecia que o destino estava com pena de si, fazendo com que Nana demorasse com a injeção. Só assim ela podia permanecer mais tempo ali, com Maurício, que se agitava na sua febre, que não largava as mãos da menina, como se delas dependessem a vida e a morte.

— Lena, Lena, você me ama?

Mesmo dentro do delírio, ele precisava saber, conquistar a certeza, assegurar-se. Netinha respondeu, logo, fazendo o papel da irmã:

— Amo, sim. Sempre amei.

Ela já sabia o que fazer, nos seus pensamentos não havia conexão. Parecia uma criança desesperada a quem recusam um bem muito desejado:

— E a bofetada? Aquela que você me deu?...

Ela não conhecia o episódio, não sabia que bofetada podia ser. Maurício insistia:

— Você me deu uma bofetada...

E essa recordação parecia exasperá-lo ainda, doer-lhe na carne e na alma. Ela teve uma idéia bem feminina: acariciou as faces esbofeteadas:

— Estou tão arrependida, mas tão. Agora eu não faço mais isso. Nunca mais farei!

Estava bom, tragicamente bom, se fazer de Lena, para passar aqueles momentos ao lado de Maurício. Mas assustou-se, porque o rapaz queria se levantar, e arrastá-la consigo:

— Vamos, vamos!

Era um chamado, um apelo, uma vontade de fuga sem destino que o invadia de repente. Aleijadinha teve que fazer força, agarrar-se a ele, abraçá-lo. Ela pedia, balbuciava ao seu ouvido, dando-lhe beijos curtos e rápidos.

— Depois, depois. Agora não, agora descanse.

E como a inquietação do rapaz parecesse aumentar, uniu sua boca à dele, como se não se cansasse nunca de beijos, não se fartasse, tanto mais que sabia que aquilo ia durar pouco. Em pleno abandono, teve a noção de que abriam a porta e que alguém estava lá, sem entrar. Noutras condições, teria se desprendido, ficado envergonhadíssima. Mas naquela falsa situação, foi heróica, passou por cima ao próprio pudor, continuando aquela união de bocas. A pessoa (se é que, realmente, havia alguém) não se mexia de onde estava. "Podem ver, não faz mal", pensava Netinha, mergulhada naquela delícia. Por fim, soltou-se, respirando forte (durante a carícia deixara de respirar), o coração pulando como louco. E, lentamente, sem pressa, meio tonta da vertigem, voltou-se para olhar. Viu, então, D. Consuelo. A velha abrira a porta e diante da cena ficara muda e imóvel, primeiro, com espanto e, depois, com uma alegria selvagem. O que ocorreu a D. Consuelo foi o seguinte: Maurício resolvera ter um capricho com Aleijadinha. Capricho só, é claro. Nem agora, nem nunca, poderia admitir que ele viesse a sentir qualquer coisa de mais sério pela menina. Maurício gostava muito de mulheres perfeitas e sadias; está mais do que visto que não poderia nunca amar uma aleijada. Mas, de qualquer maneira, o fato coincidia com as conveniências da velha senhora. Ela não quis interromper, deixou que o beijo se realizasse integralmente. E só quando Netinha se virou para a porta, é que ela resolveu entrar. Netinha fechou os olhos, sentindo um fogo subir para o rosto. Era como se o pudor lhe viesse de repente. Sofria. D. Consuelo sentou-se na cama, ao lado da menina, e para mostrar, logo, que não estava admirada, nem escandalizada, acariciou-lhe com a mão os cabelos. Aleijadinha teve um abalo quando sentiu aquele toque de dedos. Era como se, por uma fração de segundo, admitisse que a outra ia bater nela. Balbuciou, retraindo-se:

— Perdão, D. Consuelo!

Mas D. Consuelo usou um tom amistosíssimo. Admirou-se:

— Perdão de quê, minha filha! Perdão coisa nenhuma!

E acrescentou, para animar a menina:

— Eu compreendo bem essas coisas. Não tem nada de mais. Tão natural!

— Não sei, não sei, D. Consuelo — disse a menina, escondendo o rosto.

— Que o quê! Eu até estou muito satisfeita! Que foi que eu lhe disse? Então?

A menina sentia uma vergonha horrível. Como D. Consuelo estava iludida, meu Deus! Se ela soubesse, se ela pudesse imaginar!... Por um momento (foi coisa de um segundo), teve a idéia de se antecipar, contar tudo, explicar. Ao mesmo tempo pensou que ia desiludir tão brutalmente a outra que hesitou, ficou sem jeito. Foi aí que Maurício, no seu delírio, esclareceu tudo sem querer. Tomando a mão de Aleijadinha, disse numa voz gaguejante:

— Lena, Lena...

E sua mão procurava o rosto de Netinha e antes de alcançá-lo, já modelava no ar a carícia. D. Consuelo olhou para Netinha, sem compreender. Que negócio era aquele? Só agora percebia o delírio, via que Maurício estava fora de si, era inteiramente irresponsável pelo que fazia e dizia. Netinha exclamou:

— Está vendo? Está vendo?

Seu desespero era tão grande que D. Consuelo perturbou-se:

— Mas vendo o quê?

— Ele pensa que eu sou Lena. Me beijou iludido, certo de que beijava Lena.

E seus nervos não suportaram mais; estavam tão abalados, tão sacudidos por emoções fortes! As lágrimas começaram a correr; soluçou, inteiramente entregue à dor.

— Oh, D. Consuelo! Eu recebi os beijos em lugar de Lena! Ela é que devia estar sendo beijada e não eu!...

D. Consuelo soube tirar partido da situação. Era tratar de aproveitar logo a humilhação de Aleijadinha. Animou-se:

— Agora sou eu que pergunto: viu? Eu não lhe disse? Você não queria acreditar que sua irmã!... Mas agora está vendo, não está? Ou tem dúvidas?

E não deixava Netinha respirar, falando sempre, aturdindo-a debaixo de palavras, de exclamações, de perguntas:

— Sua irmã não presta. É duro, eu sei, mas é verdade. Sou assim, franca, não escondo. As coisas que eu sinto, digo logo. Não iludo ninguém. Outra coisa que você precisa se convencer, o mais depressa possível: Lena nem sua irmã é. Irmã, minha cara, é a do mesmo pai e da mesma mãe. Assim mesmo, quantas vezes a pessoa tem decepções? Irmã de criação não é nada. Nada! Disso é que você precisa se convencer!

— E eu achando que a senhora estava mentindo! Que não era verdade aquilo!

— É para você ver, minha filha! Imagine se você tivesse visto como eu. Só lhe digo uma coisa: logo na primeira noite, Lena estava escandalosa com Maurício, em risco até de haver um estouro com Paulo! Ah, eu não sei onde essa gente tem a cabeça! Francamente que não sei!

Netinha chorava, sem ver uma solução na sua frente.

— E agora, D. Consuelo? — era só o que sabia perguntar.

— Agora, minha filha, agora... — e acrescentou. — Só tem um recurso, não há outro: é afastar Lena de nosso caminho, desmoralizá-la, colocá-la numa situação que ela tenha que desistir de Maurício.

— Isso eu não posso fazer — desesperou-se Aleijadinha. — Como? Ah, não, isso não posso!

— Já começa você com sentimentalismos. Em amor cada um deve tratar de si, senão como é que vai ser? Tenha paciência, minha filha!

— E a minha perna? Quem é que vai querer uma aleijada?

— Ora, Netinha! Você, se quer me fazer um favor, não aluda mais a isso e deixe o resto por minha conta!...

Lena esperava agora. Ele a ergueu. Era como que uma repetição da noite do casamento. Igualzinho. Só que agora... E respirou fundo, com todos seus nervos numa tensão extrema, em ponto de se partirem. Já não tinha palavras que dizer, nenhuma ofensa. E tudo o que dissesse, o insulto mais pesado, o que é que ia adiantar? Aquilo era um bruto que não respeitava nada, não tinha sentimento de espécie alguma. E na sua raiva impotente, generalizava: "E qual é o homem que presta?"

Ela sentiu o hálito dele na orelha, porque Paulo falava com a boca quase encostada ao seu ouvido. Ele sussurrava:

— E agora eu vou matá-la!

Ela sentiu que o marido era realmente capaz disso. Já a ameaçara uma vez e talvez achasse em si mesmo, no próprio ódio, forças bastante para cumprir a ameaça. Lena mal pôde balbuciar, sentindo uma contração horrível no estômago (era o medo, a náusea do medo):

— Não! Não!

"Se eu gritar ele me matará antes que chegue alguém." O rosto dele estava muito perto dos seus olhos e, portanto, desmedidamente grande. Pediu:

— Não me mate!

Ele afrouxou um pouco a pressão dos dedos. Lena pensou: "Meus braços devem estar cheios de manchas roxas." Agora que havia sobre ela uma ameaça de morte, experimentava uma vontade grande, desesperada de viver. Morrer assim era triste demais, uma coisa horrível. Não levaria nem uma recordação boa da vida (a lembrança de um beijo de amor, por exemplo; seus lábios eram puros de pecado; e o beijo brutal que lhe dera Paulo, oh!, aquilo não era nada, aquilo nem se podia chamar de beijo). Surdamente, apertando de novo seus braços, ele perguntou:

— O que é que você prefere? A morte ou...

Interrompeu-se como se julgasse desnecessário dizer o resto. Mas Lena não entendeu, não quis entender as reticências intencionais. Quis saber:

— Ou o quê?

— Você sabe.

— Não sei, não sei, não.

— De que é que serve a sua malícia feminina?

— Não tenho. Diga!

— Para que dizer? Você finge que não entende.

— Fale português claro.

— Quer me convencer que não percebeu, ainda? — a atitude da mulher começava a irritá-lo. — Vamos, fale! O que é que você prefere?

Teve ódio do marido. Falou entre dentes:

— Prefiro a morte.

Houve uma pausa. Ela fechou os olhos. Imaginava a cena do próprio assassínio: ele fechando aquelas duas mãos grandes, poderosas, implacáveis, sobre o seu pescoço, apertando, apertando. Abriu, de novo, os olhos. Ele a contemplava em silêncio, com um meio-sorriso, falso, ambíguo, indescritível (Oh!, meu Deus, aquilo era uma expressão de louco): e disse, lento, sem tirar os olhos dela:

— Cumpra-se a sua vontade. Prepare-se, prepare-se para morrer. Vim aqui para matá-la.

No seu ermo, ela estava numa inquietação doida. De vez em quando, pensava: "Mas por que, meu Deus? Por quê?" Aquilo não tinha propósito nenhum, era uma coisa boba. Mas, apesar disso, apesar da falta de um motivo concreto, sofria: e de uma maneira incessante, minuto após minuto, hora após hora, como se uma febre a devorasse. Não estava bem em lugar nenhum, precisava andar, movimentar-se. "Ah, se eu fosse obrigada a ficar sentada, neste momento, acabaria enlouquecendo!" Chegou na porta do quarto e chamou:

— Tião! Tião!

"Onde está ele que não aparece?" Foi até lá fora, chamando, chamando, e não obteve resposta. A ausência do empregado pareceu aumentar o sentimento da solidão. "Ah, eu não agüento mais essa vida, não agüento! Vou dizer a Maurício, ele tem que tomar uma providência!" Mas, ao mesmo tempo, era obrigada a reconhecer que não havia providência nenhuma a tomar: ela teria de continuar ali, naquele ermo, como uma enterrada viva. Pela primeira vez, comparou a cabana de troncos, escondida no vale, a uma verdadeira sepultura. Nunca lhe ocorrera isso. Mas agora, com os nervos excitados, sentia como se, de fato, vivesse num túmulo. Escondia o rosto entre as mãos, balbuciava: "Meus Deus, meu Deus!" E tornou a gritar:

— Tião! Tião!

O empregado aparecia. Oh! Graças a Deus! Perguntou irritada:

— Onde é que você estava? Não me ouviu chamar?

Sua vontade era não sei de quê. Brigar com Tião, mas ao mesmo tempo fazia força para não chorar. "São os meus nervos." De repente, fez uma reflexão que parecia não ter nada de lógico: "Será que aconteceu alguma coisa a Maurício?" Por que pensara aquilo, sem que nada, nada, sugerisse um pensamento dessa natureza? Eis o que não sabia. Fechou os olhos para refletir melhor, para pôr em ordem duas idéias: "Esse mal-estar que eu estou sentindo pode muito bem ser isso. Pode querer dizer que eu estou adivinhando alguma coisa." Ela acreditava muito em pressentimentos. Diziam até (foi um senhor que a observara, há muito tempo) que ela era médium, precisando apenas de desenvolver. Quis desabafar as suas preocupações. Chamou o empregado:

— Tião!

— Pronto, D. Regina.

— Não sei o que é que eu tenho, Tião! Estou com cuidado em Maurício! Não sei, meu Deus!

— Não houve nada, D. Regina! Sossegue, daqui a pouco ele está aí, a senhora vai ver.

Mas ela tomou uma resolução (era impulsiva, resolvia as coisas de repente e quase sempre dava certo):

— Tião, vou falar com padre Clemente, senão fico maluca!

— Podem ver a senhora!

— Que nada! Eu tomo cuidado. Mas nessa incerteza é que eu não posso ficar!

O criado ficou parado, não gostando nada daquilo, achando que ela ia fazer uma loucura. Não quis, porém, se opor. Ele conhecia Regina, sabia como ela era, quando queria uma coisa. Ficava impossível e não adiantava mesmo. "Eu é que preciso falar com Seu Maurício. Ele tem que dar um jeito, a responsabilidade é muita para mim."

Regina caminhava. Coisa estranha, naquele ambiente bárbaro, sem ninguém, aquela moça linda e bem-vestida, com uma expressão tão grande de sofrimento. Mas alguma coisa, uma força poderosa parecia arrastá-la. Na verdade, ela não ia à casa do padre Clemente e o que dissera a Tião nada mais fora do que pretexto. Queria outra coisa, mais perigosa: ir à Santa Maria, ou, pelo menos, aproximar-se da fazenda, salvo se encontrasse Maurício no caminho. Mas não fazia fé, embora desejasse isso de todo o coração. A sua angústia era cada vez maior. O pressentimento ia se fundindo, aos poucos, em certeza; e repetia para si mesma, como se encontrasse um secreto prazer em se convencer daquilo: "Aconteceu alguma coisa a Maurício, ninguém me tira isso da cabeça." E apressava o passo, embora o cansaço começasse a dominá-la. Era como se o destino a chamasse. Estava ainda enfraquecida e fizera tantas extravagâncias em poucos dias, umas atrás das outras. "Eu sou louca, completamente louca." E essa reflexão trouxe ao seu pensamento o que lhe dizia Maurício: "Eu gosto de você porque você não tem juízo nenhum." Sorriu, apesar de sua angústia; ele a julgava (ou, pelo menos, dizia) uma desmiolada. E Regina, avançando sob as árvores, não deixava de reconhecer que tinha muito mais sentimento do que raciocínio. "Se meu pensar fosse bom", refletiu com certa melancolia, "eu não teria feito o que fiz: não teria fugido com Maurício." Já havia caminhado bastante, começava a ofegar, quando parou, de repente. Ouvira um barulho e, tomada de medo, se escondeu detrás de uma árvore. Alguém se aproximava, sim; e ela esperou, com o coração batendo em pancadas mais rápidas. Pouco depois, um vulto passava. Era o padre Clemente.

O religioso, depois de entregar Maurício aos empregados da fazenda, deixara-se cair, exausto. Sua preocupação de cardíaco era que o esforço lhe fizesse um mal irreparável, liquidasse de vez com o seu coração. Descansou, talvez, uma meia hora, até que sua respiração se normalizasse ou quase. E, depois, se levantava, achando inútil ir à fazenda: "Eu lá quase não vou servir de nada neste momento. Ao passo que indo para casa, descanso um pouco." Precisava desculpar-se, argumentar consigo mesmo, para ficar com a consciência em paz. De resto, sabia que Maurício não estava morto (um empregado da fazenda viera dizer-lhe, enquanto ele descansava). "Graças a Deus, me enganei." E se espantava: "Mas como é que eu me iludi assim, como foi?" Regressando à sua casa solitária, ele avançava num passo lento de cardíaco, temeroso do próprio coração. Regina, suspendendo a respiração, deixou-o passar; e, logo após, continuava a marcha. "Ah, se o padre Clemente me visse aqui, que susto ia tomar!"

Mas ela agora precisava tomar cuidado, olhar bem para os lados. Já não estava mais na parte da floresta, pouco ou nada freqüentada. Por ali já havia um certo movimento, de empregados e colonos de Santa Maria. Era perigoso, muito perigoso. Regina sentiu a gravidade da própria imprudência. Por um momento pensou em voltar, mas venceu a tentação. Prometeu a si mesma: "Só volto, depois de saber se aconteceu alguma coisa com Maurício." E teve, então, uma contrariedade.

Uma preta vinha por um atalho e teria de passar por ela. Hesitou, quis fugir, mas não adiantava, a não ser que seguisse em frente, na direção de Santa Maria (e isso não podia, claro). Ficou onde estava, mas virou as costas, assim como quem olha naturalmente a paisagem. Vira a preta ainda longe, de maneira que não pudera distinguir-lhe as feições. Esperou, esperou. "Por que é que ela não passa, ora essa. Já tinha tempo." E, a medo, virou-se parcialmente, fingindo que ajeitava o cabelo, mas na verdade tapando o rosto, excetuando os olhos, com a mão. E teve, então, o maior choque de sua vida: a preta estava ao seu lado ou, antes, bem atrás, olhando-a como quem vê um fantasma, uma alma do outro mundo. Regina podia esperar por tudo neste mundo, menos aquilo. Seu rosto foi desses que até podem matar uma pessoa. Houve um duplo espanto, quase tão grande como o susto. A preta disse o seu nome e ela mal pôde balbuciar, lívida:

— Nana!

— A senhora!

E olharam-se, em silêncio, atônitas. Nana voltava com a injeção de Maurício. Mas naquele momento se esqueceu de tudo, da injeção e de Maurício, mal acreditando no que via, como se a outra fosse uma aparição, qualquer coisa assim, e não um corpo real e sólido.

— De longe eu pensei reconhecer a senhora, mas não era possível. Vim andando, querendo ver, me certificar, e quando acaba — Oh! meu Deus!

— Sou eu mesma, Nana eu! Ou pensa que é meu fantasma?

— Mas não é possível, não é! — teimava Nana, torcendo e distorcendo as mãos.

Relutava em acreditar, achando aquilo impossível, apenas isso: impossível. Regina, com o coração quase parado no peito, um fio de voz, repetiu:

— É possível sim, Nana. Quer me tocar, me segurar, para ver que não é mentira? E como sou eu mesma?

— Mas, então, aquilo tudo?...

— Eu tinha que fazer aquilo. Você deve compreender que, nas minhas condições, era preciso uma coisa assim.

— E por quê? — a negra chorava. — E por quê?

Ela disse, apenas, resumindo todas as explicações num nome solidário:

— Maurício.

— Ah, então... Agora, compreendo. E foi... por isso? Por causa dele?

— Claro. Por Maurício, Nana, eu sei o que você está pensando de mim.

— Meu Deus! — soluçou a preta.

— Mas não faz mal, Nana. Eu não me arrependo, ouviu? Nunca me arrependerei. Eu não sou dessas que choram o próprio passo. Gostava e acabou-se. Se me der mal, paciência. Agora uma coisa eu peço de você, Nana. Por tudo o que há de mais sagrado no mundo.

Só então Nana reparou que estavam muito expostas, ali, num lugar por onde podia passar gente, sobretudo colonos de Santa Maria. Puxou a outra pelo braço:

— Aqui, não. Vamos para outro lugar.

Nana pensava que era absolutamente preciso que não fossem vistas, porque senão, nem era bom pensar. Acharam um lugar tranqüilo, bem discreto, onde poderiam estar à vontade. Nana olhava agora Regina; e, apesar do seu desespero, não pôde deixar de admirar a beleza da moça. "Que mulher bonita, minha Nossa Senhora!" Tanta beleza assim já lhe parecia — "Deus me perdoe" — pecado. Fora por isso, por causa dessa beleza, que... Nem queria pensar. E a preta chorava, sentindo que aquilo não podia acabar bem, iam descobrir na certa. Regina tomou-lhe as mãos:

— Nana, minha vida, minha felicidade, está nas suas mãos. Se você disser a alguém que me viu, ah! Nana, sou mulher para me matar no mesmo instante. E meu sangue cairá sobre sua cabeça, olhe o que estou lhe dizendo.

— Por mim ninguém saberá que... Nem fale nisso!

— Então, jure. Quero que você jure, na minha frente, agora.

— Juro — balbuciou a preta.

— Nana.

Sem querer, Regina tornava-se solene. Ergueu o busto, a cabeça (e era mais linda, assim, o cabelo tocado pela aragem, o perfil de contorno nítido, clássico, perfeito) e pareceu tomar o céu por testemunha:

— Deus a castigue, se você contar a alguém. Seja quem for.

Nana repetiu, enxugando os olhos:

— Juro.

Isso pareceu trazer um alívio enorme a Regina, uma espécie de felicidade. Animou-se (ela era assim, mudava com facilidade).

— Nana, você vai chamar Maurício. Preciso falar com ele.

— Seu Maurício?

— Maurício, sim. O que é que tem?

A preta estava atônita:

— Então a senhora não sabe?

— Não sei o quê? — o coração de Regina transiu-se.

— O que aconteceu com ele, não sabe?

Ela segurou o braço de Nana, enterrando suas longas unhas na carne da outra:

— O que foi? — e exigia que ela dissesse, com a voz subitamente rouca. — Diga!

— Parece que caiu, bateu com a cabeça. Mas foi coisa sem importância.

— Nana, você está me ocultando alguma coisa, Maurício morreu. Pelo amor de Deus, Nana, pelo amor que você tem...

— Juro! Está só machucado, mas ficará bom. Olhe aqui, uma injeção para ele. Está vendo?

— Vamos, Nana! Vou com você para Santa Maria! Quero ver Maurício!

E, naquele instante de desespero, passava pela memória de Regina, uma porção de imagens, de recordações de amor. Eram coisas doces, profundas e inesquecíveis; abandonos, ternuras, êxtases como nenhuma mulher sentira. Lembrou-se até de um beijo que ele lhe dera, um desses beijos que transformam em chama líquida o sangue de uma amorosa e a consome e deslumbra. Sofria, diante de Nana, como se a sua felicidade de mulher estivesse condenada. E teve um lamento:

— Bem que meu coração me dizia! Mas eu vou agora a Santa Maria, Nana, ninguém me impede — duvido!

A preta quis impedir, agarrou-se a ela. Lutaram as duas, Regina com as forças duplicadas pelo desespero...

Lena não se mexeu, não deu um suspiro. Era o medo que a tolhia e fascinava, um medo que nunca julgou fosse possível. Olhava somente, com um ar de choro (e, contudo, nem lágrimas havia nos seus olhos). Pediu, baixinho, sem possibilidade de falar mais alto:

— Não me faça mal.

— O que é que houve entre você e Maurício? Que foi, quero saber!

— Nada. Juro!

Ele apertou-a mais entre seus braços. Lena teve a noção de que seu peito era largo, forte e sólido (por isso é que ela se sentia tão mais fraca do que ele).

— Eu acredito — sussurrou.

E já não havia ódio na sua voz, já não havia ameaça. Ou antes: havia uma outra espécie de ameaça. Sua intuição de mulher percebia qualquer coisa, mas... Ele soprou-lhe ao ouvido:

— Sabe de uma coisa, quer saber?

Ela esperou, com uma sensação de desamparo absoluto. Sentia-se indefesa diante dele. Ah, um homem quando é assim forte e, ainda por cima, marido!... Sempre de olhos fechados, Lena percebeu que ele andava, que a levava não sabia para onde. Teve a impressão de que um abismo estava à sua espera. Ele dizia:

— A nossa lua-de-mel!

“Eu não tenho medo da esposa que morreu.”

20

ELA perdeu a cabeça. Percebeu que estava chegando o grande momento e a sua passividade se fundiu, de repente, num desespero doido. Começou a dizer tudo o que lhe veio à cabeça, ao mesmo tempo que esperneava, batia nele com os punhos e tentava cravar as unhas no seu rosto. Era como se uma loucura a possuísse. Ele não esperava por aquela; recuou o rosto, desviou das unhas que procuravam feri-lo; e teve vontade de bater-lhe, acabar com a fúria de mulher, brutalmente. Perdeu também a cabeça, porque ela finalmente conseguiu atingi-lo no rosto com as unhas, pouco abaixo dos olhos. Teve a impressão de que estava cego, berrou:

— Apanha na boca!

Lena esperava por tudo menos por essa ameaça física. Balbuciou:

— Você sempre está me ameaçando, me maltratando. Só sabe falar comigo assim? Pensa porque é mais forte do que eu...

— Você é a culpada! Fique quieta!

— Por que não me mata de uma vez? Pensa que pode bater na minha boca? Que é só querer?

Ele achava:

— É só querer, sim.

— Quero ver!

— E não me desafie! Não me desafie, porque senão...

Leninha compreendeu, naquele momento, que o marido cumpriria a ameaça. Teve ódio da própria covardia ("Oh! por que a mulher é assim?"); sua vontade foi de morrer. "Tenho medo, tenho medo", era o que reconhecia em si mesma; e era um medo abjeto, medo da violência física, medo ignóbil de apanhar. "Onde é que está minha dignidade?", perguntava, tremendo, e sentindo-se minúscula nos braços dele, infinitamente pequena, muito, mil vezes inferior a Paulo. Só o peito dele, tão largo, bastava para lhe dar uma consciência humilhante de inferioridade, de fragilidade, de impotência. E nem sentia mais raiva, ódio, nada senão o medo, o medo de criança, a quem ameaçam com chinelo. "Disse que me dava na boca", pensava, encolhendo-se, tão fraca e tão miserável que tinha asco de si mesma. E foi nesse pânico todo que lhe ocorreu dizer aquilo, lançar no rosto dele o nome e a memória da outra:

— Se Guida visse!...

Falara na primeira esposa sem pensar, sem premeditar: o nome da morta veio-lhe à boca espontaneamente e tão sem raciocínio, que ela mesma se surpreendeu, como se a própria voz a espantasse. Sentiu, imediatamente, que o atingira em cheio; ele estremeceu, como se recebesse uma pancada em pleno peito. Seus braços afrouxaram-se, ela sentiu o próprio corpo escorregar. E, enfim, pôde libertar-se, estava agora em pé, contemplando a fisionomia mudada do marido. Com um arranhão vivo e feio, pouco abaixo dos olhos, ele tinha um espanto nos olhos e uma expressão de sofrimento tal, como se a lembrança de Guida, caindo de repente ali, reabrisse uma antiga e cicatrizada lesão de alma.

— Guida, Guida... — balbuciou, olhando em torno, como se a morta pudesse estar no quarto, em algum canto, espiando, testemunha invisível e sobrenatural da cena.

E Lena tirou partido do sofrimento que o possuía; do medo que pressentia no marido, medo de um fantasma adorado. Sussurrou, sabendo que ia feri-lo uma vez, acordar recordações:

— Pensei que você gostasse mais de Guida...

Ele se virou para ela; estava tão desesperado que não descobriu a crueldade, a perfídia. Defendeu-se como uma criança:

— E gosto, sim! — repetiu, sombriamente. — Amo, amo!

— Então por que é que está aqui? Por que não me deixa?

Com a mão, ele segurou-lhe o queixo, olhando a sua fisionomia, o seu rosto, como se a visse pela primeira vez. Parecia espantado:

— Guida era tão mais bonita do que você, mas tão! Você junto dela não é nada, nada!

E tirou a mão, subitamente desinteressado daquela mulher que era sua esposa e, no entanto, parecia uma estranha. A esposa, em silêncio, sofria agora. Já ouvira aquilo outras vezes. Por uma incoerência muito de mulher, não gostou que ele tivesse dito aquilo, tivesse recordado a superioridade da outra. Pensou: "Se Guida é o que dizem, devia ter o corpo muito mais bonito do que o meu, tudo mais bonito!" E se amargurava, como se houvesse uma conspiração naquela casa, um verdadeiro complô para relembrar, sempre, sempre, que ela era uma menina sem graça, tão sem sal. Se estivesse sozinha, no quarto, iria agora mesmo ao espelho, se examinar, mas toda, ponto por ponto, numa minuciosa e implacável autocrítica. Teve novo ódio de Guida ao se sentir assim ultrapassada por uma defunta. "Eu estou viva, posso amar, beijar, sentir e, no entanto, um cadáver é mais forte do que eu!" Com uma falta de lógica absoluta, disse para o marido (ele estava mergulhado em não sei que sinistras evocações, saudades trágicas):

— Você é engraçado.

Ele teve um choque, caiu em si:

— O quê?

Ela falou com violência, sem medir palavras, sem mesmo saber o que dizia, excitada por um despeito que transbordava.

— É a primeira pessoa que vejo, a primeira, que prefere uma defunta a uma mulher viva!

— Cale-se!

Mas ela não se calou. Precisava ir até ao fim. Qual é a mulher que se cala num momento desses? Quando ele a ameaçara de lhe dar na boca, ela sentira, menos que a humilhação, o medo desesperado e infantil da pancada. Mas o confronto que Paulo havia feito entre ela e a "outra" desorientara Lena. Ela precisava desabafar, senão morreria de raiva.

— Então eu não sou nada diante de Guida? Não sou?

Ele concordou, lacônico e taciturno:

— Não.

Lena soltou tudo, alteou a voz:

— Ao menos não sou uma defunta, e ela é, ouviu?

Essa era a sua ingenuidade patética, a sua vingança: estava ali, viva, ao passo que a outra...

— Você já calculou como deve estar a "sua" Guida?

Sublinhou, gritou quando disse "sua". Ela que tivera tanto medo do marido, agora parecia desafiá-lo, aproximava o seu rosto do dele. E a sua excitação, a sua violência parecia impressionar Paulo, que estremecia a cada palavra da mulher. Contudo não disse nada, querendo ver até onde ela chegaria, naquela explosão de coisas recalcadas.

— Calculou? — insistiu, sabendo que ele havia de estar sofrendo tudo o que se pode sofrer. — Pois deve estar num belo estado! Há quanto tempo ela morreu? Há uns dois anos, não é?

E virava-se para o marido, triunfante:

— Pois é. Deve estar uma beleza.

— Cale-se! — repetia ele, sem ter, contudo, força moral bastante para fazê-la calar-se.

— Eu, pelo menos, estou aqui. Sou viva! Pode segurar no meu braço que ele não está em decomposição, segure!

E estendia o braço, num repto ao marido. Mas ele não quis tocar naquele braço vivo.

— Eu sou uma mulher e uma defunta não é nada, meu filho, não é mulher, nem coisa nenhuma, nada!

E batia na mesma tecla da vida e da morte, obcecada, vingando-se naquela crise (pois era uma verdadeira crise de nervos), de todas as humilhações sofridas naquela casa:

— Comigo é possível uma lua-de-mel. E quem se lembraria de fazer uma lua-de-mel com um cadáver? Quem? Só outro cadáver. Se você está morto, é outra coisa, aí é diferente...

— Quer então uma lua-de-mel?

Ela desconcertou-se, mas foi só um momento. Reagiu, logo:

— Não quero nada! Apenas achei graça. Pela primeira vez, vejo um homem fiel a uma mulher morta. Morta, meu filho, não precisa de fidelidade! Pode-se trair as mortas, que elas não reclamam!

E ela que, normalmente, respeitava, temia a morte, continuava, cruel e desesperada. Eram seus nervos, talvez não soubesse direito o que estava dizendo. Queria apenas ferir o marido, expulsar aquela defunta que se instalava na sua vida e que, a todo instante, era evocada, citada para a sua humilhação. Estava cansada, cansada. Fez uma ameaça:

— E outra coisa: tem aí uma caixa com umas coisas de Guida. Você mande tirar isso daqui, senão ponho fogo em tudo, estou avisando!

E sentiu-se segura pelos pulsos. Quis soltar-se, em vão. Ele perdera a paciência, crescia para a esposa terrível.

— Se não se calar! — exclamou ele — Quebro você, assim!

— Solte-me! — pediu, louca de dor.

— Peça perdão a Guida, peça! — exigiu, cerrando a boca.

E sublinhou que não era perdão a ele, que ele não interessava:

— A Guida! Ande!

E apertava os pulsos da mulher, com tanta força, que ela pensou: "Ele me quebra!" Ainda disse, na defesa desesperada da própria dignidade:

— Não! Não peço!

— Se não pedir!... Peça perdão, já, mas a Guida!

Aquela dor era demais. Já não agüentava. Quase gritou:

— Perdão.

Mas ele queria uma coisa completa:

— Assim não serve.

— Pelo amor de Deus, me largue!

— Diga: "Perdão, Guida"!

Exigia assim, como se Guida estivesse ali e pudesse ouvir o juramento.

— E de joelhos!

Obrigou-a a ajoelhar-se:

— Vamos, diga: "Perdão, Guida."

De joelhos, sentindo que ele acabaria partindo os seus pulsos, ela começou:

— Perdão...

Mas aí bateram na porta e...

D. Consuelo procurava fazer com que Netinha não tivesse dúvida nenhuma e se resolvesse a lutar pela conquista de Maurício. Apresentava mesmo um ponto de vista meio ousado:

— Esse negócio que dizem por aí, que a mulher é que deve ser conquistada, é bobagem. Que nada!

— Ah, D. Consuelo!...

D. Consuelo se animava:

— É preciso acabar com isso, minha filha. O homem também pode ser conquistado. Como não? Se é ele que vem ao encontro da mulher, muito bem. Mas, às vezes, a mulher tem e deve ir ao encontro dele. Se não for boba.

E continuou:

— Em amor não se deve perder tempo e andar com uns escrúpulos idiotas, fora de época! Por exemplo, seu caso...

— Que é que tem?

— Há, como você viu, a sua própria irmã no meio. Ela chegou antes, instalou-se; e, naturalmente, Maurício não procurará você. Agora eu pergunto: você deve ficar parada, feito uma boba, ou deve lutar pela sua felicidade?

— Não sei, D. Consuelo!...

— Que não sabe o quê, minha filha? Está claro, mais do que claro, que você deve ir ao encontro dele, conquistá-lo. Quantas vezes a mulher precisa inverter as posições. Faça o que eu digo que eu conheço essas coisas muito bem.

— A senhora acha que eu?...

— Acho. Mas nem tem dúvida. Você seria uma boba se começasse com timidez. Que timidez o quê! Isso já acabou, não se usa mais!

— É que nunca namorei.

— Que é que tem? Em amor, a mulher já nasce sabendo. Pensa que se aprende a amar? E o instinto, por acaso não existe o instinto?

Você acha que, por exemplo, se ensina a beijar? A mim, pelo menos, nunca me ensinaram coisa alguma. Olhe você. Você ainda agora não estava beijando Maurício?

Netinha virou o rosto, vermelhíssima. Não soube o que responder. D. Consuelo insistiu:

— E alguém ensinou você a beijar? Você já tinha beijado alguém?

Disse, de olhos baixos:

— Não.

D. Consuelo exclamou:

— Então? São coisas que não se ensinam, que a gente já nasce sabendo. Lute com Lena. Em amor, não existe esse negócio de irmã. Cada um por si...

Fizeram silêncio, porque abriram a porta. D. Consuelo pensou que fosse Nana, de volta com a injeção.

Era o Dr. Borborema. Ela se compôs depressa. O Dr. Borborema vinha com o relógio na mão:

— Já é tarde. E Nana que não vem!

— Eu vou ver, Dr. Borborema. Vou ver.

Deixou o quarto. O médico pousou a mão na testa de Maurício.

— Está com muita febre.

— Ele se salva, doutor? — era Aleijadinha que perguntava.

O Dr. Borborema não tinha dúvida:

— Salva-se, sim.

Netinha pedia por tudo neste mundo que o Dr. Borborema saísse. Chegou, até, em desespero de causa, a fazer uma promessa. Como se o destino resolvesse interferir, o médico também deixou o quarto. Ela suspirou, feliz. E teve um choque, porque Maurício abrira os olhos; mas o seu olhar tinha uma outra expressão, mais lúcida e compreensiva. Aleijadinha sofreu com isso, já com saudade do delírio. Sentiu que já não podia iludir o doente. E sem delirar ele não lhe daria mais o seu amor!

— É você?

Parecia espantado. Ela se ruborizou toda, sabendo que ele se desiludira:

— Sou eu.

Ele perguntou, depois de um momento:

— Lena não esteve aqui? Ainda agora?

— Não.

Ele fechou os olhos, com um ar de sofrimento:

— Pensei.

Mas custava a acreditar. Sentia na boca uma sensação persistente de beijo. Sim, apesar da febre, seus lábios guardavam o sabor de outra boca. Seria uma ilusão? Não podia ser. Era impossível que não tivesse sido beijado e estava certo de que por Lena. Era uma convicção desesperada. Sentia-se queimar de febre: e percebeu que o delírio se aproximava de novo, que se apossava dele. Abriu os olhos. Não era mais aquela menina aleijada que estava ali. Era a própria Lena. De branco (com um vestido que ele vira em Norma Shearer.) — Estendeu a mão:

— Vem!

Ela veio, dócil ao seu amor, sem uma resistência. O espaço se encheu de rosas brancas, de grandes e palpitantes rosas brancas. Apertou-a entre os braços, houve uma desesperada procura e fusão de bocas. Depois, novo regresso à realidade. Tornava-se lúcido outra vez. Via agora a Lena do seu delírio transformar-se naquela menina aleijada. Teve uma expressão de martírio. Netinha perguntou:

— Está sentindo alguma coisa?

Não respondeu: virou o rosto, com a cara trancada, e um verdadeiro sentimento de ódio contra aquela menina sem formas de mulher.

Bateram muitas vezes na porta do quarto. Mexeram no trinco. Exasperado, Paulo foi abrir. Leninha pôde respirar melhor, segurando o próprio pulso. Ergueu-se, vendo Paulo abrir a porta. Lídia entrou e sem reparar em Paulo, correu para Leninha. Parecia agir sob o estímulo do terror e estava inteiramente descomposta, como uma louca. Paulo olhava-a, desconcertado. Chegando junto de Leninha, que a esperava aterrada, Lídia não fez nada. Deu um grito terrível, rodou sobre si mesma, e seu belo corpo caiu pesadamente, como que ferida de morte.

Paulo correu.

Nana viu-se perdida. Regina iria de qualquer forma, estava frenética, inteiramente fora de si. Queria ir, queria ver Maurício; e via, em imaginação, o rapaz agonizando, morrendo... O seu amor parecia crescer e ela sofreu como se o rapaz estivesse condenado e ela fosse perdê-lo para sempre.

— Largue, Nana! Largue!

Procurava libertar-se das mãos da preta, iniciar uma fuga em direção de Santa Maria. Mas Nana se opunha, mostrando o absurdo, e as duas se atracavam. A preta tentava em vão convencê-la:

— A senhora não compreende que vai haver uma tragédia? Não compreende?

— Não quero saber de nada!

E não queria mesmo. Não previa conseqüências ou não queria prever. Contanto que o visse ainda uma vez, que pudesse ficar ao seu lado em vigília, de mãos dadas com o doente, sentindo o seu hálito e contemplando a sua beleza de jovem deus; e procurando a sua boca atormentada de febre. E uma vez conseguido isso, que lhe importava o resto? Que lhe importava o que dissessem. Podiam apedrejá-la. Ela aceitaria, feliz, qualquer martírio.

— Que vão dizer quando a senhora aparecer lá? — insistia Nana. — Me ouça!

Ela gritou:

— Nana, pelo amor de Deus!...

E mudou de tom, tornou-se meiga, suplicante, só faltou se ajoelhar:

— Você não compreende que eu tenho de vê-lo? Que preciso vê-lo?

A preta teve no seu desespero uma idéia: era uma loucura, mas em todo caso, loucura menor do que Regina queria fazer.

— Está bem. A senhora vai vê-lo, eu dou um jeito. Mas agora, não. Não agora.

— Então quando?

— Hoje mesmo, de noite. Mas quando não tiver ninguém no quarto, lá para a madrugada. Eu me ofereço para tomar conta dele; faço você entrar, pelos fundos. Mas só um pouco, um instante, está bem?

Regina teve medo de uma mistificação, procurou ler na fisionomia de Nana:

— Nana, você está falando sério?

— Então não estou?

— Jure. Quero que você jure.

A preta balbuciou:

— Juro. Mas agora sossegue: fique aqui, de madrugada virei buscá-la. Mas cuidado!

— Olhe, que se você não vier, já sabe; irei sozinha. Não tenha a menor dúvida!

— Virei, sim, virei... Vá agora, sim?

Lídia deu aquele grito, como quem, de repente, vê uma coisa terrível na sua frente (talvez um monstro) e rodou sobre si mesma. O seu belo corpo, tão alto e imponente, caiu pesadamente. Lena não teve tempo nem iniciativa de ampará-la, de amortecer a queda. Pareceu-lhe, a princípio, que Lídia tinha sido ferida, em pleno peito. Mas, não. Paulo se aproximou, carregando-a para a cama:

— É o ataque! — balbuciou, colocando Lídia no leito de Lena.

E logo veio gente, atraída pelo grito de Lídia, aquele grito apavorante, que não tinha nada de humano: D. Consuelo, Dr. Borborema e D. Clara. Chegaram, espantados; D. Consuelo perguntando, ao entrar:

— Que foi?

E logo sua atitude se modificou ao ver que era Lídia. Seu rosto perdeu aquela expressão assustada, tornou-se duro e cruel. O corpo de Lídia tremia todo, sua boca se fechava. O Dr. Borborema aproximou-se sem pressa, como quem já estava familiarizado com a crise. Com um dedo, levantou a pálpebra de Lídia, espiou; e ficou ao lado da cama, pensativo.

— Tão desagradável isso! — comentou, seca, com ar de nojo, D. Consuelo.

Lena olhava horrorizada, com uma contração dolorosa no estômago. Aqueles ataques davam de vez em quando em Lídia. Dizia-se: "Uma moça tão bonita e tem aquilo..." "Aquilo" era a crise, durante a qual a moça se desfigurava, ficava outra, uma coisa triste de se ver. Não se sabia direito o que vinha a ser aquela manifestação. Epilepsia não era. Muitos admitiam que fosse o demônio e que naquelas ocasiões, Lídia estaria possessa. Despertava desses estados, com um ar profético, fazendo predições, como se o mal lhe desse uma vidência, e dom de prever os acontecimentos e de se antecipar às desgraças e alegrias dos outros.

— Vamos ver o que ela dirá hoje — foi a observação de D. Consuelo.

Dr. Borborema não quis fazer comentário, mas sorriu, enrolando o cigarro de palha. Ele não acreditava em nada e muito menos em bobagens. Já dissera várias vezes: "Eu estou muito grande, muito velho!" E com isto tornava claro que a sua experiência não lhe dava direito de topar (ele mesmo usava o termo "topar") com "essas coisas". D. Consuelo, que se havia retirado por um instante, voltou trazendo um frasco que o Dr. Borborema deu à Lídia para cheirar.

Lena, sem uma palavra, contemplava Lídia. Mas seu pensamento estava longe dali; tão longe! Passado o primeiro momento de angústia física, diante dos espasmos de Lídia (que coisa horrível um ataque!), voltava seu pensamento para Guida. Quase pedira perdão à morta; e sem querer, experimentava um sentimento de gratidão para com Lídia. Ela chegara no momento em que Lena, derrotada pela dor, os pulsos quase triturados, ia se humilhando. Odiava a primeira mulher de Paulo; e no fundo do seu coração achava que ela era a culpada de todo o seu sofrimento. E agora que tinha muita gente ali, e que Paulo não poderia fazer nada, não resistiu à tentação de provocá-lo, de lhe fazer mal. Chegou-se para ele, falou entre dentes, quase sem movimento de lábios, de maneira que só o marido a escutasse:

— Fique sabendo que eu odeio Guida.

Paulo estava de perfil; ficou de frente para ela:

— Você ainda não está satisfeita, quer mais?

Falava também suavemente; e ninguém notou, ninguém reparava nos dois. Lena sabia que estava fazendo mal, que nada de bom podia resultar dali. Mas ela mesma não se reconhecia, não compreendia a maldade que secava o seu coração e lhe inspirava aquela vontade doída de feri-lo. E como se um demônio a possuísse, sugeria:

— Por que é que você não vai lá?

Ele caiu na tolice de perguntar:

— Aonde?

— Ao túmulo de Guida, com uma picareta; e não trata de ver como ela está agora, o estado atual. Você que tantas vezes a beijou, pode mais do que ninguém fazer um paralelo entre a boca de sua mulher agora e em vida. Será que há diferença?

Ele ouvia de olhos fechados, respirando forte, num esforço para se conter. Cada palavra da mulher ia, direta, à sua nostalgia da outra; e, ao mesmo tempo, a imagem de uma Guida destruída, de uma Guida em decomposição, parecia encher sua cabeça, atormentá-lo. Murmurou:

— Como você é ruim! Que mulher má!...

Ela teve outro tom, uma violência controlada:

— Pelo menos, a minha boca é viva, pode ser beijada! E a dela? Diga: você, que anda chorando Guida, seria capaz de beijá-la agora, no estado em que ela está? Seria?

Ameaçou em voz baixa:

— Eu perco a cabeça e...

Mas não acabou a frase. Lídia despertava. Sentou-se na cama, com uma expressão de quem não tem consciência do próprio movimento. Olhou em redor, mas evidentemente não enxergava. Via-se que ainda não estava lúcida e que era penosamente que voltava à realidade. Ninguém se mexeu, nem disse nada, e todos os olhos acompanhavam o que a moça fazia. Seus olhos passavam de uma pessoa a outra pessoa, e finalmente, se fixaram em Lena, que se colocara ao lado de Paulo. Foi levantando o braço, até que apontou para Lena com aqueles olhos que pareciam sem vida e sem luz:

— Você!... Você vai morrer...

Sua voz era lenta e inexpressiva; e mais grossa e viril do que nunca. Lentamente, todos se viraram para Lena, inclusive o Dr. Borborema, que tinha o frasquinho na mão. Havia qualquer coisa pairando na atmosfera; e o sentimento de todo o mundo foi de que um sopro de morte passara e de que alguém ali acabava de ser condenado. Lena sentiu-se alvo de todas as atenções; e ela mesma, sem sentir, torceu e destorceu as mãos, num gesto inconsciente de pavor. Seu medo de morte, seu velho medo da morte (como é triste a gente se dissolver debaixo da terra!), renascia com uma maior força. Murmurou:

— Não!

E fez um gesto, como se afastasse de si um horrível presságio. Lídia fechou os olhos, parecendo extremamente cansada; deitou-se e houve um silêncio profundo até que ela adormeceu. Depois daqueles ataques, cuja origem ninguém conhecia, ela se entregava a um sono incrivelmente sereno. Podia passar por morta, se não fosse a respiração regular, o doce ritmo dos seios, subindo e baixando. D. Consuelo virou-se para Lena (havia uma satisfação feroz na sua fisionomia, uma satisfação que foi notada):

— Ela disse que você ia morrer!

"Por que me olham tanto?", perguntou Lena a si mesma, saturada daquela curiosidade. Fez um esforço sobre si mesma e quis ser corajosa:

— A senhora acredita?

Um sorriso enigmático arregaçou os lábios de D. Consuelo. Olhou bem para Lena:

— Não sei, minha filha, não sei. Lídia às vezes acerta. Com Guida acertou, não foi, Paulo?

O filho não respondeu, como se essa alusão à mulher lhe fizesse um novo mal. Virou as costas e, em silêncio, se dirigiu para a janela. Mas D. Consuelo não quis perder aquela oportunidade de atingir a nora. As relações entre as duas mulheres atingiam um estado de exasperação tal que D. Consuelo sempre que via a outra custava a se conter. Aproximando-se de Lena, contou o caso de Guida:

— Na véspera de Guida morrer, Lídia teve um ataque desses. E fez a mesma coisa que agora. Quando despertou, apontou para Guida e disse: "Você vai morrer..." E ela morreu mesmo, no dia seguinte.

— Eu não acredito — balbuciou Lena. — Não acredito...

Mas era evidente que acreditava; ou que, pelo menos, se debatia em desespero, sem saber até que ponto devia aceitar a predição de Lídia. Mas não podia ser, não era possível. Procurava se apoiar numa base de raciocínio contra aquele terror que ia tomando conta de sua alma. Dr. Borborema, já refeito do espanto (também ele se deixara impressionar), quis fazer pilhéria:

— Tudo isso são bobagens!

Paulo passou e saiu, sem olhar para ninguém; e Nana apareceu na porta, com um pequeno embrulho.

— Você quase não chega — observou D. Consuelo.

E foram todos para o quarto de Maurício, ficando apenas Nana e Lena. Esta perguntou:

— Nana, onde é que está aquele cofre, aquela caixinha pequena?

— Qual?

— Aquela onde estão as lembranças de Guida, a combinação e outras coisas mais?

Espanto de Nana, que olhou o rosto de Lena, talvez procurando conhecer as intenções da moça. Mas a fisionomia de Lena estava fechada, não revelava nada.

— Ali — disse a preta, erguendo o braço na direção do oratório.

Mas não pode ser, não estava ali. Como é que foi isso?

— Foi Seu Paulo.

Uma cólera fria tomou conta de Lena. Não fez comentário. Foi lá e retirou do oratório, de junto da santa, o cofrezinho.

— É o cúmulo, botarem isso aqui! — exclamou.

A pequena chave estava pendurada. Nervosamente, errando no buraco da fechadura, abriu, afinal. Destampou, lentamente; e olhou um momento, fascinada. Ouviu, atrás de si, a voz assustada de Nana:

— O que é que a senhora vai fazer, D. Lena?

— O quê? — e teve um repente. — Isso!

Tirou a combinação de Guida, aquelas lamentáveis tiras, fez outras tantas tiras, numa fúria que nasceu subitamente, que lhe deu uma espécie de loucura. E, fora de si, foi num armário de parede, tirou uma caixa de fósforos, fez um pequeno monte de pano e ali mesmo, no assoalho, acendeu. Queria queimar tudo, achando confusamente que destruindo aquela lembrança da outra, teria destruído também a sua memória. Nana, caindo em si, quis se aproximar, apagar. Mas Lena, com a força que lhe davam os seus nervos, segurou-a:

— Fique aí!

E, imóveis, em silêncio, viam o fogo devorando os restos da combinação. "Vai ficar uma mancha negra no assoalho", pensou Nana. E quando tudo estava negro, consumido definitivamente, Lena teve uma alegria selvagem. Pisou aquilo, calcou com o salto aquelas cinzas, dizendo, repetindo:

— Eu não tenho medo de uma defunta! Ela não vai me fazer nada!

Seus nervos estavam em ponto de estourar. Virou-se para o cofrezinho, disposta a calcá-lo também, pisar nele, arrebentá-lo. Mas viu o cordão de ouro e a medalhinha de santa; e se deteve. Não podia destruir aquilo, seria pecado. Era muito religiosa e aquela era Santa Teresinha, a sua grande e doce devoção. Seu braço caiu ao longo do corpo; virou-se para Nana, espantada:

— Está vendo o cordão?

Teve o sentimento da inutilidade de sua violência. Perdera a cabeça, incendiara a combinação e quando acaba não conseguira expulsar, dali, a memória de Guida. Enquanto existisse aquele cordão e aquela medalhinha, a morta continuaria dominando a casa e os moradores, na sua presença imaterial. Soluçou, tapando o rosto com a mão:

— Guida é mais forte... Guida é mais forte...

Nana olhou-a assustada, pensando que Lena tinha enlouquecido.

D. Consuelo, por sugestão do Dr. Borborema, mandou que Netinha fosse dormir. A menina não queria, mas não encontrava pretexto para insistir demais. Nana, então, se ofereceu para ficar velando; e respirou, aliviada, quando D. Consuelo consentiu. Às dez e meia da noite, todos se recolheram. Lídia estava no seu quarto, com uma dor de cabeça horrível, repousando da crise. Lena não aparecia, sem querer ver ninguém. E o Dr. Borborema, agora que a injeção fora aplicada, retirou-se de Santa Maria.

No quarto de Maurício, Nana sentia-se sobre brasas. Lembrava-se de Regina e a falta de juízo da moça a apavorava. Que loucura a sua vinda a Santa Maria! E Nana sofria porque se julgava responsável (e muito!), no que acontecesse. E, ao mesmo tempo, raciocinava: "Que é que eu podia fazer?" Ela viria mesmo, viria de qualquer maneira e em pleno dia. "Mas que menina louca!" Esperou que passasse o tempo, numa impaciência, num nervoso horrível. E quando calculou que todos já estivessem dormindo, saiu, suavemente, tomando todo o cuidado para não fazer barulho. Ia buscar Regina, ia trazê-la para ver Maurício e sentia por antecipação um remorso de quem está cometendo um crime.

Mas nem todos estavam dormindo em Santa Maria. Dormiam D. Consuelo, Lídia e Netinha (esta última vencida pelo esgotamento); e Paulo, que se deitara no seu quarto de solteiro. Mas havia no silêncio quase trágico uma alma em vigília: Lena. Apagara a luz do quarto para que ninguém a julgasse desperta; e no escuro, os olhos abertos, ela parecia esperar. Tomara uma resolução desesperada: iria ver Maurício. Não queria saber das conseqüências que pudesse ter o seu ato. Lembrava-se das palavras de Lídia: "Só as mulheres loucas podem amar e ser amadas. Que importa o juízo em amor?"

Levantou-se no escuro; e, maciamente, sem fazer o mínimo rumor, abriu a porta e encontrou-se no corredor. Veio andando, andando; parou diante da porta de Maurício e, depois de escutar um momento, passou a mão no trinco e entrou. No princípio do corredor, surgiu, então, Nana, olhando; e em seguida...

21

"Eu queria tanto ser a única mulher e ele o único homem!"

A FEBRE continuava e ele mesmo pensava: "Devo estar com uns quarenta graus." Lábios completamente secos e uma sensação horrível de fogo na garganta. Oh, se tivesse alguém ali que lhe desse um copo de água! Mas Nana tinha saído; e, sozinho no quarto, os olhos ardendo, ele se sentia a um passo do delírio ou da morte. Fechava os olhos e os abria de novo. Inquieto, com vontade de se levantar e sair. "Não agüento esse calor, não agüento!..." Abriu a camisa. Já delirara tanto e agora mesmo podia estar sonhando sem saber. Que situação desagradável, exasperante, da pessoa que não sabe se está ou não lúcida!

Percebeu um rumor na porta; virou-se com esforço e procurou certificar-se. Sim, alguém mexia no trinco. A porta foi empurrada, maciamente, sem barulho nenhum; e começou a se abrir. Maurício experimentou um sentimento de medo quase infantil. "Por que não abrem de uma vez?", perguntou a si mesmo, enervado. Quem seria, àquela hora? E por que tanto mistério? Não seria tão mais simples abrir logo e entrar? Estava com os nervos tão abalados (era a intoxicação da doença) que aquilo lhe deu uma palpitação mais intensa ao coração. E teve um verdadeiro choque quando a pessoa, rápida, entrou e fechou a porta. "Lena", espantou-se ele, erguendo meio corpo, apoiando-se com os cotovelos na cama. Repetiu para si mesmo: "Lena, Lena", como se procurasse guardar este nome no seu pensamento ou no seu coração. Ela estava, parada, com a mão na altura do peito. Não se resolvia a avançar, como se o medo, a vergonha ou o desespero a imobilizassem. Maurício deixou-se cair na cama, com uma fadiga profunda. Sentia-se fraco e via as coisas mal, sem nitidez nenhuma; parecia que uma névoa se interpunha entre ele e as imagens. Sofria, porque não confiava em si mesmo, nas próprias impressões. "Estou delirando", era a sua obsessão. Não acreditava que aquela fosse Lena, não podia ser. Lembrou-se de que se enganara pensando que Aleijadinha fosse Lena; e se considerava vítima de uma nova ilusão. "Meu Deus, meu Deus", lamentou-se. E voltou a vista de novo, para aquela figura que supunha uma criação frágil e imaterial do seu delírio.

Lena permanecia imóvel, esperando que acontecesse alguma coisa, que ele dissesse uma palavra. Sentia-se desconcertada ou humilhada, porque Maurício não abria a boca e se limitava a olhá-la de uma maneira estranha. "Meu Deus, que loucura vir aqui. E agora?" Pensou em ir embora, mas um pensamento a deteve: "Sair é pior. Eu vou ficar, preciso ficar!" Pela sua memória passou uma série de fatos. Guardava ainda nos braços a marca dos dedos do marido: "Paulo só fala comigo para me humilhar, maltratar, me apertar os braços; e até já disse que me batia na boca." Não era criança para ser tratada assim, para apanhar, e muito menos de marido. Lentamente, aproximou-se.

— Maurício — balbuciou.

"Estou delirando, estou delirando", continuava ele, estendendo a mão, certo de que aquela figura não teria nenhuma solidez e de que ele só encontraria o ar. Lena recuou, assustada. Acabava de ouvir barulho de passos no corredor. Perdeu a cabeça. Se fosse encontrada ali, àquela hora (devia ser muito tarde), que iriam dizer? Seu primeiro pensamento foi se esconder em um lugar. E os passos se aproximando cada vez mais. Não viu nada, senão as cortinas da janela. E foi lá que se ocultou, o coração saltando no peito. Seu grande medo era que fosse Paulo. Ele a ameaçara até de morte; e Lena sentiu um novo amor à vida, uma vontade dramática de viver. "E se ele me encontrar aqui, me mata, na certa..." Admirava-se de que Maurício não tivesse dito uma palavra, nada. Que atitude estranha! Abriu um pouco as cortinas para espiar Maurício. Ele fechara os olhos; parecia adormecido, com uma expressão atormentada no rosto. Mas Lena teve que cerrar as cortinas, porque os passos paravam junto à porta. Ela ouviu que alguém mexia no trinco. Prendeu a respiração. Olhou, ainda, por uma pequeníssima abertura; a porta estava se abrindo, lentamente, e aparecia a cabeça de Nana. Examinava o quarto, via se tinha alguém, antes de entrar. Lena admirou-se: "Por que tanto mistério? Que coisa esquisita, meu Deus!" E já tranqüilizada, ia aparecer (de Nana não tinha medo, nem escrúpulo nenhum), quando a preta puxou pelo braço outra pessoa. Lena voltou atrás, assustada; e ficou vendo, tornando a abertura das cortinas ainda menor, mais imperceptível. E abafou um grito, tapando a própria boca com a mão. Acabava de entrar uma mulher, imediatamente atrás de Nana. "A mulher mais bonita que já vi na minha vida", disse para si mesma. Era uma desconhecida. Lena jamais a tinha visto... "Quem será?" Com todos os nervos tensos, fez um esforço para ouvir o que as duas dissessem. Elas falavam tão baixo!

A desconhecida se aproximava da cama de Maurício. Estava de frente para Lena, que pôde acompanhar todas as suas transformações fisionômicas. Viu quando a outra, sem resistir mais, rompeu em pranto e caiu, de joelhos, diante do leito. Maurício continuava de olhos fechados; era evidente que dormia. A mão da desconhecida avançava agora: pousou na testa do doente e desceu para o queixo, acariciando antes a boca.

— Tão lindo! — soluçou a estranha, e com um tal acento de desespero, que era como se estivesse diante de um morto.

— Pelo amor de Deus, fale baixo! — suplicou Nana.

Mas ela não ouvia a preta. Nunca o amara tanto, agora que o via assim, devorado por uma febre que devia ser um martírio e que, em poucas horas, parecia tê-lo emagrecido e marcado para sempre a sua fisionomia de santo. Quis beijá-lo e Nana tentou impedir:

— Não faça isso! Ele acorda!

— Será que eu não posso beijar o homem que eu amo?

A preta quis convencê-la:

— É por causa do estado dele, minha filha...

— Mas que é que tem? Só um, só um beijo!...

Parecia uma criança, uma criança a quem não se quer dar um bem muito desejado.

Prometia, com uma expressão infantil nos olhos e na boca.

— Eu beijo na testa.

E curvou-se para roçar, apenas roçar com os lábios, a testa de Maurício. E, de fato, parecia que ia ficar aí; mas quando viu o rosto dele tão próximo do seu e recebeu o seu hálito de fogo, não resistiu; seus lábios ávidos se uniram bruscamente à boca do rapaz. Ele acordou, em sobressalto, e seus olhos passaram de Nana à desconhecida. Parecia fazer um esforço para reconhecê-las. A moça quis sorrir.

— Sou eu, Maurício.

E tomou entre as suas as mãos quentes do rapaz. "Que febre!", inquietou-se. Ele olhou a moça em silêncio, enquanto ela, angustiada, esperava um reconhecimento, uma palavra ou um gesto. Mas ele virou o rosto, como se lhe fosse inteiramente indiferente aquela bela e apaixonada mulher que se debruçava sobre ele e que o fitava com tanta adoração. Mal sabia ela por que o rapaz estava assim; por que fechava os olhos; e procurava readormecer.

Maurício pensava que ninguém estava ali; e que o delírio se apossava dele, novamente. "Deliro", era o que dizia a si próprio. O beijo que o despertara ele atribuía também à febre que parecia consumir o seu corpo. "Ela não poderia estar aqui", pensava. Do lado, atormentada, Nana assistia àquele estranho idílio.

— Vamos — desesperou-se a preta. — A senhora já não viu?

Mas a linda desconhecida queria prolongar aqueles momentos. Tinha medo de partir e não vê-lo nunca mais. "Imagine se ele morrer na minha ausência!" Pediu, fez-se humilde:

— Mais um pouquinho, Nana; só um pouquinho, sim?

— Tenha juízo! Se aparece alguém! Não seja assim! Você prometeu!...

— Deixe, Nana!

Não largava a mão de Maurício. E estremeceu, porque Maurício abria os olhos e queria se levantar. E sorria (o delírio voltava agora realmente):

— Lena... Lena...

Detrás das cortinas, Lena sentiu como se recebesse uma pancada. Cerrou os lábios; foi tal a sua excitação nervosa, que teve medo de não se conter e gritar. E, ao mesmo tempo, uma doçura a invadiu, uma doçura mortal, uma súbita e desesperada gratidão à vida. Agora que ele, em delírio, dissera seu nome (ela percebera o delírio), sentia uma vontade de viver e, sobretudo, de amar. Que coisa doce e trágica era o amor que assim sacudia uma mulher, abalava o seu ser, dava-lhe uma espécie de meiga loucura. "Essa moça é tão bonita, tão linda! Mas que é que adianta, se é a mim que ele ama?"

A desconhecida estava de pé; repetia:

— Lena?... Lena?...

Custou a compreender. Nana explicou:

— Lena é a mulher de Seu Paulo.

A outra se enfureceu. Sempre desconfiara da fidelidade de Maurício, sempre. Ser fiel não era qualidade de um homem assim bonito! Mas só agora estava diante de um fato concreto; desesperou-se, com um ódio súbito dessa rival que não conhecia, que jamais vira e que lhe roubava o bem-amado. Perguntou para Nana:

— Há alguma coisa entre os dois?

— Não! — negou a preta.

E explicou:

— A senhora então não vê que ele não está em si?

Mas ela não se iludiu. Quando um nome de mulher aparece na boca de um delirante, não é sem motivo. Se ele, em meio da febre, fazia aquele chamado, é porque alguma coisa havia. Tinha que haver. Descontrolou-se!

— Quero ver essa mulher. Preciso falar com ela. Então isso é sério? Uma mulher casada que dá em cima do cunhado? Não, eu tenho que falar com ela!...

E, abandonando-se à sua mágoa, à violência dos seus ciúmes, disse coisas duras, ofendeu a rival (e nunca que poderia imaginar que Lena estava a poucos passos, detrás das cortinas, ouvindo tudo, recebendo em pleno rosto aquelas palavras. Lena sentia como se a estivessem enlameando, atirando nela punhados de lama. "Que linguagem ordinária", pensou, não se lembrando de que uma mulher despeitada ou ameaçada no seu amor é capaz de todos os desesperos e de todas as loucuras).

Nana só faltou cair de joelhos, implorando:

— Não diga isso! Que termos!

A outra não se calou, ninguém poderia contê-la. Aterrada, Nana fez um gesto, como se fosse tapar os ouvidos; mas desistiu exclamando:

— Minha Nossa Senhora!

Só Maurício não tomava conhecimento de nada, no seu doce delírio. Era, realmente, um delírio bom, que vinha realizar os seus desejos. Julgava-se ao lado de Lena. Nunca poderia pensar que outra mulher estava ali, testemunha patética daquele sonho. Segurando Nana, como se fosse bater na preta, a moça queria saber:

— É bonita?

— Quem?

— Essa Lena.

— Assim, assim.

— Quem é mais: ela ou eu?

Nana quis fugir à resposta, mas a outra exigiu, fez questão, quis ser informada. Nana disse, fechando os olhos:

— A senhora.

— E o corpo?

— Magra.

— Magra como? Há homens que gostam de magras. Ossuda?

— Mais ou menos.

— Isso não é resposta. Está com medo de me dizer?

E teve uma ostentação de orgulho.

— Corpo mais bonito do que o meu, não acredito que tenha. Então o que é que tem essa mulher? O que é que ele viu para andar atrás dela?

E virava-se para Nana, como se a preta pudesse esclarecê-la, conhecesse o gosto de Maurício. Nana guardou silêncio, inteiramente tonta, sob aquela fuzilaria de perguntas. Sem sentir, num movimento instintivo e bem feminino, a moça passou o braço pelo próprio corpo, como quem se acaricia a si mesma. Parecia estar se certificando de sua própria beleza, adquirindo uma nova consciência das suas formas.

— Que um homem deixe uma mulher por outra mais bonita, eu compreendo; ainda compreendo. Mas não assim! — e acrescentou, patética: — Eu sou muito mais bonita!...

Dirigia-se agora ao rapaz, erguia-se diante dele, ostentava-se. Era como se dissesse: "Olhe! Vê como sou bonita! Essa Lena pode se comparar a mim?" Mas ele não via aquela mulher tão formosa e infeliz. O que se levantava na sua frente era uma imagem de delírio, a imagem não possuída de Lena.

Detrás das cortinas, Lena se lembrava do beijo de Maurício em Netinha. Como explicar aquilo? Ou seria Maurício um desses homens que podem amar, ao mesmo tempo, e com igual intensidade, muitas mulheres, sem preferir nenhuma? Sofreu, pensando no que diziam de Maurício: na facilidade com que o seu coração se dava a qualquer sentimento. E espiou outra vez para dentro do quarto; a moça (como era linda, Deus do céu!) parecia numa outra atitude, sem a primitiva arrogância, um ar de sofrimento marcando a sua fisionomia. Disse, lentamente, depois de olhar Maurício ainda uma vez:

— Vamos, Nana, vamos que eu enlouqueço!

Nana foi logo na frente, antes que ela se arrependesse. Ao chegar à porta, a desconhecida murmurou, voltando-se para Maurício:

— Ele precisava ficar feio. Ah, se ele tivesse uma doença ou sofresse um desastre!...

Nana puxou-a.

— Vamos, vamos! Pelo amor de Deus!...

A moça abriu muito os olhos; era como se já visse, em pensamento, um Maurício feio, sem aqueles traços, aquele desenho de boca, o nariz, os olhos. Continuou:

— Ele seria só meu, nenhuma mulher o quereria, nenhuma!

— É tarde — gemia Nana.

Mas a outra estava obcecada. Parecia-lhe que aquele era o único meio de se assegurar da fidelidade de Maurício. Ou isso, a destruição da beleza, ou, então... a morte. E ocorreu-lhe ainda uma terceira possibilidade.

— Nana, sabe em que é que estou pensando?

Seu ar era tão estranho, sua voz estava tão mudada, que Nana estremeceu.

— Não. Que é?

— Estou pensando que seria tão bom que Maurício ficasse cego. Que não pudesse ver mulher nenhuma!...

O ciúme punha a moça fora de si. Era como se um vento de loucura a envolvesse. Seu olhar parecia realmente de loucura. Sem que Nana pressentisse, levou a mão à altura do seio; tirou de lá um alfinete rematado por uma pérola. Ela já não se dominava mais, na sua insânia. Avançou em direção ao leito; Nana perguntou, aterrada:

— Então não vem?

A moça disse, entre dentes:

— Vou cegá-lo! — e gaguejou. — Vou furar com isso os olhos dele! Não quero que ele veja mulher nenhuma — nunca mais!

Olhando pelas cortinas entreabertas, Lena não perdia um só detalhe da cena. Seus olhos já doíam daquele esforço de fixação. Viu, assim, quando a desconhecida parou, junto da porta, e tirou uma coisa do peito. A sua fisionomia estava já transformada (isso assustou Lena); os olhos, o vinco na boca, toda a sua atitude, era de pessoa que não regula, que não controla mais os próprios impulsos. A desconhecida parecia ter realmente enlouquecido. E quando ela disse, então, mostrando o alfinete de pérola: "Eu vou furar com isso os olhos dele", Lena não teve mais dúvidas. Aquilo não era mais amor, paixão, ciúmes; era loucura, uma força demoníaca que se apossava da infeliz e a arrastava. Numa fração de segundo, Lena teve a idéia de um Maurício cego, prisioneiro de trevas perpétuas, os olhos sem a luz e as imagens da vida, aqueles olhos que perturbavam tanto como uma carícia carnal. Lena não refletiu, não pensou. Tudo foi o instinto (ela mesma não sabia direito o que ia fazer). Saiu do seu esconderijo, apareceu quando Nana, ninguém, a não ser a própria Lena, poderia salvar Maurício, os olhos de Maurício. Enfrentou a outra mulher e atracou-se com ela, defendeu Maurício com o seu corpo e as suas mãos. A desconhecida não esperava por aquilo. E vendo aquela mulher sair das cortinas, avançando e atracando-se com ela, perdeu instantaneamente a cólera, desorientou-se. O alfinete atingira Lena, fizera um corte, uma linha de vermelho vivo na sua mão. Nana, que correra em vão para deter a louca, e que não teria conseguido impedir nada, balbuciou:

— Meu Deus!

As duas mulheres se olhavam, agora, em silêncio. Aquela surpresa fez com que Regina fosse gradualmente voltando à posse de sua verdadeira personalidade. Seu ímpeto para cegar Maurício fora um instante de insânia, uma dessas rajadas de ódio que envolvem por vezes as mulheres que amam muito, que amam demais; e caindo em si, ela olhava aquela intrusa de alto a baixo. Fazia um verdadeiro julgamento físico. E era esta também a atitude de Lena. As duas se espreitavam, sentiam-se instantaneamente rivais e já o ódio nascia entre elas, criava uma separação nítida e definitiva entre as suas vidas. "Como é bonita!", foi o juízo íntimo e desesperado de Lena. "É magra demais", comentou Regina para si mesma. Nana percebia o que uma e outra estavam sentindo naquele breve momento de crítica recíproca; era como se a preta lesse no pensamento de ambas.

— Quem é você? — perguntou Regina, sem tirar os olhos da outra.

— D. Lena — respondeu Nana.

Novo silêncio carregado de presságio. Um sorriso sardônico aparecia nos lábios de Regina. Mas Lena não se intimidava; seu espírito de luta renascia e, também, um sentimento de cólera fria e lúcida. Pensava no que já tinha sofrido na mão de mulheres e a sua revolta acumulada bem que poderia explodir agora. Parecia estar esperando apenas uma provocação da outra para reagir. Nana quis evitar um choque (previa mesmo um escândalo, com uma série de conseqüências trágicas). Interpôs-se entre as duas.

— Vamos, D. Regina, vamos! A senhora prometeu!...

Regina afastou Nana, grosseiramente.

— O que é que fazia essa mulher ali?

Sublinhou "essa mulher", e a inflexão dada era em si mesma um insulto.

— Mulher é você! — foi a réplica lacônica e cortante de Lena. Mas não se exaltou ao dizer isso; nenhum músculo de sua face tremeu. Estava de uma serenidade perigosa, uma impassibilidade quase sinistra. Regina ficou de frente para a rival; era como se Nana tivesse deixado de existir e só estivessem ali as duas, lutando com suas armas femininas pela posse de um mesmo homem.

— Eu não gosto de mulheres que se escondem — disse Regina.

Lena ironizou:

— Sua opinião me interessa muito!

Não deixaria nada sem resposta.

— E isso aí?

— O quê?

— Isso que você tem no lábio de cima? Esse sinal?

Sem querer, Lena levou dois dedos aos lábios, como se pudesse sentir o sinal pelo tato.

— Que é que tem? — perguntou.

— Quem foi que lhe fez?

Lena compreendeu aonde a outra queria chegar e se admirou: "Como é que ela foi notar isso?" Mentiu:

— Ninguém.

Regina saltou:

— Ninguém o quê! Não seja mentirosa.

E era uma outra Regina que falava. Sem aquela falsa serenidade, inteiramente dominada pela violência do próprio temperamento.

— Isso é beijo. Aposto...

Era uma acusação. Parecia considerar um beijo o último dos pecados. Lena quis irritá-la:

— Então é beijo — pronto!

Regina perdeu a cabeça.

— Cínica!

Não lhe ocorrera insulto maior; e disse a primeira palavra que lhe veio à cabeça, palavra inútil, que nenhum mal causou à Leninha e até lhe deu um sentimento feliz de superioridade.

— Cínica, eu? Por causa de um beijo. Ora!

— Por causa de um beijo, sim!

— Ah, minha filha! — o tom de Lena era frívolo e petulante — Se você acha que um beijo é sinal de cinismo, então, está tudo acabado!...

— E quem lhe deu? Quem foi?

— Não seja curiosa! Que coisa feia!

Mas Regina exigia, precisava saber. "Só pode ser Maurício, refletia, com um ar de martírio; e, apesar de sua quase certeza, queria uma resposta para duvidar até o último momento".

— Quem foi? — insistiu, numa obsessão.

— Não sei.

— Tem medo de dizer — e abaixou a voz, mudou de atitude, para perguntar, a medo. — Foi Maurício?... Foi?...

— D. Lena!... — balbuciou Nana, aterrada, também desejando e temendo a resposta.

Mas Leninha não deu o braço a torcer. Resistiu, adivinhando que a outra sofria mais sem uma certeza definitiva.

— Desista, que eu não digo! Digo o quê!...

E houve um novo silêncio. Por um segundo, pareceu que Regina ia perder outra vez a cabeça, bater em Lena. Mas, súbito, a sua agressividade desapareceu, se fundiu numa atitude de angústia e de lamento.

— Foi Maurício, sim, ninguém me tira isso da cabeça. Eu conheço, eu sei como é o beijo de Maurício! No princípio, então!... No princípio parece que cada beijo é o último!...

E já parecia não estar falando para ninguém, senão para si mesma. Voltava ao passado, sentindo uma necessidade de retornar ao tempo em que ela era tudo para ele, no tempo em que seus beijos demoravam tanto, pareciam não ter fim, eram carícias bárbaras, quase brutais. E confidenciava, dizia coisas de sua intimidade, do seu passado amoroso, coisas secretas e adoráveis, que devem morrer com a própria mulher e que ela revelava, ali, com um inesperado impudor. Chorava; e teve um novo rompante, uma fúria repentina.

— Só Maurício beija assim! Foi ele, não foi?

E olhava para a boca da rival. Parecia procurar nos lábios de Lena um feitiço qualquer misterioso e fatal, que tivesse inspirado em

Maurício a necessidade brusca do beijo. Seus olhos desciam agora, corriam o corpo da outra. E se recusava a acreditar.

— Mas não é possível, não é! Eu sou mais bonita! Mas não faz mal, não tem importância...

Dizia a mesma coisa que Lídia. Aquilo fez Lena sofrer; e ela reagiu, embora não deixando transparecer a sua cólera.

— É possível, sim, minha filha!

E dizia "minha filha", sabendo que a expressão exasperava Regina.

— Alguma coisa eu tenho, não sei, mas tenho! Pode não ser beleza, não digo que seja!

— Não é nada! — interrompeu Regina.

— Como não? — obstinava-se Lena. Como não, ora essa? Então por que...

Fez uma pausa intencional e pérfida. A outra quis saber:

— O quê?

— Então por que é que Maurício anda atrás de mim? Por alguma coisa tem que ser, claro!

— No mínimo, você se ofereceu...

— E você, o que é que fez?

Regina mudou de tom.

— O que eu fiz não interessa. O que interessa é que eu... eu...

Era como se um novo sopro de insânia passasse pela sua vida. Continuou:

— Eu vou...

Ninguém vira Paulo sair. Ele precisava de ar livre; o quarto de solteiro, a que se recolhera, atormentava-o como uma prisão. E procurava agora a noite. A figura de Lena estava no seu pensamento; de Lena e de Guida. Imaginava-as de todas as maneiras, rindo, chorando, andando, sentadas. Fazia paralelos entre as duas; e vinha à sua lembrança o beijo que havia dado em Lena. Sensação esquisita a sua, que não definira ainda, quando seus lábios se uniram aos da mulher. Lena tinha os lábios frescos. "Ou, então, eu é que tenho uma boca muito quente." O certo é que lhe ficara uma sensação de frescor, quase de frio, de umidade.

Andando na noite, sem nenhum destino prefixado, teve aquela inspiração, de repente: "Preciso de um amor na minha vida, senão enlouqueço!" E ainda ressoavam nos seus ouvidos as palavras de Lena: "a minha boca pode ser beijada e a de Guida, não; a boca de Guida está destruída..."

E o sentimento de que a morte não respeita nada, decompõe tudo, os olhos, a boca — deu-lhe uma sensação aguda e pungente. Parou no meio da noite, e refletiu:

— Uma mulher bonita, quando morresse, devia ser embalsamada...

Porque era essa a única maneira de preservá-la, de torná-la intangível. E continuou o seu raciocínio: "Uma mulher bonita devia ser bonita mesmo depois de morta." E ia avançando, sem saber para onde os seus próprios passos o levavam; só muito tempo depois é que notou: tomara o caminho do túmulo de Guida, como se um instinto o arrastasse. Ela, sempre ela! Estava presente à sua vida, ao seu pensamento e ao seu sonho. Parou diante do túmulo, como se o visse pela primeira vez. Lindo mausoléu, com aqueles quatro ciprestes, um em cada canto, e construído na solidão. Fez um esforço de imaginação, procurando conjeturar como estaria ela, depois de tanto tempo, como estaria aquele corpo que os cães haviam estraçalhado. Mas nenhuma imagem se formou no seu pensamento. Em vez de Guida, o que surgia, na sua visão interior, era a figura de Lena. Disse a meia voz:

— Eu não sofro nada, nada!

Ouviu, então, atrás de si, uma voz:

— Falando sozinho, meu filho?

Voltou-se, rápido. O padre Clemente estava diante dele, com a sua fisionomia triste e simpática. O religioso saíra de casa, num daqueles passeios solitários que fazia, às vezes, nas grandes noites de angústia. Paulo teve uma expressão atormentada que o outro não notou.

— Padre, estou diante da sepultura de Guida e não sofro.

O padre foi lacônico e vago:

— O tempo, meu filho.

Era o pensamento banal de que o tempo tudo destrói, mesmo os amores supostamente imortais. Diante do túmulo solitário, Paulo murmurou:

— Eu devia ter morrido quando Guida morreu.

— Não diga isso! Você ainda é moço...

— O que é que o senhor acha, padre? — havia uma certa ironia na pergunta. — Acha que eu vou sentir a mesma saudade de Guida a vida inteira?

O outro defendeu-se com uma evasiva:

— Ninguém pode prever, meu filho.

Paulo teve uma súbita revolta. Era impossível que os sentimentos sofressem o mesmo processo de decomposição que os corpos mortos. Não podia ser. Havia qualquer coisa de infantil, de absurdo, no seu desespero contra tudo que passa, tudo que acaba, na alma dos homens.

— A minha saudade será a mesma, sempre, sempre. Amarei Guida até morrer!...

O padre teve medo daquela intensidade. Mas limitou-se a dizer, a meia voz, com receio de exasperar o moço:

— Mas não se esqueça, meu filho, de sua esposa viva.

O tom de Paulo foi amargurado:

— Ah, é mesmo! Me esquecia que eu tenho uma esposa viva.

E com um novo sofrimento, quis se despedir, mas o padre o segurou pelo braço. E disse, como que tocado de uma inspiração súbita:

— Paulo, quem sabe se você já não está amando Leninha?

Netinha despertou, com uma sensação horrível de angústia: era como se tivesse alguém no quarto, além de D. Clara, que, na cama do lado, dormia serenamente. Aleijadinha levantou-se descalça (o soalho estava frio) e acendeu a luz, olhando em torno, medrosa. Não havia nada, não havia ninguém. Apagou a luz, e seu pensamento fugiu para Maurício e para os seus beijos. Teve de novo na boca a sensação de que seus lábios eram tocados. Era como se tivesse feito o descobrimento do amor. Já o conhecia, através de cinema, de conversas, da própria imaginação e do próprio sonho. Mas nunca pudera imaginar que fosse assim, que tivesse realizado aquela força, aquele poder. Compreendia agora e tinha pena das mulheres que pecam. E fez uma reflexão:

— É por isso que Lena está assim.

Esta reflexão sugeriu imediatamente um sentimento de rancor para com a irmã. "Eu nunca odiei ninguém, mas agora..." Não completou seu raciocínio, com medo de si mesma. No meio do quarto, dentro da sombra, teve uma necessidade absoluta de ver Maurício. "Tenho que vê-lo". Podia ser imprudência, loucura. Mas estava naquela situação de mulher que não manda em si mesma, que não controla os próprios atos e nem sequer os próprios sentimentos. Apanhou o roupão, deu o laço na cintura, abriu a porta. Estava no corredor longo e vazio. Foi andando, procurando pisar com suavidade; e, já próxima ao quarto de Maurício, julgou ouvir vozes, lá. "Mas não é possível!", foi o que disse a si mesma. Chegou na porta, procurou escutar (não percebeu nada) e entrou.

Mal Netinha havia desaparecido, quando apareceu um vulto no princípio do corredor. Era Paulo. Hesitou um momento, lutou consigo próprio. Afinal, tomou uma resolução. E avançou lentamente no corredor.

22 "A morte surgia entre os dois enamorados."

PAULO vinha com os ouvidos ressoantes das palavras do padre Clemente: "Quem sabe se você já não ama Leninha?" Para o religioso estava aí a salvação do rapaz. Ele precisava de um novo sentimento, forte, poderoso, absorvente, que o reconciliasse com a vida e o afastasse da morte. Por isso o padre Clemente desejava, com todas as suas forças, que o milagre se desse; que a saudade de Guida fosse substituída pelo amor de Lena. "Talvez ele não ame ainda a esposa viva", fora o raciocínio do padre, "mas é possível que venha a amar; e, então, as minhas palavras terão sido proféticas." Paulo, porém, não reconhecia em si mesmo nenhum sentimento mais terno em relação a Leninha. "Nem interesse físico", concluía, achando que isso era a última palavra a respeito. Uma coisa o preocupava, entretanto. Uma vez que era assim (e era), como se explicava a sua perturbação? Estava realmente inquieto, como se nascesse no seu corpo um princípio de febre. Ao deixar o padre Clemente, depois de um último olhar ao túmulo solitário de Guida, viera andando pela noite, com a cabeça cheia. E quando chegou na fazenda, não se dirigiu ao seu quarto de solteiro. Ocorreu-lhe uma idéia que, a princípio, quis afastar; depois, mudou de opinião. "Preciso ir lá", foi o que resolveu depois de vencer uma certa resistência íntima. Não sabia para quê. Deixava-se levar por uma secreta intuição. Talvez fosse um erro o que ia fazer. Mas, em todo o caso, tentaria. Subiu as escadas, procurando abafar o rumor dos passos, andar tão silenciosamente quanto possível. Ele mesmo não saberia explicar por que tomou essa precaução.

Quando chegou ao alto da escada, hesitou uma última vez; disse para si mesmo, com a fisionomia vincada de sofrimento: "Eu amo Guida, eu amo Guida." Era como se quisesse se convencer a si mesmo. Netinha acabara de entrar no quarto de Maurício. E quase, quase que Paulo a via.

Ele venceu a última dúvida. "Vou, sim. O que é que tem?", pensou, parecendo estar argumentando contra a própria consciência. Veio caminhando sem fazer barulho. Mas o assoalho era velho, estalava sob os seus pés. De vez em quando fazia um ruído que o irritava; mas se tranqüilizava, pensando: "Todo o mundo a esta hora está dormindo." E quando passou pelo quarto de Maurício, parou, para escutar. Nada. Prosseguiu.

Deteve-se no quarto de Lena. Ficou imóvel, diante da porta, como se estivesse lutando, ainda, consigo mesmo. "Ela deve estar dormindo", calculou. E segurou no trinco, torceu. O quarto estava escuro. Entrou e...

Quando Regina dissera:

— Eu juro que...

Nana exclamou:

— Vem gente aí!

O pânico da preta se transmitiu instantaneamente às outras. Maurício dormia agora; parecia sonhar e devia ser um sonho bom. Aquela expressão atormentada que marcava a sua fisionomia fora substituída por uma serenidade absoluta; tinha mesmo na boca um sorriso feliz. Regina e Leninha se concentraram, procurando ouvir. Escutavam passos no corredor. Alguém vinha andando e, com certeza, na direção do quarto de Maurício.

— Estou perdida! — sussurrou Regina.

Só agora compreendia a sua loucura. Que diriam se a encontrassem ali? E que conseqüências, meu Deus!, ia ter a sua imprudência. Lena também se desesperou, sentindo-se covarde diante do perigo.

Conhecendo mais o quarto, correu e Regina foi atrás. Esconderam-se detrás das cortinas. Nana só sabia dizer:

— Eu não disse?! Eu não disse?!

Fechou as cortinas completamente sobre as duas; alisou, para que não ficasse nenhuma prega, nenhum relevo suspeito. Ainda pediu:

— Pelo amor de Deus, não se mexam!

E voltou para junto da cama de Maurício, procurando aparentar a maior calma e naturalidade. Mas seu coração não tinha sossego dentro do peito, fora inteiramente do ritmo normal. A pessoa que vinha pelo corredor estava parada diante da porta. "Por que não abre de uma vez?", era o lamento de Nana. Seu desejo naquele momento foi de que aquela situação de espera acabasse logo e a pessoa se revelasse. O espanto da preta foi enorme quando Netinha surgiu. Pensara tudo, menos que fosse Aleijadinha.

— Que susto a senhora me deu! — suspirou Nana.

Em todo o caso, melhor, muito melhor que fosse a menina e não D. Consuelo ou Paulo.

— Ele está melhor, Nana?

As duas falavam em surdina; segredavam quase. Regina e Lena prendiam a respiração detrás das cortinas. Ouviam com muita dificuldade o que Netinha e Nana diziam. Lena percebeu que Regina usava um perfume muito bom, muito suave, que devia ser bastante caro. Teve uma certa tristeza: "Eu não uso perfume." Isso deu-lhe um sentimento agudo de inferioridade; sofreu, teve mais raiva de Regina. Esta não se mexia, parecia não respirar. E fez, súbito, uma maldade bem do seu temperamento: segurou o braço de Lena e enterrou as unhas, suas longas unhas bem pontudas, na carne da rival. Lena quis puxar o braço, mas não pôde, porque aumentava a dor. Cerrou os lábios, trancou a boca, para não gritar. E o prazer de Regina era maior, mais sádico, sabendo que a inimiga teria de sofrer em silêncio, quase passiva, e nem ao menos poderia dizer uma palavra ou fazer um gesto. Quando Regina largou, por fim, tirou as unhas, Lena segurou o próprio braço e quase caiu, cega de dor. Mas aquilo não eram mais unhas; eram garras, meu Deus! Regina ainda fez um comentário encostando a boca na orelha de Lena:

— Gostou?

Era um acinte de mulher que acaba de torturar outra mulher. As cortinas fechadas impediam a penetração de luz; as duas estavam no escuro e Regina não pôde ver o olhar carregado de ódio que Lena lhe dirigiu. Lena disse, num cicio (foi uma coisa tão baixa, um fio de som, apenas):

— Você me paga!

E a raiva recíproca fazia com que se esquecessem do perigo de serem descobertas ali. Lena sentia o hálito da outra, o rumor de sua respiração; seus corpos se tocavam. Ela podia sentir as formas de Regina. Seu braço devia estar sangrando e, ao mesmo tempo, roxo (ainda doía incrivelmente). Houve uma troca de ofensas, ditas em surdina:

— Você não presta!

— E você? Presta, talvez?

— Ele é meu!

— Coitada!

— Acha?

Felizmente, as cortinas e o próprio tom em que falavam impediam que no quarto se percebesse o diálogo. Netinha, sem imaginar nem por sonho que havia duas mulheres escondidas ali, olhava Maurício. Já não era amor que iluminava os seus olhos, mas adoração, fanatismo, um desses sentimentos que consomem uma alma como uma chama viva. Murmurou para Nana:

— Nana, você quer saber de uma coisa?

— O quê?

— Sabe que eu gosto de Maurício, mas gosto mesmo de verdade?

— Minha filha!

Havia tudo nessa exclamação da preta: espanto, medo, dó, tudo. Nana já suspeitava do sentimento, mas de um sentimento frágil da menina, desses que não duram muito, passam com o tempo. E eis que, de repente, notava que Netinha era uma mulher. Seu modo de falar, sua expressão ao confessar o seu amor, seus olhos não deixavam dúvidas. A exclamação da preta chocou Netinha. Ela percebeu logo por que Nana se espantava.

— Você não acredita, não é, Nana, que Maurício venha a gostar de mim?

— Quer dizer, minha filha...

— Pode falar francamente. E também pode olhar para a minha perna.

— Não olhei, minha filha — desculpou-se Nana, que, realmente, tinha olhado.

— Olhou, sim, olhou. Não minta, Nana!

A preta não teve o que dizer. Baixou os olhos, com uma vergonha horrível. Detrás das cortinas, Regina e Lena ouviam. Regina entreabrira, muito ligeiramente, as cortinas, para ver quem era a mulher que estava no quarto. Olhava, e a primeira coisa que notou (foi uma coisa imediata, instantânea): a perna de Netinha. Ciciou para Lena:

— Aleijada!

E era como se o defeito de Netinha fosse um triunfo para ela, Regina. As palavras de Aleijadinha faziam um grande mal às duas, principalmente a Lena. Regina fechou as cortinas e colou de novo a boca ao ouvido de Lena:

— Por que é que você não entra?

Lena teve um choque:

— Não.

Com Netinha, lá, não entraria, em hipótese nenhuma. Mais fácil seria enfrentar Paulo, numa situação daquelas, do que a irmã de criação. E a recusa de Lena, e sobretudo o tom dessa negativa, deu uma idéia a Regina. Ela sorriu no escuro. Tomara uma resolução que, se a outra soubesse, ficaria em pânico. Dissimulando a própria malícia, Regina insinuou:

— Olhe uma coisa.

Lena, tola, foi realmente olhar. Adiantou-se um pouco, seu vulto avançou para espiar. Era o que Regina queria. Colocando-se, rápida, atrás de Lena, empurrou-a violentamente. Sem equilíbrio nenhum, ela tropeçou e foi esparramar-se no meio do quarto. Netinha e Nana abafaram um grito. Regina, mais do que depressa, fechou as cortinas sobre si mesma, continuando invisível e certa de que nem Nana nem Lena diriam de sua presença ali.

— Lena!

— D. Lena!

Foram as simultâneas exclamações de Nana e Netinha.

Longe, muito longe dali, na fazenda dos Figueredo, as três irmãs velavam. Dormiam no mesmo quarto (desde criança era assim) e estavam de luz apagada. No escuro sentiam-se melhor, mais confiantes, as suas confidências eram mais livres e mais ousadas. Vestiam camisolas de pano ordinário, fechadas no pescoço. Desde a morte de Guida que um enfeite qualquer, um tecido mais transparente, um detalhe de elegância ou de faceirice pareceria à família uma falta de respeito à memória da morta. Lourdes, Ana Maria e Lúcia conversavam sobre a morte de Paulo, que lhes parecia uma coisa certa. Mais cedo ou mais tarde, ele pagaria tudo, tudo. Aquelas mocinhas não tinham segredos entre si. Contavam tudo, pareciam virar a alma pelo avesso. Ana Maria queixava-se, atormentada:

— Tomara que Marcelo mate logo Paulo.

— Para acabar logo com isso.

— Está demorando tanto!

Houve um silêncio. Ana Maria perguntou, a medo, incerta se teria direito de dizer uma coisa dessas.

— Será que a gente, depois que Guida for vingada...

E se deteve, com medo e vergonha de prosseguir. Mas o hábito de dizer a verdade, de não esconder nada, era tão absoluto, que a moça venceu os próprios escrúpulos.

— Será que a gente pode namorar?

Podia-se escutar o tríplice suspiro. A simples interrogação feita chegava a parecer sacrílega num ambiente como aquele, dominado pela saudade e pelo culto de uma morta. As três irmãs sofriam porque estavam pensando naquilo, em vez de se devotar estritamente à lembrança de Guida. Ao mesmo tempo, o costume da sinceridade as levava a revelar mesmo as coisas ruins que pensassem ou sentissem. Lourdes levantou uma dúvida:

— Será direito?

— A gente namorar?

— Sim.

Ana Maria observou:

— É tão bonito uma saudade que não passa!

Lourdes insinuou:

— Talvez se possa namorar e, ao mesmo tempo, sentir saudade de uma irmã que morreu.

— Talvez.

— Mas... namorar quem?

— Aí é que está.

— Pois é.

Procuraram se lembrar, a memória trabalhando. Fulano, não servia; Sicrano, também. Conheciam muitos rapazes mas todos sem graça, feios, deselegantes, esquisitos, grosseiros, nem sei como. Assim, também, não valia a pena.

— Tem que haver um — disse Lourdes.

— Mas é que nós somos três — lembrou Ana Maria.

— Ainda é cedo para pensar nisso. Primeiro, vamos vingar nossa irmã.

— Ah, quando Paulo morrer!

— Paulo só, não. E a mulher dele?

— É mesmo. Eu me esqueci.

— Mas não devia.

Ana Maria disse:

— A mulher dele deve ser entregue a nós. Eu tenho uma porção de idéias. Nada de matar. Desfigurar, deformar, isso sim.

Paulo torceu o trinco e entrou. Fechou a porta suavemente. Houve um rangido, mas não passou daí. Ele esperou um pouco, com receio de que o ruído tivesse acordado Lena. E não pôde deixar de sorrir no escuro. "Tantas precauções para entrar no quarto de minha mulher!" E essa observação lhe deu uma certa tristeza ou a certeza de que era apenas um marido nominal, de que seu casamento fora uma comédia, uma mistificação. Ficou hesitante, sem saber se acendia ou não a luz. Mas aquelas trevas eram propícias. Veio andando, lentamente. O soalho rangia de vez em quando. Ele mesmo não sabia o que estava fazendo ali, por que entrara no quarto da mulher. Agia sem raciocínio nenhum, por puro instinto, como que arrastado por uma força estranha. E continuavam nos seus ouvidos as palavras do padre: "Quem sabe se você já não está amando Leninha?" Teve um riso silencioso. Estava ao lado do leito. Procurou ouvir a respiração da esposa. Perguntou a si mesmo se ela teria um sono tranqüilo ou agitado. Mas não ouvia nada, nada. Era como se estivesse no leito uma pessoa morta. Com a mão tateou o leito. No primeiro travesseiro não tinha nada. Então, ela estaria com a cabeça no segundo travesseiro. Nada, também.

Foi, então, que acendeu a luz, espantado. O quarto estava absolutamente vazio e a cama de lençóis intactos. Julgou compreender instantaneamente tudo; e um fogo de loucura apareceu no seu olhar. Disse, em voz alta, como se estivesse falando para alguém:

— Ela está com Maurício!

E sua mão desceu para o bolso do revólver, acariciou a coronha. Uma expressão de crueldade vincou sua boca. Pensou:

"Ela me escapou uma vez. Mas agora mato-a!..."

E, mancando, se encaminhou para a porta.

Mas quando passou a mão no trinco, hesitou. "É melhor esperar aqui no quarto!", resolveu. Fechou de novo a luz e sentou-se na cama. "Enquanto ela não aparecer, não sairei daqui. Vai ter uma bonita surpresa." E não deixava de acariciar a coronha do revólver, com um duplo sentimento de amargura e de ódio. "Ou será melhor apanhá-la com Maurício?" A idéia de surpreendê-la ao lado do irmão e de atirar nos dois, prostrá-los ao mesmo tempo, pareceu fasciná-lo. Esteve para se levantar outra vez e sair. Mas, finalmente, decidiu esperar. Era melhor mesmo ficar ali, e quando ela chegasse, acendesse a luz e o visse ali, esperando, teria um susto formidável. Odiou mais a mulher do que Maurício. "Não acredito em mulher nenhuma", disse, a meia voz. Primeiro Guida e agora Lena. Por mais que não amasse sua esposa atual, ainda assim ela não teria o direito de fazer aquilo, sobretudo na própria casa do marido, dias depois do casamento. Uma reflexão fê-lo sofrer: "Guida fez aquilo e, ainda assim, eu a amo." A consciência desse amor, que resistira à prova da infidelidade, atormentou Paulo, exasperou-o. "Por que eu gosto ainda de Guida? Por que tenho saudades, se ela não foi direita comigo, se eu a vi fazendo aquilo?" E surgiu na sua memória, com uma nitidez absoluta, a cena do beijo: Maurício e Guida, perto da árvore... Poderia ter feito uma desgraça naquele momento. Mas amava Guida tanto, tanto, que ficou tolhido, sem coragem de nada; e fugira, num passo incerto de bêbado, dizendo coisas sem nexo. Agora descobrira uma verdade: "É muito mais fácil matar uma mulher a quem não se ama." O que ele não fizera com Guida ia fazer com Lena. Justamente porque não havia entre ele e a segunda esposa nada, nada.

E como Lena demorava! Por que não vinha logo? Por que não entrava? Meu Deus, meu Deus!

Lena estava diante de Netinha. Nana, estarrecida, contemplava as duas. E, em meio de sua angústia, não pôde deixar de pensar que o caso daquelas irmãs ia ser como o de Paulo e Maurício; um ódio mortal surgiria entre elas. Estava tão certa disso como de que ia morrer um dia. Podia ter feito um gesto, dito uma palavra, tentado uma explicação. Mas nenhum raciocínio, nenhuma lógica é possível, quando duas mulheres se odeiam. O que tinha que fazer era esperar, esperar.

— Você? Você?

Aleijadinha custava a acreditar em si mesma, custava a acreditar nos próprios olhos. "Minha Nossa Senhora", era a sua íntima exclamação. Lena não disse nada, de olhos baixos, gelada de vergonha. Se, ao menos, pudesse correr, fugir, ir para muito longe! Pensou em se encaminhar para a porta, abrir e se refugiar no seu quarto, trancar-se lá, cobrir-se com os lençóis.

— Devia ter vergonha! — gritava Netinha, aproximando-se da irmã.

Segurou Lena pelos braços, suas mãos iam apertar no mesmo lugar em que Regina cravara as unhas. O sofrimento físico pareceu despertar Lena.

— Não toque aí — e abaixou a voz para explicar. — Está machucado.

— Então, você não tinha nada com Maurício, não é?

— Netinha, pelo amor de Deus!

— Que é que você estava fazendo ali? Diga!

Respondeu, patética:

— Nada, nada!

— Mentirosa!

Aquele termo, aquela acusação de mentirosa, pareceu mexer com a passividade de Lena. Disse, procurando se conter:

— Não me chame de mentirosa.

— Por que não, se você é?

Lena ergueu a cabeça; nascia dentro dela uma certa exasperação.

— O que eu fiz de mais?

— Ainda pergunta?

Então a atitude de Lena mudou; subitamente tornou-se doce e triste.

— Amo um homem. E isso é alguma coisa de mais? Alguma mulher pode me acusar por causa disso? Me atirar a primeira pedra?

— Pode, pode atirar, sim.

— Mas por quê? Se tantas fazem como eu faço?

— Você é casada!

— Sou casada?

Havia um certo espanto doloroso na fisionomia de Lena. Ela perguntou "eu sou casada?" como se ignorasse o fato ou não estivesse definitivamente certa do seu casamento. O marido tinha tão pouco de comum com ela, que Lena custava a aceitar a realidade do próprio matrimônio. Perguntou, com agressividade:

— E que é que tem isso?

— Tem muito. Uma mulher casada não pode fazer certas coisas.

— Acho que eu mando nos meus próprios sentimentos. Você pensa o quê? Que a gente gosta porque quer, porque teve vontade de gostar?

— Penso. Penso, sim — afirmou.

— Você é criança, Netinha! Você não sabe de nada, não sabe de coisa nenhuma. Por isso se espanta, fica admirada.

— Fique sabendo que eu sei até demais.

— Sabe nada. Se soubesse, perceberia que a nossa vontade é fraca, que muitas vezes não queremos fazer uma coisa e quando acaba!

— Desculpas! Desculpas!

— Somos vencidas sempre, Netinha, sempre. Você pensa que eu não sei que estou fazendo mal, que não sei que não devo gostar de Maurício?

— Então piorou!

— Mas o que é que adianta eu achar ou deixar de achar? Se assim mesmo gosto dele, se ele é tudo para mim?

— Ah, confessa!

Havia uma exasperação feroz de triunfo na voz de Netinha. Pela primeira vez Lena se deixava vencer, gritava o seu amor, fazia uma confissão total. Estava num desses momentos de crise, em que a mulher se abandona, se despoja de todos os escrúpulos.

— Confesso — admitiu, com um ar de sofrimento. — Confesso porque é verdade.

— Nunca pensei que você...

Mas Lena interrompeu, como se experimentasse uma necessidade absoluta de revelar os seus sentimentos mais secretos. Nana ainda quis intervir. Pensava em Regina; acabava amanhecendo e a situação ficaria, então, irremediável. Mas Lena falava, em voz baixa; e suas palavras lhe davam uma certa graça fatigada.

— Sonho com ele sempre, todos os dias. Não quero, mas sonho.

E isso era para sua alma uma delícia e um tormento. Só as mulheres que amaram muito poderiam compreendê-la. Netinha protestou, então; aproximou-se.

— Duvido que você o ame mais do que eu!

— Pois amo!

Era uma discussão infantil, sem nenhuma lógica (boba, boba!), nenhum senso comum; pareciam, realmente, duas crianças, cada qual querendo provar que gostava mais ou que sabia amar melhor, de uma maneira mais profunda e total. Escondida nas cortinas, Regina tinha vontade de aparecer. "Aqui nesta casa parece que todas as mulheres amam um só homem." Que ambiente devia ser, quanto ódio devia impregnar aquela atmosfera! Sem poder entrar, sem possibilidade de participar daquela discussão, ela pensava em Maurício. Ele dormia com aquela beleza que, apesar de máscula, parecia excessiva para um homem. “Um homem assim não pode inspirar sentimentos sossegados.” Lembrou-se de que as mulheres que o conheciam tinham vontade de morrer por ele e com ele. Depois de se ver um homem desses, de ter experimentado a sua ternura, não se podia amar ninguém mais, ninguém.

— Mas eu sou solteira! — exclamou Netinha.

— Que é que tem isso?

— Tem que eu posso amá-lo e você não.

— Podem falar dos meus atos e não dos meus sentimentos.

Netinha só faltou gritar.

— E o que é isso que fez, senão um ato?

— Não fiz nada.

— Não veio aqui? Não veio aqui de madrugada? Não se escondeu atrás das cortinas?

— Me escondi — desafiou.

— Pois é. Já não é mais ele que vai ao seu encontro. É você que vai ao encontro dele. Isso é indigno de uma mulher.

— Ele está doente. Doente, ouviu? Pode morrer.

E a idéia de um Maurício morto teve o duplo poder de abalar Lena e Netinha ao mesmo tempo. Elas sentiram bem a medida do seu amor diante da sugestão da morte. Instintivamente voltaram-se para o bem-amado. Ele continuava a dormir, o rosto mais pálido (a cor viva da febre havia cedido, desmaiado um pouco. Esqueceram-se, então, de si mesmas e do ódio que as separava, ódio que podia ser de momento, mas que também podia se interpor entre elas, sempre e sempre). E como por um acordo sem palavras, as duas se dirigiram ao mesmo tempo para o leito; Lena ficou de um lado, Netinha do outro. Aleijadinha tomou entre as suas a mão de Maurício. Aquilo deu uma raiva pueril a Lena. Mais que depressa, ela se apoderou da outra mão do belo e fatigado doente; e se olharam, hostis. Regina via, através das cortinas, a cena. Que vontade, meu Deus, de fazer uma loucura, acabar com aquilo de uma vez! Nana balbuciou:

— Não sejam crianças!

Era, de fato, uma criancice que estavam fazendo, mas elas não percebiam. E Aleijadinha teve uma atitude inesperada: curvou-se rápida e beijou a mão de Maurício. Aquilo foi como que um golpe físico para Lena. Seu impulso imediato foi fazer o mesmo. Mas não esperava pela intervenção de Nana, que a segurou, pediu pelo amor de Deus.

— Não faça isso, D. Lena!

— Mas ela fez!

Nana tomou coragem, ralhou:

— A senhora parece criança!

— Você vai ver! Deixa estar! — ameaçou Lena.

E o amor a transformava numa criança grande. Deixara por momento de ser mulher; era uma verdadeira menina. Nana segurava-a pelos pulsos. Parecia que enquanto não houvesse entre os dois, entre Lena e Maurício, nenhum toque, nenhuma carícia realizada, ainda se podia talvez salvá-la. Procurava despertar na alma de Lena o sentimento de sua dignidade. A moça chorava, numa dessas mágoas sem limites.

— Isso é desaforo! Beijá-lo na minha frente!

E no absurdo do seu despeito, era como se tivesse sido roubada numa propriedade sua. Teve vontade de gritar: "Ele é meu!" Como quase todas as mulheres, o fato de amar um homem parecia implicar um direito de propriedade sobre esse homem. Calou-se, porém, num último esforço de compostura.

— Vá para o seu quarto, minha filha! Vá, sim!

— Vou, mas ela vai ver!

Netinha, então, quis humilhar bem a irmã. O amor transformava a sua natureza mansa, doce e afetiva, dava-lhe uma maldade que jamais existira no seu coração. E provocou, quando Lena já se retirava com Nana:

— Você pensa que foi isso só?

Lena virou-se, sem entender bem.

— Isso o quê?

— Um beijo na mão.

Com uma expressão de espanto no rosto, Lena procurava em vão meios de se defender do novo golpe. (Porque aquilo devia ser um novo golpe.)

— Que é que você quer dizer?

— Beijo na mão não é nada, minha filha, nada.

Lena começava a compreender, e se crispava toda, fechava os lábios.

— Se você visse!... Se você pudesse imaginar!

— Até logo.

Encaminhou-se para a porta, querendo fugir, com medo de escutar o resto. Mas Netinha, tenaz e cruel, foi atrás, puxou-a pelo braço.

— Espere. Ouça o resto.

— Não me interessa.

— Tem que ouvir. Ele me beijou na boca, percebeu? Na boca.

E ao mesmo tempo em que se vangloriava assim nessa ostentação de vaidade, Netinha pensava: "Se Lena soubesse que ele me beijou pensando que a minha boca fosse a dela!" A outra tinha visto, fora testemunha. Mentiu:

— Não acredito!

— Pois beijou...

Mas as duas emudeceram. Ouvia-se uma nova voz dentro do quarto, uma voz que saia das cortinas.

— Quem é você para beijar Maurício?

Aleijadinha virou-se, aterrada. Regina aparecia, erguendo bem o busto, numa atitude a que a sua beleza dava uma verdadeira imponência. Netinha abria muito os olhos. Nana cobriu o rosto com a mão: "E agora, meu Deus? Mas ela é completamente doida!" Houve um silêncio. Regina avançou, parando a alguns passos de Aleijadinha. Olhou a menina de alto a baixo. Afetava um ar de piedade insultante.

— Sim, quem é? — insistiu.

Aleijadinha não soube o que responder, branca, sem uma gota de sangue no rosto.

— Então você não se enxerga? Não tem um espelho? Olhe aí!

E apontava para a perna de Netinha. A menina baixou os olhos, espantada, como se pela primeira vez visse o próprio defeito.

— Aqui neste quarto — continuou Regina, com um acento feroz — aqui tem uma mulher que pode amar aquele ali: sou eu, ouviu? Eu!

Lena não quis continuar ouvindo. Mexeu no trinco e saiu. Parecia uma sonâmbula. Netinha ficou mais um minuto, talvez. Sem dizer uma palavra, olhando só aquela mulher bonita (jamais vira coisa igual) que saíra das cortinas como por um efeito de mágica. "Ela me chamou de aleijada", era o que repetia sem cessar, para si mesma.

— Compreendeu? — perguntou a outra. — Maurício não amará nunca uma mulher como você. Sou eu o único amor que ele já teve e que terá. O único! — e fez um gesto para a preta. — Vamos, Nana.

Saiu e Nana a acompanhou. A preta ia feliz, apesar de tudo, porque Regina se resolvia, afinal, a partir. Netinha nem olhou para Maurício. Deixou que as duas se afastassem e, por sua vez, deixou o quarto. Estava vazia por dentro, como uma mulher cuja alma foi destruída.

Lena entrou no quarto pensando: "Devo ter febre." Não quis acender a luz; encaminhou-se para o oratório. Ajoelhou-se diante da imagem e não teve nem tempo de se concentrar para a prece. Ouviu a voz de Paulo:

— Tem coragem de rezar depois do que fez?

Ele apertou o botão da luz, iluminando o quarto. Lena ergueu-se, sem um sinal de medo.

Viu o revólver na mão do marido. O cano estava voltado para ela.

— Eu não disse que matava você, se você se metesse com Maurício?

Estava com o dedo no gatilho e...

“Seria tão bom se eu morresse.” 23

ELA podia correr, gritar ou se ajoelhar aos seus pés, pedindo perdão. Mas não se mexeu. Estava incrivelmente serena e seus olhos não refletiam nem medo, nem espanto. Erguia-se diante do marido como se realmente esperasse e desejasse a morte. Paulo apontava o revólver, seu dedo estava no gatilho e jamais odiara tanto a mulher com um ódio assim frio e lúcido.

O que o exasperava era a coragem tranqüila da mulher, a calma com que ela esperava o tiro. Ele teria desejado que Lena desesperasse, arrastasse os joelhos no chão e pedisse pela própria vida. Em vez disso, em vez do pânico e da humilhação, ela perguntou, sem tirar os olhos dele:

— Atire. Por que não atira?

“Seria até bom”, era o que ela pensava, “assim eu não tinha mais que me incomodar com ninguém.” Morrer antes de pecar e não depois, morrer com a boca ainda pura do pecado. “Eu ainda não pequei e posso morrer. E se não for agora...” Cerrou os lábios, desejando um descanso, um repouso tão doce e completo de corpo e alma, como só a morte pode dar. Mas ele não atirava, não puxava o gatilho. Parecia esperar (mas esperar o quê, meu Deus?); e olhava para a mulher, como se quisesse fixar e guardar para sempre aquela imagem tão serena que parecia oferecer o peito à vingança.

E como ele não fizesse nada, ela se aproximou; estava a dois passos do marido; parecia realmente desafiá-lo. Perguntou baixo, tão baixo que ele quase não ouviu:

— Está com medo?

Ele não respondeu, encostou o cano do revólver no seu peito. Ainda assim, Lena não recuou; teve apenas um rápido estremecimento que percorreu seu corpo e não deu para fundir sua calma.

— Ainda me desafia? — perguntou, também sereno, de uma serenidade apavorante.

Confirmou, sem altear a voz:

— Desafio.

— Não acredita, então, que eu mate você?

— Acredito, mas não tenho medo.

Paulo sentiu, então, uma necessidade súbita de saber o que tinha havido entre ela e Maurício, saber tudo, conhecer a verdade integral.

— O que é que você foi fazer lá?

— Não me pergunte — pediu; e pela primeira vez sua voz traía um certo desespero.

— Mas eu quero saber.

— Eu não digo.

O marido percebeu a obstinação; compreendeu que ela não diria nunca; e isso lhe deu uma sombria exasperação. "Se ela se cala", deduziu, "é porque houve tudo. Há certas coisas que as mulheres não dizem, nem mortas!..." Ele abaixou o revólver. Sentia que se a matasse, ela morreria com o nome de Maurício nos lábios e no coração. Lena acompanhou o seu gesto; o marido estava derrotado. "Covarde, covarde", pensou, apesar de tudo. Teve uma maldade repentina, uma tentação de fazer pouco dele, de ironizar, de tirar partido daquela fraqueza.

— Um homem que não tem coragem de matar uma mulher não sabe amar, não pode ser amado.

— Acha? perguntou, a sério, com uma expressão de sofrimento e de cansaço.

— Acho.

— E se eu mudar de opinião e meter seis tiros no seu corpo?

— Duvido.

Os dois se olharam. Ele ia falar, mas calou-se. Ocorria-lhe agora uma idéia que era também uma maneira de feri-la, e de uma maneira mortal. Sua fisionomia mudou, sorriu sinistramente:

— Eu vou fazer coisa melhor do que matar você.

Lena percebeu nos olhos dele uma maldade implacável. Adivinhava confusamente aonde ele queria chegar.

— O que é? perguntou, a medo.

— Vou matar Maurício!

Nana abriu a porta e espiou: o corredor estava vazio. Chamou Regina e as duas saíram. Só se falaram quando chegaram lá fora.

— Agora, vá, minha filha. Vá, pelo amor de Deus, por tudo que você tem de mais sagrado.

Mas Regina continuava no mesmo lugar.

— Você viu, Nana? Viu?

— Mas o quê, D. Regina?

— Viu como é Maurício?

E teve uma explosão:

— Ah, um homem assim não devia viver! — e continuou — não presta, não vale nada!

— D. Regina! — balbuciou a preta, assustada com o desespero da outra.

Mas Regina se entregava toda à própria dor. Sofria como jamais pensara que uma mulher pudesse sofrer:

— Por que é que ele tem aquela beleza? Nenhuma mulher pode vê-lo sem ficar louca, perdida, perdida. Se ele fosse cego, se não visse mais mulher nenhuma!... Só assim, Nana, só assim!...

— Sossegue, minha filha, que é isso?

Mas ela não queria ouvir nada, não queria escutar a voz da razão. Apenas um fato enchia a sua cabeça: Maurício cansara-se dela; procurava um outro amor. Ela já não era bastante, meu Deus! Amaldiçoou Lena:

— Deixa estar, deixa estar! — era esta a sua ameaça. — Essa mulher está pensando o quê? Que pode fazer o que bem entende? Mas ela não me conhece. Eu sou de uma família que não sabe perdoar! Você vai ver, Nana!...

E fugiu, desapareceu dentro da noite. Nana ainda ficou parada, um momento, impressionada com o tom da moça. Uma mulher tão bonita e sem juízo nenhum, uma verdadeira cabecinha de vento. Caindo em si, a preta voltou para o quarto, nervosa. Tinha acontecido tanta coisa naquela noite, mas tanta, que ela abriu a porta, com medo. Quem sabe se não ia encontrar lá outra mulher, também perdida de amores por Maurício? Eram tantas! Mas não havia ninguém no quarto: só Maurício. Graças a Deus! Estremeceu vendo que o rapaz estava de olhos abertos.

— Nana — perguntou ele, mal a preta apareceu; e quando ela se aproximou: — Esteve alguém aqui, Nana?

Perturbou-se e mentiu com uma certa dificuldade.

— Não, Seu Maurício. Ninguém.

Ele fechou os olhos, com fadiga:

— Engraçado. Eu ouvi vozes aqui dentro. Com certeza delirei, mas é estranho, muito estranho... Ou — quem sabe? — não foi delírio, foi sonho...

E o que o impressionava era que o delírio ou o sonho tinha uma semelhança espantosa com a realidade. Julgara ver no quarto três mulheres (Lena, Regina e Netinha) disputando a sua posse. Mas o que provava o sonho era a presença de Regina. Ela não poderia ter estado ali, claro.

Quando Paulo disse que matava Maurício, Lena mudou como da noite para o dia. Num instante, sua coragem desapareceu (ele mesmo não esperava que a ameaça produzisse um efeito tão rápido): segurou o braço de Paulo, mas tão pálida que o marido pensou que ela fosse ter uma coisa, cair. Murmurou:

— Não faça isso.

Ainda procurava conter-se, mas estava a um passo do desespero.

— Faço, sim. Faço!

— Por que não me mata? Por que não atira em mim?

Ele descobrira o ponto fraco de Lena; queria explorar agora a vantagem; fazer a esposa sofrer e, sobretudo, humilhar-se.

— Você não interessa, Maurício interessa mais, muito mais. Nem tem comparação.

Queria exasperá-la até à loucura, ver até onde ia o seu sentimento por Maurício. (E estava, realmente, decidido a matá-lo, resolver de vez aquele ódio que os separava.)

— Covarde. Covarde — gritou, sentindo que o insulto era inútil, que passava sem atingir o marido.

— Quem manda você fazer o que fez?

— Eu não fiz nada. Mas nada.

— Fez, sim. Foi lá.

Ela mudou de atitude; não queria irritá-lo mais, agora que Maurício podia morrer. Começou a chorar:

— Ele está doente. Fui saber como estava passando. Só.

— Pensa que eu acredito?

— Juro.

— E você foi ao quarto dele de madrugada?

— Estava sem sono — explicou, infantil.

Ele abaixou a voz (oh, que ironia abominável havia nas suas palavras):

— E desde quando a insônia justifica um pecado?

Desesperou-se:

— Eu não pequei! Juro outra vez, quer? Não me acuse, pelo amor de Deus, não me acuse!

— Teria graça que você confessasse.

— Mas ele está com 40 graus, não pode nem abrir os olhos. Reflita!

— E o que é que você fez lá dentro?

— Nada, nada, absolutamente nada.

— Pensa que eu acredito? Eu não nasci ontem, minha filha.

Abriu o tambor do revólver; examinou-o; recolocou-o de novo no lugar; e quis se encaminhar para a porta. Ela se agarrou a ele, fora de si:

— Eu não deixo, ouviu? Não deixo!

Paulo sentiu aquele corpo. Tinha uma noção das formas de Lena. Era fina e magra. Quis se desprender, mas a esposa estava ligada a ele, colada; a excitação duplicava-lhe as forças.

— Não seja boba! Quem é você para mandar em mim?

— Sou sua esposa! — exclamou.

E repetiu, com a voz diferente, como um eco de si mesma:

— Sua esposa.

— Ah, é? — ironizou.

— Sou.

— Descobriu isso agora?

— Não brinque.

— Estou falando sério. Pode ser esposa, mas só de nome, minha filha.

— De qualquer maneira...

— É você mesmo quem não se farta de dizer, de frisar, que eu sou seu marido apenas nominal. Agora, só porque Maurício está ameaçado, você usa esse argumento. Engraçado, muito engraçado. Mas é inútil. Chegou tarde, tarde, minha filha!

— O que é que você vai fazer?

— Já lhe disse: matar Maurício.

Gritou:

— Caim!

Aquilo lhe ocorrera nem sabia como. Um grito que viera sem premeditação, do fundo de sua alma. Repetiu, surdamente:

— Caim!

Foi uma coisa tão inesperada que, por momentos, Paulo se desconcertou. Mas não tardou a voltar a si. Fez um movimento de corpo que a atirou longe; e encaminhou-se para a porta, com aquela acusação no pensamento, repetida por uma voz interior: "Caim! Caim!" Ela se levantou, veio cambaleando, tonta da queda, caiu aos seus pés, abraçada às suas pernas:

— Peça tudo que quiser. Eu faço tudo. Faço!...

— Faz mesmo?

Ele estava parado junto à porta, com a mão no trinco, meio virado para a mulher. Lena, de joelhos, encostava a cabeça nos seus joelhos. Era a primeira vez que ela se humanizava perante o marido; e que chorava assim, numa dessas crises de pranto que despojam a mulher de toda a dignidade. Paulo a contemplava com certo espanto; e pensava: "Deve gostar muito dele para estar assim, para chorar dessa forma." Ele estava cansado daquilo tudo e se interrogava a si mesmo: "Por que voltei estupidamente?" Ergueu-a, pelos cotovelos:

— E se eu lhe pedir uma coisa?

Passou as costas da mão nos olhos inchados:

— O quê?

— Eu queria de você uma coisa, mas não à força, à força não interessa; uma coisa que você dará do fundo do coração. Senão não serve.

Lena não entendia. O que ele queria era fazer uma experiência, uma experiência cruel, que era pior do que tudo.

— Está bem — murmurou ela. — Pode dizer.

E Paulo disse:

— Dê-me um beijo.

Os seus rostos estavam bem próximos um do outro. Lena teve um choque, mas reagiu sobre si mesma, procurando se conservar o mais natural possível. Mas seu coração batia desesperadamente. "Preciso ser heróica, preciso me sacrificar", eis o que ela repetia para si mesma.

— Dá?

Hesitou ainda e respondeu com esforço:

— Dou.

— Então dê.

Ele refletia, com um jeito sardônico na boca: "Um marido pedindo um beijo da esposa, como se fosse uma coisa do outro mundo!" E esperava a iniciativa da mulher. Lena venceu a sua resistência íntima, ficou na ponta dos pés e fechando os olhos, roçou com os lábios na face de Paulo. Sentiu na boca a aspereza da barba.

— Não serve — disse ele, lacônico e mau.

— Não serve por quê? — desesperou-se.

— Eu quero um beijo, mas você sabe onde é. Na boca.

Teve vontade de gritar que não, isso não, que na boca não queria. Então, o marido segurou-a pelos braços, disse, positivo, olhando-a bem nos olhos:

— E tem mais. Só não matarei Maurício, se você me beijar na boca e se esse beijo me emocionar, me der vontade de retribuir, se eu gostar, enfim — percebeu?

Lena compreendeu pela primeira vez a perversidade de Paulo. Era isso — que miserável!

— Não — e recuou. — Não!

Era revolta de sua carne e de sua alma, uma repulsa de todo o seu ser, quase uma náusea. Cerrava os lábios, obstinava-se; e repetia, surdamente:

— Não!

— Você diz não — a voz de Paulo era perigosamente macia — diz não porque não acredita em mim. Pensa que não estou falando sério. Que assim como não matei você, não matarei Maurício!

Lena recuou mais:

— Prefiro morrer, ouviu? Morrer! Me mate, ande!

— Você não!

E como a mulher não respondesse, ele abriu a porta e anunciou, antes de sair:

— Maurício é homem morto! Vai levar seis tiros... Reze por ele!

Correu para ele, colocou-se na sua frente, impedindo a passagem com o seu corpo fino e frágil.

Ele se divertiu cruelmente com o desespero da mulher.

— Não disse que não queria? — perguntou Paulo, sem pena nenhuma (ela respirava forte).

— Mas quero! Quero!

— Vamos entrar, então.

— Vamos — balbuciou.

Teve medo que Paulo mudasse de opinião; não o largou enquanto a porta não se fechou; ela mesma foi quem torceu a chave. Estavam trancados e Paulo não foi generoso, quis fazer ironia:

— Mas como é? Você se fecha comigo? Quais são suas intenções?

Fechou os olhos, com as faces queimadas de vergonha:

— Não brinque — implorou.

— Não estou brincando. Sério.

Face a face com o marido, ela não sabia o que fazer. Dizia mentalmente: "E agora, meu Deus, como vai ser?" Paulo esperava, sem piedade nenhuma. A perturbação da esposa, a sua angústia, o seu martírio, nada disso diminuía o seu rancor.

— Estou esperando — disse, quase sinistro no seu laconismo.

— Já vou.

— Me abrace, me beije... Já sabe como é!

O pensamento de Leninha trabalhava: "Que ódio, que ódio. Ele está fazendo de mim nem sei o quê." O que sentia era uma raiva de mulher sem proteção, fraca, vencida, humilhada. Percebia que tudo aquilo era de um ridículo incrível, de um ridículo inverossímil e que se contasse a cena, depois de passada, ninguém acreditaria, iam pensar que era mentira, invenção. Ele continuava esperando, curioso de ver até onde ela chegava na defesa de Maurício. Lena veio, então, lentamente. Ergueu-se na ponta dos pés; a sua excitação era tanta que transpirava na testa e suas mãos pareciam modeladas em gelo. Paulo recuou, seco e hostil:

— Não serve!

Desconcertou-se:

— Por quê?

Teve vontade de chorar. Sentia-se tão infeliz, tão desgraçada, a mais fraca, a mais desprotegida, a mais atormentada das mulheres.

— Eu disse: "Abrace e beije". Primeiro, o abraço. Tem que me abraçar.

— Tenha pena de mim. Pena, sabe o que é pena?

Mas ele foi duro, intransigente:

— Primeiro, o abraço.

— Está bem.

Abraçou-o (tiritava como se a possuísse um frio mortal); batia o queixo: e se fez mais alta para alcançar a boca do marido. Foi um toque, apenas de lábios. Quando ela se afastou, pensando que afinal tinha vencido a prova humilhante, viu no rosto do marido um sorriso de desprezo absoluto, desses desprezos que ofendem mais que a pancada física:

— Não é isso que eu quero, você sabe perfeitamente. Quero um beijo, mas um beijo de amor.

— Eu não sei, não dei nunca um beijo de amor.

— Não precisa saber. Isso não se aprende. Toda mulher já nasceu sabendo.

— Mas eu não sei — teimou.

— Ah, não? Então, minha filha...

— Está bem, eu dou!

Perdeu a cabcça. Quis logo acabar com aquilo. Ouviu que ele dizia, implacável:

— E beijo bem demorado.

Agarrou-se a ele, frenética, como se aquilo fosse amor e não ódio (ou como se os dois sentimentos fossem parecidos, vizinhos e pudessem ser confundidos). Nem ele, nem ela, puderam calcular o tempo que aquilo demorou; se foi um segundo, um minuto ou uma fração de segundo. Por um momento, o silêncio do quarto foi maior, um silêncio mortal. Enquanto durou aquela união de bocas, não se ouviu nada, nenhum barulho, como se não existisse ninguém no quarto, ninguém. Ela mesma parecia ter perdido a consciência de si própria. Quase ficou sem sentidos nos braços dele. E, por fim, se desprendeu, já com falta de ar, o coração dando cada pancada no peito! Afastou-se, ficou de costas para ele, cobriu todo o rosto com a mão. Passado o desespero e voltando a si mesma, não sabia definir as suas sensações. Estava confusa, perturbada, como se sua alma fosse um caos absoluto e os seus sentimentos estivessem de cabeça para baixo, de pernas para o ar, embaralhados. Percebeu que ele se aproximava silenciosamente. Sentiu na nuca o seu hálito.

— O que é que você achou? — perguntou, maciamente.

Virou-se para ele, espantada, olhando como se não o reconhecesse, como se o visse pela primeira vez.

— Achei como?

— Pergunto se gostou.

Não respondeu logo, querendo ver, primeiro, se ele falava sério ou se a humilhava ainda, se brincava com o seu sofrimento. "Dei um beijo, dei um beijo", repetia a si mesma, arrepiando-se. "Eu devo estar com a pele cheia de carocinhos." Implorou:

— Não me pergunte nada.

— Responda.

— Não sei.

— Sabe, sim, sabe. Onde é que se viu uma mulher dar um beijo e não saber qual a própria reação?

— Você não está satisfeito? Não me atormente mais!

Ele insistia, na sua crueldade tenaz:

— Foi uma sensação agradável ou...

Calou-se subitamente. Os dois se olharam, como amigos ou inimigos que se identificam. Jamais se tinham olhado assim. Ele anunciou, sem que ela fizesse nenhum movimento, nenhum comentário:

— Vou-me embora. Adeus.

Disse adeus com uma expressão estranha. Parecia estar partindo para sempre. Ela continuou onde estava, não se mexia. Só vários minutos depois de ele ter saído, é que Leninha estremeceu: "E eu que não falei em Maurício?" Estava com a cabeça tão perturbada que não se lembrara de perguntar se ele persistia ou não na idéia de fazer mal ao irmão. "Ele não fará nada." Não sabia por que, mas alguma coisa lhe dizia, um obscuro sentimento, que Maurício não sofreria nada de Paulo. Por enquanto, pelo menos. Sentou-se na cama, balançou a cabeça, como quem procura se libertar de uma tonteira.

E teve, então, a certeza de que não estava sozinha no quarto. Alguém acabava de entrar. Virou-se (sem medo nenhum, estava tão calma. Era até de estranhar); e viu Netinha, com o roupão fechado até o pescoço. "Que é que eu tenho?", perguntava a si mesma. "Por que estou tão calma? O que é que houve comigo?" A presença de Netinha, ali, àquela hora, não a surpreendia, nem inquietava. Apenas teve uma sensação desagradável, porque desejara estar sozinha, repousar de tantas emoções. (Repousar, sobretudo, do choque produzido pelo beijo.)

— Lena — murmurou Netinha, aproximando-se lentamente. Aleijadinha estava agora ao seu lado, muito serena, mas de uma serenidade que escondia uma profunda tensão. Sentou-se na cama de perfil para a irmã: disse entre dentes, num esforço para não tremer:

— Você vai me jurar uma coisa, Lena?

— O que é?

— Jure, Lena, jure que...

O beijo de Lena e Paulo tivera uma testemunha. Nem ele, nem ela, poderiam supor nunca que alguém pudesse estar assistindo. E, no entanto, Marcelo presenciara tudo.

O irmão de Guida, desde que caíra a noite, transpusera os limites de Santa Maria. Vinha fazer um reconhecimento, estudar o terreno. Os irmãos não o acompanharam. Três chamavam mais atenção, eram vistos mais facilmente que um.

Solitário, Marcelo podia fazer uma penetração muito mais ousada e com riscos bem menores. "Posso ser descoberto", pensava, "mas antes faço um estrago." Levava um revólver e não teria o menor escrúpulo em atirar para matar. Gostava do perigo e da aventura; e entrar no próprio campo inimigo, enfrentar todas as possibilidades más, era uma coisa que lhe dava uma secreta alegria, um orgulho de si mesmo e de sua bravura solitária. "Não tenho medo de nada", era a sua vaidade feroz. Ninguém o viu. Ele pôde se aproximar da casa grande. Durante muito tempo caminhou quase sem ver ninguém. Uma vez ou outra, enxergava um vulto, às vezes com um rifle nas costas. Mas só. Já se aproximava bastante da casa, ouviu vozes: surgiam a cerca de 30 ou 40 metros dois vultos que ele não identificou, mas percebeu serem mulheres (Nana e Regina). Deixou que elas passassem e, então, avançou, apressando o passo. De longe, viu que saía luz de uma janela. "Preciso conhecer a mulher de Paulo", foi o que se disse Marcelo. "Quem sabe se não é o quarto dela que está aceso?"

Estava embaixo da janela iluminada. Percebeu imediatamente que poderia escalá-la. Havia uma trepadeira que crescia ao lado da janela e continuava até o telhado. Para ele, acostumado a toda a sorte de exercícios físicos, bem ágil e forte, com os músculos quase tão plásticos quanto os de um malabarista, não seria demasiado o esforço. Subiu, sem rumor, e rapidamente; houve um momento em que ia caindo, ficou suspenso, quase sem apoio; mas fez um esforço supremo e se firmou solidamente outra vez. Estava ao lado da janela; e pôde, enfim, olhar, através dos vidros. Lídia estava sentada na cama. "Lídia", murmurou, baixinho, Marcelo. Ela parecia tão linda que ele se comoveu estranhamente.

Devia ter descido, assim que constatou não ser aquele o quarto da mulher de Paulo. Mas permanecia ali, em risco de ser visto, preso à fascinação daquela mulher. Estava de camisola de dormir, fina, transparente, com um decote ousado, aparecendo um princípio da linha viva e nítida que separa os seios. Penteava os cabelos, procurava dar uma certa disciplina às ondas castanhas. Houve um momento em que, num movimento feminino, estendeu um pé e o contemplou, com certa ternura.

Lídia, aliás, tinha o mesmo amor por todo o seu corpo; parecia uma enamorada de si mesma; e naquele momento pensava: "Mas que adianta tudo isso, se ele não me quer, se ele não me ama?" Às vezes se levantava, de noite, numa necessidade de rever a própria imagem, de namorá-la, de considerar até que ponto poderia impressionar um homem. Sentada na cama, experimentou, subitamente, o desejo de sempre: isto é, o desejo de recorrer ao espelho. Levantou-se e Marcelo pôde vê-la melhor. Teve um verdadeiro choque. A idéia de Paulo e de sua mulher, o sentimento de ódio e de vingança, desapareceram momentaneamente de seu coração. Aquele tecido sobre o corpo de Lídia mal velara as suas linhas tão perfeitas e femininas. Estava diante do espelho. Com uma mão nas costas ela desabotoou o sutiã. Os seios eram, então, lindos e nus, brancos e diáfanos, os bicos escuros na pele alva e macia. E a reflexão de sempre veio atormentar o seu espírito:

— Tudo isso é inútil, inútil e inútil!

Correu a mão pelos quadris. Imaginou que agonia divina das mulheres que são beijadas nos seios. Desesperou-se de se ver tão bonita, esplêndida de vida e correu ao comutador da luz, apagou o quarto. Marcelo não viu nada e como as janelas estavam fechadas, não escutou os soluços da moça (ela chorava o próprio destino). Marcelo, então, com um sentimento de pena e de remorso, censurando-se pelo tempo perdido, desceu. Aquele rapaz quase bárbaro, criado em plena natureza, comovia-se pela primeira vez com uma mulher. Já conhecia Lídia, mas nunca se fixara nela, jamais a vira assim na intimidade: "Tão linda, tão linda!", era o que repetia. Viu, então, outra janela acesa. "Quem sabe se lá? Vou ver." A escalada foi mais difícil, mais penosa. Ainda assim, conseguiu subir, e olhou para o interior do quarto. Teve um abalo. Via Paulo e Lena. "Mas ele estava fora!", admirou-se. A figura de Lídia saiu de sua imaginação; o ódio voltou com uma intensidade maior. Não escutava porque, como no quarto de Lídia, a janela fechada não deixava passar nenhum som. Via apenas a mímica. Era como uma cena de cinema mudo, gestos e movimentos de boca, nenhum som. "É essa, essa, que está no lugar de Guida!", pensava ele. O sentimento que havia na sua alma era o mesmo de toda a família: o sentimento de que Paulo não deveria jamais esquecer a morta, jamais beijar outra mulher. Olhou quando Lena deu o beijo rápido na face de Paulo. Pareceu-lhe que o rapaz não havia gostado, mas como não ouvia nada, não pôde compreender por quê. E, por fim, assistiu ao beijo final, longo, quase selvagem, com todas as características de um beijo de amor.

Que tentação a do rapaz! Que vontade de atirar naquele momento, mas atirar entre aquelas duas bocas que se uniam, se calcavam, se fundiam. Chegou a puxar o revólver, no seu ódio. Mas fez um esforço sobre si mesmo. "Matar assim não adianta." E desceu, desesperado. Uma coisa parecia-lhe certa: "Eles se amam muito. Só muito amor justifica um beijo assim." E malgrado a sua raiva, experimentou uma certa alegria: "Paulo voltou." Não sabia por que, mas a verdade é que estava ali e podia ser justiçado.

Netinha parou, como se uma dúvida a emudecesse de repente.

— Diga. Está com medo? — perguntou Lena.

Netinha completou:

— Jure que nunca mais se meterá com Maurício. Jure!

Silêncio de Lena.

— Jura ou não jura?

— Não — respondeu Lena, com uma expressão de sofrimento.

— Não por quê?

— O que é que você tem com isso? Quem é você para me exigir um juramento desses?

— Quer dizer que você vai continuar?

— Não sei.

— Sabe, sim. Você devia ter vergonha.

— Ora, Netinha, ora!

Aleijadinha parou, sufocada de raiva. Procurava um insulto, uma ofensa, qualquer coisa que abalasse a irmã, a fizesse sofrer. Mas modificou subitamente de atitude.

— Lena... — falava num sopro de voz.

A outra esperou, com a fisionomia fechada, dura, hostil.

— Deixe Maurício para mim — suplicou: já não impunha, não exigia, suplicava apenas, humilhando-se. — Deixe, Lena, não custa!...

— Você pensa que eu disponho de Maurício, ora essa!

— Mas se não der confiança a ele, num instante ele desiste!

— Isso diz você.

— Então não jura? Reflita bem. Olhe o que eu estou dizendo.

Lena pensava que também Lídia pedira isso, isto é, que ela deixasse Maurício. "Como ele nos domina", pensava, olhando para Netinha e sentindo a angústia da irmã. Numa maldade teimosa, desviando o olhar de Aleijadinha, respondeu:

— Não!

Impressionou-se com o olhar da menina, olhar de quem atingiu o máximo do desespero, é capaz de tudo, de morrer ou de matar. Netinha não fez, porém, um gesto. Saiu, sem dizer nada. Lena deixou-se ficar, tentando pôr em ordem seus sentimentos. Lembrava-se da sensação que tivera ao colar os lábios nos lábios de Paulo. Engraçado — a princípio a impressão fora uma; e depois...

De repente, estremeceu. Alguém mexia no trinco, torcia o trinco. Teve a intuição, a certeza de que era Maurício, de que Maurício se levantara, devorado pela febre, viera doente assim mesmo.

24 “Eu era novamente prisioneira da morte.”

ESTAVA tão certa disso, mas tão certa! (Ela mesma não saberia explicar essa convicção.) Levantou-se e, de pé, esperou que ele aparecesse, ele, o bem-amado cheio de febre e de beleza.

Mas quem apareceu não foi Maurício. Foi Lídia. Lena sentou-se outra vez, com um profundo sentimento de espanto na alma; de espanto e de tristeza. “Não é ele, não é Maurício”, disse para si mesma, deixando Lídia aproximar-se. Era evidente que Lídia não se deitara; estava preparada, a fisionomia fresca, batom nos lábios, ruge, rímel; passava deixando um rastro de perfume. “Por que se enfeita tanto”, pensou Lena, “se não tem nenhum namorado?” Ninguém, nem a própria Lídia, talvez, conhecia a razão daquele cuidado minucioso de beleza, daquela toalete permanente. Era como se Lídia estivesse sempre preparada para receber a visita do seu amado.

— Lena — murmurou, e repetiu, sem retirar os olhos da outra: — Lena...

Tinha um ar estranho, mas aquilo era comum em Lídia, muito comum. D. Consuelo não dizia que ela não regulava? Uma idéia absurda ocorreu a Lena: “E se ela enlouqueceu agora e quisesse me estrangular?” Lídia sentou-se também; e num gesto que era muito seu, tomou as mãos de Lena:

— Quer me fazer um favor?

Sua respiração não era normal; parecia alterada por uma emoção violenta.

— Que favor?

Lídia hesitou; e foi em voz baixa que pediu:

— Quer ir comigo ao quarto de Maurício?

— Mas nós duas? Por que nós duas, Lídia?

— Sozinha não tenho coragem.

— Não. Não vou — e acrescentou, com uma certa agressividade: — Vá você!

— Lena, pelo amor de Deus!

— Desista. Não vou.

— Venha, Lena. Venha — implorou. — Não tem ninguém lá. Eu vi Nana saindo. Ele está sozinho. Vamos.

— Se eu for, e Paulo souber, sabe o que é que sucede? Ele mata Maurício. Só.

— Não acredito.

— Melhor. Mas Paulo me disse... E se ele cumprir a ameaça?

— Meu Deus!

— Você quer que Maurício morra? Quer?

— Não!

— E, além disso, acho você engraçada: vem convidar para ir com você, uma mulher que também gosta de Maurício. Não é esquisito?

Lídia levantou-se. “Ela tem razão”, refletiu, “mas eu ando tão nervosa, tão perturbada, que nem sei o que faço.”

— Eu preciso do amor de Maurício, Lena — e repetiu, torcendo e destorcendo as mãos. — Preciso, preciso e preciso! Será que hei de amá-lo toda a vida assim, à toa? Às vezes, eu penso que seria tão bom que aparecesse outro homem na minha vida, outro homem por quem me apaixonasse!...

— Por que você me diz essas coisas?

Lídia não entendeu.

— Por quê?

— Sim, por quê? Você não vê logo que não pode esperar nada de mim? Que eu não vou ajudar você a conquistar Maurício? Não vê logo?

A outra olhou Lena com um certo espanto, como se só agora compreendesse uma verdade tão simples e tão evidente. Imóvel e muda, deixou que Lena prosseguisse, já com uma certa excitação:

— Você também não sabe que uma mulher que ama é capaz de tudo?

— Sei — balbuciou Lídia.

— Capaz do crime e do suicídio? Uma mulher que não tem coragem de matar ou morrer pelo seu amado, não ama, não sabe amar, não amou nunca!

Lídia não fez nenhum comentário, como se o tom fanático de Lena a aterrasse. Perguntou só, abaixando a voz, com a mão espalmada no peito:

— Lena, você seria capaz de me matar... por amor?

— Seria. E você não seria capaz, também? De um crime... por amor?

— Seria — admitiu.

Era como se tivessem chegado a um acordo, como se suas almas tivessem sido avisadas. Lídia encaminhou-se para a porta. Lena viu-a afastar-se, virar o trinco e sair. Aproximou-se, então, do espelho, e disse para a própria imagem, como se tivesse raiva de si mesma:

— Eu preciso ser bonita, muito bonita. Quero ser bonita!

Quando Maurício acordou, sentiu-se logo outro homem; o sol entrava pela janela, devia estar fazendo um lindo dia. A claridade que se espalhava inundando o quarto deu-lhe um sentimento de alegria e de gratidão. Afinal, viver era bom, era doce, valia a pena. Despertou com um nome de mulher nos lábios. E o repetia, ainda, como se isso o fizesse experimentar na boca uma sensação de doçura. Levantou-se da cama, sentindo-se um pouco fraco ("Minhas pernas estão bambas"), lavou o rosto, escovou os dentes, cantarolando. Acabava de se pentear, quando entrou D. Consuelo.

— Que horas são, mamãe?

— Onze.

— Já?

Admirava-se que fosse tão tarde. "É por isso que há tanta luz no quarto."

— Está melhor, meu filho?

— Muito.

A angústia da febre desaparecera. Aliás, a temperatura alta resultara num bem: porque nos seus delírios constantes, via sempre Lena, e uma Lena dócil e amorosa, que o beijava e se deixava beijar. Ah, se ela fosse assim submissa ao seu amor na vida real, se o procurasse! Virou-se para D. Consuelo, com um vinco de preocupação na testa:

— Mamãe, eu quero que a senhora me faça um favor.

D. Consuelo não podia saber o que era, claro. Mas já o tom do filho, a sua seriedade, lhe deu medo. "Que será?", perguntava a si mesma, sem achar resposta. Procurou não trair sua inquietação.

— Que é, Maurício?

— Queria que a senhora me chamasse Lena.

Foi positiva:

— Não posso, meu filho.

Apesar de desejar, mais do que tudo, que Lena e Netinha se estraçalhassem por causa de Maurício, temia uma atitude de Paulo. Que tudo ficasse entre as duas, estava certo; mas que Paulo não soubesse, não se metesse no meio! Tinha medo, um medo horrível, que os dois se matassem, um dia.

— Não por quê? — estranhou ele, com a fisionomia dura.

— Reflita, meu filho. Não posso fazer isso.

— Então, não quer?

— Não é que não queira. Não posso. Se você falar com ela, na mesa, está certo; ou no corredor, ou lá fora. Mas ela vir aqui, no seu quarto! Oh, Maurício!

— Não há nada, mamãe.

D. Consuelo ainda quis dizer alguma coisa, mas sentiu que naquele momento era inútil. Deixou o quarto, com um presságio horrível na alma. Percebia que Maurício não era homem de renunciar a uma mulher, sem luta, sem ir à última tentativa ou, como se diz, sem gastar o último cartucho.

— Maurício, tenha juízo! — implorou. — Lembre-se que...

— Ora, mamãe, ora!

E como ele se encaminhasse para a porta, tentou convencê-lo:

— Você deve ficar no quarto, ainda hoje, meu filho.

— Estou bom mamãe. Vou tomar café lá embaixo.

Desceram os dois. Ainda na escada, D. Consuelo viu Lena na mesa. A única pessoa que estava lá. "Que azar!", foi o seu lamento interior. E nunca seu ódio contra a nora foi tão grande. "Agora Maurício vai falar com ela, vai dar em cima; e Paulo pode aparecer." De lado, olhou para Maurício. O rapaz tornara-se mais pálido, como se o perturbasse a simples presença de Leninha. D. Consuelo dirigiu-se para a cozinha. "Que adianta eu ficar lá, Maurício não é criança, nem ele, nem Lena!" Estavam sós, na sala, Maurício e Lena. Ele sentou-se bem em frente à moça, no outro lado da mesa. Não deu nem bom-dia, foi logo dizendo (a sua voz era perigosamente doce e musical):

— Você nem foi me visitar?

— Para quê?

— Nem ao menos uma visita de cunhada.

— Interessava a você uma visita de cunhada?

Ele hesitou e teve um arranco de sinceridade:

— Não!

— Eu sou apenas sua cunhada e nada mais.

— Isso é o que você diz.

— Ah, não acredita?

Ele se exaltou, embora continuasse falando a meia voz:

— Por que mente? Por que nega os seus sentimentos? Pensa que eu não sei?

— Você é que é muito convencido!

— E sou. Por que não hei de ser? Fui amado, sou amado, inclusive por você.

— Por mim, também? Coitado!

— Está falando da boca para fora. Jure que não gosta de mim. Jure, quero ver...

— Não me interessa!

— Tem medo de jurar, porque me ama. É isso!

Ela calou-se por um momento; e, por fim, resoluta, disse, encarando-o bem:

— Amo o meu marido.

Maurício pareceu surpreendido. Ficou um segundo sem saber se ela estava falando sério ou não. Mas aquilo lhe pareceu inverossímil, tão absurdo, tão nem sei como, que riu.

— Pensa que eu acredito? Ora!

— Então, melhor!

— Imagine você gostar daquele manco!

Ela teve uma súbita irritação. Aquela referência ao defeito físico do marido deu-lhe uma revolta que surpreendeu a si mesma. Quis exasperá-lo.

— Ontem ele me beijou.

Não precisava ter dito aquilo, e logo se arrependeu. Mas a revelação saíra tão espontaneamente, quase à revelia de sua vontade. Viu Maurício empalidecer, tornar-se branco e notou um detalhe: seu lábio superior tremia. Novamente, ele a fitava, na dúvida se ela dizia a verdade ou mentia. E sofria. A cena do beijo, que talvez fosse uma invenção, enchia o seu pensamento. Teve vontade de segurá-la pelos braços, sacudi-la, fazê-la chorar. Levaram alguns segundos assim calados.

— Mentirosa!

Falou com fúria, desesperado, querendo mesmo ofendê-la, e a palavra chocou realmente Lena, aumentou a sua irritação. Não gostava que a chamassem de mentirosa. Reagiu logo:

— Me beijou, sim.

E, abaixando a voz, acrescentou o detalhe, que iria feri-lo de uma maneira mais viva e mais profunda:

— E na boca.

A fisionomia de Maurício exprimiu um sofrimento absoluto. Perguntou, olhando bem para ela:

— Foi à força?

— Não.

Quis saber tudo.

— Você deu de espontânea vontade?

Mentiu, na volúpia de fazê-lo sofrer.

— Dei.

— Jura?

— Você acredita mesmo em juramento de mulher?

— Responda.

Mas ela se fazia subitamente teimosa. Lembrava-se do beijo de Paulo: e isso, ainda agora, a enchia de perturbação. "Que foi que eu senti naquele momento?" Eis o que ela não sabia responder a si mesma. Pensou que, até aquele instante, só um homem a beijara: o marido. "Só conheço uma boca masculina." Respondeu, sustentando o olhar de Maurício, num tom de decisão que o impressionou:

— Já disse: amo o meu marido!

Fez essa afirmação com tanta e tão desesperada convicção que ela mesma estremeceu. Fechou os olhos, suspirou, como se aquela discussão, a meia voz, a tivesse cansado tanto quanto um esforço físico. Ele não sabia o que dizer, diante da resistência quase fanática da cunhada. "Não pode ser, não pode ser", pensava ele, num penoso esforço para não acreditar. Falou quase gritando:

— É mentira, pensa que eu acredito, pensa mesmo? Está muito enganada comigo, está muito enganada!

Nenhum dos dois tinha tomado café. Ela se levantou, de repente. Seu impulso era de fuga; queria sair dali, antes que seus nervos se despedaçassem. Dirigiu-se para a varanda (podia ter subido, trancando-se no quarto; teria sido muito melhor, mas naquele momento não refletiu direito, não sabia o que estava fazendo). Muito calmo, ou calmo demais, ele se ergueu e a acompanhou. Estavam agora na varanda. Ela parou, dominada pela irritação.

— Quer me deixar em paz, sim?

Foi esse tom que o desesperou.

— Eu sei por que você está assim. Porque, naquele dia, eu a respeitei. Como fui idiota! Devia saber que você não perdoaria o meu cavalheirismo. Nenhuma mulher leva a sério o homem respeitador.

— É o que você pensa!

— Quer maior prova? Você estava quase cedendo...

— Nunca! — mentiu.

— Estava, sim. Mas eu caí na asneira de não aproveitar; agora você está assim, intransigente!

— Desista, desista. Nunca tocará em mim — duvido!

A própria Lena se espantava diante da própria fúria. Era como se fosse outra mulher falando em seu lugar. "Ah, se ele pudesse ler em seu coração!" Ele, então, abaixou a voz, com o rosto sulcado de sofrimento.

— Eu tenho um meio infalível de conseguir tudo de você.

— Está doido, completamente doido!

Emudeceram bruscamente. Netinha e D. Clara vinham de fora, se aproximando da escada da varanda; e olhavam a cena, espantadas. As duas chegavam de um passeio, e, embora nada tivessem ouvido, percebiam que era discussão pelos gestos. Netinha disse, entre dentes, à D. Clara:

— Está vendo, mamãe, está vendo!

— Estou. Lena devia desaparecer, é preciso arranjar um jeito. Oh, por que ela não morre!

Passaram, com um frio e banal "bom-dia". D. Clara, hipócrita, ainda sorriu, mas Aleijadinha, de uma apaixonada sinceridade, fechou mais a fisionomia, cerrou os lábios. Maurício deixou que elas se afastassem, e, então, voltou-se para Lena, que esperava:

— Olhe!

Tirava do cinto um longo punhal. Ela pensou que o marido já a ameaçara de morte. Agora era o cunhado. Maurício aproximou-se, quase rosto com rosto, perguntou pela última vez:

— E agora? Aceita o meu amor?...

Lena deixou de olhá-lo; via, apenas, fascinada, o punhal, longo, longo, agudo (aquilo devia entrar na carne numa penetração macia) e a mão nervosa que o segurava. Apesar do estremecimento que teve, da surpresa, não pôde deixar de pensar: "Num espaço de horas, recebo duas ameaças de morte." Lentamente, Maurício recolocou o punhal no cinto, mas a sua mão apertava o cabo. Perguntou, então, fixando-a bem nos olhos:

— E agora?

— Agora o quê?

Não havia medo na alma de Lena, medo nenhum. Estava num desses estados em que a morte é até boa, surge como uma doce e desejada libertadora. “Por que não morrer de uma vez? Seria melhor, eu não me aborreceria mais.” E fez a si mesma uma interrogação: “Será que eu fico bonita morta? Ou bem, pelo menos? Há umas mulheres que perdem tanto, ficam piores!” E concluiu: “Isso depende de sorte, cada um tem a sua natureza”. Ele continuava, no seu desejo tenaz, sentindo que naquele momento arriscava tudo, jogava a sua sorte:

— Ainda diz que não?

— Digo, sim. Digo.

Ele tirou de novo o punhal. Sentia-se à beira da loucura.

— Eu perco a cabeça, Lena!

— Pensa que eu tenho medo de morrer? — perguntou, em voz baixa, erguendo para ele uns olhos incrivelmente serenos e límpidos.

— E quem disse que eu queria matá-la?

— Esse punhal...

— Ah, você pensa que é para você?

Sobressaltou-se:

— Então, não é?

— Não. Eu não mataria você, nunca! — afirmou e com tanta convicção na voz, que ela se arrepiou toda. — Esse punhal, Lena...

Interrompeu-se, vendo que ela sofria na expectativa; continuou, deixando as palavras caírem uma a uma:

— ...esse punhal é para mim, Lena — e repetiu: — Para mim.

Ela balbuciou:

— Está louco?

Mas ele se lembrava de Regina, do desespero de Regina: cortara os pulsos; e agora Maurício queria fazer o mesmo. Cortar os próprios pulsos, na presença de Lena. Diante da resistência da moça, sentia-se desprender da vida. Que interessa viver se a mulher a quem se ama foge dos nossos braços e dos nossos beijos?

— Sim, estou louco. Foi você que me pôs assim. Por que resiste? Por que não é boa comigo? Custava?

Tornava-se ingênuo na dor de perdê-la. Esquecia-se da situação de Lena, do casamento, de tudo. Tinha o egoísmo feroz dos que amam. Achava que as mulheres sempre deviam ceder, não se lembrando que era a alma de Lena que estava em jogo, a alma, o coração, o destino. Ameaçou:

— Se você continuar assim, sabe o que eu faço? Muito simples: corto meus pulsos na sua frente. Você me verá morrer aqui.

Quis dominá-la pelo terror:

— E meu sangue cairá sobre sua cabeça!

— Não! — balbuciou, estendendo a mão, como se quisesse detê-lo.

— Quer dizer que vai mudar de atitude comigo?

— Não me peça o impossível. Pelo amor de Deus!

— Por que o impossível?

— Compreenda a minha situação. Não posso.

— Compreender o quê? Quero o seu amor. Nada mais.

— E acha pouco?

— Prefere que eu morra?

— Você não morrerá. Tenho fé em Deus. Não fará isso!

— Duvida de mim? Acha que eu não tenho coragem. Pois olhe...

Ia tirar o punhal outra vez, ferir a si mesmo, rasgar veias, artérias. Mas D. Consuelo apareceu na porta. Maurício disfarçou, ficou de costas. Lena fechou os olhos por um momento, pensando: "E eu que ia ceder. Ela chegou na hora!" Ouviu a voz da sogra:

— Quer vir aqui um instantinho, Lena?

D. Consuelo percebera que havia uma situação de choque entre os dois. Queria afastar Lena. Mas não esperava a oposição irritada de Maurício.

— Ela está falando comigo, mamãe!

D. Consuelo explicou, doce:

— É só um instante, meu filho.

Parecia muito calma, mas fervia por dentro. Entraram na sala, D. Consuelo contendo-se. Logo que se sentiu fora das vistas de Maurício, a velha foi seca, positiva, cortante:

— Vá para o seu quarto!

— O que é que houve?

— Já! Ande!

— Ora, D. Consuelo!

Por que é que a velha falava assim, naquele tom, como se ela fosse uma criança?

— Você ainda diz "ora", depois de namorar na varanda, escandalosamente!

— Quem é que namorou?

— Você. Quer dizer que não?

— Quer saber de uma coisa? A senhora devia era estar agradecida a mim!

— Ah, é? — ironizou a velha. — Devia? E por quê, posso saber?

— Porque sim. Eu estava lá impedindo seu filho de se matar. Apenas!

— Mentira!

— Então é.

— Jura?

— A senhora só vai se convencer quando já for tarde demais e ele estiver morto. Aí quero ver!

Houve um silêncio. D. Consuelo olhava Lena, como se quisesse medir a verdade de suas palavras. Ainda duvidava: "Será que ela está falando sério?" E, ao mesmo tempo, impressionava-se com o tom da moça, a certeza com que ela falara, o ar quase trágico. Perguntou:

— Mas matar-se por quê? O que é que houve?

— Ora, por quê? A senhora não desconfia?

— Não, não desconfio. Por quê?

— Porque eu estou resistindo. Quer me conquistar assim, imagine.

— Preciso falar com Maurício. Mas ele é doido, meu Deus do céu!

— Não adianta.

— Sempre adianta.

Leninha teimou:

— É pior. Só há um remédio.

A sogra empalideceu; e abaixou a voz para saber:

— Qual é?

Lena então disse, depois de um silêncio, pondo a mão no peito:

— Eu.

Admiração de D. Consuelo.

— Você, como?

— Para Maurício desistir disso, para não se matar...

— Sim?

— ...é preciso...

Parou, sabendo que a sogra estava louca para ouvir o resto.

— O quê?

— É eu deixar de resistir. Só.

— Ah, é? — D. Consuelo compreendeu.

— É.

Um sorriso sardônico apareceu nos lábios da velha.

— Só isso? Não há outra solução? A solução é só esta?

— Eu acho.

— Acha o quê? Acha...

D. Clara e Netinha subiram para o quarto. As duas iam perturbadas, mas por motivos diferentes. Em D. Clara era raiva. Não gostara nunca da enteada; sobretudo, depois que ela dissera aquilo: "A senhora e papai se beijando. E mamãe agonizando no quarto..." Netinha sofria por amor. Era um dilaceramento que sentia, uma dor quase física. Mais uma vez via, com os seus próprios olhos, que Maurício era doido por Lena. "E eu, e eu?", perguntava, com a alma perdida de sofrimento. "Que vai ser de mim?" Sem Maurício, sem o amor de Maurício, a vida não lhe interessava. Como toda a mulher que ama e não é correspondida, seu pensamento voltava-se para a morte. Se morresse, pelo menos não sofreria. A morte é um descanso.

As duas só falaram quando entraram no quarto. Graziela estava lá, vendo uma revista. D. Clara mandou-a embora. Ficaram sozinhas; e D. Clara pôde desabafar:

— Eu não queria acreditar, tinha minhas dúvidas...

— Pois é, mamãe.

— Mas agora vi.

E o fato de ter visto, de ter sido testemunha, parecia dar mais força ao seu ressentimento. Lembrava-se do passado, de malcriações que Lena fizera, uma porção de coisas, de pequenas faltas que serviam para exacerbar a sua irritação.

— Quando eu não vou com uma pessoa — era seu comentário — quase nunca me engano. Lena nunca me entrou, nunca! Às vezes, eu fazia força e não adiantava. Agora está aí!...

— Casada, meu Deus, casada!

Era isso que atormentava Aleijadinha, que a fazia sofrer mais, debater-se em vão diante da vida. Se fosse solteira, mas não: casada! Então, o que é que adianta casamento?

— Que é que adianta, mamãe?

— Ah, minha filha! Quando a mulher não presta!...

— Quero ir-me embora, mamãe. Não fico mais aqui!

D. Clara se opôs imediatamente:

— Isso não, Netinha! Você quer dar esse prazer à Lena?

— Não sei, mamãe!

— Isso é o que ela quer, sua boba. Que você saia, vá embora, para ela ficar à vontade, sozinha, sem ninguém para atrapalhar.

— Ah, é? Então eu fico. Não saio daqui e quero ver!...

D. Clara açulou a filha:

— Pois é, Netinha. Lute! A mulher deve lutar, fazer força. A felicidade não vem assim, não cai do céu. Só em romance ou em fita de cinema. Mas na vida real, pois sim! A gente tem que fazer força! Senão...

— Mas ele gosta dela, mamãe!

— Ora, minha filha! E o que é que tem isso? Tem alguma coisa? Quem gosta, pode deixar de gostar. Eu conheço tantos casos!

— Ah, se eu não tivesse uma perna assim!

Era a obsessão da menina que voltava, sendo agora mais pungente.

— Como é que se pode tirar um homem de outra mulher, com uma perna assim?

— Pode-se — teimava D. Clara —, pode-se.

— A senhora acha?

— É questão de habilidade. Apenas. E não se pode ter escrúpulos. Ah, isso não. Então não adianta; é melhor desistir. É a gente ir até o fim, haja o que houver.

— Mas há certas coisas...

— Não há nada, minha filha. Nada! Você não entende nada da vida, mas eu!... Sou velha. Do tempo em que mulher não cruzava as pernas... Por exemplo: se for preciso matar...

— O que é que tem?

E D. Clara, com voz bem baixa, para que só a filha ouvisse:

— ...e se for preciso, mata-se!

— Mamãe!

— Pois é, Netinha. É isso mesmo. O amor é assim. Não conhece obstáculos, não enxerga nada na sua frente. Quando a pessoa começa a pensar se isso é direito, é errado, se fica bem, não fica bem — é porque não ama!

E D. Clara, pensando no dinheiro de Maurício, na fazenda, ia criando na idéia da menina aquela coisa da morte, aquela sugestão de crime. A velha sabia que a menina era boa, boa demais e que era só passar aquela crise de ciúmes, para mudar de opinião, ficar cheia de sentimentalismos. Por isso mesmo era preciso envenenar o mais possível seu jovem e terno coração, botar muito veneno, mas muito. A única vantagem de Netinha era a ingenuidade; inexperiente da vida, podia ser influenciada, sugestionada, acreditar em uma série de coisas que lhe metessem na cabeça. Falando quase ao ouvido de Aleijadinha, D. Clara prosseguia:

— Você pensa o quê? Que Lena não mataria você, ou a mim, se houvesse necessidade disso, se isso fosse necessário para conquistar Maurício, ficar com ele?

— Isso não, mamãe!

— Como você é boba, Netinha! Qualquer mulher é muito boa até o momento em que não ama. Aí, então, ela passa a só enxergar na sua frente o amor e mais nada!

— Todo mundo é então ruim, não presta?

— Quando gosta, ninguém presta. Eu tenho um plano, Netinha — D. Clara abaixou a voz. — Um plano formidável. Tem que dar certo, não pode falhar!

— Que plano, mamãe?

— Só que uma coisa é preciso...

— O que é que é preciso?

E D. Clara, ao ouvido da filha, depois de olhar em torno, como receosa de que lá estivesse alguém espiando:

— Que Lena morra!

Lena e D. Consuelo eram duas almas sem conciliação possível. Sempre que se viam e se falavam era aquilo, começava logo o choque. Agora mesmo, a sogra dizia à nora, continuando a mesma discussão:

— Você acha coisa nenhuma. Imagine a sua abnegação! Para salvar Maurício, você deixa de resistir a ele. Solução formidável!

— A senhora prefere talvez que ele morra?

— Morrer por quê? Sei lá se você está mentindo? O que você quer é ter um pretexto, é poder dizer: "Eu fiz isso, porque senão ele se matava!"

— Não me acredita, então?

— Não!

— Isso é com a senhora. Depois não se queixe.

Deixou a velha falando ainda e subiu. Uma dúvida a atormentava: "Ele será capaz de se matar por mim?" Apesar de tudo, do seu sofrimento, experimentava uma secreta e doce vaidade, aliás bem feminina, sabendo que um homem estava disposto a se matar por sua causa. Cruzou-se com Paulo, na passagem. Ele estava barbeado, com um outro ar, quase simpático. Disse, sem parar:

— Bom-dia!

Ela entrou no quarto, e uma recordação a perseguia: "Paulo me beijou, nós nos beijamos." Sentia uma necessidade de usar um vestido melhor. Abriu a blusa, lentamente, diante do espelho.

25

“Era aquele o caminho do pecado.”

LENINHA abria a blusa diante do espelho; ainda tinha um botão, o último. Contemplou-se pensando: “Que vestido eu ponho?” Passava em revista, mentalmente, todos os que trouxera. Gostava muito de estampado (havia então um que caía muito bem, um leve, fino, parecia acariciar seu corpo). “Ponho esse”, decidiu, sentindo a necessidade de ser bonita, atraente, bem-feita. E repetia, olhando-se muito. “Quero ser bem bonita!” Sublinhou o bem bonita, como se a beleza fosse uma pura e simples questão de vontade. Estava sem a blusa: “Meus braços precisam ser mais grossos.” Escolheu um vestido, o que lhe pareceu melhor (não era estampado; tinha uma cor só, um azul suave, quase roxo, que dava bem com o seu tipo e sua pele). Voltando ao espelho, sentia-se melhor; descobria em si mesma uma graciosidade nova. Como se a sua ida para a fazenda, a mudança de ar, os novos hábitos, tudo isso lhe tivesse feito um grande bem, acrescentando algo, um quê especial, à sua figura. Talvez uma cor melhor, um tom de pele mais interessante, um brilho mais vivo aos olhos. “Apesar dos meus aborrecimentos”, pensou. Sobretudo, e com certeza, residia nisso o mistério de sua transformação, sentia-se mais mulher. O próprio sofrimento parecia ter despertado e realçado o que havia nela de feminino. “Meus olhos têm uma expressão que não tinham: uma expressão amorosa.”

Olhando-se no espelho, ela nem podia calcular que, detrás do guarda-vestidos, prendendo a respiração, estava um homem. Esse homem era Marcelo. Introduzira-se no quarto, com sua incrível agilidade, escondera-se; e ali estava, disposto a esperar o tempo que fosse necessário, até a vida inteira. Contanto que pudesse realizar o seu plano.

Quando Marcelo descera (depois de espiar o beijo de Paulo e Lena), não ia de vez. Sua intenção era voltar; queria, apenas, avisar os dois irmãos que, longe dali, esperavam. "Senão eles vão pensar que me aconteceu alguma coisa e são capazes de vir." E isso não convinha. A cena do beijo estava impressa no seu pensamento, exasperando-o até a loucura. "Essa zinha vai ver; ela me paga..." Andando na noite, encontrou-se com os dois irmãos. Eles já estavam impacientes e preocupados; não tinham jeito de esperar, sobretudo numa situação daquelas. Marcelo contou-lhes o que tinha havido:

— Estavam se beijando?

— Estavam.

E no seu desespero, na sua raiva contra Lena, exagerava.

— Passaram meia hora assim.

Dir-se-ia que o prolongamento do beijo, a duração da carícia exacerbava mais os três irmãos, aumentava-lhes o desejo de vingança. Se fosse um beijo rápido, não teria tanta importância. Mas sendo tão longo, isso queria dizer que se amavam de verdade e Guida estava mesmo esquecida.

— Mas é claro que ele ama a "zinha" — exclamou Rubens usando de propósito o termo "zinha". E não gostava de Guida. Pois não a matou?

Novamente se calaram, porque a lembrança do crime encheu-lhes a cabeça outra vez, fê-los sofrer. Ah, no dia em que Paulo e aquela mulher estivessem nas suas mãos... Os três desejavam fanaticamente a mesma coisa: que chegasse logo a hora de vingar a irmã!

— Tenho a impressão — disse, baixo, Marcelo — que a alma de Guida não terá descanso enquanto eles não forem castigados!

— Estamos perdendo muito tempo.

— Eu não espero mais nada.

E Marcelo expôs o seu plano. O negócio era simples. Quando estivera na janela, espionando o beijo de Lena, fizera uma observação, até sem querer: a janela estava apenas encostada. Alguém se esquecera ou não quisera fechar. Também a noite não estava quente; com certeza, fora isso.

— Muito bem — prosseguia Marcelo, com um brilho cruel no olhar. — Eu volto.

— E nós? — interromperam os dois irmãos.

— Deixem eu continuar. Pois bem: eu volto, agora. Certifico-me de que os dois dormem e, então, entro e me escondo detrás do guarda-vestidos.

E foi com um tom diferente, um vinco de amargura no rosto, que ele acrescentou:

— O guarda-vestidos de Guida, aquele que papai deu de presente, ainda está lá.

— Bandido!

Achavam, na sua fúria sem lógica e sem raciocínio, que era o cúmulo que o guarda-vestidos continuasse no quarto, tanto mais que fora dado (juntamente com toda a mobília do quarto), como presente de núpcias, pelo pai, a Guida. Os três irmãos viam no caso do mobiliário um verdadeiro acinte à memória da morta, uma provocação à eternidade, um descaso sacrílego.

E era detrás desse móvel que Marcelo ia se esconder.

— E depois? — quis saber Rubens.

— Eu fico lá, esperando que chegue a noite.

— Tanto tempo! — admirou-se Carlos.

Mas o outro não se incomodava com o tempo. Isso era o de menos.

— O tempo que for preciso. Não quero comer nada. De madrugada vocês aparecem. Só que devem tomar o máximo cuidado para não serem vistos. Senão estraga tudo. Vocês assoviem.

Havia entre eles um assovio típico, inconfundível, verdadeira senha. Era um sinal de reconhecimento que não podia falhar e não falhava nunca.

— Eu, então, já sabe, abro a janela; apareço, e vocês entram logo. Não é difícil subir. E aí...

Abaixou mais a voz; e assim, em segredo, combinaram o resto. O acordo era absoluto entre aqueles rapazes que estavam acostumados a jogar a vida todos os dias e jamais haviam experimentado qualquer sentimento de medo. A idéia do perigo, pelo contrário, dava-lhes uma espécie de alegria, de ímpeto selvagem. Marcelo despediu-se.

— Se não der certo, logo se vê.

Voltou, solitário. Subiu como da outra vez; não ouviu barulho nenhum e com extremo cuidado empurrou a janela. Entrou facilmente no quarto e se escondeu detrás do móvel. Escutava apenas a respiração regular de Lena; ela estava dormindo sem desconfiar de nada. Ele concluiu logo: "Paulo não está aqui." Isso o preocupou. "Será que foi viajar outra vez?" Sempre escondido, percebeu, de manhã, que Lena se levantava; lavava o rosto no lavatório do quarto, escovava os dentes, e saía. Depois voltara, agora estava de novo no quarto. "Fazendo o quê?", era o que perguntava Marcelo a si mesmo. Mas não interessava. Ah, se ela soubesse, se ela pudesse imaginar o destino que a aguardava!

Com o vestido azul-claro (simples e no entanto, gracioso e elegante), Lena pensava em Maurício. "Ele se mata, tenho a certeza." Não duvidava do rapaz, nem do seu desespero; percebera, logo, ao primeiro contato que tivera com ele, que Maurício era um temperamento especial, uma natureza ardente e apaixonada. Só os seus olhos, a sua maneira de olhar, bastavam para mostrar nele o amoroso, capaz de tudo por uma mulher e por um amor. E Lídia não dizia que nenhuma mulher poderia esquecer um beijo dele? Saber beijar, pondo no beijo uma doçura quase mortal, era outra coisa que revelava uma natureza bem amorosa. Lena estava certa de que, se continuasse resistindo, Maurício era muito capaz de se matar na frente dela. "Seria horrível, uma coisa monstruosa, eu vê-lo morrer sem fazer nada." Então, um nome lhe ocorreu: o padre Clemente. Estava precisando, naquele momento mais do que tudo, de se confessar. Era preciso abrir-se com alguém, expor os seus sentimentos, dizer tudo, sem a mínima reserva. "Se não for assim, não adianta." Mas era preciso que Maurício não a visse sair, que não a visse sozinha. Porque se ele a encontrasse outra vez num lugar como o de outro dia, não teria mais contemplações. Teve uma idéia. Deixou o quarto e procurou Nana.

— Nana, preciso de um favor seu.

— Dois, minha filha.

— Quero falar com o padre Clemente, mas preciso que você vá comigo. Está bem?

— Vou já. Deixa eu fazer uma coisa aqui e nós podemos sair.

Quando as duas saíram, Lena olhou para os lados, vendo se descobria Maurício. Ele não estava em lugar nenhum. Graças a Deus. Isso lhe deu uma espécie de felicidade. Pelo menos, não teria de discutir com ele, lutar consigo mesma.

— Vai se confessar, já sei.

Lena confirmou, simplesmente:

— Vou. Preciso, Nana.

— É bom. A gente sempre devia se confessar. Então quando se é moça!...

O padre Clemente não se espantou quando a viu. Esperava por aquilo e desejava aquele encontro. Mais dia, menos dia, Lena teria que recorrer à religião. Nana, por espontânea vontade, ficou do lado de fora. Lena sentou-se, e o padre esperou que ela falasse.

— Será que eu tenho coragem, padre Clemente?

— De quê, minha filha.

— De contar tudo, mas tudo!

— Tem, sim, tem. Você precisava disso mesmo, de abrir seu coração.

— Padre, sabe que cada vez eu me convenço mais de que não sou direita?

— O que é que houve?

— Eu gosto de Maurício.

— Deve ser uma ilusão sua. Há sentimentos que iludem, minha filha.

— Não no meu caso. Eu sei o que digo. Então não me conheço?

— Está certa, assim, de si mesma?

— De que gosto de Maurício?

— Sim.

— Mais do que certa. Certíssima.

Houve uma pausa; Lena baixou os olhos. O padre Clemente foi lacônico.

— Domine-se, minha filha. Domine-se.

— Devo renunciar?

Fez a pergunta tão baixo que o padre custou a ouvir.

— Nem se discute. É seu dever. Lembre-se do seu casamento.

— E a minha felicidade?

— Você será mais feliz se resistir. Muito mais. Não se iluda.

Teve um comentário amargo, em que pôs toda a sua tristeza de mulher.

— Isso é o que o senhor pensa. Minha vida será um inferno!

— No primeiro momento pode ser. Depois, não. Depois você se convencerá de que foi muito melhor assim. Sem comparação.

— Nunca! Sei, tenho certeza, de que vou me arrepender a vida inteira.

— Esquecer seu lar, seu marido...

Quando ela ouviu falar em lar, em marido, experimentou um sentimento de revolta, mais forte de que sua vontade. Quase gritou, esquecida de que estava falando com o padre Clemente.

— Lar, aquilo?! Lar! Oh, meu Deus!

Ele insistiu, obstinou-se, repetindo:

— Lar, sim, lar, minha filha!

— Lar o quê! — exaltou-se. — Lar coisa nenhuma! Lar onde não tenho nada, onde não encontro amor, onde me humilham o dia todo! Então, isso é lar?

Ele não sabia como argumentar contra uma mulher desesperada. Percebia que ela estava fora de si; e, com certeza, tudo aquilo, aquela explosão, era coisa de momento. Era melhor esperar, deixar que passasse a crise, e, então, tentar convencê-la, mostrar que não estava direito, não era assim. Lena se voltou, de repente, contra Paulo (e foi aí que o religioso estremeceu).

— Como posso ter um lar com um marido daqueles? Como, me explique como?

— Paulo é um bom rapaz, minha filha.

— Eu é que sei se ele é um bom rapaz. Eu! E não o senhor! O que é que o senhor sabe dele? Quem pode julgar melhor um homem do que sua esposa?

— Conheço Paulo desde menino, Lena. Ele era assim, desse tamanho.

E fazia o gesto, mostrando uma altura de menino.

— O que há é que ele foi muito infeliz. Só!

— O que é que eu tenho com a infelicidade dele? Fui culpada, fui? Então, por que devo pagar? Por que vou ter que aturá-lo a vida inteira?

O padre foi severo:

— Porque é seu marido.

— Isso não basta. Pode ser argumento para o senhor, mas para mim é preciso alguma coisa mais, além disso. Ah, padre! Eu não nasci para me sacrificar! Não tenho natureza! E sabe o que eu vou fazer, agora mesmo, sabe?

A idéia de morte estava presente à conversa das duas. Netinha se horrorizava. Amava muito Maurício, muito. Seria capaz de tudo por ele. De morrer, de sacrificar-se, de abandonar o mundo; chegava até a pensar: se ele ficasse muito doente, se perdesse uma perna, ela gostaria tanto (seria a sua maior felicidade) de ficar a seu lado anos e anos, servindo de enfermeira, de criada, de tudo. Muito terna, sensível, apaixonada, sentia que aquele era o seu amor e que o amaria eternamente, da mesma maneira, nem que vivesse cem anos. Mas o pensamento de que Lena precisava morrer dava-lhe um frio na alma, um estremecimento no corpo. "Será que eu tenho coragem de matar Lena?"

— Não, mamãe, não! — balbuciou, com verdadeiro pavor.

— Não por quê, ora essa?

— Ela é minha irmã! — e repetiu, com uma expressão de medo no rosto. — Minha irmã...

D. Clara mexeu-se na cadeira, de excitação nervosa. Aproveitou logo:

— Irmã? Ora, Netinha! Me diga uma coisa: Lena é minha filha?

— Não.

— É filha de seu pai?

— Também não.

— Então por que você a chama de irmã? Me diga!

Aleijadinha estava desconcertada.

— Criou-se comigo.

— E isso é o bastante? — os lábios de D. Clara tinham um jeito sardônico. — Como você é boba! Irmã, nada! Irmã coisa nenhuma!

— Mas mesmo assim, eu não tenho coragem!

— Netinha, ouça uma coisa: você tem agora a sua maior oportunidade. Maurício é tudo: lindo, tem dinheiro. Será que você vai deixar Lena passar você para trás?

Empregava essa expressão vil, baixa — "passar para trás" — porque não tinha tempo, nem cabeça para escolher termo melhor. Sentia os escrúpulos da filha. E o que a exasperava é que julgara ter destruído esses escrúpulos; e, de repente, vem a menina com objeções, bobagens. "Preciso convencê-la", era a idéia de D. Clara. Seu rosto tinha uma expressão dura; a amabilidade falsa, aquela doçura hipócrita, desaparecera. Não sossegaria enquanto não convencesse Netinha.

— Mas você está pensando que eu quero o quê? Que você mate Lena? Oh, não! Só quero que você se convença de uma coisa. Em amor, é preciso a gente afastar a rival; mas afastar de vez, senão ela volta. E para anular a rival assim, só há um meio...

Aleijadinha, com o coração batendo doidamente, esperou. D. Clara concluiu:

— A morte. O único meio é a morte.

O padre quis barrar-lhe o caminho.

— Aonde é que você vai?

Ela disse, com a voz mudada:

— Se eu não disser que sim, Maurício se mata. Ele me disse. E eu...

Empalidecendo, o padre perguntou:

— Você...

Lena desesperou-se:

— Vou procurá-lo já, para dizer que...

Parou como se no último momento duvidasse do próprio sentimento. O padre Clemente, embora já soubesse ou adivinhasse o que ela ia dizer, teve que perguntar, insistir, para que a moça, de novo excitada, concluísse:

— Vou dizer que sim!

Estava na porta, já com a mão no trinco, pronta para sair. Tinha pressa agora, queria encontrar logo Maurício e dizer-lhe: "Pronto, meu amor. Não posso mais, não resisto mais." Ter o direito de chamá-lo de "meu amor" era um doce bem; e segurar as mãos, e beijar os seus olhos em sinal de eterno amor. Sempre ouvira dizer que um beijo nos olhos queria dizer isso, queria dizer amor imortal.

— Não faça isso, minha filha! Tenha juízo!

Com a mão impedia que Lena abrisse a porta. A moça se revoltou, sentindo-se prestes a chorar, a chorar como uma criança diante dessa porta que não podia abrir.

— Não por quê?

Estava quase gritando; e cerrou os lábios, apertou, para não chorar, não explodir em soluços. Todo o mundo estava contra ela, contra a sua felicidade, não aparecia ninguém que se colocasse ao seu lado, quisesse defendê-la e dissesse: "Faz bem, minha filha!" Quanto daria, naquele momento, por uma palavra de bondade, de ternura, de compreensão humana.

— Então não tenho direito de ser feliz?

— Mas não assim, Lena, não assim. Destruindo o seu lar, fazendo a infelicidade dos outros!

— O senhor quer que eu faça a minha infelicidade. Parece mentira!

— Você se casou. Paulo é seu marido.

E era este o argumento do padre: o matrimônio indissolúvel, o matrimônio que é preciso manter, preservar, sagrado e intangível, mesmo a um preço de todas as renúncias. Ela escutava, com um sentimento de absurdo espanto; e aquelas palavras ficaram no seu pensamento, martelando: "Paulo é seu marido! Paulo é seu marido!" E seria seu marido, hora após hora, dia após dia, até que um dos dois morresse. E fez outra reflexão: "E quem sabe se marido também na eternidade?"

— Então não tenho direito de amar?

Foi rápido e cortante:

— Tem. O seu marido.

— E só ele?

— Só ele.

— E Maurício?

— Maurício, não. Afaste-se de Maurício.

— Isso é muito bom de dizer: "Afaste-se de Maurício..." E forças para isso? Quedê forças?

— Confio em você — queria animá-la. — Eu acredito em você.

— Mas Maurício disse que se matava.

E contou, precisava contar, não podia ficar com aquilo, sem que ninguém participasse do segredo. Descreveu, com uma expressão de medo nos olhos, a ameaça de Maurício, seu gesto tirando o punhal e o seu desejo de morrer aos olhos da mulher amada. E ela agora, perdida no seu desespero, só faltava gritar:

— E se Maurício morrer?

O padre parecia momentaneamente desconcertado. Fazia para si mesmo a pergunta: "E se Maurício morrer? Se cumprir a ameaça?" Conhecia bem o rapaz, a força do seu temperamento; era capaz de tudo, das maiores loucuras, até de suicídio, por causa de suas paixões, exasperadas e sombrias. Havia em todos os sentimentos de Maurício qualquer coisa de fanático e de trágico, mesmo naqueles menos duráveis. Era um desses homens que são perfeitamente capazes de morrer mesmo por uma paixão efêmera, de circunstância.

— Maurício não morrerá. Tenha fé em Deus.

— E se morrer? — insistia a moça.

— De qualquer maneira, você não poderá ceder. Não percebe, será possível que você não perceba? É preciso salvar sua alma.

Ela estava inteiramente entregue à dor; não refletia nas próprias palavras.

— O que eu quero é ser feliz.

— Você não seria feliz nunca. E seus remorsos?

— Não teria remorso nenhum, remorso de espécie nenhuma.

— Você diz isso agora. Não comprometa sua alma por uma ilusão.

— Mas eu quero, ouviu? Quero comprometer a minha alma. Ela é minha, não é? Então posso fazer com ela o que quiser!

O padre Clemente não fez um gesto. Estava aterrado com aquela força de paixão, aquele fanatismo que não conhecia limites. Antes de partir ela disse ainda, enxugando os olhos (chorava tanto!):

— Reze por mim!

Ele prometeu, a fisionomia muito séria e uma tristeza absoluta:

— Fique descansada. Rezarei.

Deixou-a passar; e logo que ela saiu, ele se ajoelhou, naquele lugar mesmo (junto à porta) e passou muito tempo nas suas orações. Lena e a sua salvação foram os temas únicos de suas preces.

O padre Clemente não podia calcular, e nem a própria Lena, era que uma pessoa estivesse esperando a moça. Lena estava tão perturbada, com a cabeça tão confusa, que só o viu quando quase esbarrou com ele. Teve um susto e abafou um grito:

— Você?

— Pensava que fosse quem?

— Ninguém. Mas não esperava e me assustei.

A surpresa daquele encontro desviou por um momento o seu pensamento de Maurício. "Por que é que ele está aqui? Que coisa esquisita! Seria coincidência? Ou ele é que..."

— Vamos juntos.

— Não vou para a fazenda agora.

— Aonde vai?

— Vou passear por aí.

— Eu passeio com você.

Ela teve vontade de dizer: "Muito obrigada. Dispenso sua companhia." Mas estava tão cansada, a entrevista com o padre Clemente fatigara-a tanto, que no momento não quis discutir. Caminharam em silêncio, ela perturbada por estar andando naquele ermo com o marido. “E se ele quisesse fazer uma violência agora?” Mas estava calmo, absolutamente calmo, com uma certa tristeza e uma certa fadiga na fisionomia. Parecia preocupado e infeliz. Subitamente, ele começou a falar.

— Eu vi quando você veio para cá.

— Ah, viu?

Perguntara “ah, viu?” para ter alguma coisa que dizer. Ele continuou, mordendo uma folha verde:

— Vi. E resolvi acompanhá-la.

— Espionagem? — perguntou sardônica.

Ele não a acompanhou nesse tom.

— Não.

E acrescentou, olhando para outro lado:

— Proteção.

— Proteção como? — admirou-se.

— Não quero mais que você ande sozinha.

— Quer dizer que nem isso agora eu posso?

— É em seu benefício.

— Acha que é benefício a pessoa não ter nem o direito de andar sozinha?

— Depende.

Ela se exasperou:

— Depende nada! Depende coisa nenhuma!

Ele cortou, enérgico:

— O que você é é muito mal-agradecida. Talvez não mereça esse meu cuidado.

— Você chama isso cuidado?

— É cuidado, sim. Você não sabe o que está dizendo. Pois saiba que sua vida corre perigo. E é por isso que eu lhe falei em proteção. Compreendeu agora?

Estavam parados debaixo de uma árvore. Ela, muito surpresa, sem poder atinar que ameaça seria essa à sua vida, que espécie de perigo poderia correr.

— Mas como? Minha vida está em perigo?

— Os Figueredo, quer dizer, a família de Guida resolveu que você é tão culpada quanto eu; e que deve pagar também.

— Sério?

— Seriíssimo.

— O que é que eu fiz? De que é que eles me acusam?

— De ter casado comigo.

— Ora essa!

— Pois é. É por isso que eu a segui; é por isso que eu estou aqui agora. Você não deve sair sozinha para o seu próprio bem.

Olhou para o marido, como incerta da verdade de suas palavras. Perguntou a si mesma: "Será possível que estamos, aqui, há tanto tempo, conversando nesse tom quase cordial?" O fato de estar ouvindo o marido sem brigar, quase como se se tratasse de um amigo, irritou-a contra si mesma. Aquilo bem poderia ser uma mistificação de Paulo. "O que ele quer é me vigiar, me prender mais ainda!"

— Pensa que eu sou boba?

— Por quê?

— Não acredito em nenhuma palavra do que você está dizendo. Eu sei o que você quer, mas não adianta. Saio quantas vezes quiser!

— Está bem. Mas por sua conta. Lembre-se que eu avisei.

— Não se incomode.

Deixou-a afastar-se, sem fazer um gesto. "Não tem jeito", foi a reflexão que fez. Com uma mulher assim, só dando. "E eu não sei dar em mulher." Logo que perdeu Lena de vista, encaminhou-se, mancando, para o túmulo de Guida.

D. Consuelo ficou muito tempo pensando no que Lena dissera: isto é, que Maurício se mataria se ela, Lena, não aceitasse o seu amor. "Será verdade?", pensava D. Consuelo, querendo duvidar até o último momento. "Ou será mentira dessa intrigante?" De qualquer maneira, a velha estava abaladíssima. Amava Maurício à sua maneira, num amor em que entrava muito a vaidade de ter um filho tão belo. Durante cerca de uma hora, pensou: finalmente, não agüentou mais. Dirigiu-se ao próprio Maurício. Ele estava na sala mergulhado em não sei que sinistras reflexões. D. Consuelo viu logo pelo ar do filho que ele sofria, e muito. Sentou-se ao seu lado (Maurício estava no sofá).

— Meu filho, é verdade isso que essa mulher me disse?

— Quem?

— Lena.

Ele se irritou:

— Vou lhe pedir uma coisa, mamãe: não chame Lena de mulher.

— Mas é verdade?

— Eu não sei o que ela disse.

— Que você se mataria, se ela continuasse resistindo.

— Deve ser.

— Deve ou é?

— Pois bem, mamãe, é.

D. Consuelo respirou fundo, fechou os olhos, contendo-se. Sua vontade era dizer uma série de insultos pesados à nora, na presença do filho. "Que víbora, meu Deus do céu!", era como a classificava Lena intimamente. Sentia uma dessas raivas que chegam a sufocar uma pessoa, deixam a pessoa sem ar; e que podem levar ao crime ou à loucura. "Eu ainda tenho uma congestão por causa dessa 'zinha'." Era um consolo para D. Consuelo, um consolo amargo ou azedo (qual dos dois?), insultar Lena mentalmente, usar para ela a expressão "zinha".

— Estou admirada com você, Maurício.

Ele não queria discutir; queria que o deixassem em paz; perguntou, com um princípio de exasperação:

— Por que, mamãe, por quê?

— Por quê? — fez uma pausa, e prosseguiu: — Porque isso é fraqueza, um homem querer se matar por causa de uma mulher. Isso é indigno de um homem!

— Mamãe, quer me deixar em paz, quer?

Mas ela não parava mais. As próprias palavras pareciam alimentar o seu ódio contra a mulher que entrara naquela casa para desgraçar a vida de todo o mundo.

— Você pensa que há uma mulher que valha a vida de um homem?

Foi seco e lacônico:

— Lena vale.

— Tire isso da cabeça, meu filho! Doce ilusão! — e repetiu, com uma fúria maior: — Nenhuma, ouviu! Nenhuma! Eu sou mulher e sei como nós somos! Você, se morrer, está pensando o quê? Que ela vai pôr luto? Chorar a vida inteira?

Exagerou, na necessidade de convencê-lo:

— Não há saudade que continue depois da missa do sétimo dia. As viúvas se consolam tão depressa, num instante. Quanto mais você, que nem marido dela é, que não é coisa nenhuma!

— Lena me ama, eu sei que ama!

— Ama nada, ama o quê, meu filho! Mesmo que ame. É só você morrer, que eu quero ver uma coisa. Pensa que há alguma mulher no mundo disposta a amar um cadáver?

E repetia por outras palavras o que Lena dissera a Paulo:

— Os defuntos não contam; não têm direito de voto.

— Mamãe, eu acredito que se pode amar a vida inteira.

Ele dizia isso com uma expressão trágica. Punha nas suas palavras uma força de convicção terrível. Precisava acreditar que não seria esquecido se morresse; que seria para sempre amado. As palavras de D. Consuelo, de um realismo estreito, positivo, quase cínico, enchiam-no de medo e de dúvida.

— Não é possível que se esqueça. Há coisas que não se esquecem.

— Tudo se esquece!

— Tudo, não!

— Veja o caso de Paulo e de Guida. Eles não se amavam, tanto? E quem é que está lá em cima? No mesmo quarto? Quem?

E como o filho, atônito, nada dissesse, ela concluiu, triunfante:

— É Lena! A memória de Guida está enterrada!

— Paulo não sabe amar!

— Ninguém sabe amar uma defunta; nem você tampouco. Você mesmo não disse, quantas vezes, que não era homem de uma só mulher, mas de muitas mulheres?

— Porque eu não tinha amado ainda. E agora amo! Pela primeira vez!

— E se eu lhe disser, se eu lhe contar o que vi, eu, esta que está aqui? Espiei pelo buraco da fechadura. Sei que é feio, que é baixo, degradante, a gente olhar pelo buraco da fechadura. Mas não faz mal, eu olhei. E vi — faça uma idéia...

— O quê? — perguntou, empalidecendo...

— Vi os dois se beijando. E que beijo! Uma mulher sabe julgar essas coisas. Pois bem: foi um beijo que quase não acabava! Os dois se amam e você, tão bobo, pensando que ela gosta de você — pois sim!

Ele ia responder, dizer qualquer coisa, tomado de uma fúria cega, mas Lena apareceu na porta. "Teria ouvido? Não teria ouvido?", foi o pensamento que correu, ao mesmo tempo, a Maurício e a D. Consuelo.

— Mamãe, quer me deixar agora, quer?

Estava sinistro na sua palidez e na sua expressão de louco.

"Eles se beijaram. Ela já beijou um homem e não me beijou nunca", era a sua obsessão. Lena estava parada na porta, olhando para ele. Maurício aproximou-se, então, lentamente. "Como está pálido!", pensou Lena. Ela disse, abaixando a voz:

— Já resolvi.

Maurício esperou o resto. E Lena:

— Maurício, eu...

“Você ama seu marido?” 26

AO DEIXAR Paulo, Lena estava com a sua resolução tomada: “Vou procurar Maurício.” E repetiu para si mesma, como para dar maior força à sua decisão: “Vou procurar Maurício.” Chegaria a ele e diria, muito simplesmente, fitando-o nos olhos, que... sim. “Sei que vou perder minha alma, mas não faz mal.” Argumentava consigo mesma. A alma era sua ou não era? Era. Logo!... “Mil vezes ser infeliz com Maurício do que feliz com Paulo.” Esta reflexão era absurda; mas ela não estava em condições de raciocinar com lógica. Chegara na porta da sala e vira Maurício com D. Consuelo. Os dois estavam na certa discutindo: e o assunto devia ser ela. Mas não teve medo, nem timidez, nada, nada. Uma mulher custa muito a chegar a uma decisão dessa natureza, mas quando chega, é porque está disposta a tudo. Não se mexeu enquanto Maurício não mandou D. Consuelo embora. Viu quando a sogra passava, o olhar carregado de ódio que lançou na sua direção. “Não faz mal”, pensou Leninha. Maurício aproximava-se dela, sem apressar o passo. A moça adivinhou que ele sofria. Estava tão pálido, parecia até meio envelhecido. Deixou que ele chegasse bem junto e, então, disse:

— Maurício, eu resolvi que...

Ele esperou. E ela:

— ...resolvi que não.

Maurício estremeceu como se tivesse recebido um choque.

— Não pode ser, Maurício. Não pode — repetiu.

Ela mesma se surpreendeu com a sua atitude. Sentia-se como que em sonho. Estava resolvida a dizer "sim" e quando acaba dizia "não". Por que, meu Deus do céu? Suas palavras não correspondiam à sua vontade e aos seus sentimentos. Que misteriosa e incrível contradição era essa? Por que à última hora, no justo momento em que se ia realizar o seu destino e a sua felicidade, acontecia aquilo? Que espanto o seu, misturado de angústia, ao ouvir a própria voz dizendo "não, não, não!". Era como se uma loucura a possuísse subitamente, como se alguém, outra pessoa, talvez o próprio demônio, estivesse falando por ela, agindo por ela, decidindo à revelia de sua vontade e de seus sentimentos. Ou, então, era essa covardia que tantas vezes se apossa das mulheres em face do pecado? "Não sei, não sei, não sei."

— É sua última palavra?

Ele estava sereno, mas sereno demais, de uma serenidade inquietante. E como a palidez lhe assentava bem, realçava mais o azulado da barba, a cor dos olhos, o tom dos cabelos.

— É, sim — confirmou, desviando a vista. — É minha última palavra.

— Não acredita então em mim?

— Não acredito como?

— Pensa que eu não me mato? Que não tenho coragem de me matar?

— Não seja louco!

— Meu sangue cairá todo sobre sua cabeça!

— Maurício, pelo amor de Deus!...

— E você terá remorsos a vida inteira!

Era essa a alegria, a esperança desesperada de Maurício: que ela passasse o resto dos seus dias chorando, atormentada pelo arrependimento e pela saudade e acabasse devorada pela loucura. Tomou, num súbito transporte, as mãos de Leninha.

— Reflita enquanto é tempo!

— Não posso, não posso! Veja a minha situação!

Sentiu que ela se obstinava, que resistia com todas as forças; e sofreu mais, perdeu a cabeça; tornou-se mau.

— Eu sei por que você está assim!

— Por quê?

— E você também sabe!

— Diga então.

— Porque...

Abaixou a voz.

— ...você ama seu marido!

Ela teve medo da expressão atormentada com que ele disse isso. Protestou:

— Não!

— Ama, sim.

— Mentira!

Defendia-se desesperadamente, como se o fato de amar o marido ou estar começando a amá-lo implicasse um pecado, uma vergonha, uma degradação. Ele percebeu que Leninha sofria e quis feri-la de uma maneira mais profunda e implacável.

— Pensa que eu não me lembro do que houve entre vocês dois?

— Não houve nada! Eu menti!...

— Mentiu nada!

E inventou:

— Eu vi vocês dois se beijando!

— Meu Deus, meu Deus! — chorou Lena, tapando o rosto com as mãos.

— Por que não nega? Negue agora!

Estava quase chorando ao dizer:

— Mas não foi beijo de amor! Juro!

— Que não foi o quê? Se não foi beijo de amor, foi beijo de quê?

— Não me pergunte — implorou.

— Viu? Está com medo de dizer, com vergonha?

— Eu, com medo? Ah, se você soubesse, não falaria assim!...

Ele insistia, como se o sofrimento dela, as lágrimas lhe despertassem um certo sadismo.

— Foi beijo de quê?

As mãos da moça caíram ao longo do corpo; baixou a cabeça, vencida, sentindo a inutilidade de todas as palavras e de todos os gestos. "Ele não me acreditaria", pensava. E nem ela podia dizer, explicar que se dera um beijo e recebera outro, fora para salvá-lo.

— Beijo de nada — murmurou.

Maurício se convenceu, então, de que tinha acertado ao dizer que ela amava o marido. E isso, essa observação, foi quase que a morte de todas as suas esperanças. Não soube o que fazer, que violência, que excesso, que loucura, para esgotar a sua cólera. Lembrou-se da própria beleza que, entretanto, não conquistara Leninha. "A única que me resistiu, a única", foi o seu sentimento. "E que adianta eu ser assim?" Lembrou-se também de Aurélia, mas a esta não se dedicara a fundo, não se interessara.

— Você precisa receber uma lição, Lena!

— Não seja assim.

— Uma lição para toda a vida.

"Ele vai fazer alguma loucura", assustou-se Lena. Pensou logo na ameaça de Maurício, de se matar aos seus olhos. Essa idéia lhe deu um abalo em todo o ser. "Não, não quero que Maurício morra, não quero."

— Já sei o que você quer.

— Maurício! — balbuciou, aterrada.

— O que você quer é...

D. Clara resolveu não insistir mais. Depois continuaria a conversa com Aleijadinha. Tinha tempo. A velha era paciente, não se precipitava, passaria o tempo que fosse preciso, até convencer definitivamente a filha. O maior obstáculo era naturalmente a bondade de Aleijadinha, a sua natureza terna, boa, sensível. Mas Netinha estava amando e uma mulher, quando ama, é capaz de tudo para conquistar um homem. "Lena me paga, ela vai ver", pensava D. Clara, abrindo a porta do quarto e saindo para o corredor. Quase deu um encontrão em D. Consuelo, que vinha passando. Percebeu logo que tinha havido qualquer coisa, porque D. Consuelo estava incrivelmente pálida.

— O que é que houve? — perguntou, instintivamente.

— É a sua enteada! — disse a outra, entre dentes.

D. Consuelo podia ter continuado, mas sentiu de repente a necessidade de conversar com alguém, de se desabafar. Estava até aqui quase sufocada.

— Lena?

— Sim.

— O que é que ela fez?

D. Consuelo pareceu hesitar, como se tivesse escrúpulo de falar naquilo à própria madrasta da moça. Mas D. Clara mais do que depressa foi dizendo:

— Pode dizer. Então não sei como Lena é?

— Então vamos para o meu quarto. É melhor.

Não podiam ficar conversando certas coisas, em pé, no corredor. O que tinham de dizer era um assunto muito reservado. No quarto, enquanto D. Consuelo procurava recapitular mentalmente os últimos acontecimentos, D. Clara, mordida de curiosidade, repetiu a pergunta:

— O que é que ela fez?

— O quê? Está dando outra vez em cima de Maurício!

— Mas não me diga!

— Pois é. Os dois estão lá embaixo, na sala!

— Assim, é?

— Assim.

— A senhora está vendo? — perguntou D. Clara. — Adianta ter uma enteada nessas condições, adianta?

— Não!

— Depois dizem que as madrastas são isso e aquilo. É para a senhora ver.

As duas velhas experimentavam uma satisfação feroz em sentir-se solidárias naquele momento. Uma precisava da outra. Houve uma pausa. E D. Consuelo disse, então, com uma lentidão deliberada:

— Há uma coisa que se podia fazer.

— O quê?

D. Consuelo ainda hesitava:

— Mas não sei...

— Diga, pode dizer.

E para estimular D. Consuelo, foi de uma sinceridade absoluta:

— A senhora sabe que pode contar comigo! Que eu não gosto mesmo de Lena, não é?

— Eu sei, não se incomode. E é por isso mesmo que estou lhe dizendo essas coisas. Aliás, a senhora sabe que eu quero casar sua filha com Maurício.

— Eu sei, eu sei — disse D. Clara.

E a possibilidade fascinou-a tanto, que fechou os olhos, respirou fundo, numa alegria quase dolorosa. Prestou a máxima atenção ao que a outra foi dizendo.

— Pois bem. A coisa que nós devemos fazer é afastar Lena, senão não adianta.

— Isso! — exclamou, triunfante, D. Clara. — Parece até transmissão de pensamento. — D. Consuelo, pergunte a Netinha o que eu estava dizendo a ela, agorinha mesmo, neste instante.

— Foi, é?

Os olhos de D. Consuelo brilhavam. Excitava-se cada vez mais, percebendo que podia contar com D. Clara para qualquer situação. "É isso que eu quero", refletia a velha, lembrando-se do neto que Lena lhe recusara. D. Consuelo continuou:

— Afastar Lena, mas como?

D. Clara repetiu como um eco:

— Como?

— Mandá-la embora é bobagem. Das duas uma: ou ela não quererá ir ou então...

— O quê?

— Maurício vai atrás.

— Claro!

Houve um silêncio. D. Consuelo olhou a outra, antes de prosseguir. Seu plano em relação a Lena estava modificado. Primeiro, ela queria apenas atirar Netinha contra Lena; fazer com que as duas se estraçalhassem, e tudo, naturalmente, sem conhecimento de Paulo. Mas acabara de se convencer que isso era impossível. Paulo acabaria sabendo e tomaria um desforço de Maurício. O melhor era ferir Lena sem meter Maurício no meio, com a dupla vantagem de vingança e, ao mesmo tempo, de impedir um fratricídio na família. A cumplicidade de D. Clara era importante, não só porque as duas dividiriam a culpa, mas porque facilitaria tudo.

— Se ela continuar — D. Consuelo abaixava a voz — estará tudo perdido. Mesmo que ela não ceda a Maurício. Só a sua presença bastará para alimentar o interesse dele. E um belo dia, nem sei o que sucederá!

D. Clara interrompeu:

— Já sei! Como?

— Já sei qual é o recurso.

E D. Clara não precisou dizer nada. As duas se olharam: e esse olhar foi o bastante. Estavam entendidas. Sabiam qual era o meio de afastar Lena e de uma vez para sempre. Aquelas duas estavam agora ligadas: unia-as a idéia de um crime.

— Ainda resta um problema — disse D. Consuelo. — Como fazer "isso"?

— Há de se achar uma maneira.

— Mas tudo tem que ser muito bem estudadinho, detalhe por detalhe.

— Detalhe por detalhe — confirmou D. Clara.

— Porque não pode falhar. Em hipótese nenhuma.

— Deus me livre!

— Eu tenho uma idéia. Que eu acho, aliás, muito boa. Quer ver?

D. Clara, serena por fora, mas com uma profunda tensão por dentro, acompanhou D. Consuelo sem dizer uma palavra. Saíram do quarto, desceram pela escada dos fundos. Embaixo encontraram Nana, que as olhou muito espantada.

— Que é que está olhando, Nana? — perguntou, ríspida, D. Consuelo.

— Nada — balbuciou a preta.

Baixou a cabeça, envergonhada, e afastou-se. Estavam agora diante de uma porta pesada. D. Consuelo tirou uma coisa do seio: uma chave de formato muito esquisito.

— Ninguém entra aqui — observou D. Consuelo, metendo a chave na fechadura.

D. Clara, como que fascinada, não perdia um movimento da outra. Tudo aquilo lhe causava espanto, ao mesmo tempo que uma espécie de paixão. "Vou cometer um crime", pensava, confusamente. Entraram então. Era uma ampla sala, entulhada de móveis, escura, lúgubre, cheirando a mofo, a coisa bem antiga; D. Consuelo apertou o botão da luz e uma lâmpada, suspensa no teto, projetou uma iluminação triste, manchada de sombras. Móveis de toda espécie viam-se ali, cadeiras estofadas, guarda-roupas, tudo fora de moda. D. Clara, sem compreender nada, perguntava a si mesma: "O que é que tem aqui? Por que ela me trouxe?" Não conseguia atinar.

— Temos que empurrar isso.

Era um móvel grande e pesado, encostado à parede. "Para que empurrar, meu Deus?" D. Clara cada vez entendia menos. Reunindo todas as forças, as duas conseguiram, afinal, deslocar o móvel. Arquejavam; e D. Clara abafou uma exclamação. Via uma pequena porta na parede. D. Consuelo tirou outra chave do seio, desta vez bem menor (preparara-se para aquilo) e abriu a porta, com dificuldade.

— Venha! — chamou.

Estavam no alto de uma escada de cimento que conduzia a um subterrâneo, úmido, sinistro. Ninguém sabia de sua existência na casa: D. Consuelo sempre tomara conta das chaves. Jamais deixara Paulo, Maurício ou outra qualquer pessoa entrar ali. Um princípio de medo apertou o coração de D. Clara. Aquilo era horrível!

— Está vendo? — sussurrou D. Consuelo.

— Estou — pôde dizer D. Clara.

— E não compreendeu ainda por que eu a trouxe aqui!

— Não.

Tinham descido alguns degraus; estavam no escuro e a luz que vinha de cima era muito pouca, uma luz escassa, quase fantasmagórica. Lá para baixo as trevas eram ainda mais compactas. D. Clara sentiu ali, em torno, no ambiente, a presença ou a sugestão de morte.

— Não adivinhou ainda? — perguntava D. Consuelo, segredando, a voz quase irreconhecível.

D. Clara teve a idéia de fugir, subir, mas sentiu-se segura pelo braço. Quis gritar e...

Que fazer diante de uma mulher que resiste sem medida, com desespero, com fanatismo? Maurício teve medo de si mesmo e de sua paixão. Por um momento — foi questão de um segundo — chegou a pensar numa loucura; e disse a Lena, surdamente:

— E se eu...

Ela julgou adivinhar; arrepiou-se toda; perguntou, recuando:

— O quê?

Estavam tão dominados pela força dos seus sentimentos, que não sentiam perigo de que alguém chegasse ali e assistisse à cena e ouvisse aquelas palavras desesperadas.

— E se eu matasse você, e em seguida me matasse?

Balbuciou, estendendo a mão, como para detê-lo:

— Não faça isso!

Chegou-se para ela (Lena recebeu no rosto o seu hálito).

— Você prefere que eu morra sozinho, e que você sobreviva, não é?

E como a moça, transida de medo, nada dissesse, ele continuou, com a sua exasperação sombria:

— É isso, não é?

— Não!

— É, sim. Você quer que eu morra, que eu me mate por você. Ah, é muito bom para uma mulher poder contar, depois: "Um fulano já se matou por mim!"

— Não fale assim — implorou.

— Falo, sim, falo — e insistia. — Não é isso mesmo que você quer?

— Bem sabe que não!

— Se não fosse, você não seria intransigente como é. Nenhuma mulher gostando de um homem faria o que está fazendo. Para não vê-lo morto, seria capaz de tudo!

— Sou casada — defendeu-se.

— Que é que tem? Mas fique descansada. Eu resolvi...

"O que é que ele vai me dizer?", pensou Lena. Ele fez a pausa para torturá-la; e continuou, com um sorriso sardônico:

— Eu resolvi não me matar. Só isso. Você, no mínimo, está desiludida!

— Desiludida, eu?

— Desiludida, sim. Eu não me mato, porque você não merece esse sacrifício...

E repetiu quase com as mesmas palavras o pensamento de D. Consuelo:

— Nenhuma mulher vale a vida de um homem.

Dizia isso com uma espécie de ódio; e repetiu, sabendo que a feria, que a humilhava:

— Nenhuma! — e acrescentou: — E você, muito menos!

— Vou-me embora...

— Olhe sua irmã.

Lena já ia saindo e se deteve, porque Netinha descia a escada. Foi a presença de Netinha, ali, naquele momento (parecia coisa da fatalidade), que inspirou Maurício. A idéia nasceu instantaneamente no seu cérebro, já definida, formada, como se já tivesse sido trabalhada, amadurecida, pela reflexão. Aleijadinha seria sua arma, o seu instrumento de vingança, o meio mais seguro e mais cruel de magoar e enlouquecer Lena.

Lena, virando-se um pouco, via Netinha. A menina descia lentamente; olhava os dois um momento, notara que discutiam (e com certeza imaginou que assunto seria) e procurava ser tão natural quanto possível, fingir que não estava ligando.

— Bonitinha a sua irmã.

Este comentário de Maurício saía num tom frívolo, petulante, que Lena se virou para ele, espantada. E viu logo a mudança que se operara no rapaz; em vez do ar de sofrimento de ainda há pouco, estava quase alegre, um jeito de sorriso na boca e uns olhos quase doces. Ela não pôde atinar com a causa da mudança. E o fato de estar Maurício calmo, sem nenhum sinal de angústia, fê-la sofrer. "Ele não me ama; senão não estaria conformado tão depressa." Mal poderia calcular que Maurício estava assim porque forjava rapidamente um plano.

E quando Netinha se encaminhava para a varanda, ele gritou:

— Netinha!

A menina estremeceu, ao ouvir seu nome, e voltou-se, espantada, ainda incerta se aquilo era mesmo com ela.

— Quer vir aqui um instantinho?

Era com ela, sim. Ele a chamava. Seu coração começou a bater em pancadas mais rápidas e o sangue afluiu-lhe ao rosto.

— Com licença — disse Lena.

Mas ele se opôs, com uma amabilidade irônica:

— Não vá já. Fique mais um pouco.

Netinha se aproximava, andando naquele passo penoso que causava nos outros uma certa impressão incômoda. "Devo ir-me embora", refletia Lena, sofrendo porque ele parecia inteiramente conformado com a sua recusa. Mas não se afastou, numa curiosidade doentia de ver o que conversariam os dois, Maurício e Netinha.

Ela deveria se arrepender amargamente de ter ficado, em vez deixá-los. Mas a sua curiosidade de mulher era mais forte do que tudo. Notou, para começar, que Maurício dirigia a Netinha um olhar ostensivamente doce, aquele olhar intenso e acariciante que perturbava tanto o coração das mulheres.

— Você tem namorado? — perguntava Maurício à Netinha.

D. Clara teve vontade de gritar. Seus nervos estavam tão excitados, ou superexcitados, dentro daquela escuridão, que teve a idéia, não sei, a suspeita de que D. Consuelo ia atirá-la dali, do alto, enterrá-la viva. Mas D. Consuelo segurava-a pelo braço, dizia-lhe:

— Está vendo, está vendo?

— Estou — balbuciou D. Clara.

D. Consuelo estava excitadíssima. Era com um esforço penoso que se controlava. Crispava-se toda; e D. Clara bem percebeu a agitação da outra.

— Compreendeu agora?

D. Clara apenas desconfiava, era uma intuição, não tinha certeza. Perguntou:

— Mas compreendi o quê?

D. Consuelo sussurrou:

— Que tal isso aqui para Leninha?

— Para Leninha como?

A outra baixou mais a voz.

— A gente trazer Leninha e fechá-la aqui? Deixá-la morrer de fome e de terror? Que tal?

D. Clara estremeceu. Apesar de tudo, achava a idéia uma coisa horrível, arrepiante. Imagine uma pessoa ficar ali, naquela escuridão, viva, vendo as horas passarem, sem esperança nenhuma de socorro? Era de enlouquecer, nem sei! Imaginou Lena, perdida naquelas trevas, gritando, gritando, até rebentar as cordas vocais; e batendo nas paredes, ensangüentando as mãos; e depois perdendo a razão, soltando gargalhadas apavorantes. Tudo isso passou pela cabeça de D. Clara enquanto ela esteve ali com D. Consuelo, parada, no meio da escada.

— Vamos voltar? — pediu, já com os nervos em tensão.

— Vamos.

Subiram. Que alívio para D. Clara quando se viu, de novo, em cima, na sala grande.

Respirou profundamente, sentindo-se mais segura. Dona Consuelo é que não sentira medo, angústia nenhuma. A única coisa que enchia a sua cabeça era a idéia de vingança. O ódio — um ódio surdo, incessante, implacável — era a força monstruosa que lhe duplicava as energias. Ajudada por D. Clara, empurrou de novo o móvel, colocando-o junto à parede. Estava fechada a porta do subterrâneo. D. Consuelo, então, experimentou a necessidade de contar tudo à D. Clara, de justificar o seu ódio. Sentaram-se as duas num sofá velho (antes D. Consuelo limpou com um lenço) e ela iniciou a história do seu neto. A morte da criança, a esterilidade de Guida e a sua esperança de que Lena fosse mãe.

— Mas ela não quis! Me ajoelhei aos seus pés, pedi, me humilhei; e ela ali, firme, nem se comoveu, D. Clara! E custava? Custava alguma coisa? Nada, absolutamente nada! Tão natural, não é?

— Fez por pirraça!

— Não tenho razão?

— Mas claro!

D. Clara fazia questão de proclamar bem alto a sua solidariedade.

— Aliás — continuou D. Clara — não é de hoje. Eu sempre disse que casamento sem filhos é uma coisa tão assim!... Uma casa precisa de uma criança, isso precisa, ninguém me convence do contrário!

— Só de maldade ela disse que não!

— E foi por isso que a senhora passou a ter raiva dela?

— Acha pouco?

— A senhora tem razão, D. Consuelo.

E acrescentou, com ênfase:

— Toda a razão! Ah, mas Netinha é outra coisa!

E D. Clara tratou de elevar, de valorizar a filha aos olhos de D. Consuelo, sobretudo no ponto que mais interessava.

— Netinha é tão diferente de Lena como água do vinho! Então, se a senhora visse como ela gosta de crianças!...

— Gosta assim, é?

— A senhora não faz idéia! Uma coisa por demais! Desde menina. Nós tínhamos uma vizinha, uma espanhola, D. Caridade, e era Netinha que tomava conta dos filhos!

D. Consuelo ouvia com um interesse progressivo. Era seu traço mais humano gostar de ouvir falar de crianças. Pensava no neto que morrera com a espinha partida e estava agora debaixo da terra. A idéia de um outro neto e a esperança de vir a tê-lo algum dia começou a encher seu coração atormentado. Seus olhos cresciam e se iluminavam, como se ela já visse um menino ou uma menina na sua frente, estendendo os bracinhos e agitando as perninhas. Continuava a ouvir D. Clara. Essa agora se lamentava:

— Ah, que pena, D. Consuelo, que pena!

— Como?

— Que pena Netinha não ter se casado com Paulo. Aí a senhora não precisava nem se preocupar, nem pedir. O neto viria, não tenha a menor dúvida.

— Mas não é? — disse D. Consuelo, dolorosamente.

— Mas pode ser de Maurício!

D. Consuelo repetiu como um eco, o rosto sem expressão absolutamente nenhuma:

— Pode ser de Maurício.

— E uma coisa eu garanto, desde já, posso garantir. A senhora terá seu neto.

D. Consuelo perguntou, já com uma certa doçura na fisionomia:

— Acha isso?

D. Clara confirmou e ajuntou:

— Ainda digo mais: mais do que um. Um menino e uma menina, pelo menos. Casal!

D. Consuelo ia sorrir, feliz com aquela perspectiva que a outra lhe entremostrava, quando se lembrou de uma coisa. E era uma coisa muito triste e pungente porque a sua fisionomia endureceu outra vez. D. Clara observou essa mudança e se assustou, pensando: “Que será”?

— Não adianta, não adianta.

— Como não adianta?

— Maurício não quer. Não suporta criança depois do que aconteceu com o primeiro filho. Tem horror! Jurou que não teria mais filho!

— Ah, D. Consuelo! E a senhora acreditou?

— Ele jurou, D. Clara!

— Não se preocupe com isso. Quando a mulher quer, sabe convencer o marido. Não se incomode.

D. Consuelo suspirou:

— Vamos ver, então.

— Garanto!

— Mas primeiro que tudo, é preciso afastar Lena.

D. Clara concordou mais do que depressa:

— Ah, é!

— Quando ela estiver lá embaixo, pode gritar à vontade, espernear, fazer o que bem entender, porque...

Netinha não entendeu bem as palavras de Maurício.

— Tenho o quê?

Ele repetiu, envolvendo-a naquele olhar que era quase uma carícia.

— Perguntei se você tinha namorado. Tem?

Netinha se ruborizou toda, como se aquilo fosse alguma coisa de mais, uma indiscrição.

— Não.

Como ele não dissesse mais nada, e sorrisse apenas, ela teve um impulso de audácia e perguntou:

— Por quê?

— Não se pode perguntar?

— Pode — murmurou, numa vergonha incrível.

"Ah, se ele soubesse que me beijou pensando que fosse Lena!" Depois do que sucedera, não tinha nem mais jeito de olhar para o rapaz. Tinha a idéia de que ele sabia de tudo. E, ainda por cima, aquelas perguntas! Logo sobre quê: sobre namorado!

Ele continuava, divertindo-se com a perturbação de Aleijadinha. Lena não saía. Olhava ora para a irmã, ora para Maurício. E uma revolta, uma cólera surda começavam a invadi-la.

— Bom, você pode não ter namorado agora. E antes?

Fez um esforço para responder.

— Nem antes.

— Nunca? Será possível?

Fazia um espanto, uma admiração, como se o fato de uma moça não ter jamais namorado fosse uma coisa do outro mundo, incrível.

— Mas é mesmo verdade?

— É.

Netinha não levantava os olhos nem por nada.

— Nem gostou de ninguém?

Mentiu:

— Não.

Leninha então interveio, brusca e ríspida:

— Mentira!

A palavra saíra tão espontânea e repentina, que ela não a pôde calar. Quando deu acordo de si, já havia falado. Maurício virou-se, espantado. E Netinha também. Sendo que em Aleijadinha o espanto era tão grande quanto a indignação. Sua timidez desapareceu ao ver que a irmã a tratava assim na presença de Maurício. Imagine ser chamada de mentirosa! Reagiu instantaneamente:

— Mentirosa é você!

— Eu, hein? Quer dizer que você não gostou nunca de ninguém? Não gosta?

— Não! — defendeu-se Aleijadinha.

Na veemência da discussão, esqueciam-se da presença de Maurício, que não perdia uma palavra, nem um movimento das duas. Leninha aproveitou a situação; voltou-se para Maurício, numa fúria que não podia controlar:

— Maurício, você sabe de quem ela gosta? Quer mesmo saber? É de...

"A morte espreitava."

27

NETINHA quis impedir que Lena falasse, que dissesse aquilo. Segurou o braço da irmã, num apelo:

— Não, Lena, não diga!

Mas Lena se descontrolou, não raciocinava mais, não sabia o que estava certo e o que estava errado; queria apenas ferir a irmã, envergonhá-la aos olhos de Maurício. Tirou a mão de Netinha do seu braço e anunciou:

— É de você que ela gosta, Maurício!

Repetiu, surdamente, enquanto Aleijadinha, crucificada de vergonha, cobria o rosto com as mãos.

— De você!

— De mim? — admirou-se Maurício.

Lena confirmou, feliz com o sofrimento da irmã:

— De você, sim! É doida, louca por você!...

— É verdade? É, Netinha?

"Que vergonha, meu Deus, que vergonha!", pensava Netinha, toda arrepiada. E o que a indignava mais era sentir que Lena exultava. Teve um repente (era uma menina de impulsos), levantou o rosto numa atitude de desafio:

— É verdade, sim — confirmou, ousada, sustentando o olhar de Maurício.

"Confessou!", admirou-se Lena. Sua vingança, então, falhara; pensara em reduzir Aleijadinha a uma situação de silêncio, de humilhação, de ridículo, e quando acaba, a menina saía-se bem da prova, muito bem, até interessante na sua audácia inesperada. E outra observação que Lena fez: "Maurício está impressionado!" Ele olhava, de fato, para a menina, com uma atenção nova, como se a visse pela primeira vez. Examinava a menina da cabeça aos pés, num julgamento de seu físico miúdo, e, ainda assim, curioso. Não se poderia dizer que fosse bela, bonita, uma coisa por demais. Mas não desagradava. Era feminina a fragilidade do seu corpo franzino. Percebia-se nos seus olhos uma certa luz viva e doce. O pior era a perna, aquela perna mecânica que causava, realmente, uma impressão incômoda (pelo menos, no primeiro momento). Era uma surpresa para Maurício saber, assim de repente, que a menina gostava dele. Qualquer homem gosta de ser amado, mesmo quando não pensa em retribuir. E havia um certo agradecimento no olhar que dirigia a Aleijadinha e que a emocionava como um toque físico.

— Não teve vergonha de dizer! — criticou Lena.

— Vergonha por quê? — reagiu Aleijadinha.

— Fez muito bem — interveio Maurício, querendo irritar Lena.

Houve um silêncio. Lena se desorientou. Percebia que Maurício queria exasperá-la; e via, por outro lado, que Aleijadinha se enchia de coragem, toda a sua timidez se transformava numa decisão e numa energia que pareciam incompatíveis com o seu corpo miúdo. Já não era mais criança. Dir-se-ia que aquele diálogo ríspido, brusco, violento, despertara na menina a mulher. Agora, que ele sabia, agora que proclamara o seu amor, Netinha sentia-se outra, sentia-se capaz de todas as audácias.

Quis tripudiar sobre a irmã:

— Eu posso gostar dele. Sou solteira, minha filha!...

E isso pareceu-lhe o maior e melhor dos títulos. Nunca como naquele momento gostara tanto de ser solteira, livre, sem compromisso. Continuou, nessa excitação que dá a felicidade:

— Posso dar o meu coração a quem quiser!

— E dá a Maurício, coitada!

— Ora essa, por que coitada?! — interrompeu Maurício, com certa irritação.

— Ainda pergunta por quê? Tem coragem?...

Ele se exaltou; teve no rosto uma expressão de sofrimento.

— Tenho coragem, sim!

— Digo coitada, porque você não fará nunca a felicidade de uma mulher!

— É o que você pensa.

— Penso, não. Todo o mundo sabe, todo o mundo! Você não pode viver sossegado. Vê uma mulher e pronto!

Lena se desabafava, incapaz de se conter, de se controlar. Era uma mulher que tinha sido tocada no seu sentimento mais vivo e que não mede as próprias palavras. Ia prosseguir, mas Netinha interrompeu bruscamente:

— Você está é despeitada!

Lena tonteou. Esqueceu-se momentaneamente de Maurício para enfrentar Aleijadinha.

Maurício, sem dizer nada, pensava que entre duas mulheres que amam o mesmo homem não há acordo possível. Mesmo quando são irmãs ou sobretudo aí.

— Ah, minha filha! — Lena se exaltava cada vez mais. — Despeitada, eu? Está louca, completamente louca!

— Despeitada, sim!

— Se eu quisesse, está ouvindo? Se eu quisesse, teria tudo de Maurício, mas tudo!

E, na sua cólera, virou-se para o rapaz:

— Não é?

Queria, exigia que ele confirmasse. Ao lado, com uma expressão de espanto e de medo nos olhos, Netinha esperou a palavra de Maurício.

— Não é o quê? — perguntou Maurício.

— Não é verdade o que eu estou dizendo?

Ele foi duro, positivo, implacável:

— Não!

Lena teve um choque; estava tão certa, mas tão, que ele ia confirmar, que se desconcertou por completo. E sofreu mais ainda ao ouvir o grito feroz de Netinha:

— Viu?

Lena se desesperou.

— Então você não me ama?

Reafirmou, sentindo um prazer doentio em desmentir:

— Não!

Era um "não" feroz, definitivo, que não admitia apelação.

— E nunca amou?

— Nunca!

— Cínico! Cínico!

Ela disse duas vezes a palavra, sentindo, no entanto, que não conseguia atingi-lo. E o que lhe doía mais, que a magoava até ao martírio, era o triunfo de Netinha. Aleijadinha mal podia dissimular a sua felicidade. Mas Lena não queria se convencer; aquilo não podia ser verdade, ele não podia estar dizendo essas coisas, devia ser sonho, tinha que ser. Depois de tê-lo ofendido, mudou subitamente de tom, na necessidade de arrancar a confirmação:

— Você não me pediu um beijo, não me perseguiu, não disse que me amava?

— Você está se humilhando, Lena! — foi a observação irônica de Netinha.

— Não se meta!

E para Maurício:

— Maurício, pelo amor de Deus, não me faça passar por mentirosa! Conte, diga!...

E o rapaz, então...

Nana espantou-se:

— O senhor está alegre, hoje, Seu Paulo?

Vinha observando o rapaz, os seus modos, a expressão de sua fisionomia, o brilho dos seus olhos. Imagine que Paulo chegara até a assoviar! O espanto da preta fora tanto que ela, afinal, não se conteve e fizera aquela observação. Paulo ficou meio desconcertado, como se a própria alegria o envergonhasse. Por um momento, seu rosto endureceu de novo, fazendo Nana se arrepender: "Por que é que eu fui falar?" Mas Paulo acabou abrindo a fisionomia outra vez, despistando Nana:

— Estou como sempre, ora essa!

Nana não quis dizer nada, com medo de irritá-lo. Mas está claro que não acreditou. "Como sempre — pois sim!" Desde que Guida morrera que Paulo amarrara a cara e só melhorava quando bebia. Só o álcool lhe dava um certo humor e ainda assim um humor alvar de ébrio. E era só estar no seu estado normal para se entregar todinho à dor de ter perdido Guida. Nana perguntava a si mesma: "Quando é que Seu Paulo assoviava?" E isso era o que mais a impressionava: o assovio.

Estavam os dois, a preta e Paulo, perto de uma das porteiras da fazenda. O moço olhava não se sabia para onde, para um ponto do horizonte. De repente, de perfil para a velha criada:

— Eu sou muito feio, Nana?

Essa pergunta apanhou Nana de surpresa. Ela se lembrou, imediatamente, de uma pergunta idêntica que o rapaz fizera. Fora durante o namoro com Guida. Respondeu prontamente:

— Que o quê, Seu Paulo!

— Sou ou não sou?

— É até muito bem parecido!

Um vinco de amargura apareceu no rosto de Paulo; lembrava-se, sem querer, do físico de Maurício; daquela beleza inquietante que o fazia conquistar as mulheres sem esforço. Houve uma pausa que, afinal, o moço rompeu:

— Sabe-se que os Figueredo querem também pegar Lena?

Espanto de Nana.

— Para quê, minha Nossa Senhora?

— Acham que Lena também deve ser castigada. É o cúmulo, hein?

— Que gente doida!

— Isso vai acabar mal, Nana, muito mal! Enquanto era só comigo, muito bem, eu não me incomodava. Até agradecia quem desse cabo de mim. Mas com Lena, não!

E se revoltava contra aqueles bárbaros que, no fanatismo do seu ódio, queriam sacrificar uma inocente. Lena não tinha nada com aquilo. E o coração de Paulo se confrangia, coberto de presságios. Afinal de contas, por mais que não gostasse de Lena, não podia tolerar que, por sua causa, ela viesse sofrer, talvez ser torturada. Virou-se para Nana:

— Sabe o que é que eu tenho vontade de fazer, Nana? Sabe?...

Quando vieram da visita ao subterrâneo, D. Consuelo e D. Clara se separaram. D. Consuelo disse:

— Depois nós conversamos!

D. Clara se afastou. Foi ao quarto e não encontrou Netinha. Então, encaminhou-se para a escada. "Deve estar na varanda", calculou. Mas quando chegou na escada, abafou uma exclamação. Via Netinha, Lena e Maurício. Que coisa, meu Deus! Por um momento não soube se continuava a descer ou se voltava atrás. Optou pela última alternativa. Bateu na testa, como se tivesse esquecido alguma coisa em cima e voltou. Precisava contar a novidade a D. Consuelo.

— Imagine a senhora o que eu acabo de ver! — disse logo que D. Consuelo abriu a porta do quarto. — Faça uma idéia!

A outra assustou-se, até, com o ar de D. Clara.

— Que foi?

— Estão lá Maurício, Netinha e Lena.

— Onde?

— Na sala. E discutindo!

— Não me diga!

— Parece que estão brigando — contou D. Clara no corredor.

— Eu acabo louca! — foi o comentário de D. Consuelo. — Imagine se Paulo vê, D. Clara, imagine! Então sua enteada não podia ter mais juízo?

— Ela é assim, D. Consuelo, não tem remédio.

No alto da escada, as duas pararam. D. Consuelo estava receosa de prosseguir. Quem sabe se não era melhor não se meter, deixar que a discussão morresse por si? Continuaram ali, porque não podiam ser vistas da sala. Ouviam vozes, mas de uma forma confusa. Uma ou outra frase, dita mais alta, chegava lá com alguma nitidez. E foi assim que ouviram Lena dizer:

— Maurício, pelo amor de Deus, não me faça passar por mentirosa! Conte, diga!...

Era isso mesmo ou, antes, era esse apelo que ela fazia a Maurício. Queria, ao menos, que ele confessasse, ao menos isso. O que não podia era ser humilhada assim, envergonhada, na presença de Netinha.

— Contar o quê? O que é que você quer que eu conte?

— Que você me pediu um beijo?

— Eu não pedi nada! Pedi coisa nenhuma!

Era frio, positivo, quase estúpido, no seu cinismo. Sofrera tanto por causa de Lena, que precisava de desforrar, fazê-la pagar bem caro. Percebia o seu sofrimento e a sua indignação; e isso lhe dava um estranho, um agudo prazer.

— Desista, Lena, desista! — era Netinha que falava. — Não está vendo Maurício dizer?

— Oh, cale-se! Você não entende dessas coisas, é uma boba!

— Antes ser boba do que mentirosa!

A discussão parecia localizar-se entre as duas. Mas o rapaz não estava ainda satisfeito. Queria fazer Lena sofrer mais. Provocou-a:

— Não gosto e nunca gostei de você!

— Eu vou embora!

Em desespero de causa, não via outro recurso senão sair dali, desaparecer, deixando aqueles dois. Maurício, porém, não admitia aquela fuga:

— Venha cá!

— Indigno!

— Indigno, só porque não gosto de você?

— Ainda insiste?

— Mas eu não posso gostar, Lena!

E como ela, parada, não soubesse o que dizer, acrescentou:

— Você não é meu tipo! Tenho culpa? Que você não seja meu tipo!

Que responder, meu Deus, a um cínico desses? A um homem que chegava e, na presença de Aleijadinha, tinha coragem de mentir daquela maneira? Não era possível nada, nada, mil vezes nada. A não ser que se adotasse o mesmo tom, a mesma ironia, o mesmo desplante. "Para um cínico, um cínico e meio", foi o que Lena pensou. "Ele está representando uma comédia, mas vai me pagar."

E seu tom foi outro (um tom leve, frívolo, irritante) quando disse:

— Ah, meu filho, você também não é o meu tipo!

Maurício não deu o braço a torcer; ridicularizou-a:

— Que transformação é esta? Você mudou tão de repente!...

Netinha olhava ora Lena, ora Maurício. Percebia que a luta entre os dois entrava numa nova fase.

— Eu conheço esse truque — ironizou Maurício. — É velho!

Lena sentiu que não adiantava nada, que ele não se deixaria iludir; e por um momento ia se abandonar ao desespero, renunciar àquele diálogo em que era sempre a vencida. Mas aí, sucedeu o imprevisto. Ouviu passos na varanda: alguém ia chegando. Esperou e viu Paulo entrar e parar, surpreendido. Não podia ter acontecido coisa melhor para ela. Paulo iria vingá-la. Correu para ele.

— Paulo!

Maurício e Netinha tornaram-se lívidos. D. Clara e Dona Consuelo, que continuavam no alto da escada, desceram dois degraus e pararam. D. Consuelo pensou: "Desta vez Paulo matará Maurício!"

E tudo parecia confirmar essa impressão.

Lena correu para Paulo, de braços abertos. Parecia uma outra mulher, uma Lena diferente. Abraçou-se a Paulo, que se desequilibrou um pouco (ela vinha com toda a força do seu impulso); e sem que o marido, atônito, pudesse dizer qualquer coisa, beijou-o em vários lugares do rosto, no queixo, nas faces (só não teve coragem de beijá-lo em cheio na boca). Teve um dengue, um lamento de mulher amorosa.

— Demorou tanto, querido!

Ninguém dizia nada. D. Consuelo e D. Clara achavam incrível. Não podia ser, com certeza estavam sonhando. Maurício não se mexia. Foi ele quem primeiro compreendeu tudo, quem viu na cena uma autêntica representação, bem feitíssima por fora, mas sem nenhuma sinceridade interior, nenhuma autenticidade. "Cínica, cínica!" — era o que dizia a si mesmo, numa dessas raivas frias, lúcidas, controladas. E a sua voz interior tornava a repetir: "Cínica!" Netinha não acreditava em seus próprios olhos. E só pouco a pouco descobria o verdadeiro sentido de tudo aquilo. Experimentava um sofrimento obscuro, muito mal definido, como se previsse que dali não lhe viria nenhum bem.

Nos primeiros momentos houve poucas palavras e muito raciocínio, muito comentário interior, reflexões e deduções. Talvez o mais surpreendido de todos fosse o próprio Paulo. Entrara na sala e nada escutara da conversa entre Lena, Netinha e Maurício. Vira os três, mas vira apenas. Antes de raciocinar, de ter uma impressão, formar um juízo, a esposa correra ao seu encontro. Sentira-se beijado, não uma, mas outras vezes. Percebia vagamente que seu espanto era ridículo. No primeiro momento chegou a se iludir, a pensar que talvez... Mas logo repeliu esse pensamento. "Não pode ser, não pode ser", pensou. Algum motivo, que não conhecia, atirava Lena nos seus braços. Ela se agarrava a ele, parecia desesperada de amor (nunca como naquele momento ele tivera tanta noção de suas formas), apertava-o nos seus braços frágeis e magros. Paulo procurou ser realista, ver aquilo com um senso comum absoluto: "Não sou criança, ela está muito enganada." Mas se deixou acariciar, certo de que Maurício devia sofrer por dentro incrivelmente. Aceitou a comédia e, por sua vez, representou. Retribuiu o abraço, apertou-a contra si; e, depois, com a mão grande e pesada, segurou-a pelo queixo, levantou o rosto; e olhou para a sua boca, pareceu aspirar seu hálito, como se fosse um perfume. Murmurou ao seu ouvido, sem que ninguém percebesse:

— Na boca!

Foi só aí que Lena começou a ter medo. "Fui longe demais", pensou, aterrada. No seu desejo de ferir Maurício, de humilhá-lo, tinha iniciado uma comédia, pusera em jogo toda a sua capacidade de simulação. E agora percebia que a situação não tinha saída, que era obrigada a ir até o fim, não podia parar no meio, voltar atrás. Ainda balbuciou, aterrada:

— Na boca, não!

Falavam tão baixo, que ninguém ouvia. Ele, no seu cinismo e na sua crueldade, foi intransigente:

— Na boca, sim!

No alto da escada, D. Consuelo sussurrava para D. Clara.

— Mas não pode ser!

— Eles se gostam? — perguntou D. Clara.

Mas D. Consuelo não se deixava iludir. Era esperta, lúcida demais para isso; e conhecia mais a situação que D. Clara.

— Gostam-se o quê! — foi o seu comentário positivo. — É fingimento, puro fingimento! Não vê logo?

— Com que intuito?

— Ora! Para irritar Maurício!

Em todo caso, D. Consuelo abençoaria a comédia, se não acontecesse nada. Mas se Maurício... Fechou os olhos, nem queria pensar. Admirava o impudor com que Paulo e Lena faziam aquilo na presença de todo o mundo. Estavam unidos agora num beijo, o tal beijo que Lena não queria, mas que ele, mais forte e aproveitando cruelmente a situação, exigia e conseguia. Lena ainda quis fugir com o rosto, baixar a cabeça, dificultar, enfim evitar o espetáculo. Mas ele não deixou. E ela cedeu, procurando não pensar, não refletir, parar com todas as suas reações. Quando aquilo acabou, o silêncio era tal, mas tão grande, que parecia não existir ninguém naquela sala. “O que será que eu estou sentindo, meu Deus? Para que é que eu fiz isso? Eu sou louca, completamente louca!” Ela mesma não sabia definir a natureza das suas sensações. Só pensando depois, com mais vagar. Sabia apenas que seu corpo, sua alma, todo o seu ser sofrera um abalo, um abalo monstruoso. Pediu, baixo:

— Quer me largar, agora?

— Tem tempo!

— Por favor!

— Não!

Palavras que só eles ouviam e que para os outros eram um zum-zum, nada mais do que um zum-zum. “Ela não pode amar aquele sujeito”, foi a reflexão de Maurício. Tudo aquilo era mentira, uma simples farsa. Precisava se convencer disso; sofreria demais se admitisse que entre os dois pudesse existir alguma coisa de sério. Em toda a cena, de verdadeiro só havia mesmo uma coisa: o beijo. Este, sim, este é que nem Maurício nem ninguém poderia negar. Nunca mais o rapaz se esqueceria, nunca mais.

— Nunca pensei... — disse Netinha para Maurício.

— O quê? — ele não tinha escutado direito.

— Que Lena fosse capaz desse papel.

— Ela é assim. Sua irmã é impossível, Netinha — e repetiu, com rancor: — Impossível.

Maurício continuava de olhos fixos nos dois, em Paulo e Lena; estava muito sério e muito pálido; e havia nos seus lábios um ríctus de sofrimento. Viu quando Lena se soltou de Paulo. Ela tinha um ar estranho, meio de sonho, seus olhos se abriam, como se ela visse ou tivesse visto alguma coisa de sobrenatural. Mas não se lia no seu rosto nenhuma impressão de asco, desgosto físico. "Ela gostou", foi o sentimento de Maurício. "Gostou, gostou". Se não tivesse gostado não estaria assim, não teria aquele jeito. E essa desconfiança ou essa certeza deu-lhe um novo sofrimento. Teve vontade, nem sabia de quê, de intervir, de se interpor entre os dois; ou de gritar com Lena, maltratá-la, sacudi-la. E, ao mesmo tempo, não queria que ela percebesse o seu sofrimento, a sua angústia. "Preciso me dominar." Mas o desejo de vingança era grande no seu coração. Precisava, de alguma forma, retribuir o mal que lhe era feito. Procurou raciocinar com rapidez, descobrir uma maneira, um meio. E se voltou, subitamente, para Aleijadinha:

— Quer passear comigo?

— Aonde?

A menina se arrependeu logo de ter perguntado. "Por que não aceitei imediatamente?" Ele hesitou e isso a perturbou: "No mínimo, vai desistir, eu não passearei com ele; e teria sido tão bom!" Maurício olhou ainda uma vez Lena e Paulo. Lena persistia na sua comédia. Depois do beijo e do imediato pânico, tranqüilizara-se; e mais forte do que sua vontade foi a tentação de continuar representando. Era um prazer absurdo que sentia, um prazer quase físico, em aparecer diante de Maurício em namoro com outro homem. "Imagine, namoro com o próprio marido!" Ela mesma percebia como era inverossímil, insensata, aquela situação. "Contando, ninguém acreditaria." Por malícia, maldade, pirraça, ou que fosse, não se afastou. Podia ter sugerido a Paulo: "Vamos sair." Mas não. Só a interessava a exibição. Não estivesse Maurício ali próximo e atento, e ela teria corrido. Paulo perguntava, mas agora em voz bem nítida:

— Gosta de mim?

— Gosto — confirmou.

E o fez com uma graça, uma aparente felicidade, um encanto nos olhos e no sorriso, que convenceria qualquer um. Maurício teve um abalo: "Isso não pode ser falso, isso não é fingimento, não pode ser." O próprio Paulo vacilava. Percebera inicialmente a comédia e agora duvidava. "Esse olhar, esse modo de entreabrir a boca..." Sim, estava realmente de boca entreaberta, no mudo e tremendo apelo do beijo, nesse apelo que todo homem vê, sente, reconhece. Foi por isso que ele tonteou, que experimentou uma brusca perturbação; e disse para si mesmo: "Não pode ser, não pode ser, não pode ser." Disse três vezes, como se temesse os próprios sentidos, não quisesse ser arrastado numa ilusão idiota. Chegou a se esquecer de Maurício (o que, aliás, por mais estranho que pareça, acontecia também com ela). Os dois se olhavam agora sem dizer nada. Pareciam espantados de si mesmos e das próprias palavras.

No alto da escada, D. Consuelo estava quase, quase descendo.

— Agora, não! — opôs-se D. Clara.

— Por quê?

— Vamos esperar o resto.

D. Clara estava em brasas; e "ver o resto" era a sua esperança. Por nada deste mundo queria interromper o espetáculo, sem ver até onde ia a enteada, até onde chegava seu desplante. "Eu estou louca, não pode estar acontecendo isso", pensava de vez em quando. "Que impudor o desses dois!"

— Foi Maurício que fez alguma coisa a Lena. É por isso que ela está assim — disse D. Consuelo.

E desceram, finalmente. D. Consuelo não agüentava mais. Quando as viu, no meio da escada, Paulo exclamou:

— Mamãe!

Parecia excitado; e logo que D. Consuelo se aproximou, foi dizendo:

— Vem cá, mamãe! Está vendo essa aqui?

— Estou.

— Que é que a senhora acha?

— Mas acho como?

— Sabe o que ela me fez?

— Que foi?

— Uma declaração de amor.

D. Consuelo não sabia o que dizer. Achava a situação falsa, incrível, e, ainda por cima, ridícula. Fez um comentário bobo, que lhe ocorreu no momento:

— Você é tão criança, Paulo!

— Criança por que, mamãe? Não acha que eu devo estar radiante? Minha mulher confessou que me ama.

Não estava em si; seus modos, seu olhar, a própria voz, tudo era anormal. Ele continuou, expondo Lena, atraindo para ela todos os olhares.

— Não é verdade, Lena?

Ela pensou: "Para que é que eu fui me meter?" E respondeu, de olhos baixos, vermelhíssima:

— É.

— Viu, mamãe?

— Vi, meu filho, vi.

"Ele parece bêbado", era o comentário íntimo de D. Consuelo. D. Clara olhava Lena, de alto a baixo, sem piedade nenhuma, no fundo satisfeita com a humilhação e o ridículo da enteada.

— Aquilo que houve — prosseguiu Paulo — não foi nada. Ciumada boba.

D. Clara interrompeu:

— Ah, Lena é ciumenta?

Paulo confirmou, cínico:

— Muito! Eu não posso olhar para ninguém. Ela quer logo brigar comigo, chora!

— Paulo!

— Não faz mal — e acrescentou, batendo de leve numa de suas faces —, bobinha!

Tão forçado aquilo, tão falso! D. Consuelo sentiu que semelhante situação não podia perdurar. Ia dizer qualquer coisa, quando a voz de Maurício veio do fundo da sala:

— Mamãe!

Todos estremeceram. Não houve ninguém, ali, que não tivesse a mesma impressão: isto é, a impressão de que alguma coisa de ruim estava para acontecer. De ruim ou de trágico. Foi até interessante: todas as cabeças se viraram no mesmo instante na direção de Maurício. D. Consuelo estremeceu: "Que será, minha Nossa Senhora?" Maurício se aproximava, lentamente. "De braço dado com Netinha!", foi o espanto de Lena, o espanto, a dor, o despeito, um sentimento qualquer que ela não saberia dizer qual fosse. A primeira impressão de D. Clara foi de que Maurício vinha tomar Lena de Paulo. Mas vendo o rapaz de braço com a filha, concluiu que não podia ser; e, ao mesmo tempo, fez o raciocínio trabalhar: "Mas que é isso, de braço dado com Netinha?"

— Que é, meu filho?

— Mamãe, apresento-lhe aqui...

Os dois irmãos Figueredo entraram, de novo, nas terras de Santa Maria. Internaram-se na floresta para não serem vistos; e iam felizes, agora que se aproximava o momento da vingança. Carlos disse, à medida que avançavam:

— Não voltarei nunca mais para casa, se não trouxermos aqueles dois.

— Um já serve.

— Eu quero os dois.

No seu ódio fanático (talvez maior e mais obcecante que do irmão), Carlos queria ferir ao mesmo tempo Paulo e a mulher. Se um conseguisse escapar, consideraria isso um fracasso. E repetia agora:

— Tem que ser os dois!

O velho Figueredo dissera, aliás, no seu laconismo sinistro: "Os dois." E as três irmãs e a mãe os acompanharam até a porta na última recomendação: "Os dois."

Naquele dia, na casa dos Figueredo, as rosas que diariamente mudavam embaixo dos retratos de Guida pareciam mais vivas e mais palpitantes. As fisionomias dos velhos Figueredo e das filhas se ensombreceram mais. Não falavam, mergulhados nos seus pensamentos e nas suas evocações. Uma vez por outra é que o raciocínio de Ana Maria se desviava; ela dizia a si mesma. "Depois que Guida for vingada, poderemos namorar." Ela e as irmãs começavam a sofrer com a solidão que se tinham imposto. Todas as mulheres não amavam? A própria Guida não amara? Só elas teriam de viver sempre sozinhas, sem um carinho, sem uma carícia, sem nada? Oravam de olhos postos nos retratos de Guida (espalhados por toda a casa), como se a morta fosse uma santa. E pediam pelo bom êxito da tentativa que os irmãos iam fazer. Se eles falhassem desta vez e se falhassem sempre!...

Agora, avançando dentro da floresta, Carlos e Rubens pensavam na família. Estavam fixadas neles as esperanças de todos, dos pais e das irmãs. Não podiam falhar. Um fracasso poderia ser definitivo.

— Agora, cuidado! — observou Carlos.

Chegavam na altura da casa do padre Clemente e era preciso, de fato, andar com muita cautela.

Ouviram, então, aquela voz:

— Aonde é que vocês vão?

Viraram-se, espantados. Era o padre Clemente que os chamava. "Que azar!", pensou Carlos. O religioso veio correndo, alarmado e gritando:

— O que é que vocês estão fazendo em Santa Maria?

— Não se meta, padre! — foi dizendo Carlos.

O padre compreendeu num instante:

— Não façam isso! Pelo amor de Deus, não façam!

Maurício disse: — "Mamãe, apresento-lhe aqui..." — e fez uma pausa de propósito. Olhou em torno, vendo em cada rosto a mesma expressão de espanto. Lena olhava-o de uma maneira estranha e chegou a mover os lábios, como se fosse falar. Não disse nada, entretanto, Maurício completou a frase:

— Mamãe, apresento-lhe aqui a sua futura nora!

Isso foi demais para Leninha. Não pôde suportar.

28 "Eu sonhei tanto com a lua-de-mel."

"ELES vão se casar", pensou Lena, "vão se casar e eu não vou." As palavras de Maurício ainda estavam vivas nos seus ouvidos: "Mamãe, apresento-lhe sua futura nora." Não pensou mais, não refletiu, obediente, apenas, ao seu impulso. Antes que os outros caíssem em si do assombro (o próprio Paulo estava surpreso e Netinha empalidecera), Lena se adiantou (ela mesma se surpreendera com a própria capacidade de simulação: sofria tanto por dentro e quando acaba...); deu o braço a Paulo. Parecia uma noiva, que chega à plenitude de sua felicidade, ou, pelo menos, deu essa impressão. Disse, sorrindo, e erguendo os olhos para o marido:

— Vamos, meu amor?

Havia um grande silêncio — e era o espanto que não deixava ninguém falar. Paulo retribuiu, no mesmo tom. A comédia atingia, talvez, o seu momento culminante.

— Vamos, querida!

Se alguém de fora visse aquilo, ia achar, no mínimo, que aquela era a lua-de-mel mais autêntica do mundo. Paulo pensava: "Ela me paga esse cinismo!" E Lena: "Estou doida, meu Deus!" D. Consuelo: "Será quê?..." D. Clara: "Agora Maurício não pode voltar atrás!" Maurício: "Estou liquidado!" Netinha: "No dia do casamento, nem sei!"

E ninguém dizia o que pensava; em todas as fisionomias um ar de incompreensão, como se nada ali tivesse a mínima realidade, fosse um puro sonho, delírio ou coisa parecida. Lena daria tudo para estar sozinha, para pôr em ordem suas idéias e seus sentimentos. Naquele momento não saberia dizer o que estava sentindo. Mas, por instinto, continuava a representação, percebendo que não deveria de maneira nenhuma — isso nunca! — dar mostras de fraqueza, sobretudo depois da atitude de Maurício. "Ele vai ver, ele vai ver", era o que repetia mentalmente. Ela mesma não sabia como atingir Maurício, como vingar-se.

De braço dado com Paulo, meio de perfil para ele, como se não se cansasse de contemplá-lo, afastou-se. Os dois encaminharam-se para a casa, sem pressa, com um passo ritmado, como se uma marcha nupcial que só eles ouvissem lhes desse a cadência. Chegaram ao primeiro degrau, começaram a subir. Todos que estavam ali viraram-se para vê-la. E só se falou quando os dois desapareceram. Quem primeiro teve a iniciativa foi D. Clara. Ela estava presa de excitação. Pela sua cabeça passava uma porção de coisas. E, sobretudo, uma realidade deliciosa a punha fora de si: "Netinha vai se casar com Maurício!" Pensava no próprio rapaz, tão lindo (e já experimentava, por antecipação, a vaidade de ter um genro assim); e pensava também, ou acima de tudo, nas vantagens positivas, na fortuna, na fazenda, nas terras, em todas as coisas que a comoviam e interessavam mais do que qualquer outra. Correu para Maurício:

— Agora vou ter o direito de chamar você de meu filho!

E o abraçou, subitamente comovida (esperava por tudo, menos por aquilo), teve que passar as costas da mão nos olhos:

— Foi uma coisa tão assim!

E virou-se para a filha:

— Netinha!

A cena adquiria um patético horrível, falso, desagradável. Maurício não se mexia, não dizia nada. Os traços do seu rosto eram frios e parados como os de uma máscara. Ele não tinha coragem de dizer uma palavra, fazer um comentário, nada, nada. O máximo que pôde balbuciar foi um "obrigado", mas tão gelado, tão a contragosto, que a própria D. Consuelo se sentiu mal. Netinha também não falava. Tinha medo de que aquilo fosse uma ilusão. Era uma coisa linda, boa demais; coisas assim não acontecem, não podem acontecer. Mas, ao mesmo tempo, reagiu sobre si mesma, fazia força para acreditar. "É verdade, é verdade", repetia, para sentir bem no coração a realidade do fato. E olhava Maurício, a medo, com uma sensação viva, aguda, incompreensível de pudor. "Ele me amará mesmo?" Não queria pensar nisso, não queria encontrar no gesto de Maurício nenhum outro motivo senão o carinho, o amor. Era estranho, era uma decisão tomada assim, de maneira tão inesperada, mas as felicidades geralmente surpreendem, chegam quando menos se espera. Ouvia a mãe dizendo alguma coisa e fez força para prestar atenção.

D. Clara começara a falar (era a única pessoa que falava) e sem discrição alguma, aludindo a coisas que, no momento, deviam ficar veladas, adiadas. Dava conselhos, gabava-se de sua experiência:

— Eu acho que na lua-de-mel vocês devem viajar, aproveitar bem. Olhe, Maurício. Eu sei por mim: a lua-de-mel é a melhor coisa do casamento. Depois vem o hábito, a ilusão passa, já não tem a mesma graça, a gente se acostuma. Mas na lua-de-mel tudo são flores, rosas, não tem espinho!

E como ninguém dissesse nada, todos estivessem sem jeito, ela reafirmou seus pontos de vista, sublinhou:

— Façam o que eu estou dizendo e depois me digam. E sobretudo, não deixem de viajar. Lua-de-mel em casa não é mesma coisa, que esperança! Viajem, meus filhos, viajem!

Quando chegaram lá em cima, Paulo e Lena não falaram logo. Continuaram, de braço dado, até à porta do quarto. Estavam com outra fisionomia e era natural: não precisava continuar a representação. Para quê? Não havia ninguém assistindo. Lena podia ter segurado o trinco e aberto a porta. Mas não. Ficou imóvel e parada, esperando nem ela mesma sabia o quê.

— Que foi isso? — perguntou Paulo.

E só então notou que ainda segurava o braço da esposa. Largou-o e, vendo que ela não respondia, de cabeça baixa, os braços caídos ao longo do corpo, repetiu:

— Que foi?

Ela ergueu os olhos para ele:

— Isso o quê?

— Ah, bom. Esse papel que você fez lá embaixo.

— Nada.

— Nada como?

— Você não viu?

— Mas quero saber o motivo. Por que você não me ama ou ama?

Disse, baixo:

— Não.

— Então, por que foi aquilo? Ande, fale. Por quê?

— Não me pergunte.

— Quero saber!

"Meu Deus do céu, meu Deus do céu", o lamento interior de Lena. Sabia por experiência própria o que era a teima de Paulo, a sua obstinação, quando queria as coisas. "Vai me maltratar, vai me apertar o braço, se eu não disser." E ao mesmo tempo que experimentava esse medo, reconhecia que não podia falar. Como dizer ao marido que se servira dele apenas como um instrumento? Que o beijara apenas para exasperar Maurício e nada mais?

Ele tornou a perguntar e, como Lena esperava, segurou-lhe o braço, apertou-o, com aqueles dedos que pareciam de ferro. Era esse o primeiro sintoma de exasperação do marido, segurar a pessoa pelo braço e triturar, quase.

— Tudo aquilo foi comédia? — insistia, com uma expressão de ódio nos olhos, tão grande, que Lena se arrepiou.

Mentiu:

— Não!

— Foi verdade?

— Não sei, não sei. Pelo amor de Deus!...

Adotava uma atitude de apelo, fazia uma tentativa para tocar o seu coração. Mas ele já se controlara demais. Precisava saber, era realmente uma necessidade e parecia disposto a não sair dali antes que ela esclarecesse tudinho.

— Sabe, sim. Sabe e diga, porque senão...

Era uma nova ameaça. "Talvez hoje me dê pancada, me espanque ou me mate."

— Pois bem — disse ela, sustentando seu olhar. — Quer saber, não quer?

— Quero!

— Foi!

— Mas foi o quê? Você deixe de reticências, Lena, deixe de reticências!...

— Foi comédia. Foi, pronto!

— Ah, foi? — conseguiu fazer ironia. — E você ainda confessa?

— Você não perguntou?

A verdade é que ele teria desejado que ela negasse, que dissesse: "Não! Não foi comédia. Aquilo era sincero." Porque é duro, para um marido, mesmo naquelas condições, ouvir uma confissão assim.

— Perguntei. Mas há certas confissões que seria melhor não fazer. Olhe aqui uma coisa, Lena.

— Já sei: vai me insultar!

— Ainda não. Primeiro, uma pergunta.

— Faça.

— E o beijo, o beijo que você me deu. Também foi comédia?

Hesitou um pouco, uma fração de segundo, antes de responder.

— Também.

— Quer dizer que não houve amor, não houve carinho nada, nada?

— Nada.

— Você sabe o que é que quer dizer isso? Um beijo que uma mulher dá na boca, note bem, na boca — sem amor, sem vontade nenhuma? Quer saber?

— Não me interessa.

Aquele interrogatório tenaz, minucioso, implacável, começava a exasperá-la. "Ele sabia que só podia ser comédia, e por que perguntou?"

— E com que intuito você fez isso? Para se exibir diante de Maurício, para enciumá-lo, talvez?

Ela podia ter ficado calada. Mas foi como se um demônio a inspirasse naquele momento. Estava irritada, nervosa, perdeu a cabeça, e disse:

— Foi.

E não teve tempo mais de nada. A mão dele se erguia, sem que ela, de momento, pudesse imaginar o que ia suceder. Foi atingida no rosto, de lado, e com tanta força, que tonteou, cambaleou, sentiu uma névoa passar na frente dos olhos, e sacudiu a própria cabeça, para se libertar da tonteira. "Ele me esbofeteou, ele me bateu", foi o seu sentimento profundo, a sua raiva e a sua humilhação.

D. Clara puxou D. Consuelo pelo braço; e sugeriu, falando com a boca encostada na orelha da outra:

— Vamos deixar os dois sozinhos?

D. Consuelo vacilou; D. Clara insistiu:

— Vamos! — e explicou. — É bom!

— Está bem.

D. Consuelo virou-se para Maurício:

— Nós vamos ali um instantinho. Vocês fiquem.

Saíram; D. Clara, muito íntima, deu logo o braço à outra; e foi logo expondo mais uma de suas teorias sobre amor e namoro:

— Esse negócio de namoro, quanto menos gente, é melhor. Vigiar para quê, não é mesmo? As moças de hoje sabem tanto! E, depois, ou a gente confia ou não confia! Eu confio muito na minha filha, mas muito, mesmo. Se fosse Lena!...

Suspirou, continuando:

— Se fosse Lena, não, eu sou muito franca, a senhora deve ter reparado! Mas Netinha sabe se conduzir. Tem muito juízo!

Sós, Maurício e Netinha se olharam. Maurício, com um certo espanto, como se perguntasse: "Mas quem é essa estranha?" Conhecia Netinha tão pouco, quase não tinha reparado nela (prestava mais atenção, isso sim, à perna mecânica), a menina lhe dava uma impressão persistente de intrusa. "E foi com essa menina que eu me comprometi, na frente de todo o mundo!" Netinha olhava-o também, mas com um outro sentimento muito diferente, muito. Achava-o mais belo ainda, mais lindo, agora que era seu. Não percebia nada, não percebia nenhum constrangimento na atitude de Maurício. Depois do choque inicial, entregava-se toda, de corpo e alma à felicidade. Olhava-o com um sentimento de propriedade absoluta. "Ele é meu", e repetia para si mesma, com esse encanto de todas as mulheres enamoradas. "Meu." Estava tão entregue, tão submersa naquele êxtase, que não viu quando ele, sem querer, sem sentir, baixara os olhos para ver a perna mecânica. E nem ao menos ela experimentava a vergonha dos primeiros momentos, aquela espécie de pudor. Tornava-se confiante; a certeza de amar e de ser amada dava-lhe uma confiança tranqüila. "Iria para onde ele quisesse", pensava. "Passaria com ele a vida inteira, toda a eternidade, numa ilha deserta." E isso sem medo nenhum, sem perturbação, achando tudo a coisa mais natural. Quando se ama é assim. Ela perguntava a si mesma: "Será que todas as mulheres amam como eu estou amando; sentem a mesma coisa?" Vendo Maurício na sua frente, Aleijadinha perdia subitamente a noção do mundo, dos outros homens e de todas as coisas. Era como se só eles existissem e ninguém mais. E tudo que se fizesse seria em intenção do seu amor.

Balbuciou, chegando-se para ele:

— Maurício...

Ele teve um choque; e se controlou, tomado de repente de uma ânsia de fugir, uma vontade intolerável de deixar a casa, desaparecer, talvez para sempre. "Como vai ser agora?", era a sua angústia. Espantou-se, vendo-a continuar ("Será que essa menina não percebe nada? Não desconfia?"):

— Maurício, foi uma coisa assim tão de repente!...

Ele não entendeu (também estava com o pensamento tão distante).

— Tão de repente como?

— Isso tudo; o seu pedido...

Ela se considerava "pedida" em casamento. Sorria.

— Eu não sabia, Maurício, que você gostava de mim.

Estava bem próxima dele; tanto que pôde encostar sua cabeça no peito largo do rapaz. Maquinalmente, com uma noção muito vaga do que estava fazendo, Maurício passou um braço em torno, trazendo-a para si. No fundo, estava aterrado com a ternura da menina, com a doçura quase trágica que parecia possuí-la. Ela erguia agora o rosto para ele:

— Maurício, quer me dizer? — era uma curiosidade de mulher enamorada. — Quer?

— O quê? Diga o que é?

Netinha baixou, de novo, a cabeça; explicou, docemente:

— Eu sei que é bobagem minha. Mas... Quando é — preste bem atenção — quando é que você começou a gostar de mim? Quando é que notou que estava gostando?

Houve um silêncio. Ela pensou, naturalmente, que ele estava puxando pela memória. Não notou o ar de cansaço do rapaz, o esforço de controle que ele fazia sobre si mesmo.

— Não sei, não sei. Essas coisas são difíceis de saber.

Mas a menina insistia, implacável:

— Quando você me viu, o que é que sentiu, hein, Maurício?

— Achei você simpática.

Teve um doce lamento.

— Mas simpática, só?

— Você queria que eu achasse o quê?

Havia uma surda exasperação nas suas palavras. Ela estranhou no momento, mas não ligou. Precisava tanto acreditar no amor do rapaz, convencer-se, acreditar profunda e definitivamente!

— O que é que você tem? — perguntou.

— Nada — respondeu ele, sentindo que não agüentava mais; e repetiu: — Nada!

— Netinha, com licença! Eu estou cansado...

Deixou-a no meio da escada e saiu para a varanda. Ela teve vontade de gritar, chamando-o, mas desistiu; deixou-se ficar muda e imóvel.

Lena passou a mão no trinco e entrou no quarto como louca. Paulo não disse nada. Virou as costas e desceu. "Fui esbofeteada", pensava Leninha. Correu ao espelho para se ver. Sentia uma curiosidade estranha: contemplar o lugar da bofetada. Ficou meio de perfil, se vendo, os olhos muito abertos, como se se recusasse a acreditar. Ela mesma não saberia dizer quanto tempo ficou, no quarto, parada. O tempo passou, mas Lena não tinha noção das horas. Veio sentar-se na cama; e, depois, já de noite — que horas seriam? — foi, de novo, ao espelho. A marca da bofetada parecia continuar ali.

Foi através do espelho que viu um vulto sair detrás do guarda-vestidos e vir em sua direção. Não teve tempo de coisa nenhuma; uma mão brutal tapou-lhe a boca e ela...

Depois de ter feito aquilo em Lena, Paulo desceu. Precisava sair, refletir muito; tomar uma resolução definitiva; decidir, em suma, sobre uma situação que não podia continuar. "De maneira nenhuma." Um marido que bate numa mulher só tem um caminho: separar-se e para sempre. Era o que ele pensava, enquanto descia as escadas. Estava na sala e ia passar para a varanda e sair. "Quero ar livre." Iria para o meio do mato, para um lugar em que pudesse meditar calmamente, sem que ninguém viesse perturbá-lo.

Foi, então, que viu Netinha. Ele teria passado adiante, se não tivesse reparado no ar da menina. Netinha estava em pé, no meio da sala, os braços caídos ao longo do corpo, olhando para um ponto qualquer, uma fisionomia de quem estava sofrendo tudo o que se pode sofrer. Nem notou quando o rapaz parou, a poucos passos. Era como se Paulo não existisse, nem Paulo, nem ninguém. A imobilidade e a expressão de Aleijadinha assustaram Paulo. "Ela deve estar sofrendo e muito." E, por um momento, se esqueceu dos seus próprios problemas, do seu drama (afinal, o seu casamento era um drama) e foi ao encontro de Netinha. Sentiu renascer no seu coração a ternura que a menina lhe inspirara, até há bem pouco. Mas ela ignorou a presença do rapaz. Era como se estivesse desligada do ambiente, fora dali, o pensamento perdido. Dava a idéia de uma jovem louca.

— Netinha — murmurou Paulo.

Ela estremeceu; e só então se virou para ele, com um certo espanto no olhar.

— Você tem alguma coisa? — insistiu, porque ela não dizia nada, olhando-o apenas.

— Não — disse, afinal.

E quis sair, subir para o quarto, mas ele a segurou pelo braço. Percebia, por instinto, que a menina não devia ser abandonada naquele momento. Parecia sofrer muito, sofrer demais; entregue a si mesma, à própria dor, talvez fizesse alguma loucura. Foi justamente naquele instante que Paulo teve um estranho pressentimento: o pressentimento de que Aleijadinha, mais dia, menos dia, seria arrastada ao suicídio. Aquele olhar não era de pessoa normal. E pior de tudo é que Netinha parecia se fechar sobre si mesma, trancar-se, num pudor intransigente do próprio sofrimento. Se, ao menos, ela falasse, dissesse alguma coisa, abrisse sua alma, talvez fosse possível confortá-la, iludi-la, dar um pouco de consolo. Mas assim, não era possível.

— Maurício lhe fez alguma coisa? — perguntou Paulo, sabendo que o irmão era por força o causador único de tudo aquilo.

— Não — respondeu simplesmente, desviando o rosto.

— Não minta, Netinha. Fez, sim, não fez?

Ele estava disposto a arrancar o segredo de Aleijadinha. Era o único meio de curá-la de sua desilusão (aquilo só podia ser mesmo uma desilusão, e dessas que, de golpe, abatem e destroem todas as crenças e esperanças).

— Você não diz nada a ninguém, Paulo? Garante? Jura?

Voltando-se para o rapaz, numa súbita necessidade de se confessar, de encontrar um confidente, de desabafar todas as suas mágoas num desses impulsos de sinceridade total.

— Pode falar. Juro. Não confia em mim?

— Paulo, me responda uma coisa, mas com toda a sinceridade. Só serve assim. Responde?

— Pergunte.

— Você viu Maurício dizer: "Apresento a sua futura nora." Não foi?

— Foi.

— Pois bem; a pergunta é a seguinte: você acha que Maurício gosta de mim?

— Não. Perdoe, Netinha, você vai me perdoar, mas não acredito.

— E por quê?

— Por quê? Por causa do temperamento de Maurício. Ele não gosta de ninguém, a não ser dele mesmo.

— Então, se ele não gosta de mim, por que é que fez aquilo? Por que é que se comprometeu assim e na frente de todo o mundo?

— Você não percebeu?

Ela talvez tivesse percebido. Mas fazia-se cega, iludia-se a si mesma, numa necessidade mortal de sonhar, de esquecer e ignorar a realidade. Respondeu:

— Não percebi.

Paulo se exaltou, invadido por um sentimento novo de cólera. Voltava-se contra Maurício. Ele, sempre ele, com a sua beleza maldita. Não tinha pena de uma menina como aquela. Era uma coisa que Maurício não conhecia: a piedade. Pensava apenas no seu prazer imediato, era a vaidade de uma nova conquista que o impelia; e gostava de ver uma mulher sofrendo, chorando, perdida de amor.

— Você, então, não viu logo? Ele quis humilhar Lena. Foi só isso.

— E serviu-se de mim?

Paulo confirmou, achando que era melhor desiludi-la de uma vez.

— Serviu-se. Esse homem merece algum amor — merece?

Netinha hesitou. Aquele problema estava no seu espírito, obcecante: "merece, não merece." Olhou para Paulo, sem saber de momento o que dizer, e teve uma atitude estranha, que era uma contradição, uma incoerência diante dos seus próprios sentimentos: assumiu a inesperada e ilógica defesa de Maurício.

— Por que é que você pergunta se ele "merece"?

— Depois do que fez!

— Mas em amor não tem essa história de merecimento.

Falava com veemência, num crescente de exaltação.

— A gente gosta e está acabado. O homem pode ser o que for, não faz mal. Contanto que a gente o ame.

— Então, minha filha...

— E depois tem outra coisa. Você está dizendo isso. Quem sabe se não é despeito?

— Você acha?

Respondeu, com agressividade:

— Acho!

— Mas você não viu, Netinha?

— Não vi nada!

— Você está procurando se iludir. Tenha juízo. Enquanto é tempo, desista desse homem.

— Pois sim!

— Eu avisei, lembre disso!

Deixou a menina, afastou-se, rápido. Teve quase vontade de correr. Como é que se pode conceber uma mulher enamorada? "Elas perdem completamente a cabeça." Dirigia-se às mulheres em geral, na necessidade de generalizar. "Mas os homens também não são assim?" Descera as escadas da varanda e caminhava em direção da floresta. "Eu, por exemplo." E fixou o próprio caso. Ele, que se espantava com a obstinação de Netinha, não era também um fanático do amor? Vira Guida fazendo aquilo (e, novamente, a cena surgiu, nítida, perfeita, na sua memória: Guida e Maurício, debaixo da árvore; e o beijo, aquele beijo, meu Deus!...). Pois bem: apesar de tudo, apesar de ter sido ele mesmo a testemunha, não continuara amando Guida, consumido dia a dia pela saudade? E saudade de tudo: dos seus beijos, da sua ternura, dos seus olhos; do seu sorriso e do seu perfume. Será que o amor resiste a tudo, até mesmo a provas concretas de infidelidade?

Quase na altura do curral, ele viu Nana; trazia a vasilha de leite fresco. Podia ter continuado, mas alguma coisa fê-lo parar e esperar pela preta: "Ela me conhece desde pequenino; me viu nascer..." Quando a preta estava a seu lado, disse:

— Sabe de uma coisa, Nana?

Teve uma última vacilação:

— Acabo de esbofetear minha mulher!

— Seu Paulo! — balbuciou Nana.

— Pois é, Nana.

— Mas o que é que ela fez, o que foi?...

— Quis me fazer de bobo na frente de Maurício; e quando eu falei, ela me respondeu mal.

— Essas meninas de hoje!...

— Fiz mal, Nana?

— Não se deve bater, Seu Paulo. Isso não. Pode-se ralhar, mas dar pancada!... Eu conheci uma mulher — isso foi há muito tempo — que uma vez apanhou; e sabe o que é que ela fez?

— O quê?

— Quando o marido estava dormindo, derramou nele uma chaleira de água fervendo. Ele morreu.

— E Lena vai me matar, talvez? — perguntou, com ironia.

— D. Lena, não. Não acredito que o faça. Mas é para o senhor ver como bater em mulher é coisa séria.

— Finalmente, você acha que eu fiz bem ou fiz mal?

— Não sei, Seu Paulo, não sei.

— Diga. Quero saber, Nana.

A preta duvidou um pouco; finalmente, teve um arranco de sinceridade:

— Fez bem, Seu Paulo, fez bem.

A aprovação de Nana causou-lhe um imenso bem. Foi um conforto, uma alegria. A preta continuou, agora mais animada, disposta pela primeira vez a dizer tudo:

— Às vezes é preciso a gente ser violento, Seu Paulo. D. Lena fez coisas que não devia. E, depois, não se pode afrontar um homem, não se deve. Se a mulher não respeita um homem, como é que o homem vai respeitá-la?

A lógica de Nana era simples e cerrada. Conhecia a vida, vira muita coisa e achava que certas atitudes não ficavam bem, sobretudo numa mulher.

— Agora, tem o seguinte: já que eu lhe dei razão (eu não tiro razão de quem tem), vou lhe dizer uma coisa, Seu Paulo. Uma coisa muito importante, que vai deixar o senhor espantado, talvez com raiva de mim. Mas não faz mal.

— Diga.

— Eu acho — e pode ser que eu esteja enganada, não sei — mas acho que o senhor, Seu Paulo, está começando a gostar de D. Lena.

— Está louca!

— E digo mais: D. Lena está começando a gostar do senhor.

— Nana...

Mas a preta já tinha falado demais. Não quis continuar a conversa; saiu correndo (era velha, mas forte, ágil, rija). Paulo, que poderia ter perseguido e alcançado fatalmente a preta, ficou parado. "Mas que bobagem, meu Deus!" Seria que todo o mundo andava maluco?

Vendo os dois irmãos Figueredo, o padre Clemente não teve a menor dúvida. Num instante, compreendeu o que eles estavam fazendo ali; e veio corajosamente ao seu encontro, embora sabendo que espécie de gente era aquela. Tanto Carlos como Rubens tinham a fama da família: eram tidos por valentes, cruéis, bárbaros, desordeiros, tudo.

— Não façam isso — foi o seu apelo.

— Não se meta, padre!

E havia na voz de Rubens uma ameaça que o religioso compreendeu, mas que não o intimidou.

— Isso é um crime, meus filhos!

Seu tom era ainda de súplica e de bondade. Ele não seria nunca violento; e quando falava, se dirigia sempre ao coração e à consciência dos outros, incapaz de recorrer à ameaça ou à violência.

— Ah, é crime?

Os dois irmãos empalideceram ao mesmo tempo e seus olhos diminuíram de tamanho, tornaram-se menores e mais cruéis.

— É crime o que nós estamos fazendo? — continuou Carlos; e, sem que ele tivesse noção do próprio movimento, sua mão já estava dentro do bolso do revólver.

— É sim, meus filhos.

— E o que Paulo fez?

— Mas ele não fez nada.

— Matou Guida!

— Não está provado.

Rubens interveio:

— Para que discutir, Carlos? Vamos liquidar o negócio de uma vez!

— Espere — fez o irmão; e para o padre, com uma voz perigosamente macia: — Pois está provado, padre. Ou nós achamos que ele matou — e pronto, acabou-se!

— Vocês vão?...

— O senhor já adivinhou, padre. É isso mesmo que o senhor pensou e não diz.

— Mas vão mesmo matar Paulo?

— Por que Paulo só? — ironizou Carlos.

— Não entendo.

— É que Paulo terá companhia.

— Quem? — foi a pergunta aterrada do religioso.

— Faça uma idéia.

Ele demorava de propósito, certo de que quanto mais prolongada fosse a dúvida do outro, maior o seu sofrimento.

— Não sei, não posso imaginar.

Carlos, então, lento, deixando cair as sílabas, uma a uma, fez a revelação:

— A mulher!

— Lena? — balbuciou, olhando ora para um, ora para outro irmão. — Mas não pode ser. Vocês estão brincando, é mentira!

— O senhor verá.

O padre recuou um passo, dois; e pareceu crescer, na sua indignação.

— Eu não deixo, estão ouvindo? Vou agora mesmo a Santa Maria... Vou avisar!...

— Vai? — interrompeu Carlos, com um sorriso sardônico.

— Vou. E já!...

— Está vendo isto aqui?

O padre olhou, atônito. Carlos tirara do bolso um revólver e o apontava na direção do padre, mais ou menos na altura do peito. Rubens imitou o gesto; o mesmo vinco de crueldade marcava a boca dos dois irmãos.

— Se tentar correr, fugir, leva seis tiros!

— E mais seis do meu revólver, doze.

O padre ficou imóvel. Não o apavorava a idéia de morrer mas a certeza de que nada poderia fazer para evitar a catástrofe. Carlos avançava, com um brilho sinistro nos olhos.

— Se ficar quietinho, se não se mexer, só lhe acontecerá isso.

Seu tom era quase amável. Sem um gesto, o religioso viu o rapaz erguer o revólver e descer o braço. Foi uma dor terrível e instantânea. Numa fração de segundo, teve a idéia de que seu crânio afundava; e foi como se o atirassem num abismo de trevas. Seu corpo caiu, sem que Carlos o amparasse.

— Está liquidado o homem! — foi o comentário do rapaz.

Paulo agora estava mais alegre. A princípio, tivera um desgosto absoluto da própria atitude. Sempre achara que bater numa mulher era uma degradação. E por mais que dissesse a si mesmo "mas há ocasiões em que nada é possível, senão a pancada", não se convencia de todo. "É uma indignidade, uma baixeza." Fora preciso que Nana, com o seu realismo e o seu implacável senso comum, lhe dissesse: "Fez bem, acho que fez bem" — para que ele se sentisse melhor. Afinal, a situação estava ficando intolerável. "Eu vinha fazendo um papel incrível, de bobo." Uma mulher não tem o direito de fazer o que bem entende, de humilhar e desafiar o marido, fiando-se na própria inferioridade física. Lembrou-se do que lhe dissera, certa vez, o coronel Alcebíades: "Há certas mulheres que, se não encontrarem quem as controle, acabam dando no marido de chinelo." E, avançando para a floresta, Paulo pensava: "Mas com razão ou sem razão, nunca mais poderei falar com ela."

Entrava num bosque; e ia tão absorvido com os seus próprios problemas, que quase bateu com a cabeça numa árvore. Sentiu uma necessidade repentina de assoviar. Nascia dentro dele um sentimento misterioso de felicidade. "Por que será que eu estou assim?" Há muito tempo — desde que morrera Guida — não se sentia tão bem, com uma sensação assim de paz e harmonia interior. Assoviava, sem saber que ia ao encontro do perigo.

Só percebeu isso quando ouviu uma voz nas suas costas.

— Levante as mãos, Paulo, e não se vire!

Maquinalmente ergueu os braços, e sentiu nas costas o cano de um revólver. Uma voz que, de momento, não identificou, dizia-lhe:

— Prepare-se para morrer.

— Quem é você?

— Vire-se devagar, Paulo, e não se faça de engraçado, senão morre mais depressa.

Paulo virou-se. Devagar, como o outro queria. Viu Carlos e Rubens na sua frente, ambos com um revólver na mão e o dedo do gatilho. Carlos apontou, então, o revólver para o peito de Paulo.

— Morre, bandido!

Apertou o gatilho e o estampido do tiro encheu o silêncio da floresta.

“Qualquer mulher teria pena de mim.” 29

MAS Paulo não sofreu nada. No instante em que Carlos puxou o gatilho — estava realmente cego de ódio — Rubens bateu no seu braço. E esse toque bastou para que a bala se desviasse, raspando pelo ombro de Paulo.

— Você está louco, Carlos. — Que foi que papai disse? Para a gente não matar.

E era verdade. Carlos teve que reconhecer. O pai queria que Paulo chegasse vivo para que, com toda a calma e método, pudessem escolher e realizar a melhor forma de vingança.

— Eu me esqueci — desculpou-se Carlos. — Perdi a cabeça.

— Ele não merece uma morte rápida. Precisa sofrer.

— Covardes! — disse Paulo, entre dentes.

Via dois revólveres na sua frente. Enquanto trocavam palavras, os irmãos Figueredo não o perdiam de vista, dispostos a fuzilá-lo ao menor gesto. Paulo continuava de braços levantados, e repetia, sem medo nenhum e sem tirar os olhos de Carlos:

— Covardes!

— Cale a boca!

— Dois contra um; e armados!

Ele mesmo sabia que essa alegação era inútil e ingênua. Carlos e Rubens eram ferozes demais para ter qualquer escrúpulo cavalhei resco. Não hesitariam em matá-lo pelas costas, se isso fosse r so. Queriam apenas vingar-se, nada mais, e se ainda não o haviam chumbado, definitivamente, era na esperança de uma coisa melhor e mais cruel que uma morte instantânea. As palavras do velho Figueredo ainda estavam nos seus ouvidos: "Tragam o homem vivo!" Mas que tentação sentiam os dois — Carlos e Rubens — de acabar com aquilo sumariamente, de liquidar o cunhado, ali em plena solidão da floresta.

E Carlos, já que não ia matar, ao menos quis ter um consolo: com as costas da mão — e de uma mão bruta, pesada — bateu violentamente na boca do inimigo. Os lábios de Paulo começaram a sangrar (que gosto horrível aquele, sangue misturado com saliva).

— Viu? Chame a gente outra vez de "covardes", chame!

— Covardes!

— Ainda não está satisfeito? Quer apanhar mais?

Com o cano do revólver encostado no peito de Paulo, o dedo no gatilho (em último caso atiraria), Carlos esbofeteou outra vez Paulo, enquanto Rubens o açulava:

— Bate! Quebra-lhe os dentes! Aí!

Era uma coisa monstruosa aquela cena, dois homens armados torturando um outro; e tornavam-se cada vez mais violentos, como se a própria cólera lhes subisse à cabeça como álcool. Paulo poderia ter reagido assim mesmo, apesar de estarem armados os outros e ele não. Mas naquela situação conseguiu se manter lúcido, raciocinar: "Se eu reagir, eles me matam mesmo. O negócio é agüentar firme e ver se fujo. Se eu puder fugir, esses dois me pagam. Mato como se fossem cães!"

— Vamos embora! — ordenou Carlos.

— E o padre?

— Temos que levar também, claro.

Só então é que Paulo viu: o padre Clemente estava estendido detrás de uma árvore, de bruços, a cabeça aberta, ensangüentado. Rubens foi buscá-lo. lncrivelmente forte (e não parecia), Rubens carregou o religioso sem esforço. Parecia estar levando uma criança. E teve ânimo para fazer pilhéria:

— Está vendo a brecha?

Aproximara-se de Paulo; e virava a cabeça do padre, para que o rapaz pudesse ver o resultado do golpe. Paulo estremeceu: "É capaz de ter fraturado o crânio." Começaram a andar. Paulo na frente, sentindo o cano do revólver nas costas. "Se eu quiser correr, sou um homem liquidado."

— Mais depressa! — comandava Carlos.

— Será que ouviram o tiro?

— Ouviram nada. E, depois, não tem importância.

— Temos que voltar depressa.

Não sabiam ficar calados diante do prisioneiro. Precisavam falar, e sempre; a excitação não os deixava quietos. Preocupavam-se agora com a "tal Lena" (eram eles que diziam "a tal Lena"). Paulo teve um choque quando ouviu falar na esposa. Protestou:

— Lena não tem nada com isso!

— Não? Você vai ver!

Acharam graça; riram.

— Você vai morrer. Mas ela!...

— Ela o quê?...

— Não se afobe. Você verá.

Era noite fechada quando chegaram. As três irmãs foram as primeiras a vê-los. Estavam na varanda sentadas; e ficaram de pé, sem nenhuma excitação aparente, esperando.

— Paulo vem na frente! — disse Ana Maria.

— Aquele é o padre!

Identificavam o religioso pela batina. Durante o caminho, o padre Clemente voltara a si. Mas estava muito abatido, com uma dor horrível na cabeça (era como se o crânio estalasse de momento a momento), e deixara-se levar no ombro de Rubens sentindo-se fraco demais para se manter em pé, um minuto que fosse. De vez em quando gemia. "Que dor, meu Deus, que dor!" Era um sofrimento que parecia exceder todos os limites da resistência humana. Rubens chegara a gritar:

— Vai parar com isso ou não vai?

Queria aludir aos gemidos. Agora subiam as escadas do casarão velho e triste que tinha mais de cem anos. Paulo mostrava-se sereno.

Queria dar impressão de impassibilidade absoluta. Seus lábios estavam inchados da pancada recebida.

— Está aqui o homem — disse Carlos, com um riso, feroz.

As três irmãs olhavam o prisioneiro, sem um gesto. Parecia sonho, meu Deus, ver Paulo ali, naquela casa.

— Agora ele não escapa! — afirmou Ana Maria, cerrando os lábios.

— Se Deus quiser! — observou Lourdes.

Rubens colocou o padre na sala grande. Mas o religioso não quis ficar deitado; devagar (qualquer movimento fazia a dor aumentar), sentou-se; e olhou em torno, com um sentimento de terror na alma. Ele e Paulo notaram, instantaneamente, os retratos de Guida; estavam em toda parte, em quadros. Flagrantes da vida de Guida, ampliados, depois retocados e, por fim, emoldurados. Debaixo de cada retrato, um jarro de flores bonitas e frescas. Havia no ar um perfume intenso, como se aquelas flores estivessem ali em intenção de um morto presente.

Paulo quis sentar-se, mas Carlos impediu, com um berro.

— Você fica de pé!

Com o revólver encostado nas costas do rapaz, obrigou-o a permanecer no meio da sala; e ordenou, sumariamente:

— E de frente para aquele retrato!

Era um grande retrato de Guida, que aparecia no centro da parede. Guida surgia, linda, linda, com aquela expressão de sonho que não a abandonava; os olhos e o sorriso de mulher enamorada. Diante daquela imagem, e das flores que se abriam embaixo, sentiu um sofrimento maior. Mas um sofrimento de outra natureza. Não era mais a saudade, não era mais a nostalgia da amorosa que se perdeu para sempre. Seu sentimento mais vivo naquele instante era a memória da cena em que ele surpreendera: Maurício e Guida se beijando, na grande sombra da árvore. Cansado de olhar, quis baixar a vista; mas Carlos não deixou.

— Continue olhando!

Ele teve que erguer os olhos. Alguma coisa o invadia: era uma raiva surda e perigosa que poderia, a qualquer momento, descontrolá-lo, antecipar a sua morte. "Preciso me conter", foi o que pensou. Sem querer, fechou os olhos:

— Abra os olhos!

Queria irritar Paulo, exasperá-lo até à loucura, mexer com o seu sistema nervoso, humilhá-lo com observações pequeninas e, no entanto, degradantes. O padre se levantou inseguro nas suas pernas; ouvira passos na escada e se voltava. Carlos e Rubens e as três irmãs se viraram também. Eram os velhos Figueredo que subiam as escadas. Pálidos, frios, solenes, de uma calma quase sinistra, vinham sem pressa, com os olhos fixos em Paulo. O velho teso, firme, e D. Senhorinha, com a sua bela cabeleira branca e sedosa, aquela atitude de grande dama antiga, bela apesar de tudo.

— Pai, está aí o homem!

Os velhos sentaram-se. Não tinham um estremecimento, estavam impassíveis. "Pétreos", foi a idéia que ocorreu ao padre, vendo-os assim tão duros. Sem excitação, fazendo-se também calmo, Carlos contou: a intervenção do padre, a violência feita contra o religioso, o aparecimento casual de Paulo.

— E a mulher?

Paulo e o padre estremeceram.

— Marcelo ficou encarregado. Vamos voltar para ajudá-lo.

O padre não se conteve:

— Mas não façam isso!

Os olhos do velho, frios e inexpressivos, se voltaram para ele.

— Não vêem que isso é um crime? — continuou o padre.

— Bandidos! — gritou Paulo.

— Os presos se revoltam — foi a pilhéria de Carlos.

Mas o padre não se continha mais. Perguntava, avançando para o meio da sala, embora sua cabeça estivesse estalando:

— O que é que fez essa moça? O que foi, me digam?

— É cúmplice de Paulo.

— Mas cúmplice de quê? — protestou o religioso, horrorizado por sentir que não havia naquela vingança a mínima lógica. — Vamos admitir que Paulo tenha feito isso...

— E fez mesmo — afirmou, lacônica, D. Senhorinha.

— Mas nesse tempo — era essa a indignação maior do padre — nesse tempo, os dois não se conheciam!

Carlos pousou a mão no ombro do eclesiástico:

— Padre, se falar mais, será amordaçado. Estou avisando!

— Meu Deus, meu Deus! — suspirou ele, caindo de joelhos em plena sala e rezando.

O velho se levantava.

— Meus filhos — dirigia-se a Carlos e Rubens. — Podem ir; e não se esqueçam: essa mulher não deve escapar, em hipótese nenhuma.

Falava num tom que o Padre Clemente classificou, mentalmente, de patriarcal. Ao mesmo tempo, tirava um revólver do cinto.

— Eu tomo conta desses dois.

— Não quer que eu chame mais gente?

— Basta eu.

Era esse o seu orgulho: ser forte e valente, apesar de velho; tão forte e valente, ou mais do que os jovens filhos; e teve uma ameaça para o antigo genro:

— Mato você como um cão, se tentar fugir. Experimente.

— Devo amarrá-lo?

— Não precisa — disse o velho, numa ostentação do seu destemor.

Lena não sabia que horas eram. Tinha passado tanto tempo no quarto (chegara a cochilar) que perdera completamente a noção de tudo. Aquilo aconteceu já alta madrugada. Possivelmente todos já estavam dormindo. Quando viu, pelo espelho, aquele vulto sair do guarda-vestidos, estremeceu. Podia ter gritado; mas não o fez imediatamente, por causa do seu estado especial, daquela semiconsciência que lhe dava uma imagem esbatida das coisas. E quando caiu em si, era muito tarde; aquela mão pesada, grosseira, tapava-lhe brutalmente a boca. Estava espantada. Tudo se sucedia tão rapidamente e era tão estranho aquele homem ali, aparecendo de uma maneira mágica, que ela não soube o que pensar. Abandonou-se, passivamente; deixou que o desconhecido a amordaçasse. "Vai me rasgar os lábios", foi o seu medo. Ainda assim não sentia o terror em toda a sua plenitude: "Mas o que é que eu tenho?" O desconhecido não dizia nada; muito prático, resoluto, preferindo agir em silêncio, liquidar a questão de um modo tão eficiente e instantâneo quanto possível. Amarrou as mãos de Lena nas costas (trouxera cordas, enroladas na cintura), deu um nó forte que lhe machucou os pulsos. E pôde respirar, enfim. A primeira parte estava feita. Ainda foi à porta. Mexeu no trinco, viu se estava fechada à chave. Lena o acompanhava de olhos muito abertos. "Quem será?" Como se tivesse adivinhado o seu pensamento, ele se aproximou, sem barulho, e disse:

— Sou o irmão de Guida!

Havia nos seus olhos um brilho selvagem. Pela primeira vez, a moça teve plena consciência da situação. Então aquele homem, de olhar tão duro era... Fechou os olhos, sentindo que seu coração batia desesperadamente. Teve um medo, um medo maior do que quando Paulo quisera matá-la. "Que fará ele?" Pela sua cabeça passaram todas as hipóteses possíveis e imagináveis. "Vai me deixar aqui ou vai me levar?" Ainda uma vez, o irmão de Guida pareceu adivinhar seu pensamento.

— Vou levá-la. Imagine para onde?

Fez uma pausa, como se esperasse qualquer comentário de Lena.

— Lá para casa.

E continuou, depois de um silêncio, feliz, vendo o terror crescer nos olhos de Lena.

— Você e Paulo. Nós tomaremos conta de Paulo. E as minhas irmãs liquidarão você.

Tirou um cigarro do bolso (fumo fortíssimo) e o acendeu, sem que o palito de fósforo tremesse.

— Aliás, diga-se de passagem: ninguém vai matar você.

"Se não é morte, que será?", perguntava Lena a si mesma, sem desfitar o homem. Ele esclareceu todas as dúvidas:

— Minhas irmãs farão em você um servicinho de deformação; um estrago tremendo na sua cara.

Olhou em redor; e sua vista parou no toalete. Via lá um frasquinho de líquido negro.

— Que será aquilo?

Foi ver; e leu no rótulo: “tintura de iodo”. Voltou, com aquilo na mão. Mostrou a Lena, divertindo-se em atormentá-la:

— Tintura de iodo, viu?

Ficou pensativo; um sorriso feroz foi aparecendo nos seus lábios. Acabava de ter uma idéia:

— Sabe de uma coisa? Estou com vontade...

E parou. Ocorrera-lhe uma idéia, ou seja, a mesma idéia que fizera Carlos atirar em Paulo na floresta: antecipar-se, realizar a vingança ali mesmo.

— Levar você, talvez dê trabalho. Ao passo que se eu fizesse a coisa aqui, simplificaria tudo.

Lena acompanhava, fascinada, todos os seus movimentos. Ele destampou lentamente o frasquinho.

— Iodo queima, não é?

Riu com o mínimo rumor possível.

— Que tal se eu derramasse isso nos seus olhos? E depois na cara toda? Você naturalmente não poderia gritar, a mordaça não deixa; e eu poderia ir-me embora, sozinho e calmamente. Não seria bom?

Com uma das mãos, segurou o queixo de Lena, imobilizando-lhe o rosto; com a mão livre, preparou-se para derramar o iodo nos olhos da moça.

— Muito simples: iodo de farmácia. Primeiro, numa vista; depois na outra; e, por fim, no rosto, nos lábios. Sobretudo, nos lábios. Olhe só como eu vou fazer, olhe...

Leninha quis fazer força, debater-se, gritar. Mas a mordaça estrangulava qualquer som; e no seu esforço, conseguiria apenas rasgar a boca. Pela primeira vez, conhecia de perto o medo, mas o medo na sua plenitude. E sem poder gritar, gritar muito, até rebentar as cordas vocais! Fechou os olhos, como se as pálpebras descidas pudessem impedir a penetração e a queimadura do iodo. Marcelo não se apressava. Percebia que quanto mais lento, demorado fosse aquilo, mais sofreria Lena. “Ah, se eu enlouquecesse”, era o desejo desesperado de Lena. Enlouquecer, para não sentir, não ter pavor, noção do próprio sofrimento. Ele perguntava, suavemente, com o vidro meio virado, não tanto que entornasse o líquido:

— Está gostando?

E como ela não respondesse (não podia responder com a mordaça), Marcelo ordenou:

— Abra os olhos! Eu quero derramar um pouquinho, só um pouquinho!

Ela abriu, com efeito, e viu aquele rosto bem perto do seu, o traço de crueldade na boca; e o pequeno frasco destampado, com o iodo lá dentro, escuro, negro. "Sempre tive medo da cegueira", foi o seu raciocínio, ao mesmo tempo que fechava outra vez os olhos. E ele já se decidia a derramar (quantidades iguais para cada vista) quando escutou o assovio dos irmãos. Ainda esperou um momento. Lena, de olhos fechados, não sabia por que ele parava.

Marcelo não teve mais dúvidas: era mesmo o sinal combinado. Carlos e Rubens estavam lá, esperando que ele aparecesse à janela. Marcelo, que estava de joelhos junto de Lena, deixou o frasquinho ao lado da moça, e levantou-se. Lena abriu os olhos. Viu o rapaz caminhando para a janela e acompanhou com o olhar seus movimentos. "Não quero ficar cega, não quero." Imaginou que coisa horrível a pessoa viver em trevas perpétuas, numa noite sem fim e sem estrelas, perdida para as imagens do mundo e da vida. Tudo, menos isso. Vinha-lhe, como acontecia sempre nos instantes de perigo, a náusea, horrível, dolorosa, do medo; e agora, mais do que antes, porque tinha tempo de refletir. Na janela, Marcelo fazia um gesto, encostava-se de lado na parede, não querendo que o vissem de fora, naturalmente; e assim ficou, esperando Lena não podia imaginar o quê.

Ela desejou, com toda a força do seu desespero, que Marcelo ficasse lá, muito tempo. Agradecia a Deus aquele retardamento; e uma doida esperança nasceu no seu coração. Mentalmente, rezou, sentindo que a mordaça lhe feria cada vez mais os lábios (estava começando a experimentar um certo gosto de sangue na língua; e era este, com certeza, sangue da própria carne, dos lábios forçados). Voltou-se para Santa Teresinha, seu grande recurso nos momentos trágicos da vida (trágicos ou não, porque ela fazia promessas por coisas de pouca ou nenhuma importância). Não tirava os olhos da janela. Quanto tempo duraria aquela expectativa? "Eu cega, sem poder fazer nada, não enxergando coisa nenhuma, não enxergando as pessoas."

Foi, então, que viu um vulto aparecer na janela. Quem seria, meu Deus? Era um rapaz que não conhecia, nunca tinha visto. Marcelo, rápido, ajudou-o a subir. O rapaz, agilmente, saltou: a sua queda foi macia, não produziu o menor rumor. Um tremor horrível começou a sacudir Lena. Viu, logo em seguida, outro vulto aparecer. Era também um desconhecido. Saltou com a mesma agilidade, numa queda também sem barulho. E, uma vez juntos, encostaram a janela, puxaram a cortina, de maneira que de fora ninguém visse nada, e se aproximaram de Lena. Só falaram — e sempre a meia voz — quando se acocoraram em torno da moça.

— Foi facílimo — contou Marcelo. — Ela quis gritar, mas tapei-lhe a boca. O que não sei é onde está Paulo, não dormiu aqui.

— Nós pegamos.

— Quem? — espantou-se Marcelo.

— Paulo! Ah, você não queira saber, que sorte! Encontramos o bicho e levamos para casa!

— Sério?

— Claro! Só estamos esperando você com essa "cara".

Fixaram Lena. Ela abria muito os olhos; o pano da mordaça começava a se manchar de sangue.

— Você acha negócio a gente levar? — perguntou Marcelo.

— Não ficou combinado?

— Eu sei. Mas se a gente liquidasse o negócio aqui mesmo?

— Matar?

— Que matar o quê! Está vendo isso aqui?

Mostrou o frasco de iodo. Prosseguiu:

— Eu pensei em derramar isso nos olhos dela, na boca; e, depois, a gente ia calmamente embora. Que tal?

Durante um instante, vacilaram. Seria bom e, sobretudo, cômodo. Não precisavam carregá-la, ter trabalho e correr perigo.

Uma coisa os fascinava: a idéia de vê-la com os dois olhos queimados, os lábios, o rosto, e sem poder gritar, mexer. Seria um espetáculo maravilhoso para eles, que estavam inteiramente possuídos pelo sadismo da vingança.

— Só há um porém — observou, finalmente, Rubens.

— Qual?

— O velho faz questão que a gente leve.

Novo silêncio e nova hesitação.

Lena, olhando ora um, ora outro irmão, pedia por tudo a Santa Teresinha que a protegesse e salvasse. Tornava-se infantil, parecia uma criança. "Nunca mais farei coisas ruins. Parecia-lhe que aquilo era um castigo, só podia ser; era um sinal da justiça do céu. Ouviu, com o coração quase parado, Marcelo decidir:

— É. Vamos levá-la. É melhor. Papai poderia não gostar.

Lena sentiu-se carregada. Que homem forte aquele! Suspendia-a calmamente, como se ela fosse uma criança, tivesse um corpo de criança. Só uma coisa estava presente no seu pensamento: "Vão me levar para a casa da família de Guida." Desejou que alguém de Santa Maria a visse e pudesse libertá-la.

Rubens desceu na frente, e logo depois, Carlos. Marcelo, por fim, carregando-a. Ela olhou, em torno, procurando alguém. Mas era alta madrugada; todo o mundo estava dormindo. E não era ali que ficavam os vigias.

Os três irmãos avançavam, agora, em passo rápido; Marcelo se movimentava como se não sentisse o peso de Lena. Chegaram assim à floresta e se internaram. Rubens teve um capricho cruel:

— Vamos tirar a mordaça. Se ela quiser gritar, pode; ninguém ouvirá. E nós conversaremos um pouco.

Queria ouvir a voz da moça, saber o que ela diria; e arrancaram o pano. Que alívio para ela e, ao mesmo tempo, que sofrimento na carne. A mordaça forçara sua boca a uma elasticidade que ela não podia ter. Os lábios sangravam nas extremidades e Lena sentiu como se tivesse havido um rompimento. De qualquer maneira, melhor essa sensação, que se tornava agora mais aguda, do que estar amordaçada.

— Fale! — convidou Rubens, numa estranha curiosidade de ouvir a voz da prisioneira. A primeira coisa que ela disse foi um apelo:

— Não me façam isso! O que é que eu fiz?

— Fez muito.

— Digam o que foi. Acusem-me de alguma coisa. Acusem!

— Acha pouco ter se casado com Paulo?

— Mas que é que tem?

— Você verá.

Marcelo quis saber:

— No mínimo você gosta muito dele.

Era uma súbita curiosidade que os invadia, ali, no meio da floresta, de ter a medida do sentimento da sucessora de Guida. Queriam saber tudo, se saturar de informações, e quanto mais ela falasse, mais alimentaria o ódio dos Figueredo. Lena hesitou, incerta sobre a melhor resposta. Estava dominada pelo medo, pelo terror (imagine a sua situação com três homens, sozinha na floresta); e respondeu, na esperança de agradá-lo.

— Não. Não gosto.

Eles se espantaram, a princípio; pararam numa clareira; e olharam com uma nova atenção aquela mulher que os surpreendia assim. Ela dissera um "não gosto" meio inseguro e suspeito.

— Isso é verdade?

Ela, então, perdeu todas as dúvidas; afirmou, com o máximo de convicção.

— Odeio meu marido!

— Mentirosa! — exclamou Rubens.

Carlos julgou descobrir tudo.

— Quer ver se comove a gente!

— Juro!

Tremia ao dizer isso, transida. Sentia uma necessidade dramática de convencê-los, embora com uma vaga noção de que não havia dignidade na sua atitude. "Eu não devia fazer isso", pensava; "embora não goste de Paulo, é uma covardia o que eu estou fazendo." E continuava a falar, porque o sentimento do medo era maior do que os outros e queria apenas libertar-se, fugir de sua triste sorte. Contou, então, quase de um jato só (sua tensão de nervos parecia exigir que falasse muito, sem parar), coisas de sua vida matrimonial, incidentes, atritos. Os três irmãos a ouviam com um sentimento mal definido sem saber se ela era sincera ou se não passava de uma comediante.

— Ele até já me bateu!

Dizia isso alteando a voz; repetia:

— Me bateu!

Percebia que eles não estavam bem convencidos.

— Não é segredo, todo o mundo sabe!

— Então, por que se casou? Por quê?

Ela se desconcertou. Como explicar o casamento? Teve medo de perder a causa e mentiu, acrescentou um detalhe falso e inútil.

— Ele nunca me beijou!

Sem querer e sem saber, comprometia-se, definitivamente. Marcelo triunfou, então, sacudiu-a violentamente:

— Mentirosa! Sua mentirosa!

Não entendeu a revolta do rapaz, a violência e a certeza com que ele a acusava.

— Por que mentirosa?

E virava-se para os irmãos, como que pedindo um testemunho.

— Pergunto, sim.

— E aquele beijo?

— Que beijo? — admirou-se Lena, desorientada.

— Aquele que eu vi, que eu assisti. Pensa que me engana?

Ainda quis sustentar a mentira (não acreditava que ele tivesse visto).

— Viu nada!

— Ah, não? — e foi com outro tom, quase com ferocidade, que continuou. — Pois fique sabendo que eu vi, eu, esse que está aqui! Eu estava na janela, espiando, percebeu? Agora diga, repita que nunca foi beijada, quero ver?

Ela não dizia nada, olhando-o só; o desespero começava a nascer no seu coração. Então não valera nada a sua atitude sem dignidade, o pânico, a covardia? Eles não acreditariam nunca nas suas palavras e sobretudo agora. Como poderia demonstrar a Marcelo que beijara Paulo para salvar Maurício? E isso, a certeza de que tudo era inútil, tudo, deu-lhe uma raiva súbita. Eram seus nervos que cediam a uma tensão demasiada. Reagiu contra o medo; e confirmou:

— Menti, sim, menti, pronto!

E parecia desafiá-los, em meio da floresta. Tinha qualquer coisa de irreal e de inverossímil a sua atitude ali, naquele ermo. Ela, tão frágil, desamparada: eles, fortes, cruéis, selvagens. Qualquer um deles tinha força bastante para quebrá-la em dois. E, apesar disso, no seu desespero de mulher, enfrentava-os com um desassombro imprevisto que os imobilizou.

— Eu gosto dele, amo; ninguém tem nada com isso!

— Confessa, então?

A voz de Marcelo era quase doce.

— Confesso! E essa história do beijo é verdade!

E exagerou, para irritá-los:

— E não foi um só. Foram vários, muitos. Tantos!

Continuaram a marcha. Ela falando, já meio enlouquecida, forçando as cordas vocais com os seus gritos. Eles não faziam comentários, mas um só sentimento os unia: o ódio. A explosão de Lena dera à sua raiva uma intensidade ainda maior. Eles tinham que se conter para não perder a cabeça. Apenas, em determinado momento, Marcelo ameaçou:

— Você vai ver quando a gente chegar lá em casa. Não perde por esperar.

Maurício esteve fora até alta madrugada. Ao deixar Netinha, dirigira-se para o bar Flor de Maio. Não ia lá há muito tempo e a sua presença causou um certo espanto. Sua presença e, sobretudo, a sua expressão de sofrimento. Sua dor era tão viva, tão intensa, que ele não encontrava em si mesmo forças para simulação. Bebeu um pouco, não demais; mas foi o bastante para melhorar seu estado de ânimo. Tornou-se, mesmo, alegre, mas de uma falsa alegria quase tão incômoda, quanto a tristeza anterior.

Encontrou-se lá (e isso foi uma coincidência infeliz) com um amigo de sua adolescência, rapaz vicioso, que parecia ter se libertado de qualquer lei moral. Chamava-se Cláudio; e não havia uma família na cidadezinha, e nas imediações, que quisesse recebê-lo. Em outra circunstância, Maurício teria cumprimentado apenas e passado adiante. Mas naquele dia estava devorado pelo despeito e pelo desespero. Precisava de alguém para se desabafar. Chamou Cláudio e os dois sentaram-se numa mesa discreta, colocada num canto do bar.

— Aqui podemos conversar — disse Maurício.

— E beber — sugeriu o outro, rindo.

— Também.

Veio mais bebida; e, pouco a pouco, Maurício foi se tornando comunicativo, confidencial, mesmo. Em dado momento não pôde mais e interrogou o amigo:

— Cláudio, me diz uma coisa.

— Pode falar.

— Quando a gente dá em cima de uma mulher...

— Perfeitamente.

— ...e a mulher resiste, não quer nada com a gente.

— O.k.

— O que é que a gente faz?

— Você está com um caso assim, já sei.

— Mais ou menos.

— É simples: você é mais forte do que ela, não é? Pois então: segure-a à força, beije-a. Tudo é o primeiro beijo. Depois, as coisas acontecem naturalmente. A história é não ter escrúpulos, nobreza, cavalheirismo. Nada disso!

Não disseram mais nada. Maurício pagou as despesas e saiu. Tomara uma resolução. Veio andando na noite. Quando chegou em Santa Maria, viu a distância a janela de Leninha acesa. "Está acordada." E lembrava-se das palavras de Cláudio: "Você é mais forte do que ela..." Debaixo da janela da cunhada ele fez o que fizeram Marcelo e os outros dois irmãos: subiu até o parapeito e espiou para o interior do quarto. O que viu fê-lo estremecer.

30 "Atirou entre os olhos para matar."

ELA estava ajoelhada no oratório, e chorando alto, num desses desesperos absolutos, sem limites e sem consolo. Foi isso que o gelou, que lhe deu um sentimento profundo, a intuição de que desta vez a crise era violenta demais, talvez a matasse. O lugar em que ficava o oratório era um canto mal iluminado do quarto; a figura de Lena se esbatia na penumbra. "É por mim que ela chora", deduziu ele; e essa constatação deu-lhe uma triste alegria, uma amarga felicidade. Fez um esforço e saltou no quarto, procurando não fazer rumor nenhum (não queria sobressaltar a moça); e, pé ante pé, aproximou-se. "Ela ainda não desconfiou que tem alguém no quarto." E era isso que ele queria: que Lena não percebesse. Quando ela visse, estaria a seu lado. "Eu chego lá, me ajoelho também." Não era religioso, mas seu estado presente, e sobretudo a ternura que o invadia, dava-lhe uma vontade boa de rezar. E, depois, quando se levantassem, ele seguiria o conselho de Cláudio, beijaria a cunhada à força, valendo-se de sua superioridade física. "Quero ver se ela resiste; ou se, depois de uma resistência inicial, acabará cedendo." Chegou a dois passos de Lena e não fora notado ainda. Ela estava, com certeza, com o pensamento fora dali, longe. Deixou-se finalmente cair, de joelhos, ao seu lado, e a cunhada se virou, assustada, com a boca se abrindo para o grito (mas não chegou a gritar). Houve uma dupla exclamação:

— Maurício!

— Netinha!

Não era Lena. Olharam-se, assombrados, sem acreditar nos próprios olhos. "Mas como é que eu não vi, não percebi logo", pensava Maurício. "As duas tão diferentes!" Mas a culpa fora da luz escassa de Santa Maria e da própria posição de Netinha, diante do oratório, posição que escondia ou disfarçava a perna mecânica. E, além disso, ele não poderia imaginar nunca que pudesse estar ali, àquela hora, outra pessoa que não a própria Lena.

— Você aqui, Maurício?

Os dois se levantaram. Netinha, com mais dificuldade, por causa do defeito. E ficaram um momento, mudos, sem ter o que dizer. Passado o primeiro minuto de espanto Aleijadinha compreendeu tudo. Ele estava lá por causa de Lena. E isso, essa certeza, fê-la sofrer como nunca. Sempre Lena, sempre! Quando menos esperava, ela se atravessava no seu caminho. "Eu não poderei ser feliz nunca. Lena não deixará."

Maurício quebrou aquele silêncio que não podia continuar, já estava se tornando intolerável.

— O que é que você está fazendo aqui?

— Não posso? — disse ela, com uma suave ironia.

— Mas esse não é o seu quarto.

— Eu sei que não é, ora!

E mudou de atitude, tornou-se subitamente agressiva.

— E você? O que é que está fazendo aqui?

— Mas eu perguntei primeiro.

Ela não respondeu logo. Olhava-o agora com desprezo. (Ah, se raiva matasse!)

— Você devia ter vergonha! Pular a janela como um ladrão! E se alguém visse e desse um tiro em você?

— Onde está Lena?

— Não mude de assunto!

Crescia diante dele: parecia realmente ficar mais alta. Já não era mais a menina frágil e franzina; tornava-se a mulher que se dispõe a lutar pelo seu bem-amado; e que tem esse sentido de luta em todas as suas atitudes.

— Eu posso estar aqui — prosseguiu Netinha. — Eu, sim; você, não.

— Pelo amor de Deus, não quero discutir.

Mas ela não atendia a argumento de espécie alguma. Entregava-se ao desespero, e se pudesse, se não fosse tão mais fraca, teria batido nele.

— Eu sou mulher e, além disso, irmã de Lena! Não faz mal que eu venha ao quarto dela quantas vezes quiser! Mas você, não! Você é homem! Não devia estar aqui e está. Como é?

— Não me faça falar, Netinha. Não adianta!

— Adianta, sim! Então é direito? No dia em que me pede em casamento — imagine, no dia! — eu encontro você pulando janela! Bonito, muito bonito!

— Está bem, vou-me embora!

Ela fez ironia, querendo humilhá-lo:

— Vai pela janela?

Tornou-se grosseiro:

— Não me amole!

E quis andar na direção da porta. Mas ela, atrevida, se colocou na sua frente:

— Não vai! Primeiro tem que me dar uma explicação!

— Que explicação! Não seja boba!

— Explicação, sim! E não fale assim comigo, Maurício; não me trate assim!

— O que é que você faz?

— Se você duvida, faço um escândalo, quer ver?

Maurício calou-se, sentindo que ela cumpriria mesmo a ameaça, encheria o corredor de gritos.

— Fale, então — concordou ele.

— Você gosta de mim?

Silêncio.

— Diga. Gosta ou não gosta?

— Quer mesmo saber?

— Quero.

Enfiou as mãos nos bolsos.

— Não.

Ela não disse nada imediatamente. Fechou os olhos e respirou fundo. "Preciso me conter", era o que dizia a si mesma.

— Está certo — disse, com uma voz que não se ouvia quase. — Então, por que fez aquilo? Por que me apresentou a D. Consuelo como sua futura esposa?

— Não me pergunte, Netinha.

— Quero saber.

Falava com ele num tom imperativo. Não era um pedido, uma exigência. Tinha direito de saber.

— Eu quis irritar Lena — confessou, sem desfitá-la.

— E por isso — sua voz tornava-se doce, perigosamente doce — e por isso se serviu de mim, para eu fazer um papel ridículo, sem a menor consideração?

— Perdoe, Netinha! Eu sei que fiz mal, mas...

— Foi isso ou não foi?

— Já lhe expliquei.

— E uma explicação basta, talvez? — e adotou um novo tom. — Você devia se envergonhar. Maurício, você é infame!

Ele não ouviu direito; julgou ter entendido mal.

— O quê?

Aproximou-se bem do rapaz, ficou quase na ponta dos pés, aproximando o rosto.

— Infame!

— Netinha!

— Infame, sim, infame! Você é indigno, Maurício; não merece o amor de nenhuma mulher. Nenhuma mulher que se preze poderá gostar de você!

— Você está despeitada!

Uma surda irritação nascia dentro dele. A acusação da menina — infame, infame — estava ressoante nos seus ouvidos. Não sabia como fazê-la calar; e se assustava, começava a se assustar vendo nos olhos da menina um fogo selvagem. Pensou: "Uma mulher enamorada é capaz de tudo."

— Mas não faz mal — dizia ela —, não tem importância. Sua Lena não está no quarto; saiu; foi não sei para onde. E você não acha isso suspeito, não acha? Uma mulher sair de casa a essa hora? No mínimo... bem, não quero falar!

— E não adianta!

— Eu sei. Mas fique sabendo: você me deu direito de chamá-lo de infame em qualquer lugar e a qualquer hora!

— Você não me chamará mais infame.

— Por que, ora essa? Quem é que vai me impedir?

E, de repente, a voz de Maurício tornava-se muito doce; era uma verdadeira carícia. Seus olhos adquiriam — quando menos se esperava — a luz viva, passional, que parecia enlouquecer todas as mulheres.

— Eu! Eu impedirei!

Netinha se assustou com a nova atitude de Maurício. Abaixou a voz também.

— Você? Mas como?

— Você me ama?

Todo o seu despeito, o seu ódio e a sua irritação de mulher humilhada se fundiram instantaneamente numa confissão.

— Amo.

"Eu não devia dizer e digo", pensava ela, espantada de sua própria fragilidade. Ele a segurou pelos ombros; a menina não fez um gesto, vencida.

— Olhe para mim, assim. Agora me diga: sou infame?

Tremeu de frio, de nervoso, não sabia bem; parecia magnetizada, só via na sua frente os olhos dele, vivos demais, incandescentes, de um magnetismo que parecia queimá-la.

— Não, não é — balbuciou.

Maurício sorriu. O que havia dentro dele era um sentimento bom, feliz, de vaidade; tinha orgulho de si mesmo e daquele poder sobre Aleijadinha. "Farei a mesma coisa com Lena: dobrarei Lena; e ela me seguirá até o fim do mundo!"

— Agora vá — disse, sem elevar a voz.

— E você se casará comigo?

Hesitou, antes de responder.

— Não posso.

Foi esta resposta que quebrou irremediavelmente o encanto que a prendia e transfigurava. Em vão ele adoçara a voz, fizera-se meigo, procurara envolvê-la na sua fascinação. Ela sofreu com a mesma violência e perdeu de novo a cabeça, numa maior crise de despeito e de raiva.

— Infame, ouviu? Infame, sim. E não me toque!

Abriu a porta e correu, como uma doida. Ele ainda ficou, muito sério, parado, pensando em Aleijadinha e na cena que acabava de ter lugar. Seu coração estava vazio de qualquer sentimento bom. Uma irritação, que crescia continuamente, ameaçando transformar-se em ódio — eis o que lhe inspirara Netinha. "Acabo odiando essa menina", pensou. E disse, a meia voz, fechando a porta do quarto e encaminhando-se para a janela: "Aleijada!"

Chegou à janela e voltou atrás. Agora, que Aleijadinha não estava mais presente, experimentava uma sensação curiosa, doce e pungente: a sensação de estar ali no quarto de Lena. Para qualquer outro homem, esse fato puro e simples podia não significar nada; mas, para ele, significava muito. Perturbava-se de uma maneira estranha; e olhava para tudo, com uma curiosidade nova, admirando-se com pequenas coisas. Apanhou junto da cama dois chinelinhos, pequenos, tão pequenos que um deles coube na sua mão. E isso fê-lo estremecer, como se fosse o pé nu e vivo da moça. Olhou para os lençóis que deviam guardar as formas de Lena. Era aquele o ar que ela respirava; e aquele o espelho diante do qual ela se vestia e do qual a sua imagem se tinha refletido tantas vezes. Cada coisa ali participava da intimidade viva da moça. E tudo o enchia de uma felicidade pueril, quase de criança, de um prazer intenso e agudo como um sofrimento. Foi com pena, com uma saudade antecipada daquelas coisas, que ele foi à janela e se deixou escorregar pela parede, sentindo que o seu amor era maior do que nunca e mais definitivo.

Teria sido mais natural que saísse pela porta. Mais fácil, mais cômodo, mais lógico, tudo. Mas sem sentir, maquinalmente, preferira o salto inútil (em risco de ser visto, aliás). Era como se um instinto, uma fatalidade, qualquer coisa parecida, o guiasse. A primeira coisa que viu, ao cair embaixo da janela de Lena, foi um sapato, um pequeno sapato. Apanhou-o e concluiu imediatamente: "É de Lena." Reconhecia-o, ela o usara horas antes. Durante um momento, não soube o que fazer, com aquilo na mão. Seu raciocínio trabalhava. "Mas como pode ser?" "Só se ela desceu pela janela e o sapato caiu." Nesse caso, porém, sentiria a falta. Ninguém perde um sapato sem perceber, a não ser Cinderela. E a semelhança que pudesse existir, pelo menos no achado do sapato, entre o caso de Lena e de Cinderela deu-lhe uma amargura. Disse, em voz baixa:

— Cínica! Cínica!

Naquele momento, estava incapaz de um raciocínio lógico. Uma coisa parecia-lhe certa: Lena saíra. E, com certeza, não era a primeira vez. Saíra, às escondidas, alta madrugada, e devia ser por motivos tão pouco legítimos, que se dera ao incômodo e risco de pular a janela. "Foi se encontrar com alguém." Mas com quem? Com Paulo, não podia ser. Ridículo, inverossímil, que cercasse de tanto mistério um encontro, uma entrevista com o próprio marido. No seu desespero, achou que devia ter um homem no meio. Não raciocinou no absurdo da hipótese, isto é, que a cunhada não conhecia ninguém, ali.

— Desta vez, mato-a — ameaçou, como se alguém ou a própria Lena pudesse estar presente, ouvindo. E repetiu, olhando para a janela iluminada:

— Mato-a!

Quando estavam chegando, Carlos cortou as cordas que amarravam os pés de Lena; e disse, empurrando-a:

— Agora vá a pé.

Ela não respondeu nada. Fez-se dura. "Não me humilho mais." E andou, sempre na frente, com uma dianteira de vários metros. Os irmãos vinham fazendo pilhérias ferozes:

— Tente fugir.

— Corra.

— Por que não corre?

Rubens tirou da cinta um pequeno chicote, e batia com ele no chão ou nas perneiras, excitando:

— Mais depressa! Ande!

E o chicote estalava. Como, em determinado momento, ela parasse, exausta, revoltada, todos os músculos doendo, Rubens não teve maiores escrúpulos: deu-lhe uma chicotada, embora sem muita força, nas pernas. Não pôde reprimir um grito; e se virou para eles, numa audácia inútil que os fez rir:

— Covardes!

Teve que reiniciar a caminhada (já via a casa-grande), andando como eles queriam, sempre mais depressa, até que, por fim, corria, quase. Caiu de cansaço, quando chegaram à escada; ela sentia como se os pulmões fossem explodir.

— Não agüento nem mais um passo.

Desta vez a chicotada foi nas costas; e doeu mais, fê-la contrair-se toda e subir, agarrada ao corrimão, arquejando, sem ar. Tinha o vestido rasgado no ombro, a alça da combinação aparecia. Entrou na sala, onde estava toda a família e Paulo, aos empurrões, como uma criminosa. Sentiu uma tonteira, um clamor nos ouvidos e desabou ao lado de Paulo. Ao cair, por puro instinto, abraçara-se às pernas do marido. Paulo viu aquilo e perdeu a cabeça. Fechou bem a mão e, rápido, sem que fosse pressentido, com toda a força de que dispunha, atingiu o inimigo mais próximo (era Marcelo) em pleno queixo. Foi uma pancada tão justa, seca, potente, que o rapaz, embora forte, dobrou os joelhos e caiu sem sentidos.

Imediatamente, o velho Figueredo, que continuava empunhando o revólver, fez uma rápida pontaria e atirou para matar, entre os olhos de Paulo.

Mas a mão do velho tremeu (já não era o mesmo, e os anos bem vividos pesavam sobre ele). Quisera atirar entre os olhos de Paulo, bem entre os olhos; e a bala perdeu-se, foi se alojar num dos retratos de Guida, em que ela aparecia no seu sorriso de mulher enamorada. Lá estava o orifício, na altura da boca, alterando a expressão dos lábios, dando ao sorriso um novo e abominável sentido de cinismo (ou "deboche", conforme notou a contragosto, o padre Clemente).

Rubens e Carlos se atiraram sobre Paulo. Não chegou a haver luta, porque ouviu-se um grito:

— Guida!

Todos se imobilizaram, espantados. Ana Maria, de pé, apontava para o retrato da irmã. Por um momento, ninguém disse nada, ninguém se mexeu. O velho Figueredo sentou-se, com um ar de louco:

— Mas como é que eu fui errar?

Sentia-se o fato como se fosse um segundo assassínio de Guida. Ela parecia ter morrido de novo; e o sentimento vago, absurdo, insensato, de Figueredo, era o de que tornara-se o homicida da própria filha. Em meio do silêncio que se fez (ninguém conseguia desviar a vista do retrato), a voz do ancião cresceu, enchendo a sala, num lamento:

— Estou velho. Quando é que eu errava um tiro dessa distância? Não tenho mais pontaria.

E isso, essa pontaria incerta, lhe parecia a prova suprema e inapelável de sua velhice, ao mesmo tempo que lhe dava idéia da proximidade da morte. Disse mentalmente, duas vezes, o nome da filha: "Guida, Guida!..." E sua cólera voltou-se maior, mais potente, contra Paulo. Levantou-se e se aproximou, lentamente, do rapaz que Carlos e Rubens dominavam. Marcelo erguia-se. Leninha, caída, voltava, gradualmente, à posse de si mesma. Ainda arquejava e também ela olhava o retrato de Guida. Ouviu os passos do ancião; continuou, porém, de olhos fitos na imagem baleada da moça. Apesar de tudo, sentia uma espécie de alegria, de compensação. A bala modificara totalmente a fisionomia de Guida. Um pequeno orifício, aberto no sorriso, bastara para liquidar sua beleza. "Bem-feito, bem-feito", era o que ela dizia a si mesma, numa felicidade desesperada e infantil. Sobressaltou-se, ouvindo a voz do ancião:

— Está gostando?

Não teve tempo de dizer nada, nem de recompor a sua atitude; o velho, que era ainda forte e feroz, apesar da pontaria falhada, suspendia-a com surpreendente facilidade. Estava agora segura por ambos os braços.

— Por que não continua rindo?

— Me largue!

O padre quis intervir:

— Ela é uma moça! — gritou, como se alguém pudesse ter alguma dúvida a respeito.

— E você também não se meta!

— Aquilo ali...

E o padre, numa atitude nova, quase arrogante, parecia crescer fisicamente no seu desassombro, apontando para o quadro:

— ...aquilo — repetiu, enfrentando o pai e os irmãos — é uma advertência de Deus. Isso que vocês estão fazendo é um crime!

E teve uma doçura inesperada para acrescentar:

— Não percam a sua alma!

O ancião interrompeu, seco e positivo:

— Leve-o para o porão. O religioso foi arrastado (não queria ir, mas a força física dos outros era maior, bem maior) e exclamava, antes de desaparecer:

— Vocês prestarão contas a Deus. Não se esqueçam!

Paulo olhava a cena em silêncio. "Não posso fugir, não tenho oportunidade" e sua mão, quase à revelia de sua vontade, procurou a de Lena. Falaram-se, rapidamente, a meia voz:

— Por que se deixou prender?

— Eles entraram no meu quarto.

Marcelo ironizou:

— Falem, vão falando enquanto é tempo.

Eles se esqueciam de todos e de tudo; eram amigos, momentaneamente amigos, numa atmosfera saturada de ódio. Não se lembravam mais dos conflitos antigos e dos antigos desesperos. A própria expressão dos olhos era diferente. Pareciam se ver pela primeira vez. Lena pensava: "Ele não é tão feio assim." E Paulo: "Os ombros de Lena são bonitos." Desde que ela entrara, ali, aos empurrões, que ele, sem querer, fizera aquela observação: os ombros da mulher não eram feios; e o impressionaram como uma surpresa boa. Ele se fixou num pequeno detalhe (dir-se-ia que o perigo lhe dava um poder maior de fixação): a alça da combinação, que parecia apertar a carne demais, devia deixar uma marca, um sulco na pele. Essas pequenas observações que ia fazendo, apesar do perigo, comoviam-no estranhamente.

— Estamos condenados — sussurrou Lena, com uma doce tristeza.

Em volta, atentos à cena, os Figueredo, inclusive D. Senhorinha e as moças, não faziam nenhuma tentativa para interromper. Pareciam ter um interesse ou um prazer em deixá-los por algum tempo naquelas expansões. Voltaram Rubens e Carlos. O padre estava encarcerado; e, ao sentir-se trancado, começara a cantar, numa bela voz de barítono, seus hinos.

D. Senhorinha aproximou-se de Lena; e teve uma curiosidade bem de mulher:

— Vocês se gostam muito?

Nunca que daria àquela velha o gostinho de confessar a sua verdadeira situação matrimonial. "Vou representar outra vez a comédia, mas não faz mal."

— Muito — respondeu, sustentando o olhar da velha senhora.

— O que é que ele viu em você? — tornou D. Senhorinha, com uma maldade mais evidente.

— Isso é com ele — foi a resposta petulante.

— Você é tão sem sal!

— A senhora acha? Meu marido tem outra opinião.

Percebia que os olhos de D. Senhorinha se ensombreciam, cada vez mais. "Está sofrendo", deduziu, feliz de atingir a inimiga. Em torno, os homens não diziam nada. Paulo inclusive, procurando talvez o obscuro sentido daquele diálogo; e, percebendo que as duas mulheres se feriam, escondendo uma intenção pérfida em cada palavra.

— Você quer se comparar com Guida?

Aquilo doeu-lhe. Era outra vez o paralelo entre ela e Guida. Até ali queriam humilhá-la com a superioridade da morta. Confirmou, ousadamente.

— Quero!

A bela e imponente impassibilidade de D. Senhorinha quebrou-se, subitamente; levantou a mão e esbofeteou Lena. As três irmãs respiraram fundo, com os olhos dilatados. Lena levou a mão ao rosto, acariciando a face batida. Quase, quase explodiu; quase, quase atracou-se com a velha; mas fechou os olhos, cerrou os lábios, num incrível esforço de controle.

— Posso falar?

Era Paulo. Seguro pelos dois braços, imobilizado, tivera um choque, vendo a mulher sofrer aquilo na sua frente. "Bandida!", foi o seu comentário interior. Mas era inútil gritar; e repetiu, num tom esquisitamente macio:

— Posso falar? — e não esperou licença, continuando: — A maior autoridade aqui para falar de Guida e Lena sou eu!

Estava desesperado, embora sua voz não traísse a profunda tensão. Desde que vira Lena esbofeteada, resolvera irritar aquela gente, exasperá-la até à loucura. "De qualquer maneira vão me torturar, matar", foi o seu raciocínio. "E assim eu me vingo, pelo menos." Ouvia-se, na sala, o canto do padre Clemente, sua voz chegava velada pela distância. E tinha qualquer coisa de inquietante a obstinação com que ele emendava um hino a outro hino, na necessidade de não parar nunca.

Paulo continuou:

— Pois bem. Guida não é nada, nada, junto de Lena. Ah, Lena é tão mais interessante! Não parece, mas é.

— Tanto assim? — quis saber Marcelo, com um humor sinistro.

Ele confirmou, com o seu cinismo aparente:

— Claro!

Lena o acompanhou no mesmo tom, de acinte, de provocação, de desafio àqueles bárbaros.

— Não parece — observou ainda Marcelo, num espanto evidentemente fingido.

— Não disse?

Lena virava-se para todos; e foi mais longe:

— Paulo me disse tantas vezes que o beijo de Guida não tinha graça nenhuma, mas nenhuma, mesmo.

— E o seu tem? — queria saber Marcelo, contendo-se.

— Se tem!...

— Dois cínicos — interrompeu Ana Maria.

— Não faz mal — desculpou D. Senhorinha. — Quem sabe se eles não estão falando a verdade? Tudo é possível!

Acabava de lhe ocorrer outra idéia (ela tinha sempre idéias dessa natureza; era mulher, sabia como magoar outra mulher). Foi com outro ar, a voz subitamente mudada, enérgica, autoritária, que ela chamou o filho:

— Marcelo!

— Eu!

— Ela diz que sabe beijar. Veja se é verdade.

Paulo e Lena empalideceram. As três irmãs compreenderam instantaneamente tudo; e experimentaram uma verdadeira fascinação pela cena que se seguiria. Paulo sentiu bem o cano do revólver nas costas:

— Não se mexa, senão já sabe. Meto-lhe uma bala no corpo.

— Miserável!

Marcelo avançou para Lena. Ela estendeu o braço, como para detê-lo. O revólver de Rubens e o do velho Figueredo apontavam para Paulo. Lena sentiu-se desamparada. Parecia-lhe que Marcelo era um monstro. Ele crescia desmedidamente aos olhos dela, à medida que se aproximava. Vinha num passo mole, querendo prolongar a expectativa da moça; e havia na sua boca um sorriso abominável que era, em si mesmo, um insulto. Ela gritou, gritou desesperadamente, como uma mulher esfaqueada.

Maurício não dormiu. Durante toda a noite, andou por perto, de olhos fitos na janela iluminada de Lena. Esperava a volta da moça; e só admitia uma possibilidade: Lena pulara a janela, fora se encontrar com alguém e alguém que não era Paulo. Está claro que só podia ser um encontro amoroso. Ela me paga, dizia a si mesmo, experimentando uma cólera cuja violência espantava a si mesmo. A resolução de matá-la nascia dentro dele e se fixava definitivamente. "Há certas coisas que só a morte." E surgiu-lhe uma outra possibilidade. "A morte ou..." Não completou o pensamento. Seu ódio era desses que só se realizam no crime. "Posso bater em Lena, espancá-la, mas que é que adianta?"

Viu as horas passarem; e ela que não vinha, não aparecia. Estava amanhecendo (colonos e empregados da fazenda passavam, tiravam o chapéu, cumprimentando). Ele não respondia a ninguém; era olhado com surpresa e, até, com certo medo. Parecia estar fora de si e seu descontrole era tanto, que falava sozinho, tinha exclamações e fazia gestos. Convenceu-se, afinal, de que ela não viria. Sua dor tornou-se mais tranqüila, agora que adquirira a certeza. "Por que é que outro conseguiu o que eu não consegui?" Era isso que lhe dava aquela exasperação sombria.

Foi procurar D. Consuelo. Precisava de alguém para desabafar. Ela não se tinha levantado ainda, mas o rapaz estava tão impaciente, que foi bater no seu quarto. D. Consuelo abriu a porta, assustada.

— Maurício?

"Que foi que aconteceu, meu Deus?", espantou-se. "Maurício aqui a essa hora!" Vestiu um roupão e abriu a porta, achando, pelo ar do rapaz, que devia ser uma coisa muito séria. "No mínimo, é Lena!"

— Mamãe, quer saber da melhor?

— Que foi?

— Lena não dormiu em casa.

— Impossível!

Foram ao quarto da moça, Maurício na frente. Abriram e viram a cama arrumada, os lençóis lisos, as fronhas intactas; e, o que era mais expressivo, a luz acesa.

— Está vendo, mamãe? Não dormiu aqui!

Ela se admirava, sem ter ainda uma idéia definida, com uma porção de suspeitas, mas suspeitas, apenas. Maurício explodiu:

— Está vendo que "zinha"?

Experimentava um amargo prazer em chamá-la de "zinha". O despeito transbordava:

— Foi se encontrar com alguém! Com tanta coisa comigo e quando acaba!... Eu não acredito mais em mulher nenhuma!

E já não bastava levantar a acusação contra Lena. Precisava atingir todas as mulheres, numa dessas raivas pueris e inúteis. Ia continuar, num crescendo, quando veio da porta aquela voz:

— Eu não disse?

Era Netinha que se aproximara; vira os dois passar, percebendo que alguma coisa extraordinária acontecera. Escutara as palavras de Maurício e era bastante mulher para exultar com o seu sofrimento. Repetia:

— Não disse? Você não me acreditou?

— Quem sabe se ela não fugiu? — lembrou D. Consuelo.

E a hipótese de que Lena desaparecesse, e não voltasse mais, deu uma alegria intensa, quase dolorosa, ao coração de D. Consuelo e de Netinha. Aleijadinha pensava: "Eu ficaria sozinha. Maurício não teria ninguém para prestar atenção. Eu seria a única!" Que felicidade para qualquer mulher ser a única! Não ter rival, nenhuma outra mulher concorrendo! Maurício sofreu como se aquilo fosse, não já uma possibilidade, mas um fato consumado. Perguntou às duas:

— Vocês acham, então... que ela fugiu?

— Ainda duvida, coitado! — exaltou-se Netinha.

— Ah, meu Deus, que inocente! Pois fugiu, fique sabendo. E muito bem acompanhada!

— Cale-se!

Gritava com ela. Mas Netinha não teve medo. Agora iria até o fim. Apesar de tudo, era feliz, dava golpes sobre golpes, sabendo que nenhuma das suas palavras seria em vão. Ridicularizou:

— Bobo! Aposto que ainda acredita em Lena, que ainda gosta de Lena!

— Cale essa boca!

— Confesse que gosta!

D. Consuelo quis intervir:

— Netinha!

Maurício não teve mais contemplações. Descontrolou-se e, por sua vez, gritou para a menina:

— Aleijada! Aleijada!

Ela esperava por tudo, menos por aquilo. Abriu a boca, tonta da surpresa; e quando compreendeu (a palavra ficou na sua cabeça martelando), não fez um gesto, não teve uma palavra. Caiu quase sem rumor.

Marcelo avançava para Lena. E os gritos da moça não alteraram a sua resolução implacável. Ele estacou, porém. Ouvia a voz do pai:

— Espere, Marcelo! Vamos amarrar esse tipo! Ele pode ficar valente!

O ancião previa que Paulo, diante da cena, perdesse a cabeça e investisse, apesar dos revólveres. Num instante, o rapaz foi amarrado, solidamente. Marcelo, então, segurou-a por um pulso. Ela conseguiu desvencilhar-se, com um movimento inesperado do corpo; e correu, alucinada. Subiu as escadas, nem ela soube como: viu um corredor na sua frente, escuro, negro, sem luz de espécie alguma. Era o único caminho possível. Entrou por ele. Ouvia os passos de Marcelo e a sua respiração. Estava cada vez mais perto. Foi segura, afinal, em ambos os pulsos. Quis resistir, e ele torceu-lhe o braço. Marcelo riu no seu rosto.

31 “Ia fazer a grande revelação.”

O CORREDOR estava escuro; a claridade da escada — muito leve, quase nula — não chegava até lá. Lena e Marcelo não se viam. E que situação estranha aquela (ou trágica), uma mulher batendo-se nas trevas, sem ver o homem que a persegue, sentindo apenas o seu hálito e as suas mãos duras e pesadas. Era uma luta sem palavras; e isso parecia torná-la mais sinistra e mortal. Embaixo, na sala, os Figueredo esperavam, em silêncio, certos de que Lena seria vencida e arrastada de volta, por mais que esperneasse. Só Paulo se agitava, gritava, numa dessas cóleras cegas e inúteis.

— Miseráveis!

E repetia enrouquecido:

— Miseráveis!

Rubens deu-lhe na boca com as costas da mão.

— Se continuar, apanha mais!

Os outros olhavam, na direção da escada, acompanhando a luta através dos rumores que chegavam: barulho de queda, de respiração, de passos e, de novo, de queda. Escorregavam muito, caíam, levantavam-se, tornavam a cair. O ar de expectativa tornava aquelas fisionomias estranhas e sinistras. “Estão demorando”, pensava D. Senhorinha; e uma dúvida nascia no seu espírito: “Será que ele?...” As três irmãs não sabiam o que pensar. O velho Figueredo era o mais frio, o mais impassível. Olhava também para o alto, com a fisionomia fechada, inexpressiva. "Não faz mal. Está certo." Ele mesmo não saberia o que é que não fazia mal, o que é que estava certo.

No corredor, Lena escapava mais uma vez. Era frágil, magra, leve. Uma pancada de Marcelo poderia até matá-la. Mas seu desespero de mulher perseguida dava-lhe uma agilidade inesperada, uma possibilidade de fugir, de se libertar quando parecia prisioneira. Marcelo já se desesperava, arquejante. Aquela fuga nas trevas dava-lhe uma vontade má de violência, de pancada. Segurou-a, afinal, com os dois braços, imobilizou-a, apertando-a de tal forma que ela parou de respirar, teve a idéia de que seus pulmões estouravam. Mesmo assim não havia palavras entre eles. Estavam desesperados e mudos. Ele, apertando cada vez mais, como se realmente quisesse triturá-la. E, súbito, sem que ela pudesse prever o gesto, ele abaixou-se e carregou-a no colo. Não esperneou mais, incapaz de resistir. Por vezes, no decorrer da luta, seus atos se misturavam, suas mãos se confundiam, ela batia no peito do rapaz; e houve uma vez em que ela pôde meter as unhas, dar um lanho no seu rosto. E agora era levada, sentindo que ele arquejava, ainda. Desceram as escadas, lentamente. Lena mais rasgada ainda, com os braços nus e cheios de manchas roxas, desfeitos os rolinhos de cabelo, um grampo comicamente dependurado sobre a testa.

D. Senhorinha correu para Marcelo, muito pálida, numa curiosidade aguda de mulher.

— O que é que houve, Marcelo?

— Nada!

Nas fisionomias — sobretudo em D. Senhorinha e nas três moças — houve uma certa desilusão. D. Senhorinha teve uma observação involuntária:

— Você custou tanto!

No rosto de Marcelo o arranhão aparecia. Ele se dirigiu a Paulo, que olhava espantado para Lena.

— Você não disse que essa mulher era mais amorosa do que Guida? Quero ver!

Todos os presentes estavam de olhos fixos em Paulo, vendo os seus reflexos fisionômicos. Eles sabiam que aquela era uma forma infalível de vingança, melhor do que pancada, o insulto verbal e a tortura física. Sobretudo, porque Paulo, solidamente amarrado, não poderia sequer espernear, teria de se conservar imóvel, reduzido à condição de mero assistente. Leninha, nos braços de Marcelo, percebia que se aproximava o momento. Olhava em torno, procurando alguém, um socorro impossível. Seus lábios trancavam-se: "Ele pode me beijar, mas eu fecho a boca assim." Apesar de tudo, experimentava uma espécie de prazer, de consolo, sabendo que ele não encontraria seus lábios. Marcelo percebeu (a raiva dava-lhe uma extrema lucidez, quase o dom de ver as intenções das pessoas e de notar as mínimas modificações fisionômicas):

— Por que é que você esconde os lábios?

Não respondeu. Ele, então, segurou-lhe o queixo, com dois dedos, e apertou. Teve que abrir a boca; ele ia aproveitar o momento para o beijo, mas Leninha, no último instante, quando parecia vencida, fez um movimento imprevisto com a cabeça e gritou:

— Guida!

Olhava para o retrato, com um ar tão espantado (não era comédia, mas um espanto autêntico) que, sem querer ou sem sentir, Marcelo a largou, para se voltar na direção do seu olhar. Ela apontava na direção do retrato; murmurou:

— Guida sim, é Guida!

Estava livre dos braços de Marcelo, mas não pensava em fugir. E repetia a si mesma, sem uma gota de sangue no rosto, muito branca. "É Guida. Tenho certeza, é Guida".

— O que foi? — perguntou Paulo, impressionado com a expressão da mulher.

O mais estranho é que Lena fizera apenas uma exclamação que, em si mesma, não oferecia nada de anormal. Mas ou foi seu ar, ou outro motivo qualquer misterioso, o certo é que ninguém se mexia no pressentimento, talvez, de que algo ia suceder, uma coisa terrível, quem sabe se irremediável.

E, de repente, quando menos se esperava, Lena começou a rir. "Esse riso não é normal", pensou Paulo, sentindo que a mulher ia num crescendo e que aquela franca hilaridade poderia se fundir em loucura.

— Histerismo — foi o comentário de D. Senhorinha, quando caiu em si.

Mas, ainda assim, ninguém pensou em interromper aquela crise (pois era, só podia ser uma crise). "Enlouqueceu", sussurrou Ana Maria para Lúcia; e esta, no mesmo ciclo, retransmitiu a Lourdes o comentário da outra.

— Lena — balbuciou Paulo, aterrado.

A gargalhada de Lena continuava crescendo, sem uma lágrima. Seus olhos estavam realmente enxutos e brilhantes, e a boca aberta, meio torcida. Súbito, ela parou; e avançava para D. Senhorinha. Esta não se moveu, dominada pelo espanto.

— É Guida aquela ali?

Só Ana Maria respondeu:

— É.

Insistiu, como se quisesse ter bem a certeza:

— Aquela? — e teve a explosão. — Vocês deviam ter vergonha!

Falou com violência, desafiando todos os que estavam ali, seu terror desaparecera; não tinha medo de nada; e era para D. Senhorinha, sobretudo, que falava (como mulher, sentia-se, falando a outra mulher). Qualquer um dos Figueredo, inclusive as três irmãs, era mais forte e mais valente do que Lena; qualquer um poderia dominá-la, emudecê-la pela violência. E, ainda assim ninguém interveio, como se todos desejassem ouvir o que ela ia dizer. Só Ana Maria é que teve um impulso, logo reprimido, porém, de impedir que Lena continuasse. Sua intuição era de que o que a outra dissesse iria fazer mal a Guida.

— Guida nunca foi séria! — gritava Lena, no meio da sala. Parecia se dirigir a D. Senhorinha; e logo voltou sobre si mesma, para ver a fisionomia de todos e encarar os Figueredo um a um.

Quando Netinha caiu, Maurício não fez um gesto para ampará-la. Não que não quisesse. Desde que lançara no rosto da menina a palavra "Aleijada", arrependeu-se. Mas não podia naturalmente recolher a expressão, já tinha dito. O efeito da própria palavra imobilizou-o. Sofreu cruelmente. "Eu não devia ter dito", pensou, sentindo que o seu coração se apertava. Foi D. Consuelo quem ergueu a menina.

— Você fazer isso, Maurício!

Ele balbuciou, transtornado:

— Eu estou louco, mamãe, completamente louco!

E segurou Netinha pelos braços, querendo reanimá-la.

— Netinha! Netinha!

Ela abriu os olhos e custou a reconhecê-lo. Sua volta à realidade fazia-se gradualmente.

— Perdão, Netinha!

Ela encarou com o rapaz; disse, baixo:

— Você me chamou de aleijada!

Estava disposto a humilhar-se. Repetiu o pedido de perdão. Mas não esperava que ela se desprendesse, fugindo de seu contato.

— Nunca mais fale comigo!

— Mas Netinha!

Compreendeu que havia ferido mortalmente Aleijadinha. Assustou-se com o mal que fizera, sem refletir, sem pensar direito. "Mas eu estou desesperado", pensou, querendo desculpar-se aos próprios olhos. É uma covardia chamar um aleijado de aleijado. E infame! Deixava que ela o acusasse sem ânimo de replicar.

— Tomara que um dia aconteça uma coisa e que você perca essa beleza toda. É só isso que eu desejo!

Na sua mágoa de mulher, não tinha medida, senso comum, nada. Recorria infantilmente à praga. A sua atitude, naquele momento, tinha qualquer coisa de maldição. Parecia, com efeito, amaldiçoar.

— Não diga isso, Netinha! — interveio D. Consuelo.

— Por que não posso dizer? Ele não disse também?

O pavor de D. Consuelo era que Netinha, no seu despeito, estivesse sendo profética. Tinha medo das maldições das mulheres enamoradas que são infelizes. Elas põem nos seus desejos tanta paixão, tanto fanatismo!

— E a senhora também!

Virava-se para D. Consuelo, estendendo à velha o seu rancor, seu ódio da vida.

— Eu o quê? — espantou-se.

Acusou violentamente:

— Pare com seus fingimentos! Eu não acredito na senhora! Já acreditei, mas agora!...

— Olhe aqui, menina, veja como fala! Eu não sou da sua idade!

Netinha ia replicar, quando Nana apareceu na porta:

— Seu Maurício!

Foi o seu tom que assustou. D. Consuelo viu logo que tinha acontecido alguma coisa. — Que é, Nana? A preta deu a notícia:

— Os Figueredo levaram D. Lena e Seu Paulo!

No primeiro momento, ninguém disse nada. Netinha teve então um sentimento estranho, uma espécie de certeza de que Paulo e Lena estavam irremediavelmente condenados à morte.

Um empregado dos Figueredo, encontrando-se com um colono de Santa Maria, nos limites das duas fazendas, fizera a revelação: Paulo e Lena haviam sido raptados, iam ser mortos. O colono, mais do que depressa, correra e viera contar à Nana.

Ele nunca soube o que foi que o inspirou. Não quis saber de nada. D. Consuelo ainda quis se agarrar com o filho, impedir que o rapaz saísse (previa que, impulsivo como era, fosse fazer uma loucura). Mas ele afastou a mãe sem a mínima consideração. Era um impulso que o arrastava, sem raciocínio de espécie nenhuma. Não pensava, talvez só tivesse uma consciência muito vaga do próprio movimento. Mas eram bem de sua natureza aquelas loucuras súbitas que um dia poderiam levá-lo ao crime ou ao próprio aniquilamento. Ainda ouviu D. Consuelo chamá-lo:

— Maurício! Venha cá, Maurício!

Primeiro, ele foi ao quarto. Apanhou o revólver, pôs no cinto, sem cogitar do coldre. "Hoje eu mato um." Era um ímpeto homicida que o cegava. Matava um só, não. Quantos fosse preciso. Ai de quem tocasse em Lena com um dedo. Na sua corrida — desceu as escadas de quatro em quatro degraus, tendo quase a impressão de que se fazia alado — ele pensou na possibilidade de a moça estar morta. Quem sabe? Os Figueredo, naquela idéia fanática de vingança, seriam capazes de tudo, das maiores atrocidades. "Mas se Lena morrer, mato todo o mundo." E já se via exterminando a família inteira a tiros, sem falhar um. Não admitia, sequer, a hipótese de que o matassem primeiro. A raiva, o desespero, a própria força do impulso dava-lhe uma ilimitada confiança em si próprio. "Bandidos, bandidos!", era o termo, a expressão, que uma voz interior repetia.

Empregados da fazenda viram quando ele montou no primeiro cavalo que lhe apareceu. Era bravo, ancas lustrosas, de uma vitalidade de animal selvagem. Tinha um nome banal: Alazão. Partiu numa disparada doida, usando o chicote quase sem parar, como se incluísse o cavalo no seu ódio e quisesse torturá-lo também. Todas as pessoas que o viam passar como uma bala (foi esta mesma a expressão "como uma bala") tiveram a mesma impressão: de que o rapaz estava louco ou possesso e de que acabariam rolando — ele e o animal — no fundo do mesmo abismo. Uma velha, que o conhecia desde garoto, ainda murmurou:

— Benza-o Deus!

A distância que o separava da fazenda dos Figueredo era bem grande. Por isso mesmo, ele exigia tudo do animal, batia-lhe com o chicote; e, por vezes, achava a marcha lenta demais, sua vontade era de ferir, não as ancas, mas os olhos de Alazão. Pela primeira vez tinha uma medida exata do seu sentimento por Leninha. Era um desses amores que ou se realizam ou dão em tragédia. "Quero que ela seja minha, só minha, mais de ninguém." E a possibilidade de que ela morresse, antes de ceder ao seu amor, fê-lo sofrer de uma maneira tão aguda e intolerável, que sua vontade foi nem sei de quê. Teve ódio da vida e dos homens. Alazão já espumava. O medo de Maurício, verdadeiro pânico, foi de que ele morresse antes de chegar lá. "E eu teria que ir a pé, talvez chegasse tarde demais." De repente, sucedeu aquilo: o animal tropeçou, mas de uma forma tal, com tanta infelicidade, que quebrou uma perna, o osso apareceu logo, com uma espécie de espuma, de papa, sei lá. O rapaz foi projetado longe; levantou-se instantaneamente, sem sentir que se machucara também, que batera com o antebraço em algum lugar e tinha escoriações por todo o corpo. Viu logo que o animal estava perdido: tombava de um lado para outro, queria se levantar e caía, e seus olhos eram de sofrimento quase humano. Ele não se compadeceu, nem vendo o osso à vista, o músculo despedaçado e as tentativas inúteis de Alazão para ficar de pé. Naquele instante, o que sentiu foi uma raiva cega, um sentimento monstruoso. Gritou para o animal:

— Levanta, anda! Levanta!...

Gritava-lhe, como se ele pudesse entender. Dava-lhe pontapés nas ancas. Na sua insânia, tinha a idéia absurda de que Alazão era o responsável por tudo que acontecesse a Lena. "Agora terei de ir a pé; não vou mais chegar a tempo." Ergueu o chicote, bateu com ele várias vezes no focinho do bicho. E, não satisfeito, espancou-o com o cabo, procurando atingi-lo nos olhos. Alazão estrebuchava. Maurício, finalmente, partiu. O chicote foi atirado para um lado; e ele corria, sentindo que o esforço era demasiado para ele, que acabaria rebentando os pulmões. "Meu Deus, meu Deus!", balbuciava, sentindo que a qualquer momento cairia.

Os Figueredo tinham aprendido a ter paciência (não haviam esperado tanto tempo aquela ocasião?). Deixaram que Lena contasse, tanto mais que cada palavra da moça parecia insuflar-lhes o ódio, exacerbar o sentimento da família.

— Ah, não? — perguntou D. Senhorinha, com uma doçura apavorante.

— Não — confirmou. — Sabe o que é que Paulo viu, na véspera de ela morrer?

— Lena, não conte, não conte, Lena!

Mas ela não quis escutar o apelo do marido. Precisava dizer, de qualquer maneira. Depois, podiam fazer com ela o que quisesse. Mas queria ter esse gosto de contar, ali, em plena sala, para aqueles bandidos, o que Nana lhe revelara. (Depois de contar, a preta se arrependera.) Fez uma pausa teatral. D. Senhorinha quis saber:

— Que foi?

A fisionomia do velho Figueredo tornou-se sinistra.

— Paulo viu os dois se beijando, ouviu? Guida e Maurício!

— Lena, Lena! — gritou Paulo.

Ela se virava para o retrato, parecia desafiar a morta através da fotografia; e apontava:

— Aquela ali. Com o cunhado! Não teve vergonha!

Não pôde continuar. Viu uma coisa passar e logo sentiu uma dor horrível, que passava todos os limites. D. Senhorinha, com o relho, cortara-lhe o rosto, marcara as suas duas faces com uma mesma chicotada. Sem que Lena e Paulo percebessem, a velha apanhara o chicote de Marcelo e o usara, como que vingando a memória da filha. Lena caiu, de joelhos, erguendo as mãos, com uma sensação de fogo no rosto. D. Senhorinha continuava batendo: nas costas, nos ombros, nas pernas, onde pegasse. Mas teve que parar em pleno gesto, ficar com o braço suspenso.

Porque vinha da porta uma voz:

— Mãos para cima! Já!

Lentamente, com a mesma expressão de assombro, todos se viraram na direção da voz. Na porta, empunhando um revólver, o dedo no gatilho e disposto a atirar no primeiro que fizesse um gesto, estava Maurício.

Depois de arrebentar o cavalo, viera a pé. Duas vezes caiu e se levantou. Estava mais morto que vivo, mas seu desespero dava-lhe forças, sempre, para reiniciar a marcha e avançar. Antes de chegar à casa de residência dos Figueredo, alguém quis barrar-lhe a passagem. Era um velho criado da família, que se assustara vendo Maurício assim, a roupa em andrajos (viera se esfarrapando, desde que caíra do cavalo) e o olhou alucinado. Mas o rapaz, sem uma palavra, afastou aquele obstáculo, abrindo com a coronha do revólver uma brecha na cabeça do ancião. O outro desabou, sem um gemido. "Quem sabe se não afundei um osso; não fraturei o crânio do homem", pensou Maurício, prosseguindo. Uma fatalidade parecia protegê-lo, pois não encontrou mais ninguém. Desviando-se das pessoas, evitando os caminhos mais freqüentados, ocultando-se detrás de árvores, pôde subir as escadas e surpreender os Figueredo. Estava agora na porta, com o revólver. A primeira coisa que vira: D. Senhorinha batendo em Lena; Paulo, amarrado no chão, e, em torno, os outros assistindo. Os Figueredo, atônitos, levantavam os braços; apenas o velho relutou. Mas a surpresa fora completa (quando é que eles podiam esperar por uma invasão daquelas?). E o chefe da família, afinal, deixou cair o revólver, erguendo também os braços.

— Maurício! — gritou Leninha.

Não agüentava mais: chorou alto, as lágrimas, recalcadas, correram; e ela sentiu uma espécie de alívio naquele pranto. A chicotada ainda lhe queimava o rosto, dava-lhe a sensação de que as faces estavam inchadas. Ergueu-se e se dirigiu para ele, em passos inseguros, enquanto os Figueredo, mudos e aterrados, acompanhavam a cena sem tentar um gesto. Maurício, que não se mexia do lugar, fez a cunhada voltar:

— Dê nela, também! Dê, Leninha!

— Vamos embora — implorava Lena, querendo fugir dali, desaparecer o mais depressa possível.

Maurício hesitou. A idéia de levá-la, de partir com a bem-amada, fascinou-o.

— Então, vamos!

Queria sair logo mas Lena se opôs, apontando para Paulo:

— E ele? Sem ele não vou, não é direito!

A vontade de Maurício foi praguejar, dizer um termo pesado. Desistiu, porém. Voltou, então, à primitiva idéia de fazer a cunhada esbofetear D. Senhorinha.

— Dê nela, ande! Faço questão!

E se dirigiu aos Figueredo:

— Quem se mexer, morre como um cão!

Olhava um por um, vendo aquelas fisionomias duras, implacáveis. Percebeu que eles esperavam a primeira oportunidade para dar o bote. "Estou tão cansado, tão cansado", foi o lamento interior de Maurício. E esperava que Lena fosse esbofetear D. Senhorinha. A moça não sabia o que fazer, apenas com aquela obsessão de fuga; mas, por fim, encaminhou-se para D. Senhorinha, lentamente e tonta, custando a andar, como se o seu próprio corpo fosse de chumbo. Mas não pôde chegar até onde estava a mãe de Marcelo. Escutara o baque de um corpo e virou-se, rápida. O que viu petrificou-a: vencido pelo cansaço, pelo sofrimento físico, por tantos abalos, Maurício vergara-se todo, rolara no chão, sem sentidos; estava de bruços, o revólver a poucos passos, o rosto enterrado no tapete fofo. Lena deu um grito e viu Rubens, Marcelo e Carlos correndo, pisando em Maurício, dando pontapés. Correu, por sua vez; atracou-se com Marcelo.

— Não façam isso!

Foi atirada longe, mas ergueu-se e voltou, numa obstinação de desespero.

— Vocês matam Maurício!

Caiu, outra vez, abraçou-se às pernas de Maurício, e implorava, num crescendo:

— Não! Não! Não!

Sentiu-se arrastada. Eram as três irmãs e D. Senhorinha.

— Não quer me bater agora?

— Então Guida não era séria?

— Por que não repete?

— Está com medo?

— Diga agora, diga!

Ela parecia não ouvir o que lhe diziam, atenta ao que faziam com Maurício, pensando que, pisado por aqueles monstros, talvez ele estivesse morto ou com algum osso quebrado. Também podia ser que lhe houvessem partido a espinha.

— Oh, meu Deus! — exclamou.

E teve uma atitude inesperada: quis tocar o coração daquelas mulheres. Elas deviam ter sentimento, era impossível que não tivessem. Soluçou:

— Tenham pena de Maurício! Façam comigo o que quiserem! Mas com ele não!

D. Senhorinha teve um breve espanto:

— Ah, você pede pelo cunhado e pelo marido não?

Quis emendar:

— Pelo marido, também!

— Mas primeiro você falou em Maurício!

Desesperou-se.

— Não me atormentem! Me matem de uma vez, pronto!

Estava com a cabeça estalando, a ponto de enlouquecer. D. Senhorinha insistiu:

— Explique isso direitinho! Você gosta de Maurício? Gosta ou não gosta?

Antes de responder, olhou para o marido e para o cunhado (os três irmãos erguiam Maurício, cujos joelhos se dobravam; ele ainda não podia ficar em pé, estava ensangüentado); parecia interrogar-se a si mesma sobre os sentimentos que lhe inspiravam os dois homens.

— Não sei, não sei!

O velho Figueredo ordenava:

— Levem para o porão. Ponham lá com o padre!

Maurício teve que ir, carregado. Parecia um morto, na sua palidez. Não só Lena, mas também as três mulheres (estas à revelia da própria vontade), olharam para o rapaz. Ana Maria pensou: "Como é bonito!" E logo se arrependeu de ter reconhecido isso. Sofreu, teve remorso. Parecido era o sentimento das outras, inclusive o de D. Senhorinha. "Mas como se pode ser tão bonito, parece mentira!" E, como a Ana Maria, fez-lhes um grande mal admirar o irmão de Paulo, notar a beleza daquelas feições.

O velho voltava-se agora para elas:

— Podem levar essa também!

Lena ainda perguntou:

— Para onde vocês me levam?

Sentia que a hora dos retardamentos passara. E que os acontecimentos, agora, iam se precipitar. "Vou morrer, meu Deus, vou morrer. Deu-lhe por antecipação uma saudade intensa (foi um dilaceramento que houve na sua alma), saudade da vida; uma pena de morrer sem ter conhecido o amor. "Nem ao menos eu tive um beijo de verdade, um beijo de amor." Julgava-se a mais injustiçada das mulheres. "Por que é que tantas outras têm amor e eu não?" O terror tomou conta do seu ser:

— Não quero morrer!

Dizia isso como se a vida ou a morte, e até a imortalidade, fosse uma questão de desejo pessoal, como que se pudesse optar por uma coisa ou outra. Debatia-se nos braços das mulheres, pensando em comovê-las e sem querer ver que suas demonstrações não emocionavam ninguém; e até, pelo contrário, dava às Figueredo uma curiosidade fria e implacável. Paulo, que a olhava espantada, quis parar com o desespero da mulher.

— Não se humilhe, Lena!

Ela se obstinava:

— Não quero morrer!

— Levem essa mulher! Que é que estão esperando? — trovejou o chefe da casa.

À força, querendo resistir, chorando perdidamente, ela foi puxada e dominada. Mas quando chegaram ao primeiro degrau (iam levá-la para cima), conseguiu parar e teve uma inspiração (acabava de se lembrar).

— Se eu disser uma coisa, vocês me deixam ir embora?

— Que coisa? Olhou as três irmãs e D. Senhorinha, uma a uma. E disse, lentamente, fixando-as bem:

— Guida não morreu! Guida está viva!

Em Santa Maria, a notícia correu num instante: Paulo e Lena estavam na fazenda dos Figueredo! Isso, para todo o mundo que conhecia a família de Guida, significava apenas a morte. Os Figueredo não eram gente para deixar que qualquer um dos dois voltasse com vida. E nem interessava saber se já tinham morrido ou não. O certo é que estavam condenados; e que ninguém, nenhuma força humana, conseguiria salvá-los.

Lídia ainda estava dormindo quando Nana foi dizer:

— Sabe o que aconteceu, D. Lídia? Os Figueredo pegaram Seu Paulo e D. Lena. Imagine a senhora!

— Foi mesmo?

— D. Lena não dormiu aqui. Nem se deitou. A cama ainda está arrumada.

Lídia não disse nada. Mas o seu pensamento trabalhava. A primeira coisa que experimentou foi um sentimento culpado de felicidade. Com certeza, Lena não voltaria mais. E Maurício... A certeza de que Maurício ficaria livre e de que ela não teria mais aquela rival deu-lhe uma felicidade desesperada. Quem sabe se agora?... Disse mentalmente, penetrada de doçura: "Maurício, Maurício..." E teve uma expressão tal, no rosto, nos olhos, na boca (chegou até a sorrir) que Nana se arrepiou.

— D. Lídia!

Lídia encarou a preta. Podia dissimular, esconder seus sentimentos, mas não soube o que é que deu nela e a fez revelar a felicidade que a possuía:

— Está admirada, Nana?

— Estou, D. Lídia; estou.

— Você, no mínimo, pensava que eu ia chorar, me descabelar, não é?

— Pensei, sim, senhora — confessou a velha. — O caso é para deixar a gente triste.

Lídia tornou-se violenta, revelou tudo, sentindo uma brusca necessidade de ser sincera.

— Mas é que eu não sou hipócrita. Não gosto dela, por que é que vou fingir? Me diga, por quê? Ela dava em cima do único homem que eu amei. Ainda por cima, uma mulher casada!

— Mas nessa hora — foi a observação doce e repreensiva da preta — a gente esquece!

Agressividade de Lídia:

— Esquece por quê? Só porque o inimigo morre, deixa de ser inimigo? Eu não perdôo, Nana. Ela não tinha nada que se meter, que andar provocando Maurício.

E contou o seu martírio, descreveu a cena que persistia na sua memória como uma humilhação viva.

— Quando me lembro de que me ajoelhei aos pés de Lena e pedi! Pedi, Nana, que ela me deixasse Maurício. Não custava! Você pensa que ela teve pena, que me ouviu? Eu posso gostar de uma pessoa que me fez isso?

No seu rancor, tenaz, irredutível, continuou:

— Bem-feito, ouviu? Bem-feito! Tomara que ela fique por lá! Nem me incomodo!

Nana não sabia o que dizer. Não compreendia esses sentimentos que perduram sempre, que não se dissolvem nem com a morte. O ódio de Lídia lhe parecia uma coisa assim como a loucura. Teve medo.

— E que diz Maurício? — interrogou Lídia, numa súbita necessidade de saber a reação do rapaz.

— Seu Maurício? Seu Maurício...

Abaixou a voz para acrescentar:

— ...foi ver se tirava os dois das mãos dos Figueredo!

— Mentira!

— Foi, sim, D. Lídia! Partiu ainda agorinha mesmo! Quero ser morta...

Espantada, Lídia segurou as mãos de Nana (a preta assustou-se com a expressão da moça; parecia que Lídia ia ter um ataque).

— Mas os Figueredo vão matar Maurício!...

E repetiu, com um sopro de voz:

— ...vão matar!

Olhou Nana, como se a espantasse a presença da preta, ali. Sentiu uma revolta inesperada: sacudiu-a, gritou:

— Por que é que você não me disse logo? Por que, hein?

Nova mudança de atitude. Sua voz foi um lamento.

— Eu já sei o que vou fazer, Nana. Já sei!

A preta mal pôde balbuciar:

— O quê, D. Lídia?

— Vou agora mesmo falar com D. Senhorinha. Eu tenho uma maneira de salvar Maurício, só eu posso salvá-lo!

Logo que soubera do rapto, D. Consuelo deixou-se dominar pelo desespero. Ah, já não era a mesma de antes! Em seu tempo de moça, e mesmo até os quarenta, quarenta e cinco anos (tinha cinqüenta), o seu traço maior era a energia. Possuía muita coisa de másculo na personalidade; pelo menos, a sua vontade era de homem. Não perdia a cabeça assim, com qualquer coisa; e revelava muita iniciativa, muita ação, não chorava à toa (envergonhava-se das próprias lágrimas) e segundo uma opinião, que se generalizava na fazenda, valia mais que muito homem, era mais disposta, prática, resoluta. Mas a vida conseguira, afinal, quebrar um pouco aquele temperamento, sobretudo depois do acontecido com o neto (a criança que partira a espinha). De maneira que se desorientou toda; e nos primeiros momentos, a sua atitude foi inteiramente negativa. Limitou-se a espalhar a notícia e a exclamar:

— Meu Deus do céu! Meu Deus do céu!

Foi acordar D. Clara; Netinha acompanhou-a como uma sonâmbula. Depois que vira Maurício sair como um louco, seu sentimento foi como se o mundo tivesse acabado para ela. D. Consuelo lhe dissera:

— Vão matar Maurício! Maurício não volta mais!

E parecia-lhe que, realmente, Maurício estava condenado; e que nada poderia salvá-lo. "Eu me mato", pensava Aleijadinha. "Ao menos morro." E pareceu-lhe que a própria morte era a solução mais doce e mais desejável... Até já pensava, já escolhia uma forma de suicídio, bem rápida e pouco dolorosa. Com a fisionomia inexpressiva, viu D. Consuelo dar a notícia à D. Clara.

— Não me diga! — foi a exclamação inicial de D. Clara.

A madrasta de Lena fervia por dentro. Ela era assim: gostava de saber de coisas trágicas, mortes, desastres, desgraças de qualquer gênero; participava de velórios, fazia quarto com uma satisfação quase cínica. E, ali, de momento, conjeturava: Lena e Paulo morreriam. E isso mais a excitava. Sentia uma alegria nervosa que procurou disfarçar tanto quanto possível. "Agora, o casamento de Netinha com Maurício será mais fácil." Foi aí que D. Consuelo concluiu:

— Imagine que Maurício foi atrás!

— Mas quer dizer que ele também... Mas são capazes de matá-lo?

— Se são!

E qual é a providência, D. Consuelo? — quis saber D. Clara, em pânico.

— Não sei, não sei, francamente que não sei!

— É preciso agir! E a polícia!

Comentário cético de D. Consuelo:

— Aqui no mato, D. Clara! A senhora está pensando que aqui é cidade? Isso é quase faroeste!

Ali, realmente, os donos de terras, as famílias latifundiárias estavam bem resguardadas. Aquela região não tinha lei, não tinha nada. Matava-se e morria-se com a maior naturalidade. Que é que se ia fazer? Mas D. Clara, mais dinâmica, mais animada, querendo salvar o genro rico de qualquer maneira, sugeriu:

— A gente pode mandar os empregados daqui! Junta-se gente e se invade a fazenda dos Figueredo! Pelo menos é uma tentativa!

Os olhos de D. Consuelo abriram-se; a sua antiga energia parecia renascer.

— É isso mesmo! Uns vinte ou trinta homens bem decididos... Pelo menos...

Tinha um vinco de maldade na boca, ao acrescentar:

— ...pelo menos faz-se uma matança louca; acaba-se com aquela raça!

D. Clara açulou, excitada, já vendo, em imaginação, o sangue correr.

— Pois é, D. Consuelo. Aqueles miseráveis!

D. Clara participava, sinceramente, daquele ódio a uns bandidos que ameaçavam o casamento rico da filha.

Lena disse outra vez, diante do assombro de todos:

— Está viva, sim! Guida está viva!

Isso era absurdo, inverossímil. Mas falou com uma certeza tão absoluta, tão definitiva, que, no primeiro momento, ninguém disse nada. O interessante é que a suspeita de loucura não ocorreu nem ao próprio Paulo. Só depois é que D. Senhorinha achou na afirmação de Lena apenas demência pura e simples.

Ela, então, tirando partido da surpresa (ou terror) que lia em todos os rostos, se preparou para a grande revelação.

"Um rastro de sangue."

32

— GUIDA é Regina! Ouviram? Regina!

Fez-se um silêncio absoluto. Cada pessoa só escutava as batidas do próprio coração. Ouviu-se, também, como se viesse do chão, do seio da terra, o canto do padre Clemente. Ele recomeçara com seus hinos longos e tristes. Pouco a pouco, a família voltava a si do assombro. "É uma comediante", pensou o velho Figueredo. D. Senhorinha: "Está louca." E todos, em silêncio, procuravam na fisionomia de Lena um traço, qualquer coisa, enfim, que revelasse insânia. "É impossível, impossível", refletia Paulo sem desfitar a mulher, "impossível a ressurreição de Guida." Mas a idéia de um prodígio, de um milagre, da subversão de todas as leis da vida e da morte parecia se insinuar em cada pensamento. Ninguém queria acreditar, mas a despeito de tudo, uma certa esperança, insensata, parecia crescer, desabrochar. D. Senhorinha veio andando na direção de Lena. A moça não se mexia; e havia no seu rosto uma expressão de espanto, uma espécie de medo, como se ela mesma se espantasse da revelação feita.

— O que é que você disse? — perguntou D. Senhorinha.

E houve uma tensão maior na sala, os olhos se arregalaram. Lena recuou (sem querer, as irmãs haviam largado Lena), recuou, um passo, dois, vendo D. Senhorinha avançar. Reafirmou, obstinada:

— Guida não morreu!

— Está louca?

— Juro!

E essa história...

— O quê?

— De Regina. Quem é Regina?

Respondeu, firmando os olhos:

— Regina é Guida.

Ninguém entendia, embora se fizesse, na sala, um esforço penoso de compreensão. Em cada cérebro uma voz parecia repetir: "Regina, Guida. Guida, Regina..." Os dois nomes se fundiam, se separavam, para se fundir outra vez. Apesar do absurdo da idéia, os Figueredo pareciam prolongar propositadamente a situação, como se lhes fosse bom, suave e consolador, sonhar com a impossível ressurreição.

Ana Maria, num esforço para se libertar do encanto que se apossava de todos, exclamou:

— Não acredite nela, mamãe! A senhora não vê logo, Guida morreu, Guida não pode estar viva!

— Mas eu vi Guida, vi, eu! — reagiu Lena. — Estão vendo isso aqui?

Mostrava o braço, as marcas das unhas de Regina.

— Foi ela que fez! Foi Guida!

— Mas ela morreu, foi enterrada, fizeram aquele mausoléu!...

Paulo procurava compreender a atitude de Lena. Seria uma comédia? Estaria ela representando? Ou estava apenas louca? Mas por mais que olhasse, não encontrava na esposa nenhum sinal nem de comédia, nem de insânia. Lena parecia acreditar apaixonadamente nas próprias palavras. Virava-se para o retrato de Guida:

— É igualzinha, igualzinha àquele retrato! Mudou de nome, chama-se Regina para ninguém saber! Mas é ela mesma, tem que ser!

— E a outra? — perguntava D. Senhorinha.

O velho Figueredo ouvia, perturbado, confuso: e mais do que nunca lhe vinha a saudade da filha, o desejo, a necessidade de revê-la. "Será que há vida depois da morte?", e repetia a si mesmo "Eu sei que é mentira, tem que ser mentira." Ainda assim, deixava-se envolver, impregnar daquela ilusão. Por um momento, o ódio dava lugar a um sentimento suave de ternura, de nostalgia.

— Que outra?

— A que enterraram.

— Com certeza pegaram uma mulher, um cadáver qualquer. Não sei. Isso não sei.

D. Senhorinha não estava satisfeita. Fazia uma pergunta e logo depois outra. Podia acabar logo com aquilo, mandar que levassem Lena, mas não quis; achou que devia ir até o fim. E procurava uma contradição, uma incoerência, uma mentira, nas palavras da moça.

— E por que tudo isso? Por que essa comédia?

Foi este o grande momento de Lena:

— Por quê?

Fez uma pausa.

— Sim, por quê?

Elevou a voz:

— Por que ela queria fugir com Maurício. E uma falsa morte era a solução mais segura. Amava Maurício. E ainda ama. Deve ter sido por isso. Eu não sei direito. Só apenas sei que ela está viva, que foi tudo uma mistificação. Apenas! Ouviram?

E prosseguiu. Não tinha medo nenhum. Argüia, com um desassombro que, apesar de tudo, parecia impressionar os Figueredo. Eles não sabiam o que fazer; achavam aquilo absurdo, mas ainda assim ouviam.

— Quando cheguei aqui — disse Lena — e vi o retrato de Guida, pensei: "Já vi essa mulher em algum lugar." Depois, me lembrei: Regina! Era Regina, a mulher que, quando Maurício estava doente, foi, de madrugada, no quarto dele. Agora, quem foi que enterraram, se o caixão estava vazio, se tinha alguém lá, eu ignoro! Não me interessa!

Ouviu-se a voz de Paulo:

— Lena, isso é verdade? Mas não pode ser, não pode!

Ela se aproximou do marido, sem que nenhuma das irmãs, nem D. Senhorinha, pensasse em barrar-lhe os passos.

Confirmou:

— É verdade, sim.

Ele ainda duvidou, incerto se devia continuar ou não a interrogá-la; e pensando, ao mesmo tempo, que suas perguntas poderiam desmascarar uma possível comédia de Lena.

— Lena!

— Quer que eu jure?

Ele balbuciou:

— Mas Guida não faria isso!...

Era esse o seu desespero: ter que admitir uma traição de Guida, a sua fuga com Maurício. Lena gritou, então, com uma súbita agressividade:

— Não faria isso o quê? Você mesmo viu os dois se beijando!

Quis emudecê-la, impedir que ela continuasse naquele crescendo.

— Cale-se!

— Calar por quê, ora essa?! Não é verdade?

O velho Figueredo se aproximou e segurou Lena por um braço. Parecia mais envelhecido. A simples, vaga, inaceitável possibilidade de que Guida tivesse feito aquilo, tivesse pecado, traído o esposo, abatia-o, dava-lhe um amargor, um desespero contra os sentimentos frágeis, humanos demais.

— Olhe aqui.

E segurando Lena, virava-se para todos:

— Tudo isso é falso, é absurdo, é mentira. Mas não faz mal. Essa fulana...

Indicou Lena com um movimento de cabeça.

— ...essa fulana disse que Guida está viva. Quero ser justo. Vamos apurar. Se for verdade, esses dois podem ir. Mas se não for... Ah, se não for!

Encarava Lena com um brilho de crueldade desumana nos olhos.

— Se não for, arranco-lhe os olhos. Com os meus próprios dedos, percebe?

Fazia a mímica respectiva.

Lena sentiu que ele seria capaz de cumprir a ameaça. Arrepiou-se, sentiu o estômago contrair-se, embrulhar-se.

— E como é que eu vou saber se isso é verdade? — Perguntou o ancião.

Lena hesitou:

— Acho que Lídia sabe.

— Lídia?

— Lídia e Nana. Foi Nana que levou Regina, quer dizer... Guida.

D. Senhorinha interveio:

— Se isso é verdade...

Aproximou-se, acrescentando, com certa ferocidade:

— ...quem deve saber, mais do que todo o mundo, é Maurício!

Lena estremeceu. Seu coração começou a bater mais depressa. Descobria em cada fisionomia um ar de incredulidade que a enchia de presságio.

— É mesmo — concordou logo o pai de Guida. — Ele vai dizer, vai confirmar tudo, nem que tenha de morrer debaixo de pancada. Marcelo!

— Pronto, pai!

Ao mesmo tempo que Marcelo, adiantaram-se os outros irmãos.

— Tragam aquele indivíduo!

Os três irmãos deixaram a sala.

— Ana Maria.

— Pai.

— Eu quero ferro e fogo.

— Essa gente é doida!

Foi o que disse um velho vendo Lídia passar, feito uma alucinada, num dos melhores cavalos da fazenda. Ela ia no mesmo estado de Maurício: desesperada e disposta a arrebentar o animal. "Preciso salvar Maurício", era o seu pensamento único, a sua obsessão de mulher. Percebia naquilo tudo uma espécie de castigo. Ela não exultara quando lhe vieram contar a desgraça de Lena e Paulo. Deus punira-a fazendo com que Maurício participasse da mesma sorte. "Mas eu salvo Maurício." Estava resolvida a tudo; e alimentava mesmo uma necessidade de sofrimento e de sacrifício. Tão bom, tão bom, sofrer e morrer por quem se ama! Vestira culote e uma blusa de seda, leve e graciosa, que lhe dava um aspecto mais juvenil, e, ao mesmo tempo, mais feminino. O vento batia-lhe nos cabelos e parecia embelezá-la mais. Esporeava o cavalo, queria que ele corresse mais, sempre mais.

Não sabia ainda o que iria fazer, não trouxera nenhum plano formado. Deixara-se apenas levar pressentindo que na hora teria uma inspiração. “São capazes de matá-lo, meu Deus!” Era esse o seu susto maior. Oh, se encontrasse Maurício morto!... Tinha a impressão, ou antes, a certeza de que não sobreviveria a Maurício. Não precisaria nem recorrer ao suicídio. A dor de perdê-lo bastaria, por isso só, para matá-la. A dor, a saudade, tudo. “Não importa que ele seja de outra. Contanto que viva.” A manhã era linda e havia sol nos seus cabelos. Ela mesma tinha o sentimento da própria beleza. Devia estar bonita, muito bonita. Essa convicção lhe fez um doce bem. Continuava esporeando o cavalo, atormentando-o, forçando-o quase a alar-se.

Finalmente chegava ao limite da fazenda; e teve que frear violentamente. Essa parada súbita a ia projetando fora da sela. Mas era uma amazona; e conseguiu estabilizar-se, num maravilhoso esforço de equilíbrio. Um homem apontava-lhe um rifle:

— Onde vai, moça?

Desmontou. E teve uma exclamação:

— Jorge!

— D. Lídia!

Ela conhecia aquele empregado dos Figueredo, do tempo que Guida era viva e as duas famílias ainda se davam. Era um infeliz ou, segundo o Dr. Borborema, um débil mental; olhar incerto, boca torcida, um Quasímodo local. Boa com os humildes, Lídia fizera-se simpática a Jorge. Além do mais, a sua figura imponente inspirava um respeito quase angustioso ao pobre-diabo. Ele comovia-se dolorosamente de ser bem tratado por uma moça tão linda ou “linda que nem D. Guida”, como ele mesmo dizia, em conversa com os companheiros. Agora revia Lídia; e tirava sem querer o chapéu, perturbado. A proximidade de Lídia dava-lhe um medo esquisito; encabulava e gaguejava.

— Jorge, eu preciso um favor de você. Por tudo que você tem de mais sagrado, Jorge!

Ele baixou os olhos, incapaz de encarar com Lídia. E o que o punha fora de si, enchia de vergonha, de falta de jeito, era o tom da moça, o ar de súplica, quase se humilhando.

— Quero que você me leve um bilhete a Marcelo!

Jorge estremeceu. Logo isso que ela ia pedir! Quis negar, temeroso de que o rapaz se zangasse. Mas Lídia insistiu, desorientou-o com os seus pedidos. Aproximou-se dele; o pobre-diabo recebeu o hálito (um hálito bom, perfumado); e, mesmo a contragosto, notava a blusa de seda, fina, leve. Acabou cedendo vencido, menos pelos argumentos do que pela beleza de Lídia, pelo perfume que se desprendia dela; e, também, pela blusa. Ela, rapidamente, rabiscou umas coisas num papel e deu a Jorge.

— Mas tem que ser logo, agora!

Ele titubeou:

— É que me mandaram ficar aqui, tomando conta, vendo se vinha alguém de Santa Maria...

— Você disse que fazia!

Transtornou-se, sentindo no rapaz uma resistência inesperada. Segurou-lhe as mãos (Jorge arrepiou-se, teve quase que uma expressão de dor na fisionomia, torceu mais a boca; a pele de Lídia era macia, fresca).

— Está bem, eu vou...

Correu e, pouco adiante, voltou-se, com sua boca torcida.

— Pela senhora eu faço tudo! Tudo o que a senhora quiser!

E desapareceu, com a imagem de Lídia no pensamento, a imagem, os olhos, o nariz; os lábios; e, sobretudo, a blusa de seda. Lídia deixou-o ir. "Será que Marcelo virá?", pensava, num estado de tensão horrível, o queixo batendo de frio nervoso. Lembrou-se do que ouvira dizer, certa vez: "Uma mulher bonita consegue tudo!" — pensou em si mesma, fechou os olhos procurando recordar-se das próprias feições, do corpo, de toda a sua beleza. Por onde passava, sentia a fascinação dos homens, o espanto dos que a olhavam.

É preciso que eu não falhe." Ao mesmo tempo tinha medo: "Talvez ele não venha, talvez não queira vir."

Estavam os dois atirados no canto do porão. O padre Clemente ainda com a cabeça estalando, e Maurício com a impressão de que não lhe restava um osso intacto; achava — era uma ilusão persistente — que tinha várias costelas fraturadas. Nas trevas do porão — não chegava até lá nenhuma resteazinha de luz — o padre Clemente só fazia repetir diante do desespero de Maurício:

— Deus não permitirá! Tenha confiança em Deus!

E Maurício — quase impossibilitado de se mexer — queria chamar os Figueredo.

— Se eu disser, eles são capazes de libertar Lena! Vou dizer, padre, não posso ficar calado!

— Reflita bem, meu filho!

— Mas se eu disser...

Maurício parou, atormentado por uma dúvida.

— ...eles me matam...

— Na certa!

Ele continuou, com uma expressão de sofrimento:

— ...e Lena e Paulo serão libertados. Ela se esquecerá de mim; a memória da mulher é tão volúvel. Não, não quero ser esquecido, não quero!

Era esta sua obsessão: o esquecimento. Nenhuma mulher chora um homem a vida inteira. Chegou a desejar que Lena morresse, para não ser de ninguém. No escuro, ele se voltava para o padre:

— Que devo fazer, meu Deus? Conto ou não conto? Digo a verdade?

Bateram na porta. Eram os irmãos Figueredo. Entraram primeiro Carlos e Rubens. Marcelo ia também entrando, quando sentiu que tocavam no seu braço. Era Jorge, de chapéu na mão, o lábio torto, estendendo um papelzinho, trêmulo.

— D. Lídia mandou...

Rapidamente, Marcelo abriu e leu. Quando o idiota dissera o nome de Lídia, uma coisa encheu-lhe a imaginação: a cena que vira, através da vidraça: Lídia namorando-se a si mesma diante do espelho...

O bilhete dizia: "Marcelo: Eu sei quem é o verdadeiro assassino de Guida. Venha já. Jorge dirá onde estou. — Lídia."

Por um momento ele ficou imóvel, o bilhete na mão, esquecido de tudo e de todos, com a imagem de Lídia, nítida, viva, no pensamento. E veio, de repente, uma revolta de todo o seu ser contra a sua vida de rapaz solitário; pela primeira vez sentia de uma forma aguda, intolerável, a necessidade de um sentimento diferente, mais humano e profundo. Olhou para Jorge; percebeu no débil mental um medo pânico de pancada. "Se eu der nele, vai cobrir a cabeça com as mãos, como um sagüi." Foi a imagem que lhe ocorreu, vendo o pobre-diabo. Chegou à porta e falou para os irmãos que estavam levantando Maurício:

— Eu tenho que ir a um lugar; já volto.

— Aonde?

— Depois eu digo — e acrescentou: — É negócio importante.

Saiu, acompanhado de Jorge.

— Ela está onde?

O idiota gaguejou, apontando numa direção vaga:

— Ali.

E tentava sorrir, entortando mais a boca, com uma humildade de animal que tem medo de apanhar. "Ele não me bateu", admirava-se Jorge. Sentia-se feliz por isso, tinha vontade de agitar, de pular, de correr, de dar uma expansão mais violenta à alegria que o excitava. Via, em pensamento, não mais a fisionomia de Lídia, mas somente a blusa de seda que o perturbava mais do que tudo. Jorge foi na frente a pé; corria incrivelmente e era um milagre que não ferisse os pés descalços nas pedras, espinhos e cacos de garrafa. Marcelo vinha a cavalo, com a fisionomia fechada, um vinco de tristeza na testa. Condenava-se a si mesmo por não pensar exclusivamente em Guida. Lídia é que estava em primeiro plano, absorvendo-o, atormentando-o. "Não é possível que de um momento para outro, sem quê nem para quê, eu esteja assim." Uma dúvida assaltava-o: "Mas ela saberá mesmo quem matou Guida? Mas se foi Paulo! Ou quem sabe se?... Mas não é possível!" O pior de tudo é que o crime não o preocupava tanto. O que o emocionava, a ponto de fazer com que transpirasse nas mãos e empalidecesse (tinha a impressão de que devia estar extremamente pálido, os lábios brancos), era a idéia de rever Lídia. Interessante é que, quando suas famílias se davam, ela não o impressionara muito. "E quando acaba, só porque eu a vi, através da vidraça, estou desse jeito. Não é possível meu Deus, pareço criança!" Lutou contra si mesmo: "Só tenho que pensar em Guida. Lídia não me interessa nada, nada, nada!"

Esporeou o cavalo; gritou para Jorge, que ia na frente, correndo, saltando, com um desses fôlegos que não respeitam distâncias:

— Como é? Chegamos ou não chegamos?

O infeliz respondeu:

— Agora está perto!

Marcelo viu-a, então. Esperava-o, a distância. Teve uma surpresa, uma espécie de choque vendo-a de culote e blusa, os cabelos livres. O vento chegava, envolvia-a, acariciava-a, parecia possuí-la. Ele desceu do cavalo e avançou, lentamente, com um ar de sofrimento. "É linda demais." Jamais a vira assim; e teve uma mais viva, mais intensa impressão de adolescência e feminilidade, encontrando-a naquele traje. Procurou ser frio:

— O que é que você quer de mim?

Jorge rondava, sem coragem de se afastar, feliz, de uma felicidade absurda, pela proximidade de Lídia. Que doçura enchia sua alma, que festa! Tinha medo, vergonha, não sei, de encarar com a moça. Mas agora, que ela falava com Marcelo, ele podia olhá-la à vontade.

— Marcelo... — balbuciou.

Percebeu logo, com essa sagacidade que todas as mulheres têm diante dos homens, que Marcelo se impressionava. Aproximou-se mais, na necessidade de dominá-lo, de envolvê-lo no seu feitiço, na sua irradiação de mulher jovem e bonita. "Por que será que se vestiu assim?" Parecia-lhe estranho que, num momento daqueles, ela se embelezasse toda, se cuidasse assim. Não podia compreender que em Lídia o capricho minucioso fosse uma coisa instintiva que independia de vontade e de raciocínio; mesmo nos instantes cruciais, a sua faceirice parecia obedecer a uma espécie de automatismo.

— Que é que há?

Ela parou, sem saber como começar. "Devo pedir logo ou primeiro preparar o terreno?" Marcelo lançara um frio e banal: "Que é que há?", numa tentativa para esconder a própria perturbação. Não queria que ela desconfiasse; e, no entanto, a sua angústia era evidente.

— Marcelo, preciso que você dê um jeito, não sei, de soltar Maurício. Que é que ele fez? Não fez nada!

No seu sofrimento de mulher enamorada, esquecia-se de que, no bilhete, prometera revelar o nome do verdadeiro assassino de Guida. Estavam os dois com o rosto bem próximo; e ele via a fisionomia de Lídia, traço a traço, o desenho dos lábios, a pele perfeita, os olhos doces e sombrios; e todo o corpo, que se erguia, em súplica, para ele. Marcelo parecia aspirar o seu hálito como um perfume. Teve medo da moça e de si mesmo; medo do sentimento que nascia dentro dele, que se expandia. Pensava, com sofrimento: "É, então, possível amar assim, de repente? Estou louco, devia ter vergonha de mim mesmo!" Defendeu-se como pôde:

— Eu não tenho nada com isso! Não é comigo!

"Por que é que ela fala tão junto de mim?" Deu-lhe uma irritação súbita, vê-la assim interessada por Maurício, sofrendo pelo primo, disposta a tudo para salvá-lo:

— Você também...

— Eu o quê? — admirou-se.

— É louca por ele?

Atrapalhou-se. Percebeu imediatamente, com a sua intuição de mulher, que não seria hábil revelar seus verdadeiros sentimentos. Mentiu, sustentando o olhar de Marcelo:

— Não, não sou. Ele não me interessa. Mas afinal de contas — sua voz tornou-se mais lenta — ele é meu primo.

— Só por isso?

Interpelou-a, com certa violência:

— E Paulo não é também seu primo? E a mulher dele? Você se preocupa com Maurício, exclui os outros!

— Falei em Maurício... — deteve-se, incerta do que diria.

— Continue. Está com medo?

— Porque dele vocês não podem dizer nada. Não podem ter raiva dele.

— Isso é o que você pensa. Maurício apareceu lá de revólver na mão; quis que Lena batesse em mamãe.

— E se eu disser quem matou Guida?

Ele se lembrou das palavras de Lena.

— Sabe o que disse a mulher de Paulo? Imagine! Que Guida estava viva!

— Mentira!

— Quem foi que a matou?

"Digo ou não digo?" duvidou Lídia, estremecendo, agora que se aproximava o momento da confissão.

— Você quer mesmo saber?

— Quero.

— E se eu disser, solta Maurício?

— Foi Paulo?

— Não sei. Solta? Primeiro diga.

Ela entristecera. Não estava mais veemente, desesperada. Tornara-se doce, como uma mulher que desiste de lutar, se abandona ao destino, na certeza fatalista de que sua sorte se cumprirá contra a sua vontade.

— Não sei. Quem?

Ela recuou um passo, dois; e fez a revelação:

— Quem matou Guida...

Foi levado violentamente. Só podia andar devagarinho; cada passo custava-lhe um esforço e uma dor. Carlos e Rubens empurravam-no, sempre que ele queria parar, encostando-se na parede. Uma vez, caiu; e não pôde se erguer por si mesmo, porque seu sofrimento era demais. Então, veio de rastros, puxado pelos dois irmãos.

— É fita — comentou Rubens.

Foi atirado no meio da sala. Lá no porão, o padre Clemente recomeçara a cantar. Apesar da dor, ou das dores, Maurício continuava na obsessão: "Se eu morrer, Lena num instante se esquecerá de mim; acabará gostando de Paulo, se já não gosta."

Toda a família estava na sala, menos Marcelo, cuja ausência ninguém notou. Com esforço, Maurício sentou-se no chão. "Vão me interrogar." Aquilo dava uma idéia de tribunal, de um sinistro tribunal improvisado. Ele viu, logo que entrou, uma pequena chama e, ao lado, um ferro de ponta incandescente. Compreendeu que esse aparato significava tortura. Estava cansado de sofrer, e não tirava os olhos do fogo, fascinado. "Isso é para mim", pensava. E ele mesmo sentia que se degradava naquele pânico. Reagiu contra si mesmo; esperou, endireitando os ombros, procurando readquirir sua dignidade. Virou-se, ouvindo a voz do velho Figueredo. Essa fulana aqui...

Indicou Lena.

— ...diz que Guida está viva; que vive com você. Responda: é verdade?

Silêncio de Maurício, que voltou os olhos espantados na direção de Lena. A moça desviou a vista. "Ela me acusou", foi o sentimento de Maurício. "Atirou a culpa em cima de mim." Aquilo lhe deu uma tristeza como não havia sentido ainda; e, ao mesmo tempo, um grande sentimento de rancor.

— Você disse isso? — perguntou Maurício.

Paulo fixava a mulher, procurando ler, através da fisionomia, o que ela estava sentindo. Lena confirmou:

— Disse.

— Quis me atirar no fogo?

Experimentava um sofrimento vivo, julgando que ela se recusara a morrer com ele. "Não me ama; quer me perder e salvar o marido."

— Não! — gritou Lena; e repetiu, abaixando a voz: — Não...

O ancião se aproximou de Maurício:

— Sim ou não?

Não respondeu. O outro insistiu:

— Não quer responder?

— Não!

— Talvez isso o faça falar... Sabe o que é isso?

Era ferro em brasa. Rubens e Carlos dominaram Maurício. Ele, com uma expressão de incompreensão, de espanto, via o ferro aproximar-se, aquela ponta fulgurante. Quis recuar com o corpo mas os dois irmãos o imobilizaram. Rubens ainda soprou-lhe ao ouvido, com um humor feroz:

— Seja homem!

D. Senhorinha se aproximou, e, com um gesto só, rasgou a camisa de Maurício, deixou à mostra o seu peito largo. As três irmãs fecharam os olhos, porque, a contragosto, com remorso, admiravam, não podiam deixar de admirar a beleza daquele busto másculo quase de escultura. Houve um tríplice suspiro. Eram elas que procuravam incluir Maurício no mesmo ódio que Paulo lhes inspirava.

— Diz agora? — interrogava o velho.

Maurício olhou aquele ferro que estava a dois ou três centímetros de seu peito. Respondeu:

— Não!

O ferro, então, foi encostado. Deu um grito (o ancião calcava, cada vez mais parecia querer atravessar o peito do rapaz, lado a lado, enterrar aquela ponta incandescente). Foi um verdadeiro berro, que parecia de animal e não de gente; que não tinha nada de humano. Logo se espalhou, pela sala, aquele cheiro horrível de carne queimada. As irmãs Figueredo (suas reações pareciam quase sempre simultâneas) experimentaram a mesma náusea. Lena veio, correndo, bater com os punhos cerrados nas costas do velho. Ele nem se virou, pouco se importando com aquela mulher frenética que o agredia pelas costas; Ana Maria, Lourdes e Senhorinha, que seguravam Lena, deram-lhe na boca:

— Quieta aí! Fique quieta!

— Não adianta espernear!

— Não façam isso! Vocês matam Maurício! — soluçava Lena; e gritou, vendo-se arrastar. — Eu menti, foi mentira!...

E como não acreditassem, continuou, como uma promessa:

— Guida morreu, morreu, sim... Morreu!...

Passou a mão no próprio ombro, gaguejou, entre lágrimas, para as duas irmãs:

— A alça da combinação partiu!

Queria unir as duas pontas, dar um nó de emergência, para não ficar com o ombro assim nu, exposto. Esse incidente, apesar de tudo, distraiu-a por um segundo do seu desespero. Ana Maria, apaixonando-se pelo suplício de Maurício, cortou-lhe o lamento:

— Não faz mal! Não tem importância!

Iam aplicar, outra vez, o ferro em brasa.

— Diz?

Maurício, sem tirar os olhos do instrumento de martírio, arquejante, pareceu capitular:

— Digo... Mas tirem isso daí... tirem...

— Diga, então. Guida morreu ou não morreu?

O ferro já não estava tão próximo. Os farrapos da camisa, que ainda lhe restavam, pingavam suor. Transpirava incrivelmente na testa. As gotas de suor entravam pelos seus olhos, tornavam quase nula a sua visão. Via mal as pessoas: as imagens surgiam tremidas, veladas. Teve um inesperado arranco, quase se libertou das mãos que o seguravam.

— Não digo!

Uma fúria de louco dominou o ancião.

— Não diz? Vou queimar seus olhos. Os dois olhos, ouviu? Assim...

Maurício sentiu uma fulguração na vista, um esplendor, como se uma labareda lhe envolvesse a cabeça...

Estavam os dois, sós, absolutamente sós. A única presença humana, além deles, era o idiota, o Quasímodo da fazenda, que, na sua agitação, fazia longas voltas em torno de Marcelo e de Lídia, na sua ronda incessante. Mas eles se julgavam solitários, achando que Jorge e ninguém era a mesma coisa. O idiota punha as mãos no chão e saltava como um símio. Balbuciava palavras sem sentido e só parava para espiar a blusa da moça. Ele achava seda uma coisa linda. Não sabia o que os dois estavam dizendo, nem importava.

Naquele momento, o que parecia unir Marcelo e Lídia, juntá-los (eles pareciam ter até uma necessidade de se aproximar fisicamente), era a idéia, o sentimento, a revelação de um crime. Pois o que Lídia prometia era justamente isso: a revelação de um crime. Marcelo teve medo; compreendia, por instinto, que Lídia ia contar uma coisa terrível. Ela disse, finalmente, fitando-o bem nos olhos:

— Quem matou Guida fui eu!

Por um momento se olharam apenas, ele com uma expressão de dor, de espanto. Duvidou de si mesmo, duvidou de tudo. Aquilo era inverossímil demais, parecia um sonho; e fazia um esforço doloroso para se penetrar daquela verdade, para se apossar do sentido de suas palavras.

— Você?... Foi você?...

Estavam mais juntos ainda, quase rosto com rosto.

— Eu, sim, eu!... Matei Guida...

Ela viu aquelas duas mãos, grandes, abertas, homicidas; mãos que se fecharam sobre o seu pescoço alvo.

33

"Seria eu esposa de dois maridos?"

NUM instante, numa fração de segundo, todo o seu sentimento se transformou e se fundiu num impulso de assassino. Suas mãos se fecharam, seus dedos pareciam se enterrar na carne branca e macia de Lídia! Os joelhos da moça se dobraram, seus olhos ficaram turvos, perdeu a consciência de si mesma e das coisas. "Está morrendo", foi a sensação de Marcelo, "está morrendo." Mas não pôde continuar; seus dedos afrouxaram-se, largaram o alvo pescoço; e, lentamente, quase que em câmera lenta, seu corpo foi caindo. Jorge viera por trás, com uma grande pedra na mão, e arremessara-a na cabeça de Marcelo. O rapaz fora atingido (não em cheio, o que seria a morte instantânea), mas de lado. Teve aquela dor incrível e rápida; tudo se mexeu na sua frente, uma espécie de nuvem cresceu aos seus olhos; e quando ia gritar, vieram as trevas, uma sensação de queda, um silêncio, a inconsciência total. Estava estendido ao lado de Lídia. Levando a mão ao pescoço, voltando gradualmente a si, ela vira Marcelo baquear. Não compreendera logo. Aquilo parecia-lhe um milagre, uma intervenção mágica; e olhou em torno, arquejante. No chão, estava a pedra vermelha de sangue; a poucos passos, de mãos pousadas na terra, como um símio, fitando-a, aparecia Jorge.

O idiota, que não abandonara os dois, preso à doce fascinação de Lídia, espantara-se com a atitude de Marcelo. Julgava que eles fossem namorados e se arrepiou todo vendo Marcelo com as duas mãos fechando-se sobre o pescoço da moça. Foi uma coisa de instinto: atirou a primeira coisa que lhe aparecera. Sua pontaria era terrível. Estava acostumado àquilo. Quando não havia nada que fazer, costumava perseguir animais — bois, cavalos, cães — a pedradas. Encantava-o sobretudo acertá-los nos olhos. Dava, então, grandes saltos, quase inverossímeis, na sua alegria de doente. E agora, que estirara Marcelo (tinha um orgulho, uma glória de sua "mira", como ele dizia), o seu corpo tornava-se incrivelmente elástico nos pulos simiescos. Já procurava, com os olhos, outras pedras, tomado subitamente de fúria. Queria atingir Marcelo nos olhos. Estava momentaneamente esquecido de Lídia, da blusa de seda, da beleza da jovem.

Lídia, de joelhos, com as duas mãos, procurava erguer a cabeça ensangüentada de Marcelo. Alguma coisa nascia, um sentimento, ainda mal definido, ao mesmo tempo doce e doloroso. "Está perdendo sangue, muito sangue", era o seu espanto. Suas mãos se ensangüentavam também. Teve, porém, que recuar o rosto; uma coisa zunira na sua frente, passava raspando. Viu, então, o idiota, entrincheirado atrás de um tronco abatido, atirando pedras sobre pedras! Exasperava-se, no seu desejo de ferir os olhos de Marcelo. "Ele vai me bater", pensava. E aquilo já era uma vingança por antecipação. Percebia confusamente que se o atacasse, Marcelo não poderia castigá-lo. Pegou uma pedra maior. Lídia gritou. Sem querer, por um instinto poderoso (ela mesma não sabia por que se expunha assim), colocou-se na frente, tapou com o seu corpo o corpo de Marcelo.

— Não faça isso! — ordenou. — Não faça isso!

O pobre-diabo, lá onde estava, se espantou, vacilando. Lídia quis proteger melhor Marcelo: pousou a cabeça do rapaz no próprio colo. Veio outra pedra, abaixou-se, rápida. Quase, quase fora atingida. Quis dominá-lo, ser enérgica:

— Venha cá, Jorge, venha cá!

Ele apoiava as duas mãos no chão, erguia o busto, espiando, a boca mais torcida. E, sem que Lídia pudesse prever, atirou outra pedra. Ela sentiu uma dor no ombro; ameaçou, desesperada:

— Você vai ver, Jorge!

O idiota pareceu espantado do que ele mesmo fizera. Saltou, veio de rastros, indeciso. Tinha medo de que Lídia lhe batesse. Perdera a agressividade; e se aproximou de Lídia, num salto inesperado, abraçou as pernas da moça, que tentou libertar-se. (Ela sentia nojo, quase uma náusea.) E, ao mesmo tempo, contemplava Marcelo, que abria os olhos, para fechar de novo, fraco demais. O idiota chorou, pensando que iam dar nele. Sobretudo, era o terror da morte, o medo de morrer. Lídia chamava Marcelo. Sacudia-o, pensando que talvez morresse nos seus braços. Sua blusa sujara-se de sangue.

— Vamos levá-lo. Venha, Jorge!

Quis erguê-lo; exasperou-se porque ele não ficava de pé, e porque sua cabeça tombava, pendia, como a de um morto. Seus cabelos estavam colados, endurecidos pelo sangue. O corpo de Marcelo era pesado demais. Mas ainda assim reuniu todas as suas forças e, com a ajuda do idiota, conseguiu levá-lo. Duvidava de si mesma, da possibilidade de arrastá-lo até onde queria. E o pior, ainda, era o seu medo de machucá-lo. Precisava ter cuidado. Estava esquecida de si mesma, até de Maurício. Achava Marcelo forte, seu corpo era sólido, pesado. "Será horrível, se morrer, tão moço ainda!"

De quando em quando, paravam. Caminhavam agora sob árvores; vinha da própria terra e das frondes uma grande umidade; as sombras se emendavam umas nas outras.

— Chegamos — pôde dizer Lídia, por fim, passando as costas da mão na testa.

Estavam numa pequena cascata. Só o rumor da água parecia trazer um certo frescor. Rasgou um pedaço da própria blusa, sem hesitação; e o entregou ao idiota:

— Molhe isso aí!

E com o pano ensopado começou a limpar o rosto de Marcelo. Limpava com extremo cuidado, passava devagarinho, absorvida na sua tarefa. Espremeu o pano sobre a cabeça do ferido com os dedos procurando separar os cabelos colados pelo sangue; e muito de leve, passou no lugar atingido. O mundo parecia ter acabado, para ela, na preocupação exclusiva de não magoá-lo. Era como se dependesse de seus cuidados, do que estava fazendo naquele momento, a vida de

Marcelo. E para reanimá-lo molhou-lhe as faces e a testa. Do lado, imóvel e deslumbrado, de olhos fixos na moça, sem se saciar de vê-la, estava o pobre-diabo.

— Ele vai me bater — foi o lamento do idiota.

Mas ela não prestava atenção. Tudo, ali, o próprio ambiente, a pequena cascata, a água tão límpida que se via o fundo, a grande sombra e o silêncio em torno, tudo a envolvia numa espécie de ternura, num misterioso encanto. As preocupações antigas, a memória dos sofrimentos, das lágrimas, do amor falhado, pareciam ficar para trás, num passado obscuro que se dissolvia no tempo. Estava tão distraída que não o viu despertar. Tinha os grandes olhos fixos nela. Gaguejou:

— Quem foi que me fez isso?

— O quê?

A boca do idiota torceu-se num esgar de choro e de medo. Ela teve pena do infeliz, improvisou uma frágil mentira que ele aceitou porque qualquer esforço de raciocínio parecia aumentar o seu sofrimento:

— Você mesmo é que caiu. Bateu com a cabeça, aqui.

E mostrava o lugar. Teve um tom de carinho para adverti-lo.

— Procure não se mexer, assim você se machuca.

Curvava-se para ele (estava com a cabeça de Marcelo no colo). O rapaz aspirava o seu hálito como um perfume:

— Foi mesmo você quem matou?

— Não fale nisso agora. Depois a gente vê.

— Você foge.

— Não, não fujo.

— Jura?

— Juro.

Ferido, ensangüentado, a sua arrogância e vitalidade de jovem bárbaro desaparecia. Entregava-se a ela, abandonava-se. Era como que um gesto de confiança total, como se depositasse a sua sorte, a sua vida, nas mãos de Lídia:

— Eu ia matando você.

Seus rostos estavam tão próximos que não precisavam alterar voz. Falavam baixo, quase que em segredo, sentindo um estranho e perturbador encanto naquele diálogo a meia voz. Fazia-se entre eles uma súbita intimidade, absolutamente ilógica, tanto mais que, pouco antes, se odiavam.

— Já pode andar?

Ele não sabia, nem pensou nisso, quando respondeu:

— Não.

E acrescentou, vago:

— Daqui a pouco.

Ela, com muito jeito, amarrava a cabeça de Marcelo com um pano da própria blusa.

— Não precisa isso. Para quê?

— Precisa, sim!

Era intransigente, na sua autoridade de enfermeira. Ele deixava que ela fizesse, sentindo que baixava sobre ele uma grande paz; fechava os olhos; e pensava: “Ela matou Guida.” E repetia: “Matou Guida”, espantando-se porque sentia o coração vazio. Atribuiu isso ao seu estado: “Eu estou assim. É por isso.”

— E agora? — perguntou Lídia, bruscamente.

— Agora o quê?

— Você salva Maurício?

Exclamou com uma surda irritação:

— Maurício, sempre Maurício!...

Foi meiga, persuasiva:

— Não seja assim. Faça por mim?

— Não!

— Então vou-me embora!

— Vá! Espere!

Levantou-se, penosamente; ela quis ajudá-lo, com medo que ele não se firmasse e foi repelida. Espantada, viu-o puxar o revólver e apontar na direção do seu peito.

— Você quase me escapou — balbuciou ele, incerto nos próprios pés, a vista meio turva. — Mas agora vai comigo! — ofegava, como se falar implicasse um esforço. — E terá a sorte que merece!

Maurício sentiu nas pálpebras o calor do ferro, gritou:

— Ela vive, sim! Guida vive!...

As três irmãs se entreolharam lívidas; D. Senhorinha fechou os olhos, ainda assim as lágrimas passavam através das pálpebras descidas; Carlos e Rubens largaram Maurício; Paulo ficou com aquilo na cabeça, martelando: "Guida vive." Fez-se um silêncio, enquanto havia um dramático esforço de compreensão. Aquilo era absurdo demais. Havia em todos a mesma sensação de inverossimilhança. Guida estaria mesmo viva? Mas como? Teria ressuscitado? O raciocínio, o senso comum, a inteligência repelia a hipótese de uma ressurreição. Mas, ao mesmo tempo, nascia naqueles espíritos a necessidade de acreditar naquele retorno à vida. O rancor dos Figueredo se diluía num único sentimento de espanto e de dúvida. E uma idéia ocorreu à Lena, uma idéia que ela não pôde calar:

— Então, ele não é meu marido!

Repetiu:

— Paulo não é meu marido!

Era gradualmente que entrava na posse desta verdade. Isso significava liberdade, a redenção de um matrimônio tantas vezes odiado. Casara-se com Paulo, sim; mas ele não podia ser esposo de duas mulheres. O segundo casamento se anulava por si mesmo, deixava automaticamente de existir. Ignorava o que dizia a lei a respeito, mas só podia ser assim. Aproximou-se de Paulo, com um dos ombros nus, a alça da combinação partida. Ninguém fez um gesto para detê-la. Paulo, amarrado, no chão, viu-a chegar, sem uma palavra.

— Você não é meu marido — disse, como se ela mesma não acreditasse nas próprias palavras.

Ninguém na sala perdia uma palavra. Sem querer, os Figueredo se interessavam pelo diálogo entre os dois esposos; era uma curiosidade que os invadia, que os distraía momentaneamente do seu ódio, a curiosidade de saber o que diriam eles, agora que não eram mais marido e mulher. Maurício, ainda sentado, esperava a resposta de Paulo.

— Guida vive. Guida não morreu. Guida é minha mulher, é ainda minha mulher.

— Eu estou livre! — exclamou Lena e tornou a dizer, subitamente enamorada daquela palavra: — Livre.

Olhava ora o esposo, ora Maurício. D. Senhorinha fez uma observação cruel:

— Está escolhendo?

"Eu amo Guida", pensava Paulo, "eu amo Guida". Parecia autosugestionar-se.

O velho Figueredo se aproximou outra vez de Maurício "Vão me torturar outra vez", foi o pânico quase infantil do rapaz. Paulo gritou, num súbito desespero:

— Guida morreu! Guida foi enterrada!

O ancião segurou Maurício pela gola:

— Agora você vai me dizer, vai me contar direitinho essa história. Se eu descobrir que mentiu, que não disse a verdade...

Interrompeu, estreitando ainda mais os olhos cruéis.

— Ele mente, pai!

— Quer salvar o irmão e a cunhada!

— Combinaram essa mentira.

D. Senhorinha era a única que não dizia nada; pensava: "Se ela está viva, é porque fugiu do marido. E então..." Acostumara-se tanto com a idéia e a certeza da pureza da filha, que se recusara acreditar agora que ela fosse capaz de agir assim, que ela fosse capaz de pecar. O que a enchia de tristeza, de dor, de uma angústia que crescia sempre, era o pecado que Guida poderia ter cometido. Insistia consigo mesma: "É mentira, é mentira." Ao mesmo tempo, uma voz parecia soprar-lhe: "Mas não dizem que Paulo a viu beijando Maurício?"

— Eu conto — disse Maurício —, conto sim.

Todos os olhos o fixaram. O próprio Maurício se esqueceu de si mesmo, da chaga que o ferro em brasa abrira na sua carne. Viu, em imaginação, a imagem de Regina, linda até onde uma mulher pode ser; e amorosa, tocada de paixão, perpetuamente enamorada:

— Quem morreu — começou — quem foi estraçalhada pelos cães...

Lídia não teve medo nenhum do revólver. Viu que Marcelo mal se sustinha em pé: equilibrava-se com esforço. "Cai, a qualquer momento cai", pensou. Parecia que o simples fato de conservar os olhos abertos já o obrigava a um esforço. Quis se aproximar (tinha a impressão, não sei, de que ele era um menino, uma criança grande, rebelde e infeliz), mas o rapaz balbuciou:

— Não se aproxime. Fique onde está!

Era ele que recuava, como se tivesse um certo medo daquela mulher; ou se duvidasse das próprias forças esgotadas. Sentia-se tão fraco e tonto!

Ela advertiu:

— Você vai cair, Marcelo!

Correu para ele; amparou-o. Marcelo quis ser altivo, reagir:

— Não quero nada com você — e acrescentou, com uma voz diferente. — Assassina...

— Encoste-se em mim... Descanse um pouco...

Mas nenhum dos dois percebia uma coisa: que Jorge arregalava para Lídia seus olhos de semilouco. Ele não via nada na sua frente, senão a moça. Aproximava-se deslumbrado. Seus olhos fixavam sobretudo a nuca de Lídia, aquela penugem alourada, quase imperceptível na sua pele alva. Marcelo sentou-se. Lídia pensou que podia fugir, escapar do perigo. E, por um momento, também Marcelo teve medo de que ela o deixasse (não o impressionava tanto a fuga, mas o abandono).

Aquilo sucedeu de repente. Lídia virou-se, como se fosse advertida por um instinto, e viu o idiota avançar para ela. Leu nos olhos de Jorge coisas abomináveis. Teve a intuição do que ia acontecer. Gritou, quis escapar. Mas estava segura nos braços do débil mental.

E, ao mesmo tempo, compreendeu que era inútil, que não podia resistir sempre, que suas forças a abandonavam; qualquer mulher naquele ermo e diante de um louco, teria, afinal, de sucumbir. Não pensou em Marcelo que, enfraquecido, mal podendo equilibrar-se sobre os próprios pés, seria facilmente abatido, também.

— Fuja, Lídia! Lídia, fuja! — gritou Marcelo.

Estava de joelhos, incapaz de se levantar, vendo a luta; e gritava agora, numa vã tentativa de conter o louco:

— Jorge, não faça isso, Jorge!

Houve um momento em que Lídia pôde se desprender. Enterrara as unhas no rosto de Jorge; e ele, momentaneamente cego, afrouxara o abraço. Ela correu, na ânsia de escapar, procurando a floresta. Ele a perseguia. Lídia tropeçou e ficou, de novo, prisioneira. As mãos de Jorge fechavam-se sobre o seu pescoço. Era a morte que vinha. Desistiu de sua resistência desesperada e inútil. Desejou que aquilo acabasse logo, que morresse depressa, para então descansar, repousar de uma vida atormentada e solitária. Era um sentimento absoluto de renúncia que a possuía, que a fazia abandonar-se à ferocidade do débil mental.

Então, num último esforço, Marcelo se ergueu. Veio, na direção dos dois, com um passo incerto de ébrio. Estava com a vista turva e uma extrema fraqueza. "Eu preciso salvá-la, eu preciso salvá-la." Raciocinando mal, percebendo as coisas penosamente, compreendia que Lídia estava morrendo, que dentro de um minuto, trinta segundos, pouco mais ou menos, seria um cadáver. Fez, então, a pontaria. E detonou cinco vezes. Fez tudo para não errar, para não perder um tiro.

Lídia viu as mãos de Jorge correr ao longo do seu pescoço. O idiota ergueu meio corpo, contorceu-se, arregalou os olhos, entortou mais a boca, numa expressão de espanto, de medo e de dor. Cada detonação correspondia a uma nova contorção. Pareceu girar sobre si mesmo e Lídia teve que fugir rapidamente do corpo que tombava, porque ele cairia sobre ela. Uma espuma sanguinolenta veio aos lábios de Jorge; e ele desabou, de rosto voltado para o céu, os olhos abertos e fixos, os lábios repuxados. Ela via, com terror, a sua transformação fisionômica, até que o seu rosto adquiriu a expressão única e definitiva da morte. Lídia não vira nunca uma pessoa morrer assim a seus olhos, varada a tiros.

Voltou os olhos para Marcelo. Ele se aproximava, empunhando o revólver (havia no ar o cheiro de pólvora). Quando chegou junto do idiota, apontou o revólver e gastou a última bala, atirando entre os olhos do morto.

Lídia não pôde mais: cobriu o rosto com as mãos, o estômago contraído numa náusea profunda. Chorou, porque seus nervos precisavam justamente dessas lágrimas.

Em pé, a seu lado, Marcelo deixava cair o revólver, e com um certo esforço (a articulação dos joelhos doíam, como se os músculos tivessem perdido toda a plasticidade) sentou-se a seu lado. Ela sentiu a proximidade do rapaz e recuou, como se tivesse medo ou fugisse ao seu contato. Ele respirava forte, cansado, muito cansado e olhava a moça com um sentimento que ele mesmo não quis definir:

— Olhe seu braço! E o pescoço...

Apareciam manchas roxas e bem visíveis, por causa do contraste com a pele muito branca.

— Por que fez isso? — perguntou ela. — Por que deu o último tiro?

O que a horrorizava era a sexta bala, aquela crueldade bárbara e inútil. Não compreendia (parecia-lhe incrível) que se atirasse num morto.

— Ele quis matar você.

— Você também não quis matar? Não quer matar?

— Mas eu tenho motivos.

— E faz diferença isso?

Ele percebeu a ironia cheia de amargura.

— Preferia que eu o deixasse matar, fazer o que quisesse?

— Preferia.

— Diz isso agora — foi o seu comentário amargo — porque ele está, ali, morto.

Ambos evitaram dizer o nome do idiota, por uma espécie de respeito que não conseguiam vencer.

— E ele vai ficar assim? — quis saber Lídia, olhando, a medo, o corpo.

— Assim como?

— Insepulto.

Olharam-se em silêncio; e ela se levantou, com uma expressão diferente:

— Já vou!

— Não!

— Não, por quê?

— Eu não quero!

Ela foi cruel:

— Você não pode impedir! Seu revólver está descarregado!

— Pode ir.

Espantou-se:

— Como?

— Pode ir. Está esperando o quê?

— Você me manda embora?

Ele estava grave e triste e ela, surpresa, falou com um certo desencanto:

— Não vou!

Não notou na própria atitude uma contradição evidente. Mas seu estado era de dúvida, angústia, de incerteza em face dos próprios sentimentos. "O que é que está dando em mim, meu Deus do céu?" Parecia espantar-se com as próprias reações. "Estou me desconhecendo." Sentou-se ao lado de Marcelo. O silêncio em torno, a solidão, era absoluta. Havia uma certa doçura, apesar daquele morto, ao lado. Não se falavam, olhando um para o outro. Ele tomou as mãos da moça. E sentiu, de repente, a necessidade de saber tudo, nos mínimos detalhes, de conhecer a verdade total do crime.

— Você matou mesmo? Ou está brincando?

— Brincando, eu? Ah, antes fosse brincadeira!

Falou num tom de tristeza tão grande que ele estremeceu, viu que era verdade mesmo, que não havia dúvida possível. Quis saber:

— E como foi?

Parecia dar mais importância às circunstâncias do fato do que ao crime em si mesmo. Acusava-se a si próprio de estar achando Lídia bonita (ou linda, linda era um termo melhor, mais justo, para o tipo da moça). "Ela é a assassina de Guida!"

— Se você soubesse — disse Lídia — se pudesse ter uma idéia do meu amor por Maurício...

Ele interrompeu, brusco e violento:

— Você ama, então, Maurício?

— Se amo?... — Sim. Amo!

Era como se, de repente, se interessasse mais por isso, pelos sentimentos da moça, do que pela morte da irmã.

— Amo — confirmou. — Por quê?

Foi lacônico e seco:

— Continue.

Ela insistiu, apesar de tudo, curiosa:

— Mas por que perguntou?

— Não interessa.

— Está bem.

Prosseguiu, com os olhos velados de tristeza: — Eu amava Maurício e Guida surgiu no meu caminho...

Cercado pelos Figueredo, Maurício descobria o mistério de Guida. Não era uma ressurreição, naturalmente impossível. Ele se interessara pela cunhada, desde o seu regresso da Inglaterra. Paulo se casara há pouco e Guida tinha esse ar, essa irradiação, esse encanto de olhos e de sorriso de todas as mulheres em lua-de-mel. Maurício não a procurou, não a perseguiu. Amou-a logo, com um desses amores bruscos, violentos, quase trágicos! Julgava porém a cunhada inacessível, destinada a ser na sua vida um sonho, nada mais que um sonho, tanto mais que era uma casada de fresco, estava nessa fase em que a mulher só vê, só enxerga em todos os horizontes de sua vida uma figura única, o esposo. "E impossível que ela goste de mim agora", pensava. "Depois, ainda vá lá." Mas não acreditava nem na possibilidade futura. Ela mal olhava para ele; parecia absorver-se, mergulhar na exclusiva adoração de Paulo. Esposa e marido viviam em perpétuo idílio, internavam-se na floresta, procuravam a solidão, só alcançavam uma plenitude de felicidade quando se viam sós, maravilhosamente sós. Maurício experimentava uma certa irritação, vendo-a passar por ele, ou olhá-lo, sem nenhuma emoção, nenhum interesse especial. "Eu sou bonito", exasperava-se. As mulheres que o viam, mesmo de passagem, perturbavam-se; Guida, não. Um dia, Paulo saíra; fora não sei onde. E Maurício e Guida se encontraram perto de uma grande árvore. Não houve premeditação nesse encontro; fora uma pura coincidência, uma fatalidade. Não havia ninguém ali no momento. Inicialmente, trocaram palavras banais, sem nenhum sentido secreto, até com certa frieza. E, de repente, Maurício teve um impulso que ela, e nem mesmo ele, pôde prever (aliás, ele era assim com os seus casos, era instintivo, quase brutal). Tomou-a nos braços e, ávido, procurou-lhe a boca que fugia. Antes de conseguir os lábios, beijou-a no pescoço, no queixo e nas faces, sem que ela se tornasse dócil nos seus braços. Finalmente, encontrou a boca. Primeiro, ela cerrou os lábios, resistindo até onde lhe era possível, mas sentiu-se tomada de uma súbita fragilidade, sua vontade de mulher se fundiu num divino abandono. Passariam a viver, desde então, sob o signo da loucura. Quando suas bocas se separaram, ela fugiu, como doida, sem que Maurício fizesse um gesto para detê-la. Corria como uma possessa. Espantava-se consigo mesma. Ela própria, depois, contaria a Maurício a sua angústia daqueles momentos. Perguntava: "Mas será que aconteceu isso? Não estarei sonhando? Ou louca?" Chegou em casa, correu ao espelho e surpreendeu-se com seus próprios traços, o seu ar, a sua boca, o seu corpo, como se o espelho lhe transmitisse a imagem de uma estranha ou de uma inimiga. Procurava em si mesma, na sua aparência, um sinal, um estigma do pecado. "Eu pequei", balbuciava para si mesma. "Eu amava meu marido e como é que fui fazer isso, como foi?" Interrogava-se sem saber direito quem era culpado: se ela, se Maurício ou se o próprio momento? Quantas mulheres não são vítimas de um instante assim, de uma dessas crises inesperadas dessas fragilidades que as tomam de assalto e as arrastam para o abismo?

Por uma coincidência esquisita, Paulo estava triste e estranho nesse dia. Parecia distante, e havia nas suas carícias um automatismo que a espantava e lhe dava medo. Foi amorosa como nunca. Procurou envolvê-lo, encantá-lo; não sossegou enquanto ele não retribuiu carinho a carinho. Mas sem querer, fazia comparações: o beijo do marido e o de Maurício. Este era um desses homens de sonhos, quase inexistentes, que vieram ao mundo com o destino e o dom de amar e serem amados. Enquanto Paulo beijava, ela reconhecia com desespero: "Eu amo Maurício." Era uma dessas paixões que nascem instantaneamente, que consomem uma mulher, que está dentro dela, no seu sangue, na sua alma, no seu sonho, como uma linda e terrível chama interior. Nessa noite, combinaram uma entrevista, no mesmo lugar em que haviam dado o primeiro beijo, junto da mesma árvore. Estavam no seu idílio (ele querendo fugir e ela resistindo), quando ouviram os latidos distantes. Fugiram, então, pensando que

Paulo estivesse com os cães ferozes. Dirigiram-se para uma cabana de troncos que o próprio Maurício construíra no seio da floresta, num lugar em que ninguém aparecia. Ela se acovardou, queria voltar, mas ele não deixou. A situação tornou-se irremediável, quando souberam que corria a notícia de sua morte. Uma mulher fora estraçalhada pelos cães e pensava-se ou, antes, tinha-se como certo, indiscutível, que fora ela. "O remédio é você ficar", dissera-lhe Maurício. No fundo, Guida adorou aquele incidente, aquele jogo incrível de circunstâncias e de fatalidades. Teve um capricho: "Faz de conta que Guida morreu. Vou mudar de nome." Combinaram, juntos, entre beijos, que seria o de Regina. E ele, daí por diante, só a chamou assim, achando graça naquela mistificação, de que um e outro se faziam alegremente vítimas: "Regina, Regina", balbuciava ele, procurando sua boca. E para que ela não ficasse sozinha, Tião, um antigo criado dos Figueredo, viera servi-la.

— E a morta? Quem é a morta? — perguntou, baixo, o velho Figueredo, com um grande sulco de sofrimento no rosto. Maurício se preparou para fazer a revelação.

Lídia viu que Marcelo abandonava a sua mão. Fingiu que não ligava e continuou:

— Um dia, eu saí, por acaso, e vi os dois, Guida e Maurício, se beijando. Estavam bem longe da casa da fazenda. Ah, eu fiquei!...

Ele pareceu não desinteressar-se da participação de Guida no fato. Era como se apenas o impressionasse a atitude e os sentimentos de Lídia. Fechava o rosto, já com vontade de não ouvir o resto, de fazê-la calar-se. Pouco a pouco, sentia-se mais forte; aquela insegurança, de tonteiras freqüentes, desaparecia. "Eu já sei o que vou fazer", pensava, com um vinco de maldade na boca. Lídia entregava-se às próprias recordações:

— Perdi a cabeça. Que direito tinha ela, uma mulher casada, de andar atrás de um homem que não era seu marido? Ainda por cima, o cunhado! Tive vontade, nem sei de quê, de aparecer, revelar a minha presença, mas desisti. Imagine que dias antes, Maurício tinha me dado um beijo!

— O quê?

Envergonhou-se da confissão:

— Nada!

Ele se exaltou:

— Nada o quê? Você disse que ele tinha dado um beijo em você!

— Eu tive vontade...

— Não mude de assunto! Por que é que você vem dizer isso a mim? Não tenho nada com isso, minha filha!

— Foi sem querer!

Quis ser cruel.

— Ah, você anda sendo beijada assim?

— Assim como, ora essa? Maurício foi o único homem que me beijou!

— Eu sei!

— Então melhor!

— Até eu, se quisesse, beijava você!

— Duvido!

Ele, então, puxou-a para si. Foi uma coisa tão inesperada que ela se desequilibrou. Apertou-a nos braços novamente fortes e ela sentiu outra boca unida à sua, esmagando os seus lábios. Um beijo que não durou nada, que não chegou nem a ser beijo. Ela passou as costas da mão na boca. Levantou-se. Ele fez acinte:

— Viu como a beijei?

Ainda desconcertada, exclamou:

— Isso nem foi beijo, eu estava distraída!

— Ah, não foi beijo?

Levantou-se também. Ela teve medo, quis fugir, sentiu-se puxada pelo braço:

— Você acha pouco? Quer mais?

— Não! Não quero!

Imóvel, aterrorizada, viu o rosto do rapaz aproximar-se do seu:

— Vai ser beijada de verdade!

Então, os dois ouviram aquela voz:

— Largue a moça, senão morre como um cachorro!

34 "Aquele túmulo não era o da bem-amada."

Quem falava era Dioclécio. Estava de rifle na mão (tinha uma voz meio de nortista) e seus olhos mostravam uma vontade fria de matar:

— Se fizer um gesto, camarada, morre como um cão!

E, logo, saindo dos lados, apareceram outros, de rifles também. Eram todos de Santa Maria, com uma missão bem definida: liquidar a raça dos Figueredo, fazer correr o sangue da família. D. Consuelo, açulada por D. Clara, se resolvera, afinal, a mandar os homens mais valentes da fazenda e os mais fiéis. Escolhera a dedo, levando em conta uma série de coisas, de qualidades indispensáveis: passado sanguinário, crime que o sujeito tivesse cometido, disposição. Como chefe, devia ir Dioclécio. Era um mulato, de voz macia, dedicado de corpo e alma à família, frio e mau. Contavam-se dele coisas do arco da velha: perversidades incríveis, valentias e, sobretudo, um sangue-frio aterrador, que não o abandonava nunca. Ao todo, D. Consuelo selecionou uns doze. Houve uma distribuição de rifles e munição. Não houve quem tirasse o corpo fora. Aquela gente gostava de barulho, de briga. Além dos rifles, tinham punhais, "lambideiras" lindas, brilhantes e sinistras, dessas que entram na carne da vítima, numa penetração macia, quase indolor. D. Consuelo, nervosa, com um pouco de sua antiga energia, deu as últimas instruções:

— Tragam de qualquer maneira!

Houve quem perguntasse:

— E se eles já tiverem liquidado Seu Paulo, dona?

D. Consuelo estremeceu; suas últimas vacilações desapareceram:

— Dêem cabo da família, um por um! Não deixem ninguém vivo!

Dioclécio tocou com os dedos na aba do chapéu:

— Muito bem. Já vamos.

D. Consuelo ainda gritou:

— Matem mesmo. Eu me responsabilizo!

E vieram, com Dioclécio à frente. O plano era o mais simples: procurariam chegar até à casa dos Figueredo sem serem pressentidos e atacariam de surpresa. O golpe (Dioclécio dissera "o golpe") era pegar um da família: o pai, a mãe, um dos irmãos ou uma das irmãs. E o prisioneiro só seria devolvido se Paulo, Lena e Maurício também fossem. Andaram sem novidade até à pequena cascata. Ouviram então vozes, de homem e de mulher. Dioclécio adiantou-se para ver o que era; e deparou com Lídia e Marcelo. "Está para nós", pensou; e revelou sua presença, enquanto os outros surgiam de todos os lados. Marcelo, rápido, ainda procurou o revólver, sem se lembrar que o descarregara no débil mental. "Estou perdido", foi o seu sentimento quando se viu desarmado.

— Dioclécio! — exclamou Lídia. — Que é isso?

— D. Consuelo mandou a gente, D. Lídia.

Dois homens seguraram Marcelo.

— Vamos acabar com a valentia dos Figueredo — anunciou um outro.

Dioclécio, com um jeito feroz na boca, encostava o cano do rifle no peito de Marcelo:

— Se eu puxasse o gatilho, hein, seu patife?

— Puxe! — desafiou o rapaz. — Pode puxar!

Só aí descobriram o cadáver de Jorge, com os olhos abertos virados para o céu. Lídia não dizia nada, ainda com um grande espanto na alma. Sem querer, olhou para o morto e desviou a vista. Era horrível de se ver aquele corpo insepulto. Dioclécio calculou quem tivesse sido o assassino, mas Lídia mentiu (nem ela mesma soube por quê):

— Eu vi quando um sujeito atirou nele. O sujeito fugiu.

— E esse daí, dona — apontava para Marcelo — faltou com algum respeito à senhora? Diga, porque nós damos cabo dele. E depois, enterramos os dois, ele e mais o outro. Quer?

— Não!

— Então ele vai com a gente.

Ela hesitou, voltando-se para Marcelo; aproximou-se dele, com um sorriso sardônico:

— Sua vida está nas minhas mãos. Se eu quisesse me vingar!...

— Pois se vingue. Não estou lhe pedindo nada!

— Ah, é assim?

— É.

— Quer que eu entregue você a esses homens?

— Quero.

Dioclécio interveio:

— Está vendo como ele responde, dona? Como é insolente?

— Deixe, Dioclécio.

— Não quero nenhum favor seu — teimou Marcelo.

Por um momento, parecia que ela ia perder a cabeça, esbofeteá-lo. Mas controlou-se. Dirigiu-se a Dioclécio e aos outros homens:

— Vocês podem ir. Marcelo já prometeu que salvaria Paulo, Lena e Maurício. Eu vou com ele.

Em redor, houve um zum-zum. Os homens se entreolharam, incertos. Dioclécio objetou:

— Mas foi ordem de D. Consuelo.

— Não se incomodem; eu falo com ela, depois.

E como lesse naquelas fisionomias uma dúvida, gritou:

— Vocês querem o quê? Estragar tudo? Já não disse que está resolvido? Então?

Baixando a cabeça, confusos diante da atitude da moça, eles se afastaram, olhando, de vez em quando para trás. Marcelo e Lídia estavam, de novo, sós. Olhavam-se, agora, em silêncio.

— Por que fez isso? — quis saber o rapaz.

Ela se desconcertou diante da pergunta. Voltou-se para si mesma, quis compreender a lógica do seu próprio impulso "O que é que deu em mim?", pensou. Ele insistiu, queria saber. Lídia respondeu:

— Não me pergunte. Eu mesma não sei.

— Podia ter se livrado de mim. Ter escapado. Por que não o fez?

Como ela guardasse silêncio, perturbada e envergonhada, Marcelo insinuou, sardônico:

— Estará gostando de mim? E assim tão depressa?

— Não!

Puxou-a para si, sem que Lídia, espantada, procurasse resistir. Estava nos braços dele. "Eu não faço nada, estou deixando", foi o seu pensamento. E era isso que a perturbava, que a fazia sofrer: a sua própria passividade. Desejaria estar debatendo, mas não fazia um gesto. Sua vontade deixara de existir. Sentia-se frágil, frágil! "Por isso é que dizem que a mulher é tão fraca!"

— Você não disse que gostava de Maurício?

— Disse. E gosto!

— Então por que está assim, tão quieta? Por que deixa eu abraçar você?

— Não sei, não sei...

— Poderia beijá-la e não quero...

Ela abaixou a voz:

— Vamos enterrá-lo?

Voltaram-se, então, para o pobre-diabo. Ela achava, no fundo do coração, que o morto não devia ficar assim, exposto. Que era um dever dar-lhe uma sepultura. Seu coração não sossegaria enquanto o idiota não estivesse debaixo da terra. Convenceu Marcelo; e os dois, penosamente, enterrando por vezes as mãos na areia, fizeram uma sepultura, sem profundidade, muito à flor da terra. "Em todo o caso, melhor uma coisa assim do que nada", pensou Lídia. O corpo de Jorge desapareceu, coberto inteiramente de areia. "Ele morreu por causa de minha beleza." E a idéia de que o débil mental a achara bonita deu-lhe arrepio. "Por que estou pensando nestas coisas?", censurou-se. Marcelo não falava, senão de vez em quando. Procurava não refletir sobre o que acontecera. "Se eu não estivesse aqui e não tivesse atirado, nem sei."

— Agora vamos rezar. Vamos, Marcelo!

— Eu não sei rezar. Nunca rezei.

— Sabe, sim. Venha. Sou eu que estou pedindo.

Rezaram. Mas a prece de Lídia era em intenção de Marcelo. Ela não culpava ninguém, senão à fatalidade que trouxera o idiota para o seu caminho. Levantaram-se. Ele, então, sem se despedir, afastou-se. Ela ficou imóvel, espantada. Por fim, correu no seu encalço:

— Vai-se embora?

— Vou. Vou para não matá-la.

Protestou, veemente:

— Eu vou com você. Tenho que pagar meu crime. Eu sou culpada. Vamos!

Então se fez um grande silêncio na sala dos Figueredo. Pouco a pouco, eles compreendiam tudo, os pais e os irmãos. Gradualmente, eles entravam na posse daquela verdade. Guida não morrera. Guida estava viva. O golpe fora duro demais para o velho e D. Senhorinha. Eles estavam numa idade em que já não se suportam mais desilusões assim. As mulheres da família tinham uma tradição de honestidade e quando acaba... O ancião pensava em suas tias, primas, irmãs, avós. Todas eram a mesma coisa: só namoravam para casar, tinham uma austeridade de atitude e de costumes que nada, nenhum acontecimento, nenhum sentimento podia alterar. Havia, também, as solteironas ou por desilusão ou por não terem encontrado nenhum homem digno. Envelheciam puras, firmes, de uma virtude feroz. E eram, sobretudo, fidelíssimas. Faziam da fidelidade uma religião. Eram a mesma coisa em namorada, em noiva, depois do casamento ou na viuvez. Uma ou outra deixava de seguir a tradição. Era banida sumariamente, deixava de pertencer à família, não se pronunciava o seu nome, não se mencionava a sua existência. Das filhas do ancião só uma quebrara a linha das outras: e esta era como se tivesse morrido. Agora, Guida. O caso de Guida era pior do que tudo. Imaginem: eles tinham passado tanto tempo venerando Guida, cultuando, vendo-a como uma santa, lavada de pecado. De repente, apareceram Lena e Maurício e fizeram a revelação: Guida estava viva! Outra morrera em seu lugar; e ela abandonara tudo, lar, família, marido, pais e irmãos, para seguir um rapaz bonito que mal conhecia. O ancião perguntou:

— E quem morreu no lugar de Guida?

— Foi uma empregada lá de casa — explicou Maurício. — Uma a quem Guida dava presentes, vestidos, combinação, até pequenas jóias.

— Ah! — observou D. Senhorinha, polida como uma defunta. — Foi por isso, então, que encontraram o cadáver com a roupa de Guida e o cordão...

Maurício confirmou:

— Sim. Naquele dia mesmo, Guida dera à fulana um vestido e ela saiu, de noite, para se encontrar com o namorado. Os cães a surpreenderam; e como era branca e da mesma altura de Guida, mais ou menos, houve a confusão, que o desaparecimento de Guida aumentou.

— Não é possível! — exclamou Paulo. — Isso é mentira!

— Então é, então é! — disse Maurício, cansado de tudo aquilo.

Paulo continuou, cada vez mais excitado (não queria admitir que Guida tivesse fugido com Maurício. Seria demais):

— Você está se referindo à Angélica? Mas ela já tinha deixado a gente!

— Despediu-se naquele dia, justamente naquele dia. Namorava um empregado da fazenda e combinaram um encontro, de noite. Por isso ela ficou em casa até à hora marcada. Mas o rapaz distraiu-se bebendo, embriagou-se e não apareceu. Eu tive que dar dinheiro ao namorado, mandá-lo embora para bem longe. Senão ele começaria com perguntas, investigações. Felizmente, era um malandro, pouco interessado em Angélica. Aceitou o que eu lhe dei e desapareceu.

O velho Figueredo, no seu espanto, virava-se para todos:

— Imaginem, Guida viva! Que coisa, meu Deus!

Procurava duvidar:

— Mas não é possível, meu Deus, não é possível!

Maurício repetia, desesperado:

— Querem que eu jure, querem?

Sua resistência atingia o limite máximo. Sentia-se na fronteira da loucura. Mais um passo e perderia a razão. Acabar com aquilo, o mais depressa possível! — eis a sua vontade e o seu desespero.

O ancião ia de pessoa em pessoa. Mandou, aos berros, que desamarrassem Paulo. Encarou com o rapaz:

— E você? Acredita nisso?

— Não!

O velho irritou-se, desviando para o rapaz a sua cólera.

— Idiota, cem vezes idiota! Ah, se isso fosse comigo, se eu fosse marido!...

Maurício e Leninha estremeceram. O ancião parecia possesso, parecia concentrar tudo o que lhe restava da vida, da energia, naquele acesso de fúria:

— A história é clara, claríssima, não há dúvida possível! E você ainda assim, não acredita! Será possível que não sinta, não tome conhecimento do seu próprio ridículo?

— Pensa que eu acredito — reagiu Paulo.

— Penso isso mesmo, por não acreditar, que é um idiota. Eu que sou pai, acredito, ouviu?

Seus olhos voltaram-se para o quadro de Guida, justamente aquele em que se alojara a bala. Foi lá, sem uma palavra, tirou-o da parede, quebrou a moldura, afundou a imagem com um pé.

— E nós aqui, feito uns bobos, adorando essa "zinha"! Fomos tantas vezes, de noite, às escondidas, visitar o túmulo, eu e Senhorinha.

Experimentou um amargo prazer em chamar a própria filha de "zinha". Os filhos, aterrados, não diziam nada. D. Senhorinha com os olhos, um tom violáceo de pele, uma imobilidade fisionômica de defunta. Sentia como se a vida tivesse acabado para ela. As três irmãs espiavam, fascinadas. Tinham medo que o pai se voltasse, afinal, contra elas. Sabiam que suas raivas não tinham lógica, às vezes se dirigiam contra inocentes. No fundo, achavam uma certa imponência naquela raiva de pai à antiga. Aliás, ele sempre não dizia que preferia ver uma filha morta a fazer umas tantas coisas?

— E onde ela está? — quis saber. — Diga.

Maurício empalideceu. Evitou uma resposta:

— Ela quem?

— Essa mulher!

As três irmãs arrepiaram-se, todas, ao ouvir o ancião falando assim. Maurício não soube o que dizer. "Eu não posso responder", pensou, "seria uma baixeza, uma indignidade."

— Não sei.

— Não sabe como? Ela não está com você?

— Não. Apenas nos encontramos, de vez em quando.

— Quer ser discreto, é?

A voz do ancião adquiria subitamente uma suavidade inquietante. Perdera toda a excitação. Foi Rubens que lembrou:

— Ele disse que era na cabana dos troncos, no vale.

— Então, eu vou lá — decidiu o velho.

— Jorge — balbuciou D. Senhorinha. — Você vai fazer o quê, Jorge?

Aproximou-se do marido. Por mais que não quisesse, sentia um aperto no coração.

— Diga, Jorge, pelo amor de Deus!

— Ela precisa ser castigada — e acrescentou: — Será castigada.

— Mas não por você, nem por mim.

D. Senhorinha se levantava contra a autoridade de marido. Durante anos e anos, se habituara a obedecê-lo em tudo e por tudo. Não tinha idéias próprias, não resolvia nada por si mesma. Sentia uma certa doçura na própria passividade. Dizia: "O homem é que é o chefe." Parecia-lhe uma coisa líquida e certa que o destino da mulher é o da submissão. Mas agora, inesperadamente, o sentimento materno despertava. Era um instinto, qualquer coisa dentro dela que se revelava e a fazia se opor ao marido:

— O pai só deve proteger, Jorge. Castigar nunca!

Jamais pensara nessas palavras. Elas saíam, espontâneas, do fundo e do mistério do coração.

Ele ordenou, lacônico:

— Não se meta!

— Eu sou mãe, Jorge!

Sem dizer palavra, ele apanhava um grande chicote, de nós trançados. D. Senhorinha se obstinava:

— Não importa o que ela fez. O que importa é que é minha filha, nossa filha.

— Vou matá-la a chicote. Não, espere! Tenho uma idéia!

Aquilo ocorrera-lhe, de repente. Um pensamento mau que modificava a sua fisionomia, dava-lhe um sorriso cruel. Aproximou-se de Paulo:

— E se em vez de eu, fosse o marido que a castigasse? Você é quem foi traído, Paulo, você é quem deve vingar-se. Vá, Paulo, vá e vingue-se!

"Estou livre", pensou Paulo. "Livre para matar." O ancião estendia-lhe um revólver, dizendo, apenas:

— Vingue-se com isso!

Ele contemplou a arma, com certo espanto e a colocou no cinto. D. Senhorinha se adiantou:

— Jorge, não faça, não faça isso, Jorge! Você não pode ser o assassino da própria filha!

Mas tudo foi em vão: todos os rogos e todas as lágrimas. Era um pai à velha maneira, acreditava cegamente em honra. Dizia, sempre: "Filha minha, não procedeu direito, já sabe." E apesar da resistência e das concitações da mulher, perguntou a Paulo:

— Que é que está esperando?

— Paulo!

Era Leninha. Assistira a tudo sem uma palavra. E a insensibilidade do velho Figueredo gelava o seu coração. "Será possível, meu Deus, que alguém possa desejar e autorizar o assassínio da própria filha?" Jorge Figueredo pareceu-lhe um monstro. Paulo esperou que ela falasse:

— Veja o que vai fazer, Paulo! Reflita!

Foi grosseiro, estúpido:

— Não me amole!

— Deus castiga você, Paulo!

Ele partiu. As palavras da mulher estavam nos seus ouvidos: "Deus castiga você, Paulo!" Mentalmente, ele respondia: "Não faz mal, não faz mal." Estava disposto a tudo. Agora que sabia, que adquirira uma certeza, vinha-lhe um cansaço e um asco da vida.

Maurício quis acompanhá-lo. Mas Jorge Figueredo dissera, lacônico, sem se mexer:

— Você fica!

— E eu? — quis saber Lena.

— Você também.

D. Senhorinha sentou-se. Estava agora sem uma lágrima, mas só Deus sabia como ficara sua alma. "Isso vai dar cabo de mim", era a sua certeza mais profunda. Carlos e Rubens cerravam os lábios. Aceitavam a decisão do pai, como alguma coisa de irrevogável. Eles pensavam na honra da família que estava acima de tudo. Ana Maria, Lourdes e Lúcia sentiam-se como D. Senhorinha: alguma coisa se rompia nas suas almas, era um despedaçamento, uma dessas dores que marcam a mulher para sempre. Assustavam-se com o destino e o pecado de Guida. Achavam que qualquer uma delas poderia sucumbir da mesma maneira trágica e linda. Lena tinha medo e revolta ao mesmo tempo.

— O senhor está mesmo pensando que ele vai matá-la? — perguntou a Jorge Figueredo.

Ele estremeceu, sem entender direito.

— Vai, sim! Vai matá-la!...

— Admira a sua ingenuidade! Vai matar nada! O senhor quer que eu lhe diga o que acontecerá, tudo, direitinho?

Ninguém respondeu. Ela se exaltava, parecia perder a dignidade de modos:

— Ele vai chegar lá, ela vai dar uma desculpa tola e vão fazer as pazes.

Tornava-se profética.

— É isso que vai acontecer, tenho certeza! Pensa que eu não sei como são os homens? Uns bobos! Julgam-se espertos, mas que anjos, minha Nossa Senhora!

Já via, em imaginação, a cena: Paulo e Guida, depois de uma breve explicação, unidos de novo. Ele, perdido de amores, e ela, salva, graças a uma nova mistificação. Guida mentiria, arrancaria uma falsa versão de fatos. As mulheres culpadas sabem mentir tão bem, têm uma tal capacidade de se iludir a si mesmas e aos homens! E o que irritava Lena, a punha fora de si, era que uma possível reconciliação de Paulo e de Guida significaria uma nova vitória desta última. "Vitória de Guida e derrota minha." Não gostava do marido, claro; mas tinha a sua vaidade de mulher, o seu amor-próprio.

Os Figueredo, mulheres e homens, pareciam prestar uma profunda atenção às suas palavras, tanto mais que ela falava com uma certeza patética. O ancião e D. Senhorinha se entreolhavam. Ele, aterrado, vendo talvez por terra o seu plano de vingança; e D. Senhorinha animando-se, começando a admitir que Guida podia não morrer. Dizia a si mesma: "Meu dever não é julgar minha própria filha. É perdoar, perdoar sempre. Se ela pecou, paciência!"

— Por que é que você está dizendo isso? — perguntou Maurício.

A revolta de Lena assustava-o. Que significaria aquilo? Queria dizer o quê? Ela parou diante dele:

— Por quê?

— Sim, por quê? — e fez ironia: — Gosta tanto assim de Paulo?

— Ora, Maurício, ora! Então você acha que é muito agradável para mim? Não tenho direito de ter amor-próprio?

— Ele não é seu marido. Seu casamento com você está nulo.

Exasperada, Lena revelou os seus sentimentos:

— Eu sei! Mas ao menos queria que ele sofresse, que me deixasse com pena e não assim. Você viu como ele foi? Vocês podem se iludir, mas eu não! As mulheres enxergam muito mais que os homens! Por dentro ele devia estar satisfeitíssimo! Radiante! Aposto o que você quiser!

Maurício quis tomar-lhe as mãos mas ela se retraiu.

— Mas nada disso interessa, Lena...

— A você, claro que não interessa, meu filho!

Foi violento.

— E a você também não devia interessar! A única coisa que pode importar é que você está livre. E agora — abaixou a voz — nós dois...

Lena caiu em si. Estava livre, livre, livre. Perguntou, num tom diferente:

— Nós dois, o que é que tem?

— Podemos nos casar!

Ela repetiu, com um ar de sonâmbula:

— Podemos nos casar...

Marcelo não queria acreditar que Lídia fosse a assassina de Guida. "Não é possível, meu Deus, não é possível." Desesperava-se, vendo que ela se acusava sempre, que não admitia nenhuma dúvida.

— Que interesse você tem em dizer isso?

Lembrou-se, então:

— Ah, é mesmo! Por causa de Maurício! Você está disposta a morrer para salvá-lo. Contanto que ele não morra, não é? O resto não tem importância!

Pararam, em plena solidão da floresta. Olharam-se e ele disse, com amargura:

— Nunca vi um amor assim na minha vida! Você gosta dele de verdade!

Ela quis, então, convencê-lo para sempre. Percebia que Marcelo se agarrava inesperadamente a uma dúvida, que iria assim, duvidando, até que ela apresentasse uma prova definitiva. "Marcelo precisa acreditar no que eu estou dizendo." E ali, em plena floresta, contou tudo, as coisas que tinham havido entre ela e Guida, os ciúmes e discussões. Marcelo ouvia com uma expressão grave, um traço de sofrimento na boca.

Os ciúmes de Lídia tinham começado antes, desde que Maurício chegara da Inglaterra. A mulher enamorada muitas vezes adivinha as coisas. Ela previra: "No mínimo, Maurício vai gostar de Guida, na certa vai gostar." A princípio, não tinha havido nada. Só uns olhares, mas isso não tem nada de mais. Lídia, atenta, punha os dois num controle terrível. Na igreja, no dia do casamento, notara um olhar mais demorado de Guida para Maurício, um olhar que pareceu menos frio e acidental que os outros. "Foi ilusão minha", pensou Lídia; e insistiu, lutou consigo mesma: "Eu me enganei. Que é que tem um olhar?" Não lhe ocorrera que a história de um pecado começa fatalmente assim: num olhar; e nada existe de mais grave que certos olhares. Mas o fato de Maurício iniciar um flerte com ela afrouxou a sua vigilância. "Ele me ama", pensou, "não gosta de Guida." Isso lhe deu uma dessas felicidades que dilaceram a alma da mulher, felicidades tão agudas como um sofrimento. Foi a mais venturosa das mulheres. Um dia, Maurício a beijou.

— Quer dizer que ele beijou mesmo você? — interrompeu Marcelo.

Ele, realmente, já sabia. Mas parecia ter um estranho prazer em insistir no episódio, em se saturar dessa lembrança. Lídia continuou: o beijo parecera-lhe a última palavra, a certeza definitiva. Nesse mesmo dia, porém, vê a cena da árvore: Maurício e Guida... Fugira e esperara Guida, de volta. Sentia-se capaz de tudo, de todas as violências. Ah, o desespero da mulher preterida!... Viu-a quando chegou: tinha nos olhos, no sorriso, esse ar que só o pecado transmite à mulher. O diálogo que travavam ela o teria vivo, sempre, na sua memória, palavra a palavra, frase a frase. Guida quis fugir-lhe, mas ela não deixou.

— Pensa que eu não vi, Guida?

A outra fingiu-se, logo, de inocente. Era uma simuladora incrível. Aliás, uma mulher quando peca, mente que é uma maravilha, com uma arte, uma habilidade e um dom maravilhoso de improvisar desculpas e provas falsas.

— Mas viu o quê?

— Vocês dois!

— Não entendo. Fale claro!

Parecia sincera na sua surpresa. E se Lídia não tivesse visto, com os seus próprios olhos, não saberia o que dizer, acabaria talvez pedindo desculpas.

— Então você não beijou Maurício agora mesmo?

— Está louca?

— Junto daquela árvore, aquela grande? Quer dizer a mim que não beijou?

Guida não daria assim o braço a torcer:

— Não!

— Pois fique sabendo que eu vi, Guida, eu, essa que está aqui. Ninguém me contou: eu vi!

Guida procurou escapar, acomodar a situação com outra mentira, aliás habilíssima:

— É verdade, sim, Lídia! Ele me beijou, mas foi à força. Lídia, alguma mulher está livre disso, de ser beijada à força? Sendo mais fraca do que o homem? Que adianta a virtude, a vontade, se é um homem mais forte e domina a gente?

— Então foi à força? Ah, foi?

A comediante confirmou, patética:

— Foi, Lídia, foi.

— Mentira! A mim você não engana, Guida. Eu vi. Você retribuiu, retribuiu, sim, e gostou!

E era esse o triunfo e a certeza de Lídia: a outra tinha gostado. Guida desmascarou-se:

— Que é que você tem com isso? Quem é você? Não tenho que lhe dar satisfação!

— É o que você pensa, Maurício é meu, ouviu, meu! Ainda hoje, ele me beijou!

Guida tornou-se cínica.

— Por isso não, minha filha! Se beijo dá direito de propriedade, então, ele também é meu!

— Mas você é casada!

Se ela tivesse assumido outra atitude, Lídia acabaria perdoando. Mas não. Tornara-se agressiva e, por fim, petulante. Lídia perdeu a cabeça:

— Pois bem Guida! Fique sabendo de uma coisa: hoje, no jantar, em plena mesa, vou denunciar você, na presença de todo mundo, inclusive de Paulo! Vou contar o que vi, percebeu?

Guida teve medo. Conhecia Paulo, o amor sombrio e exasperado de Paulo; e conhecia também os escrúpulos da própria família. Sabia que o pai era até capaz de matá-la. Vacilou, fez uma cena de humilhação, chorou, subitamente vencida pelo medo.

— Não, não!

— Você vai ver!

— Se você disser, eu me mato, Lídia! Juro que me mato!

As palavras da outra deram, imediatamente, uma idéia à Lídia:

— Mata-se mesmo, Guida? Terá coragem?

— Duvida? Ah, Lídia, não queira saber de que é capaz uma mulher na minha situação!

— Pois bem, Guida: eu não direi, nunca. Ninguém saberá de nada.

— Obrigada, Lídia, obrigada!

— Mas espere, não se apresse. Imponho uma condição: você tem que morrer, Guida. É essa a condição: a sua morte!

— Não, não me mate, Lídia! Não quero morrer!...

Empregados dos Figueredo viram quando Paulo saía. Ia todo em farrapos, o rosto machucado, um dos olhos roxo, o lábio partido. Mas ninguém fez nada para detê-lo. O velho Jorge avisara: "Ninguém se meta, ninguém tem nada com isso. A vingança é nossa; só pessoas da família podem intervir." Ele queria uma certa dignidade no caso. Parecia-lhe uma baixeza recorrer a estranhos para vingar um sentimento que era só da família. "Nós damos conta do serviço." Fiéis às ordens recebidas, eles deixaram o moço passar. Pouco depois — cerca de uns quinze minutos — surgiu na porta o próprio Jorge Figueredo. Parecia um morto-vivo (foi a comparação que fez um "cabra" da fazenda mais inspirado que os outros). Suas rugas pareciam ter aumentado, tornando-se mais profundas e mais inumeráveis. "Eu estou morto, não me levanto mais", pensava. Deixara a sala, em plena discussão de Lena e Maurício, dizendo:

— Vou ali, já volto. Ninguém me acompanhe.

Pouco lhe importava que Lena e Maurício discutissem, dissessem o diabo um ao outro. Ele estava cansado de tudo. Agora é que Guida estava mais morta do que nunca, agora é que realmente morrera, tanto quanto a outra, Evangelina. Duas filhas, meu Deus, duas filhas lhe davam um tremendo desgosto, punham por terra o seu orgulho todo. Agora ele avançava em passos lentos. Ia cumprir uma tarefa, que ninguém podia imaginar qual fosse. Solitário — nenhum empregado se atreveu a acompanhá-lo, contornou a casa e se encaminhou para a jaula dos cães (era, de fato, uma verdadeira jaula). Lá estavam os animais, grandes como lobos e, talvez, mais ferozes. Tinham sido preparados para estraçalhar Paulo. Tantas vezes a família imaginara a cena; Paulo atirado dentro da jaula e os cães enormes pulando sobre ele, derrubando-o, devorando a sua carne, ensangüentando as próprias mandíbulas. Há dois dias que as feras não comiam, de propósito. Estavam inquietas, latindo, latindo, os olhos em fogo.

Jorge Figueredo contemplou-os. Pareciam lobos ou quê?... Talvez tigres. Eram apavorantes na sua excitação, nas corridas circulares dentro da jaula.

O ancião puxou o revólver e com uma pontaria infalível foi atirando. Seis detonações. Os animais caíam, um a um, dando arrancos e arquejando, até se paralisarem, de olhos abertos. "Não errei uma bala", foi a vaidade feroz do velho.

Na sala, ouviram-se os tiros. D. Senhorinha ainda sobressaltou-se; mas Carlos observou, apenas:

— Não, mamãe. Ele disse para ninguém sair daqui.

D. Senhorinha se resignou, as mãos caíram ao longo do corpo. O velho voltou pouco depois. Ninguém perguntou nada. Só as três irmãs suspiraram. Era uma atmosfera de morte; pareciam estar ali velando alguém, velando um cadáver invisível.

Paulo continuava andando. Seu desejo era correr, chegar depressa ao vale, surpreender Guida. Procurou imaginar o que estaria ela fazendo, quando chegasse. Como o iria receber. Pensou, com um sorriso sardônico: "Cabana de troncos!" E estremeceu, seu sofrimento tornou-se mais vivo. Uma cabana de troncos — à maneira do Alaska — erguida numa solidão inacessível devia ser ideal para o amor. Ninguém para perturbá-los, só o silêncio e a sombra da floresta. Os dois — Maurício e Guida — deveriam sentir como se fossem o único homem e a única mulher de um paraíso. Num ermo assim, no coração da natureza, não poderiam fazer nada, senão amar, amar sempre. Não tinham distrações, nada, nada, senão o próprio sentimento para encher suas vidas, suas almas, e seus sonhos. Apesar do sofrimento — ia cego de desespero — Paulo não pôde deixar de notar: "Uma lua-de-mel só devia ser passada num lugar assim." Procurou imaginar cenas daquele amor. Cenas que se multiplicavam na sua imaginação, nítidas como se ele estivesse vendo na sua frente. "Eu seria capaz de perdoar Guida?" Ela era linda, tão linda! Lembrou-se de sua beleza, do seu hálito, dos seus cabelos e da sombra dos seus olhos. Pensou também nos seus beijos. Depois de um beijo, sua boca permanecia entreaberta e seus olhos como que adquiriam uma luz sobrenatural. "Eu não perdoarei: só se eu fosse um desbriado." Seu plano estava formado: "Mato-a e me mato também."

Chegara, afinal, ao vale. Lá estava a cabana. Aproximou-se, abaixando-se com extremo cuidado, para não ser visto. Graças a Deus, não percebera ninguém. Chegou diante de uma janelinha. Então, com cautela, ergueu a cabeça à altura do vidro. Viu, então, uma mulher. Estava de costas para a janela. Só quando ela se virou, é que ele a reconheceu.

"Eu sou a infiel." 35

JORGE Figueredo mandou buscar o padre Clemente. Era uma crueldade inútil continuar prendendo o religioso, agora que se sabia tudo. Todo o desejo de vingança do ancião, que fora o seu sentimento exclusivo durante tantos meses, dissolvera-se definitivamente. Não queria mais nada senão a morte. "Viver para quê?", perguntava a si mesmo. "Com duas filhas assim?" Sua última vontade era que Paulo se vingasse da infiel. "Guida pecou, deve pagar." E o melhor castigo parecia-lhe, ainda, a morte. O padre Clemente entrou, com os olhos não readaptados à luz. Vinha das trevas e da umidade do porão como quem saiu de um túmulo. Sentia-se regressar à vida e seu coração dava graças a Deus. Procurou Paulo e não o viu. "Mataram-no", foi o seu desespero.

— Paulo, onde está Paulo? — perguntou.

Ninguém respondeu; e esse silêncio pareceu-lhe uma confirmação de sua suspeita. "Não é possível, meu Deus, tanta maldade." Jorge, sentado (não se agüentava mais de pé, e a obsessão da morte dominava-o), deu uma ordem às filhas:

— Tirem todos os retratos das paredes!

As três filhas saíram, então, arrancando os quadros de Guida, um a um. Era trágico aquilo, aquela cólera que se voltava, vã e terrível, contra simples fotografias. Jorge Figueredo queria extinguir, na casa, tudo que lembrasse a filha. Havia no seu rancor sem perdão qualquer coisa de pai à Perez Escrich. Ele mesmo ajudou as moças, quebrando molduras e rasgando os retratos, tirando as flores dos jarros. D. Senhorinha, aterrada, via o marido, sem ânimo de detê-lo. Tinha medo de que uma palavra, um gesto, pudesse aumentar aquela exasperação, precipitá-lo, de vez, na loucura.

— Viu, padre?

Era para o religioso que o ancião se virava.

— Guida está viva!

— Eu sabia — murmurou o padre.

— Sabia? Então por que não disse? Eu ia matar Paulo, a mulher dele, Maurício... E o senhor sem dizer nada!

— Em último caso, eu diria, mas só em último caso. E agora, vai libertar os três?

Havia no coração do religioso um grande sentimento de felicidade. Esquecia-se momentaneamente de Guida, para pensar nos que estavam direta e imediatamente ameaçados. Já o fato de saber que Paulo estava vivo pareceu-lhe uma grande coisa, era um alívio imenso para a sua alma. E além disso, Jorge Figueredo acabava de dar a entender que renunciava à vingança.

— Matar Paulo por quê? — continuava o ancião. — Eu não faria isso! A culpada única é Guida. Se foi ela que não procedeu direito! Só ela merece a morte! Padre, Guida morrerá!

Parecia um louco ao dizer isso, com a voz carregada de ódio. O padre estremeceu. Percebeu que o outro, na sua obsessão, era capaz mesmo de fazer o que dizia, de matar a filha. E alarmou-se, quando soube que Paulo partira para assassinar Guida, a mandado do sogro.

— O senhor fez isso?

— Fiz, sim, fiz. E que é que tem?

— Mas ela é sua filha!

— Deixou de ser. Desde o momento em que pecou, deixou de ser minha filha.

— Meu Deus do céu!

O velho se exaltou ainda mais.

— E por ser minha filha, terá por acaso o direito de pecar? Precisa ser castigada!

Provocou o testemunho da mulher:

— Não é, Senhorinha? Quantas vezes não fomos ao túmulo, sem saber...

— O senhor não pode fazer isso — protestou o padre. — E eu vou procurar Paulo...

— Fique aí! Não se mexa! Ninguém sairá daqui, senão depois que Paulo voltar! E não tente desobedecer, padre, porque eu o mato, percebeu? Está avisado!

Então começou a espera. Qualquer rumor que vinha de fora fazia com que todos pensassem: "Será ele?" Ninguém tinha vontade de falar. Lena e Maurício se olhavam de vez em quando. Ela sentia-se enfraquecer, à medida que passava o tempo. Sentara-se na beira do sofá (já não agüentava mais em pé) e o que sentia era um profundo horror, uma náusea absoluta da vida, dos homens e de si mesma. Procurava calcular se Paulo seria ou não capaz de matar Guida. Ela era tão bonita, mas tão bonita! E ele ainda a amaria como antes? "Paulo é tão terrível, quando se irrita. Já não me ameaçou de morte?" Lembrou-se da bofetada que ele lhe dera. Refletiu, com amargura. "Apanhei do meu marido." E, apesar de tudo, enchia-a de espanto, de um sentimento que não sabia definir, a possibilidade de ver o marido transformado num assassino. "Matar uma pessoa é uma coisa incrível." Arrepiava-se pensando nessas coisas todas. "Estou livre." Não conseguia compreender que espécie de sentimento provocara em si o fato de sua liberdade. "Meu Deus, meu Deus!" E fixou Maurício: seus olhos se encontraram. Ela desviou a vista.

Que coisa triste aquela reunião sem palavras! E, de repente, o silêncio pareceu se fazer maior ainda. Era como se ninguém respirasse, como se, por espaço de um, dois, três segundos o coração de todos ali tivesse parado. Ouviam-se passos. Alguém subia a escada. E o barulho daqueles parecia aumentar, crescer, encher a sala...

Todos os olhos se fixaram na porta. Por ali devia entrar a pessoa que chegava. Seria Paulo?

Paulo podia ser visto, bastando para isso que ela olhasse na direção da janelinha. Mas era tal o sentimento do rapaz, tão grande a sua angústia, que não teve idéia de se resguardar, de baixar a cabeça, de se esconder, enfim. Nem soube quanto tempo permaneceu ali, observando apenas, incapaz de se mover, de ter uma iniciativa. Como era bonita, como era linda! E ele que não a via há tanto tempo! Na frescura do primeiro olhar, ela lhe parecia perfeita, sobretudo naquela atitude de tristeza, os olhos sombrios, a boca atormentada e os cabelos sedosos que davam tanto realce ao seu tipo de beleza. "Se ela soubesse que eu estou aqui", pensou Paulo, "se pudesse imaginar!" Comparou-a à Lena. "Não sei ainda o que acho da minha mulher. Bonita, feia ou o quê?" Bateu no vidro e se escondeu. Regina ouviu o barulho e sobressaltou-se. Olhou para a janela: ninguém. "Será que eu ouvi mesmo? Ou foi ilusão?" Estava com os nervos tão abalados, que qualquer coisa bastava para assustá-la. "Maurício, onde está Maurício?" Deixava-se possuir pelo desespero. Naqueles dias, seu pensamento voltava-se constantemente para a morte. "Estou abandonada. Ele não gosta de mim, deixou de gostar." Ainda faria uma tentativa, uma última tentativa, no sentido de atraí-lo de novo, de fazer com que experimentasse o antigo encanto na sua companhia. Antes, era tão diferente! Seus beijos tinham outra violência, uma doçura quase mortal.

Paulo contornou a cabana e empurrou a porta. Sem rumor, avançou.

O assoalho rangia. Teve medo que ela ouvisse e abrisse a porta (ele queria surpreendê-la totalmente). Regina, de fato, escutou um barulho na salinha. A princípio, sobressaltou-se, mas logo se tranqüilizou: "É Tião." Já não chorava, há várias horas que seus olhos estavam enxutos. Suas lágrimas pareciam esgotadas. E continuava sem saber o que fazer, que solução dar. "Minha beleza não adianta, deixou de interessar. Posso ser bonita quantas vezes quiser, me enfeitar toda, me perfumar, e tudo será completamente inútil." Esse sentimento de inutilidade é que a enchia de pânico. E como sempre acontecia nessas horas (o sofrimento dava-lhe medo da solidão); gritou:

— Tião! Tião!

O velho criado era uma companhia boa, confortadora, na sua doçura e no seu otimismo. Ele dizia-lhe sempre: "Isso passa, isso passa." Queria se referir, com tais palavras, à atitude de Maurício.

"A senhora vai ver, ele ainda vai ser o mesmo para a senhora." Ela ouvia essas palavras, tantas vezes ditas, tantas vezes repetidas, com verdadeira avidez; e logo sua perdida esperança renascia. Agora chamava, insistia, numa necessidade absoluta de uma palavra amiga e confiante:

— Tião! Tião!

Ele não respondia; impacientou-se. "Meu Deus, até Tião está contra mim!" Ia se dirigir para a porta, quando esta começou a se abrir. Mas muito devagar, muito devagarinho. Achou aquilo estranho. "Por que ele não empurra de uma vez, ora essa! Por que não abre logo!" Ficou esperando. Balbuciou, estranhando:

— Tião!

Ninguém respondeu. A porta continuava se abrindo, mas tão levemente, como se mãos imateriais a impelissem. Então, um medo nasceu dentro dela, de repente; foi uma brusca e violenta crise de pânico. Sentiu no ar, nas coisas, em tudo, algo que ela não sabia o que fosse, talvez um pressentimento, uma intuição trágica. Veio-lhe aquele pensamento absurdo, sem nenhum raciocínio, nenhum motivo, ainda assim obsessionante: "Alguém quer me matar." Teria gritado, se pudesse. Mas foi como se mãos invisíveis apertassem o seu pescoço, estrangulassem qualquer som. A porta estava aberta e um desconhecido aparecia.

Não o reconheceu logo. Pareceu-lhe realmente um desconhecido; e só depois do primeiro momento é que balbuciou, vergando os joelhos:

— Paulo!

Estendeu uma das mãos, como para detê-lo, impedir que ele avançasse. E, olhando a expressão do rapaz, a barba crescida, o olhar, o ríctus da boca, aquela certeza de morte cresceu na sua alma, apertou seu coração, foi como se a petrificasse naquele lugar e naquela posição. Impossível ficar mais pálida do que ela estava. Ele também parecia não ter uma gota de sangue, nos lábios, nas faces; e só os seus olhos tinham uma chama selvagem.

— Levante-se — ordenou.

Ele pensava: “Nenhum lugar melhor do que este para se matar uma mulher. Matar ou... amar.” Ninguém ouviria gritos, ninguém viria em socorro. Era como se o ermo absoluto trouxesse em si mesmo a sugestão de um crime.

— O que é que você veio fazer aqui? — perguntou a moça, num sopro de voz.

— Não adivinha?

Estavam agora face a face e se examinavam como se se visssem pela primeira vez. Todo um passado despertava neles. Numa fração de segundo, no breve intervalo entre uma pergunta e uma resposta, lembraram-se de coisas, de intimidades, incidentes, episódios que estavam sepultos. Ele, então, disse:

— Vim aqui para matá-la.

Não alteou a voz para dizer isso; até, pelo contrário, falou em segredo, quase que tudo se resumiu a um movimento de lábios sem som.

— Por que não mata?

— Primeiro me responda: você gosta assim, tanto assim, de Maurício?

Era esta a sua amarga curiosidade. Saber até que ponto o irmão se apossara daquela alma. Pressentia que ela estava inteiramente dominada pelo amor. Seus olhos não mentiam. Conhece-se a distância a mulher que ama. Regina confirmou, com desesperado impudor:

— Gosto, sim. E muito mais do que você pensa!

— E morreria por ele?

Sorriu com amargura:

— Morreria quantas vezes fosse preciso. Daria o meu sangue, tudo! Ah, Paulo, você não sabe o que é uma mulher quando gosta, mas gosta mesmo de verdade. Não falo de sentimentos sem importância, flerte, não. Falo de amor de fato. Eu amo Maurício, amo, e amo. Não adianta ameaça, não adianta nada. Quando me meti nisso, sabia o que ia acontecer, tinha certeza. E não estou aqui, não estou?

— Mas ele não gosta de você! Não percebeu ainda?

— Gosta, sim. Gosta!

— Você está doida, completamente doida!

— Doida, eu? Pois sim! Então uma mulher não sabe quando um homem a ama? Ah, meu filho!...

No seu desespero, tratava Paulo de "meu filho"; esquecia-se de tudo, naquela exaltação. Parecia possuída de febre; era como se uma chama ardesse dentro dela e consumisse sua alma, seus sonhos, tudo. Paulo compreendeu que só uma coisa poderia aquietar aquela exaltação: a morte. Só morrendo, ela deixaria de querer a Maurício.

Ela continuava, numa pueril necessidade de convencê-lo.

— Num beijo, a gente sabe se o homem ainda é nosso ou não? Maurício pode ter um flerte, está certo. Mas isso será uma fase. Mas amor mesmo, amor de verdade, ele tem por mim, só por mim.

E repetiu, num desafio, batendo com o punho no próprio peito.

— Por mim! Só por mim!

— E se eu provar que ele gosta de outra, que não volta mais?

— Não adianta!

— Nem com uma prova definitiva?

— Nem assim!

Calaram-se; e a solidão do lugar era cada vez mais opressiva e intolerável, a solidão e o silêncio. Ele se exaltou, de repente; quis arrancá-la do encanto que a envolvia toda.

— Você pecou e ainda por cima confessa?

— Confesso.

— E não se arrepende?

— Não me arrependo.

Erguia-se diante dele, como uma fanática, sem o menor vestígio de medo, com os olhos agora límpidos. Não tinha consciência do bem ou do mal, acreditando somente no seu amor. Nada mais existia para ela no universo senão o seu sentimento e o homem que o inspirara.

Entrou um empregado. Subiu as escadas, de chapéu na mão. Quanto tempo ficaram ali, esperando que Paulo chegasse? Ninguém saberia dizer. Perdera-se a noção do tempo. Durante talvez uma hora não se ouviu uma só palavra. Silêncio, nada mais que silêncio; e uma angústia que crescia no coração. E todos conservavam a mesma atitude, pareciam desumanos naquela imobilidade. O pensamento é que trabalhava, sem cessar. "Por que é que ele não vem?", perguntava o padre. Pior do que tudo era a expectativa. D. Senhorinha dizia mentalmente "Minha filha, minha filhinha..." E sua alma, que parecia dura, quase pétrea, se enternecia; havia no seu ser um impulso de perdão e de generosidade para todos os pecados. Não se atrevera a se levantar contra o marido. "Por que é que eu não gritei, por que é que eu não resisti, fui deixar?" Isso lhe parecia quase uma cumplicidade no crime que se ia cometer contra a filha. "Eu odeio Jorge, nunca mais falarei com Jorge." Seus olhos se fixaram em Lena. Esta pensava: "Será que Paulo terá coragem?" Maurício raciocinava: "Regina vai morrer, eu não disse nada. Nem ao menos estou com pena. Não sinto nada, nada. Ela sacrificou-se por mim, largou tudo por mim, e quando acaba eu estou pensando em Lena. Mas isso é o cúmulo!" Via Lena e se convencia profunda e definitivamente que era ela seu grande amor. "Mas com Regina foi assim. Eu estava certo de que jamais deixaria de amá-la." Carlos e Rubens tinham um pensamento comum: Maurício. Houve um momento em que falaram, a meia voz:

— E Maurício? Não vai sofrer nada?

— A gente faz um servicinho nele.

— E se o pai não quiser?

— Ninguém precisa saber que fomos nós.

Calaram-se. Estavam entendidos; e olharam Maurício, que não tirava os olhos de Lena. "Cachorro", rosnou Rubens. Para os dois irmãos, Guida pecara; mas era preciso que Maurício pagasse também, expiasse. "Foi ele o sedutor." Carlos ia se levantando (queria dizer qualquer coisa ao pai), quando se imobilizou. Ouviam-se passos na escada. Alguém chegara. Não foi só ele: todos estremeceram e houve em cada fisionomia uma expressão de angústia. Não se tirava os olhos da porta.

Paulo entrou. Parecia exausto e trazia nos olhos uma luz de loucura. Ficou imóvel na moldura da porta. E disse, com uma voz irreconhecível:

— Guida está morta!

Não disse mais nada e nem precisava. Bastou aquele "Guida está morta". Era inútil acrescentar qualquer palavra. Ele continuou na porta, esperando não sabia direito o quê. D. Senhorinha foi a primeira que deu acordo de si. Levantou-se sem uma lágrima (sua impassibilidade era alguma coisa de sinistro) e se encaminhou para a escada. Seus ouvidos, a sala, a casa, tudo estava ressoante daquelas palavras tão simples, lacônicas e definitivas. "Guida está morta." O padre Clemente ainda fez um gesto, que logo reprimiu, de ir ao seu encontro, acompanhá-lo, dar-lhe um amparo. Mas se retraiu. Carlos e Rubens cerraram os olhos para não chorar. Apesar de tudo, do seu fanatismo pela honra da família, a notícia, dita assim, causara-lhes uma dor inesperada, um estremecimento de todo o seu ser. As três irmãs reprimiam o pranto; mas não tardaria que as lágrimas cativas corressem. Duro saber que uma irmã acaba de morrer, ainda por cima assassinada.

— Mas como foi? — quis saber o padre Clemente.

Aproximou-se de Paulo. "Ele é um assassino", teve que reconhecer. Parecia-lhe estar vendo um Paulo diferente. Era como se o crime tivesse alterado sua personalidade, sua fisionomia, deixado um estigma. A própria Lena baixou a vista, cobriu o rosto com a mão. Crispava-se toda, murmurava baixinho: "Meu Deus, meu Deus." Aquilo era demais para os seus nervos. Como é possível que um pai mande assassinar a própria filha?

Maurício, pouco a pouco, ia compreendendo. Precisava repetir para si mesmo: "Ele matou Regina. Ele matou Regina." Experimentava uma espécie de horror em si próprio, porque não sofria, porque não conseguia sofrer. Olhava espantado para todo o mundo. As três irmãs estavam imóveis, rígidas, uma expressão severa no rosto. Pareciam de repente envelhecidas. Maurício se ergueu; equilibrava-se com esforço; e avançou, num passo incerto, em direção de Paulo.

— Você matou mesmo? Matou?

Queria duvidar até o último momento. "Não é possível, não acredito." Virou-se, com o mesmo ar de assombro, para ver o velho Figueredo cair de joelhos e começar a chorar, num pranto que o sacudia como uma torre. Queria se conter, estrangular os soluços que subiam, mas era inútil, a crise foi mais forte que sua vontade. Horrível de se ver aquele velho duro, que parecia de ferro, abandonar-se assim, chorar na frente de todos, ele, que devia dar um exemplo de força e de impiedade. Instantaneamente a família toda se reuniu, como que unindo suas lágrimas e se prostrando ante a memória de Guida. Paulo sentiu mais do que nunca a presença da morta. Era como se o corpo estivesse ali e se diante dele todos se ajoelhassem. O velho ergueu-se, apanhou o pedaço de uma moldura e se abraçou a ele, apertou-o de encontro ao peito. As três irmãs ficaram também de joelhos; e Carlos e Rubens mergulhavam o rosto nas mãos pesadas e grandes, esquecidos de tudo e de todos, até de Maurício, consagrando-se inteiramente ao desespero.

Paulo sussurrou para Lena:

— Vamos.

E fez um sinal para o padre, chamando-o. Lena recuou:

— Não vou. Com você não vou!

Maurício chegou-se para o irmão e lançou-lhe uma acusação lacônica, sem altear, entretanto, a voz:

— Assassino!

Falara baixo, para ser ouvido somente pelo irmão. Paulo virou-se instantaneamente; por um momento parecia que se ia atracar com o outro. O padre, atento, se interpôs entre os dois.

— Não façam isso! Tenham juízo.

Paulo sorriu, sardônico. Sentia pelo irmão, não ódio, mas desprezo. Perguntou-lhe, também em voz baixa:

— Eu matei, mas você é o culpado. Se você não tivesse aparecido, não tivesse feito o que fez, isso não aconteceria!

Maurício baixou a cabeça. Não tinha realmente o que dizer.

Queria odiar Paulo, desejaria até matá-lo; mas sentia-se subitamente desorientado, vencido psicologicamente. "Eu e Regina o traímos." Pela primeira vez, sentia isso, agora que já era tarde demais, que ela estava morta. Quis se voltar para Lena, mas ela se retraiu, rápida. Ele espantou-se.

— Que é isso?

Percebeu nos olhos da cunhada uma acusação viva.

— Você tem coragem? Guida acabou de morrer, o corpo ainda não foi enterrado e você já está dando em cima de outra mulher? Devia ter mais consciência!

Era isso que a horrorizava, que a fazia contrair-se toda: vê-lo esquecer-se instantaneamente da mulher que o acompanhara, que abandonara tudo por ele, e que mal acabara de morrer. O corpo de Guida ainda estava, talvez, quente, não esfriara todo, não tivera sequer tempo de enrijecer. Uma revolta invadiu Lena, um nojo dos homens, dessa facilidade monstruosa de esquecer e de substituir que eles têm. Hoje, uma; amanhã, outra. Sempre trocando, esquecendo, passando adiante. Disse, entre dentes, para Maurício (envolvia o cunhado e o marido no mesmo ódio):

— Vocês são indignos! — e repetia, olhando ora para um, ora para outro: — Indignos!

O padre quis acalmá-la, balbuciou palavras que ela não ouviu. Sem dizer nada, Paulo se adiantou. Ela ainda disse:

— Não me toque!

Ele a segurava e suspendia, carregando-a no colo. Quis espernear, e ele ordenou, sumária e brutalmente:

— Quieta!

Contra a vontade, fez-se passiva nos braços dele, impressionada e dominada pela sua energia sóbria e terrível. Pressentiu — era bastante mulher para isso — que detrás de sua calma escondia uma força concentrada, uma violência que a qualquer momento poderia rebentar. Procurou se ajeitar melhor no colo do marido. Ele repetiu-lhe ao ouvido:

— Não se mexa, não fale nada.

Maurício e o padre Clemente vieram logo após. Nenhum dos Figueredo tentou impedir. Naquele momento eles viviam para sua dor. Haviam desejado a morte de Guida — menos D. Senhorinha e as três moças — mas não haviam contado com o próprio sofrimento. Eram ardentes, passionais em tudo; até no seu sentimento da morte. O ancião abraçava-se ao pedaço de moldura e queria refazer os retratos rasgados. Levantou-se e acusou-se a si mesmo:

— Fui eu que mandei matar a minha própria filha! Eu sim, eu!...

Viu, espantado, Ana Maria caminhar ao seu encontro. Teve a impressão de que ela vinha bater-lhe; e experimentou um medo de criança, o pânico infantil da pancada. Ela parou diante dele. Os outros irmãos pararam de chorar, surpresos diante da cena. A voz de Ana Maria pareceu quase máscula:

— Viu o resultado, viu? — seus olhos não tinham uma lágrima. — Ela estava viva e agora morreu! O senhor é um malvado!

Era a primeira vez que isso lhe acontecia, que uma filha se levantava contra ele. Era uma revolta, depois de anos e anos de submissão absoluta, de uma passividade inumana. Jorge Figueredo olhou para os outros filhos; e em todas as fisionomias encontrou a mesma expressão de rancor. “Eles me odeiam”, pensou; “têm raiva de mim.” Exercera uma tirania absoluta sobre aquelas vidas, e eis que os filhos se voltavam contra ele, destruíram a sua autoridade. Ainda fez um esforço, uma tentativa para dominá-los. Quis gritar.

— Você está falando com o seu pai!

Mas Ana Maria tinha ido longe demais. Crescia numa atitude de maldição.

— Pai o quê! Pai coisa nenhuma! Nunca mais falo com o senhor, fique sabendo!

— Nem eu!

— Eu também não!

Todos se solidarizavam. O ancião viu-se, de repente, solitário. Sentia-se encurralado, não sabia para onde se voltar, tinha qualquer coisa de medo animal nos olhos, na atitude. Encontrava em cada filho um inimigo à espreita. Teve, até, a idéia de que seriam capazes de matá-lo. Desvairava-se. “Eles me matam.” Quis correr, mas foi seguro. Carlos berrava-lhe na cara:

— Quem foi que mandou o senhor fazer isso?

O ancião balbuciou:

— Parricida!

E repetiu:

— Parricida!

Como todos se espantassem diante da palavra inesperada, ele gritou, frenético:

— Podem me matar! Me matem, andem! Por que não me matam?

Abria o paletó, oferecia o peito (era como se tivesse perdido a razão):

— Matem o seu próprio pai, pronto!

Mas sua expressão mudou totalmente. Acabava de ver, descendo a escada, D. Senhorinha. Descia devagar, degrau por degrau. Os filhos se viraram também; e se assustaram, perceberam logo o que havia acontecido. D. Senhorinha perdera seu ar de martírio: tinha uma expressão de mansa alegria, parecia repentinamente feliz: e sorria com doçura, os olhos iluminados. Encaminhou-se para os filhos e para o marido. Não percebeu o espanto com que era recebida.

— O que é que vocês estão me olhando?

E brincou, a voz muito macia, muito doce:

— Nunca me viram?

— Mamãe! — ciciou Lourdes.

Ela não escutou a filha; dirigiu-se ao marido:

— Jorge, você já notou uma coisa?

E como o ancião nada dissesse, continuou:

— Guida já está uma moça! Nem parece que tem 14 anos! Vem cá, minha filha!

Ana Maria não agüentou mais. Soluçou perdidamente e correu, subiu as escadas, abriu a porta do quarto e trancou-se. Ia chorar longe da vista de todos: "Mamãe enlouqueceu, mamãe enlouqueceu." Jorge fingiu que concordava:

— É mesmo, Senhorinha, Guida está ficando moça, sim.

Caminharam muito tempo sem dizer nada. Paulo parou, de repente, sempre com Lena nos braços (uma Lena que se encolhia, que se fazia menor, parecia minguar, e fechava os olhos). Maurício e o padre vinham pouco atrás. Paulo deixou que eles se aproximassem.

— Maurício...

Estava com a fisionomia fechada e arquejava:

— ...Guida está sozinha. Ao menos faça isso: faça companhia ao cadáver.

Maurício ia replicar, chamá-lo, de novo, de assassino; mas os olhos de Paulo estavam frios e inumanos. Baixou a cabeça, com um sentimento intolerável de humilhação. Pensou em puxar o revólver, atirar no irmão, mas o impulso não chegou a se realizar. O padre bateu-lhe nas costas, animou-o:

— Vá, Maurício, vá!

Leninha tiritava no seu frio nervoso. Também ela sentiu uma inesperada piedade daquela morta que estava abandonada na solidão da floresta, varada a tiros, sem uma companhia, sem ninguém velando e, quem sabe, se de olhos abertos. "Com certeza ele não fechou os olhos de Guida." E era esse o detalhe que agora a impressionava, que lhe dava um arrepio no corpo e na alma; aquelas pálpebras que não encontraram quem as descesse. Parecia-lhe que apesar de morta, Guida sofreria com o abandono, com a tristeza de estar sozinha. O padre se ofereceu, também:

— Eu vou com você, Maurício! Vamos nós dois!

Leninha imaginava: "Será que Guída vai ficar bem morta?" Experimentou uma curiosidade doentia de vê-la. Ah, se pudesse, bem que iria!... Não era por nada, só para ver, espiar. Fora tão bonita; talvez perdesse na morte. Maurício e o padre se afastaram. Só depois que os dois desapareceram (Maurício ainda se voltou para vê-la), é que Paulo continuou a marcha. "Estou só outra vez com Paulo." Mas não teve nenhum medo. Pelo contrário. Depois de tantas emoções, do sofrimento de corpo e alma, experimentava uma certa paz interior. Fechava os olhos, deixava-se levar e era bom estar sendo carregada por uns braços tão fortes. "Se eu tivesse de andar", refletiu, "não agüentaria." Estava enfraquecida e tudo lhe doía: os músculos, os quadris, o ombro. Queria descansar, não pensar em nada, não pensar em Guida, em Maurício, nos Figueredo. E tampouco em Paulo. Sua alma se esvaziara de tudo: de tristeza, de mágoa, de alegria. "Estou oca, completamente oca." Houve um instante em que olhou para o marido; continuava com o rosto sombrio, marcado de sofrimento.

Ela estremeceu, quando ele perguntou:

— Está muito machucada?

— Um pouco.

— Prefere ir andando ou carregada?

Confessou, vermelhíssima:

— Carregada.

Ela, então, quis saber, foi uma brusca curiosidade:

— Como foi? — Referia-se ao crime.

Paulo contou, aparentemente sem emoção. Lena não perdia uma palavra e à medida que ele falava, as cenas iam se apresentando, vivas, quase como se ela estivesse vendo.

Disse que se irritara quando Guida confessara o seu amor por Maurício. Pode-se perdoar uma pecadora que se arrepende, que se envergonha e se humilha. Mas Guida, não. Abençoava a própria falta e se dizia disposta a morrer, uma, duas, quatro, dez, quinhentas vezes por Maurício. O diálogo entre ela e Paulo tornara-se violento, passional. Paulo ainda quis trazê-la ao bom caminho. Dissera-lhe:

— Quer voltar comigo?

Resposta:

— Nunca!

— Não tem medo, então, de minha vingança?

— Nenhum. Absolutamente nenhum.

— Guida!

Enfrentava-o com um desassombro que, apesar de tudo, o impressionou. Era uma dessas mulheres estranhas que vêm ao mundo com a vocação exclusiva do pecado. Ele chegou a se humilhar.

— Guida, você me fez uma coisa que nenhum homem esquece, nem pode esquecer.

— Eu sei.

— Pois bem; apesar disso, apesar de tudo, estou disposto a perdoar você. Deixe Maurício e pronto! Eu procurarei esquecer, enterrar o passado!

— Não adianta, Paulo! É inútil!

— Guida!

Olharam-se em silêncio. E ela teve uma curiosidade feminina:

— Você ainda gosta de mim?

— Gosto.

— Mas gosta como? Me tem amor, paixão?

Paulo podia ter calado os seus sentimentos. Mas não resistiu:

— Guida, ainda sou louco por você. Você é o meu grande, meu único amor.

Nesse ponto da narração, Lena interrompeu. Perguntou ao marido:

— Você disse isso a ela?

— O quê?

— Que ela era seu grande, seu único amor?

— Claro!

— Está bem. Continue.

Ele continuou:

— Depois de minha confissão, em vez de Guida ficar comovida, não. Riu-se de mim, zombou, desafiou-me. Eu então perdi de vez a cabeça. Levava comigo o punhal.

— Punhal? — admirou-se Lena, estremecendo.

— Sim, punhal. Segurei-a com uma das mãos pelo pescoço...

— E então? — crispou-se Lena.

— Então, enterrei...

“Dei a última punhalada num corpo sem vida!...” 36

LENINHA sentiu um arrepio. E Paulo completou a narrativa, com um brilho selvagem nos olhos:

— ...e enterrei, até o cabo, uma, duas, três, quatro vezes.

Na imaginação de Lena a cena surgia nítida: Paulo, feito um possesso, apunhalando a primeira esposa. Guida gritando, gritando, querendo fugir, caindo e se levantando para cair novamente. Paulo, implacável, multiplicando as punhaladas e só parando quando Guida, ensangüentada, expirou, afinal. Ele, fascinado, vendo os últimos estremecimentos daquele corpo — verdadeiras convulsões. Toda a sala suja de sangue, até as paredes, cadeiras viradas.

— Nunca pensei que uma mulher tivesse tanto sangue! — foi a observação de Paulo.

E como Leninha, aterrada, nada dissesse, revoltada, sentindo engulhos, ele acrescentou:

— Ainda fiz mais: depois que ela morreu, dei a última punhalada. E escolhi calmamente o lugar: foi no coração, bem em cima do coração. Deixei o punhal no corpo, cravado!

Leninha não pôde mais:

— Quero descer! Vou a pé!

Tinha um asco absoluto do marido, uma sensação tal de repulsa física, que parecia embrulhar o estômago. Veio-lhe uma obsessão, uma espécie de delírio do fato; sentiu cheiro de sangue. E quando o marido, com um riso sardônico na boca (oh, que riso abominável), se aproximou, ela teve a impressão, direitinho, de que via sangue nas suas mãos, na camisa, em todo lugar. Recuou.

— Não me toque, ouviu? Não me toque! Assassino!

Abaixou a voz para repetir:

— Assassino!

Mas a acusação não o perturbou; avançou, segurou-a pelos pulsos.

— Você começa com coisa, eu acabo fazendo o mesmo em você. Quer ver?

— Não, não!

Soltou-a; e teve outra vez aquele riso, que ia crescendo, começava baixo e aumentava até se fundir numa gargalhada apavorante. Aquilo impressionava, arrepiava tanto como um ataque.

— Pare! — soluçou Lena. — Pare!

Tapava os ouvidos. Não podia ouvir aquilo. E como ele continuasse, ela se enfureceu outra vez, perdeu a covardia, cresceu para o marido, profética:

— Você ainda há de encontrar alguém que o mate, está ouvindo? Que faça com você o mesmo que você fez com Guida!

Ele parou, subitamente, de rir. E a mudança de sua fisionomia não teve transição nenhuma. Olhou para Leninha numa expressão inumana. No seu terror, ela ainda teve tempo de reparar nos seus olhos de assassino. Não pôde sequer gritar.

Maurício não esqueceria nunca aquela caminhada. Vinham em silêncio, ele e o padre Clemente, atormentados pelo mesmo sentimento. Não queriam falar; era como se qualquer palavra fosse demais ou inútil. Mas, no fim de certo tempo, o próprio silêncio parecia aumentar a sua angústia. Estavam na floresta; e a sombra caía agora rapidamente.

— Padre — disse Maurício — a minha situação não tem remédio. Preciso resolver de vez o meu caso com Paulo.

— Depois falaremos nisso.

Mas ele insistiu. Renascia nele o ódio ao irmão, e, agora, mais forte, mais intenso, mais obcecante do que nunca.

— Falemos agora, padre. Paulo vai pagar o que fez, tome nota. Ele não pode ficar impune; seria o cúmulo — ouviu? — o cúmulo!

— Pense em Guida, meu filho. O mais importante, no momento, é ela.

Ele balbuciou:

— Guida, Guida...

Era com um esforço que acreditava na sua morte. A idéia de vê-la sem vida encheu-o subitamente de angústia e uma espécie de terror. "Como estaria ela?" Procurou imaginá-la morta. Perguntou:

— Padre, ele terá usado o quê?

— Como?

— Revólver ou punhal?

O irmão gostava das duas armas. Maurício desejou que fosse o revólver. O revólver, apesar de tudo, era mais humano, menos bárbaro do que o punhal. Um pequeno orifício, ou, conforme o número de tiros, vários pequenos orifícios. Mas, punhal, não: punhal feria mais, rasgava a carne, dilacerava, fazia mais sangue, muito mais. Agora que Guida estava morta, o religioso teve uma brusca curiosidade:

— Maurício, você ainda gostava de... Guida?

Fez a pergunta com certo medo, temeroso da resposta. Segundo suas impressões pessoais, Maurício deixara de amar Guida, voltando-se só para Lena. Maurício hesitou, antes de responder.

— Gostava.

— Como antes?

Respondeu com esforço:

— Como antes.

O outro não acreditou, mas não quis continuar interrogando. Também agora era inútil; Guida estava morta mesmo, para que defender a sua causa?

Calaram-se, porque se aproximavam da cabana. A angústia aumentava e tinham um sentimento maior e mais profundo da morte. Em Maurício, crescia o medo de ver uma Guida apunhalada. A cabana apareceu. "Eu acabo chorando", pensou Maurício. Naquele momento, a lembrança de Guida se fez mais viva e mais pungente; a passada ternura voltava, pouco a pouco, inundava seu coração.

Parecia amá-la de novo; e de qualquer maneira experimentava uma piedade intolerável. Bem perto já, deteve o padre:

— Eu queria ir sozinho, padre. Depois eu chamo o senhor.

O religioso não insistiu, já com lágrimas nos olhos:

— Está bem, meu filho, está bem.

E acrescentou:

— Seja forte!

Maurício veio andando lentamente na direção da cabana. Apertava os lábios e se continha para não se abandonar inteiramente à dor. "Tião, onde está Tião? Será que Paulo também o matou? Ou quem sabe se Tião não teria saído a serviço da moça? Se saiu, quando chegar Estava diante da porta. Vacilou, antes de empurrar. Finalmente, entrou, pronto para ver a bem-amada morta e sabendo que cairia sobre o seu corpo, chorando perdidamente. Logo que abriu teve a surpresa. Sentiu-se enlaçado e...

Ela pediu, imobilizada pelo medo:

— Não me faça mal!

Estendia as mãos para ele, num apelo. Paulo mudou de atitude, estranhou.

— Tem tanto medo assim de mim?

— Tenho.

— Por quê?

— Você matou Guida. Deu uma punhalada em Guida quando ela já estava morta.

Esse golpe derradeiro, num corpo já sem vida, deixava-a gelada, dava-lhe uma medida da maldade humana. Era com isso que não se conformava, com essa crueldade desnecessária. Só mesmo um bárbaro, um homem sem sentimento nenhum, poderia fazer uma coisa dessas. Lena esquecia-se do seu antigo ódio à morta. Afinal de contas, era triste, era horrível ver uma mulher ser assassinada assim.

— Matei porque não podia ter duas esposas.

— O quê?

— Você e ela eram demais. Uma precisava desaparecer.

Tinha no jeito da boca um cinismo que a estarreceu.

— Ainda tem coragem de dizer isso? A mim?

— Tenho coragem, por que não? (Ou você já acha que eu devia ficar com uma e com outra?)

— Comigo você não fica! Nosso casamento não é válido. Quando você se casou comigo Guida ainda vivia!

Gritava, parecia desafiar o marido:

— Não fico na fazenda nem mais um minuto! Chego lá, arrumo as minhas coisas, vou-me embora, para nunca mais voltar!

Espantou-se, sem compreender por que o riso aparecia nos lábios de Paulo.

— Quem foi que disse? — ria-se francamente. — Quem foi que disse que eu ia deixar você ir embora?

— Eu que estou dizendo!

— Pois sim!

Carregou-a, de novo, no colo, vencendo uma resistência breve e inútil.

— Está vendo? Eu faço com você o que quero.

— Você vai ver!

E ele subitamente recomeçou a rir. Lena olhou-o espantada. Agora o riso era diferente, quase bonito, um riso que o remoçou, deu-lhe à fisionomia um novo aspecto. Seus dentes apareciam, claros, perfeitos, sólidos (jamais o vira assim).

— Boba, boba!

— Me largue!

— Acreditou, então? Pensou mesmo que eu tivesse assassinado Guida? Não vê logo!

— Então não matou?

— Matei ninguém! Você acha que eu estaria assim, com essa calma toda?

Lena insistiu:

— E a história da punhalada? Tudo o que você contou? É mentira?

— Claro!

— Você não esteve lá?

— Estive, mas o que é que tem?

— Falou com Guida?

— Falei, sim. Apenas não matei, não dei punhalada nenhuma.

Ela estava tão espantada, tão desorientada (não sabia se acreditava, se deixava de acreditar) que, sem dar por isso, abria a boca. Paulo teve um súbito impulso que se realizou quase à revelia de sua vontade. Curvou-se inesperadamente, deu-lhe um beijo rápido na boca; e logo se arrependeu, balbuciou, confuso:

— Desculpe. Foi sem querer.

Ele mesmo compreendeu o absurdo da explicação, sorriu, pensando: "Como é que se dá um beijo sem querer?" Mas, a verdade é que tocara os lábios da mulher sem pensar no que fazia, com uma simplicidade, naturalidade, uma espontaneidade absoluta. Perturbou-se um pouco, vendo que ela se atrapalhava.

Paulo sussurrou, quase ao seu ouvido:

— Não posso?

— O quê?

— Beijá-la?

Iludiu a resposta:

— Não brinque!

— Estou falando sério. Você acha que tem alguma coisa de mais um marido beijar a esposa?

— Conforme.

— Conforme por quê? Sim ou não?

Emudeceram-se, de repente. Era como se os invadisse o mesmo sentimento de espanto e de incompreensão. Pela primeira vez falavam naquele tom; e estranhavam a própria atitude. Ela se lembrou, então, de Guida. Mais uma vez a outra se interpunha entre eles e agora de uma maneira mais atormentadora. "Guida está viva", refletiu Lena. Seu coração começou a bater num ritmo de angústia. Pediu para descer e ele deixou. Vieram andando e já estavam bem próximos da fazenda. Pararam mais uma vez. Ela quis saber:

— E Guida?

— O que é que tem?

— Está viva.

— Eu sei, ora essa!

Tornou-se sardônica:

— Bonita situação: meu marido com duas esposas!

— Ah, está com ciúmes?

Percebeu a ironia. Indignou-se. "Ele interpretou mal as minhas palavras." Tornou-se agressiva:

— Eu, ciúmes? Está enganado, meu filho, mas muito enganado. O que eu não estou disposta a tolerar é a situação de ser uma das esposas de meu marido. Isso nunca! Está pensando que eu sou o quê?

— Mas você não estava com tanta pena de Guida? Como é que agora se revolta porque ela está viva? Explique isso? Como é?

Gritou desesperada:

— Não me atormente, não me atormente!

Não sabia o que pensar, o que sentir. Havia uma confusão horrível na sua cabeça. Estava tonta, seu grande desejo era que a deixassem em paz, que não a torturassem.

— Pois fique com a sua Guida!

Gritava com ele, com uma violência que o surpreendeu:

— Eu não tomo o marido das outras!

— Mas eu também sou seu marido!

— "Também", ainda tem coragem de dizer também?

Correu, dominada pelo instinto de fuga. Não previa, porém, que o esforço fosse excessivo para seu pobre corpo esgotado. Foi obrigada a parar pouco adiante, tonta, cambaleando; e cairia se ele não a amparasse, não a carregasse outra vez, com os seus braços grossos e fortes. Ouviu que ele dizia colando a boca ao seu ouvido:

— Eu levo você, eu levo...

Ele percebeu instantaneamente que os braços que assim o enlaçavam eram leves, finos, macios demais para serem de homem. Virou-se tão rápido, que quase derrubava a pessoa que o surpreendera. Viu, então, na sua frente, sorrindo... Regina. Linda como uma aparição.

— Você?! — perguntou ele, quase não acreditando no que via.

— Eu. Eu, sim.

Admirou-se; sem compreender por que ele recuava, com uma expressão de assombro e de medo.

— Por que você me olha assim? Que foi que aconteceu?

— Regina, é você mesma, Regina?

Abraçou-se a ele, envolveu-o no seu perfume.

— Sou eu, sim!

Afastou-a de si, duvidando ainda que fosse ela.

— Paulo esteve aqui?

— Esteve.

E não houve nada? Mas nada?

— Conversamos.

— Regina, Regina...

Seus lábios se procuraram e se fundiram. Ela era a enamorada, a mulher nascida para amar. Suspenderam suas respirações para que o beijo fosse mais profundo, mais absoluto, quase imortal. Foi ele quem primeiro se quis desprender. Mas ela o reteve como se quisesse aspirar, sorver naquele beijo tudo o que Maurício pudesse dar-lhe. E quando se soltaram, arquejavam como se tivessem feito um grande esforço. Abraçaram-se outra vez; e ele então, falando boca a boca, contou o que tinha havido, a certeza em que viera, de encontrá-la morta, varada a tiros. Ainda agora parecia-lhe quase incrível que ela estivesse viva, mais apaixonada do que nunca e mais linda. Sentiu uma doce admiração por aquela mulher que não esgotava o próprio amor, que amava por natureza e por destino. Foi entre dois beijos que ele teve a idéia:

— Agora, que Paulo e todo o mundo já sabem, não preciso continuar na mistificação. Não chamarei mais você de Regina. Vou chamá-la de Guida, só de Guida.

Então, depois de olhar muito para Maurício, ela disse:

— Eu não sou Guida.

Marcelo interrompeu Lídia:

— Mas você fez isso?

Ela confirmou. Não queria atenuar a própria culpa. Pelo contrário. Fazia questão de que ele visse bem até que ponto influíra na morte de Guida:

— Apontei-lhe o caminho do suicídio. Ou ela se matava ou eu faria o escândalo. Guida era covarde.

— E quem não seria — perguntou Marcelo — numa situação dessas?

— Eu! Eu não seria — afirmou Lídia; e dizia isso com uma certeza tão desesperada, que ele estremeceu. — Olhe, Marcelo; se eu estivesse colocada, como Guida, entre a morte e a desonra, você quer saber o que eu faria?

Balbuciou:

— Quero.

— Pois bem: eu ficaria com o meu amor. Apenas isso! Guida, não; Guida teve medo do próprio pecado. Eu não teria. Se amasse, como ela dizia que amava Maurício, podiam dizer de mim o que quisessem, podiam me apedrejar, ouviu?

Ele olhou a moça sem dizer nada, pouco a pouco impressionado com aquela veemência, sentindo que Lídia era capaz mesmo de tudo, de todos os sacrifícios e de todas as loucuras por um amor, até por um beijo, talvez. Deixou-a continuar. Lídia descrevia agora o seu último diálogo com Guida. A outra dissera-lhe:

— Está bem, Lídia; eu vou fazer o que você quer. Vou me matar. Mas você não tem medo?

— Medo de quê?

— De sentir remorso? O que você está fazendo comigo, Lídia — sua voz tornou-se lenta — é a mesma coisa que assassinato. Você está me assassinando, Lídia, apenas isso. Você é minha assassina.

— Eu sei.

— Ainda diz: "Eu sei." Meu sangue cairá sobre você, sobre sua cabeça...

— Não faz mal.

Durante o resto do dia não se falaram. Guida parecia absolutamente normal, mas só aparentemente. Por dentro era impossível que não estivesse atormentada até o martírio. Amava a vida e amava, sobretudo, o amor. Devia pensar: "Vou morrer, vou morrer." Lídia não a perdia de vista. De noite, chamara a outra de lado:

— Só espero até amanhã.

— Hoje mesmo eu cumpro minha promessa.

A sombra dos seus olhos era mais densa e mais passional ao dizer isso.

Conversaram em surdina, com poucos gestos, para não chamar atenção. Guida com uma frieza apavorante, como se estivesse falando de um estranho, de outra pessoa, e não de si mesma, do seu próprio destino, de sua própria morte. De todas as formas de suicídio, em que pensara, havia uma que a fascinava: atirar-se no lago, num pequeno lago, distante poucos quilômetros de Santa Maria. O lugar era solitário e bonito, quase lírico no seu silêncio e no seu fundo de montanha. Só uma coisa a espantava e fazia sofrer por antecipação: o estado em que ficavam os afogados, as formas inchadas, os traços intumescidos, as deformações pavorosas. Ainda assim sentia-se atraída, chamada por esse lago, como se suas águas fossem doces e acolhedoras. Fez um último pedido à Lídia:

— Lídia, só quero uma coisa de você; espero que não me recuse. Você dê um jeito que tirem o meu corpo, antes que fique muito transformado, ouviu?

— Está bem, não se incomode.

Guida ainda explicou que ia se atirar de uma pedra, localizada num lugar bem profundo; e seu corpo devia ser procurado ou aí ou perto. Combinaram tudo, os detalhes, quase como se se tratasse de um piquenique e não de um suicídio. Guida se afastou e Lídia não a viu mais com vida. Alta madrugada, todo o mundo na casa acordou. Os cães latiam, os latidos se multiplicavam dentro da noite. Lídia correu, levantou-se como estava. E quando soube que era Guida, que os animais a haviam estraçalhado, julgou enlouquecer. Ouviu as palavras de Guida: “Você está me assassinando, Lídia... Você é a minha assassina...” Uma voz, que lhe parecia ser a própria voz da morta, estava nos seus ouvidos hora após hora. Julgava ver Guida em toda parte, nos cantos, nas sombras, com um ar de tristeza absoluta; ou, então, com uma expressão má e vingativa. Parecia-lhe que ela fugiria do túmulo para atormentá-la.

Marcelo interrompeu:

— Mas então você não matou?

— Matei, sim; ou, antes, sou culpada; eu exigi que ela se matasse.

Ele protestou, com exaltação:

— Mas você não previu o que aconteceu, que os cães atacassem Guida. Claro que não podia prever!

Parecia empenhar-se, com todas as suas forças, em convencê-la de sua inocência. Queria sentir que ela estava pura, lavada de culpa. Tomou-lhe as mãos, mas ela reagiu, com uma certeza cada vez mais patética de que era a única responsável:

— Ela foi morta quando se dirigia para o lago. Se não tivesse acontecido o acidente, teria se matado!... Fui eu, sim, eu!...

Emudeceu, de repente. Sempre que falava em Guida ou ouvia falar nela, a ilusão voltava, persistente; parecia-lhe ouvir Guida, falando ao seu ouvido, com uma voz estranha, velada: "...Você é minha assassina..." Era por isso, por essas coisas, que D. Consuelo dizia que ela não regulava bem, que tinha sido afetada pela morte de Guida.

— Dei para acusar Paulo. Eu achava que ele é quem tinha preparado tudo, quem tinha seguido a mulher e soltado os cães.

— Foi ele, sim; foi ele — disse Marcelo.

— Mas agora não sei. Às vezes duvido, quem sabe se não foi fatalidade. Não sei mais de nada, meu Deus!

— Graças a Deus!

Ela se admirou, não entendeu por que ele falava assim e naquele tom.

— Por que graças a Deus?

— Por quê? Você não vê logo?

Explicou, então. Mais do que nunca queria desfazer a obsessão da moça:

— Eu pensei que você tivesse assassinado Guida com as suas próprias mãos!

— Sou a responsável! — teimou Lídia, soluçando.

— Não seja boba. Se fosse você, eu diria, não estaria falando assim. Sou irmão de Guida!

Encarou-o, com uma espécie de rancor, quase agressiva:

— Pois admira que, sendo irmão, esteja querendo inocentar a principal responsável.

E como ele, surpreendido, emudecesse, Lídia continuou:

— Vocês, homens, são engraçados! É porque eu sou mulher e bonita...

Parou, para interrogá-lo:

— Quer dizer que não me acha bonita?

Parecia se ostentar aos olhos do rapaz. Erguia o busto, fazia uma certa pose; rodava numa atitude de modelo em casa de modas. Estava com a blusa estraçalhada, o pedaço do ombro aparecendo, mais extenso o decote. E, ainda assim, surgia linda, perturbadora, vestida daquela maneira, com o culote e a blusa, os cabelos livres. Ele percebeu a ironia dramática que a fazia adotar essa atitude, exibir-se.

— Diga? Não sou bonita? — sua voz estava quase, quase desfazendo-se em soluço; ela mesma percebeu que choraria a qualquer momento. — Você quer me perdoar porque me acha interessante, fisicamente interessante! Não é? Diga, pode dizer!

— Lídia!

Gritou:

— Não quero seu perdão, ouviu? Não quero!

— Não seja criança!

Mas ela não agüentava mais, não conseguia reprimir as lágrimas. Foi uma verdadeira crise. Mergulhou o rosto nas duas mãos, os ombros sacudidos pelos soluços. Ele pensava; perturbado, numa emoção sem palavras: "Ela não matou, não matou. Excedeu-se, disse o que não devia, mas não foi assassina, não se pode dizer que seja uma assassina." Ao mesmo tempo condenava-se a si mesmo: "Eu estou me esquecendo de Guida, nem penso em Guida." Lídia tinha razão quando o acusara de estar sugestionado por sua beleza. Perguntou a si mesmo: "Se ela não fosse tão bonita, eu estaria assim, tão comovido, tão disposto a perdoá-la?"

Teve que ser enérgico, elevar a voz, para que ela o ouvisse:

— Lídia!

Só então tirou as mãos do rosto. Chorava ainda e teve um lamento:

— Se você soubesse o que eu tenho sofrido, o que tenho passado!

Já não era mais a moça arrogante, dominadora, quase viril nas suas atitudes. Tornava-se subitamente feminina; era apenas uma mulher, frágil e infeliz, chorando o seu próprio destino.

Ele a sacudia, para cortar aquele desespero:

— Olhe para mim!

Chorando sempre, disse:

— Estou olhando!

Marcelo, então, deu-lhe beijos curtos e rápidos, nas faces, nos olhos, na testa. Sentia nos lábios o gosto das lágrimas de Lídia. Ela não se espantava, não se escandalizava, deixava-se acariciar, numa passividade de namorada. Marcelo foi mais além. Ela sentiu que uma boca se unia à sua. Abandonou-se, sem saber como era aquilo, porque não resistia. Desprenderam-se e ele disse:

— Agora vá! Pode ir!

Ela foi se afastando. "Meu Deus, estou sonhando." Viu-a distanciar-se, com uma profunda tristeza, e só depois que a moça desapareceu é que ele partiu, por sua vez só. Só quando estava quase chegando em Santa Maria, ela se lembrou: "Não falei em Maurício, não insisti no pedido". Murmurou a meia voz, continuando a andar:

— Maurício... Maurício.

Ah, quando D. Consuelo viu o pessoal de volta, com Dioclécio à frente! Primeiro, pensou, com angústia: "Chegaram tarde. Paulo e Maurício já estavam mortos." Excluía Leninha de suas apreensões, pouco se importava com o que acontecesse à nora. O fato de não ver nenhum dos filhos com a turma deu-lhe a certeza de que tudo se consumara. Estava com D. Clara, Netinha e Nana, na varanda. Desceu as escadas correndo, embora sabendo que qualquer esforço lhe faria mal ao coração.

— Então? — perguntou, lívida, quando chegou junto de Dioclécio.

O rapaz foi sucinto:

— Encontramos com D. Lídia no caminho. Ela mandou a gente voltar.

— O quê?!

Ele repetiu; contou que Marcelo estava com Lídia; e a ordem da moça, com a promessa de que ela e o rapaz resolveriam tudo. D. Consuelo, de momento, não soube o que dizer. Explodiu, afinal:

— Por que vocês tinham que obedecer à D. Lídia? Me digam!

— A senhora está vendo? O que é que essa gente merecia?

Mas a sua raiva maior era contra Lídia. “Ela vai ver. Deixa ela chegar.” Lembrou-se do dia em que a queimara com ferro em brasa. Gritou com os homens que esperavam suas ordens:

— Uma coisa eu digo a vocês: se acontecer alguma coisa a Maurício e Paulo, vocês vão ver!

Era uma ameaça vaga, que talvez não quisesse dizer nada. E que poderia fazer ela de positivo contra aqueles homens? Mas seu tom exprimia tanto ódio e era de uma tal violência contida, que eles estremeceram. Retiraram-se, um a um, vagarosamente, olhando de vez em quando para trás, e levando aquele espanto na alma. Jamais a tinham visto assim, desfigurada pela raiva. A própria D. Clara se impressionou. Quis acalmar a outra:

— Não se precipite, D. Consuelo. Vamos esperar!

Que esforço fazia D. Consuelo para se conter!

— Veja se é possível, D. Clara? Por que é que ela tinha que se meter? Mas não faz mal; quando Lídia chegar, eu vou tomar umas providências. Uma vez queimei o ombro dela. Mas agora vou fazer pior. Ela vai chorar lágrimas de sangue! Juro, D. Clara!

Calou-se. Netinha, que caminhava pouco atrás, puxou a mãe pelo braço.

— Que é, minha filha?

D. Consuelo, devorada pelo ódio, continuou. Netinha fez a pergunta:

— Mamãe, se eu morresse, a senhora sentiria muito?

— Que pergunta, Netinha!

— Responda.

— Claro que sentiria.

A voz de Aleijadinha tornou-se mais suave:

— Pois, então, mamãe, acho bom a senhora ir se preparando. Porque eu vou morrer, mamãe.

Maurício estava dominado por uma sensação de sonho. Aquilo não podia ser real, de maneira nenhuma. Primeiro, a surpresa de encontrá-la viva, quando estava certo de sua morte; e eis que agora Regina dizia, abaixando a voz, com serenidade e doçura: "Eu não sou Guida." A reflexão de Maurício foi esta: "Um de nós dois está louco." Houve um silêncio que se prolongou muito, a ponto de se tornar intolerável. Os dois apenas se olharam. Ela, muito calma (com uma calma excessiva para ser verdadeira) e ele atormentado pela incompreensão. Só depois é que Maurício, notando a pausa longa demais, perguntou:

— O que foi que você disse?

Repetiu, sem mudar de expressão:

— Não sou Guida. Não sou, nem nunca fui.

Maurício teve uma suspeita de loucura; entretanto, se desfez logo. Ela revelava tanta lucidez, seus olhos estavam tão límpidos e compreensivos, que nenhuma dúvida era possível.

Respondeu lentamente, sem desfitá-lo (as palavras caíam uma a uma).

— Eu sou Evangelina!

— Evangelina? — não compreendia.

Repetiu a meia voz, ainda incerto: "...Evangelina, Evangelina..." Custou a se lembrar — foi preciso uma intensa concentração da memória. — Evangelina, a irmã de Guida, justamente aquela que desaparecera em circunstâncias misteriosas, quase inquietantes, e de quem os Figueredo não falavam. Maurício não queria acreditar. Aquilo era romance, puro romance, coisas assim não acontecem na vida.

— Então eu passei esse tempo todo, esses meses, vendo todos os dias você, pensando que você era Guida e quando acaba...

— Quando acaba eu sou Evangelina.

— Quer dizer, então, que Guida morreu?

Baixou a cabeça:

— Morreu.

Ele se tornou violento:

— E por que essa mistificação? Por quê? O que é que eu lhe fiz para ser enganado assim?

— O que foi? — pareceu hesitar.

— Sim, o que foi?

Evangelina se exaltou também.

— Eu conhecia você. Todo mundo me contava que você só gostava de mulher... alheia.

— Ah, também você?

— Por que também eu?

Maurício calou-se. Não podia dizer que ouvira a mesma coisa de várias mulheres, inclusive de Lena. Deixou que a outra falasse, numa excitação progressiva:

— Se eu aparecesse como uma moça sem dono, sem namorado, sem noivo, sem marido, você não me daria importância nenhuma, tenho certeza!

— É o que você pensa!

— O que eu penso, não. É a verdade. Mas eu me fazendo passar por Guida, que era, ainda por cima, sua cunhada, você ficaria louco, como ficou. E quer saber o que é que eu fiz com Guida, para tomar o seu lugar? Quer?...

Maurício estremeceu. Teve a certeza de que ela ia fazer uma revelação sinistra, confessar um crime; e pensou: "Foi ela quem matou Guida."

37

"Meu amor é Maurício, só pode ser Maurício..."

O PADRE Clemente teve um choque quando ouviu rumor de vozes na cabana. Mas não era possível, meu Deus! Maurício estava só ou, antes, na companhia de uma morta. Como explicar o barulho de alteração? Havia mais alguém, além de Maurício? Aproximou-se, com um sentimento de espanto e — para que negar? — medo. E ouviu, então, distintamente, uma voz de mulher quase gritando:

— Sabe o que eu fiz com Guida para tomar o seu lugar?

O padre julgou identificar na mulher que falava, a própria Guida. Mas isso não podia ser. Havia algum mistério ali. Além disso, dissera a voz... "o que eu fiz com Guida para tomar o seu lugar?" Não se conteve; empurrou a porta, que estava apenas encostada; e ficou, parado, mudo, vendo os dois. Evangelina, que estava de frente para a porta, emudeceu. Maurício, surpreso, voltou-se. Evangelina murmurou, caminhando para o velho:

— Padre...

— Mas você... — começou o religioso.

Interrompeu-se, sem ter o que dizer. Ela pareceu completar a pergunta:

— ...se eu morri? Não morri! Estou vivinha!...

Evangelina estava diante dele, com um ar tão grande de sofrimento que o religioso se comoveu:

— Ela não é Guida! — Maurício dirigia-se ao padre, num tom de violência contida. — Imagine o senhor! Eu pensando uma coisa...

— Não é Guida! — espantou-se o padre.

Com tristeza e cansaço (já não tinha mais lágrimas para chorar), ela confirmou:

— Pois é, não sou Guida. Eu estava contando a Maurício, quando o senhor chegou...

Maurício estava pela sala, exasperado. Parou diante do ancião:

— Viu que coisa, padre Clemente? Não parece sonho, mentira, tudo, menos verdade?

— Deixa ela falar, Maurício...

Em pé (ninguém tinha a preocupação de sentar), ouviram toda a confusa e obscura história. Evangelina fechava a fisionomia, mais infeliz do que nunca, mais amargurada. Primeiro, explicou por que passara por Guida e como pudera ludibriar Maurício.

— Nós, lá em casa, tínhamos verdadeira adoração por Guida. Achávamos que ela era tudo: linda, boa, perfeita. Uma das nossas distrações — imagine — era imitá-la, nos gestos, nos olhares, nos sorrisos, nas inflexões, na voz. Eu, sobretudo. Guida era mais velha do que eu um ano e muito parecida comigo, ou eu com ela, da mesma altura, o mesmo tom de pele. Diferente apenas nos cabelos; os dela eram negros, e os meus, alourados. Devia haver outras diferenças, mas pequenas, mínimas, que só quem nos conhecesse profunda e minuciosamente poderia enxergar. Essas diferenças eram mais de maneiras do que traços.

Fez uma pausa, respirou profundamente; e o padre incluiu uma observação:

— Vocês eram muito parecidas, de fato!

Ela continuou:

— A família de Paulo pouco me via. Nós éramos muito presas. Mesmo quando ele namorou e ficou noivo de Guida, eu quase não ia lá. Um dia, apareceu você, Maurício; eu estava na estação, quando você desceu. Foi há tanto tempo, mas é como se fosse ontem. Ah, Maurício!... Desde que eu vi você, fiquei presa; você também me olhou de passagem, sem se fixar muito.

— Sorri para você — lembrou o rapaz.

— Sorriu, deu um leve cumprimento; ou talvez tenha sido ilusão, ainda não sei. Dias depois você se encontrou comigo, em Nevada. Não parou; disse apenas: "Bom dia, Guida." Estremeci: você me tinha confundido com Guida, nem tinha reparado que os meus cabelos eram diferentes. Não o vi mais, nem você a mim. Chegou o casamento de Guida, que não pude assistir, porque estava com muita febre. Dias depois, Guida foi lá em casa e me contou que Maurício olhava muito para ela. Assustei-me:

— Mas Guida, você não vai me dizer que está interessada?

E ela:

— Deus me livre!

— Apesar disso, não tive a menor dúvida, percebi logo: ela gostava de você. Gostava, mas não queria confessar: sua natureza era muito pura, altiva e honesta. Sondei:

— Eu acho que você está me escondendo alguma coisa, Guida!

Ela, então perdeu a cabeça: entre lágrimas, disse que gostava, sim; e o pior é que duvidava de si mesma e da própria virtude. Compreendi que estava mais ou menos condenada: Era questão de tempo, talvez. Dei-lhe conselhos desesperados. Ela passou a me procurar com mais freqüência; certa vez, apareceu-me transtornada. Vi logo pelo seu ar que havia acontecido alguma coisa. Ela me contou que você a tinha beijado. Considerava-se perdida; e repetia:

— Ele me beijou, Evangelina, ele me beijou! E como vai ser agora?

Chorava perdidamente. Foi uma cena horrível entre nós duas. Acusei-a violentamente:

— Você é a culpada! Foi você que provocou!

— Ele me pegou à força!

— E você não retribuiu?

Confessou, espantada da própria fraqueza:

— Retribuí, sim... Retribuí, Evangelina!

Tive uma idéia (foi uma inspiração que me ocorreu de repente):

— Só há um recurso, Guida.

— Não há recurso nenhum! — foi a sua angústia.

— Há, sim. Mas é preciso que você me deixe agir, deixe tudo por minha conta, não se meta. Está bem?...

Como Guida, em desespero de causa, concordasse, expus-lhe o plano. A idéia era aparentemente louca, romanesca, fantástica, mas talvez desse certo; uma tentativa apesar de tudo. Maurício, já uma vez, me confundira com Guida. Bastava que eu pintasse os cabelos para que a sua ilusão fosse total.

— Olhe, você faz o seguinte, Guida: marca um encontro com Maurício; eu compareço em seu lugar; e, depois de algum tempo de conversa, eu revelo minha verdadeira personalidade, passo-lhe uma lição de moral, ameaço contar, etc. Que tal?

— Ele vai logo querer beijar você, aposto!

— Não tenha receio. Eu sei como fazer. Marque o encontro, deixe eu ver onde — hesitei — junto daquela árvore, aquela grande... Está bem?

Guida concordou. Sucumbira uma vez, mas cheia de remorso, de vergonha, de tristeza. Mal sabia que eu fervia, por dentro. Um plano tão estranho, quase absurdo, e só podia ter me ocorrido justamente porque eu também estava apaixonada e aquilo podia ser a minha oportunidade. Guida marcou o encontro para o dia seguinte, mais ou menos à noitinha. Para maior êxito da mistificação, era bom que houvesse pouca luz. Compareci, já de cabelos tingidos, e com um vestido que ela me emprestara. Você me esperava, Maurício, lembra-se? Quando eu cheguei, você fez uma observação, aliás brincando:

— Estou achando você diferente, hoje! Não sei, mas estou.

Alarmei-me: "Vai descobrir!" Você quis imediatamente me beijar; e eu não opus resistência nenhuma. Era aquele meu instante maior de felicidade. Marcamos novos encontros, sempre à mesma hora e recomendava:

— Lá em casa, não olhe para mim, finja que eu não existo. É preciso que ninguém desconfie!

Na verdade, o que eu queria com isso era manter a sua ilusão, Maurício, e impedir que você viesse a desconfiar. Fui mais longe (a mulher enamorada não se esquece de nenhum detalhe): pedi à própria Guida que não falasse na sua presença ou só falasse em último caso; e isso para que ele não acabasse notando a diferença de vozes. Sempre que eu estava com você, procurava imitar Guida em tudo por tudo, nas coisas mínimas, na maneira de olhar, de sorrir. E no fim de nossas entrevistas, eu mandava você ir dar volta em Nevada, demorar lá várias horas. Com isso, evitava o perigo de você encontrar Guida em Santa Maria, imediatamente depois de me ter deixado. Guida não me largava, queria saber de tudo:

— Ele não tentou beijar você?

— Tentou, mas não deixei!

— Veja lá, Evangelina!

— Eu sei o que faço! Eu estou convencendo Maurício.

E ela.

— Você acaba se apaixonando, se já não está...

— Que o quê!

— Isso está demorando muito! Você disse que resolvia logo!

— Deixe por minha conta.

Tinha ciúme de mim e um ciúme selvagem, que procurava esconder por todos os modos. Uma tarde, depois de um encontro com Maurício, recebi um bilhete de Guida. Um crioulinho trouxera-o: "Venha logo. Espero na árvore grande. Guida." Imagine, no mesmo lugar de nossas entrevistas. Guida veio a mim como uma louca. Trouxera o crioulinho:

— Quer saber de uma coisa? Lídia viu você e Maurício se beijando e pensa que sou eu, quer que eu me mate, uma porção de coisas!

Fiquei sem uma gota de sangue no rosto. Imagine: o único beijo que Lídia viu, o que supôs ser o primeiro, fui eu que dei e recebi.

— Por que não disse que era eu?

— Por quê?

E explodiu. Foi uma crise violenta de ciúmes:

— Você está me julgando o quê? Que eu vou espalhar que o homem que eu amo estava beijando outra mulher e não a mim?

— Mas Guida!...

— Você vai parar com esses encontros!

— Será que você prefere passar por infiel aos olhos de Lídia?

Desesperada, teimou:

— Prefiro!

— Reflita, Guida! Maurício tem que saber que sou eu! Precisa saber!

— Não precisa coisa nenhuma! Eu não quero mais que ele saiba, pronto! Faz de conta que era eu mesma, sempre fui eu e está acabado!...

Vi que ela era capaz de uma loucura. Continuou:

— Lídia quer que eu me mate. Pois bem: hoje mesmo vou fugir — está percebendo? — vou fugir com Maurício. Você vai ver!

Tirou um lápis e um papelzinho da bolsa e escreveu, rapidamente. Depois, mostrou, triunfante (parecia doida). Eu li: "Maurício: à uma hora da manhã, estarei no lago — Guida."

— Ele conhece sua letra?

— Não — respondi.

— Gregório...

Chamou o crioulinho que estava perto:

— Entregue isso, a Seu Maurício! Ele deve estar no bar de Nevada. Só entregue a ele! Seu Maurício!

Eu pensava: "Ela vai fugir com Maurício!" Tive vontade de tudo. Meu raciocínio trabalhava: "Preciso impedir; e só há um remédio: eu tomar o lugar de Guida; fugir com Maurício." Não disse nada; deixei que ela partisse. E logo depois parti, também. Corri; ia atrás do crioulinho, precisava apanhá-lo de qualquer maneira. Cortei caminho e o alcancei, afinal; estava exausta, mais morta do que viva. Tomei o bilhete das mãos de Gregório; ele deixou, pensando (só depois é que eu vi isso) que eu fosse a própria Guida.

— Venha comigo, Gregório!

Pedi um lápis emprestado, numa casa de colono e fiz outro bilhete: "Maurício: Espero você na árvore grande. Assunto urgente — Guida." Dei o novo bilhete ao moleque:

— Corra! — e recomendei como Guida o fizera. — Só a Maurício, a ninguém mais!

Eu levava uma hora de vantagem sobre Guida e o lugar era outro. Quanto tempo conversamos, Maurício? Eu comecei com uma conversa muito longa. Estava disposta a revelar a mistificação, na esperança de que você já me amava por mim mesma e não pela ilusão de que era Guida. Procurei retardar o momento da confissão, receosa apesar de tudo. Foi aí que ouvimos os latidos ao longe; e, poucos minutos depois, aquele grito de mulher. Fiquei gelada. Era Guida. Era Guida, só podia ser Guida. Viera ao encontro de Maurício e os cães a haviam atacado. Mandei você saber notícias. Você voltou, espantado:

— Os cães de Paulo estraçalharam uma mulher e pensam que é você. O vestido era seu e também uma medalhinha, um cordão. Como é isso?

Improvisei uma mentira, uma história feita às pressas. Você acreditou, tanto mais que não podia imaginar que fosse outra pessoa. O que me inspirou foi o seguinte: uma criada tinha sido despedida. Ia viver com a família no norte; àquela hora estaria longe. A mentira era garantida. E fora ela, só podia ser ela a vítima. Não chegamos a um acordo sobre o que a rapariga estaria fazendo lá, àquela hora. Talvez namoro. Quem sabe se o namorado não faltara? Cada hipótese maluca, meu Deus! Você acreditou, claro. Naquele momento, vi que podia passar definitivamente, aos seus olhos, como Guida. (Continuava medrosa de que ele se desiludisse, se soubesse que eu era outra.) Animei-me:

— Agora só há um recurso: a fuga! Vamos fugir, Maurício! Mesmo que eu quisesse, como poderia voltar agora? Iam perguntar: "Onde você esteve? E como me dão como morta, não haveria escândalo."

Você se lembrou logo da cabana de troncos, não foi? Fui para lá, realmente; você me instalou e voltou para assistir o enterro, sem saber que a morta era Guida. O mais interessante é que você deu dinheiro ao namorado da criada, mandou-o embora, temeroso de que ele fizesse indagações. Eu só chorava quando você, Maurício, estava ausente, e chorava por Guida, julgando-me culpada. Aquela vez em que tentei suicidar-me foi uma crise maior de remorso. Era preciso você estar presente para eu, então, me esquecer de tudo e só me lembrar de nós. Lembra-se de que fui eu que lhe pedi para mudar meu nome? É que eu não gostava que você me beijasse dizendo: "Guida, Guida!" Eu tinha ciúmes de um nome.

Maurício, ao contar o caso aos Figueredo, omitira vários detalhes, alterara outros. Só se referira ao beijo assistido por Lídia, e não aos anteriores.

O padre Clemente, aterrado, com essa mistura de mistificações, enganos, mal-entendidos, disse, apenas:

— Imagine que eu e o Dr. Borborema estávamos certos, certíssimos...

— Mas eu não tenho sorte — foi o lamento de Evangelina —, Guida foi uma ameaça à minha felicidade. Morreu. Pois bem: agora surge outra ameaça: essa Lena!

— Não fale de Lena! — cortou Maurício.

Ela sentiu a violência contida do rapaz. Virou-se para o padre:

— Viu, padre? Depois de tudo isso, ele ainda me diz: "Não fale de Lena!"

— Não briguem, meus filhos. Calma, calma!

— Eu posso ter calma, eu? — perguntou a moça. — Depois do que tenho sofrido!

O padre, então, depois de pigarrear e de tomar respiração, aproximou-se de Maurício:

— Mas há uma solução, Maurício.

— Solução? Que solução, padre?

— O casamento. Vocês dois podem se casar.

Lena adormecera nos braços de Paulo (estava tão cansada, mas tão cansada). Sono inquieto, como se tivesse febre. De vez em quando balbuciava palavras sem nexo. "Ela está muito machucada", pensava ele, "é capaz de ficar doente." Ele também sentia dores em todo o corpo. Mas era homem e forte. Lena era outra coisa; já não parecia resistente, sua saúde devia ser frágil. Enfim... Via agora a casa e sua mãe, D. Clara, Netinha e outras pessoas que vinham ao seu encontro. D. Consuelo, na frente. Chegou junto do filho, chorando:

— Mas é você mesmo, Paulo? Será você?

Respondeu, sardônico:

— Acho que sou eu, mamãe.

Não deu mais uma palavra, não olhou para ninguém. Encaminhou-se diretamente para o quarto. Queria deitar Lena, cobri-la com lençóis, chamar o Dr. Borborema, tomar providências. Depois, então, cuidaria de si mesmo. Pousou Lena com extremo cuidado no leito. E prestou atenção, porque ela estava falando e suas palavras agora articulavam-se mais, tinham um sentido:

— Meu amor... meu amor...

Dizia isso de olhos fechados, evidentemente em sonho. D. Consuelo, que acompanhara o filho sem dizer nada, crispou-se toda. Paulo empalideceu; e disse com um vinco de amargura na boca:

— Ela não disse nome, nem é preciso... Esse "amor" é Maurício, só pode ser Maurício...

Nem por um momento Paulo admitiu que o sonho fosse com ele. "É Maurício, só pode ser, Maurício." O irmão sempre aparecia entre ele e Lena para separá-los. Mais do que nunca, odiou Maurício; e a idéia de matá-lo reaparecia, e desta vez de uma forma ainda mais obsessionante. "Enquanto Maurício estiver vivo não serei feliz, não terei sossego." Contemplava Lena, que se revirava na cama num sono atormentado. D. Consuelo teve um sorriso mau:

— Que tal, Paulo?

— O quê?

— Você vê essa mulher? Até dormindo pensa em Maurício.

D. Consuelo não se continha mais; tanto tempo resistira a si mesma, controlara o seu desejo de combater ostensivamente a nora (com medo de um choque entre Paulo e Maurício), mas agora não era mais possível. "Acabo enlouquecendo, se não me desabafar." E pareceu-lhe que aquele era o melhor momento. Sentia-se mais forte, vendo o filho sair vivo da tenebrosa aventura dos Figueredo; mais forte e mais vingativo. "Lena tem que ser expulsa daqui, o mais depressa possível." D. Clara e Netinha pareciam velar o sono de Leninha. D. Clara desejando que a enteada continuasse sonhando alto para fazer revelações mais claras e comprometedoras. Paulo alisava os lençóis, sem responder a D. Consuelo. O termo "mulher", que a mãe usara, fizera-o estremecer. Mas, disse, apenas, contendo-se:

— Eu sei, mamãe, eu sei!

Ela se exaltou:

— Mas não sou eu só, meu filho! Você pode pensar que é implicância minha, que eu é que não gosto de sua mulher!

Paulo sentou-se numa das extremidades da cama; e olhava em silêncio D. Consuelo.

— Vou lhe provar que não. Está aí D. Clara que não me deixa mentir!

Pediu o testemunho da outra. D. Clara deu sua aprovação imediata:

— É isso mesmo, Paulo! Se eu fosse outra, não aturaria Lena, mas sou assim, que é que eu vou fazer? Você não pode imaginar, Paulo! É má-criação, falta de modos. E ingrata! Ah, não queira saber como essa menina é ingrata! Não reconheceu Paulo. Quanto mais tem, mais quer, uma coisa por demasia!

— Viu, Paulo? — D. Consuelo estava triunfante; parecia-lhe que o depoimento de D. Clara era a última palavra. — Está vendo? Agora tem uma coisa.

Fez uma pausa; sentou-se ao lado do filho. Paulo pensava: "Meu Deus do céu, eu não agüento, eu não agüento mais." Sua vontade era estourar; mas se controlava, apesar de tudo. D. Consuelo conjecturava: "Ele está se impressionando; preciso é que o negócio não estoure para o lado de Maurício."

— O que você deve compreender é o seguinte: Maurício não tem culpa, meu filho, mas culpa nenhuma. Vocês precisam fazer as pazes, devem acabar com isso, é feio!

— A senhora acha?

D. Consuelo não percebeu a ironia. Animou-se:

Ele não pôde mais. Usou mentalmente a expressão "estou até aqui", e foi positivo:

— Olhe aqui, mamãe. Minha mulher sofreu o diabo. Deve estar doente; ou, pelo menos, toda machucada. A senhora tem que saber uma coisa: quero que Lena seja muito bem-tratada. Depois, mais tarde, eu resolvo minha situação com ela. Eu e não a senhora nem D. Clara!

— Mas meu filho! — balbuciou D. Consuelo.

D. Clara estava lívida; e Netinha com uma expressão inquietante de alheamento. Não se metera na conversa. Parecia não se interessar por coisa nenhuma desse mundo. D. Clara formalizou-se:

— Eu não fiz por mal, Paulo. Dei a minha opinião. Só!

Paulo foi, até, grosseiro. Olhou-a de alto a baixo, disse, entre dentes, virando-lhe as costas:

— Eu sei!

E perguntou a D. Consuelo:

— Estamos entendidos?

A resposta da velha quase não se ouviu:

— Estamos.

— Aliás, eu acho que Lena deve tomar um banho morno e depois se deitar. Não quero que ela saia da cama.

Era em tom de ordem. Lena abriu os olhos quando Paulo torceu o trinco e saiu. Virou para o lado e dormiu outra vez. D. Clara não sabia de quem tinha mais raiva: se de Lena, se de Paulo. "Aquele bêbado", pensava. "Um sujeito que se fartou de ser apanhado na sarjeta." D. Consuelo balançou a cabeça:

— Não adianta, D. Clara. É inútil!

— Como não adianta?

O espírito de luta de D. Clara se excitava. "Paulo me paga! Paulo e essa..." Olhou para Leninha: "Ah, se ódio matasse!"

— A senhora não viu a atitude de Paulo?

— Mas que é que tem? Acho engraçada a senhora; só porque seu filho disse aquilo, a senhora desanima. E o nosso plano? O subterrâneo?

D. Consuelo repetiu com espanto:

— O subterrâneo...

D. Clara animou-se:

— E se a gente, aproveitando agora, levasse Lena para o subterrâneo? É o jeito, D. Clara: porque a separação, não acredito que Paulo queira. A solução é mesmo o subterrâneo!

Tentava a outra:

— Vamos?

— Não sei — D. Consuelo torcia e destorcia as mãos. — Tenho medo de Paulo!

— Mas como é que ele vai saber? A gente diz que ela fugiu. Aproveite a ocasião, D. Consuelo! Depois será tarde! Vamos agora!...

Foi um choque para Evangelina e Maurício. Empalideceram e se olharam com uma nova expressão. O padre se apaixonou logo pela própria idéia; pareceu-lhe que ela era uma inspiração do céu. Não viu, ou não quis ver, a fisionomia dura de Maurício: "Meu Deus do céu!", foi a exclamação interior de Maurício. Evangelina não. Primeiro, foi apanhada de surpresa. Balbuciou, como se não compreendesse direito:

— Eu me casar com Maurício?

Mas rapidamente teve a compreensão do que aquilo significava. Que mulher não se emociona com uma possibilidade assim? Sobretudo, naquela situação? Lentamente, chegou-se para Maurício, que a olhou espantado: e tomou-lhe uma das mãos. Disse, baixo, enquanto o padre parecia abençoá-los antecipadamente:

— Maurício, você ouviu? O que o padre disse?

Desviou os olhos da moça:

— Ouvi, sim.

Uma nova expressão surgia nos olhos da moça:

— E que é que você acha?

O padre insistiu, emocionado:

— Não pode haver duas opiniões: é a solução ideal. Resolve tudo. Inclusive, digo mais: Regina pode voltar para a família, viver de novo em sociedade!

Ela largou a mão de Maurício, dirigiu-se ao padre. A perspectiva do casamento, que surgia inesperadamente (há tanto tempo que ela já renunciara ao matrimônio) dava-lhe uma felicidade dolorosa. Era uma emoção, viva, profunda; seu encanto se tornava mais doce, adquiria uma irradiação maior. Sua gratidão voltava-se para o religioso:

— Se soubesse, padre, como estou feliz, como me sinto feliz!

— Eu também, minha filha. Eu também.

E apresentava argumentos:

— Não há nada que impeça, não é mesmo? Absolutamente nada!

Ela confirmou, transfigurada de alegria:

— Nada!

— Maurício já sabe que você não é Guida.

— Era o meu único medo; que ele sabendo, deixasse de gostar. Não sei, era um pressentimento que eu tinha. Mas agora!... Não é, Maurício?

Aproximou-se de Maurício, mais enamorada do que nunca, cobrindo-o na sua adoração:

— Você não ficou desiludido, ficou?

Tomava entre as suas as mãos frias e passivas do rapaz:

— Claro!

Mas inquietou-se; notava agora o ar diferente do rapaz, uma expressão estranha, quase de sofrimento. Teve um aperto no coração. Admirou-se:

— Que é que você tem, Maurício?

— Nada. Estou só um pouco cansado, é isso.

Ela suspirou:

— Ah, pensei...

O padre, em largas passadas, excitado, ia de uma extremidade a outra da sala. Começou a fazer projetos; os planos surgiam com uma facilidade miraculosa, até os itinerários da lua-de-mel. Uma coisa era importante.

— Vocês não devem se casar aqui. Pelo menos, eu acho.

— Então onde? — quis saber Evangelina, subitamente preocupada com o detalhe, vendo ali um problema.

— O lugar arranja-se.

Maurício excluía-se daquela discussão que, entretanto, decidia o seu destino. Evangelina sonhou:

— Olhe, eu quero que minha lua-de-mel dure seis meses! Que tal, meu filho?

Teve um impulso vendo-o assim, tão belo e triste; passou-lhe a mão na testa:

— Está muito cansadinho?

Foi ousada: beijou-o na boca (uma amorosa precisa traduzir sua felicidade em carícias). O padre perturbou-se um pouco; e Evangelina, caindo em si, vermelha, censurou-se:

— Ah, não repare, padre Clemente! Mas eu estou tão...

Calou-se para que a voz não se desfizesse em soluços; enxugou os olhos. "Lágrimas de felicidade", pensou, achando que essa expressão era simples e, ao mesmo tempo, bonita. Espantou-se, porém, vendo Maurício encaminhar-se para a porta.

— Aonde vai, Maurício?

Ele parou. O padre estava com um riso parado, sem compreender; e com um princípio de medo. Maurício parecia amargurado:

— O que há é o seguinte — procurava ser sereno: — eu não sei se o casamento é possível.

Silêncio. Admiração do religioso:

— Como, Maurício? Não sabe... Mas o que é que há?

Evangelina veio ao seu encontro. Não entendia ou não quis entender:

— O que é que há?

— Nada, nada!

— Nada?... Mas...

Então, ela explodiu:

— Não precisa dizer, já sei! É aquela mulher!...

— Evangelina!

Mas a moça não se conteve. Mudou num instante, arrebatou-se:

— É isso mesmo! Você anda caidinho, pensa que eu não sei? Eu me sacrifiquei por você...

Cortou, violento:

— Não alegue!

— Alego, sim. Posso alegar, porque é verdade. Posso lançar no seu rosto e você não pode me desdizer. Você o que quer é ir atrás dessa zinha!

— Olhe esses termos!

O padre não dizia nada, atônito. Cada palavra era um choque para o seu coração. "Meu Deus, piedade para esses dois." Ela gritava:

— Ah, você quer defendê-la? Olhe, Maurício, você não me conhece! Você não sabe de que eu sou capaz, estou lhe avisando!

— Chega!

Mas ela não se intimidou. Erguia-se diante dele, transtornada apontava o braço na direção da porta:

— Quer ir para o lado de "sua" Lena? Pois vá, meu filho! Vá! Quem é que lhe está impedindo? Eu por acaso?

Ele não disse uma palavra; encaminhou-se para a porta. Ela atrás, frenética:

— E não volte mais! Agora sou eu que não quero me casar com você!

Repetiu, fora de si, sem se lembrar que estava na floresta:

— Rua! Rua!

Os Figueredo não pensavam mais em vingança. Até Carlos e Rubens se esqueciam de Maurício; não se lembravam de que haviam jurado matá-lo. Só uma coisa enchia os seus corações: Guida acabava de ser morta. Podia estar ali com eles, de retorno à vida e à família, rindo, conversando, brincando, e quando acaba, jazia, de olhos abertos e parados (achavam que seu cadáver devia estar de olhos abertos), insepulta, sem ninguém ao lado, para chorar o seu destino destruído. Eles mesmos se surpreendiam com o próprio sofrimento. Então, tudo aquilo, o método feroz com que haviam preparado a vingança não correspondia a um sentimento real.

— Nós somos uns monstros! — exclamava agora o velho Figueredo, definindo assim toda a família.

A mãe louca continuava alheia àquela atmosfera, vivendo no passado, pensando que Guida ainda era viva e adolescente. Seus olhos estavam doces e felizes. Ana Maria se levantou e veio andando na direção do pai. Parou diante dele:

— Mamãe não é monstro, ouviu?

E continuou:

— Ela pediu, só faltou se ajoelhar, o senhor é que não quis!

Jorge Figueredo não se mexeu, balbuciou, sem desfitar a filha, com ar absolutamente vago:

— Senhorinha não é um monstro, não é...

Ergueu-se, por sua vez, subitamente excitado!

— Nem ela, nem vocês são monstros — abaixou a voz.

— Eu é que sou. Eu! Fui eu o culpado!...

E o choro veio; e seu pranto de velho era uma coisa de fazer virar o rosto. Começou a andar na sala, de um lado para outro, numa agitação de insano. Olhava os filhos, um a um; não encontrava naqueles rostos o menor traço de simpatia, de solidariedade, nada, nada. Só o ódio brilhava em todos os olhos: "São capazes até de me matar", foi o seu terror infantil. Berrou, recuando:

— Falem! Digam alguma coisa!

Os filhos todos, moças, rapazes, permaneceram mudos, percebendo que o silêncio exasperava o pai. "Vamos ficar calados, não diremos uma palavra", parecia ser o acordo da família em torno do seu chefe.

— Marcelo! — gritou o velho.

O filho surgira na porta, com a cabeça enrolada. Mas ninguém notou isso. O ancião correu para ele, abraçou-se ao filho, perdido de desespero.

— Guida morreu, Marcelo! Guida morreu!

— Eu sei! — admirou-se.

— Mas não estava morta! Eu é que mandei matá-la! Paulo a matou! Eu mandei!...

E repetia, acusava-se, batendo no peito:

— Eu!

Sem compreender, Marcelo virou-se para os outros. Ouviu, com uma expressão de assombro, o que os irmãos, rompendo o silêncio, contavam. No meio de sua angústia, nasceu, porém, um sentimento bom: "Lídia, então, é ainda mais inocente do que eu pensava!" E aquela história toda que ela contara? O velho correu para a porta; falou de lá:

— Eu vou ver Guida, vou fazer companhia a Guida!

E, bruscamente, teve um tom de humildade, estendeu a mão num apelo:

— Deixe eu ir na frente! Se vocês quiserem, vão depois. Sim?

Era quase uma criança grande. Ninguém disse nada; e ele então partiu. Seu plano estava formado. Iria à cabana de troncos. Via, em imaginação, a cena: ele chegando lá, abraçando-se ao corpo de Guida, deitando-a (a posição de uma pessoa assassinada é sempre forçada), arrumando seus braços, sua mão, alisando o vestido. Depois, então... Faria não sabia o quê, arranjou uma maneira de se redimir e de expiar a própria culpa. Veio andando e, depois de uma longa jornada, que a velhice tornava penosa, quase dramática, viu a cabana de troncos. Estava exausto e, além disso, vencido por tantos golpes. "Não posso dar mais um passo." Caiu de joelhos, veio de rastros, esfolando as mãos, ferindo os joelhos. De repente, a porta da cabana se abriu e apareceu uma figura! O ancião murmurou, reconhecendo:

— Guida... Guida...

Foi como se uma mão de ferro tivesse pegado seu coração, apertado. Quis levantar-se, fugir. É Guida, a aparição de Guida." Pensou que a morte, vingativa, vinha persegui-lo e atormentá-lo. Separado uns vinte metros da aparição, gritou, enlouquecendo de medo:

— Não, não, não!

E como ela, ao ouvir seu apelo, viesse correndo, o ancião puxou o revólver, apontou para a própria cabeça e puxou o gatilho. Então, a paz, o grande silêncio, o esquecimento baixaram sobre sua vida. O sangue entrava-lhe pelas orelhas...

38 "Era o meu adeus à vida."

EVANGELINA ouviu o tiro. O estampido pareceu encher toda a floresta, prolongar-se. Correu, sentindo que chegaria muito tarde. Reconhecera o pai; vira-o cair, arrastar-se; e, por fim, encostar o revólver na cabeça e puxar o gatilho. "Está morto, papai morreu", disse, a meia voz, com um grande espanto na alma. Pôs-se de joelhos ao seu lado, colocou a cabeça ensangüentada no próprio colo:

— Papai, papai!

O sangue molhava o seu vestido, corria entre os seus dedos. Ela olhava atormentada, sem saber como estancar aquilo. Soluçava, tinha vontade de beijá-lo (mas a posição não permitia; quis deitá-lo no chão, para chorar com o rosto encostado no peito do ancião). Gritou, de repente, com a sensação de que rebentava as cordas vocais:

— Socorro! — e repetiu, olhando para todos os lados — socorro!

Ninguém vinha, ninguém aparecia; as palavras desesperadas vinham-lhe aos lábios, os diminutivos carinhosos e inúteis: "papai, papaizinho." Chamava-o em vão. "Vai morrer ou já morreu." Queria que Deus o salvasse, que não o deixasse morrer. Fechou os olhos, se concentrou por um momento num apelo, rezou, pôs nas palavras toda a fé:

— Ele não pode morrer, não quero que morra!

Abriu os olhos para ver que o rosto do pai adquiria um tom violáceo, ou quase verde (não sabia direito), os lábios arroxeavam-se;

e repetiu: "Ele está morrendo, está morrendo..." Já não era dor, era sobretudo espanto diante da morte, diante da vida que fugia. Ia se abandonar, deixando que o destino se cumprisse, quando o velho abriu os olhos. Isso pareceu despertá-la:

— Papai, papai! Sou eu, papai!

Escutou aquele fio de voz:

— Guida, Guida...

Ela se admirou. Estaria delirando? Quis convencê-lo:

— Sou eu, papai, eu, Evangelina!

Julgou notar espanto nos olhos do ferido. Balbuciou, como se cada palavra lhe custasse um esforço, a boca meio torcida:

— Evangelina?

Pouco a pouco, ele voltava à realidade. A bala resvalara; o ancião sofrera, sobretudo, o desequilíbrio nervoso; nenhuma lesão essencial, porém. Na queda, batera com a cabeça numa pedra; e daí o sangue, que ensopara o vestido de Evangelina. Mas estava perturbado, raciocinava penosamente, com lapsos, não compreendia direito. "Evangelina, Evangelina", repetiu, numa tentativa de compreensão. Via aquele rosto, que se curvava sobre ele, aqueles olhos que choravam. "Guida, Evangelina, Guida e Evangelina..."

— E Guida? — perguntou.

— Guida morreu, papai. Não se lembra?

— Então, você?...

— O que é que tem?

Falavam baixo, como se alguém pudesse estar ali, perto, ouvindo, participando de um segredo que só devia ser de pai e filha. Evangelina começava a perceber. No mínimo, o pai ouvira dizer que Guida estava viva, mal podendo imaginar que ela é quem tomara o lugar da irmã. O ancião ainda resistia, confuso:

— Mas você não é Guida mesmo?

Ela fez-se doce e persuasiva; parecia estar falando a uma criança rebelde.

— Foi confusão, papai, fizeram confusão. Eu passei por Guida, porque...

Parou subitamente. Como explicar que fizera aquilo, que substituíra a irmã e se fizera passar por Guida, para assegurar o amor de Maurício? Envergonhou-se:

— Depois eu explico, depois...

— Então Guida morreu... Pensavam que Guida fosse você... Você é Evangelina...

Confirmou, com um sentimento de vergonha:

— Sou Evangelina, sim.

Ele, então, murmurou (falava devagar, respirando forte):

— Você precisa ir para casa, voltar...

Teve um choque; espantou-se. Calculou que ele dizia isso porque não se lembrava, estava fora de si. E teve uma súbita necessidade de se acusar, a si mesma, de se rebaixar:

— Eu não posso, papai, o senhor não vê que eu não posso?

Lembrava-se das idéias da família, da tradição, dos preconceitos de honra. Julgou-se indigna de habitar o mesmo teto que a mãe e os irmãos. Não teria coragem — nunca — de enfrentar todo o pessoal, de pisar de novo naquela casa. Quem a visse, iria pensar no que ela fizera.

— Eu pequei, papai. Eu fugi de casa! Procedi mal!

O velho fez um esforço; e ajudado pela própria filha, sentou-se. Voltou para ela os olhos incertos, amortecidos:

— Eu sei, eu sei — tomou respiração — mas não faz mal.

Teimou:

— Faz, sim, faz. Eu teria vergonha!...

— Sou eu que estou pedindo, Evangelina! Volte. Não importa o que você fez.

— Importa, a mim importa!

— Evangelina!

— Não adianta, papai!

O velho suplicou, segurou as mãos da filha. Sentia-se na fronteira da vida e da morte. Pensava: “Eu vou morrer, talvez morra hoje.” E queria ver, antes de fechar os olhos, os filhos todos reunidos, sobretudo aquela, sobretudo a pecadora. Parecia fazer mais questão de Evangelina do que das outras filhas. Gaguejava:

— Justamente porque você pecou, você merece mais carinho...

E sua mão trêmula (a velhice tomara conta dele) se aproximava da cabeça de Evangelina, acariciava os seus cabelos. Era como se ela, só ela, fosse o seu amparo, na hora da morte:

— Não me negue isso...

Parou para respirar; e sua voz engrossava:

— ... eu vou morrer...

Evangelina chorou, deixando-se afagar:

— Sou indigna, tão indigna! Ah, se o senhor soubesse!

E perguntava, num desespero maior:

— Que idéia vão fazer de mim, quando eu chegar lá? Que vão dizer...

Quando Maurício deixou a cabana, o padre Clemente se despediu de Evangelina:

— Preciso falar com ele. Isso não pode ficar assim.

Ela não fez um gesto para retê-lo. Só dizia:

— Estou desgraçada, estou desgraçada!

O padre partiu e ela ficou sozinha. Saiu, então, por sua vez. "E Tião que não chega!..." Mandara-o à cidade comprar umas coisas e ele não havia meio de voltar. Logo ao chegar à porta viu aquela figura, a uns vinte metros talvez. Identificou o pai. "Imagine, se eu não tivesse saído", foi o que pensou depois.

O padre Clemente correu. Ainda percebeu o vulto de Maurício, muito na frente; chamou:

— Maurício! Maurício!

Quase, quase, que o rapaz se fez de surdo. Mas acabou esperando. Previa uma discussão desagradável e inútil. Recebeu o religioso, com a fisionomia hostil:

— Não adianta, padre! Eu estou resolvido!

— Mas eu ainda nem falei — admirou-se o outro.

— E nem precisa falar. Eu sei o que o senhor vai dizer.

O sentimento do religioso, diante dessa obstinação cruel, era de que ia travar uma luta definitiva com o demônio. (Pois só o demônio podia inspirar Maurício.) "Preciso reunir todas as minhas forças." Entraram diretamente no assunto:

— Eu não gosto de Regina...

Sem querer, o padre emendou:

— Evangelina...

Maurício riu com amargura:

— É para o senhor ver. Uma mulher que tem três nomes: Regina, Evangelina e Guida!

— Não seja assim, Maurício.

— Ah, padre, um amor que começou com uma mistificação não pode dar certo.

— Pode sim, meu filho. E dará certo, tenho muita fé em Deus.

— Falemos seriamente, padre.

— Estou falando sério.

— O caso é simples: deixei de gostar de Evangelina. O meu amor acabou, morreu, está enterrado! O que é que o senhor quer que eu faça?

— Case-se com Evangelina.

— Mas casar como? O senhor acha direito um casamento sem amor?

O padre se exaltou. Ah, aquilo era demais! Natureza simples, reta, voltada sistematicamente na direção do bem, apavorava-o a naturalidade com que Maurício dizia aquilo. Seu comentário íntimo foi este: "A mocidade de hoje, meu Deus!" Fez Maurício parar; lançou-lhe uma pergunta dramática:

— E será direito você abandonar uma mulher que deixou tudo por sua causa? Que se sacrificou.

Maurício foi quase grosseiro:

— O senhor não entende dessas coisas!

— Ah, Maurício!... — sua tristeza era absoluta. — Antes não entendesse. Reflita, enquanto é tempo. Não mate Evangelina, olhe o remorso, Maurício!

Maurício estava saturado; disse, lacônico:

— Não faz mal!

— É assim que você responde?

Olhou o padre, contendo-se para não explodir. Sentia-se criado de cólera; e mais do que nunca vinha-lhe um cansaço definitivo de

Evangelina, não se lembrando que, poucas semanas antes, vivia aos seus pés, em adoração, colhendo nos seus beijos toda a delícia da vida. Naquele momento, ele queria libertar-se, apenas e exclusivamente isso. Julgaria seu inimigo todo aquele que se levantasse contra os seus desejos. Sentia-se incapaz de reprimir as palavras más e duras que pareciam atravessadas na sua garganta; e, final, resumiu num desabafo brutal:

— Eu quero é Lena!

O padre nada replicou; mas as palavras do rapaz, ditas de um modo selvagem, chocaram-no como uma bofetada, ou uma pancada em pleno peito. Estava escuro, de maneira que Maurício não o viu empalidecer, nem fechar os olhos (quando sofria muito, fechava os olhos; era um tique bem seu). O rapaz prosseguiu, inteiramente dominado pelo próprio temperamento:

— Eu acho graça no senhor! Pede que eu sacrifique tudo, a título de quê?

O religioso obstinava-se no silêncio.

— A título do dever, não é?

Nenhuma resposta. E Maurício dando larga aos seus sentimentos:

— Mas casamento é uma questão de amor e não de dever!

O padre não queria mais discutir. Tudo o que dissesse iria se despedaçar de encontro ao egoísmo duro de Maurício. "Como se pode ser assim, meu Deus?", eis o que perguntava. Quando falou — Maurício calara-se — foi numa voz de fadiga absoluta:

— Está bem, Maurício. Já não está aqui quem falou.

No fundo, o padre Clemente se censurava a si mesmo: "Eu devia insistir, não renunciar nunca, tentar convencê-lo de qualquer maneira. Mas não posso, estou cansado demais."

Ficou ainda parado muito tempo, vendo o outro se afastar. Maurício ia com a cabeça cheia de Lena, dos seus olhos, de sua boca. "Ela me ama, eu sei que ela me ama", era a sua grande convicção.

Aquela idéia de precipitar os acontecimentos deslumbrou as duas. D. Clara imaginou a enteada lá embaixo, no escuro, sem ninguém para socorrê-la. D. Consuelo olhava o sono de Lena, as olheiras fundas; e sua raiva era cada vez mais intensa, mais apaixonada. Só Netinha não dava sinal de si; era como se estivesse a mil léguas dali, o pensamento perdido. Conservava-se de pé, com a fisionomia sombria, trágica mesmo. E era tal seu alheamento de tudo que as duas velhas não sentiam, ignoravam a sua presença. D. Clara tentou D. Consuelo:

— Vamos?

— Vamos!

A última dúvida de D. Consuelo desapareceu. "Ela me paga, agora ela me paga."

— Mas como? — perguntou D. Consuelo, incerta.

— Nós levamos, arrastamos...

— Ela acorda e grita.

— Nós a amordaçamos. Tem um pano aí? É num instantinho... Mas espere! Primeiro vou lá fora ver se tem alguém.

Na sua excitação, esqueciam-se de todas as cautelas. Podiam esperar para mais tarde, quando todos estivessem adormecidos, não existiria mais perigo. Mas não podiam dominar a impaciência. Pareciam se embriagar com o próprio ódio. D. Clara, querendo afastar a enteada do caminho de Maurício; D. Consuelo, numa idéia fixa de insana pensando sempre na mesma coisa: "Ela não me deu o neto, ela não me deu o neto." E já não era mais a criança; era a paixão pura e exclusiva da vingança. Se Lena voltasse atrás, e lhe dissesse: "eu lhe dou um neto", talvez ela não quisesse mais. Estava saturada de rancor, cheia, e sua obsessão já lhe dava febre. D. Clara, com todos os nervos trepidando, precisava ter alguma ação, fazer alguma coisa. Correu para a porta. Mas antes de chegar lá estacou. Via o trinco mexer e adotou, instantaneamente, um ar natural. Era Paulo. D. Consuelo, com um pano na mão, justamente o pano que seria a mordaça de Lena, disfarçou também, esboçou um sorriso. Só os seus olhos estavam incandescentes. Fez um esforço para dizer:

— Que é, Paulo?

Ele avançou, sentindo no ar, em torno, qualquer coisa de suspeito, de presságio.

— Mandei Nana chamar o Dr. Borborema.

— Por que, meu filho? — a voz de D. Consuelo estava estranhamente doce. — Lena está dormindo tão bem.

D. Clara reforçou, muito macia:

— Eu também acho, Paulo. É melhor deixar Lena descansar.

Netinha imóvel, hirta, olhava para um ponto só. Paulo incerto, continuava com aquele presságio no coração.

— Você também precisa descansar. Por que não vai? — sugeriu D. Consuelo.

— E Lena?

Ele estava cansado, muito cansado. Tudo lhe doía. "Vale a pena ou não vale, chamar o Dr. Borborema?" Mas... e Lena? Alguma coisa lhe dizia que não devia sair, abandoná-la naquele momento.

D. Consuelo sorriu, maternal:

— Vá, Paulo. Lena não tem nada de mais... Nós receberemos o Dr. Borborema.

— Está bem, mamãe.

Se não estivesse tão esgotado, teria ficado. Mas custava-lhe conservar-se em pé. Deixou o quarto, lentamente. As duas não se mexeram, pareciam até não respirar. Só depois que perceberam que ele descia as escadas rumo ao seu quarto de solteiro, é que quebraram o silêncio. Então, D. Consuelo aproximou-se da cama. Falou, como se a nora, mesmo dormindo, pudesse ouvir a sua voz:

— Você vai morrer, Lena... Vai morrer...

Só aí Netinha abandonou sua passividade. Parecia alheia a tudo tanto que as duas não tomavam conhecimento de sua presença; mas a verdade é que não perdera uma palavra, ouvira tudo. Sem que as duas percebessem foi à porta, fechou-a rapidamente e guardou a chave no seio.

— Que é isso? — perguntou, espantada, D. Clara.

Sorriu, sardônica:

— Não é nada — e, mudando de tom. — Ouvi tudo!

Seu queixo batia de excitação nervosa:

— Ninguém sai daqui. Não levam Lena para lugar nenhum!

D. Consuelo, caindo em si, estendeu a mão, seca, intimativa, para Aleijadinha:

— Dê isso aqui. Ande!

Netinha encostou-se na porta, com a mão no peito, os olhos muito abertos.

— Não! Não dou!

— Dê, Netinha! — era D. Clara.

Obstinou-se:

— Não adianta que eu não dou!

— Netinha! — havia uma ameaça na voz de D. Clara.

Estava junto da filha, segurava Netinha pelos braços:

— Dá ou não dá? Você apanha, Netinha! Não se faça de tola comigo! Pensa que porque é aleijada pode abusar?

Mas a menina não teve medo. Enfrentou a mãe. Era a primeira vez que fazia isso, que usava aquele tom. Mas no seu estado — chegara ao máximo desespero — uma mulher é capaz de tudo. Acusou D. Clara e D. Consuelo.

— A senhora queria matar Lena, mamãe! E a senhora também!...

Virava-se para D. Consuelo. Tornava-se rouca:

— Mas eu não deixo, ouviu? Quero ver! Ah, meu Deus, ver a mãe da gente pensando uma coisa dessas.

D. Clara balbuciou, aterrada:

— Mas era para seu bem!... Você nem reconhece isso!

D. Consuelo interpelou D. Clara:

— A senhora não se impõe? Vai aturar as insolências de uma menina?

Mas as três estremeceram. Ouviam a voz de Lena:

— Por que não me matam de uma vez?

Acordara com aquele rumor de vozes: "Querem me matar", pensou: sentou-se na cama; insistia:

— Por que não me matam?

Parecia estar fora de si. Os olhos muito grandes que as olheiras tornavam mais espantados; e extremamente pálida. Ainda não mudara a roupa. "Deve ter muita febre", calculou Netinha. E se aproximou lentamente da cama. Lena, sem consciência do próprio movimento, chegou-se mais para a cabeceira, como se Aleijadinha representasse também um perigo. Sentia um desvario. "Netinha quer me matar." No seu medo, quantos aparecessem seriam assassinos. Era como se lesse em todos os olhos a mesma intenção homicida. Puxou os lençóis até o pescoço:

— Você também quer me matar, Netinha.

— Eu, não, Lena, eu, não!

— Você não gosta de mim...

Desesperada, Aleijadinha abriu sua alma, de par em par. Contou tudo, numa ânsia de confissão integral:

— Gosto, sim. Aquilo foi uma loucura minha, Lena, não sei o que é que me deu. Perdoe, Lena!

Tapava o rosto com a mão; chorava, sentindo que os nervos contraídos se afrouxavam; e, continuou entre lágrimas, enquanto Lena parecia desconcertada diante de tanta paixão:

— Lena, eu sei que procedi mal, sei, mas veja minha situação: ele era tão bonito e eu, Lena... uma aleijada. Pensei que ele — parou para tomar respiração — gostasse de mim, assim mesmo... Devia ter visto logo, devia ter compreendido, mas não!...

E perguntou, patética:

— Quem é que pode gostar de uma mulher que não tem uma perna?

D. Clara e D. Consuelo trancavam-se no seu silêncio. Fugia-lhes a oportunidade de vingança. Tinham um sentimento de derrota inapelável: a vontade de D. Clara era bater em Netinha, até tirar sangue, derrubar a filha a bofetadas, pisá-la, fazer nem sei o quê. Netinha chorava ainda. Lena teve um impulso quase histérico: puxou a irmã para si, as duas se abraçaram, choraram juntas, uniram as suas lágrimas, numa dor comum e sem consolo. D. Clara chegou-se para a cama:

— Olhe aqui...

Mas teve que parar. Batiam outra vez na porta, meu Deus! Netinha deu a chave à mãe, procurou se recompor, enxugar rapidamente as lágrimas. Levantou-se e ficou de costas para todas, na janela. Era o Dr. Borborema.

Então, os outros Figueredo apareceram. Menos Lourdes, que havia ficado com D. Senhorinha, na fazenda. E houve espanto, incompreensão nos primeiros momentos. Aquela confusão de nomes e de personalidades: Guida e Evangelina, Evangelina e Guida... Correram, depois do primeiro assombro, sem compreender por que o pai estava assim ensangüentado. Pensavam ao mesmo tempo no pai ferido e no mistério de Guida. Evangelina gritou-lhes:

— Não façam perguntas!

Os três rapazes ergueram o ancião nos braços. Evangelina, enérgica, parecia comandá-los:

— Tragam para aqui, mas cuidado!

Ana Maria e Lúcia viam que era Evangelina e não Guida. E compreendiam tudo, de golpe: haviam confundido Evangelina com Guida, era isso. Jorge Figueredo foi transportado para a cabana.

— Aqui! — gritava Evangelina.

E recomendava sempre:

— Cuidado para não machucar!

O ancião sorria; um sentimento muito doce penetrava-o. Os filhos estavam reunidos. Todos, menos quem?...

Procurou recordar. Sim, Lourdes. E Senhorinha também. Foi deitado no leito, com muito cuidado.

Antes, Ana Maria bateu no travesseiro, para torná-lo mais fofo e macio. O velho, deitado, pôde olhar, um a um, os filhos; e cada vez tinha mais dificuldade de respirar. Ana Maria e Lúcia não sabiam como se comportar com Evangelina. Baixavam os olhos ou desviavam a vista para outro lado. Evangelina bem que percebia, mas era como se não tomasse conhecimento, não ligasse. O ancião começou a falar; os filhos, muito sérios, curvaram-se para ouvi-lo. Ele perdia rapidamente a voz, vinha uma espécie de chiado dos pulmões, um silvo exasperante, que se misturava às palavras, tornava a sua voz quase inaudível:

— Evangelina... vai voltar... Pecou, mas não faz mal... É minha filha, suas irmãs... Tratem bem de sua mãe...

Sorria, cansado e feliz, apesar do sofrimento físico, da respiração dramática. Viu que as figuras tremiam, perdiam a limpidez, pareciam recuar, cada vez mais esbatidas. "Fora de foco", foi seu pensamento mais lúcido, para definir as imagens vagas, tênues, esgarçadas. Tudo o que seus olhos fatigados ainda viam foi gradualmente se fundindo numa sombra e, por fim, em trevas. Era cegueira. Mas não teve tempo de se espantar, de ter o espasmo de medo. Mergulhava docemente num estado de paz, de esquecimento; sua última expressão de vida foi um sorriso que se imobilizou, ficou parado nos lábios roxos. Evangelina gritou:

— Está morrendo!

As três irmãs caíram de joelhos, numa mesma crise. Tinham a mesma atitude, as duas mãos no rosto, os ombros sacudidos pelos soluços. Os homens fechavam os olhos, prendiam os lábios, mas ainda assim as lágrimas fugiam pelos cílios. Foi Evangelina quem se lembrou, em pleno pranto, de fechar as pálpebras do morto, senão ele ficaria de olhos abertos. E subitamente, o espetáculo da morte uniu as três irmãs: chorando sempre, ou chorando cada vez mais, se abraçaram, as duas moças ainda puras e a pecadora. Evangelina saiu dos braços de Ana Maria e Lúcia para os dois irmãos. Nunca o espírito de família fora mais doce e mais sólido.

— E mamãe?

Não quiseram dizer, assim de repente, que D. Senhorinha ficara afetada com o caso de Guida. Depois diriam, mais tarde. Mas era preciso levar o corpo. E foi, então, a volta, lenta e penosa, os três rapazes carregando o cadáver e as moças atrás, todos em silêncio. Iam com extrema precaução, como se o morto ainda pudesse sofrer, como se não tivesse esgotada naquele corpo sem vida a capacidade de sofrer. Quando chegaram no terreno da fazenda, empregados e colonos se juntaram; e a pequena multidão engrossava continuamente. Por fim — em plena noite — alguém teve a idéia de archotes. Surgiram vários, não se soube como; e a procissão tornou-se mais fúnebre, com aqueles fogos suspensos. Mulheres, de filho ao colo, choravam alto; e no fim foi um longo murmúrio, um vozerio, em que havia qualquer coisa de orfeônico. Evangelina subiu aquelas escadas com um sentimento de espanto, quase de medo. D. Senhorinha não se abalou com a multidão que entrava, nem com o corpo do marido que os filhos carregavam, agora com a ajuda de mais quatro homens da fazenda. Olhava Evangelina e vinha ao seu encontro, com uma grande doçura nos olhos, as duas mãos estendidas. Evangelina parou, subitamente impressionada, o coração dando pancadas violentas.

— Você demorou, Guida! — foi a repreensão suave.

Em torno, chorava-se, mas para D. Senhorinha era como se só existissem na sala ela e Evangelina, ninguém mais.

— Não sou Guida. Sou Evangelina!

A velha teimou, repentinamente enfurecida:

— É Guida, sim, é Guida! Você é Guida!...

Maurício chegou em casa, quando o Dr. Borborema saía. Netinha estava pouco atrás.

— Que é que há, doutor? — perguntou Maurício.

Não queria demonstrar, mas era evidente a sua angústia. Sabia que o médico viera por causa de Lena. E, por um momento, teve uma idéia estranha: "E se ela morresse?..." Esse pensamento deu-lhe uma medida do seu amor. O médico foi positivo:

— Coisa à-toa. Num instante vai sarar.

Usava muito o termo "sarar". E acenou com os dois dedos, despedindo-se. Maurício entrou, mais tranqüilo. Netinha afastou-se para deixá-lo passar. Mas o rapaz se deteve, perguntou, com um ar de brincadeira:

— Ainda está zangada comigo?

Agora que estava mais do que nunca disposto a amar a cunhada, sentia-se otimista, bem disposto; doía-lhe ter brincado com o sentimento de Aleijadinha e, sobretudo humilhava-o a brutalidade feita à menina. "Chamei-a de Aleijada", foi a sua vergonha intolerável.

— Não estou zangada. Só que não quero falar mais com você.

E como Maurício ainda persistisse no tom frívolo, repetiu, com uma expressão de ressentimento, tão feroz, que ele se chocou:

— Nunca mais!

— Que é que houve?

— Nada de mais. Só isso. Olhe, Maurício...

Ela procurava não se exaltar, não elevar a voz: mas tinha na boca um jeito mau:

— ...se você quisesse se casar comigo, agora mesmo, eu não queria, percebeu? Nem que você se ajoelhasse aos meus pés!

Era a primeira vez que uma mulher o tratava assim; que lhe dizia coisas tão duras. Ele se irritou, também:

— Isso é despeito!

— Despeito, coitado! Você é bonito, Maurício, mas fique sabendo que eu tenho nojo de você!

E mostrou o braço:

— Está vendo? Estou toda arrepiada, só de falar com você, tal o asco que você me dá!...

Deixou-o estatelado, mudo, boquiaberto no seu espanto, e saiu. Maurício ficou vendo a menina se afastar, puxando a perna. Sentia-se odiado e de uma maneira definitiva, obsessionante, terrível. "Onde irá ela?", pensou. Aleijadinha corria agora, desaparecia nas trevas.

Atormentado, ele subiu as escadas; procurou se libertar de sua preocupação. "Que me importa o que diz ou deixa de dizer essa menina? Não me interessa!" Mas o fato é que seus ouvidos estavam ressoantes de suas palavras: "...fique sabendo que eu tenho nojo de você!" E pior do que as palavras em si mesmas era a entonação, a voz carregada de rancor, de um desses rancores que continuam para além da vida e da morte.

D. Clara e D. Consuelo passaram muito tempo sem uma palavra. Estavam no quarto, sentadas, juntas, numa das extremidades da cama. Viera o Dr. Borborema, receitara umas coisas para Lena, dizendo como o fizera para Maurício, que "era uma coisa boba". Logo que o médico deixou o quarto, para ir escrever a receita em baixo, Netinha dissera para uma e outra, apontando o dedo:

— Se acontecer alguma coisa a Lena — ouçam bem! — a senhora e D. Consuelo vão parar na cadeia!

D. Clara perguntou, empalidecendo:

— Você teria coragem de denunciar a própria mãe?

Afirmou:

— Teria sim, teria!

— Netinha!

A menina recuou:

— E não me toque! Tenho horror da senhora!

Não podia suportar a própria mãe desde que a vira concebendo um crime. Deixara o quarto, sem se despedir de ninguém. D. Clara e D. Consuelo se viram perdidas. Como fazer agora? O plano de vingança caía por terra. Se Lena sofresse alguma coisa, Netinha as acusaria imediatamente. O ar com que a menina falara fora bem significativo ou, por outra, sinistro.

— E agora? — perguntava D. Clara.

Era a terceira, ou quarta vez, que se virava para D. Consuelo e fazia a interrogação, sem obter resposta. D. Consuelo levantou-se, foi até à janela, bateu com os nós dos dedos no vidro; e voltou, com a fisionomia desfigurada. Seu ódio parecia concentrar-se sobre D. Clara:

— Me admira que a senhora tenha deixado que sua filha falasse naquele tom!

— Eu tenho culpa?

— Devia se impor!

— Ora, D. Consuelo!

— Ora o quê! — D. Consuelo tornava-se mais agressiva. — Quer saber de uma coisa? Se eu tivesse uma filha e ela fizesse o que a sua fez...

— A senhora diz isso porque não tem filha!

— Imagine aquela aleijada!

— Não quero que chame Netinha de aleijada!

Enfrentavam-se agora. Esqueciam-se de Lena, da projetada vingança que se haviam cultivado de corpo e alma. Estavam quase rosto com rosto; e mais um pouco, eram capazes de passar da briga de palavras à luta física, sempre abjeta quando é entre mulheres. Bateram na porta.

— Outra vez! — foi o comentário de D. Consuelo, exasperada.

Foi abrir. Maurício apareceu.

Naquele momento, Netinha corria, ia num desespero tal que parecia não sentir o próprio esforço. E, no entanto, a perna mecânica magoava a sua carne, devia estar abrindo uma verdadeira ferida. Ela não queria pensar em nada, a não ser em si mesma, no próprio destino falhado. Precisava correr; dir-se-ia que aquela atividade física violenta a distraía de sua angústia. Muito longe, parou, porque o coração parecia estourar no peito. Seu pensamento se voltava agora para todas as mulheres que são felizes no amor, sobretudo as noivas. Quando se iludira, com aquela declaração de Maurício ("Apresento-lhe minha futura esposa!"), imaginara-se, de noiva, ajoelhada no altar, um véu, a grinalda, um vestido comprido tapando a perna mecânica. Mas tanta felicidade não podia ser para ela. "Nasci amaldiçoada", pensava. "Maltratei Lena, cheguei até a desejar que ela morresse e quando acaba..." Seu único sentimento de doçura naquele momento era a lembrança da irmã. "Fiz as pazes com Leninha."

Andando através da noite, chegara ao lago. Viu uma pedra grande; dirigiu-se para lá e subiu, penosamente, escorregando aqui e ali, equilibrando-se. Afinal chegou ao alto e contemplou as águas, embaixo, negras e profundas. Estava sozinha, tão sozinha, era como se fosse ela a única pessoa no mundo, no universo (tal a idéia que fazia da própria solidão).

Parecia-lhe que o lago a chamava. Fechou os olhos, disse a meia voz:

— Meu Deus, meu Deus...

E se atirou lá de cima. Seu corpo rodou no ar e feriu a superfície do lago. As águas fecharam-se então sobre ela. Uma porção de bolhas subiram do fundo. Depois as águas ficaram lisas de novo, tranqüilas, refletindo as estrelas, as nuvens, o céu inteiro.

39 "O desenlace."

A MORTE caiu sobre aquela casa. E foi de repente. Primeiro estranharam a ausência de Netinha. D. Clara apareceu, mais ou menos às dez horas da noite, com a pergunta:

— Vocês viram Netinha?

Não, ninguém tinha visto; e já a pergunta, ou o ar com que era feita, inspirou, não se sabe bem por que, uma certa angústia. Muitas pessoas tiveram um presságio mau; e, no entanto, até aquele momento não havia propriamente razão de sobressalto. Sim, porque Aleijadinha podia estar na própria casa, conversando com Nana, ou em outro lugar qualquer. Mas o fato é que houve um sentimento imediato de angústia (interessante isso). Foi como se todos sentissem que Netinha havia deixado um vácuo, não um vácuo de pura e momentânea ausência, mas de ausência definitiva; digamos, vácuo de morte. Então, começou a procura; todos os quartos foram abertos, gritava-se:

— Netinha! Netinha!

Mas ela não estava em lugar nenhum. Paulo, o próprio Maurício, D. Clara; Nana e empregados da fazenda, correram tudo, fizeram pesquisas, indagações, foram até à floresta, lançando o nome de Aleijadinha em gritos que o eco levava longe, bem longe. E nada. Não se obtinha nenhuma resposta. D. Clara andava de um lado para outro, atormentada. Só Lena, adormecida, perdida entre sonhos, não tomara conhecimento de coisa nenhuma. Finalmente apareceu quem tivesse visto Netinha na direção do lago. Já de manhã, Paulo voltou, uns olhos de vigília. Disse, lacônico:

— Netinha morreu... Matou-se...

Turma de homens percorriam o lago, em todas as direções, com grandes varas, explorando o fundo. Quase ao meio-dia, alguém gritou, de um dos barcos:

— Aqui!

Houve até quem mergulhasse. E foi um sacrifício, uma luta, para se arrancar Netinha do fundo do lago. Várias tentativas fracassaram; houve uma vez — foi até doloroso — em que o corpo chegou a aparecer, içado por uma corda e eis que, de súbito, a corda partiu-se, desapareceu novamente. Paulo, numa das margens, assistia, impassível, sem que lhe tremesse um músculo da face, lívido. A ternura, que sentia pela menina, e que parecia extinta, quase nula, renasceu, numa tal plenitude que ele perdeu de súbito todo o interesse, todo o apego à vida. O que sentia, sim, era uma amargura, um veneno correndo no seu sangue, contaminando tudo o que existia dentro dele, a alma, o sonho, os sentimentos. Ao mesmo tempo, tomavam-se providências práticas na fazenda, já se colocavam os círios que deviam velar a morta ainda ausente. D. Clara tinha ataques sobre ataques. Era como se lavasse nas próprias lágrimas todas as suas culpas anteriores, desde as pequenas implicâncias até a concepção do crime frustrado. Acusava-se a si mesma, o cabelo em desordem, os olhos saltando, querendo bater com a cabeça nas paredes. Via no suicídio da filha um castigo do céu — Deus a punia profunda e definitivamente, e queria ser enterrada com a menina, no mesmo caixão e no mesmo túmulo. Uma senhora de uma fazenda vizinha quis argumentar, usar lógica:

— Mas meu bem, compreenda: não se pode botar duas pessoas no mesmo caixão!

Algumas mulheres achavam bonito aquele suicídio no lago. Parecia-lhes romântico; e viam na perna mecânica um dos detalhes tocantes daquela morte. Lena já sabia de tudo e estava como Paulo; com a mesma dor passiva, sem palavras e sem gestos, hirta, incapaz de uma lágrima. "Imagine, se eu não tivesse feito as pazes com Netinha..."

Por fim veio o corpo. Ninguém, naturalmente, querendo deixar que D. Clara se aproximasse. Ela se atracava com as mulheres que a agarravam — vieram até homens contê-la — dizia-lhes desaforos e blasfemava. Era um milagre que não tivesse rebentado as cordas vocais com os seus gritos. E, subitamente, fez-se dócil, humilde (uma mudança, aliás, que espantou todo o mundo); pediu, com uma voz de dar pena, de cortar coração:

— Ao menos, enterrem ela de branco!

Foi a sua idéia, a sua obstinação de última hora: que colocassem a filha, no ataúde, vestida de virgem. E a idéia de D. Clara comoveu, mais ainda, o coração das mulheres presentes. Maurício estava mais pálido e mais belo. Usava um terno escuro — azul-marinho quase preto — que parecia realçar o seu tipo muito branco. Pensava, obcecado, nas palavras de Aleijadinha que se tinham fixado no seu espírito como uma maldição: "...tenho nojo de você..." Mudo e amargurado, decidia: "Vou segurar numa das alças do caixão." Achava, um pouco infantilmente, que isso era quase uma reparação que oferecia a Aleijadinha. Ela ficaria contente, foi a sua reflexão, enquanto mordia os lábios para não chorar. "Não vou pensar em Lena, enquanto o corpo estiver aqui..."

Trouxeram muitas flores, algumas das quais silvestres, levadas por mulheres de colonos. Por fim, o enterro, todo o mundo acompanhando; e D. Clara, na varanda, segura por quatro ou cinco mulheres, gritava como uma possessa:

— Eu é que devia morrer e não ela! Eu não presto!...

Maurício segurava, realmente, numa das alças do caixão. D. Consuelo é que não fez manifestação nenhuma; era vista, andando de um lado para outro, respirando fundo como se lhe faltasse ar; e tinha as mãos geladas. "Mãos de uma defunta", como ela mesmo reconheceu, sentindo na carne um arrepio.

Quinze dias se passaram. Depois de tanta inquietação, tantos conflitos, tantas lágrimas, a vida em Santa Maria mudou. A morte de Netinha teve uma influência enorme naquelas almas. Até se falava mais baixo, se andava sem rumor, a obsessão do silêncio se apossava de todos. Pensou-se, a princípio, que D. Clara acabaria enlouquecendo. Não falava com ninguém, não comia, não bebia, mergulhada em não sei que tenebrosas evocações e cismas. Ficava perpetuamente num canto, com os olhos fixos, numa dor obtusa. Lena teve também um choque brutal. Mas havia no meio do seu sofrimento e de suas tristezas uma certa doçura; a lembrança de que apesar de tudo, Netinha fizera as pazes com ela. Visitava, todos os dias, o túmulo da menina, levando uma braçada de flores que ela distribuía, arrumava, com cuidado e minúcia, substituindo as flores mais fanadas pelas mais frescas. Acontecia com ela o mesmo que acontecia com Maurício: procurava não pensar nos seus sentimentos, esquecia-se voluntariamente do seu amor. Parecia-lhe que Netinha gostaria de sua pureza de pensamento.

Paulo aparecia, de vez em quando. Ia diariamente a uma cidade próxima e só regressava à noite. Nunca mais bebera; evitava mesmo sorrir e estava mais magro. Soube-se depois que ele recebia regulares massagens elétricas na perna (ou, pelo menos dizia-se isso). O que parecia confirmar esse rumor é que, pouco a pouco, o seu defeito se atenuava, fazia-se menos perceptível. Era evidente que ficaria bom.

Na casa dos Figueredo a mesma tristeza, desde a morte do chefe da família. D. Senhorinha não reconquistara mais a verdadeira personalidade. Não havia quem a convencesse de que Evangelina não era Guida. Qual o quê! Enfurecia-se. Por fim, a própria Evangelina achou a solução, concordando, com doçura e tristeza:

— Eu sou Guida, sim, mamãe, sou Guida!

E a velha, triunfante, voltando-se para os outros filhos:

— Não disse! — acrescentava, muito convencida. — Eu sabia!

A atitude de Evangelina era doce e melancólica. Perguntava a Ana Maria:

— Será que meu destino será sempre esse?

— Qual?

— Não ser nunca eu mesma! Passar por Guida?

Uma tarde, Lourdes teve a curiosidade que não pôde reprimir:

— E Maurício, Evangelina?

Silêncio de Evangelina, que desviou a vista. Insistência de Lourdes, que se obstinou diante do ar grave da outra:

— O que é que ele diz?

Foi agressiva:

— Olhe, Lourdes! Maurício morreu para mim!

— Sério? — espantou-se a irmã.

— Claro!

Evangelina estava sendo apaixonadamente sincera. Era como se todo o sentimento de amor tivesse desaparecido na sua alma, sem deixar vestígio. Ela mesma se espantava consigo mesma. "Será possível, meu Deus?" Quem sabe se não fora a morte do pai que a impressionara de tal modo que ela se transformara em outra mulher. Até passava horas, dias, sem pensar em Maurício. Fazia de conta que ele não existia; e às vezes tinha a ilusão de que não existira nunca. "Foi por esse amor que eu pequei..." E, de repente, o amor morria ou, pelo menos, não dava sinal de si, não tinha um estremecimento de vida. Como todos da família, Evangelina vestira luto. O preto assentava-lhe maravilhosamente bem, parecia valorizar, mais e mais, a sua beleza. Por mais que fizesse, que não se pintasse, não tivesse certos requintes, não conseguiria diminuir a irradiação do próprio encanto. Ficara um pouco mais fina e isso lhe dava uma graça frágil e inesquecível. Estava tão penetrada de tristeza que chegou a pensar num convento; e ia conversar sobre isso com as irmãs, para ver o que elas achavam; não era ainda um desejo definido, mas um sonho apenas — quando apareceu, na fazenda, uma visita. Ana Maria é quem veio dizer, correndo:

— Imagine quem está aí?

— Quem? Não faço idéia!

— Valter...

Seus olhos ensombreceram-se, ainda mais. Aquele nome estava ligado à sua vida; fora o seu primeiro caso sentimental. Chegara a namorar Valter; houve um momento em que tudo indicava que os dois se casariam. Ele chegou a falar em matrimônio. Ela, mais por atitude convencional do que por qualquer outro motivo, retardou o momento da definição:

— Dê-me uma semana para pensar. Está bem?

Estava, porém, resolvida a aceitá-lo. Era mais velho do que ela — uns dez anos — mas muito bom, sério, com uma dignidade de maneiras e de hábitos irrepreensível. Mas eis que Evangelina vê Maurício, justamente no dia em que devia dar a resposta. Foi muito clara e honesta:

— Não pode ser, Valter.

Ele não insistiu e afastou-se. Depois, soube, naturalmente, que ela fugira e, na certa, por motivos de amor. Não a condenou e, certa vez, esbofeteou um amigo que se referira ao fato com uma certa e frívola irreverência. Agora soubera do retorno de Evangelina. Logo que a viu — muito severa e linda no seu luto — definiu-se:

— Eu sou sempre o mesmo, Evangelina. Meus sentimentos não mudaram.

Ela o encarou, com dignidade e doçura:

— Eu é que não sou a mesma, Valter.

— Por quê?

Abaixou a voz; olhou para outro lado:

— Por quê... — hesitou. — Porque pequei.

— Não importa.

Ela teimou, não aceitando aquela generosidade:

— Importa, sim. O pecado transforma muito a mulher, Valter! Muda.

— Evangelina...

Os dois se olharam. Houve um silêncio, e ele continuou:

— Para mim, o passado não existe. Não sei, nem quero saber o que você fez ou deixou de fazer.

Evangelina resistiu:

— Compreenda uma coisa, Valter: se eu casasse com você...

— Continue.

— ... haveria, entre nós dois, sempre e sempre, a memória de outro homem. E isso é horrível!

— Eu não acho! — ele se obstinava na necessidade de convencê-la. — Amo-a, Evangelina!

Evangelina foi mais longe; parecia estar experimentando o amor de Valter; exasperou-o;

— Você já pensou o que é isso? Um homem beijando uma mulher e se lembrando de que ela já foi beijada por outro, de que ele não é o primeiro?

— Eu sei o que é isso, ou imagino, mas não importa. Amo-a, já lhe disse. Agora me responda: quer se casar comigo?

— Valter!

— Sim ou não?

Fechou os olhos para responder:

— Sim.

Quase não se via Lídia em Santa Maria. Ela não aparecia, a não ser nas refeições. Comia pouco, não falava com ninguém (aliás, todos falavam o menos possível) e subia ou, então, ia passear em lugares pouco ou nada freqüentados. Estava gostando, agora mais do que nunca, da solidão. Era uma necessidade, uma verdadeira necessidade, a de estar sozinha tanto tempo quanto possível, para se concentrar sobre si mesma. Era como se estivesse vendo e revendo os próprios sentimentos e parecia não chegar a uma conclusão definitiva. Sentia-se incerta e sofria. Foi várias vezes ao túmulo de Guida e de Netinha, como se a morte a atraísse. E, uma tarde, estava junto à sepultura de Aleijadinha, quando ouviu o seu nome. Virou-se, assustada. Era Marcelo.

— Assustou-se?

— Mais ou menos.

Há vários dias que ele rondava aqueles lugares, na esperança de um encontro. Sentiam-se estranhos e tolhidos; alguma coisa parecia separá-los. As primeiras palavras foram difíceis e penosas; ele acabou se irritando consigo mesmo e com a moça. “Pareço criança”, pensou, reagindo sobre si próprio. A sua audácia de rapaz meio bárbaro ressurgiu. Ela previu, com o seu instinto de mulher, que Marcelo ia se tornar ousado. Ele a segurou por um braço; agressiva, quis soltar-se. Um sorriso cruel aparecia na boca de Marcelo:

— Ainda gosta de Maurício?

— Gosto!

Foi esta resposta, ou este desafio, que a perdeu. Ele gostava muito mais de ação do que palavras; e precisava de que o provocassem. Quando estava com raiva ninguém podia contê-lo. O seu impulso meio selvagem se realizou antes que Lídia pudesse prever: tomou-a de assalto nos braços e sua boca, ávida, procurou a da moça. Ela quis fugir, mexeu com a cabeça, mas ele, brutalmente, imobilizou-lhe o rosto com a mão potente. Então seus lábios se encontraram. A princípio, ela pensou que estava sendo vítima de uma violência. Depois, sem querer, entreabriu os lábios, correspondeu. Foi um minuto de silêncio, de pura e absorvente sensação. Quando se separaram, ele ainda perguntou:

— Ainda gosta de Maurício?

Não respondeu, com a consciência absoluta da própria derrota. Foi ousada: ela mesma teve a iniciativa de enlaçá-lo e de procurar a sua boca:

— Meu, só meu! — foi o que disse, num sopro.

De repente, D. Clara começou a voltar aos hábitos antigos.

Não era mulher para se consagrar a um sentimento único; suas dores mais profundas não pareciam, mas eram efêmeras demais. Começou a comer com mais apetite; e a única coisa que persistia, como conseqüência da morte da filha, era o silêncio. Continuava não falando com ninguém e muito menos com D. Consuelo. Passara a odiar a mãe de Paulo, agora que Netinha estava morta e não podia casar-se mais com Maurício. Dia após dia, cultivava esse rancor. Aliás, não era só D. Consuelo: mas Lena e Maurício, também. Vendo que ele não podia ser seu genro, abominava-o; e tinha raiva — cega, inumana, homicida — de Lena. "Ela me paga, ela me paga", era sua obsessão. Lenta e minuciosamente, foi organizando um plano de vingança; sonhava com uma tragédia em regra que caísse, de golpe, sobre a família, acabasse com a raça. D. Consuelo também não podia suportar mais aquela cúmplice de um crime frustrado. Era uma verdadeira guerra de olhares que se travava entre as duas, cada qual mais saturada de ódio.

Até que D. Clara espreitou a chegada de Paulo, de uma de suas viagens à cidade próxima. Não cumprimentou, foi direto ao assunto:

— Isso está direito, Paulo?

— O quê?

— Isso aqui? Leia!

Estendeu um papel que ele olhou e leu, uma, duas, três, quatro vezes. Era um bilhete que dizia assim: "Maurício, meu amor — foi tão bom ontem. Quando teremos outros momentos assim? Preciso muito falar com você — Beijos da sua Lena."

Ele continuava lendo, mas não precisava; sabia o bilhete de cor, palavra por palavra. Tudo estava gravado no seu pensamento. Esquecia-se de D. Clara, de sua presença; era como se a sogra não estivesse ali, de olhos postos nele, quase sem bater as pálpebras. D. Clara percebia a angústia do genro. "Deve estar sofrendo o diabo por dentro", pensou, com um vinco de crueldade na boca. E esperava que o rapaz dissesse qualquer coisa. Paulo fechava os olhos: uma voz interior parecia repetir o bilhete, palavra por palavra: "Maurício, meu amor..." Abriu os olhos, amassando o papel na mão. Quando uma mulher casada chama um homem, que não é o seu marido, de "meu amor", é porque está perdida. D. Clara soprou, aproximando-se mais dele, com a boca quase no seu ouvido:

— Está vendo? Eu não dizia? Você no mínimo pensava que era exagero. Pois aí está!

— Maldita, maldita! — balbuciava Paulo, passando as duas mãos nos cabelos.

— E agora? — sussurrou D. Clara. — Você vai fazer o quê?

Ele se virou para ela, olhou-a, espantado. Parecia não ter entendido a pergunta da velha.

— O que é que eu vou fazer? Vou me vingar. Mas antes...

Lentamente, recuando sem querer, ela perguntou:

— Antes o quê?

— Antes vou expulsar a senhora daqui! Vou corrê-la daqui a pontapés!

— Paulo!

O genro crescia, vinha na sua direção, com os olhos absolutamente fixos e grandes, abrindo as duas mãos, como se fossem estrangulá-la.

Foi este o sentimento de D. Clara, o seu espanto: que ele ia matá-la. Ficaram olhando um para o outro, sem uma palavra, lívidos ambos, ele com a idéia do crime na cabeça.

Maurício foi à estação levar um amigo: e quando o trem partiu — ainda acenou com os dedos para o amigo — ele virou-se e quase esbarrou com Evangelina, que vinha em sentido contrário. Houve um rápido olhar; Maurício teve tempo de vê-la no seu vestido de luto e de guardar a sua imagem; a sua idéia foi a de que, assim de preto, ela se transformara, ficara quase outra. Não se cumprimentaram; Evangelina continuou o seu caminho, e Maurício, o dele. Possivelmente ambos experimentaram uma certa curiosidade (não se viam desde a morte de Jorge Figueredo), mas, por uma questão quem sabe de altivez, não se voltaram. O rapaz estava perturbado, sem que ele mesmo soubesse por quê. Evangelina pertencia a um passado cada vez mais remoto. Não o interessava mais. Seu sonho atual e talvez definitivo era a cunhada. "Eu amo Lena", pensava continuamente. Ela estava presente no seu pensamento e no seu desejo. Não teria sossego, enquanto não a conquistasse. Desejava com todas as forças do seu desespero dominá-la, tê-la aos seus pés, perdida, humilhada. Era uma idéia fixa: não pensava em outra coisa. Caminhava tão absorvido nos seus pensamentos que ia passar pelo padre Clemente sem vê-lo:

— Já sabe? — indagou o padre.

E como fizesse um ar de incompreensão, o religioso deu-lhe a notícia:

— Evangelina casa-se.

— Como?

— Ainda não sabia? — abriu um riso longo e bom. — Pois é, Maurício. Aliás, estou muito satisfeito. Um antigo namorado, que apareceu agora, e pediu a mão de Evangelina.

— E ela?

Apesar de tudo havia uma certa angústia na sua voz.

— Aceitou. É bom rapaz, sério, fará feliz qualquer mulher.

— O senhor acha?

— Eu conheço o rapaz.

— Mas não quer dizer nada. E ela, padre Clemente?

— É uma boa menina também. Ótima.

— Mas não o ama!

A contragosto, tornava-se violento, apaixonava-se na discussão, subitamente enfurecido. E se revoltou, pensando que todas as mulheres são iguais, volúveis.

— Acho engraçado! — falava com amargura. — Ainda outro dia, não podia viver sem mim e de repente acontece isso!

— Mas você queria o quê? Você não a abandonou?

Ele não ouvia, numa irritação que o tornava até grosseiro:

— Ela pode fazer o que muito bem entender. Para mim tanto faz! Quem me interessa é outra mulher, é Lena! Essa, sim! Mas Evangelina!...

— Você continua com isso! — repreendeu o padre, numa tristeza absoluta.

— Continuo, por que não? Não se iluda, padre Clemente! Lena será minha!...

O padre Clemente partiu, levando aquelas palavras: Lena será minha!" Maurício seguiu para Santa Maria. Ia desesperado, sentindo que ou Lena aceitaria seu amor ou ele faria uma loucura. Era passional e o amor e a morte se fundiam numa mesma idéia. Não podia esperar mais. "Preciso resolver hoje ou, então..."

Lena estava diante do espelho. A morte de Netinha fora um golpe tremendo para ela. Nos primeiros dias, não se interessou, não se apaixonou por nada senão pelo suicídio da irmã. Mas o instinto de vida era ainda bastante poderoso: e à revelia de sua própria vontade, quase sem perceber e sem sentir, começou a melhorar, a ter uma outra atitude diante das coisas. Era como se a vida a reconquistasse, lenta e seguramente. Estava transformada; parecia mais mulher do que antes, adquiria rapidamente uma nova e mais intensa feminilidade. Uma noite sonhou com Maurício: e o interessante é que sempre uma sombra, um vulto que não identificara, se interpunha entre ela e o cunhado. Seria Paulo? Agora, vendo-se no espelho, teve uma sensação esquisita ao notar que mudara fisicamente. Sim, alguma coisa morrera na sua vida. "Talvez agora eu possa ser amada e admirada." Não se podia dizer que estivesse tão magra quanto antes; e um sentimento novo a invadiu, deu-lhe uma emoção: o sentimento de que talvez já fosse bonita, de que agora era capaz de perturbar um homem. Acariciou os próprios braços e, depois, fez as mãos correrem ao longo do corpo. Era uma maneira de reconhecer as próprias formas ou de se acariciar. "Posso amar e ser amada."

Bateram, então, na porta. Estava tão ensimesmada que se assustou; olhou-se uma última vez, reteve a própria imagem no pensamento e foi abrir. Maurício entrou. Naquele momento estava mais belo do que nunca, mas pálido, a sombra da barba mais azul e um olhar de uma dessas doçuras que fazem sofrer.

— Quero falar com você.

Balbuciou, empalidecendo por sua vez:

— Está certo. Mas vamos sair.

Ele foi definitivo:

— Vai ser aqui mesmo.

Ela percebeu que Maurício se obstinava; lia nos seus olhos e na sua boca atormentada uma determinação feroz. Teve medo de si mesma e de sua fragilidade. Pensou pela segunda vez, estremecendo: "Será que meu destino é pecar?" Quis manter uma aparência de dignidade:

— O que é que você quer comigo?

— O seu amor.

— Impossível.

— Impossível por quê?

— Eu sou casada.

— Mentira!

Disse "mentira" com tanta violência que ela se desconcertou. Ele se lembrava agora que podia envolvê-la numa mistificação. Aproveitou o momento, sentindo que fazia a última tentativa; e se falhasse naquele momento estaria perdido. Usou esse falso argumento:

— Paulo casou-se duas vezes! O segundo casamento não vale!

Foi um golpe bem dado; Lena tonteou. Não ouvira falar mais nada sobre Guida. Aquele lugar era tão estranho e bárbaro, tão despoliciado, que não admirava, nada, que um crime pudesse passar como um acontecimento banal, sem inspirar maiores comentários. Guida devia estar enterrada àquela hora; possivelmente só ela e umas poucas pessoas mais, inclusive os Figueredo, sabiam do fato. Ah, Lena não poderia imaginar nunca que Paulo era inocente e que a suposta Guida era, na verdade, Evangelina. "Paulo é casado duas vezes", pensou, com espanto. A morte de Netinha a preocupara tanto e tanto que não pensara mais no caso ou pensara muito por alto, sem fixá-lo a fundo, deixando a solução para mais tarde. E eis que vinha Maurício e lançava-lhe aquilo ao rosto. Sentiu que alguma coisa desabava, foi desmoronamento interior, a morte de sua fé na vida e nos homens.

Ele tirou todo partido da confusão. Pegou-lhe nas mãos, falou rosto com rosto, pressentindo que ela devia ter uma grande sede de amor. Foi apaixonado:

— Nós iremos para bem longe, muito longe, onde ninguém nos conheça. Viveremos uma nova vida, sem pensar em mais nada, Leninha.

Lena resistia:

— Não, não!

— Amo-a!

E como ela continuasse resistindo, desesperada, acusou-a brutalmente, a ponto de perder a cabeça:

— Então, já sei!

— O quê?

— Você ama seu marido!

— É mentira! Não amo ninguém!

— Por que resiste, então?

— Não quero, não quero!

Recuava para o fundo do quarto. Ela mesma não sabia por que se negava. Tinha medo de que Maurício a tomasse nos braços, de que a quisesse beijar à força. Maurício percebeu que Lena se aterrorizava: foi o pânico da cunhada que o inspirou. "Sou mais forte", foi seu raciocínio: "se a segurar bem, acabarei beijando-a; ela não terá coragem de fazer escândalo." Esquecera de que a porta estava apenas encostada. E quando se dirigia para o fundo do quarto, Leninha gritou, apontando:

— Olhe Nana aí!

A preta estava, de fato, na porta, com um ar de assombro e de medo. Parecia petrificada.

Maurício virou-se, alucinado, disposto agora a todas as loucuras:

— Saia, Nana!

— Seu Maurício!

— Fique, Nana!

O rapaz veio, então, como uma fera sobre a criatura. Lena chamou-o:

— Maurício!

Ele ia bater na preta, botá-la para fora aos empurrões, trancar-se com a cunhada, acontecesse o que acontecesse. Mas o grito de Lena paralisou-o. Ela se dirigia a ele, subitamente livre de medo:

— Maurício, vá.

— Está louca!

— Vá que logo mais eu escreverei a você um bilhete, dizendo sim ou não.

— Jura?

— Juro.

Saiu, depois de olhar uma última vez Leninha, demorada e apaixonadamente, como se quisesse guardar para sempre, no seu pensamento, a imagem da moça. Lena não pôde dizer uma palavra a Nana. Vinha alguém no corredor e ela teve a idéia de que aqueles passos eram os do marido. Paulo acabara de deixar D. Clara.

Disse à sogra, segurando-a, sacudindo-a:

— Eu podia estrangulá-la, ouviu? Mas infelizmente não tenho jeito para assassino. A senhora vai já arrumar suas coisas, está percebendo?, e desaparecer daqui e não me apareça mais!

— O que é que eu fiz? Mas o que foi?

— E eu, bobo, cheguei até a me comover, pensando que a senhora tinha sentido a morte de sua filha! Sentiu coisa nenhuma, a senhora sente lá alguma coisa! Suma-se, antes que eu perca a cabeça!

Largou-a e subiu as escadas, de quatro em quatro degraus, levando o bilhete amassado na mão. Encontrou-se com Maurício, mas não parou. "A culpada é ela, ela é que deve pagar." Nana teve a intuição da tragédia quando ele entrou.

— Saia!

Dirigia-se à preta. E quando ficou só com a mulher, fez o que já fizera uma vez: trancou a porta e pôs a chave no bolso. Lena abria muito os olhos, prevendo que desta vez seu destino ia se decidir. "Ele me mata, meu Deus, ele me mata." Mas era tal o seu espanto e o seu medo que não se mexia, não podia se mexer, nem que quisesse. Apesar de sua vontade de gritar, de pedir socorro, não conseguiu emitir um som. Viu-o aproximar-se, passo a passo, olhando-a como se desejasse pôr a mulher sob o magnetismo do seu ódio. Quando falou, sua voz estava irreconhecível.

— Eu soube de uma coisa; devia matá-la agora, já, sem dizer nada.

Ela conseguiu dizer, com a voz apagada:

— Paulo.

O marido continuou:

— Mas para que você não diga que sou bobo, primeiro eu vou fazer isso.

Tomou-a, entre seus braços. Apertou-a de encontro a si, beijou-a. Uma vez, duas, três. Lena sentia-se tonta, perturbada, o ar faltava-lhe, em vão procurava recuar, desviar o rosto. A boca do marido, quente, ávida, cruel, perseguia e se unia à sua. Houve um momento em que ela pediu, arquejando:

— Deixe eu respirar — tomou a respiração. — Só um pouco.

Sem perceber que o fazia, ofegando também, ele deixou. Depois de um momento, numa absoluta incoerência, falta de lógica, desacordo com os próprios sentimentos (e não compreendendo por que dizia isso), ela murmurou:

— Agora pode.

Desta vez, a fusão das bocas foi mais completa, porque desejada. Perdiam a noção das coisas, dos próprios atos. Deixavam de respirar. As mãos de Leninha correram pelas costas de Paulo, subiam outra vez. Quando seus rostos se separaram, ficaram um momento se espreitando. Ela fechou os olhos e entreabriu os lábios. O novo beijo veio logo, doce e violento, ardente e mortal. “Eu morro, meu Deus, eu morro”, era o delicioso lamento interior de Lena. Só depois de algum tempo é que ele caiu em si. Estendeu o bilhete a Lena; a moça leu e virou-se para ele, gritou:

— Bobo! Seu bobo! Não está vendo logo! Letra falsificada! Nunca escrevi isso! Já sei quem foi, aposto! Minha madrasta, não é?

Paulo não respondeu nada, taciturno, mas já incerto. Ela foi num móvel, apanhou um lápis, um papel, escreveu sem parar, a fisionomia séria, os lábios cerrados. Veio para ele, meio hesitante, uma certa vergonha; e mostrou.

— Coisa minha é isso aí. Leia, pode ler.

Ficou de costas para ele. Estava escrito: “Maurício: a minha resposta é esta: Não! Eu amo meu marido e o amei sempre, mesmo quando pensava odiá-lo. — Lena.”

— Está vendo? — perguntou Lena. — Agora me dê a chave: vou mandar Nana entregar isso.

Abriu a porta e saiu, para voltar pouco depois. Ela mesma fechou, deu a volta à chave. Veio, então, para o marido. Ele perguntou, espantado:

— Que é isso?

Ela, com um duplo sentimento de vergonha e de felicidade, escondendo seu rosto no peito largo e poderoso do marido, respondeu:

— Amor.

— Mas eu sou marido de duas mulheres.

Teve uma revolta, abraçou-se a ele, como se fosse perdê-lo para sempre:

— Não quero saber! — parecia uma menina, pronta a chorar. — Você também se casou comigo, eu não deixo você ir embora!

Chorava realmente, passava as costas da mão no rosto limpando as lágrimas:

— Imagine que comecei a gostar de você naquele dia em que me beijou à força, me feriu no lábio!... Mas eu sou muito boba... muito teimosa, não queria dar o braço a torcer!

— Gosta muito de mim?

Abraçou-se mais a ele, uniu-se num transporte:

— Muito! — e teve uma sinceridade mais ousada. — Com loucura!

Falavam baixo, os lábios juntos:

— Pois olhe; é mentira, não matei Guida coisa nenhuma...

Contou tudo, entre beijos. Ela quis saber:

— Por que você se casou comigo, não gostando? Disse que um dia me contava...

— Depois eu conto.

— Quero saber agora.

— Foi o seguinte, eu queria morrer, e resolvi fazer antes uma boa ação: casar com uma menina necessitada para que ela herdasse minha fortuna. Logo depois do casamento, eu ia meter uma bala na cabeça, mas, ao menos, minha morte beneficiaria alguém.

— Foi por isso?...

— Outra coisa que você não sabe: um dia, de madrugada, eu entrei pela janela do seu quarto. Você estava dormindo.

— Ah, já sei! Foi naquela noite que Nana me deu remédio para dormir!

Assustou-se, interrogando:

— Você fez o quê?

Não obteve resposta. Era noite. Ele a carregou no colo. Lena parecia morta nos seus braços; fazia-se mais pequena, mais frágil, mais passiva, os olhos fechados. Foi uma maravilhosa vigília de amor, uma noite de carícias supremas.

De manhã, o sol já entrando no quarto, ela num cansaço divino, Paulo dizia, o rosto encostado no rosto da esposa:

— Meu amor, meu amor...

Não teve resposta. Lena adormecia, afinal.

O romance poderia terminar aqui. Mas ainda é preciso dizer o que fez Maurício, no seu desespero. Pensou em tudo; pensou até que a única solução do seu drama era a morte. Deu para beber no pequeno bar de Nevada. Evangelina soube e não fez nenhum comentário. Vestiu-se e, sozinha, sem dizer nada a ninguém, foi procurar o seu antigo amor. Trouxe-o de volta, totalmente ébrio, apoiando-se nela, balbuciando palavras sem sentido e chorando como uma criança. O namorado de Evangelina, o constante e cavalheiresco Valter, viu-os, assim, em plena rua. Evangelina foi muito clara e digna.

— Perdoe, Valter. Eu julgava não ter nada mais de comum com Maurício. Enganei-me; ele é o meu único amor. Prefiro ser infeliz com Maurício do que feliz com qualquer outro homem. Adeus.

Quando passou a embriaguez: Evangelina, ao lado, amorosa e vigilante — abraçaram-se e deram os beijos mais apaixonados da história do seu amor. Partiram; iam viver uma nova lua-de-mel — uma perpétua lua-de-mel — na cabana de troncos, no seio misterioso da floresta. Foi lá que o Padre Clemente os casou, um dia. Marcelo e Lídia ficaram noivos.

Era com espanto e com angústia que D. Consuelo via a lua-de-mel de Lena e Paulo. Tão estranho aquilo! Envelhecia rapidamente, quase não falava, na sua persistente melancolia.

Um dia, Lena teve uma coisa esquisita: uma tonteira em plena escada, ia caindo, teve que se agarrar ao corrimão. “Não foi nada, não foi nada”, balbuciou, com uma expressão de sofrimento. Veio depressa o Dr. Borborema. Quando o velho médico voltou do quarto, sorria, enrolando um cigarro de palha:

— A senhora não queria, D. Consuelo? Prepare-se para ser avó!

D. Consuelo sentiu um estremecimento em todo o seu ser, fechou os olhos, mas as lágrimas desciam pelos cílios — as lágrimas mais doces que uma mulher pode chorar.

NELSON RODRIGUES NA EDITORA AGIR

Nelson Rodrigues já era Nelson Rodrigues quando, em 1961, organizou a antologia que reunia em livro pela primeira vez parte da série "A vida como ela é...", que estreara em 1950 no *Última Hora*. Como o melhor jornalismo, a coluna falava direto ao público; como a literatura mais sofisticada, fazia tremer suas convicções. Sob as manchetes, o leitor encontrava, pela primeira vez em letra de forma, ciúme, dilemas morais, inveja, desejos desgovernados, adultério e sexo. Diagramados, estavam ali o céu e o inferno das tradicionais famílias dos subúrbios cariocas afrontadas pela emergente classe média de Copacabana. Item de colecionador, disputado em sebos, os dois volumes da editora J. Ozon dos *Cem contos escolhidos — A vida como ela é* voltam às livrarias, em volume único, inaugurando na Agir a publicação das obras em prosa do autor.

O casamento é um inventário das obsessões mais caras a Nelson Rodrigues. Adultério, incesto, assassinato e um austero moralismo pontuam suas páginas, escritas em 1966, no ritmo da encomenda que resultou no primeiro e único romance que o dramaturgo assinou com o próprio nome. Censurado menos de dois meses depois de publicado, o romance se passa nas 24 horas que antecedem ao casamento de Glorinha, quando Sabino, o zeloso pai da moça, se vê atropelado por fantasias e fantasmas sexuais e sua vida se transforma no campo de batalha entre a força devastadora dos desejos e a aparente solidez da moral. Sua tragédia é, inevitavelmente, vizinha da comédia, já que Nelson enche a trama com algumas das tiradas que o celebrizaram: "Todo canalha é magro!" "Só os profetas enxergam o óbvio." "Qualquer um pode ser obsceno, menos o ginecologista." "Não acredito que uma mulher possa amar o mesmo homem por mais de dois anos."

Seleção de 26 textos da coluna "A vida como ela é...", publicada por Nelson Rodrigues de 1951 a 1961 no *Última Hora*, *Elas gostam de apanhar* foi lançado pela editora Bloch em 1974. Cada vez mais solicitado por jornalistas e estudantes e conhecido pelo público, Nelson vivia um período de consagração artística. Estava envolvido com a montagem da peça *Anti-Nelson Rodrigues*, escrita no ano anterior, com o sucesso da adaptação cinematográfica de *Toda nudez será castigada* pelo cineasta Arnaldo Jabor (1973) e continuava com a coluna "Confissões" em *O Globo*. No entanto, sua saúde estava cada vez mais debilitada — o autor morreria em 1980, em decorrência de um edema pulmonar. Após 23 anos fora das livrarias, *Elas gostam de apanhar* em que o autor lança seu olhar cáustico sobre os dilemas e desejos indissociáveis da condição humana.

Duas primas se apaixonam pelo mesmo homem, o jovem e belo médico Paulo. Sônia, sete anos mais velha, é a mansa e abnegada figura materna para a espevitada e quase cruel Joyce. Disposta a abrir mão de seu grande amor em favor da mulher que ama como filha, Sônia descobre, no entanto, que esse estranho triângulo amoroso está cada vez mais próximo de um trágico desfecho. Sob o pseudônimo de Suzana Flag, Nelson Rodrigues publicou *O homem proibido* em folhetim no jornal *Última Hora*, entre junho e setembro de 1951. Ao contrário dos folhetins anteriores, *O homem proibido* não ganhou uma edição em livro logo após sua conclusão no jornal. Somente em 1981, o romance foi publicado pela editora Nova Fronteira, um ano após a morte de seu autor, e, em 1982, foi adaptado para a televisão.